国家哲学社会科学成果文库

NATIONAL ACHIEVEMENTS LIBRARY
OF PHILOSOPHY AND SOCIAL SCIENCES

中国词学的现代转型

陈水云 著

社会科学文献出版社
SOCIAL SCIENCES ACADEMIC PRESS (CHINA)

作者简介

陈水云 1964年生，湖北武穴人。武汉大学文学院教授、博士生导师。1996年毕业于南开大学中文系中国文学批评史专业，获文学博士学位。曾为美国罗格斯大学（Rutgers）东亚系访问学者（2008.2-2009.2）、台湾中山大学中文系客座教授（2013.8-2014.1）、武汉大学珞珈学者特聘教授（2013.1-2015.12）。任中国词学研究会副会长兼秘书长、中国古代文学理论学会理事、湖北省古代文学学会常务理事。长期从事明清文学与文论研究，出版有《清代诗学》（合著）、《清代词学发展史论》、《明清词研究史》、《唐宋词在明末清初的传播与接受》、《中国古典诗学的还原与阐释》等10余部，在《文献》、《光明日报》、《文艺研究》、《文学遗产》、《文学评论》、《民族文学研究》、《北京大学学报》、《台大中文学报》、香港中文大学《中国文化研究所学报》、日本《风絮》等报刊发表论文150余篇。成果先后多次荣获湖北省哲学社会科学优秀成果奖、中国大学出版社优秀学术著作奖、武汉大学人文社会科学优秀成果奖、中国韵文学会夏承焘词学奖等。主持国家社科基金、教育部社科基金、武汉大学211社科基金项目多项。

《国家哲学社会科学成果文库》
出版说明

为充分发挥哲学社会科学研究优秀成果和优秀人才的示范带动作用，促进我国哲学社会科学繁荣发展，全国哲学社会科学规划领导小组决定自2010年始，设立《国家哲学社会科学成果文库》，每年评审一次。入选成果经过了同行专家严格评审，代表当前相关领域学术研究的前沿水平，体现我国哲学社会科学界的学术创造力，按照"统一标识、统一封面、统一版式、统一标准"的总体要求组织出版。

全国哲学社会科学规划办公室
2011年3月

序

王兆鹏

水云的学问是越做越大气了。他不再循规蹈矩，束手束脚，而是甩开膀子，迈出大步，走自己的路。瞧瞧本书的绪论，他就没有按常规出牌，无需陈述研究基础、研究缘起，而是一上来就谈他对新旧词学研究发展趋势的思考，那种对历史进程的了然于心，驾驭史料的轻车熟路，书写历史的从容不迫，显示出一种学术自信、成熟与大家气象。不沉潜史料十数年，不在学术研究中淬砺数十年，是达不到这种老成境界的。

这是一部词学史研究专著。新世纪以来，有关现代词学史的研究著作已不下 10 部，论文更不计其数，似乎已没有多大的空间可以开拓了。可水云硬是从中开辟出一条新路，拓展出一片天空。他避开时贤普遍关注的历时性的现代词学的发展进程（线）和共时性的现代词学的特点状貌（面），转而探索时贤忽略了的一个节点，即词学的现代转型。他关注的不是现代词学史是什么样态，而是词学史是怎样形成这种样态的。简言之，他要追问的是how，而不是what。现代词学史的进程和样态，时贤之述备矣，而现代词学是怎样从传统词学演变而来的，现代词学与传统词学是什么关系，则很少有人深究过。研究古今文学的演变、古今学术的转型，是近年来文学研究的热点之一，但研究新旧词学的转型，则问津者少。水云此书，是词学研究领域第一部探讨古今演变、新旧转型的专著，深具开拓性和方法论意义。

书中向我们展示，现代词学的出现，不是断崖式的突进，而是瀑布式的流衍，现代词学与传统词学虽然性质不同、界限分明，但其实是你中有我，我中有你，传统词学的领袖，如朱祖谋，为现代词学培养了新人；现代词学的领袖，如王国维，用新观念改造了旧词学。领袖如此，中坚亦然，承朱祖谋学脉而来的所谓"传统派"或称"南派"或称"体制内派"，是入旧出新，将旧词学注入现代意识和现代方法。受王国维、胡适影响的所谓"现代派"或称"北派"或称"体制外派"，是以新改旧，观念维新，而方法依"旧"。现代词学能够形成，"旧词学"能转变为"新词学"，固然得益于词坛领袖的引领，还得力于文化世家的培植、文学社团的推动、大学师生的传承、现代学术的促进。所析所论，无不新人耳目。

历来研究词学史，都是从词学到词学，从名家到名家，而水云则转换视野，拓展出三条新的研究路径，即世家、社团和大学。在现代词学史上，刘毓盘、俞平伯、梁启超等都是赫赫有名的人物。研究词学史的，都是挖掘和阐释他们的词学思想、研究方法和成就影响，很少从文化世家的角度去探寻他们的词学根基、词学传统。一旦进入文化世家的层面，我们就豁然明白现代词学家们的家学渊源、家族传统。从文化世家走出的词学家，既禀承着旧学传统，又浸染着现代的学术意识和学术观念。文化世家的发展和转向，是观察现代词学转型的活态标本。谁都不会否认大学与现代学术的关系。大学，既是学术成果产出的重镇，又是学术人才培养的基地，更是学术观念方法传播的平台。自来研究词学史的，却很少留意现代大学与现代词学的深度关联。水云率先给我们打开这扇观察学术史的窗口之后，我们清晰地看到当年清华国学研究院词学研究的兴旺、东南大学词学研究的昌盛、无锡国专词学研究的热络。如果说清华大学国学研究院的词学研究状况我们曾略有耳闻，东南大学的词学研究成就因为有吴梅先生而略知一二，那么无锡国专的词学研究队伍、词学研究业绩，就知之有限。幸赖水云的发现，一段被尘封遮蔽的词学史和一道靓丽的词学风景线才被世人所知。文学社团从来都是文学史研究的对象，而与学术史研究无缘。水云却独具慧眼地发现了文学社团在现代词学转型过程中的独特作用，特别是他对南社词学理论主张的梳理和论析，发人所未发，言人所未言，第一次让我们了解了南社在推动中国词学向现代转型中所发挥的影响力。

山阴路上应接不暇的自然风光，需要审美的眼睛去发现。学术史上的风景，不仅需要眼光去发现，更需要具体史料细节去还原和呈现。水云在绪论中指出，过去时态的学术史，是一种鲜活生动的历史存在，作为历史研究者，就是要把这种"鲜活"呈现出来，回到历史的现场去观看当时人的活动。所以，他尽一切可能去挖掘史料，搜集历史人物的生活细节，诸如刘毓盘、孙人和等在大学讲课时的情景，他从各种人物回忆录中搜罗出不少鲜活的细节，让我们穿越了数十年的时光而"目睹"了那些民国学术名家大家的风范与风采。本书搜罗了相当丰富的新鲜史料，这也是本书的一大贡献。对于新史料的发掘，水云有相当的理论自觉。他在绪论中说："对于文学史学科而言，与其把太多的精力放在理论的建设上，还不如脚踏实地在史料的搜集上多花些时间，新史料的发现会让我们改变偏见。"他对王蕴章、孙人和、徐兴业、夏仁虎等先贤词学研究业绩的发现与表彰，就丰富了我们对现代词学进程的认知。这既反映出他的眼光与见识，也体现出他脚踏实地搜罗史料的真功夫。

十年前，我曾为水云的《清代词学发展史论》写序祝贺，十年后又为他这本新著《中国词学的现代转型》而志庆。我要庆贺的，不只是他的著作达到了新的学术高度，入选国家哲学社会科学成果文库，更是他学术的全面升级进步。

十年前，他的治学领域基本上没有离开以他博士论文《清代前中期词学思想研究》为起点的清代词学。之后，他逐渐将视野向上拓展至明代词学和唐宋词学，出版有《明清词研究史》（2006）、《唐宋词在明末清初的传播与接受》（2010），如今又向下延伸至现代词学史。一位学者，如果一辈子自始至终只守着那一亩三分地耕种，而不敢拓展新的研究范围和研究方向，那学问是难以做出大气象的。而水云的学问路子越做越宽广，不仅研究领域上延下伸，而且从对词学的关注延展到诗学，出版有《中国古典诗学的还原与阐释》（2013）。他既关注词史，也留意词学史，不光研究词的创作史，还探索词的传播接受史。其学问的格局、气象与十年前大是不同。

学问，要做大，更要做精、做深。学问的精度、深度，永无止境，需要我们终生去追求。愿与水云共勉之。

二零一六年元旦于武汉大学

目　　录

绪　言 …………………………………………………………………………… 1

第一章　现代词学的新旧交融 …………………………………………… 25
　　第一节　"词学"：从传统到现代 …………………………………… 26
　　第二节　现代词学的传统资源 ………………………………………… 38
　　第三节　现代词学的师承谱系 ………………………………………… 55

第二章　大家经典的魅力与影响 ………………………………………… 71
　　第一节　朱祖谋与现代词坛"尊梦窗" ……………………………… 72
　　第二节　《人间词话》与词学"意境"之争 ………………………… 88
　　第三节　胡适对于现代词学发展走向的影响 ………………………… 107

第三章　文化世家内部的思想变迁 ……………………………………… 128
　　第一节　江山刘氏与清末民初词学 …………………………………… 130
　　第二节　德清俞氏与现代词学转向 …………………………………… 143
　　第三节　新会梁氏对现代词学的贡献 ………………………………… 157

第四章　现代高等学府的词学师承 ……………………………………… 176
　　第一节　清华词学的"新"与"旧" ………………………………… 177
　　第二节　东南大学与东南学派 ………………………………………… 193
　　第三节　无锡国专的词学研究 ………………………………………… 217

第五章　文学社团流派的观念更新 ……………………………… 234
第一节　南社词论及其内部的思想分歧 …………………………… 235
第二节　现代词社的创作理念与词学研究 ………………………… 253
第三节　常州派词学在现代的传衍与反响 ………………………… 273

第六章　现代词学家思想与方法的进步（上）……………………… 300
第一节　王蕴章词学的传统性与现代性 …………………………… 301
第二节　刘永济与传统观念的现代转换 …………………………… 320
第三节　任中敏与现代词学研究方法论 …………………………… 338
第四节　龙榆生词学研究的现代品格 ……………………………… 351

第七章　现代词学家思想与方法的进步（下）……………………… 368
第一节　孙人和词学研究业绩之平议 ……………………………… 370
第二节　赵尊岳《明词汇刊》的学术价值 ………………………… 384
第三节　叶恭绰论词及其清词研究的成就 ………………………… 395
第四节　赵万里对现代词学文献学的贡献 ………………………… 408

结　语 ………………………………………………………………… 421

附录一　现代词话简目 ……………………………………………… 433

附录二　现代词学年表 ……………………………………………… 436

主要参考文献 ………………………………………………………… 463

索　引 ………………………………………………………………… 474

后　记 ………………………………………………………………… 486

Contents

Introduction /1

Chapter 1 Blending of the Old Ci Poetics Study and the New /25
    1.1 Ci Poetics Study – from Ancient to the Present /26
    1.2 Traditional Resourcess of Modern Ci Poetics Study /38
    1.3 Genealogy of Modern Ci Poetics Study /55

Chapter 2 The Charm and Influence of Great Masters and Classic Works /71
    2.1 Zhu Zumou and "Admiration for Mengchuang" in Modern Ci Poems Circle /72
    2.2 Ren Jian Ci Hua and The Debate about Artistic Realm in Ci Poetics /88
    2.3 The Influence of Hu Shi on the Trend of Modern Ci Poetics Study /107

Chapter 3 The Vicissitudes of Academic Thoughts in Some Influential Families /128
    3.1 The Liu Family of Jiangshan City and the Ci Poetics Study in Late Qing Dynasty and Early Republic of China /130

3.2　The Yu Family of Deqing City and the Divergence of
　　　Modern Ci Poetics Study　　　　　　　　　　　　　　　／143
3.3　The Contribution of the Liang Family of Xinghui City
　　　to Modern Ci Poetics　　　　　　　　　　　　　　　　／157

Chapter 4　The Inheritance of Ci Poetics in Modern Institution of
　　　　　　Higher Learning　　　　　　　　　　　　　　　　　／176
4.1　The "New" and "Old" of Modern Ci Poetics of
　　　Tsinghua University　　　　　　　　　　　　　　　　／177
4.2　Southeast University and Southeast School　　　　　　／193
4.3　Modern Ci Poetics of Wuxi Institute of Sinology　　　／217

Chapter 5　The Renewal of Thoughts and Ideas in Literature Societies　／234
5.1　Nan She's Ci Poetics and the Ideological Divergence
　　　Inside　　　　　　　　　　　　　　　　　　　　　　／235
5.2　The Creative Idea and Ci Poetics Study of Modern
　　　Ci Poems Circles　　　　　　　　　　　　　　　　　／253
5.3　The Spreading and Repercussions of Changzhou School's
　　　Ci Poetics in Modern Times　　　　　　　　　　　　　／273

Chapter 6　The Progression of Ideas and Methodology of Modern
　　　　　　Ci Poetics Experts (Ⅰ)　　　　　　　　　　　　　　／300
6.1　The Conventionality and Modernity of Wang Yunzhang's
　　　Ci Poetics　　　　　　　　　　　　　　　　　　　　／301
6.2　Liu Yongji and the Modern Transformation of Traditional
　　　Ci Poetics　　　　　　　　　　　　　　　　　　　　／320
6.3　Ren Zhongmin and the Research Methodology of
　　　Modern Ci Poetics　　　　　　　　　　　　　　　　／338
6.4　The Modern Character of Long Yusheng's Ci Poetics　／351

Chapter 7	The Progression of Ideas and Methodology of Modern Ci Poetics Experts (Ⅱ)	/ 368
	7.1 A Discussion on Achievement of Modern Ci Poetics of Sun Renhe	/ 370
	7.2 The Academic Value of Zhao Zunyue's Ming Ci Hui Kan	/ 384
	7.3 Ye Gongchuo's View on Ci Poetry and His Contribution to Modern Ci Poetics	/ 395
	7.4 The Contribution of Zhao Wanli to the Construction of Modern Ci Poetics	/ 408

Conclusion	/ 421
Appendix Ⅰ: A Brief Catalogue of Modern Ci Poetics Study Papers	/ 433
Appendix Ⅱ: The Chronology of Modern Ci Poetics Study	/ 436
References	/ 463
Index	/ 474
Afterword	/ 486

绪　　言

　　中国词学从晚唐五代发轫，经过宋元的初步发展，到明清走向极盛，迄至晚清进入"集大成"时期。1908年到1949年，是中国词学从传统走向现代的关键时期。自嘉庆初年以来，晚清词坛盛行的"比兴寄托"观念，逐渐为主"真情"、重"意境"、尚"进化"的新观念所取代，一度受到常州派推崇的"温柔敦厚"词风不再受欢迎了，以直抒性情为本色的豪放词风重新抬头，曾经由"清末四大家"主盟的晚清词坛，开始出现了梁启超、陈去病、高旭、柳亚子等"新人"。在新的时代精神感召下，他们对常州派的词学观念进行了强力的批评，提出了适应时代需要的新主张——"以旧风格含新意境"、"形式宜旧，内容宜新"。这是对常州派词学"不适时性"提出的一种纠弊措施，也是为旧词学在适应时代需要的前提下提出的一种应变策略，他们的"新"主张并没有溢出传统词学的范畴。真正将中国词学由传统推向现代的是王国维、胡适，他们提出的词学观念和倡导的研究方法是对整个词学传统的"颠覆"，他们是要在打破旧词学体系基础上建立一种有现代意义的"新词学"，他们与同道者研讨词学是对"国故"的整理，亦即进行理论的总结而不是用以指导创作，这对20年代以后的词学研究产生广泛而深远的影响。

一　传统词学的"集大成"及其危机

　　1904年是近代词学发展史上的重要一年，是年"清末四大家"的前期领袖王鹏运病逝于扬州，"清末四大家"的后期领袖朱祖谋于次年（1905）退居沪上，1906年正式定居苏州，一个新的词派也是晚清词坛的最后一个词派——"彊村派"在东南地区登场亮相了。①

"彊村派"形成在光绪末年,但它的渊源实可追溯到清末京师词坛由王鹏运组织的诗词唱和。朱祖谋、况周颐、郑文焯初入词坛,都不同程度地受到王鹏运的影响。光绪四年(1878)况周颐由家乡临桂入京师,与半塘(王鹏运)共晨夕,因半塘之嘱校雠宋元人词,渐悟常州词派"重、拙、大"之旨,受其影响填词由好为侧艳语转而为白石、美成。光绪二十二年(1896)朱祖谋入京为官,被王鹏运邀入词社,始悟填词之道,并专力为词。王鹏运还赠其《四印斋所刻词》,约其共校吴文英《梦窗四稿》,告之以词史源流正变之故,"从南宋入手,明以后词绝不寓目"。② 光绪二十四年(1898)郑文焯入京参加会试,其时王鹏运正举咫村词社,朱祖谋、宋育仁皆在其列,郑文焯亦被邀入。光绪二十六年(1900)八国联军入京劫掠,朱祖谋、刘福姚避居王鹏运之四印斋。困守穷城,约为词课,拈题刻烛,喁于唱酬,"日为之无间,一阕成,赏奇攻瑕,不隐不阿,诙谐间作",后结集为《庚子秋词》。③ 这一时期,王鹏运显然是京师词坛盟主,王氏论词力主比兴寄托,反对浅白直露,倡导"重、拙、大",朱祖谋、况周颐既受其亲炙,或发扬其校勘词籍之学,或阐述"重、拙、大"之要义,成为王氏之学在清末民初的重要传人。"鼎革之还,彊村(朱祖谋)归隐吴下,恒往来苏、沪间,而所与商量词学者,以夔笙(况周颐)与铁岭郑大鹤(文焯)为最著。"④ 同时,寓居海上的还有冯煦、张仲炘、沈曾植、曹元忠、陈曾寿等,"彊村派"就是在这样的背景下形成的。作为一个在世纪之初出现的词派,它在近代词史上的意义是对传统词学做了"集大成"的工作。

在清代,词派纷呈,取向各异,词史观亦迥然有别。清初云间派主要效法《花间》,推崇"二李"(李白、李煜);继起之阳羡派重在师法两宋凌厉豪健之风,标榜苏、辛;浙西派则着力张扬婉雅清丽词风,力推周、姜;中

---

① 对于彊村派的提法,参见钱仲联《清词三百首》(岳麓书社1992年版)"前言",但学术界尚未达成一致认识,一般以"清末四大家"或"晚清四大词人"称之,参见孙克强《清代词学》(上海古籍出版社2004年版)、卓清芬《清末四大家词学及词作研究》(台湾大学出版中心2003年版),我认为如果把它与以胡适为代表的研究群体相对比,称之为"彊村派",亦未尝不可。
② 钱基博:《现代中国文学史》,上海书店出版社2004年版,第195页。
③ 徐珂:《近词丛话》,唐圭璋编《词话丛编》第五册,中华书局1986年版,第4227页。
④ 龙榆生:《论常州词派》,《同声月刊》第1卷第10号(1941年9月)。

叶以后代浙（西）派①而起的常州派，又侧重五代北宋含蓄蕴藉的柔婉作风，其努力目标是温庭筠的"深美闳约"。总的说来，他们始终是在南北两宋之间摇摆，并没有摆脱复古两宋的思维定式。直到周济出，这一理论格局才有新的突破，放弃了长期以来拘守南北的做法，认为两宋各有其利亦各有其弊。他说："北宋主乐章，故情景但取当前，无穷高极深之趣；南宋则文人弄笔，彼此争名，故变化益多，取材益富。然南宋有门径，有门径故似深而转浅；北宋无门径，无门径故似易而实难。"② 他还为初学者指示了一条入门的路径：由南返北，由有门径到无门径，由易到难、由浅入深，亦即"问途碧山，历梦窗、稼轩，以还清真之浑化"，在他看来清真是合南北两宋之长的"集大成者"。《宋四家词选目录序论》所说"清真集大成者也"，尤为值得关注，它表明常州派所努力的目标是要集南北两宋之大成，从此改变了有清一代对南北两宋倚轻倚重的审美偏向。正如陈廷焯所说："词家好分南宋、北宋，国初诸老几至各立门户。窃谓论词只宜辨别是非，南宋、北宋不必分也。若以小令之风华点染，指为北宋，而以长调之平正迂缓，雅而不艳、艳而不幽者，目为南宋，匪独重诬北宋，抑且诬南宋也。"③

王鹏运正是遵循这一思路倚声填词的，其词遍历两宋大家之门户，取法碧山、白石、稼轩、梦窗、清真，恰与周济所云"问途碧山，历梦窗、稼轩，以还清真之浑化"若合符契。这一思路也成为"彊村派"词人所遵循的入门阶陛，如郑文焯入手即爱白石之骚雅，后经过多年的揣摩体会，终悟清真之高妙；况周颐论词虽以南宋为正宗却也不废北宋，认为北宋词之优长在其善于言情，在评北宋著名词人周邦彦时说："愈朴愈厚，愈厚愈雅，至真之情，由性灵肺腑中流出，不妨说尽而愈无尽。"④ 其弟子赵尊岳在《蕙风词史》中明确地指出，况周颐创作的主要特点就是冶南北宋于一炉，"举《花间》之闳丽，北宋之清疏，南宋之醇至，要于三者有合焉"。⑤ 朱祖谋初

---

① 浙派是浙西派在清代中后期的称谓，浙西派名自《浙西六家词》，清代中叶以后，它的影响越来越大，在吴中、扬州、两浙皆有其传人，谈清代中后期的"浙派"，一般泛称宗法南宋、尊奉姜张的词人。
② 周济：《宋四家词选目录序论》，尹志腾校，《清人选评词集三种》，齐鲁书社1988年版，第207页。
③ 陈廷焯：《白雨斋词话》卷十，屈兴国：《白雨斋词话足本校注》，齐鲁书社1983年版，第747页。
④ 况周颐：《蕙风词话》卷二，屈兴国：《蕙风词话辑注》，江西人民出版社2000年版，第64页。
⑤ 赵尊岳：《蕙风词史》，龙榆生编《词学季刊》第1卷第4号（1934年4月）。

为词是由梦窗而入，再而由南宋上溯北宋，以苏东坡之疏济吴文英之密，调和两端，最后达到"以苏济吴"、"由吴希周"、疏密相间的境界。正如现代词学家蔡嵩云所说，"学东坡，取其雄而去其放；学梦窗，取其密而去其晦；遂面目一变，自成一种风格"。① 最能说明这派词人"集南北之大成"特点的是郑文焯，他在创作上冶南北宋于一炉，在理论上亦对柳永、苏轼、姜夔、吴文英的词史意义进行了新的估价，主张广泛地学习南北两宋之优长。"不求之于北宋，无繇见骨气；不求之于南宋数大家，亦患无情韵。"② 只有广取博采，才会达到"高淡"、"沉着"、"醇厚"的理想境界。

作为晚清词坛的最后一个词派，彊村派还对清代浙、常两派理论进行了调和与综合。众所周知，浙派论词主清空骚雅，常州派论词主比兴寄托；前者重体格，后者重意旨；前者以协律为先，后者以立意为本。"浙、常两派，至道、咸而交敝。同光以后，已融合为一体，各去其短而发挥其长，乃集清词之大成。王鹏运力追北宋，而酷好姜夔，寻迹王、吴而醉心苏轼，首开宏域。朱祖谋扩而大之，浸成千古未有之局，实为清词一大结穴。"③ 在充分体认两派理论之利弊基础上，朱彊村力纠两派之弊，撷取两派之长，本张皋文（常州派）意内言外之旨，参以凌廷堪、戈载（浙派）审音持律之说，而益以发挥光大之。"此派最晚出，以立意为体，故词格颇高；以守律为用，故词法颇严。"④ 他们虽自常州派而来，却不以常州派自限，而是积极地汲取浙派之长，打破浙派、常州派一偏之见，取精用宏，形成一新的词派——"彊村派"，从而结束了浙派、常州派在晚清对峙达百年之久的局面。在这之前，尽管常州派声誉日隆，浙派却并未销声匿迹，黄燮清、张景祁、俞樾、沈曾植便是这一词派在晚清的重要代表，但自"彊村派"出现后，浙派逐渐融入了这一新的词派，常州派其他支脉也相继融入新兴的"彊村派"。

现代著名词学家龙榆生指出，晚清数十年间词风特盛，"非特为清词之

---

① 蔡嵩云：《柯亭词话》，《词话丛编》第五册，第4914页。
② 郑文焯：《与朱祖谋书》，《词学》第七辑，华东师范大学出版社1988年版，第210页。
③ 沈轶刘：《繁霜榭词札》，刘梦芙编《近现代词话丛编》，黄山书社2009年版，第192页。
④ 蔡嵩云：《柯亭词话》，《词话丛编》第五册，第4908页。

光荣结局，亦千年来词学之总结时期也"。① 诚哉斯言，"彊村派"将传统词学推向顶峰，也预示着清代词学走向终结。在新的时代背景下，它提倡"柔厚之旨"，要求表达"幽约怨悱"之情，已经不能适应新时代的需要，特别是他们在民国以后多以逊清遗老自居，表现出与新时代新社会的格格不入②，他们的词学观念和表达的情感自然要遭到词坛新人的批评。这时批评晚清"彊村派"的主要力量是南社内部的"革命派"及五四新文化运动的主将，他们不满"彊村派"的是其过尊南宋和奉梦窗为圭臬。陈去病认为朱祖谋等学梦窗者，只在使事、摘词、协律等方面下功夫，这些都是"无当宏旨"的空言。柳亚子也认为朱祖谋尊奉之《梦窗词》"如七宝楼台拆下来不成片断"，无足道者。③ 郑文焯学白石、玉田亦病在一"涩"字，不过是堆砌无数不相联络之字面，使人莫测其命意所在，"此盖学白石、玉田，而画虎不成者也"。④ 这样创作出来的作品成了无性情无个性的"伪体"，只有空洞的无内容的形式，并无真情实感，脱离生活，远离时代。后来，王国维、胡适在批评"清末四大家"时也说过类似的话，或曰："乾嘉以降，审乎体格韵律之间者愈微，而意味之溢于字句之表者愈浅，岂非拘泥于文字，而不求诸意境之失欤？"⑤ 或是认为他们的创作没有情感，没有意境，只在套语中求生活，"于是这种文学方式的命运便完结了"。⑥ 而龙榆生更是从内容与形式两个方面，揭示了"彊村派"在创作上存在的危机。从内容上看，"且今日何日乎？国势之削弱，士气之消沉，敌国外患之侵凌，风俗人心之堕落，覆亡可待，怵目惊心，岂容吾人雍容揖让于坛坫之间，雕镂风云，怡情花草，竞胜于咬文嚼字之末，溺志于选声斗韵之微哉？"从形式上看，"居今日而学词，竞巧于一字一句之间，已属微末不足道。乃必托于守律，以求所谓'至乐之一境'，则非生值小康，无虞冻馁之士，孰能有此逸兴闲情耶？且自乐谱散亡，词之合律与否，乌从而正之？居今日而言词，充其量

---

① 龙榆生：《中国韵文史》，上海古籍出版社2002年版，第154页。
② 参见林立《沧海遗音：民国时期清遗民词研究》，香港中文大学出版社2012年版。
③ 柳亚子：《南社纪略》，上海人民出版社1983年版，第14页。
④ 柳亚子：《与高天梅书》，郭长海、金菊贞编《柳亚子文集补编》，社会科学文献出版社2004年版，第106页。
⑤ 樊志厚：《人间词乙稿序》，王国维：《人间词话》，人民文学出版社1960年版，第257页。
⑥ 胡适：《词选》，河北人民出版社2000年版，第297页。

仍为'句读不葺之诗'"。① 无论是柳亚子，还是胡适与龙榆生，他们的批评一致表明："彊村派"已潜伏着深刻的危机，这一词派已经是衰象毕现，旧词学行将走到它生命的尽头，新词学的发生已是势在必行。

二　文化的新旧转型与现代词学的发生

谈到新词学，主要是指它的现代色彩，是传统词学现代化的产物，在观念、思想、方法等方面具有鲜明的现代品格，一般称为"现代词学"。现代词学的发生，是以王国维《人间词话》为标志的，它以传统词话的形式包蕴着现代性的观念，为传统词学来了一场无声的"革命"。然而，《人间词话》在当时并没有产生什么大的影响，它的影响真正发力是在1926年俞平伯整理出版以后的事。在这之前，词坛上最为活跃的是一批南社词人。南社是清末民初影响最大的文人社团，社团成员活跃在南方最为繁华的大都市——上海，秉持着"形式宜旧，理想宜新"的观念，还在《国粹学报》《南社丛刻》《国学丛选》《民权素》上纷纷发表系列词话。在王国维和南社词人之后，继起而转变词坛风气的是胡适，他以白话为词的本体论和以词为新体诗的文学史观，给当时文坛带来了巨大的冲击力，并创建了一个新的词学研究流派——"胡适派"。但是，如果没有近现代文化的转型，也就没有现代词学的发生，谈现代词学的发生还必须从近现代文化的转型说起。

所谓近现代文化的转型，是指中国文化从传统形态走向现代形态，它实际上涉及在中国传统文化与西方现代文化之间如何抉择的问题。当时在思想文化领域有新文化派与东方文化派两大阵营：前者以陈独秀、胡适、鲁迅、周作人为代表，后者以杜亚泉、章士钊、梁漱溟为代表；前者的舆论阵地是《新青年》，后者的舆论阵地是《东方杂志》；前者主张打倒孔家店、向西方学习、走民主与科学的道路，后者认为中国对西方的物质文明可以吸收，国体政体也可以参考西方进行改革，但中国固有的道德、文化、宗教以及社会风俗、家族制度则不宜也不应改变。这样在两派之间形成了思想上的冲突与论争，陈独秀认为"东西洋民族不同，而根本思想亦各成一系，若南北之

---

① 龙榆生：《今日学词应取之途径》，《龙榆生词学论文集》，上海古籍出版社1997年版。

不相并，水火之不相容也"。① 以儒家思想为核心的中国传统文化，是一种"旧"的文化，西洋近代文化才是"新"的文化，东方文化要落后于西方文化，是应该被淘汰的"古之遗"。杜亚泉则认为第一次世界大战已使西洋文明破绽百出，中国人不应对其抱崇信之态度。"近年以来，吾国人之羡慕西洋文明，无所不至，自军国大事以至日用细微，无不效法西洋，而于自国固有之文明，几不复置意。……盖吾人意见，以为西洋文明与吾国固有之文明乃性质之异，而非程度之差；而吾国固有之文明，正足以救西洋文明之穷者。"② 到五四时期，这样的观念对立直接导致了东西文化论争的发生，章士钊、梁启超、梁漱溟站在杜亚泉一方，张东荪、胡适、常燕生站在陈独秀一方，相互辩论，各陈己见，其论题也由初期对东西文化差异的讨论转向对新旧文化取舍的讨论。东方文化派认为宇宙的进化是"移行"的，而不是"超越"的，世间万物不论其进化到何种阶段，都是"新旧杂糅"的，因此，他们主张"物质上开新"，"道德上复旧"，取西方文化之长，补中国文化之短，实现中西文化的折中调和。③ 新文化派则认为生物的变化只有突变与潜变两种，前者为外在表现，后者为内在动因，从这个角度讲调和之论是不能成立的，"新旧调和"论最大的问题是导致中国文化的止步不前。在他们看来，"所谓新者无他，即外来之西洋文化也；所谓旧者无他，即中国固有文化也"，这两种文化在性质上是极端相反的，取"新"必须去"旧"，"旧者不根本打破，则新者绝对不能发生；新者不能排除尽净，则旧者亦终不能保存；新旧之不能相容，更甚于水火冰炭之不能相入也"，④ 他们对于文化建设的态度是"破旧立新"、"以新代旧"或"弃旧图新"。⑤

在20世纪二三十年代兴起发展起来的"学衡派"，以《学衡》杂志为阵地，对新文化派与东方文化派的文化观均提出批评。有过留学欧美背景的学衡派，对于东方文化派的经典——梁漱溟《东西文化及其哲学》是持有自己的看法的。刘伯明认为梁氏的三种路向说——西洋说、中国说、印度

---

① 陈独秀：《东西民族根本思想之差异》，《新青年》第5卷第1号。
② 杜亚泉：《静的文明与动的文明》，《东方杂志》第13卷第10号。
③ 章士钊：《新时代之青年》，《东方杂志》第16卷第11号。
④ 陈独秀：《今日中国之政治问题》，《新青年》第5卷第1号。
⑤ 郑大华：《民国思想史论》，社会科学文献出版社2006年版，第181页。

说，虽然指出三种文化各有其长，到最后还是陷入文化循环论的怪圈，并以印度文化作为归宿，有尊东抑西的倾向。他对于西洋文化的理解存在着片面性，过于重视其物质性，而忽视其精神性，其实，西洋文化传统中同时存有科学、带浪漫主义的神秘思想、人本主义三种倾向。还有，他认为西人以理智与情感为对立的看法也不确切，实际上西人是理智与情志并重的，从这个角度看，梁氏反对理智亦属太过，重直觉而轻理智，进而导致其对科学精神的轻视。① 更重要的是，他把第一次世界大战以来西方文化的危机夸大了，其实西方文化前途并未有艾，"吾国人如走入歧途，不特对于世界文明之责任未完，即建设新国改良群治之目的亦不能达也。"② 但是，这并不表明学衡派与新文化派思想立场一致，相反，它与东方文化派一样是站在反对新文化派的立场上，表现的是一种文化保守主义的思想倾向。首先，它反对新文化派的"今必胜于古，新必胜于今"的进化论，指出，"昔之弊在墨守旧法，凡旧者皆尊之，凡新者皆斥之，所爱者则假以旧之美名，所恶者则诬以新之罪状。今之弊在假托新名，凡旧者皆斥之，所恶者则诬以旧之罪状，所爱者则假以新之美名。"这两种思想倾向都是错误的，就今日国人心理而言，第一层流弊渐已消失，而第二层流弊方日炽盛，已成为最主要的危险。故今日欲救时之偏，就要辨明新旧之关系，了解"一味趋新"之害，"绝去新旧之浮见，而细察个中之实情"，进而取长去短，亲善远恶，以评判之眼光，行选择之正事，不为一偏之盲从。在他们看来，新与旧是相对而言的，是一种历史的存在："何者为新？何者为旧？此至难判定者也。原夫天理、人情、物象，古今不变，东西皆同。盖其显于外者，形形色色，千百异状，瞬息之顷，毫厘之差，均未有间者，然其根本定律则若一。"譬如，天上的云彩，早上和晚上各异，但都是由水蒸发而成云、凝降而成雨，并没有什么本质性的区别。"故百变之中，自有不变者存，变与不变，二者应兼识之，不可执一而昧其他。"所以，对于新旧文化应该从变（"新"）而不变（"旧"）处着眼，盖天理、人情、物象，既有不变者存，则世间之事，新者绝少。"所谓新者，多系旧者改头换面，重出再现，常人以为新，识者不以

---

① 刘伯明：《评梁漱溟著〈东西文化及其哲学〉》，《学衡》第3期（1922年），第1—7页。
② 吴宓：《欧洲战后思想变迁之大势与吾国人应有之觉悟》，《大公报》"文学副刊"第3期，1928年1月16日。

为新也。"从这样的认识出发，他们以发扬光大中国文化为己任，主张创造一种"吸收外来之学说，不忘本民族之地位"的新型文化。"今欲造成中国之新文化，自当兼取中西文明之精华，而熔铸之，贯通之。吾国古今之学术德教，文艺典章，皆当研究之，保存之，昌明之，发挥而光大之。而西洋古今之学术德教，文艺典章，亦当研究之，吸取之，译述之，了解而受用之。"[①] 中国文化以孔教为中枢，以佛教为辅翼，西洋文化以希腊罗马之文章哲理和耶教融合孕育而成；因此，如欲造成中国之新文化，就必须认真研究孔教、佛教、希腊罗马的文章哲学和耶教的教义，取孔教的人本主义与柏拉图、亚里士多德以下之学说相比较，融会贯通，撷精取粹，熔为一炉，这样才能做到国粹不失，欧化亦成，有融合东西两大文明之奇功。因此，学衡派坚决反对新文化派提出的，中国新文化建设只能是西方文化的"移植"，用西方的"新"文化取代中国的"旧"文化的主张。[②]

上述三大思想流派，分别以《东方杂志》《新青年》《学衡》为主要舆论阵地，这三份刊物散布在三个不同的城市——上海、北京、南京，在这些社会思潮的影响和推动下，现代词学也在这三座城市渐次发生并有序展开。

先说上海，它是晚清遗民的聚居地，也是现代词学的发源地。在1900年代，一批意气风发的革命志士——南社文人，来到这座十里洋场，借助近代新兴的报刊鼓吹排满革命。有些南社文人，在思想上是革命的、激进的，在文化上却比较保守，并与寓居上海的朱祖谋、况周颐和其他遗民词人来往密切，他们在词学观念上也表现出革命与保守的双重性。他们对于现代词学的贡献是：第一，由他们创办或主编的近代报刊[③]，刊载了许多诗词作品或诗话词话，改变了传统诗词的传播方式。据有关史料记载，上海在晚清民初是全国最大的出版中心，有《申报》《民报》《中华新报》《民吁日报》《小说时报》《小说月报》《国粹学报》《南社》《国学丛选》等重要报刊。

[①] 吴宓：《论新文化运动》，《学衡》第4期（1922年）。
[②] 参见郑大华《民国思想史论》第二章、第三章的有关论述。
[③] 李康化说："报刊业是南社成员主要从事的职业，有记载的南社成员大多数曾涉足或立足这一行业，或主办报刊，或任报刊的主编、编辑。"（载《近代上海文人词曲研究》，上海人民出版社2009版，第136页。）

"1902—1916年间，中国新创文学报刊57种，其中29种以'小说'命名的报刊中，上海占22种。"[1] 报刊也成为现代诗话词话传播的重要媒介，像王国维《人间词话》、况周颐《选巷丛谈》、庞树柏《龙禅室摭谈》都是发表在《国粹学报》上的，其他如王无生《惨离别楼词话》载《民吁日报》，陈去病《病倩词话》载《中国公报》，王蕴章《梅魂菊影室词话》载《民立报》，旧体诗词创作批评与现代传媒结合起来，使得诗话词话传播的速度加快，影响加深。第二，在上海的南社文人与遗民词人相唱和，促成了传统与现代的联姻，开启了沪上文坛繁盛的结社唱和之风。作为近代文化的发源地，上海在文化取向上具有很大的包容性，在这里生活的南社文人毕竟还是传统意义上的文人，对以诗词唱和的生存方式有着特殊的情结，因此，他们与寓居沪上的遗民词人走到一起，以诗词相联吟也是一种顺理成章的事。由南社文人王蕴章、陈匪石、周庆云等发起的"春音词社"，其推举的社长却是遗民词人朱祖谋，主要成员也分为两大阵营，有南社成员吴梅、徐珂、庞树柏、潘飞声、黄孝纾等，也有遗民文人夏敬观、郭则沄、邵瑞彭、林鹍翔、林葆恒、况周颐、曹元忠等。他们开展社集有21次，时间长达三年，并与淞社、超社、逸社等诗社一起，共同促成了上海文坛繁盛局面的形成。更值得一提的是："这批词家作为社中骨干，嗣后分别北上，在各地开坛设席，创办词社，推动民初词学的进程。"[2] 第三，南社对于近现代词学而言，还在于它催生出现代词坛的思想论争。据柳亚子《南社纪略》回忆，1909年11月13日在苏州虎丘召开的南社成立会上，南社内部在诗词宗尚上就已经有了两派之分：一派是柳亚子、朱锡梁的宗法苏、辛派，一派是庞树柏（檗子）、蔡守（哲夫）的力挺梦窗派。前者是南社内部的革命派，后者是南社内部的保守派；前者尊五代北宋，后者尊南宋；前者对朱祖谋尊梦窗多所批评，而后者则极力维护朱祖谋的盟主地位。因为观念的分歧，这一论争后来逐渐由思想层面发展到人事层面，但它对于推进词学观念的现代转变也有意义。

次说北京，这里是现代大学最早发源地，也是新文化运动发生地。作为

---

[1] 陈明远：《文化人的经济生活》，文汇出版社2005年版，第42页。
[2] 查紫阳：《清末民初的词社与词风》，《云南社会科学》2012年第5期。

现代意义上的第一所大学,北京大学对于现代词学的学科化有奠基的意义,1918年由胡适等发起的新文化运动,更是把词学的现代化作为重要的建设目标之一。

1917年春蔡元培出任北京大学校长,大力改革,鼓励创新,改学年制为学分制,在课程设置上增加专科性科目。当年12月2日召开的改定文科课程会议记事上,开始列有"唐五代词"、"北宋人词"、"南宋人词"的科目,次年(1918)元月第二学期课表上,国文学门第三年便有了"词曲(吴梅)",是年出版的《北京大学一览》介绍北大教员时,也有"吴梅(词曲)"与"黄节(中国诗)"的标志,词曲作为一种独立的学科门类,和"诗学"一起走上了北京大学神圣的殿堂。"由是向时所薄为小道之词,乃一跃而为国文系主要学程。"[1] 1918年5月2日北京大学发布《文科国文学门文学教授案》,规定:"文科国文学门设有文学史及文学两科,其目的本截然不同,故教授方法不能不有所区别。"前者目的是"使学者知各代文学变迁及派别",后者功用则为"使学者研寻作文之妙用,有以窥见作文之用心,俾增进其之文学技术"。按照该教授案规定,第一二学年教授各类文(诗、词、曲),第三学年为选科制,学生可以择其一二科精心研习,或专习一代,或专习一家。这样就开启了"词"与"词史"分开的历史,前者重在作品的鉴赏与创作的指导,后者重在叙述词史之变迁及重要词派。随着政府对高等教育的重视和提倡,南北各省纷纷废除旧式学堂,创办新式大学,如东南大学、清华大学、辅仁大学、暨南大学,这些学校大都设有国文系或中文系,在教学体系上多是参照北京大学设置课程的。只是各大学会根据自身的师资情况,对课程的安排有适当的调整和更新,就词曲课程而言,则分别有"词及词史"(辅仁大学)、"词学及词选"(东北大学)、"词曲史"(东北大学)、"词学通论"(中央大学)、"唐宋词选"(中央大学)、"词学概论"(安徽大学)等不同称谓。

更重要的意义还是"五四"新文化运动的勃兴,为传统词学注入了新的思想和方法,使中国词学步入了现代化的正轨。1917年1月,胡适在《新青年》杂志发表《文学改良刍议》,吹响了新文化运动的号角发表,这

---

[1] 龙榆生:《最近二十五年之歌坛概况》,《龙榆生全集》第三卷"论文集",上海古籍出版社2015年版,第96页。

一主张很快得到陈独秀、钱玄同、刘半农等人的积极响应,并揭开了"五四"新文化运动的序幕。胡适"文学革命"对于传统词学变革的意义,是在王国维建设新话语的基础上,进一步引进西方的新观念和新方法——"归纳的理论"、"历史的眼光"、"进化的观念",使中国词学在研究观念和研究方法上来了一次改头换面的大变革。

胡适为了进一步强化他的白话文学观,不但撰有《白话文学史》(1921),而且还编选有《词选》一书(1926),对吴文英及其追随者朱祖谋提出批评,认为"近年来的词人多中了梦窗的毒",这时在南京的胡先骕、上海的龙榆生对胡适的说法分别予以强力的回击,批评胡适所论之虚妄及其以偏概全的缺陷。诚然,胡适在词学观念及研究方法上是存有偏颇的,但由他引领和倡导的新观念和新方法,也造就了一大批在新文化运动旗帜感召下的词学研究新人,结束了词学研究领域长期以来为"彊村派"学者所垄断的局面,使得1919年以后的词学研究队伍出现一支新兴的研究队伍——"胡适派"。这一派成员极为广泛,凡是接受过"五四"新思潮影响的青年学者皆属之,比较突出的有俞平伯、陈子展、吴文祺、胡云翼、陆侃如、冯沅君、柯敦伯、刘大杰等,他们旗帜鲜明地反对"彊村派",认为一部文学史就是白话文学的发展史,并把胡适编选的《词选》奉为现代"经典"。

"胡适派"的出现标志着中国词学的现代生成,人们对于旧体诗词关注的重心也从创作转移到研究,"词学"的含义从此发生裂变——指的是对词的研究而不是用以指导创作。胡云翼认为,"词"的黄金时代主要在唐宋两朝,它在五百年前"便死了",现代的作者已没有填词的必要了,但它作为学术研究的对象却有特定的价值,这一视角的转变标志着现代意义上"新词学"的真正确立。词向来被作是不登大雅之堂的"小道"、"末技",但在"胡适派"学者看来,词与旧体诗一样成为一种过去,它也与旧体诗一样是一种过去的文体样式,它与旧体诗之间就没有地位高下贵贱之分,这样词的地位在现代学者的视野里是大大地提高了。他们已经摆脱了传统学者千年不变的文学观——诗文为正宗,词、曲、小说为变体为"小道"、"末技",而是认为"一代有一代之文学",文学的历史是进化的,唐诗、宋词、元曲、明清小说先后代雄,词相对诗而言,它在宋代其实就是一种"新体诗",是经过晚唐五代许多先驱者的努力"尝试",逐渐衍变而成的一种有文学生命的"新体诗"。词是宋代的"新体诗",这是一种全新的观念,它打破了诗词的文体界限,从文学本位的立场看待词,将人们的审美重心由词的音乐性转到词的文学性上。这一立场的转变,改变了婉约为正、豪放为变的传统观念,以诗为词的王安石、苏轼、辛弃疾等得到"胡适派"的肯定,他们认为:"这些作者都是有天才的诗人,他们不管能歌不能歌,也不管协律不协律,他们只是用词体作新诗。"[①] 他们对苏、辛豪放词派的肯定,在现代词学史上掀起了一股推苏尊辛的热潮,苏轼、辛弃疾在词史上的地位也在逐步抬高。而思想观念的变革与研究方法的更新是同步进行的,"胡适派"学者在思想上倡言白话文学,崇扬苏、辛等的"诗人之词",在研究方法上也对传统词学偏重词乐研究、词籍校勘、词学批评作了较大的调整。清末民初甚有影响的"四大词人",由王鹏运发端,朱祖谋偏重词籍校勘,郑文焯偏重词乐研究,况周颐偏重词学批评,对传统词学进行全面的总结,集传统词学之大成。但他们的研究始终是在乾嘉学派考据学思想指导下进行的,他们生活在政治观念和文化思潮已发生翻天覆地变化的现代社会,却抱着封建遗老的旧思想,以保存国粹为己任,显示出他们的思想行为与生活时代的不相适应性。"胡适派"学者则能顺应时代前进的步伐,引进西方科学的研究方法,特别是历史—美学的批评方法,对千年词史进行系统的清理和总结。对传统学者热衷的词乐、词律、词韵研究,他们没有太大的兴趣,而对作家的生平、思想、作品的意境,词史的变迁抱有更大的热情,或热衷剖析作者的思想情感,或热衷分析作品的意境,这些有利于他们发挥自己重思想分析和艺术分析的优长,也最便于他们对西方先进的观念和方法的运用。这也是他们对现代词学所作的最突出的贡献,亦即将旧词学转换为新词学。

为现代词学作出重要贡献的还有位于南京的东南大学—中央大学。1924年以后,南京成为现代中国的政治中心。它把全国各地的优秀人才吸引过来,一时成为人才汇聚的中枢之地。这里的东南大学曾经是现代"学衡派"的大本营,改制后的中央大学更成为现代文化保守主义的思想堡垒。他们站在新人文主义的立场,坚决反对胡适以白话取代文言,对以胡适为代表的新

[①] 胡适:《词选》,河北人民出版社1999年版,第5页。

文化派在创作上用白话作诗填词,在理论上批评清末词坛的尊梦窗之风,均持批评态度。

20世纪二三十年代,在东南大学—中央大学任教的国文教授,如王瀣、吴梅、黄侃、汪东、王易等,在文化理念上都是坚持保守主义的立场。讲授词曲课程的吴梅、汪东、王易等,不只是作简单的知识介绍,还有比较实际的创作指导,力图把知识传授与技能培养结合起来,这是东南大学在词学教学上与北京大学的最大差异。如果说北京大学在课程设置上开了风气之先,那么把教学与创作相结合则是东南大学的主要特色。王季思在五十多年后还能回忆起吴梅指导他们创作的情形:"先生以同学们多数不会填词,为增加我们的练习机会和写作兴趣起见,在某一个星期日的下午,找我们到他的寓处去……随出一个题目,叫大家试作,他更从书架上拿下那万红友的《词律》、戈顺卿的《词韵》,给我们翻检。初学填词,困难是很多的,有了老师在旁边随时指点,随时改正,居然在三四个钟头里,各人都填成了一阕。"[①] 为了达到提高技能训练的效果,他们还指导学生成立词社,以雅集唱和的方式激发其诗词创作的兴趣。如1924年,东南大学学生在吴梅指导下成立了"潜社",吴梅说:"潜社者,余自甲子、乙丑间偕东南大学诸生结社习词也。月二集,集必在多丽舫,舫泊秦淮,集时各赋一词,词毕即畅饮,然后散,至丁卯春,此社不废,刊有《潜社》一集,亦有可观处。"[②] 1932年秋,由中央大学五位女生组织发起成立"梅社",她们是王嘉懿、曾昭燏、龙芷芬、沈祖棻、尉素秋等,后来,杭淑娟、徐品玉、张丕环、章伯璠、胡元度等亦相继入社,她们在创作上也得到了吴梅、汪东等的直接指导。"梅社每两周聚会一次,轮流作东道主,指定地点,决定题目,上一次作品交卷,相互研究观摩,然后抄录起来,呈吴师批改。"[③] 因此,在二三十年代的东南大学—中央大学,充满着一种浓厚的创作旧体诗词的风气,这种切身的创作体验与感受,使得他们的研究更能接近诗词之本相。多年后,当年的学生还非常自豪地谈到中央大学这一独特的教学风格。"记得我在南京中央大学吴瞿庵先生的班中,同学都参加潜社,每周聚会作词一次,并且

---

① 王季思:《忆潜社》,王卫民编《吴梅和他的世界》,河北教育出版社2002年版。
② 吴梅:《吴梅全集》(日记卷)(上),河北教育出版社2002年版,第28页。
③ 尉素秋:《词林旧侣》,巩本栋编《程千帆沈祖棻学记》,贵州人民出版社1997年版。

还出版了《潜社词刊》……这些又岂是西南联大的学生所能梦见的呢？我们可以说，研究诗的如会作诗，将有助于他对诗的了解。"①

由于师生双方的共同努力，东南大学的词学研究彰显鲜明的特色，在现代词学史上占有十分重要的地位。第一，它拥有阵营最为齐全的词学教学和研究队伍。从师资来说，它队伍完备，实力雄厚，有曾在北京大学教授词曲的吴梅，有著名学者章太炎的学术传人汪东，还有后期进入东南大学的国学教授王易；从学术成就来讲，吴梅以《词学通论》闻名一时，汪东也有同名著作传世，王易在进入中央大学以前就有传世之作《词曲史》；他们治学各有专攻，吴梅以曲见长，汪东以词擅胜，王易则专治词曲史，对于学生来说，他们的专长达到了知识互补的效果。第二，它实现了传统与现代的有效对接，为现代词学研究培养了新生力量。因为吴梅、汪东对写作训练的重视，不仅锻炼了学生的写作技能，而且也培养了他们从事词曲研究的兴趣，此后，有一批学生将其学术志向放在词曲研究上。像唐圭璋在三四十年代开始致力于词学史料的辑佚校勘，先后编纂出版了《全宋词》《词话丛编》等史料丛刊；赵万里从东南大学毕业后，到清华大学国学院师事王国维，整理出版了被胡适称为治学方法最科学的《校辑宋金元人词》。第三，重视对于词的体制探讨，对于词乐、词律、作法等尤为关注。他们对于长期以来形成的词学传统，并不是废弃，而是扬弃，是发扬光大，是试图用现代的科学方法对传统观念进行系统整理。如汪东的《词学通论》重在体制辨析，分原名、甄体、审律、辨韵、征式五节，大致总结了唐宋词以来形成的传统。吴梅的同类之作更趋完善，按体制与历史两个方面展开，在体制上谈到词的声韵、音律、作法，从历史角度论述了自唐五代到明清的代表词人，是第一部将音乐与文学结合得最好的通论之作。第四，学术演讲的开展，学术期刊的创办，加速并推进词学现代化进程。在各种词社诗社之外，东南大学的学生还成立了带有学术研究性质的史地研究会、文学研究会、哲学研究会、国学研究会等，定期邀请专家讲座，出版学术期刊，先后创办有《国学丛刊》《史地学报》《文哲学报》《东南论衡》等，并刊发部分会员比如陆维钊、胡士莹、赵祥瑗的旧体诗词及研究论文等，彰显了传统文体在现代的生命活

---

① 周法高：《汉学论集》，台湾精华印书馆1964年版，第13页。

力，以及学术研究持续发展的可能性。

到20世纪30年代朱祖谋去世后，南北词坛基本上形成新旧对立的格局。在北方，以北京和天津为中心，以新派（现代派）学者为主，比如清华大学的俞平伯、燕京大学的顾随、北京大学的赵万里；在南方以上海、南京、武汉为中心，以旧派（传统派）学者为主，比如中央大学的吴梅、汪东、王易，暨南大学的龙榆生，之江大学的夏承焘，武汉大学的刘永济。北方受王国维、胡适影响较大，南方与朱祖谋、况周颐关系密切，但他们的词学研究都表现出一种融汇古今、走向现代的新趋向和新气象。亦即，经过二三十年代的有效建设，中国词学的现代格局基本奠定，词学作为一门学科被纳入现代"文学教育"的课程体系。1934年，龙榆生正式提出了现代词学"八科"之说，标志着现代词学体系建构的完成。

三 现代词学的研究价值、路径及方法

关于现代词学的时间界线，其范围是从1908年到1949年，约40年的时间。之所以以1908年为起点，是以王国维《人间词话》发表为起点的。1949年是政治的分水岭，也是学术的分水岭。这40年是中国学术从传统向现代转变的40年，古与今、新与旧、中与西的冲突表现得尤其突出，它既是对传统学术的继承，也是对现代学术的建构，今天所认同的一些学术传统正是在这个时期确立起来的，现在所谈的词学传统也主要创建在这个时期。

说起现代词学的重要，因为它是我们与传统之间的联结点。正如上文所说，传统词学到了清末已有集大成之势，王鹏运、朱祖谋、况周颐的词学都有这种倾向，是对清代以来浙西派、常州派的集大成，是对自明代以来婉约与豪放之争的集大成，一千年来的词学传统到了他们那里得到了很好的综合。他们虽各有偏嗜却并不抱残守缺，而是积极吸纳诸家之所长，并形成自己的创作特色和理论主张。他们还特别注意传统的传授，王鹏运先后邀朱祖谋、况周颐加入咫村词社就是这种表现，而现代词坛的薪火也是由朱祖谋、况周颐点燃的，朱祖谋对吴梅、陈洵、龙榆生、夏承焘、杨铁夫、叶恭绰有影响，已无疑义，其实况周颐对现代词学亦影响深远，夏敬观、赵尊岳、刘永济、陈运彰都直接或间接师事于况周颐，也就是说他们培养了传统词学的"传人"，也播撒了现代词学的"种子"。施议对先生曾把二十世纪词学队伍

划分为五代人,第一代是清末四大家,第二代是陈洵、吴梅、夏敬观、刘永济、叶恭绰、陈匪石等,第三代则是夏承焘、唐圭璋、赵尊岳、龙榆生、詹安泰、李冰若等。① 而第二或三代传人正是我们今天所说的现代词学的开创者,他们奉献给学界的重要成果,如《词学通论》《唐宋词人年谱》《全宋词》《明词汇刊》《词学研究》等,成为现代词学的"标志"。更重要的是,他们在研究方法上对传统有继承更有发展,所谓继承就是尊重古代的词学传统,所谓发展就是运用现代的科学方法整理传统,使中国词学走向了现代,让传统在现代依然能焕发出熠熠光芒,像吴梅、王易、龙榆生、刘永济等人的研究都具有这一特色,亦即传统与现代在他们那里实现了有效对接。他们从文献整理、现代学科体系的建构、现代研究方法的开拓等方面,基本规划了 20 世纪词学研究的主要对象和重要手段,如果没有他们创建的现代学术范式和学科体系,也就没有我们今天所从事的词学研究,我们现在所使用的研究方法和研究的内容,大体上是对吴梅、刘永济、胡云翼、夏承焘、唐圭璋的继承,当然也会随着时代的进步有一些局部的调整,但总体上还未能溢出他们所规划的范围和所使用的方法。

说起现代词学的重要,还因为它依然沾溉着我们今天这些从事词学研究的学术新人,他们的著作已成为我们从事词学研究的入门指南,我们今天的研究都是在现代词学的基础上展开的。从文献整理角度看,像张璋、黄畬编的《全唐五代词》、曾昭岷等编《全唐五代词》都利用了林大椿在 30 年代汇辑而成的《唐五代词》,唐圭璋编、王仲闻审订《全宋词》也是在 40 年代研究的基础上展开的,张璋、饶宗颐编纂《全明词》更是充分利用了赵尊岳明词整理的成果。据有关专家介绍,赵尊岳一直有编纂《全明词》的设想,但因条件的限制未能付诸行动,后来,他把自己多年搜集所得交给了饶宗颐,这成为《全明词》编纂的最初基础。虽然《全清词》的编纂是重新启灶,但叶恭绰的《全清词钞》也为它的编纂工作打下了较好的基础。从学科规划看,我们对词学的研究对象有各种相关的思考,也是对现代词学有关思考的进一步深化,在上个世纪 20 年代已有学者在思考相关问题,有以填词为词学的,有以治词为词学的,前者指向创作,后者指向研究,何取

---

① 施议对:《方笔与圆笔——刘永济与中国当代词学》,《中国韵文学刊》2004 年 1 期。

何舍？龙榆生在1934年撰写《词学研究之商榷》一文指出，应该严格区别"填词"与"治词"，提出了现代词学研究的八项内容：图谱之学、词乐之学、词韵之学、词史之学、校勘之学、声调之学、批评之学、目录之学，这一构想是在传统基础上适应新时代需要而提出来的，"算是把旧学与新学、基础与上层都兼顾到了"。[①] 后来，在20世纪下半叶，也有学者就相关问题发表意见，如唐圭璋（词的起源、词乐、词律、词韵、词人传记、词集版本、词集校勘、词集笺注、词学辑佚、词学评论）、吴熊和（词源、词体、词调、词派、词籍、词乐）、刘扬忠（词的起源、词乐、词律、词韵、词的声情、词人传记、词集版本、词集校勘、词学典籍目录、词集笺注、词学辑佚、词学评论）的有关词学设想，也都是以龙榆生的构想为基础来建构学科体系的。从研究方法来看，大致可以分为历史还原（以史料考据为主）与现代阐释（以理论阐释为主）两个方向，历史还原就是以尊重历史的态度，用传统朴学的方法，对一些文学史现象做忠实而客观的还原工作；所谓现代阐释就是运用先进的西方理论对中国词史进行新的建构。这两种路数也正是由现代词学研究所开创的，属于前者如夏承焘的《唐宋词人年谱》、唐圭璋的《全宋词》，属于后者有胡云翼的《中国词史大纲》、冯沅君的《中国诗史》，我们今天无论在研究方法上有何创新，基本不出上述两个方面。

然而，现代词学的重要不仅仅在于它承上启下，而且还在于它是一种有别于旧词学的"新词学"。所谓"旧词学"，是以创作为基本方向，以传统诗教为创作原则，以源流体制为研究内容，以词话词籍评点为主要研究手段。而"新词学"无论是在观念上还是在研究内容和研究方法上，都大大地突破了"旧词学"的理论格局。对此，刘扬忠先生有比较精辟的论述，他说：

> 我认为，二十世纪的新词学并不是传统词学自然发展的结果。恰恰相反，我这里要强调的是，新词学是本世纪开头30多年新文化思潮冲击旧词学，使之发生裂变的产物，而决不是传统词学的传宗接代式的延伸或复制。挟带着新思想、新观念和新方法闯进世纪初的词坛，

---

① 刘扬忠：《宋词研究之路》，天津教育出版社1989年版，第17页。

给这门古老的学问带来新面貌的,是王国维、梁启超、胡适、俞平伯等一批受过西方薰陶的新派人物。同传统的旧式的词学家相比较,这些新派人物思维方式不同,治学路子不同,因而面对同样的研究对象所得的结论也大不一样。他们发表的那些在当时激起轩然大波的专著和文章,所代表的是一种新的学术方向,所提供的是一种新的学术范式。①

如果说"清末四大家"尚属旧词学,那么在三四十年代发展起来的便是"新词学"了,有人提出现代词学研究队伍有"传统派"与"现代派",前者以龙榆生、夏承焘、唐圭璋为代表,后者以俞平伯、胡云翼、冯沅君为代表。这样的提法有其合理性,其实这两派都应该属于"新词学",只是在研究立场上,有的强调要从传统出发,有的主张要顺应时代发展,把他们称为现代词学的两个学术流派是可以的。曾大兴先生的提法值得借鉴,他认为在20世纪词学界存在两个学术流派——"南派"和"北派"②,在词学渊源、词学思想、治词路子、研究方法上有较大差异。但它们都是在新时代运用现代的理论进行学术研究,已不再以旧时代的诗教观为指导原则,而是以真情纯美的新观念看待词史,在研究方法上也以科学的实证法为努力的方向,它们的研究都应该属于新词学,都盖上了鲜明的"现代"印戳。

关于现代词学的研究现状,已有学者作了比较系统的回顾与清理,大致说来分为宏观与微观两个方面。宏观方面涉及现代词学的内涵、范畴、分期等问题,微观方面主要是讨论著名词学家的学术成就。③ 这些研究对于推动现代词学研究发挥过一定的作用,产生了一定的影响,但其存在的不足也是较为明显的,即大多以词学家为切入点,重点分析王国维、吴梅、胡适、梁启超、夏承焘、唐圭璋、胡云翼等大家的思想观念,这样固然能梳理相关线索,彰观现代词学的某些特色,但现代词学毕竟不同于传统词学,它的研究资料极为丰富,只以大家名家带动历史的做法有一定的局限性,这种静态性

---

① 严迪昌、刘扬忠、钟振振、王兆鹏:《关于二十世纪词学研究的对话》,《文学遗产》1999年第3期。
② 曾大兴:《二十世纪"南派词学"与"北派词学"素描》,《中国韵文学刊》2011年第2期。
③ 傅宇斌:《现代词学的研究现状及展望》,《中国韵文学刊》2011年第1期。

的研究也不能反映中国词学的现代化进程。是不是可以根据实际作一些新的探索？经过近几年的研究探索，我认为可从大家、家族、教育、社团、学术等方面找到现代词学研究的一些"增长点"。第一，对于"大家"的研究，在现有成果的基础上进行视角转换，从他们对现代词学的影响入手，讨论他们为现代词坛贡献了哪些新观念，以及这些观念对于现代词学建设所发生的影响。在笔者看来，"大家"的意义，并不在于他们的观点有多么新颖，他们的方法有多么科学，而在于他们的思想和方法所散发出来的魅力。他们对于历史的贡献，是中国词学在他们的手中完成了从传统向现代的过渡与转型，比如朱祖谋的意义在于他作为民初词坛领袖，培养了一批词学研究新人（南派），王国维的意义在于他引进西方的学术理念对传统词学进行了实质性"改造"，胡适的意义则在他把传统词学的改造作为一种学术事业来对待，并在他的影响下形成了一个新的学术流派——"胡适派"（北派）。第二，从家族的角度观察词学的现代转型，也是过去研究所忽略的，笔者尝试通过几个有代表性的文化世家的个案分析，希望能找到一些传统研究所未能发现的"节点"。众所周知，晚清民初处在中国社会转型之际，但文化的传衍并没有随着政治的变迁而发生较大变化，相反，一些在晚清时期成熟发展起来的新兴文化家族，成为中国现代文化建设的重要力量。人们过去注意到义宁陈氏对于现代学术建设的重大影响，无锡钱氏对于现代诗学建设的突出贡献，其实文化世家对现代词学的发展也发挥过积极的推动作用，像德清俞氏和新会梁氏就是这样典型的文化望族，即使是江山刘氏对于中国词学的现代转型也功不可没。第三，随着高等教育的迅猛发展，高等学府成了现代学术的发源地，现代词学也在这里生根发芽起来。实事求是地说，高等学校是现代学术的输出站，也是现代学者的活动空间：一方面他们把自己最新的研究心得传授给学生，在师生互动中提升了自己的研究水平，并将其研究心得迅速转化为学术成果；另一方面，民国大学良好的育人环境，包括生活待遇的优裕，时间相对自由和闲适，有利于他们自由的思考和思想的交流。这里还是文人比较集中的地方，雅集唱和成为他们最佳的交流方式，因此，在南京中央大学有师生之间的"潜社"唱和，也有校内师生与校外文人之间的"如社"互动。还有一点，大学历来是学术研究的重镇，设置研究所，招收研究生，创办学术期刊，对推进学术研究来说意义重大。现代词学史上一些重要的学术论文，就是由这些高校的师生撰写并发表在相关的学术刊物上，这不但营造了高等学府学术研究的氛围，也培养了一大批词学研究新人。第四，在高等学府之外，文社包括诗社或词社是现代词学生产的另一所在，这是一个比较典型的"文学场域"。在近现代最有影响的文社是南社，它活动时间长，入社成员多，在清末民初之际对于现代词学的发生产生过一定影响。过去，人们只是把它作为一般性文社看待，其实，因为其成员的复杂性，也影响到现代词学的发展方向，从时间上看它是介于清末"彊村派"与民初"胡适派"之间的一个文学社团。据统计，现代词社有二十余家，本书将从宏观的角度着重考察现代词社发展的脉络，分析其审美倾向的变化，探讨其活动内容和理论主张，把它作为一种词坛现象，考察它对于现代词学所作的贡献。另外，作为晚清最重要的词派——常州派，对于现代词学有哪些影响，过去关注不多，本书拟对其思想在现代的传衍情况作一系统梳理，试图说明传统观念在现代的传衍及其生命活力。第五，现代词学的进步是与现代学术的发展分不开的，中国学术到了清末民初之际出现了中学与西学之争，何优何劣？遽难论定，但外来学术对传统学术的冲击在所难免，问题的关键是中国学术在新的形势下如何应对外来学术？通过考察现代学术史，发现现代学术大师们通过创造性转换，将传统与现代对接，一方面积极吸纳西方现代学术的体系性和思辨性的养分，将传统进行现代转换；另一方面，在乾嘉朴学的基础上推出顺应时代发展需求的"新朴学"，将从乾嘉学者那里而来的音韵、训诂、校勘方法，与自西方舶来的实证方法结合起来，成为一种具有精密而纯粹之特色的新型学术——考证学。

  通过以上描述，对现代词学相关问题或许有一些新的印象，由此对过去相关研究展开反思。《中国词学史》、《中国近世词学思想研究》、《20世纪中国古代文学研究史》（词学卷）、《20世纪词学名家研究》等研究著作，涉及现代词学的部分内容，这些著作大多是以评传的方式对一些著名词学家思想观点的归纳和总结。这样的研究路数或者说切入点，未能全面反映现代词学研究的丰富多样性，也忽略了现代学术研究所重视的问题意识，这就是从1908年至1949年的四十年是中国词学向现代转型的四十年，新旧并存与现代转型是这一时期中国学术的总体趋向。在现代，已不是一两个大家一统学术界的格局，而是由众多学者围绕相同的议题展开讨论并推进学术进步的新时代。"学术转型"这一核心话题是本书重点关注的。何谓学术转型？它是指在外在因素的推动下，由一种旧有研究范型向新兴研究范型的转变，包括研究主体的学术理念、研究对象的内容以及研究过程中所使用方法的变化等。但过去的相关研究关注的中心是"是什么"，而笔者将把研究的重心放在"为什么"上，将现代词学家放在不同的文化语境里分析，探讨现代词学是如何转型的及其转型的路径，它是一种过程研究，或曰动态研究，使我们比较清晰地看到词学转型的内在动因。这样的研究内容和路向，也决定本书不能完全袭用"以大家带动历史"的研究思路，这一研究方法有它先天的局限性，只见树木不见森林，笔者希望通过第一手材料的梳理，找到中国词学从传统向现代过渡与转型的内在理路。过去以大家名家代表时代的思维模式，对史料的解读和分析存在认识和思维的缺失，所以，对于现代词学，在史料的搜集与分析上必须重新认识。

第一，历史与细节。本书所研究的对象是现代词学，是一种过去的学术，"过去"就是曾经的"现在"，是一种鲜活生动的历史存在。"鲜活"，就是由许多具体的可以感知的细节组成，作为历史研究者，其任务就是要把这种"鲜活"呈现出来，也就是说历史研究以追求细节的真实为目标，有了细节才能还原历史说明真相，这也是当前史学界所倡导的社会生活史研究方法。我始终坚信，历史不只是名家的简单相串，特殊性不能取代一般性，一般性就是"鲜活"的生活真实，所以，一定要回到历史的场景里去观看当时人的活动，不能因为史料的少于记载，就忽略了历史的一般性。的确，大家名家是一个时期思想的"标志"，却不能涵盖一切，历史的进步体现在具体的生活细节上，一定要摒弃以名家研究取代历史的做法。如何再现一般性，再现细节的真实？我想最有效的办法是大量的接触原始材料，广泛的材料阅读会让我们回到历史的场景中，看到生动鲜活的历史细节。比如在30年代的上海，有一场由曾今可发起的"词的解放"的讨论，这一场讨论是五四时期胡适等人有关讨论的继续，在传统的诗歌、戏剧革命之外，对于词的形式与内容进行的革命，其参与的人物有余慕陶、褚问鹃、陈钟凡、龙榆生、柳亚子、郑振铎、董每戡等，只是因为鲁迅对曾今可有批评，所以，一直以来人们对这次讨论略而不谈,但它在当时却是在词学界产生了一定的影响。①

第二,史料与理论。当前,人们的研究有些过于迷信理论,认为只有新理论才会有新的学术观点。其实,史料对于理论而言它的价值具有恒久性,我觉得,对于文学史学科而言,把太多的精力放在理论的建设上,还不如脚踏实地在史料的搜集上多花些时间,新史料的发现会让我们改变偏见。比如对20世纪之初的词学,人们过去关注较多的是王国维、梁启超、胡适这些新派人物,却忽略了一个紧承"清末四大家"而来的南社文人群体,他们在当时的影响力亦不逊色于上述新派理论家,而且他们把清末词学与民初词学之间的历史链条连接起来了。在过去,因为过多地关注大家名家,对于其他一些学者往往视而不见,如果能注意到大家名家之外的学者和词人,在数据的关注度上侧重于一些非大家非名家,会发现现代词学是如此的丰富多彩,中国词学从传统向现代转换的进程,也是一个众人添火的工作。我在现代词学研究过程中新发现许多学者和著述,比如王蕴章的《词学》、孙人和的"续修四库词籍提要"、徐兴业的《清词研究》、《清代词学批评家述评》、夏仁虎的《枝巢四述》"论词"等。我认为,新史料的发现就是新观点的发现,传统的研究方法讲究以材料说话,就是这层意思。现在大家觉得理论具有创新性,其实,史料的发现与理论的创新并不矛盾,理论的言说需要史料的支撑,史料能比较准确地说明观点。比如,过去总以为胡适对旧文学是否定的,但通过读《胡适日记》,发现胡适理论的立足点是白话文学,支撑他这一理论的并不是来自西方的文学史,他是建构在中国古代文学史的认识基础上,他把乐府、词曲、小说都看作是白话文学,词曲在他的心目中有很重要的地位,他不但编有《词选》一书,还在《国语文学史》中对宋词给予较高的评价,作为文学史发展链条中不可或缺的组成部分。如果没有对《胡适日记》的通读,怎么能正确理解胡适表述上的矛盾性呢?还有俞平伯,过去一直把他作为现代新诗的代表,他是五四时期"新潮社"的重要成员,但通过了解他的家学渊源,了解他接受教育的背景,才知道俞平伯为什么会走上词学研究之路,原来他的曾祖、他的父亲都是清末民初的著名词

---

① 倪春军:《词体革命:创作思路与理论建构》,《兰州大学学报》2012年第1期。

人，他在北京大学求学期间又受到黄侃的影响，正因为他有过比较成功的填词经历，还在清华大学教授过词学，并先后推出《清真词释》《读词偶得》《词课示例》等著作，才使他的词学研究有着比较明显的传统底色。

第三，知识与思想。对于史料的重视是学术研究的出发点，这是基础，却不是目的，所以，开展现代词学研究，是要通过它来展现我们时代的思想智慧，特别是我们对于前人已有认识的超越和进步。但是，当前的研究也存在着唯知识论的倾向，某些著述存在着严重的史料堆积的毛病，只是满足于对"知识"的掌握，忽视了"知识"作为人类进步的标志，是以"思想"的创新为其价值体现的首要条件，也就是说"知识"只是人类"思想"进步的一个阶梯而已。可是，有些人却主张回到乾嘉时代，试图以知识取代思想，"由考覈以通乎性与天道"，这实际上是试图以知识吞并思想，表现出一种根深蒂固的知识优先的理念，结果是将他们的全部精力耗费在史料的搜集上。其实，知识与思想在主客观两方面都有不同的品性，知识的特点在它的正确性和恒定性，人们对知识的了解在求博求实求稳，对知识的掌握主要靠的是主体的记忆力；相反，思想的特点在它的新颖性和时代性，人们对思想的要求在求深求专求新，对新思想的探求主要依赖的是主体的辨识力和创造力。作为社会生存的手段，知识是人类必需的，但推动人类进步的却是思想的创新，人类的天性亦在它的不断求新，在思想的创新过程中促进了自身的进化，也推动了社会的进步，所以，对新思想的探求是人类的最根本性特征。学者从事学术研究的目的亦在创新，对于现代词学的研究也是这样。在已有史料清理基础上，适当进行理论分析，提炼出一些带规律性的认识，展示我们这个时代人类认识水平的深度和广度，使我们的研究打上鲜明的时代烙印和思想标记。

总之，从基本史料出发，我认为现代词学研究的学术空间广阔，期待有更多的学者进入这一矿藏丰富且尚未完全开发的处女地。

第 一 章
现代词学的新旧交融

中国词学从传统到现代的转型,在某种意义上讲,就是中国词学如何走向现代的,如何适应新的语境而改造自身的,如何从"旧词学"转变为"新词学"的。"如何"是一个动态的过程,也是一种方式和态度:扬弃传统,走向现代,从对立走向融合。

清末民初,随着中国社会逐步走向近代化,以经学为主流的传统学术朝着现代科学化方向发展,传统的四部之学转化成现代的七科之学,作为七科之学之一的"文科"分化出大量的分支学科,比如哲学、文学、史学等,在文学方面则有诗学、词学、曲学等具体的分支。然而,无论在学科上有怎样的分野,它们在研究方法和学术观念上大都比较一致,传统的"我注六经"和"六经注我"的研究方法,已被现代科学的实证方法和逻辑推衍的方法所取代,传统的教化观念被现代的美育思想所取代,一般学者多能运用现代研究方法和学术理念,对传统知识进行谱系化的工作。对于现代词学而言,纯美的文艺观取代了传统的诗教观。

以王国维《人间词话》为标志,中国词学开始它现代化的历程,来自西方的学术理念和入思方式闯进传统学术的领地。接着是胡适、陈独秀、钱玄同主张"文学革命",掀起了一场声势浩大的新文化运动,对传统词学进行了一次改头换面的大变革,胡适编选《词选》及其所宣扬的词史观在社会上流传开来,使中国词学真正走上了现代化的康庄大道。无论是传统派还是现代派,在学术理念上都发生较大的变化,推崇情感的真实和重视意境的创造成为现代词学的两大主脉。

这时,现代科学的研究方法也在词学研究领域得到广泛的应用,并在词学体系建构、词史研究、词籍整理三个方面取得了巨大的成就。从词籍整理看，辑佚、校勘、笺注、目录等都有突破性进展，出现了唐圭璋《全宋词》、赵万里《校辑宋金元人词》、周泳先《唐宋金元词钩沉》、朱居易《毛刻宋六十家词勘误》、赵尊岳《明词汇刊》、陈乃乾《清名家词》等重要成果；从词史的撰述方面看，以刘毓盘《词史》出版为起点，从20世纪20年代到40年代，先后涌现出冯沅君《中国诗史》、王易《词曲史》、胡云翼《中国词史略》、胡云翼《宋词研究》、薛砺若《宋词通论》、陈钟凡《中国韵文通论》、吴烈《中国韵文流变史》等词史著作；值得一提的是，词学体系的建构更是成就显赫，从最早出版的王蕴章《词学》（1915），到三四十年代，先后有梁启勋《词学》、吴梅《词学通论》、汪东《词学通论》、胡云翼《词学概论》、任中敏《词曲通义》等著作问世，对词乐、词律、词韵、体制、作法都有精辟论述，并初步建构起现代词学的学科体系。正是在他们扎实的研究基础上，龙榆生发表《词学研究之商榷》一文，提出了现代词学的"八科"之说。当代学者王昆吾先生指出，20世纪初期的词学是一个传统与新变互动的过程，经历了改变旧传统、形成新传统、建立独立学科三个发展阶段，"这个时代可以说是学科自觉的时代"。[①]

  作为一门独立的学科，"词学"应该研究什么？又应该怎样研究"词学"？这是在学科自觉时代人们经常思考的问题，有的从起源角度入手，有的从体制角度着眼，有的从词的特性方面探讨，有的还从词学与其他学科的边界入手……他们的这些思考在现代学术史上留下了一道道思想印记。正是这些印记，为我们追索他们的思考路径，寻访中国词学现代化轨迹，提供了一条条便利可行的线索。

第一节 "词学"：从传统到现代

  自从词发生以来，关于词的讨论即纷纭而起，有"乐府"、"乐章"、"琴趣"、"歌曲"、"诗余"、"长短句"等称谓，更有"别是一家"、"自有

[①] 王昆吾：《百年词学：兼论中国词学的普遍性和特殊性》，张荣明主编《人与社会：文化哲学·宗教·哲学》，上海社会科学院出版社2008年版，第250页。

一种风格"、"诗之苗裔"、"意内言外"、"词者声学也"等说法,这样便产生了以词的体制、创作、历史为讨论对象的一门学问——"词学"。

一 "词学"的历史

以词为讨论对象的行为,在晚唐五代时期就已出现了,最著名者为欧阳炯《〈花间集〉序》,接着是北宋陈世修《〈阳春集〉序》、李之仪《跋吴思道小词》、黄庭坚《〈小山词〉序》等,南渡之际更有李清照的《词论》指点北宋词坛积弊,提出著名的"别是一家"之说。南宋时期,张炎《词源》是第一部系统讨论词学问题的专著,上卷论乐,为音律论;下卷论词,为创作论:它从音乐和文学两个方面开启了中国词学体系化的研讨历程。"词之有学,实始于张氏,而《词源》一书,乃为研究词学者之最要典籍矣。"[1]然而,在唐宋还未出现用以指称现代学科意义上的"词学"一词,也就是说唐宋时期的词学研究有其"实"而无其"名"。

以"词学"指称"词"的研究行为,第一次出现在明代,这就是周瑛的《词学筌蹄》。周瑛(1430—1518),字梁石,号翠渠,莆田人,成化五年(1469)进士,弘治初官至右布政使。《词学筌蹄》现有上海图书馆所藏抄本,卷首有周瑛"自序",作于弘治七年(1494)。这是一部词谱之书,它在体例上是前为谱后为词,此编以调为主,逐调为之作谱,目的是"使学者按谱填词,自道其意中事"。据此推知,"词学"一词,最迟在弘治七年(1494)已经出现,确切地说它是用以指称词的"图谱之学",目的在于帮助初学者按谱填词。因此,在明末,词的"图谱之学"盛行一时,先后有张綖《诗余图谱》、程明善《啸余谱》、万惟檀《诗余图谱》问世。到清初,"词学"一词开始广为流行,所指也是基于创作目的的词谱词律之学。如邹祗谟说:"张光州南湖《诗余图谱》,于词学失传之日,创为谱系,有筚路蓝缕之功。"[2]田同之说:"近日词家,谓词以琢句练调为工,并不深求于平仄句读之间,惟斤斤守《啸余》一编,《图谱》数卷,便自以为铁板金板,于是词风日盛,词学日衰矣!"[3]玄烨说:"唐之中叶,始为填词,制调

---

[1] 龙榆生:《研究词学之商榷》,《龙榆生词学论文集》,上海古籍出版社1997年版,第88页。
[2] 邹祗谟:《远志斋词衷》,唐圭璋辑《词话丛编》,中华书局1986年版,第658页。
[3] 田同之:《西圃词说》,唐圭璋辑《词话丛编》第二册,第1470页。

倚声，历五代北宋而极盛。崇宁间，大晟乐府所集有十二律，六十家，八十四调，后遂增至二百余；换羽移商，品目详具。逮南渡后，宫调失传，而词学亦渐紊矣！"①

在清代，随着词学复兴之势的全面到来，对于"词学"一词的理解逐渐宽泛起来。康熙十八年（1679），查继培编《词学全书》，将《填词名解》《填词图谱》《词韵》《古今词论》合刻，向人们宣告"词学"这门学科应该包括词名释义、词谱、词韵、词论四个方面。康熙二十七年（1688），徐釚编《词苑丛谈》，将词学内容归结为体制、音韵、品藻、纪事、谐谑、外编六类，这是清代对"词学"研究内容进行系统整理的初步尝试。此后，清代词学进一步开拓、发展，在词韵方面有吴烺的《学宋斋词韵》、叶申芗的《天籁轩词韵》、谢元淮的《碎金词韵》、戈载的《词林正韵》，在词律方面有王奕清的《钦定词谱》、叶申芗的《天籁轩词谱》、舒梦兰的《白香词谱》，在词乐方面有凌廷堪的《燕乐考原》和谢元淮的《碎金词谱》，在词话词评方面有李调元的《雨村词话》、郭麐的《灵芬馆词话》、周济的《介存斋论词杂著》、宋翔凤的《乐府余论》、孙麟趾的《词迳》等。这些论著大都后出转精，成为清代词学的标志性学术成果。嘉庆十年（1805），冯金伯对这一时期的词学研究作总结，编成《词苑萃编》二十四卷，将"词学"内容归纳为体制、旨趣、品藻、指摘、纪事、音韵、辨证、谐谑、余编九类，内容更丰富，归纳更科学。嘉庆十五年（1810），秦恩复刊刻《词学丛书》，收有《词源》、《词林韵释》、《乐府雅词》、《阳春白雪》、《精选名儒草堂诗余》、陈允平《日湖渔唱》六种，包括有词韵、词论、词乐、词集等。顾广圻为之撰写序文，提出了建构"词学"的设想，指出"词而言学何也？盖天下有一事即有一学，何独至于词而无之"，并阐述了"词学"作为一门学科的具体内涵："吾见是书之行也，填词者得之，循其名，思其义。于《词源》可以得七宫十二调声律一定之学，于《韵释》可以得清浊部类分合配隶之学，于《雅词》等可以博观体制，深寻旨趣，得自来传作，无一字一句任意轻下之学。继自今将复夫人而知有词即有学，无学且无词，

---

① 玄烨：《御制〈词谱〉序》，《钦定词谱》中国书店1983年影印版，第2—3页。

而太史（指秦恩复）为功于词者非浅鲜矣。"①

光绪年间，江顺诒对"词学"再一次作总结，编成《词学集成》八卷，前四卷是撮其纲，"曰源、曰体、曰音、曰韵"，后四卷是衍其流，"曰派、曰法、曰境、曰品"。"是书虽由汇集而成，但其所加案语及体系结构，均能体现一定的词学观，可看作是第一部系统整理、研究前人词话且具有一定理论色彩的词话专著，在一定程度上弥补了清代汇编体词话'搜采多而论断少'的缺陷。"② 它剔除了纪事、辨证、谐谑、品藻等内容，突出了体制与创作方面的内容，揭示"词学"实由音乐与文学两大部分组成，从而在词学体系的建构上迈出了实质性的一大步。

进入20世纪以来，随着西方学术思想的大量输入，对中国传统学术进行现代化改造势在必行，中国词学的学科建设也进入了一个新的发展阶段。最先以"词学"命名并以现代学术面貌出现的是谢无量的《词学指南》（1918），这是一部与其《诗学指南》相辅而行的普遍读物，由"词学通论"和"填词实用格式"两部分组成。值得注意的是"通论"部分，包括有起源、体式、作法、词评、词韵等，内容虽称简略，却也大致地涉及现代"词学"的主要内容，只是他的着眼点还是在"填词"上，所以在"填词实用格式"部分，具体地以图谱的形式说明某词某调之平仄叶韵。接着就是由上海崇文书局印行的王蕴章的《词学》（1919），它与费有容"诗学"、许德邻"曲学"等一起构成《文艺全书》，"词学"由溯源第一、辨体第二、审音第三、正韵第四、论派第五、作法第六组成，涉及的内容有：词源、词体、词谱、词韵、词派、作法等，这些可以说是对"词学"这一学科研究内容的基本界定。而后有吴莽汉《词学初桄》（1920）、徐敬修《词学常识》（1925）、徐珂《清代词学概论》（1926）、胡云翼《词学ABC》（1930），对"词学"的内容做了进一步的充实，在上述主要内容之外更大篇幅地增加了"词史"的内容。到三十年代，又有梁启勋《词学》、刘德成《词学概论》、吴梅《词学通论》、任二北《词学研究法》、罗芳洲《词学研究》、汪东《词学通论》、寿玺《词学讲义》、华钟彦《词学丛谭》、蒋梅笙《词学概

---

① 顾广圻：《〈词学全书〉序》，《思适斋集》卷十三，道光十九年上海徐氏刊本。
② 朱崇才：《词话史》，中华书局2006年版，第302页。

论》、詹安泰《词学研究》等相继问世,逐渐淡化并别除填词格式之类的内容,进一步强化词籍、体制、作法、历史等内容,使得"词学"的研究对象更趋于合理,"词学"的研究体系更趋于科学。至于龙榆生《研究词学之商榷》一文的发表,提出词学研究之"八科"说,成为中国现代词学走向成熟的一大标志。

二 现代关于"词学"的讨论

从谢无量《词学指南》问世,在现代学术思潮的影响下,在现代教育体制的规范下,现代学术界对于"词学"的定义、研究内容和方法展开讨论,中国词学一步一步地走向现代。

（一）关于词学的定义。

什么是"词学"？在传统学者眼中,既指创作,即对词之体式和写作技巧的把握；也指理论,即对词的创作的理论探讨。在现代词学的初创期,对这一语词也未作比较明确的界定和解释,因此,一般情况下是沿袭传统的看法,比如谢无量的《词学指南》、徐敬修的《词学常识》指的即是传统意义上的"词学",但在现代学术分科的大趋势下,理论探讨的比例越来越重,正如现代"诗学"一样,现代"词学"基本上指的就是一种对词的理论探讨的学问。亦如梁启勋所说:"'词学'二字颇生硬,过去虽有此名辞,未见通显。计词之传于世者,今尚得八百三十余调,一千六百七十余体,然而音谱失传,徒供读品,今但视作文学中之一种以研究之,则词学二字亦尚可通。"[①] 梁启勋认为,在词的音谱失传之后,词已成为一种"徒供读品"的文本,而"词学"也就成为一种对这一文本研究的学问。因此,在现代学术界是把"词学"（或曰"论词"）与"学词"（或曰"填词"）分开来看的,胡云翼在《词学概论》开篇就说:"我这本书是'词学',而不是'学词',所以也不会告诉读者怎样去学习填词。"[②] 龙榆生在《今日学词应取之途径》一文中也说:"词学与学词,原为二事。治词学者,就已往之成绩,加以分析研究,而明其得失利病之所在,其态度务取客观……学词者将取前

---

① 梁启勋:《词学》"总论",中国书店1985年影印版,第1页。
② 刘永翔、李露蕾编《胡云翼说词》,华东师范大学出版社2004年版,第171页。

人名制,为吾揣摩研练之资,陶铸销融,以发我胸中之情趣,使作者个性充分表现于繁弦促柱间,藉以引起读者之同情,而无背于诗人兴观群怨之旨,中贵有我,而义在感人。"① 又在《研究词学之商榷》一文中谈到"填词"与"词学"的不同:"取唐宋以来之燕乐杂曲,依其节拍而实之以文字,谓之'填词'。推求各曲调表情之缓急悲歌,与词体之渊源流变,乃至各作者利病得失之所由,谓之'词学'。"也就是说,"填词"是一种创作实践,"词学"是对这一创作实践的理论探讨,"文学史家"不同于"文学家"的任务是理论研讨:"迨世异时移,遗声阒寂,钩稽考索,乃为文学史家之所有事。归纳众制,以寻求其一定之规律,与其盛衰转变之情,非好学深思,殆不足以举千年之坠绪,如网在纲,有条不紊,以昭示来学也。"② 因此,在"词学"与"填词"之间有这样的一种联系——没有"填词",便没有"词学",但"填词"并不等同于词学。詹安泰谈到自己《词学研究》一书的撰写初衷时说:"盖作词难,知词亦不易也。兹所论列,殆同草创,略具规模经营,兼论学词,非尽词学。诚以苟未学词,侈谈词学;纵能信口雌黄,哗众取宠,只是沿袭,必无创获。"③ 从事词学研究者,当对创作有其会心之处,这样才会使其研究有所"创获",亦即有新的突破。

(二) 关于词学的研究内容

通过上述定义,大致界定了"词学"的研究内容,大凡关于词的体制、创作、历史、文献等都是"词学"所关注的对象,这些研究对象也决定了"词学"学科体制的构成。

第一,张尔田为朱祖谋《彊村遗书》所撰序文,指出清代词学所取得的四大成就:这就是以万树《词律》为代表的词律之学,以戈载《词林正韵》为代表的词韵之学,以张惠言为代表的尊体之学,以朱祖谋为代表的词籍校勘之学。所论虽称简略,大致总结出清代词学的重要成就,这也是对清代"词学"主要内容——词律、词韵、尊体、校勘的精辟概括。

第二,任二北在《东方杂志》、《中山大学语言历史研究所周刊》等刊物发表《研究词乐之意见》《研究词集之方法》《增订词律之商榷》等论

---

① 龙榆生:《今日学词应取之途径》,《词学季刊》第 2 卷第 2 号。
② 龙榆生:《研究词学之商榷》,《词学季刊》第 1 卷第 4 号。
③ 汤擎民编《詹安泰词学研究》,广东人民出版社 1984 年版,第 3 页。

文，后结集为《词学研究法》（商务印书馆 1935 年版），指出"词学"研究包括作法、词律、词乐、词集等四个方面，这实际上也意味着"词学"在分类学上有创作研究、词乐研究、词律研究、词集研究四个方向。

第三，夏承焘在《天风阁学词日记》中 1935 年 12 月 29 日提到，拟在四十岁以前撰成"词学史"、"词学志"、"词学典"、"词学谱表"四书，1937 年 1 月 15 日谈到准备以十年之力成"词学史"、"词学志"、"词学考"三书，1938 年 3 月 8 日又提到计划撰写中的《词学》一书，拟分为"人物志"、"曲籍存佚志"、"宫调志"、"方言志"诸目，这也是词学分科的另一种提法，并着重在传统文献的史料辨证，有点类似于现代所说的词学文献学或曰词学史料学。

第四，龙榆生在《研究词学之商榷》一文中指出，自明清到现代，经过数百年的发展，中国词学基本形成了以张綖《诗余图谱》、程明善《啸余谱》、赖以邠《填词图谱》、万树《词律》为代表的"图谱之学"，以凌廷堪《燕乐考原》、方成培《香研居词麈》为代表的"词乐之学"，以戈载《词林正韵》为代表的"词韵之学"，以张宗橚《词林纪事》、王国维《清真先生遗事》、夏承焘《唐宋词人年谱》为代表的"词史之学"，以王鹏运、朱祖谋合校《梦窗词集》、朱祖谋编校《彊村丛书》为代表的"校勘之学"。然而，龙榆生认为在上述五个方面之外，还可以别立为"声调之学"、"批评之学"和"目录之学"。所谓"声调之学"，就是根据词中句度之参差长短，与语调之疾徐轻重，叶韵之疏密清浊，比类而求之，探求曲中所表之声情。所谓"批评之学"，就是在传统词话之外，以客观之态度，详考作家之身世关系，与一时风尚之所趋，以推求其作风转变之由，与其利病得失之所在。所谓"目录之学"，则是示学者以从入之途，或重考作家之史迹，或详辨版本之善恶，或慎识词家之品藻，等等。

综观上述诸家所论，大致可以了解到现代"词学"在体系建构问题上的一些设想，而以龙榆生的建构较为系统，它涉及词乐、词体、词律、词韵、词论、词史、词籍等主要方面。

（三）关于词学的研究方法

如何研究"词学"？李冰若说："我们对于学术的态度，尝觉主张是一事，研究是一事，两者不必混在一起；即同一研究的对象，亦各有其研究的出发点和目标,尤不必大家走在一条路上,故研究词学亦分为几个方面去做,亦不是主张定要作成一个词人。"① 现代学者根据自己认定的内容,以及他们多年的研究经验和心得,对词学研究的方法发表了各自的见解。

首先,从初学的角度开列词学书目。如徐敬修《词学常识》、胡云翼《词学概论》、薛砺若《宋词通论》、胡云翼《宋词研究》、刘麟生《词絜》,都开有给初学者入门的参考书目,这些书目包括有总集、选集、专集、词话、词律、词韵之类参考书。刘麟生认为词学的研究方法,无非是读词和作词两个方面,读词的方法不外两种,一是读词选,二是读专集,而且初学词者只能读唐五代两宋词,"所谓取法乎上,仅得其中";至于作词的方法,则不可不知词的技法方面与演变情形,于是要读词话、词史、词律、词韵等书,因此,刘麟生在《词的研究法》一文中也开列出一系列词集、词律、词韵书目。② 有些学者还直接将相关的参考书汇为一编,如胡山源的《词准》收录有夏承焘《作词法》,舒梦兰《白香词谱》,成肇麐《唐五代词选》,朱祖谋《宋词三百首》、《词莂》,戈载《词林正韵》,"关于词之重要事项,包举殆尽"。罗芳洲编《词学研究》则着重收录论词之书,主要有张炎《词源》、沈义父《乐府指迷》、王又华《古今词论》、周济《论词杂著》、王国维《人间词话》、吴梅《论词法》等。进而,如徐敬修《词学常识》第三章"研究词学之方法",就分别从"填词之入手法"、"填词之格式"、"词韵"、"词书之取材"四个方面展开论述,为初学者指示填词所从入之门径。

其次,从研究的角度探讨研究路径。这一点以李冰若所谈最为明晰,在他看来词学研究有如下几种路径:(1)整理纂辑。"唐五代词人多有难于考证生平的,而词集流传散佚甚多,且如同一词集的版本,所收有多少之分,所刊复有谬脱之别,欲为研究便利计,整理纂辑工作自不可少。"还有,元明清词尚待整理,域外所藏,杂书所存,尚待搜罗补订。"苟性喜此事者,不妨划定范围,就自己的能力所及,作一番整理纂辑的工作。"比如历代(或某代)词人小传或词人名录,历代(或某代)词集考(包括版本存佚补校诸项),词学辞典或总目提要,词总集之校补或搜集,词别集之校补或辑

---

① 李冰若:《怎样研究词学》,《图书展望》第 2 卷第 1 期。
② 刘麟生:《词的研究法》,《出版周刊》第 112 号(1935 年 1 月 19 日)。

佚，词话之纂辑或改编，等等。（2）词乐词律。包括词的乐律或词谱新编两个方面，从前者言，"学者若本习音乐，或性之所近，不妨取历代正史之礼乐志，音乐志，律历志，朱子、张炎、王灼、沈义父诸人之著作，及清代江、陈、凌、段及近人郑、夏诸君之书，比较综贯而考索之。"从后者言，"词谱之考订，此指文字四声阴阳及句法之谱，虽属偏重形式，且有张、赖、万、杜诸氏，初具规模，然其错谬正复不少……乐律方面既未得其真相，能就唐宋诸词为订一谱，或于比较探索中得一乐律新解，亦未可知。"（3）评注谱传。"倘学者有意于此，最好就诸大家名词别集，或重要总集选集，择其一二，为之注释，或兼集古今评语，洵为利人利己之事。若进而师古人知人论世之言，为所评注之书，附做作者年谱或评传，则更为美举。"这一项工作又可细分为四种——某某词集注释、某某词集评注、订补某某词集注或评注、某某词人年谱或详传。（4）读词。读词之法，前述刘麟生已有所论，但李冰若的切入角度不同，不是一般性的指导读何种书，而是教以读词之法，即从研究角度言该如何读词？在他看来，一是读词当知原词主句及其结构，二是读词宜明其寓意，但也不能如张惠言那样"高说比兴，求之过深"，反成附会穿凿之弊。①

三 走向现代的"中国词学"

从"词学"义界的明晰化，到研究内容的定型化，再到研究方法的逐步深化，现代词学的学科意识越来越明确，学术流派也渐以形成，还出版有专门的学术刊物（《词学季刊》《同声月刊》《青鹤》等），涌现出大量的词学研究出版物（包括普及性的及研究性的）。

首先，重新认定"词"的价值，它决定着"词学"这一学科存在的必要性。在传统学者眼中"词"是不登大雅之堂的"小道"、"末技"，"小道"、"末技"之说在词坛一直存在着，晚清时期虽有常州派提出尊体的要求，通过上攀风骚的手段，运用比兴的手法，注入寄托的内涵，达到了推尊词体的目的，但它对"词"之地位的提高，却是借助儒家诗教来实现的。在西方文化思潮大量涌入的新形势下，在儒家诗教受到新文化运动冲击和否

---

① 李冰若：《怎样研究词学》，《图书展望》第2卷第1期。

定的大背景下，如何重新认定"词"的价值和地位？王国维是以现代的"真"代替古典的"善"，亦即以现代纯美文艺观取代传统教化文艺观，提出"词以境界为上"的新说，所谓"能写真景物、真感情者，谓之有境界，否则谓之无境界"①，唐宋词以"真"的面目出现，是其作为"一代之文学"的价值所在。梁启超从资产阶级改良派的理论主张出发，指出诗歌和音乐都是改造国民品质的重要手段，词作为音乐也是"新民"所必需的一种精神手段。胡适则从"文学革命"的角度立论，认为由诗之变为词是千年文学史的"第五大革命"，指出词在宋代就是一种"新体诗"，"吾辈有志文学者当从此处下手"②，因此，胡适以词作为他从事"文学革命"的一种试验的工具。以王国维、梁启超、胡适为代表的先驱人物，分别从审美的、社会的、历史进化的角度，以现代的文艺观对"词"的存在价值和现代意义作了新的衡估，这直接地影响着现代学术界对于"词学"这一学科存在的认识。胡云翼说："我们为什么要研究'词'？乃是认定词体是中国文学里面一个重要的部分，它有一千多年的历史，遗留下来了许许多多不朽的作家和不朽的作品，让我们去赏鉴享受。"③ 华钟彦说："若问我们为什么研究词呢？那可以说是为适应我们情感上两种要求，一个是调剂科学的干燥，一个是发挥内在的性灵，这是词在现代文坛上的地位。"④ 李冰若说："由唐五代两宋发生极盛之时到后来衰落期止，经古今词人精心制作，真是包罗宏富，变化多端。内容方面，有个人之爱怨悲愤，有社会之生活描摹，有国家民族之精神表现，有各派哲理之参综寄托。风格方面，有的缘情绮靡，有的沉痛悲凉，有的激昂奋发，有的萧散从容。几乎代表各种不同的人生观念，撷取词文的修养菁英，不惟可供文学上的陶情养性，推陈出新的工具，且可供社会科学上丰富的材料，其有研究的价值，不言自明。所以，词学在任何观点上，都有研究的价值与必要。"⑤ 因此，在大学课堂里"词"与"诗"、"曲"、"骈文"一样是必须讲授的内容，如1918年《北京大学文科一览》

---

① 王国维：《人间词话》，人民文学出版社1960年版，第193页。
② 曹伯言：《胡适日记全编》第2册，安徽教育出版社2001年版，第389页。
③ 胡云翼：《词学概论》，华东师范大学出版社2004年版，第175页。
④ 华钟彦：《词学引论》，《河北女子师院期刊》第2卷第2期。
⑤ 李冰若：《怎样研究词学》，《图书展望》第2卷第1期。

记载有当时的文科教授及其所授课程：黄节（诗）、刘毓盘（词、词史）、吴梅（戏曲、戏曲史），这改变了传统学术以经学为主轴而以词曲为"小道"、"末技"的观念，在现代学术视野里"词学"与"诗学"、"曲学"一样，是中国文学学科的重要组成部分。

其次，由于从事词学研究队伍成员的复杂性，使得现代词学研究阵营出现了不同的学派。明末清初以来，词坛上曾涌现出众多的词派，其影响最著者为阳羡、浙西、常州三大词派。因为传统词学在一定意义上指向的是创作，从事词学研究者也就大多从属于这些词派，比如阳羡派的陈维崧、万树，浙西派的朱彝尊、厉鹗、王昶、杜文澜，常州派的张惠言、周济、谭献、陈廷焯等。在清末民初，这一风气实际还在继续蔓延，当时最有影响的就是"清末四大家"，他们不仅在创作上颇有成就，而且在研究上对清代词学贡献尤巨，像王鹏运、朱祖谋、郑文焯的词籍校勘，况周颐的词学批评，郑文焯的词律研究都代表着清代词学的最高成就。然而，随着西方文化思潮的大量涌入，中国词学也在积极吸纳新思想新方法的进程中逐步走向现代，像王国维的《人间词话》"以旧瓶装新酒"，在传统词话的外壳里包孕着极其前卫的现代思想；相反，王蕴章的《词学》、谢无量的《词学指南》、徐珂的《清代词学概论》等，则是"以新瓶装旧酒"，用现代的学术规范整合传统词学的思想和内容，力图使传统学术更加贴近新的时代。因此，在现代初期，从事词学研究的队伍就有以朱祖谋为代表的"旧瓶装旧酒派"，以王国维为代表的"旧瓶装新酒派"，以及谢无量为代表的"新瓶装旧酒派"。① 在"五四"以后，这三个学派还在继续发展着，承朱祖谋而来的有陈洵、夏敬观、杨铁夫、郭则沄、蔡嵩云、周曾锦等，承王国维而来的有胡适、俞平伯、胡云翼、冯沅君、华钟彦、刘大杰等，承谢无量而来的则有吴梅、刘毓盘、汪东、王易、龙榆生、夏承焘、唐圭璋、刘永济、卢前、任二北、赵尊岳、陈匪石、詹安泰等，有人将之称为"传统派"、"现代派"和"新变派"。② 我们认为这三个学派，除"旧瓶装旧酒派"表现得比较传统比较保守，其他两派则对现代词学都作出了突出的贡献，其中又以兼融新旧的

---

① 参见施议对《百年词通论》，《今词达变》，澳门大学出版中心1997年版。
② 曹辛华：《20世纪词学批评流派析论》，《江海学刊》2001年第6期。

"新变派"（也有视其为"传统派"）学术成就最高，比如刘毓盘的词史研究、吴梅的词体研究、王易的词曲史研究、任二北的词乐研究、夏承焘的唐宋词人年谱研究、赵尊岳的明词文献整理研究、唐圭璋的唐宋词籍辑佚校勘研究、龙榆生的作家作品研究、刘永济的词论研究，等等。

最后，中国词学从传统走向现代的重要标志，是科学方法在词学研究领域的广泛应用。自明末清初以来，实学思潮迅速崛起，到乾嘉时期考据学走向成熟，并成为有清一代的主流学术，正如王国维在《沈乙庵先生七十寿序》中所说："国初诸老用此以治经世之学，乾嘉诸老用此以治经史之学，先生复广之以治一切诸学。"① 在清末民初，王鹏运、朱祖谋、郑文焯亦以校经之法校词，王鹏运首创校词"五例"，而后朱祖谋进一步发展为校词"七法"，从而开创了现代词籍校勘学之先河。在民初学术界，一般认为，晚清学者运用的乾嘉考据方法，与自西方输入的重实证的科学方法相暗合，进而两者合流并发展成为一种新的学术范型——"新朴学"，像王国维、梁启超、胡适、顾颉刚都是这一新学术的积极倡导者，他们在词学方面也有《词录》《清真先生遗事》《辛稼轩先生年谱》等成果面世。在五四以后，新文化派又掀起一股"整理国故"的思潮，胡适在《新思潮的意义》一文中提出"研究问题，输入学理，整理国故，再造文明"的主张，这里"整理"是与"输入"相伴而生的，它是要借助科学的方法来整理中国传统的学术思想。"整理就是从乱七八糟里面寻出一个条理脉络来，从无头无脑里面寻出一个前因后果来，从胡说谬解里面寻出一个真意义来，从武断迷信里面寻出一个真价值来。"② 傅斯年还对之作了一个非常明确的定义，所谓"整理国故"就是"把我中国已往的学术、政治、社会等等做材料，研究出些有系统的事物来，不特有益于中国学问界，或者有补于世界的科学。"③ 在这一"整理国故"思潮的影响下，词学界的"整理国故"运动也开始兴盛起来，一方面是在传统文献的整理上，辑佚、校勘、汇刊、编年、笺注等方法得到全面运用，推出了有关唐宋、金元、明清词学文献的整理成果，比如"敦煌曲子词"，先后有《敦煌词掇》（周泳先辑）、《敦煌曲子词》（王重民

---

① 《王国维遗书》第四册《观堂集林》，上海古籍出版社1983年版，第27页。
② 胡适：《新思潮的意义》，《新青年》第7卷第1号。
③ 傅斯年：《毛子水〈国故和科学的精神〉识语》，《新潮》第1卷第5号。

编)、《敦煌曲校录》（任二北编）数种问世，关于吴文英的《梦窗词》更是有多种辑校笺注本；另一方面在作家作品的研究上，完全摆脱传统的诗教观念，而代之以审美的、民族的、性别的、白话的批评视角，使词学批评标准更加多元。而且，因为研究观念的转变，现代科学研究方法的引进，过去未曾注意的词史现象逐渐进入研究者的视野。比如在20世纪初敦煌曲子词的发现，推进了对词之起源问题的认识，王国维、胡适、郑振铎、姜亮夫、胡云翼都就此发表过自己的见解，词的起源问题成为20世纪最热门的学术话题。还有历史进化论的引进引起现代学者对词史问题的关注，无论是传统派的刘毓盘、吴梅、王易，还是现代派的冯沅君、胡云翼、刘大杰，都超越了以往派别的视界而代之以历史进化的眼光，力图把词史描述成为一个不断衍生不断发展的历史进程。

第二节　现代词学的传统资源

中国词学从传统走向现代，是对传统的继承和发展，更是运用现代的科学方法整理和研究传统文化，它在外在形态上必然具有强烈的现代色彩，思想上摆脱了传统的诗教观念而代之以现代性的审美理念，形式上也以思想观念的系统性表述为其外在表征，具体说来就是学术专著和长篇论文。然而，现代词学既然从传统词学而来，是对传统文化的现代研究，无论是在思想资源上还是在言说方式上，必然离不开传统，特别是在清末民初的社会转型之际，往往是传统与现代并存，有的是现代思想被包装以传统的形式，有的是传统思想被包装以现代的形式，思想（内容）与工具（形式）呈现一种新旧杂糅的形态。长期以来，人们只看重那些现代性的学术专著和长篇论文，却忽略了以传统形式表现出来的词学观念，其实，这些传统形式对于现代词学而言也是很有价值的。

一　传统词学表达方式的生命力

表达方式，简言之，就是观念（思想）的载体。一般说来，现代学术是以长篇论说的方式展开思想的，但传统学术并不是这样，它通常是以诗性亦即文学性的方式来言说思想的。在中国思想肇始的先秦时期，这时文学批评因其对文学、历史、思想的依附性,在观念的表达方式上多以语录体、对话体、辨说体的面貌呈现。两汉时期经学的发达带来了文学批评的新形态,有《毛诗序》《太史公自序》《报任少卿书》《屈原贾谊列传》等,序跋、书札、传记是两汉时期文学批评的主导形态。魏晋南北朝是中国文学的自觉时代,也是文学批评史上第一个辉煌的年代,这时文学批评的表达方式在两汉基础上又有新的开拓和发展:有以赋的形态出现的《文赋》,有以论的形态出现的《典论·论文》,有以骈文形态出现的《文心雕龙》,有以诗品形态出现的《诗品》,有以选本形态出现的《文选》,这时文学批评表达方式有着非常浓厚的文学性色彩。进入唐宋以后,诗话、评点、论诗诗、摘句批评等新的样式更进一步充实丰富了传统文学批评的表达方式。[1] 五四以来,随着中国文化由传统向现代的转型,文学批评的主流表达方式是以论说见长的长篇论文或学术专著,但因为中国文化自身的传承性,决定着传统的文学批评方式依然富有旺盛的生命力,在新旧思想并存的现代存在着新旧两种不同的表达方式,比如《中国新文学大系》"建设理论集"、"文学论争集"所收多为长篇论文,也有被《民国诗话丛编》收录的传统形态的各种诗话之作,还有在各家别集里反复出现的谈诗论文书札,等等。

那么,现代词学的情况又如何呢?受现代学术观念的影响,长篇论文或学术专著确实是现代词学的主流表达方式,有胡适《南宋的白话词》、胡先骕《评朱古微〈彊村乐府〉》、龙榆生《研究词学之商榷》、任二北《南宋词之音谱拍眼考》、姜亮夫《词的原始与形成》、唐圭璋《评人间词话》等重要的长篇论文,也出现了《词学指南》(谢无量)、《词学概论》(胡云翼)、《词学通论》(吴梅)、《宋词通论》(薛砺若)、《宋词研究》(胡云翼)、《词学》(梁启勋)、《词史》(刘毓盘)、《词曲史》(王易)、《中国词史大纲》(胡云翼)这样的学术经典,但更有大量的以词话、词选、论词书札、词集序跋、书目题跋、诗话笔记、论词韵语(论词诗、论词词)等形态出现的传统批评样式。

其一,词话。在清末民初的社会转型之际,许多民初遗老继续沿袭传统学术的路数撰写词话,当时最具影响力的权威学术丛刊《国粹学报》,先后

---

[1] 李建中:《古代文论的诗性空间》,湖北人民出版社2005年版,第81—92页。

刊载有况周颐的《玉梽词话》、王国维《人间词话》、陈锐《袌碧斋词话》等；同时，一些南社词人也在各类报刊发表了数量相当可观的词话之作，有周焯（太玄）《倚琴楼词话》（1914年《夏星杂志》本），方廷楷（仙源山人）《习静斋词话》（《小说海》第3卷第5、6期），碧痕《竹雨绿窗词话》（1926年《民权素》刊本），陈匪石《旧时月色斋词谭》（1916年《民权素》刊本），王蕴章《然脂余韵》（1918年商务印书馆刊本）、《梁溪词话》（未刊稿）、《梅魂菊影室词话》（连载于《双星》杂志、《文星》杂志、《春声》杂志），陈去病《镜台词话》（《女子杂志》1卷1号），陶骏保《从军词话》（1916年《南洋兵事杂志》本），刘哲庐《红藕花馆词话》（1916年《小说新报》第2卷1、4、5期），于右任《剥果词话》（《夏声》2—5期）等；还有，一些活跃在三四十年代词坛的词人或学者，也在《词学季刊》、《同声月刊》、《青鹤》等刊物连载词话，比如赵尊岳《蕙风词史》（《词学季刊》本）、《珍重阁词话》（《同声月刊》本），宣雨苍《词澜》（《国闻周报》本）、毕几庵《芳菲菲堂词话》（《词学季刊》本），沤庵《词话》（《杂志》1940年第5、6、7期），郑逸梅《双梅花盦词话》（《半月》第3卷第12号），陈运彰《双白龛词话》（《雄风月刊》、《茶话》连载）等。

其二，词选。它依然为旧派学者所乐于从事，比较著名的有朱祖谋《词莂》、《宋词三百首》、《湖州词徵》，况周颐《薇省词钞》，叶恭绰《广箧中词》，林葆恒《词综补遗》，仇埰《金陵词钞续编》，刘瑞潞《唐五代词钞小笺》，杨钟义《白山词介》，王煜《清十一家词钞》等；就是那些持现代文学观念者亦乐于从事词选的编纂工作，比较著名的有胡适《词选》、胡云翼《词选》、刘麟生《词絜》、谢秋萍《唐五代词选》等。但是，在后世广为流传的，还是那些能兼容传统与现代两派之长，既注意词的艺术性也不忽视对情感对意境表现的选本，比如龙榆生的《唐宋名家词选》、陈匪石的《宋词举》、孙人和的《唐宋词选》、俞陛云的《唐五代两宋词选释》、刘永济的《唐五代两宋词简析》、唐圭璋的《唐宋词简释》等。当然，这些选本都是承载着编选者的词学观念的，比如胡适《词选》宣扬的就是白话为词的文学观，朱祖谋的《宋词三百首》则标榜的是以梦窗为极诣的观念。

其三，论词书札在现代学者的日常生活中亦经常用到，有的甚至还发表在正式的学术刊物上。比如陈匪石《与粜子论词书》，夏承焘《致胡适之论词书》，吴梅《与夏瞿禅论白石旁谱书》、《与龙榆生论急慢曲书》，唐圭璋《与赵叔雍论百名家词书》，夏承焘《与龙榆生论陈东塾译白石暗香谱书》，程善之《与瞿禅论词书》，赵尊岳《与唐圭璋论百家词书》，陈钟凡《与陈柱尊教授论自由词书》等，这些书札通常是就同一话题展开讨论，不但起到交流思想的作用，而且还能将有关理论问题作深入细致的探讨。最近台湾中研院文哲所出版了张寿平汇辑的《近代词人手札墨迹》，影印了龙榆生先生收藏的近现代词人论词书札墨迹，保存并公布了一大批极为珍贵的近现代词学研究史料。词集序跋的方式在现代也极为常见，像胡适的《词选序》就是现代词学史上的一篇名作，在这篇序文里他提出了著名的词史发展三段论。一般说来，现代词集序跋多出现在词选、词集、个人别集、报纸杂志，特别是在一些近现代学者的文集里出现频率尤高，像《饮冰室合集》、《胡适文集》、《吴梅全集》、《顾随文集》、《退庵汇稿》、《夏承焘集》、《龙榆生词学论文集》都收有大量的词集序跋，而《青鹤》、《词学季刊》、《同声月刊》等杂志更是刊载了一大批近现代词人的词集序跋，像陈衍《闽词徵序》、陈匪石《宋词引自序》、龙榆生《彊村语业跋》、叶恭绰《欸红楼词跋》、王瀣《娱生轩词序》、夏承焘《红鹤山房词序》、黄孝纾《近知词序》、潘飞声《刘廉生词集序》、严既澄《驻梦词自序》、邵瑞彭《珠山乐府叙》、吴梅《词源疏证序》等。

其四，论词韵语的形式在数量上虽不及清代丰富，但也为少数词人或诗人所乐于运用。像高旭有《论词绝句三十首》、潘飞声有《论岭南词绝句二十首》、姚锡钧有《示了公论词绝句十二首》、张崿亭有《论词绝句三首》、刘咸炘有《说词韵语二十九首》、杨仲谋有《说词韵语二十首》、郑骞有《论词绝句三十首》、朱祖谋有《望江南·论清词》、卢前有《望江南·论清词百家》等。由现代学者撰写的诗话或笔记，也保存有大量的论词资料，比如陈衍《石遗室诗话》、杨锺羲《雪桥诗话》、王蕴章《然脂余韵》、夏仁虎《枝巢四述》、黄濬《花随人圣庵摭忆》都有很重要的词学文献。

如上所述，传统的形式并非为传统派学者所独尊，现代派学者也在运用传统的批评方式。这说明传统的批评方式在现代依然有着强大的生命力，这一方面与当时人们的思维惯性有关，即传统的批评方式比较贴近生活，为人们所乐意接受并运用；另一方面，传统的形式也有长篇论文和学术专著所不能替代的表达功能，像片言只语的感悟、论说双方思想的交流与对话、对古代优秀作品的选择等，都是以说理见长的论文和专著所无法承载的。

二　传统词学思想观念的现代延续

毋庸置疑，现代词学与传统词学之间界线分明，不仅表现在言说方式上，更表现在思想观念上。比如传统词学崇扬儒家诗教，标榜温柔敦厚，而现代词学强调文学自律，以纯文艺的观点衡估作品的价值，正如有的学者所说是"以现代的'真'取代传统的'善'"。[①] 如同它在表达方式上无法割断与传统的联系一样，在思想观念上它也不是完全抛弃传统，反倒在很多方面继承并发展了传统的思想，也就是说传统思想已参与到现代词学建设的历史进程，并成为现代词学建设的重要思想资源，从王国维的"境界"说、胡适的白话为词说，到胡云翼的音乐文学说以及他们以宋词为一代之文学说，都保留有传统思想影响的印记。

（一）"真实"与"自然"

自《周易》出现以来，中国文学就已形成"修辞立其诚"的书写观念，后来虽有"言志"和"缘情"之分，但"修辞立其诚"的书写传统始终没有改变过。对于在唐五代才兴起的词而言，它原本是作为一种娱乐性文体出现的，但到了李煜笔下它境界渐开，从写男女恋情转向抒亡国之悲，北宋年间又有柳永状都市繁华、苏轼抒士夫情怀、周邦彦写羁旅行役，因而使得两宋词坛走上"嬉笑怒骂之辞皆可书而诵之"的通衢大道，并确立了陶写性情、直抒胸臆的写作路向。正如张耒为贺铸《东山词》作序时所说："文章之于人，有满心而发，肆口而成，不待思虑而工，不待雕琢而丽者，皆天理之自然而情性之至道也。"[②] 这里所谓"满心而发"，指的是言情的真实；所谓"肆口而成"，讲的是表达的自然。这一书写传统到清代便有了理论上的升华，清初周在浚和晚清谢章铤对此都有非常精辟的论述。周在浚说："古无无性情之诗词，亦无舍性情之外别有可为诗词者，若舍己之性情强而从

[①]　朱崇才：《词话史》，中华书局2006年版，第346页。
[②]　张惠民：《宋代词学资料汇编》，汕头大学出版社1993年版，第205页。

人，则今日饾饤之学，所谓优孟衣冠，何情之有！"① 谢章铤亦云："古不云乎？诗三百篇，大抵圣贤发愤之所为作也。夫人苟非不得已，殆无文字，即填词亦何莫不然？"② "夫词者，性情事也。劳人思妇，忽歌忽泣，方不自知其意为何属，其声调之不何体也，而岂以铺张靡丽为哉！"③ 在清末民初社会转型之际，又有陈廷焯、沈祥龙、况周颐继续阐扬"修辞立其诚"的书写传统，或曰："无论诗、古文、词，推到极处，总以一诚为主。……明乎此，则无聊之应酬与无病之呻吟，皆可不作矣！"④ 或曰："词之言情，贵得其真，劳人思妇，孝子忠臣，各有其情。古无无情之词，亦无假托其情之词。"⑤ 或曰："真字是词骨，情真，景真，所作必佳，且易脱稿。"⑥

讲求"真实"是传统词学的理论基石，这也成为现代词学建构的核心理念。王国维提到文学有二原质焉，曰景，曰情，作为词之高格的"境界"，构成其二原质的便是"真性情"和"真景物"。"能写真景物、真感情者，谓之有境界，否则谓之无境界。"⑦ 这个"真"是和"自然"相联系的，"真实"的核心内涵就是"自然"，换而言之，它对于作者来说是"真实"，对于作品来说就是"自然"了。"大家之作，其言情也必沁人心脾，其写景也必豁人耳目。其辞脱口而出，无矫揉妆束之态。以其所见者真，所知者深也。"⑧ 不过，胡适与王国维的理解稍有不同，他认为文学之本在其言之有"物"，这里"物"指的是"情感"与"思想"。"情感者，文学之灵魂，文学而无情感，如人之无魂，木偶而已，行尸走肉而已。""思想不必皆赖文学而传，而文学以有思想而益贵，思想亦以有文学的价值而益贵也；此庄周之文、渊明老杜之诗、稼轩之词、施耐庵之小说，所以夐绝千古也。""文学无此二物，便如无灵魂无脑筋之美人，虽有秾丽富厚之外观，抑亦末矣！"这是就文学本质而言的，从文学表达的角度言之，则是要务去

---

① 徐釚：《词苑丛谈》卷四，王百里《词苑丛谈校笺》，人民文学出版社1988年版，第251页。
② 谢章铤：《张玉珊〈寒松阁词〉序》，陈庆元整理《谢章铤集》，吉林文史出版社2009年版。
③ 谢章铤：《〈抱山楼词〉序》，陈庆元整理《谢章铤集》，吉林文史出版社2009年版。
④ 陈廷焯：《白雨斋词话》卷八，人民文学出版社1983年版，第211页。
⑤ 沈祥龙：《论词随笔》，唐圭璋编《词话丛编》，第4053页。
⑥ 况周颐：《蕙风词话》卷一，屈兴国辑《蕙风词话辑注》，第14页。
⑦ 滕咸惠：《人间词话新注》，齐鲁书社1986年版，第38页。
⑧ 滕咸惠：《人间词话新注》，齐鲁书社1986年版，第9页。

俗词滥调崇尚真实自然的做派。"吾所谓务去烂调套语者，别无他法，惟在人人以其耳目所亲见亲闻所亲身阅历之事物，一一自己铸词以形容描写之；但求其不失真，但求能达其状物写意之目的，即是工夫。"① 在王国维、胡适崇尚真实自然的文学观念影响下，刘大杰、胡云翼、冯沅君、薛砺若等对于词人的评价，都以是否表达真情描写真景为皈依的。如刘大杰谈敦煌曲子词时，特别强调其言情真切自然的特点："或写商人的落魄境遇，或写妓女的苦痛生活和恋情，无不生动自然。表情的曲折深细，用语的素朴尖新，表现了民间文艺的特色。"又论述韦庄的情词云："所用的都是通俗质朴的语言，没有一点浓艳的颜色，没有一点珠宝的堆砌，因而成为白描的高手。"又论述李煜词的艺术特色云："他善于构造和锻炼词的语言，形象鲜明，结构缜密……没有书袋气，到了晚期，也没有脂粉气，纯粹用的白描手法，创造出那些人人懂得的通俗语言，而同时又是千锤百炼的艺术语言，真实而深刻地表现出那最普遍最抽象的离愁别恨的情感，把这些难以捉摸的东西，写得很具体很形象。"② 其他，如冯沅君在分析韦庄词创作特点时说："在这几首词中，有作者的欢笑，有作者的惆怅，有作者的颓废，有作者的浪漫，这种作品是作者的生命与身世的整个的表现。"③ 薛砺若在分析苏轼词的创作特征时也说："他一生潇洒狂放，而其诗词与散文，亦能充分表现出他的个性来……比如《水调歌头》，把他醉后飘逸的胸怀，和对景怀人的情绪，全盘托出，音节和格调也极清新自然。"④ 不仅现代派学者是这样，即便是被称为传统派的学者，也认为对真景物与真性情的自然表达是其最重要的表征。詹安泰说："盖我国士大夫，素以词为末技小道，其或情意不能自遏，不敢宣诸诗文，每于词中发泄之。此种不容不言而又不容明言之情意，最为真实，其人之真性情、真品格，胥可于是观之焉。"⑤ 龙榆生谈到清词之复兴便在其表现了作者的真性情，指出："三百年来，屡经剧变，文坛豪杰之士，所有幽忧愤悱、缠绵芳洁之情，不能无所寄托，乃复取沉晦已久之词

---

① 胡适：《文学改良刍议》，《中国新文学大系》（理论建设卷），上海文艺出版社2003年版。
② 刘大杰：《中国文学发展史》（中册），复旦大学出版社2006年版，第124、130、136页。
③ 冯沅君：《中国诗史》，百花文艺出版社1999年版，第469页。
④ 薛砺若：《宋词通论》，上海开明书店1949年版，第117页。
⑤ 汤擎民：《詹安泰词学论稿》，广东人民出版社1984年版，第126页。

体，而相习用之，风气既开，兹学遂呈中兴之象。"① 唐圭璋在评价李煜、纳兰性德、蒋春霖等人的创作时，都是以"性灵"、"真实"、"自然"为其品评标准的。如对李煜的评价是："直言本事，一往情深"，"纯任性灵，不假雕饰"，"在欢乐的词里，我们看见一朵朵美丽之花；在悲哀的词里，我们看见一缕缕的血痕泪痕"，"后来词人，或刻意音律，或卖弄典故，或堆垛色彩，像后主这样纯任性灵的作品，真是万中无一"。② 对于纳兰性德的评价是："若容若者，盖全以'真'胜者。待人真，作词真，抒情真，虽力量未充，然以其真，故感人甚深。一种凄婉处，令人不忍卒读者，亦以其词真也。"③ 对蒋春霖的评价是："他作词目无南唐、两宋，更不屑局促于浙派和常州派的藩篱。他只知独抒性灵，上探风骚的遗意，写真情，写真境，和血和泪，喷薄而出。论其词格，精致像清真，峭拔像白石。"④ 很显然，在崇尚真性情的观念上，现代词学是对传统词学的进一步发扬，它已摆脱了传统词学所要求的"温柔敦厚"诗教内涵，而主张"纯任性灵"的自然朴实之美。

（二）词是"音乐文学"

词作为一种有别于诗的文体，从文学角度言，它是对真性情真景物的表现；从音乐角度言，它又是特别讲求音律谐美的新型文体，这是从其产生的唐五代就已有的文体观念。五代欧阳炯《花间集叙》云："名高白雪，声声而自合鸾歌；响遏行云，字字而偏谐凤律。"这已初步提到词在音律上的要求，北宋时期，由于帝王的倡导，作曲制乐之风更是一时大盛。《宋史》卷一百四十二记载："太宗洞晓音律，前后亲制大小曲及因旧曲创新声者，总三百九十。"又："仁宗洞晓音律，每禁中度曲，以赐教坊，或命教坊使撰进，凡五十四曲，朝廷多用之。"到徽宗崇宁年间，官府还设有专门的音乐机构——大晟府。"迄于崇宁，立大晟府，命周美成诸人讨论古音，审定古调，沦落之后，少得存者。由此八十四调之声稍传，而周美成诸人又复增演慢曲、引、近，或移宫换羽为三犯、四犯之曲，按月律为之，其曲遂繁。"⑤

---

① 龙榆生：《近三百年名家词选》"后记"，古典文学出版社1957年版，第233页。
② 唐圭璋：《李后主评传》，《读书顾问》创刊号（1934年3月）。
③ 唐圭璋：《纳兰容若评传》，《中国学报》1944年第1期。
④ 唐圭璋：《蒋鹿潭评传》，《词学季刊》第1卷第3号（1933年12月）。
⑤ 张炎著、夏承焘笺注《词源注》，人民文学出版社1963年版，第9页。

在宋代人们认为倚声填词是一种理所当然的事，"大抵倚声而为之词，皆可歌也"①，陈师道批评苏轼以诗为词，"如教坊雷大使舞，虽极天下之工，要非本色"，其意是指苏轼词于音律多有不合之处。晁补之说："苏东坡词，人谓多不谐音律。"② 黄庭坚也说："东坡居士曲，世所见者数百首，或谓音律小不谐。"③ 彭乘《墨客挥犀》卷四记载："子瞻之词虽工，而多不入腔，正以不能唱曲耳。"④ 后来，李清照撰写《词论》，以李八郎故事为发端，也是强调词在音乐方面有特殊的要求。在她看来，李八郎歌唱技艺高超，"转喉发声，歌一曲，众皆泣下"，进而她批评晏殊、欧阳修、苏轼等所为词："皆句读不葺之诗尔，又往往不协音律者"。她认为，词与诗是有区别的，亦即"词别是一家"："盖诗文分平仄，而歌词分五音，又分五声，又分六律，又分清浊轻重。"在南宋，填词协律是大家所达成的一致共识，张炎《词源》上卷专论音律，指出："雅词协音，虽一字亦不放过，信乎协音之不易也。"沈义父《乐府指迷》提出论词四标准，第一条就是"音律欲其协"，并指出："凡作词，当以清真为主，盖清真最为知音。"

在元明，因为北曲的兴盛，词乐的失传，词曲不分、以曲为词、重文轻音的现象比较普遍，所以，在清代便有了许多专事词谱、词律、词乐研究的学者，力图复原词在唐宋时期作为音乐文学的真实面貌。朱彝尊《〈群雅集〉序》云："词曲一道，小令当法汴京以前，慢词则取诸南渡。否则排之以硬语，每与调乖，窜之以新腔，难与谱合。故终宋之世，乐章大备，四声二十八调，多至千馀曲，有引、有序、有令、有慢、有近、有犯、有赚、有歌头、有促拍、有摊破、有摘遍、有大遍、有小遍、有转踏、有转调、有增减字、有偷声。惟因刘昺所编《宴乐新书》失传，而八十四调图谱不见於世，虽有解人，无从知当日之琴趣箫谱矣。"⑤ 至于晚清，方成培、陈澧、郑文焯于词乐有专门著述，秦巘、杜文澜、舒梦兰则有词谱词律之作问世，

---

① 张耒：《〈东山词〉序》，张惠民编《宋代词学资料汇编》，汕头大学出版社1993年版，第205页。
② 晁补之：《评本朝乐章》，吴曾《能改斋漫录》卷十六引，中华书局1985年版，第469页。
③ 赵令畤：《侯鲭录》，施蛰存、陈如江辑《宋元词话》，上海书店出版社1999年版，第74页。
④ 张惠民编《宋代词学资料汇编》，汕头大学出版社1993年版，第182页。
⑤ 朱彝尊：《〈群雅集〉序》，王利民等整理《曝书亭全集》，吉林文史出版社2009年版，第456页。

刘熙载更明确提出"词为声学"的命题："乐歌，古以诗，近代以词。如《关雎》、《鹿鸣》，皆声出于言也。词则言出于声矣，故词，声学也。"①

作为清代词学集大成的"晚清四大词人"，对于词的音律尤为讲究，郑文焯自谓："尝于琴中得管吕论律本之旨，比年雕琢小词，自喜清异，而苦不能歌，乃大索陈编，按之乐色，穷神研核，始明夫管弦声教之异同，古今条理之纯驳。"② 至于朱祖谋，更是被人称为律博士，对词律有精深的研究，沈曾植说："彊村精识分铢，本万氏而益加博究，上去阴阳，矢口平亭，不假检本，同人惮焉，谓之律博士。"③ 况周颐于声律并非专诣，但也反对填词者自放于律外，他的《餐樱》一集，"除寻常三数熟调外，悉根据宋元旧谱，四声相依，一字不易"。④ 他们对音律的重视，并不简单停留在音韵平仄上，而是深入到对字声的讲求上，朱祖谋在唐宋词籍校勘过程中提出了著名的"校律之法"，郑文焯则提出"词律之严密不在韵而在声"的重要主张⑤，这些与李清照《词论》中的相关论述实乃一脉相承。更重要的是，他们的观点对吴梅、龙榆生、夏承焘等都产生过重要影响。

吴梅早在1910年就在家乡拜师朱祖谋，卢前《奢摩他室逸话》云："词老朱古微、况蕙风皆与先生交厚，古微先生往来尤密。"吴梅在《词学通论》中极推朱祖谋、况周颐填词守法，指出："近二十年中，如沤尹、夔笙辈，辄取宋人旧作，校定四声，通体不改易一音。……盖声律之法无存，制谱之道难索，万不得已，宁守定宋词旧式，不致偭越规矩。顾其法益密，而其境亦苦矣！"他主张"吾人操管，自当墦从"，原因在"词为声律之文，其要在可歌"，"昔人制腔造谱，八音克谐。今虽音理失传，而字格具在。学者但宜依仿旧作，字字恪遵，庶不失此中矩矱"。⑥ 因此，在综论词学旨趣后，吴梅在《词学通论》中专论平仄四声、押韵和音律等问题。龙榆生是朱祖谋的衣钵传人，其思想对朱氏有继承也有发展。一方面，他认为

---

① 刘熙载：《艺概》，上海古籍出版社1978年版，第106页。
② 郑文焯：《瘦碧词自序》，孙克强辑《大鹤山人词话》，南开大学出版社2009年版，第316页。
③ 沈曾植：《彊村填词图序》，朱祖谋辑《彊村丛书》，上海古籍出版社1989年版，第8729—8730页。
④ 况周颐：《餐樱词自序》，屈兴国辑注《蕙风词话辑注》，江西人民出版社2000年版，第594页。
⑤ 郑文焯：《与张孟劬书》，《同声月刊》第1卷第4号，1934年3月。
⑥ 吴梅：《词学通论》，华东师范大学出版社1996年版，第6、10页。

"词是唐宋以来与新兴音乐结合产生的一种新诗体",作词叫填词,又叫倚声,"是表示这种长短句的歌词,定要依照某种制定的曲谱的节拍,配上文字,没有增减的自由","乐曲的节拍长短和声音轻重,都有一定的组织和适当的配合,所以倚曲而填的歌词,必须依照他的各个不同的曲调,一一按其长短,权其轻重,叫他与歌曲配起来,吻合无间,这样才能歌唱,这样才配叫'填词'"。① 另一方面,他又认为词之音谱在明清时代已经亡佚,后世填词纵极严于守律,而词情未必与声情相应,所作实乃为"长短不葺之诗"耳,因此,"今日言词之音律,既不能规复宋人之旧,则何妨自作长短句,而使新乐家协之以律,以验声词配合之理?"② 所以,今日填词应取之途径,当创制一种吸收西方音乐,与传统音乐相融合,富有新思想、新题材并能表现我国国民的"新体乐歌"。不仅如此,他还提出词学"八科"的图谱之学、词乐之学、词韵之学和声调之学,这四科皆关乎词的音律、用韵、四声平仄。特别是"声调之学"更是龙榆生的独创,所谓"声调之学",就是探讨词中所表之情与曲中所表之情的应合之处,在现代词虽已脱离音乐,但仍不失为最富于音乐性之文学,"即其句度之参差长短,与语调之疾徐轻重,叶韵之疏密清浊,比类而推求之,其曲中所表之声情,必犹可睹"。③ 至于夏承焘,自称对朱祖谋是"怀企之私,不能自已",并经龙榆生介绍,"开始与近代词学大师朱彊村老人通信","直到彊村老人病逝,我们通了八九回信,见了三四次面"。④ "瞿禅少从林鹍翔前辈学词,创作与研究并重,深得朱祖谋前辈的赞赏。"⑤ 但对于朱祖谋严守四声的做法,他表示不能苟同,认为南宋以来高谈律吕、细判阴阳,以致守律愈难而词道日衰,进而提出"不破词体、不诬词体"的新见。指出:"词可勿守四声,其拗句皆可改为顺句,一如明人《啸余》《图谱》所为,此破词体也;万氏《词律》论之已详。谓词之字字四声不可通融,如方、杨诸家之和清真词,此

---

① 龙榆生:《唐五代宋词选》,商务印书馆1937年版,第2—4页。
② 龙榆生:《词律质疑》,《词学季刊》第1卷第3号,1933年12月。
③ 龙榆生:《研究词学之商榷》,《词学季刊》第1卷第4号,1934年4月。
④ 夏承焘:《我的治学道路》,《中国当代社会科学家》第1辑,书目文献出版社1983年版。
⑤ 唐圭璋:《瞿禅对词学之贡献》,吴无闻等编《夏承焘教授纪念集》,中国文联出版社1988年版。

诬词体也。"① 他主张从词乐的角度了解曲调的抑扬变化,为此,多次写信与吴梅、龙榆生讨论白石之旁谱,并在词乐之学上取得了骄人的业绩。"夏先生根据姜白石十七首自度曲的旁缀乐谱及集中《凄凉犯》、《征招》等七词小序,进行解译和乐理方面的探讨……用姜氏之制,明姜氏之说,创通条例而成一家之言。"②"虽然,这项破译是吸收了古代、近代和同代中外学人的成果,引用了近代考古学新发现和传于国外的古籍文献,但先生的考证发明,折冲论断,则是大成之集,从而为近年来继续研究的新进展奠定了基础。"③

即使是现代派学者,也不是完全抛弃传统,而是在前人之论的基础上提出"词乃音乐文学"的主张。王国维对于词的音律问题并未作专门探讨,但在《清真先生逸事》中特地提到周邦彦的"妙解音律",指出:"先生之词,文字之外,须兼味其音律。惟词中所注宫调,不出教坊十八调之外。则其音非大晟乐府之新声,而为隋唐以来之燕乐,固可知也。今其声虽亡,读其词者,犹觉拗之中,自饶和婉。曼声促节,繁会相宣;清浊抑扬,辘轳交往。两宋之间,一人而已。"④ 胡适虽力主白话为词,强调词的文学性,但对于词的音乐性并不轻视,认为词其实是乐府的一种变相,而乐府多是可以歌唱的,"后来诗都是不可歌唱的,故凡可歌唱的都归到词里去了"。⑤ 他在谈到词的起源时说:"长短句之兴,是由于歌词与乐调的接近。通音律的诗人,受了音乐的影响,觉得整齐的律绝体不很适宜于乐歌,于是有长短句的尝试。……这种尝试的意义是要依着曲拍试作长短句的歌词,不要像从前那样把整齐的歌词勉强谱入不整齐的调子。"⑥ 他认为词是从乐府发展而来,这说明诗歌与音乐有着密切的关系。在他这一思想的影响下,胡云翼进一步提出词是"音乐文学"的观点。他说:"中国文学的变迁,是随着音乐的变

---

① 夏承焘:《唐宋词字声之演变》,《唐宋词论丛》,古典文学出版社1956年版。
② 周笃文:《词坛泰斗,学海名师:纪念夏承焘先生逝世一周年》,《夏承焘教授纪念集》,第51页。
③ 王延龄:《天籁人声,尽在抑扬吟咏中:夏承焘先生的词乐研究》,《夏承焘教授纪念集》,第58—59页。
④ 王国维:《清真先生遗事》,周锡山《人间词话汇校汇评》,北岳文艺出版社2004年版,第221—222页。
⑤ 胡适:《国语文学史》,《胡适文集》第八册,北京大学出版社1998年版,第62页。
⑥ 胡适:《词的起源》,《词选》附录,河北人民出版社1999年版,第337页。

迁而变迁……汉代古诗歌谣皆被之乐府，至唐，乐府亡而歌诗乃兴，晚唐又因音乐的变迁，而有长短句的歌法，至宋则倚声制曲之风大盛了。……凡是与音乐结合关系而产生的文学，便是音乐的文学，便是有价值的文学。……歌词之法，传自晚唐，而盛于宋。作者每自度曲，亦解其声，制词与乐协应。又有自度腔者，每自制新腔，并作新词，任随词家的意旨，驱使文学在音乐里活动，这种音乐文学的价值很大。只是后来歌词之法随有宋之亡而亡，元曲代兴，此后作者填词，只能一步一趋，模拟宋词的格调，失却音乐文学的意义，变成了死文学了。"① 以词为音乐文学，强调词是可以歌唱的，目的是要把它与不合乐的诗区分开来，也是要把作为平民文学的"词"与作为贵族文学的"诗"区分开来。后来，朱谦之谈到"平民文学"与"贵族文学"的区别就是："前者是可协之音律，老妪能听，有井水处能唱；后者不能协音律，不能歌，歌亦不能听。前者与音乐有关系，后者与音乐无关系，只有这音乐方面的不同罢了。"不仅如此，朱谦之还进一步论述了音乐文学的审美品格，并揭示了词的外在形态与内在特质之间的必然联系："音乐文学之所以成为平民文学，即因其有真挚的情感，没有情感所以才有诘屈聱牙的诰敕诏令，反之有情感的村夫农妇痴男怨女，便自然信意所之信口所唱都和音乐一般。"② 但是，以上诸家所论，对于"音乐文学"的理解有些过于宽泛，亦即只要合乐的东西都可称为"音乐文学"。在刘尧民看来，"音乐文学"不但要诗歌与音乐的系统相合，而且要诗歌的形式与音乐的形式相合。"这样一来，我们才可以批判出诗歌的价值，既承认音乐是诗歌的灵魂，所以愈发和音乐的状态相接近的，它的诗歌价值也愈高，它的进化的程度也愈发成熟……所以，我认为中古以来的诗歌，从古诗起，便趋向着音乐的状态，到近体诗便进一步接近音乐，到了词便完全成为音乐的状态，所以它的艺术的价值，是在从来诗歌之上。"③ 从这个角度看，词才够得上说是与音乐融合的诗歌，因为它是由音乐陶铸出来的一种新型的诗歌，它在外在形式上完全合于音乐的形式。"词的真价值与真精髓，即在这里。一面有自身的'内在音乐'的谐畅，一面又和'外在音乐'相谐

---

① 胡云翼：《宋词研究》，岳麓书社2010年版，第4—5页。
② 朱谦之：《中国音乐文学史》，上海世纪出版集团2006年版，第47、48页
③ 刘尧民：《词与音乐》，云南人民出版社1982年版，第21—22页。

畅",如果没有谐畅的"内在音乐"的诗歌,虽然在形式上的长短句和词一样,那算不得词;同样,有了"内在音乐"而和"外在音乐"不相调协,不相谐畅,也不能叫做词。"词之所以成为纯美的诗歌,所以称得为真正的'音乐的文学',便是这个道理。"① 这样的看法,不但清晰地阐释了音乐文学的内涵,而且论述了词的文学形式与音乐形式之间的内在联系。

(三) 宋词是"时代文学"

在现代词学史上,还有一个非常重要的观念。这就是宋词是"时代文学"的思想,把宋词作为"一代文学"的标志。对于这样的观念,大家现在都比较认同是由王国维提出来的说法,其实它可以追溯到金代的刘祁和元代的罗宗信。刘祁《归潜志》卷十三说:"唐以前诗在诗,至宋则多在长短句,今之诗在俗间俚曲也。"罗宗信《〈中原音韵〉序》说:"世之共称唐诗、宋词、大元乐府,诚哉!"这在明清已是比较流行的说法,如陈继儒将六朝骈文、唐人小说、宋人诗余、元人南北剧并称,尤侗进一步从文学角度将楚骚、汉赋、唐诗、宋词、元曲、明代时文并称,焦循更从文学通变的角度谈到"文体的代胜"问题,指出:"楚骚、汉赋、魏晋六朝五言、唐律、宋词、元曲、明人八股,都是一代之所胜。"② 正是在明清时期文学代胜观的基础上,王国维才正式提出了"一代有一代之文学"的观念,他说:"楚之骚,汉之赋,六代之骈语,唐之诗,宋之词,元之曲,皆所谓一代之文学,而后世莫能继焉者也。"③ 这里有两点值得注意:一是所论都是"一代之文学",二是它们在后世无法被超越。这说明王国维之论修正和完善了历代相沿的文体递嬗的观念,将传统的"一代有一代之文学"之论进行了理论提升,成为金元以来"一代有一代之文学"之论的集大成。④

到五四时期,胡适引进西方进化论思想,对王国维"一代有一代之文学"之论作了新的阐释,指出:"文学者,随时代而变迁也,一时代有一时代之文学。周秦有周秦之文学,汉魏有汉魏之文学,唐宋元明有唐宋元明之文学,此非吾一人之私言,乃文明进化之公理也。凡此诸时代,各因时势风

---

① 刘尧民:《词与音乐》,云南人民出版社1982年版,第99—100页。
② 焦循:《易余籥录》卷十五,嘉庆二十四年刊本。
③ 王国维:《宋元戏曲史序》,华东师范大学出版社1995年版,第1页。
④ 齐森华、刘召明、余意:《"一代有一代之文学"论献疑》,《文艺理论研究》2004年第5期。

会而变，各有其特长，吾辈以历代进化之眼光观之，决不可谓古人之文学皆胜于今人也，此可见文学因时进化，不能自止。"① 他认为文学是随时代而变的，并具有各个时代的特长，这一观点深刻地影响着五四以来对于中国文学史的书写，也影响着五四以来对于中国词史的认识，即宋词是中国词史发展的顶峰，也是宋代的"时代文学"。明确提出宋词是时代文学的是胡云翼，他在《宋词概论》中说："一千年的词史，不都是可述的。词的发达、极盛、变迁种种状态，完全形成于有宋一代。宋以前只能算是词的导引，宋以后只能算是词的余响。只有宋代，是词的时代。"② 在胡云翼看来，词在宋代最成熟，"在宋代才大发达"，也最富于创造性，表现了一个时代的文艺特色；到了宋代以后因为词这种文体为宋人用旧了，渐渐地就由宋词向元曲发展了，所以，元明的词便不再是时代的文学了。这一观点在现代学术界实际上已成为一种通识，柯敦伯在《宋代文学》中说："词上承唐旧而体制加繁，附庸而蔚为大国，独占一代文坛，允为一代之文学，后世莫能继焉者也。"③ 薛砺若在《宋词通论》中也说："这'词'上冠一个'宋'字，就是表示词到两宋正如赤日中天，娇花放蕊，前乎此者，尚未暨于纯熟自然之境，后乎此者，则又为余声末流，渐成绝响也。""两宋时代在文学上的贡献，不是欧阳修等所倡导的八家派古文，不是黄庭坚等所造成的江西诗派，而为当时及后来人所目为'诗余'远不足诗及古文分庭抗礼的一种'词'。这'词'虽非宋人的特创，然发扬光大，使形成为中国全部诗歌中最重要的一段者，其功绩舍宋人莫属了。"④ 由胡云翼、冯沅君、吴烈、刘大杰等学者撰写的中国诗史或中国词史或中国韵文史，他们谈到词史发展进程时，都是以宋代为词之极盛期，以为宋代以后词便走上了衰落之途，正如胡适所说的是词的"替身"或"鬼"的历史。

三 传统词学资源的现代价值

无论是表达方式，还是思想观念，现代词学都保留有传统词学的印记，

---

① 胡适：《文学改良刍议》，《中国新文学大系》（建设理论卷），上海文艺出版社2003年版。
② 胡云翼：《宋词概论》，岳麓书社2010年版，第4页。
③ 柯敦伯：《宋代文学》，柳存仁等著《中国大文学史》，上海书店出版社2001年版，第385页。
④ 薛砺若：《宋词通论》，上海书店1985年版，第2页。

体现出新旧交融的特征。诚然，现代词学具有鲜明的时代特征，在批评标准上以纯美取代至善，在言说方式上以系统取代琐碎，在研究方法上以科学理性取代感性直观。但是，作为一门探讨词之创作经验及历史的现代学科，它必然要建立在对中国词史的充分尊重和理解的基础上，也就是说，现代词学的理论建设，并不是要完全抛弃传统，而是从传统那里汲取了合理的思想资源和话语资源。反而言之，传统词学作为一种文化遗产和理论资源，在新的时代不是走向消亡而是走向新生，在中国词学的现代化进程中发挥它应有的作用，积极地推动中国词学由传统向现代的转型。

首先，它使得现代词学建立在坚实的历史基础上。以王国维《人间词话》为例，他使用了属于古典诗学的"词话"这一表达形式，将来自西方的思想观念、概念范畴、表达形式等，尽量地隐藏在中国古典诗学的外壳之内，他之所以这样做是想让习惯于这一形式的中国学人能接受这些新的思想观念。① 还有胡适《词选》一书，也采取的是以传统形式输灌现代思想的策略，他选词论词是为了贯彻其提倡的白话文学的主张，亦即用人们喜闻乐见的词选形式传播其"白话文学"的思想，所选以五代北宋浅俗自然之作较多，而对南宋典雅晦涩之作基本不选。"胡适这部《词选》，无论选词还是论词，都已脱离旧的词话词选的藩篱，表现了新的理论意识和科学观念。"② 同样，现代词学体系的建构也是以传统词学为其重要理论资源的，龙榆生说过，所谓"词学"，就是"推求各曲调表情之缓急悲欢，与词体之渊源流变，乃至各作者利病得失之所由"，它需要"归纳众制，以寻求其一定之规律，与其盛衰转变之情，非好学深思，殆不足以举千年之坠绪，如网在纲，有条不紊，以昭示来学也"。③ 很显然，这里所说的"归纳众制"，不是对现代词坛而言的，而是对唐宋以来词史而言的，亦即通过千年词史的考察、梳理和辨析，试图找到曲调表情的"缓急悲欢"、词体的"渊源流变"和作者的"利病得失"等规律。也正因为这样，才会有现代词学的理论建设之作，如王蕴章的《词学》、梁启勋的《词学》、汪东的《词学通论》、吴梅的《词学通论》、刘永济的《词论》等，运用现代的思维方式对传统词学资源

---

① 朱崇才：《词话史》，中华书局 2006 年版，第 349—351 页。
② 郝世峰：《出版前言》，胡适：《词选》，河北人民出版社 1999 年版。
③ 龙榆生：《研究词学之商榷》，《词学季刊》第 1 卷第 4 号，1934 年 4 月。

进行理论建构和系统总结。

其次，在现代语境下，在现代科学观念影响下，这些传统资源自身也在发生新变，走向现代。以词话为例，过去词话主要以文言的方式呈现，但在五四以后出现了许多白话文写作的新式词话，比如朱保雄的《还读轩词话》、林庚白的《孑楼诗词话》；有的虽然保存"词话"之名，但在内容上已经是结构完整的现代学术专著，比如谭正璧的《闺秀词话》实际上是一部女性文学史，陈匪石的《声执》也是一部内容完整的词学通论著作。这些现代词话已走出古典形态，逐渐摆脱其细碎不成体系的缺陷，开始向现代学术性著作靠拢，传统词话的色彩逐渐淡化。再如，论词绝句的形式在现代也有新的发展，它不但继承发展了晚清以来联章的写作方式，而且还把韵文与散文两种形式结合起来，以韵文的形式发表自己的论词见解，在散文部分对韵文的内容作具体的解释和说明，较之传统的论词绝句而言思想更为明晰。比如杨仲谋的《论词韵语二十首》和郑骞的《论词绝句三十首》，都采取的是这种韵、散结合的方式。这一写作方式到现代更发展成为缪钺和叶嘉莹合著的《灵溪词话》（正续编），将传统的论词绝句与现代的学术论文结合起来，将传统的诗性表达与现代的理性辨析有机结合起来。

最后，它将传统性与现代性有机结合在一起，使得现代词学具有一种特殊的内在张力。相对现代诗学而言，现代词学是一个传统底色比较浓厚的学科，对于现代词学建树最大的是龙榆生、夏承焘、唐圭璋等，虽然他们在词学研究方面各有其长，但是在学术理念上都带有比较浓厚的传统色彩，都强调要立足传统建构现代词学，反对抛弃传统另起炉灶。如严既澄批评胡适《南宋的白话词》，以白话来理解和诠释古代的"韵文及诗歌"，并以现在的标准"评判古人所作的东西"，认为这实在就是一条"歧路"。[①] 龙榆生批评胡适《词选》所录姜、史、吴、张诸家之作，"率取其习见之调，或较浅白近滑易者，集中得意诸阕反被遗弃"，这样的做法存在着舍长取短、厚诬古人之缺失。[②] 唐圭璋对于王国维《人间词话》的"境界"说也持保留态度，认为王氏之论过于偏狭，在他看来"境界"乃自人心中体会得来，不能截

[①] 严既澄：《韵文及诗歌之整理》，《小说月报》第14卷第1号（1923年1月）。
[②] 龙榆生：《论贺方回质胡适之先生》，《词学季刊》第3卷第3号（1936年9月）。

然分开，所以，切不可舍情韵而专倡"境界"二字。① 他们已注意到现代词学建构过程中存在的问题，并有意对之进行反拨，强调要尊重历史事实，不可以一己之私见取代学术之公理。他们对现代词学的建设，特别注意从传统词学那里汲取思想资源，如吴梅借用了陈廷焯的"沉郁"说（《词学通论》），唐圭璋借用了王鹏运的"重拙大"说（《唐宋词简释》），詹安泰借用了常州派的比兴寄托说（《词学研究》），刘永济借用了古代文论的"风会说"（《词论》）。但他们并不固守传统，而是将传统的资源进行现代转换，亦即对传统的思想进行现代性阐释。比如詹安泰论"寄托"即从寄托之义界、寄托与时代、寄托与比兴、寄托与词史、寄托之不可拘泥偏执等几个方面，全面地阐释了"寄托"说的理论内涵及其运用的有限性。因此，他们提出的学术观点，既有丰厚的传统底蕴，又有鲜明的时代特色，实现了传统与现代之间的有效对接，推动和促进作为现代学科的词学走向成熟。

第三节 现代词学的师承谱系

中国词学从传统走向现代，还表现在思想和观念的传承方式上，由过去以亲缘和地缘的承传为主，转变为以学缘和学统的承传为主。特别是现代高等教育的迅猛发展，带动了现代学术研究事业的高度繁荣，也促成了中国学术传承方式由传统向现代的转变。对于现代词坛的发展格局，过去较多从学术流派角度去把握，但流派研究往往会设定范围，使得一些不能纳入流派讨论的内容被忽略掉了。我们认为从现代学术师承角度切入更为符合实际，在现代高等教育机构里汇聚了一批学术名师，他们不但以其精湛的学术为世人所景仰，而且也培养了一批学术传人，积极推动着中国学术由传统向现代的转型，并为现代学界贡献了一批品质精良的学术研究成果。

一　由"亲缘"而"学缘"

在古代中国，社会网络的基本结构模式是亲缘和地缘，所谓"亲缘"，

---

① 唐圭璋：《评〈人间词话〉》，《斯文》第1卷第21期（1938年3月）。

是以血缘和姻亲关系维系的社会结构模式。"地缘"是亲缘关系的延伸和拓展，它是以地域性的邻里乡党关系建构起来的社会结构模式。随着社会的进步和发展，一种新型的社会结构模式——"学缘"，成为维系社会发展推动社会进步的另一种重要因素，它摆脱了人际关系的血缘因素和地域色彩，而是以共同的师承和志业为纽带建构起来的师生、同学、同年关系。在封建社会后期，这种"学缘"关系显得尤为重要，它是促成社团和党派形成的重要动因，并且渗透到社会生活的各个方面，在明清时期书院的兴盛和文社的繁荣正是这一方面的具体表征。

在中国文学发展史上，"三缘"（亲缘、地缘、学缘）对推动文学的发展，曾产生过非常积极的影响，扮演着十分重要的角色。一个家庭成员对于文学的热衷，会潜移默化地影响着家族内部的其他成员，魏晋的"三曹"、"二陆"，唐代的"三包"、"六窦"、"二白"，宋代的"三苏"、"二葛"，以及明清时期大量出现的文学家族，如吴江沈氏、安丘曹氏、绍兴祁氏、桐城方氏、阳羡储氏、阳湖张氏等，绝不是一种偶然现象，它是家族成员内部相互影响相互激励的结果。同样，明清时期涌现的大量地域性文学流派，如公安派、竟陵派、云间派、浙西派、常州派、桐城派，也是因为地域的因缘将众多文人吸引在一起的。在明清时期，江南词坛已呈聚群式的发展态势，像宋代柳永那样一人横扫词坛的现象不复重现，词已成为文人抒情言志、交际酬和的重要手段，他们作诗填词不单纯是为了抒写情志，在很大程度上也是为了交际，这样从晚明开始也就出现了大批地域性的词派或词人群体。

一般说来，这些词派或词人群体，先是在一个区域的三五个朋友之间，或一个家族内部的几位成员之间，互相唱和，共同切磋，而后影响逐步扩大，加入的成员也越来越多，最后，他们团结在一个盟主的旗帜下，成为影响一方并向周边辐射的词派。[①] 这说明这些词派或词人群体，在其初兴之际，具有色彩较浓的家族性或地域性，比如云间派就是由松江地区几个重要的名门望族成员组成的，他们是王氏家族（广心、九龄、顼龄、鸿绪）、宋氏家族（征舆、征璧、存标、思玉）、周氏家族（茂源、纶、稚廉）等；又

---

① 陈水云：《唐宋词在明末清初的传播与接受》，中国社会科学出版社2010年版，第7页。

如柳洲词派也是由曹氏（勋、尔堪、鉴章）、钱氏（继章、继登、栻、棅、梅）、魏氏（学渠、学濂、允枘、允札）等几个显赫的家庭成员组成；梅里词派则是由缪氏、王氏、李氏、周氏等家族成员为主力，如缪崇正、缪永谋、王翃、王庭、李绳远、李良年、李符、周筼、周篁等；在清初康熙年间最负盛名的阳羡词派，也是以当地名门望族为其主要支架，如陈氏（维崧、维岳、维云、维岱）、徐氏（喈凤、瑶、玑）、储氏（贞庆、福观、福宗）、史氏（惟圆、鉴宗）、任氏（绳隗）、万氏（树）等。值得注意的是，这些词派成员之间有的还有比较密切的姻亲关系，如云间词人夏完淳为柳洲词人钱栴之婿，柳洲词人钱烨、孙复炜为曹尔堪之婿，通州词人陈世祥与江都词人宗元鼎为表兄弟，泰州词人黄泰来为宗元鼎之婿，扬州词人范荃为徐石麟之内弟，江都词人徐元端为范荃之女甥，如皋词人冒辟疆与许嗣隆为表兄弟，阳羡词人陈维崧与曹亮武为表兄弟……这些盘根错节的血缘和姻亲关系，成为一个词派或词人群体壮大声势、你呼我应、先后承续的重要因素。然而，还有一种推动词派形成并发展壮大的因素，往往为人们所忽略，这就是"学缘"的因素。这是人们在求知问学过程中形成的一种社会性关系，它在一个人后期发展过程中起着关键性的作用，这样的"学缘"因素也是催生明清词派或词人群体形成的关键性因素。比如云间派的成员之间，陈子龙、李雯、宋征舆都是明末几社的重要成员，蒋平阶、沈亿年、周积贤之间则是师生关系；广陵词人群体的成员内部，王士禛、邹祗谟、彭孙遹是同僚关系，王士禛与汪懋麟是师生关系，王岩与汪懋麟亦为师生关系……这些词派或词人群体，在总体上具有强烈的地域色彩，在具体人际关系上则带有明显的学缘关系的烙印，这一因素在后来发展起来的词派，如"吴中七子"、常州词派、晚清四大词人等表现得尤为突出，虽然还有血亲或地域的印迹，但学缘已成为主流的形成因素。原因在于，这些词派在形成发展过程中已突破了血亲或地域的局限，形成了以师承授受或思想传播为主要纽带的新特征，这些词派不但以诗词唱和为其外在表征，而且更以思想的传承为其内在发展的动力，如吴中词派的声律论，常州词派的比兴寄托论，晚清四大词人的重拙大论，等等。

这种学缘因素在进入民国以后，逐渐与现代高等教育相结合，师生之间的授受传承关系越来越密切，它已成为推动现代词学发展的主导因素。

1910年京师大学堂中国文学门成立，开设有中国文学的课程，词选、词史、专家词成为主干课程，当时担任这一课程的老师有刘毓盘、吴梅。后来开办的大学如东南大学、清华大学、燕京大学、辅仁大学，大都参照北京大学之先例设有词选和词史课程，像东南大学的吴梅、清华大学的俞平伯、燕京大学的顾随，都是词学名师，在他们的影响下，南北各大学的词学研究蔚成风气，并培养出许多词学研究新人。特别是现代词学大师吴梅先生，不仅在北京大学培养了任中敏、许之衡，而且在东南大学还提携了卢前、王季思、李冰若、唐圭璋等。经过20多年的建设和发展，南北各大学词学的师系统系基本形成，像北京大学有刘毓盘、吴梅、许之衡，清华大学有王国维、俞平伯、浦江清，东南大学有吴梅、汪东、王易、陈匪石，在他们的带动下，先后涌现出赵万里、姜亮夫、冯沅君、华钟彦、孙人和、邵祖平、唐圭璋、郑骞、叶嘉莹等词学研究的新生力量。尽管也可能受到各自家学的影响，但他们在以后的学术发展道路上，因为师承关系的不同，都会烙上各自师承传习的印记，如赵万里的词籍考证、冯沅君的词史建构、唐圭璋的文献整理、叶嘉莹的感性阐发，这些学术特色的形成是与他们的学术师承密不可分的。

曾大兴先生曾将现代词学名家分为南北两派，属于南派者有朱祖谋、况周颐、夏敬观、陈洵、杨铁夫、刘永济、龙榆生、夏承焘、詹安泰等，属于北派者有王国维、胡适、俞平伯、冯沅君、胡云翼、浦江清、顾随、吴世昌、缪钺、刘尧民等。其划分标准是师承、词学活动地域、代表作产生地域三个方面①，其中学术师承是现代词学流派划分的主要依据，也是我们探索现代词学谱系的主要依据。但是，如果从两派的文化立场看，从传统向现代转型的角度看，南派与北派其实就是通常所说的传统派与现代派，也有的称之为体制内派与体制外派。从学术谱系的角度看，对于一个现代的学术流派，不仅要考察其直接的师承关系，更要研究其学术思想与方法的一致性和变异性，从而厘清现代学术流派发展的内在理路，我们亦将从这三个方面梳理现代派（北派）与传统派（南派）的师承谱系和学术特色。

---

① 曾大兴：《二十世纪"南派词学"与"北派词学"素描》，《中国韵文学刊》2011年第2期。

二 现代派的师承谱系

现代派("北派")是以北京大学为发源地的,因其词学研究具有鲜明的现代特色故称现代派,因其成员的活动区域主要在北京、天津、河南、河北、山东等地,它的影响也主要在清华大学、燕京大学、辅仁大学、南开大学、河南大学等校展开,故称"北派"。本来,北京大学初期开课的老师是来自南方的刘毓盘(浙江)、吴梅(江苏)、许之衡(广东),但随着胡适等留学欧美的年轻学者进入北京大学之后,这些老派学者分别退出北京大学的讲坛,原本受老派学者影响的年轻学子不是南下追随其师,就是投向胡适的怀抱[①],北大、清华讲坛成了新派学者的天下,爱好词学的年轻学者,在思想和方法上亦深受王国维、胡适的影响。

现代派的思想源头是王国维的《人间词话》。《人间词话》跨越千年词史,直接走进现代,借用西方思想,诠释古代词史,它的"境界"说亦成为现代派词学阵营的理论旗帜。在王国维的影响下,在吸取达尔文进化论思想的基础上,胡适还提出了词史发展三段论,以白话、情感、意境为衡量词史的三大标准,并在1926年编选了实践这一思想主张的《词选》。也是在这一年,俞平伯用现代新式标点,将王国维《人间词话》重新整理,并交朴社出版,这标志着现代派打出了自己的思想旗号,从此王国维的"境界"说在现代学界广泛流传开来。

现代派词学谱系的真正形成,是从胡适1918年8月出任北大教授开始的。他先是用白话文学观建构中国文学史,把词曲作为文学变革的工具,然后撰有《国语文学史》,专门辟有"北宋白话词"与"南宋白话词"的章节。1925年10月,他辞职到上海治病,而后两年多时间,到英、美、日等地考察教育,回国后出任上海中国公学校长。1931年返回北大,出任文学院院长,任间除旧布新,大胆启用学术新人,辞退长期担任北大词学教席(1923—1931)的许之衡,由俞平伯、赵万里、顾随等接任,他们的思想大多是从王国维那儿来的,北大的词学研究格局也为之焕然一新。北大

[①] 如任二北即随吴梅南下,至苏州,在吴氏奢摩他室读书;俞平伯本受黄侃影响,爱好填词,后亦转入新潮社,以写作新诗享誉五四诗坛。

是五四新文化运动的发源地,也是现代词学新思想和词学研究新生力量的重要输出站,从北大走出的白话文学观影响全国,北大也输出了俞平伯、顾随、缪钺、冯沅君、陆侃如、华钟彦、邓广铭、陈钟凡等一大批学术新人。

现代派学者因为师资的变化,对于词学的承传有一个转变过程。比如孙人和,虽毕业于北大,却不能纳入"现代派"谱系。他来自在晚清受常州词派笼罩的江南地区(江苏盐城),他对于填词的爱好还是受传统影响多些,正如叶嘉莹先生所说,"孙蜀丞先生是中国传统的,他是从清代词学重要的那几家流派,从传统的词学推衍下来的,而晚清的词学其实受张惠言的影响是很深的"。[①] 他进入北京大学应该是在 1910 年代中期,当时他读的是法律专业,只是因为酷爱文史之学,才转入国文系的,当时国文系的班底还是旧式学者,教员为林纾、姚永朴、黄侃、刘师培等,后来聘用的词曲教授刘毓盘、吴梅,也大抵是因为旧学功底较好的缘故。孙人和大约是在 1920 年左右从北大毕业的,他后来到中国大学、辅仁大学、暨南大学讲授词选,亦用常州词派的家法说词,还特别重视词籍的校勘。

从北大而来,并代表现代派思想嫡传的有俞平伯和冯沅君。俞平伯在 1915 年秋进入北京大学,是新文化运动的参与者,也是现代新词学的开创者,他创建了现代词学鉴赏之学,这正是自王国维、胡适而来的美学批评的实践。在《读词偶得》的"缘起"里,他谈到自己研究词学的缘起,认为词只可作诗看,不必再当乐府读,作词似以浅近文言为佳,不妨掺入适当的白话,在新时代要么是做白话词,要么就是做新诗,这样的观点实际上是胡适思想的翻版。冯沅君在 1917 年进入北京女子高师,受陈钟凡先生的影响,热衷于新文学的创作,发表有《春痕》《卷葹》《劫灰》等小说,是五四时期蜚声文坛的女作家之一。1923 年,她考入北大文科研究所,成为该所第一名女研究生,期间得到胡适的指点和教导,并出版有词学专著《张玉田》,在北大《国学门月刊》发表有"南宋词人小记"的系列论文,其治学路数正迎应了当时由胡适倡导的国故整理思潮。1925 年夏,从北大毕业后,

---

[①] 《顾随弟子叶嘉莹:用生命去爱中国古典文学》,《南方都市报》2007 年 12 月 05 日。

她继续与胡适请教商讨学术问题，期间与陆侃如合作撰写了传世之作——《中国诗史》，这是一部在胡适直接指导下完成的中国诗史，比较自觉地承传了胡适的学术理念和治学方法。《中国诗史》的词曲部分是由冯沅君撰写的，词只写到南宋为止，曲只写到元明为止，鲜明地体现了王国维所说的"一代有一代之文学"的观念，对于唐五代北宋词有较高的评价，对苏、辛的豪放词风给予充分肯定，对姜、吴的格律词派多所批评，这与胡适《词选》所表达的观念完全一致，并在具体行文过程中多次引用胡适的相关论述以为佐证。

其他现代派学者，虽然也有求学北大的经历，但与胡适并无直接的师承关系，只是胡适或王国维思想的倾慕者或追随者。比如顾随，虽在1915年秋天进入北大，但学的是英文，他对词的爱好，源于家中收藏的一本词谱，"漫无师承，自学为词"。大学毕业后，他在青岛、济南、天津等地教过中学，同时亦把填词作为一种业余爱好和消遣："羡季殆无一日不读词，又未尝十日不作，其用力可谓勤矣！"① 从1927年到1930年他先后有《无病词》《味辛词》《荒原词》出版。他真正在大学讲坛传授词学，是1929年到燕京大学任教以后的事。他在词学上主要接受的是王国维《人间词话》的影响，他的学生吴世昌回忆自己当年听课的情形时，提到顾随"常常拿一本《人间词话》随意讲"②，他的女儿顾之京也说"先父顾随一向推重静安先生，无论其理论抑或词作，历年讲授古典诗词，每每论及静安先生"③，但他在创作上也比较认同胡适以白话为词的提法，主张用现代语言写现代事物，因此，他的词大多比较浅显易懂，并不故作艰深晦涩，在向白话靠拢的同时，也能兼顾到词的美感特征。再如缪钺，他是1922年入的北大预科，后因父亲逝世，遂于1924年冬辍学回家，离开北大。他自言少好填词，但在北大期间亦得名师提点，"生平学词深得诸师友之助，而张孟劬先生之教益尤为深切"。张孟劬（1874—1945），名尔田，是晚清著名词人，也是民国时期著名的史学家，1921年起在北大历史系任教，这正是缪钺在北大求学的岁月。但对于他研究词学影响最大的还是王国维，他说自己读到《人间词话》

---

① 卢宗藩：《〈荒原词〉序》，《顾随全集》卷一，河北教育出版社2001年版，第82页。
② 吴世昌：《我的学词经历》，《文史知识》1987年第7期。
③ 顾之京：《顾随〈论王静安〉整理后记》，《词学》第十辑，华东师范大学出版社1992年版。

后,"惊其识解新颖,创辟突破前人","因悟取西方哲学美学观点以评论词作,将更可以开拓眼界,扩新领域,此亦余所窃愿从事者焉"。[①]他学词经历了一个从师从张尔田到追踪王国维的过程,这也是一个从传统词学走向现代词学的过程,从后来收入《诗词散论》几篇谈词的文章看,都明显地表露出他受王国维"境界"说的影响。有意思的是,华钟彦在北大求学也是两年时间,他原本是东北大学学生,由于"九一八事变"起,遂于1931年转入北京大学国文系。在北大的两年多时间,对高亨的文字学,高步瀛的唐诗学,林坜、俞平伯、许之衡的词曲学都有深刻印象。1933年他经曾广源教授介绍,到天津女师学院任教,在这两年多时间里,先后撰成《词学引论》《花间集注》《戏曲丛谭》等。从这些论著所涉及的内容看,他对向来被看作小道末技的词曲予以关注和重视,这正是五四以来重视民间文学思潮的反映,他对有关词曲问题的讨论,常引用王国维、胡适、俞平伯、郑振铎、胡云翼、许之衡等的看法以为证,他对王国维《人间词话》评价很高,说它是近人对词的批评和鉴赏最有力的一本作品[②],这表明他的思想还是出自北大统系。他的《花间集注》亦不同于传统笺注之学,而是一本现代学术意义上的经典注本,开创了解释词句、疏通意旨兼及鉴赏的新体式,突显出鲜明的现代性。[③]

在三四十年代,随着白话运动深入人心,胡适的影响从北京走向全国,他的词学思想也影响到北大之外的年轻学者。比如郑振铎的《插图本中国文学史》(1932),就是按照胡适的文学史观书写的。还有武昌高师的两位"才子"——胡云翼、刘大杰,在所著《中国词史大纲》(1935)、《中国文学发展史》(1941)里,均推衍了胡适白话文学论和词史三段论的主张。刘尧民虽是自学成才,并对四书五经下过苦功,对新的社会思潮亦能积极吸纳,在1950年以前,他尽管没有走出过云南,但对王国维《人间词话》烂熟于心。他在40年代任教云南大学期间,以白话文形式撰写了《晚晴楼词话》,对王国维的论述多所引证,所著《词

---

① 缪钺:《学词小记》,《缪钺全集》第三卷,河北教育出版社2004年版,第376页。
② 华钟彦:《词学引论》,天津《女师学院期刊》第1卷第2期(1933)。
③ 孙克强、刘少坤:《〈花间集〉现代意义读本的奠基之作:论华钟彦〈花间集注〉编撰特点及学术价值》,《湛江师范学院学报》2010年第2期。

与音乐》一书,接受了王国维的进化论思想,有人称他是"王国维的精神追随者"。①

三 传统派的师承谱系

相对"现代派"来说,传统派("南派")谱系则要复杂得多,这派学者大多与晚清常州派有密切的联系,与"晚清四大词人"的朱祖谋、况周颐更有直接的师承关系。师从况周颐者有赵尊岳、刘永济、陈运彰,师从朱祖谋者有吴梅、陈洵、杨铁夫、陈匪石、庞树柏、夏承焘、龙榆生、邵瑞彭等,与朱祖谋、况周颐以诗词相往来者有张仲炘、张尔田、夏敬观、林鹍翔、黄公渚、潘飞声,他们尊奉的是自张惠言而来的常州词派家法:"近百年来之词坛殆无不为张、周二氏所笼罩……晚近词坛之中心人物,世共推王半塘、朱彊村两先生……王、朱二氏之所宗尚,固未能脱出止庵四家之范围。"② 他们还把现代高等学府作为思想传播的阵地,比如南京东南大学有吴梅,杭州之江大学有夏承焘,上海暨南大学有龙榆生,武昌武汉大学有刘永济,广州中山大学有陈洵等,常州派的思想亦在这些高等学府的年轻学子中产生广泛影响,因其活动与影响主要在南方故被称为"南派"。

传统派("南派")思想传播的经典为张惠言《词选》、周济《宋四家词选》、朱祖谋《宋词三百首》,在朱氏选本未出之前,张氏《词选》一书影响最大,朱氏之选出来之后,一时成为传统派的思想旗帜,"尊梦窗"是20世纪三四十年代的词学风尚,吴梅、陈洵、杨铁夫均对梦窗词作了校勘、笺注、释义的工作。"是时彊村先生方僦居吴下听枫园,周旋于郑、况诸子间,折衷至当,又以半塘翁有取东坡之清雄,对止庵退苏进辛之说稍致不满,且以碧山与于四家领袖之列,亦觉轻重不伦,乃益致力于东坡,辅以方回、白石,别选《宋词三百首》,示学者以轨范,虽隐然以周、吴为主,而不偏不倚,视周氏之《宋四家词选》,尤为博大精深,用能于常州之外,别树一帜焉。"③ 在选本之外,陈廷焯《白雨斋词话》和况周颐《蕙风词话》是传统派的词话经典,这两部词话与王国维《人间词话》一起,被称为是

---

① 曾大兴:《词学的星空》,河北人民出版社2009年版,第196页。
② 龙榆生:《晚近词风之转变》,《同声月刊》第1卷第3号,1941年2月。
③ 龙榆生:《晚近词风之转变》,《同声月刊》第1卷第3号,1941年2月。

晚清最有价值的"三大词话",它们对民国初年词学理论的建构和发展均有极大之影响,如吴梅对陈廷焯的"沉郁"说予高度评价,夏敬观专门撰有《蕙风词话诠评》一书,对于况周颐的"重拙大"说加以重新阐释,刘永济《词论》和陈运彰《双白龛词话》亦多次引证况周颐的观点以表己见。

施议对先生曾将20世纪词人划分为五代,并为其编列了一个代代相续的词学承传图①,这个词学承传图也是一个20世纪词学谱系图。其第一代词人便是"晚清四大词人",王鹏运为前期领袖,朱祖谋为后期领袖,特别是作为"一代词宗"的朱祖谋,对民国初年词坛影响至巨,并奠定了传统派词学谱系之根基,也就是说传统派("南派")谱系是从朱祖谋那儿开始算起的。

传统派活动的区域主要在上海、苏州、南京。1907年朱祖谋从广东学政任上引退,次年在郑文焯的帮助下卜居苏州,况周颐也在前一年起居金陵,期间到过大通,1912年即辛亥革命后始定居上海。这一年(1912)朱祖谋也开始移居到沪上,一个在德裕里,一个在有恒路,"衡宇相望,过从甚频,酬唱之乐,时复有之"。② 1915年沪上词人结为"春音词社",推朱祖谋为社长,社中成员有陈匪石、庞树柏、王蕴章、吴瞿安、徐仲珂等,况周颐本非社中之人,但在朱祖谋的督促下也赋有同调词作。③ 陈匪石(1883—1959)在1908年任教江苏法政学堂,期间从朱祖谋研习填词之道,1922年在北京任《民苏报》记者,兼任中国大学中文系教授,参加由吴承仕等组织的"思辨社",与黄侃、陈垣、杨树达、孙人和等相往来,曾有词话之作《旧时月色斋词谭》在《民权素》上发表,推衍其师张仲炘、朱祖谋的词学思想,晚年在中央大学任教,撰有《宋词举》《声执》,还培养了一批文化建设人才,当代著名学者霍松林、胡念贻均出其门下。庞树柏(1884—1916)少时即热爱填词,颇得校监罗叔言先生的赏识,后又拜朱祖谋为师,著有《玉玎珑馆词集》《龙禅室摭谈》《庞檗子遗集》等。他在1909年曾参加组织发起"南社",被推为《南社丛刻》"词选"编辑。辛亥

---

① 施议对:《历史的论定:二十世纪词学传人》,《词学》第26辑,华东师范大学出版社2011年版。
② 赵尊岳:《蕙风词史》,《词学季刊》第1卷第4号(1934年4月)。
③ 杨柏岭:《春音词社考略》,《词学》第18辑,华东师范大学出版社2007年版。

革命前后，他在上海圣约翰大学任教，出其门下并致力于诗词之学者有刘麟生。刘麟生（1894—1980），字宣阁，安徽无为人。早年毕业于上海圣约翰大学政治系，曾任商务印书馆、中华书局编辑。1927年任金陵女子文理学院教授，编著有《词絜》《茗边词》《春灯词》《中国文学史》《中国文学概论》《中国诗词概论》等，其词史观念是比较传统的，沿袭自常州词派而来的思想，对词史的看法受到谭献的影响，推崇张惠言、项鸿祚、蒋春霖，对郑文焯、朱祖谋的作品也有较高的评价。吴梅（1884—1939）少时在家乡即拜师于朱祖谋（1915），1918年他受聘到北京大学教授词曲，1923年回到家乡，出任南京东南大学教授，致力于词曲复兴，先后带出卢前、唐圭璋、王起、段熙仲、李冰若等著名学者，卢前有《词曲研究》，唐圭璋有《全宋词》、《词话丛编》，李冰若有《花间集评注》等，这些门生走出校门后，也先后出任河南大学、中央大学、暨南大学、中山大学等校教授，不但传播其师的词学思想，而且也扩大了其师在现代学界的影响，吴梅已成为现代词曲之学的象征和学术名片。

师从朱祖谋的尚有杨铁夫、龙榆生、夏承焘、刘永济等。杨铁夫作词是在1922年任教香港才开始的，1927年他专程至上海，对朱祖谋执弟子礼，这时已是62岁的老人了。他凭着对词学的热爱，在朱氏直接指导下，完成了《梦窗词笺释》一书，并在晚年受唐文治先生之聘执教无锡国专。所与往来者有陈柱、钱仲联等，陈柱有《白石道人词笺平》，钱仲联有《近百年词坛点将录》。龙榆生是由朱氏亲自点定的衣钵传人，在朱氏去世之后，他为保存和整理朱氏的词学成果，做了许多非常有意义的工作，比如将朱氏的晚年遗作汇刻为《彊村遗书》。他先后在上海暨南大学、南京中央大学、上海音乐学院任教，也培养了一批学术传人，比如朱居易、章石承、张寿平、钱鸿瑛、徐培均等。朱居易有《宋六十名家词校勘记》、章石承有《李清照年谱》、钱鸿瑛有《清真词研究》、徐培均有《岁寒居论丛》。夏承焘早年曾拜林鹍翔为师，参加林氏组织的"瓯社"，后来，经龙榆生介绍，与朱祖谋通信，并与朱氏有过面晤。也是在朱氏的影响下，他先是为梦窗系年，后而为梦窗词作笺，比较自觉地效法朱氏之学。夏承焘先后在之江大学、浙江大学、杭州大学任教，其入室弟子从事词学研究者有：潘希真、吴熊和、周笃文，潘希真有《词人之舟》、吴熊和有《唐宋词通论》、周笃文有《宋词》等。曾经师事况周颐的刘永济，对朱祖谋也是以师礼相敬的，他长期在武汉大学执教，先后编有《诵帚堪词选》《诵帚堪词论》《微睇室说词》《唐五代两宋词简析》等讲义，这些论著有的是对朱氏之论的继承（《微睇室说词》），有的则对朱氏之学有所扬弃（《诵帚堪词论》）。刘氏弟子有程千帆、胡国瑞、刘庆云等，程千帆主编有《全清词》、胡国瑞有《诗词曲赋散论》、刘庆云有《词曲通》《词话十论》等，他们对其师的思想有继承更有发展。

从朱祖谋的诗词唱和关系，也能看出这派词人的师承谱系，亦即对常州派思想的传承。比如张仲炘（1854—1919），字慕京，号次珊，又号瞻园，湖北江夏人。光绪三年（1877）进士，散馆授编修，官至江南道监察御史，江苏尊经书院山长，有《瞻园词》二卷，陈匪石即出其门下。张上龢（1839—1916），字芷纕，曾师从蒋春霖学词，先后任直隶昌黎、博野等知县。晚年侨寓吴门，与郑文焯、朱祖谋等友善，商榷倚声，在晚清颇负盛名，有《吴沤烟语》一卷。其子张尔田因父缘，得与郑文焯、张仲炘、陈锐等研讨词律，有《遁庵乐府》收入朱祖谋所辑《词莂》。潘飞声（1858—1934），字兰史，号剑士、心兰、老兰，别署老剑、剑道人、说剑词人、罗浮道士、独立山人，广东番禺人。与丘逢甲、居巢、居廉、吴昌硕、黄芦、黄宾虹等，无不成至交。他1907年到上海定居，加入南社，与社中诗人高天梅、俞剑华、傅屯良被誉为"南社四剑"之一，故以"说剑堂"为诗词集名。在周庆云的召集下，他与吴昌硕、况周颐、喻长霖、赵叔孺、夏敬观、沈醉愚等在上海成立淞社，又参加希社、沤社、鸥隐社及题襟金石书画会等，有《说剑堂词集》。《沤社词钞》即由他和夏敬观共同编选，以序齿而论，朱祖谋位列第一，他则被排在第二，可见他在社中的地位。林鹍翔（1871—1940），字铁尊，号无垢居士，浙江吴兴人。1912年师从朱祖谋、况周颐，1921年到温州任道尹，组织"慎社"、"瓯社"，梅冷生、夏承焘、陈仲陶等从之游，他在词学旨趣上与朱祖谋稍有出入。夏敬观（1875—1953），字剑丞，一作鉴丞，又字盥人，缄斋，晚号吷庵，别署玄修、牛邻叟，江西新建人。光绪二十年（1894）举人，历任三江师范学堂、复旦、中国公学监督，江苏巡抚参议，有《词调溯源》《忍古楼词话》《吷庵词评》等。"他的词学主张与朱祖谋不一样，但是他们的交情却很好……朱祖谋去世后,他倾力辅佐朱氏传人龙榆生,成了事实上的词坛领袖。"① 黄公渚(1900—1964),原名孝纾,字颙士,号匑厂,别号霜腴、辅唐山民,福建长乐人。少治经学,喜考据,精训诂,亦善画,20年代受聘于上海"嘉业堂",师从近代文学大师陈三立,并得到词学大师况周颐的指点,与陈曾寿、夏敬观、叶恭绰、黄宾虹组织"康桥画社",有《匑厂文稿》《匑厂词稿》。40年代后转至青岛山东大学任教,讲授"词选及词作",有《清词纪事》《欧阳修词选译》等。尽管传统派学术谱系较为复杂,但其学术传承的线索却是十分清晰的,即均从朱祖谋、况周颐一系而来,而非别有旁支也。

四 师承谱系与学术创新

通过以上描述,可以看出,现代词学大约不出传统与现代两派,现代派以《人间词话》为思想之"灯",传统派走常州派传统之"路",正是在这"灯"和"路"的导引下,他们形成了一个以思想为传承方向的学术谱系。我们认为学术谱系的形成,不仅表现在师承关系上,更表现为学术创新上,只有不断的创新,师承才会焕发生命活力,学术谱系才会更加枝繁叶茂。一个学术流派的发展兴盛,就是一个被后继者不断拓新的过程,通过这些继承与拓新的方式,既传承思想,又增进感情,建构学术谱系,传统之"路"越走越宽,思想之"灯"越点越亮。

从现代派学术谱系看,王国维是其开派祖师,接着有胡适,然后是俞平伯、冯沅君、胡云翼、刘大杰、郑振铎等。尽管《人间词话》发表在1908年,但它影响力的形成,是在俞平伯重新整理出版之后(1926),连胡适都说过自己在王国维去世前(1927)并未见过,"静庵先生的《人间词话》是近年才有印本的"②,这说明《人间词话》确有它的思想魅力,但它的影响是需要后继者来传播和发扬的。胡适思想影响之大,不但在其对王国维思想的传承,更在其对《人间词话》理论的发展,其《词选》一书在序文里提出词史发展三段论,即是将王国维的文学进化论运用到词史上,对北宋词多予好评,对南宋词则持不满的态度,对以诗为词的豪放词派颇多赞誉之辞。

---

① 曾大兴:《词学的星空:20世纪词学名家传》,河北人民出版社2009年版,第317页。
② 杜春和等编《胡适论学往来书信选》,河北人民出版社1988年版,第433页。

这一观点在当时的学术界影响甚大，胡云翼《中国词史大纲》、刘大杰《中国文学发展史》、冯沅君《中国诗史》均受其沾溉。"学校中之教授词学者，亦几全奉此为圭臬；其权威之大，殆驾任何词选而上之。"① 不过，我们也应该注意到，这些承传胡适思想的年轻学者，对胡适的思想并非全是因袭，反而是对胡适有些偏激的提法有所修正。比如冯沅君对吴文英、王沂孙、张炎也有好评，胡云翼对词史的叙述一直讲到清末，并不像胡适那样全盘否定清词的价值，刘大杰也认为词在清代可举者有三——一为创作，二为词论，三为前人词集的整理、编印，都取得了不同的成就。② 冯沅君等承其师说，并自出新意，将现代派（北派）学术谱系作进一步拓展，并引领着1949年以后海峡两岸词学的发展方向。

从传统派学术谱系看，朱祖谋无疑是该派师祖，况周颐、郑文焯则为其羽翼，但三者各有所长，有的长于校勘之学，有的长于批评之学，有的长于词乐之学，步其尘者亦各得其师之短长，传统派学者无不与他们有直接或间接的关系。更值得注意的是，这派学者较其师朱祖谋等在词学研究上表现更为出色，如赵尊岳以况氏为师，推衍重拙大之说，对明词的搜集亦是受其师之启发，但他在词籍校勘上却是成就显赫，为历代词集撰写提要，成为《词总集考》十六卷，这正是况周颐所欠缺的地方，这些工作也成为饶宗颐《词籍考》和《全明词》之嚆矢。刘永济先后拜师况氏和朱氏，既传承其学，致力于词学，推崇梦窗，又能将《文心雕龙》之体系性运用到"词学"体系建构上，对况氏《蕙风词话》的理论有所扬弃，即汲取王国维《人间词话》的有关思想，成就一部别具特色并能融通古今的《词论》，较之《蕙风词话》其格局更为完整，眼光也更为宏通。吴梅早年师从朱氏（1915）也比较推尊梦窗，并仿朱氏在南京组织潜社，开坛唱和，影响一时。他长期讲学南雍，能将传统词学进行现代转换，《词学通论》一书分上下两篇，上篇论体制，下篇谈词史，在结构的组织安排上独具匠心，成为现代词学史上的典范之作，这正是朱氏所不能及的地方。龙榆生虽为朱氏衣钵传人，接过朱氏的校词双砚，然其所长并不在校词而在论词，《论常州词派》《两宋词

---

① 龙榆生：《论贺方回词质胡适之先生》，《词学季刊》第3卷第3号。
② 刘大杰：《中国文学发展史》，上海古籍出版社1982年版，第1326页。

风转变论》《研究词学之商榷》等论文,从大处着眼,视野开阔,颇有囊诸所有的气度与魄力,这也是斤斤计较于声律、字字推敲于句意的朱氏所不能及的。夏承焘虽从传统之学而来,却有长远规划,曾拟撰为词学史、词学志、词学典、词学考、词学谱表等书,① 然后,他的研究即按这个计划逐步展开,先后完成《唐宋词人年谱》《宋词系》《龙川词校笺》《姜白石词编年校笺》等,这与一般人因兴趣转移而不断转换阵地大不相同,也体现出他超出常人的意志与毅力,尽管后来并没有完全实现其最初设想,却能说明他是以研治传统词学为其一生之志业的。

任何一种学术思想,必须有承传才会有生命力;同样,任何一种学术流派,只有不断创新才会不断发展。所谓发展,就是对其他流派思想的合理吸收,纠正自身的不足,并能顺应时代,使其学术研究烙上时代印记。比如,赵万里在东南大学期间曾师从吴梅习词,后来到清华大学为王国维之助教,思想上自然也受到王国维《人间词话》之影响,他在北大、清华教授词学之讲义《词概》,对晚唐五代北宋词风多所推崇,研究方法上更得王国维晚年学术考证学之精髓,曾仿效王国维之先例辑为《校辑宋金元人词》七十二卷,得到新文化运动领袖胡适之嘉勉。俞平伯在习词经历的转变上,与赵万里有相似之处,即有一个由旧而新的过程。他在1915年秋天进入北京大学,期间受黄侃、吴梅影响甚深,读过张惠言《词选》和周济《词辨》,他撰写《清真词释》即源于黄侃在课堂讲解周邦彦《六丑》《兰陵王》《浪淘沙慢》的启发,"这对我印象很深","我独选美成的作释,就这点论,不妨说受之于师"。② 但后来受新文化运动的影响,他在胡适的感召下转向白话文学,创作新诗与小说,对填词之事不复措意,直到1925年秋天应聘燕京大学,讲授"中国文学史",才开始将兴趣转向词学研究,并整理出版王国维《人间词话》,1929年应聘清华大学时为中文系三年级学生讲授"清真词",1930年10月为配合讲授作词之法,将自己的词作14首略作解释辑为《词课示例》。1934年9月,他编成《读词偶得》一书,作为讲义交清华大学印行,11月该书由上海开明书店出版。同样,像夏承焘、唐圭璋、龙榆

---

① 夏承焘:《天风阁学词日记》,1935年12月29日,1937年1月15日。
② 俞平伯:《清真词释序》,载《清真词释》,上海古籍出版社2000年版,第19页。

生等传统派学者，尽管主要承传自朱祖谋而来的词学传统，但他们对于新思想也能积极吸纳，甚至与胡适、俞平伯、赵万里等有直接的交往，在词学观念上也有许多相似的看法。比如唐圭璋对于真情的重视（参见《李后主评传》、《纳兰容若评传》），与王国维、胡适推崇真性情颇有暗合之处；夏承焘对李清照词"明白如话"、苏辛豪放作风的肯定，也是顺应时代思潮合理地吸收了胡适派学者的看法。特别是龙榆生对于词学的界定，把"填词"与"词学"相区分，与胡云翼所说"词学"与"学词"是两回事，看法完全一致，只是胡云翼研究词学重在整理国故，而龙榆生则强调传统与现代结合，力图使传统重新焕发生机活力，追求传统在现代社会的转型与新生。

现代词学史上的传统与现代两派（或称"南派"与"北派"），无论秉持何种不同的学术理念，他们都能在传承的基础上有所创新，这样，他们的学术统系得到了较好的传承，他们的学术思想也得到了较好的发展，从而焕发出旺盛的生命力，成为中国词学现代化进程中两支重要的力量。

第 二 章
大家经典的魅力与影响

自鸦片战争以来，中国社会结构发生剧变，西方列强以坚船利炮轰开了古老中国闭关自锁的大门，从西方舶来的各种新思想新观念如潮水般大量涌入。在这些新思想新观念的刺激下，国人原有的生活方式和生活观念开始发生裂变，辛亥革命之后中国社会更是在政治、经济、教育、思想、文化等方面呈现多元化的发展走向。就是在这一从传统向现代转型之际，神州大地上涌现出一大批以救亡图存为使命的政治家、外交家、思想家、教育家以及学者、文人、教授。

清末民初是一个人才辈出的时代，从俞樾、章太炎、黄侃、王国维、梁启超、沈曾植，到胡适、鲁迅、傅斯年、顾颉刚、吴宓、柳诒征、陈寅恪，等等，人人声名显赫，家家学贯中西，他们是一个时代思想的旗帜，也是一个时期学术的象征。在词学界也曾经涌现过这样的一些"风云人物"，像"清末四大词人"（王鹏运、朱祖谋、郑文焯、况周颐）、"民国四大词人"（龙榆生、夏承焘、唐圭璋、詹安泰）、"现代词学四大家"（胡云翼、龙榆生、夏承焘、唐圭璋），澳门学者施议对先生曾提出清末民初有三代词学传人[①]，在他所说的这三代"词学传人"中，朱祖谋、王国维、胡适、吴梅、夏敬观、龙榆生无疑影响现代词学发展走向的关键性人物。朱祖谋、胡适分别开创有现代词学的两大学派——"彊村派"（南派）、"胡适派"（北派），王国维是将传统词学进行现代转换的第一人，夏敬观是继朱祖谋之后即1931年至1949年南北词坛的领袖，吴梅在现代词学史上地位的确立，则是

---

① 施议对：《历史的定位：二十世纪词学传人》，《词学》第26辑，华东师范大学出版社2011年版。

他先后在北京大学、中央大学培养了一批词学传人（像任二北、唐圭璋、卢前等），而龙榆生不但是朱祖谋的衣钵传人，毕生从事词学研究，而且在三四十年代先后创办《词学季刊》《同声月刊》，把当时从事词学研究的学者凝集起来，共同推进中国词学的"现代化"和"学科化"。

这里选取朱祖谋、王国维、胡适为讨论个案，是因为他们对于中国词学的现代转型而言有着特殊的意义。朱祖谋代表着清末民初词学对传统词学的集大成，他把吴中词派的重声律和常州词派的重立意有机地结合起来，在中国词学史上具有跨常迈浙、集南北两宋之大成的意义。然而，朱祖谋对于现代词学的意义，更在于他在现代词坛巨大的影响力和广泛的号召力，他曾主持过"春音词社"和"清词钞编纂处"，还有意培养词学传人，现代词坛许多名家都得到过他的提携和指授。如果说朱祖谋对于传统词学而言是"守成"，王国维和胡适对于中国词学的现代转型而言是"开新"，开创了词学研究的新时代。王国维以旧瓶装新酒的方式，以一种外在散漫而内在逻辑谨严的言说方式，对传统词学进行了一场"无声"的革命。胡适则把王国维的"无声"革命转化为一场有声有色的"战争"，并在现代词坛掀起了一场力在改变传统的"革命"，他提出的白话文学史观、词史发展三段论以及对豪放的推崇和对婉约的贬抑，在现代词坛造成了一股掀天的巨澜，使得中国词学在变革传统的道路上走向了现代。在这一章，我们并不把他们的词学观念作为问题讨论的核心，而是把他们在现代词坛的影响作为问题研究的中心，揭示他们在中国词学从传统向现代转型的过程中发挥的作用，产生的影响，以及他们在现代词学史上的重要性及示范性。

第一节　朱祖谋与现代词坛"尊梦窗"

在晚清词坛，其声名最著者，为"清末四大词人"。"洎王、朱、郑、况四家比肩崛起，词学益盛。朱、况二老，晚岁尤严四声，词之格律，遂有定程。七百年之队响，至是绝而复续，岂不伟哉！"[①] "清末四大词人"，以

---

① 邵瑞彭：《周词订律序》，《词学季刊》第3卷第1号。

王鹏运年最长，进入词坛亦最早，朱祖谋、郑文焯、况周颐三人，与王氏或为师友，或为同僚，或为同乡，在学习填词的过程中或多或少得到过王氏的指授，王氏去世亦即1905年之前，他当为"四大词人"之首。然而，自王氏在扬州病殁后，从1905年到1931年，朱祖谋则毫无疑问是清末民初词坛的关键性人物，或称其为"有清二百六十余年词坛之殿军"①，或谓其"集清季词学之大成"②。过去比较多地注重其承前的历史地位，往往忽略了其启后的历史作用，即对于现代词学而言他的影响，他对现代词学研究人才的培养，正如曾大兴所说"二十八年词坛领袖"。③

一 清末民初的词坛领袖

朱祖谋是1896年开始学为词的，引导其走上填词之路的是王鹏运。他说："予素不解倚声，岁丙申，重至京师，王幼霞给事时举词社，强邀同作。"④ 这个词社名叫"咫村词社"，其时王鹏运在京师，为江西道监察御史，寓居校场头条胡同万青藜宅旁，参加社集的有张仲炘、王以慜、华辉、黄桂清、夏孙桐、易顺鼎、郑文焯、朱祖谋等⑤。朱祖谋与王鹏运本是旧识，光绪三年（1877）在开封已结交，但他们在填词上的遇合是在丙申（1896）之后的事。这一年，朱祖谋丁母忧，服阕还京，为侍读学士。"半塘官给谏时，言官有一聚会在嵩云庵，专为刺探风闻而设，半塘亦拉古丈入会。会友多谈词者，古丈见猎心喜，亦试填小令数阕，半塘见之，以为可学，嘱专看宋词，勿看本朝词。"⑥ 到光绪二十四年（1898），王鹏运举为"咫村词社"，朱祖谋亦被邀入社。次年，王鹏运又约其共校梦窗词，语以源流正变之故，同时还举办了"校梦龛词社"，参加者有张次珊、裴韵珊、王梦湘等。光绪二十六年（1900）七月，八国联军进犯北京，朱祖谋移居王鹏运之四印斋，他们和刘福姚一起"每夕拈短调，各赋词一两阕，以自

---

① 王易：《词曲史》，东方出版社1996年版，第421页。
② 叶恭绰：《广箧中词》卷二，人民文学出版社2011年版，第225页。
③ 曾大兴：《词学的星空：20世纪词学名家传》，河北人民出版社2009年版，第244页。
④ 朱祖谋：《彊村词原序后记》，原载《彊村词剩》卷首，《彊村丛书》，第8406页。
⑤ 参见万柳《咫村词社考论》，《东北师范大学学报》2010年第4期。
⑥ 张尔田：《与榆生言彊村遗事书》，《词学季刊》创刊号，1933年4月。

陶写"，后辑为《庚子秋词》二卷。光绪二十七年（1901）后，两人先后出京，一年后再遇于沪上，王鹏运将《半塘定稿》交由彊村删订。光绪三十年（1904）六月，王鹏运病逝于苏州，时任广东学政的朱祖谋，在广州为其刻印了《半塘定稿》。

在王鹏运去世后，朱祖谋成了清末民初的词坛领袖。1905年，他以修墓为名，辞去广东学政，先是暂居沪上，次年起受江苏巡抚程德全之聘，出任江苏法政学堂监督，并正式定居苏州"听枫园"。其时，郑文焯正居住在苏州孝义坊"通德里"，朱祖谋的"听枫园"即郑氏为其所选定。"郑氏与朱氏同住苏州，朝夕过从，谈词不倦，即偶然小别，亦书札往还，论词无虚日。"① 同时，朱祖谋在上海亦有住所，据《郑孝胥日记》记载，1906年8—12月，朱祖谋几乎都是在上海活动，从1912年起移居至沪上德裕里，在晚年更是以上海为其主要活动中心②。从1911年起，况周颐亦正式定居上海，先居梅福里，后迁东有恒路。"时朱彊村侍郎即居德裕里，衡宇相望，过从甚频，酬唱之乐，时复得之。"③ 应该说，"晚清三大词人"齐聚苏沪，是清末词坛的一大盛事。然而，很不幸的是，在1904年的时候，况周颐与郑文焯交恶，事情的起因是况周颐在这一年结集的《玉梅词》。这是况周颐为怀念其妾桐娟而作的一部词集，王鹏运谓"是词淫艳不可刻也"，郑文焯更是称"其言浸不可闻"。郑氏的批评引起了况周颐极大的反感和不满，他在《玉梅词后序》中极诋郑文焯，称其为"某名士老于苏州者"，又在《二云词序》中指斥其《玉梅词》"涉淫艳"者实乃"伧父"。赵尊岳《蕙风词史》云："《玉梅后词》成，叔问尝窃议之。先生大不悦，其于词跋有云，为伧父所诃，盖指叔问。"曾大兴先生分析说，郑、朱、况三人当中，只有朱祖谋两边都说得上话，所谓"周旋于郑、况诸子间，折衷至当"，所以，郑、况两人都十分亲近和追捧他，于是他的号召力就越来越大，稳稳当当地做了王鹏运之后的词坛领袖，一直做到1931年12月30日去世为止。④

---

① 唐圭璋：《词学论丛》，上海古籍出版社1986年版，第1023页。
② 陈运彰：《我所认识的朱古微先生》，《人之初月刊》1945年第1期。
③ 赵尊岳：《蕙风词史》，《词学季刊》第1卷第4号，1934年4月。
④ 曾大兴：《词学的星空：20世纪词学名家传》，河北人民出版社2009年版，第244页。

辛亥革命前后，上海和天津成了当时士大夫流寓避处之地。上海因是各国租界比较集中的地方，交通便利，信息灵通，思想开放，生活也相对优裕，因而在辛亥革命后成为许多逊清遗老"流寓"的首选城市。一时间来到这里避处的有沈曾植、冯煦、赵熙、梁鼎芬、樊增祥、陈三立、李瑞清等，他们在这里优游以处，诗酒酬和，借以抒其故国旧君之感。王国维说：

> 辛亥以后，通都小邑，桴鼓时鸣，恒不可以居。于是趋海滨者，如水之赴壑，而避世避地之贤，亦往往而在。……夫入非桑梓之地，出非游宦之所，内则无父老子弟谈宴之乐，外则无名山大川奇伟之观，惟友朋文字之往复，差便于居乡。当春秋佳日，命俦啸侣，促坐分笺，一握为笑，伤时怨生，追往悲来之意，往往见于言表。①

在辛亥革命前后的上海，有许多由逊清遗老组织的诗社，如淞社系由刘承干、周庆云主持，重要成员有缪荃孙、吴庆坻、徐珂、王国维、张尔田、潘飞声、郑文焯等；超社、逸社则系沈曾植发起成立，参加者有冯煦、樊增祥、梁鼎芬、吴庆坻、朱祖谋、杨锺羲等。由这些诗社所组织的社集或唱和活动，都公推朱祖谋为社长，朱祖谋自然成为他们公认的词坛领袖。

就是这样一位具有浓厚保守倾向的"逊清遗老"，反被许多拥有强烈排满之思想的南社词人尊为词学"导师"。如姚锡钧说："余不谙倚声，某年谒朱彊村先生，间语及之，而苦其律度。先生曰：词之功，不徒事此也。先生以严治声律，宗主坛坫，顾其言如此。盖审乎初学畏难，将望而却步，用诱而过之，匪独善易者不言易而已。"② 1915年2月，庞树柏、王蕴章、陈匪石等，在上海组织发起"春音词社"，便一致推举朱祖谋为社长。"第一集集于古渝轩，入社者有杭县徐仲可、通州白中垒、吴县吴瞿安、南浔周梦坡、吴江叶楚伧诸人。酒酣，各以命题请。古微先生笑曰：'去年见况夔生

---

① 王国维：《彊村校词图序》，朱祖谋辑《彊村丛书》，上海古籍出版社1989年版，第8734页。
② 姚锡钧：《姚鹓雏诗词集》，河海大学出版社1993年版，第274页。

与仲可有游日人六三园赏樱花唱和之词，去年之樱花堪赏，今年之樱花何如？即以此为题，调限《花犯》可乎？'时中日交涉正亟也，众皆称善。……第二集檗子所得河东君妆镜拓本命题，调限《眉妩》。第三集梦坡值社，假座于双清别墅，携旧藏宋徽宗琴，为鼓一再行，即拈《风入松》调，属同人共赋。名园雅集，裙屐风流。傍晚同游周氏学圃，复止于梦坡之晨风庐，尽竟日之欢而别。翌日，梦坡首赋七律一章纪之。同社诸子，各有和作，亦词社中一段佳话也。"①

朱祖谋不仅对民初遗民及南社词人有影响，就是对年轻的现代词人亦时时提携，像吴梅、叶恭绰、杨铁夫、刘永济、夏承焘、龙榆生等都曾得到过朱祖谋的直接指授。1910年，吴梅开始与朱祖谋结识，"时朱古微、郑叔问诸先生客吴下，先生过从甚密。其《读近人词集》第四首，盖为先生作也"。② 吴梅亦自述云："是年访古微丈于听枫园，庭菊盛开，倚此就教，过承奖掖，良用惭奋。"③ 1927年，杨铁夫到上海拜会朱祖谋，"呈所作，无褒语，止以多读梦窗词为勖"，"归而读之，如入迷楼，如航断港，茫无所得，质诸师；师曰'再读之'。又一年，似稍有悟矣，又质诸师；师曰：'似矣，犹未是也，再读之。'如是者又一年，似所悟又有进矣。师于是微指其中顺逆、提顿、转折之所在，并示以步趋之所宜从"。④ 1929年，叶恭绰倡议成立《清词钞》编纂处，并推定朱祖谋为总纂，同时广约南北专家，分主选政，兼及海内藏家所有清人词集，并由叶恭绰汇送到朱祖谋处由其鉴定。叶恭绰后来追述说："其始同人分任初选，而余任复选，而终决于朱先生。朱先生一一为之审择，且有增益。"⑤ 还有夏承焘、刘永济，前者与朱祖谋"通了八九回信，见了三四次面"，后者早年在沪上游历时曾拜况周颐为师，并与朱祖谋有所接触，朱氏曾赞其所作"能用方笔"。⑥ 至于龙榆生，更是被朱祖谋视作衣钵传人，临终前还把自己的"校词双砚"和未刊词稿交给

---

① 王蕴章：《梅魂菊影室词话》，《词学》第二十八辑，华东师范大学出版社2012年版
② 王卫民：《吴梅年谱》（修订稿），《吴梅评传》，河北教育出版社2002年版，第260页。
③ 王卫民编《吴梅评传》，河北教育出版社2002年版，第260页。
④ 杨铁夫：《〈吴梦窗词选笺释〉第一版原序》，广东人民出版社1992年版，第10页。
⑤ 叶恭绰：《全清词钞》，中华书局1982年版，第2069页。
⑥ 《刘永济词集》，湖南人民出版社1984年版，第4页。

了他，龙榆生后来毕生从事词学研究，不能不说是有"词学传人"这个精神动力在作支撑的。"朱氏平生对后辈辛勤之教诲，期望之殷切，使人感奋兴起，努力不懈，因以推动词学之发展。"①

二 现代词坛的"梦窗热"

朱祖谋对现代词坛最大的影响，是掀起了一股推尊梦窗的热潮。吴文英在南宋词史上有极重要的地位，他与姜夔一起分别开以"疏"、"密"两派，诚如张祥龄所说："词至白石，疏宕极矣，梦窗辈起以密丽争之；至梦窗而密丽又尽矣，白云以疏宕争之。"② 但是，其用词富丽、章法繁复、好用僻典也招来张炎的非议，称其词"如七宝楼台，眩人眼目，碎拆下来，不成片段"③。元明时期，词学中衰，梦窗亦湮没不闻，到清代，词学走向"中兴"，梦窗逐渐受人关注，如浙派，或称"梦窗之密，玉田之疏，必兼之乃工"（李良年语），或谓"梦窗词以绵丽为尚，笔意幽邃，与周美成、姜尧章并为词学之正宗"（杜文澜语）。到常州派周济，更把吴文英作为由南转北的关键性词人，与王沂孙、辛弃疾、周邦彦一起成为"领袖一代"的四大家，但把吴文英推上词史顶峰之位的是王鹏运和朱祖谋。王鹏运谓："梦窗以空灵奇幻之笔，运沉博绝丽之才，几如韩文杜诗，无一字无来历。"④ 朱祖谋说："君特以隽上之才，举博丽之典，审音拈韵，习谙古谐，故其为词也，沉邃缜密，脉络井井，缒幽抉潜，开径自学，学者非造次所能陈其意趣。"⑤ 不但如此，朱祖谋还通过校勘梦窗四稿和编选《宋词三百首》来达到抬高吴文英的目的，他一生四校《梦窗词》，前后历时二十余年。"先生复萃精力于此，再三覆校，勒为定本，由是梦窗一集，几为词家之玉律金针。"⑥ 由他编选的《宋词三百首》是20世纪最具影响力的宋词选本，据王兆鹏先生考证，朱祖谋对《宋词三百首》的选目作过三次删增改

---

① 唐圭璋：《朱祖谋治词经历及其影响》，《词学论丛》，第1023页。
② 张祥龄：《词论》，唐圭璋：《词话丛编》第五册，第4211页。
③ 张炎：《词源》，唐圭璋：《词话丛编》第一册，第259页
④ 王鹏运：《校本梦窗甲乙丙丁稿跋》，《四印斋所刻词》，上海古籍出版社1989年版，第890页。
⑤ 朱祖谋：《梦窗集跋》，《四印斋所刻词》，第883页。
⑥ 龙榆生：《晚近词风之转变》，《龙榆生词学论文集》，上海古籍出版社1997年版，第381页。

动①，现在一般多以1924年刊刻的《宋词三百首》为原刻本，在这部选本里，入选量超过10首的是吴文英（25首）、周邦彦（22首）、姜夔（17首）、晏几道（15首）、柳永（13首）、辛弃疾（12首）、贺铸（11首）、晏殊（10首）、苏轼（10首），其中以吴文英之作所选为最多，这说明朱祖谋之取向就在吴文英的"幽邃密丽"。而他自己的创作也是以追攀梦窗为旨归，吴梅说："先生得半塘翁词学，平生所诣，接步梦窗。"②胡先骕说："盖梦窗胸襟自有过人处，非枉抛心力作词人者比，而百世下，但知其琢句之工，但知学其面目，故终碌碌。独彊村侍郎为能知之，为能学之，得其潜气内转之秘，而尽去其饾饤滞晦之知，遂为一世宗工矣！"③

由于朱祖谋特有的领袖地位，他的审美偏嗜自然要影响到他的追随者。这些追随者首先是"舂音词社"的社友，如庞树柏、成舍我、闻宥、陈匪石、王蕴章、叶中泠等，在《南社》所刊社友词选里便载有他们步和梦窗韵的作品，如叶中泠《点绛唇》（原用梦窗韵）、《燕归梁》（用忍庵韵梦窗体）、《莺啼序》（寒雨夜游石城，向夕微霁，用梦窗韵），庞树柏《莺啼序》（壬子三月，劫后过吴闾，感赋步梦窗韵）、《霜腴花》（秋晚泛棹枫桥和梦窗自度曲韵）、《西子妆》（西湖春泛，和梦窗韵）、《生查子》（过秋社偶题，用梦窗秋社韵）、《霜叶飞》（挽沈职公母夫人赵节孝，用梦窗韵），黄人《霜腴花》（重过安定君宅，和梦窗自度曲韵）（4首），陈匪石《水龙吟》（蛇莓山公园中峭壁悬瀑，潴为清池，全屿自来水源也，用梦窗惠山酌泉韵）、《瑞龙吟》（用梦窗韵与中泠中垒联句）、《倦寻芳》（甲寅元夕，和梦窗韵）、《水龙吟》（寿汪符生丈六十，用梦窗寿梅津韵），吴梅《霜腴花》（步梦窗韵）等。他们对梦窗词亦予以较高评价，成舍我初学词有"风定庭红叶纤愁"之句，有誉之者谓"此可以抗手梦窗也"，他的回答是："梦窗恐无此笨句，要惟笨人有之耳。"大约是自忖自己学梦窗而未能至也，他认为梦窗之长即在"涩"之一字，"涩即棘练之简称，而梦窗则专以棘练见长者也"，如"黄蜂频扑秋千索，有当时、纤手香凝"、"断红若到西湖

---

① 王兆鹏：《〈宋词三百首〉的版本源流考》，《湖北师范学院学报》2006年第1期。
② 吴梅：《宋词三百首笺注序》，唐圭璋：《宋词三百首笺注》，中华书局1958年版，第3页。
③ 胡先骕：《读朱古微彊村乐府》，《学衡》第10期。

底，搅翠澜，总是愁鱼"等句，"皆想入非非，非率尔操觚者所能做到"。①自张炎以来，词坛一直存在着尊白石抑梦窗的倾向，到清代浙派崛起这一倾向得到更进一步的发展。在陈匪石看来，世人所谓梦窗病之"涩"，是对梦窗词的一种极大误解："盖涩由气滞，梦窗之气深入骨里，弥满行间，沉着而不浮，凝聚而不散，深厚而不浅薄，绝无丝毫滞相。"比较而言，白石与梦窗皆善练气，但白石之练气在字句之外，人易见之，而梦窗之气潜气内转，伏于字句中，人不得而见之也。"此所以知白石者较多，知梦窗者较少。"② 持类似看法的还有闻野鹤，他说，世人之尊白石"清空"而抑梦窗"质实"，实质上是以面目相判，而非探本之论也。"石帚天分孤高，洞晓声律，其学自宜迈人。所谓清空者，犹不过其面目耳。若梦窗则作词浑厚，遣辞周密，若天孙锦裳，异光曜日，无丝缕俗韵，特学者每以蕴意深邃为憾，于是有以凝滞诮之者矣。要之皆非本也。"③

在当时，推尊梦窗之最力者有陈洵和杨铁夫。早在1917年，朱祖谋已有《梦窗词集小笺》之举，大体上依查为仁、厉鹗《绝妙好词笺》之体例，但是这一笺本存在"略而不详"之弊，陈洵和杨铁夫则在朱氏笺本基础上前进了一大步。

陈洵（1870—1942），字述叔，号海绡，广东新会人。他自述年三十始学而为词，读《宋四家词选》而服膺周济之主张，后在创作实践中摸索出一条"由周希吴"的治词路径。陈洵本是僻处岭南的一介儒生，一个很偶然的机会让朱祖谋读到他的几首词，认为其词深得梦窗之骨格风神，于是致书索取词稿并手选百余首为之刊刻，还向中山大学国文系主任伍叔傥推荐陈洵出任词学教授。他与朱祖谋的结缘实乃同宗梦窗而起，正如龙榆生所说："彊村、海绡两先生之同主梦窗，纯以宗趣相同，遂心赏神交，契若针介也。"④ 朱祖谋曾手批《沧海遗音》本《海绡词》曰："神骨俱静，此真能火传梦窗者。"⑤ 又致信陈洵称："公学梦窗，可称得髓，胜处在神骨俱静，

---

① 成舍我：《天问庐词话》，朱崇才编《词话丛编续编》，第2293页。
② 陈匪石：《旧时月色斋词谭》，《宋词举》，江苏古籍出版社2002年版，第219页。
③ 闻野鹤：《恫簃词话》，朱崇才编《词话丛编续编》，第2317页。
④ 龙榆生：《陈海绡先生之词学》，《龙榆生词学论文集》，第481页。
⑤ 朱祖谋：《手批海绡词》，唐圭璋：《词话丛编》第五册，第4379页。

非躁心人所能窥见万一者，此事固关性分尔。"① 正是在朱祖谋的鼓励和促成下，陈洵开始谋划撰写《海绡说词》，以示其"推演周、吴"之旨。《海绡说词》分"通论"、"宋吴文英梦窗词"、"宋周邦彦片玉词"、"宋辛弃疾稼轩词"四部分，在"通论"部分，他提出"贵留"之论，"词笔莫妙于留，盖能留则不尽而有余味"，并指出两宋词人中唯梦窗最合"贵留"这一点，高明者看梦窗当看其"贵留"之处："以涩求梦窗，不如以留求梦窗。见为涩者，以用事下语处求之；见为留者，以命意运笔中得之也。以涩求梦窗，即免于晦，亦不过极意研练丽密止矣，是学梦窗，适得草窗。以留求梦窗，则穷高极深，一步一境。沈伯时谓梦窗深得清真之妙，盖于此得之。"② 一部《海绡说词》实际上就是其深研苦习梦窗词的独到心得，因此，在"宋吴文英梦窗词"部分，他不惜笔墨详尽地解说梦窗词的篇章结构、运笔用意、离合顺逆、潜气内转等"内质之美"③，这实际上是在理论上提升了梦窗词的学术内涵和审美意蕴。龙榆生还提到陈洵在中山大学讲论词学，"专主清真、梦窗，分析不厌其详"，"其聪颖特殊子弟，能领悟而以填词自见者，颇不乏人"。④

杨铁夫（1869—1943），名玉衔，字懿生，号铁夫，以号行，广东香山人。他学词是在民国十一年（1922）任教香岛（香港）期间，而他与朱祖谋的遇合则是在十年后（1932）旅居上海时期。"铁夫旋居上海，常出入于中山同乡小榄人甘翰臣先生之别业'非园'。时至非园客有朱彊村、王病山、陈伯严、曾农髯诸叟，皆当代诗词大家。铁夫为朱先生在粤督学时所取之士也，复师事之，屡呈所作，多得奖勉，示意多读《梦窗词》。"⑤ 在朱祖谋的指点下，并得陈洵《海绡说词》之启发，他渐以领悟到梦窗之家法。"于是所谓顺逆、提顿、转折诸法，触处逢源，知梦窗诸词，无不脉络贯通，前后照应，法密而意串，语卓而律精，而玉田'七宝楼台'之说，真

---

① 朱祖谋：《致陈述叔书札》，转自刘斯翰《海绡词笺注》，第499页。
② 陈洵：《海绡说词》，唐圭璋：《词话丛编》，中华书局1986年版，第4840—4841页。
③ 周茜：《映梦窗零乱碧：吴文英及其词研究》，广东教育出版社2006年版，第266页。
④ 龙榆生：《陈海绡先生之词学》，《龙榆生词学论文集》，第481页。
⑤ 杨正绳：《岭南词人杨铁夫及其家世》，《中山文史》第43辑，中山市政协文史委员会1998年版，第58—59页。

矮人观剧矣。"① 其笺释之作屡刊屡改，一稿笺词168首，二稿笺词204首，三稿则笺全集（340首）："盖梦窗之精华毕萃于此，余对梦窗之心得亦抉发无遗矣。"夏承焘为之评曰："钩稽愈广，用思益密，往往于辞义之外，得其悬解"，其笺释辞义，或据史书，或依地志，"凡此皆互证旁通，使原词精蕴，挹之愈出，较彊村之笺，为尤进矣。"② 钱仲联亦有言："笺诗难，笺词尤难，笺梦窗之词尤难。""盖梦窗一生，其流闻轶事，见于说部志乘，传诸今而足以征信者，云中鳞爪而已。非博证旁通，以意逆志则其本事奚以明，其难一也。梦窗之词，如其所谓'檀栾金碧，婀娜蓬莱'然，人巧极而真宰通，千拗万折，潜气内转，非沉浸咀含，与梦窗精灵相感，则其悬解何由得？其难二也。故非熟谙天水旧事者，不足以笺梦窗；非词人之致力深而析心细者，亦不足以笺梦窗。盖两者合之之为难，博闻者不必皆词人，词人不皆善说词。噫！不有铁夫，孰为梦窗千载之子云？"③

其实，在朱祖谋的影响下，当时致力于梦窗词笺释的还有吴梅和夏承焘。1930年12月，大约是在读过朱氏笺本后，夏承焘有意为朱氏匡疏正谬，并得到彊村之允可，嘱为整理其《梦窗小笺》，朱氏去世后，他将自己的零散考证汇为《梦窗词集后笺》（载《词学季刊》创刊号）。1931年秋，吴梅在中央大学主讲词学，曾以毛扆校本为底本，参以杜文澜、王鹏运、朱祖谋等刊本，精勘汇校，附以己见，成《汇校梦窗词札记》（载《文学遗产增刊》第14辑），也是为了呼应朱氏倡导的梦窗之学。

不仅如此，受朱氏《宋词三百首》影响，当时一些选本也比较多地选录了梦窗词，如龙榆生《唐宋名家词选》（38首），陈曾寿《旧月簃词选》（15首），陈匪石《宋词举》（5首），刘永济《诵帚堪词选》（14首），曲滢生《唐宋词选笺》（6首），吴遁生《宋词选注》（4首），徐声越《唐诗宋词选》（9首）。如果将这些选本入选数量进行排序的话，我们会发现吴文英词的排序大多数是排在首位的，或是非常靠前的，这也很能说明当时人们对梦窗词的尊奉之意。

---

① 杨铁夫：《吴梦窗词选笺释自序》，广东人民出版社1992年版。
② 夏承焘：《杨铁夫梦窗词笺释序》，《词学季刊》第3卷第1期。
③ 钱仲联：《梦窗词笺释序》，《国专月刊》第3卷第1期。

三 围绕"尊梦窗"展开的批评和讨论

现代学者吴眉孙认为,在现代词学史上,有以朱祖谋为代表的尚文派和以王国维为代表的尚质派①;查猛济则认为应该划分为三大流派,一是以朱祖谋为代表的传统派,一是以王国维、胡适为代表的现代派,一是以刘毓盘为代表的兼有上述两种倾向的折中派。② 不过,按我们的理解,现代学派实际上可按时代递进关系来划分,在清末民初是朱祖谋的尚文派与王国维的尚质派并峙,在民国时期则是以胡适(1891—1962)、胡云翼(1906—1965)为代表的现代派和以龙榆生(1902—1966)、夏承焘(1900—1986)、唐圭璋(1901—1990)为代表的传统派的共存,他们在思想和方法上对清末民初之两派有继承也有发展,因此,对于朱祖谋及追随者的"尊梦窗"亦表现出两种截然不同的态度和立场。

先说以胡适、胡云翼为代表的现代派,他们是一些接受过新学教育或思想熏陶的现代学者,接受的是自西方输入的现代文学观念。他们在文学上持守"白话文学"、"国民文学"的观念,一部中国文学史实际上就是白话文学的发展演进史。"白话文学就是中国文学的中心部分,中国文学史若去掉了白话文学的进化史,就不成中国文学史了,只可叫做'古文传统史'罢了。……'古文传统史'乃是模仿的文学史,乃是死文学的历史;我们讲的白话文学史乃是创造的文学史,乃是活文学的历史。因此,我说国语文学的进化,在中国近代文学史上,是最重要的中心部分。"③ "现在我们的文学观念,既然与古人迥然不同,已经抛弃了那种——文以载道和文学复古——谬误的文学见解,那末,我们自然否认'词是末技'这些话,并且认为词在中国文学史上的各种体裁里面,应占一个重要的位置。"④ 在胡适撰写的《白话文学史》"纲目"里,便包含有"晚唐五代的词"、"北宋的白话词"、"南宋的白话词"等章节,由他编选1926年出版的《词选》也是遵循着这样的原则,入选的作品主要是明白浅显、通俗易懂的白话词,对于起自民间

---

① 吴眉孙:《清空质实说》,《同声月刊》第1卷第9期。
② 查猛济:《刘子庚先生的词学》,《词学季刊》第1卷第3号。
③ 欧阳哲生编《胡适文集》第8册,北京大学出版社1998年版,第150页。
④ 胡云翼:《宋词研究》,岳麓书社2010年版,第3页。

的唐五代词以及在北宋广为流行的柳永词和苏轼词多予肯定，而对南宋以后讲究形式雕琢、内容隐晦生涩的格律词派极尽批评之能事，原因就在他们把词从已经脱离音乐"成为一种文学的新体"的发展方向，来了一个逆转，"硬送回到音乐里去"。"吴文英、王沂孙一派的咏物词、古典词，成了正宗，词家所讲究的只是如何能刻画事物，如何能使用古典，如何能调协音律，这一类的词和后世的试贴诗同一路数，于是词的生气完了。"进而，他猛烈地抨击了朱祖谋等人的"尊梦窗"："近年的词人多中梦窗之毒，没有情感，没有意境，只在套语和古典中讨生活。"① 胡云翼是胡适思想的忠实追随者，对梦窗词更是没有好感，声称到了吴文英那里，"已经是词的劫运到了"。他的词最大的一个缺点"就是太讲究用事，太讲求字面了"，"唯其专在用事与字面上讲求，不注意词的全部的脉络，纵然字面修饰得很好看，字句运用得很巧妙，也还不过是一些破碎的美丽辞句，决不能成功整个的情绪之流的文艺作品"。② 正如胡适对于朱祖谋的态度一样，胡云翼对于朱祖谋等人的创作亦持严厉批评之态度："他们只知道不厌烦地去讲究'词法'和'词律'，以竞模古人为能事，故结果，他们的词除了表现一点文字的技巧外，全不能表现一点创造精神，全不能表现作者的个性和情感，只造成一些词匠。"③ 其他如冯沅君批评梦窗词流于堆砌、晦涩、缺少情致，刘大杰批评梦窗词"词旨晦涩"、"气格卑弱"、"缺少血肉和风骨"，等等。

然而，在传统派学者看来，现代派对梦窗的攻击有失公允，或谓其"专事隶事修辞，而不注意词之脉络"，或谓"词至梦窗为一大厄运"，"真武断皮相之论矣"！王易说："比事属辞，为辞赋家正当本领，惟梦窗善于隶事，故其词蕴藉而不刻露；惟其工于修辞，故其词隽洁而不粗率。且梦窗固长于行气者，特其潜气内转，不似苏辛之显，安得遂谓其无脉络？"④ 龙榆生说："后之论吴词者，毁誉参半，要其造语奇丽，而能以疏宕沉着之笔出之。其虚实兼到之作，诚有如周济所称'奇思壮采，腾天潜渊'者，亦

---

① 胡适编《词选》，河北人民出版社1999年版，第297页。
② 胡云翼：《宋词研究》，岳麓书社2010年版，第153页。
③ 胡云翼：《中国词史略》，岳麓书社2011年版，第144页。
④ 王易：《词曲史》，东方出版社1996年版，第185页。

岂容以其有过晦涩处，而一概抹杀之也？"① 唐圭璋说："近日诋之者亦多，不曰堆砌，即曰晦涩，不曰饾饤凌乱，即曰毫无生气，一唱群和，罔救真际，可慨孰甚？……近人反对凝练，反对雕琢，于是梦窗千锤百炼、含意深厚之作，不特不为人所称许，反为人所痛诋，毋亦过欤。……好学深思之士，固当精究梦窗词之底蕴，幸勿随声轻诋也。"② 当然，他们也不是将梦窗的优长作无限放大，并不是要求大家唯梦窗而是尊，对于清末民初词坛学梦窗之不足，亦有清醒的认识和深刻的反思。吴梅说："近世学梦窗者，几半天下，往往未撷精华，先蹈晦涩。"③ 夏敬观也说："今之学梦窗者，但能学其涩，而不能知其活。拼凑实字，既非碎锦，而又扞格不通，其弊等于满纸用呼唤字耳。"④ 吴眉孙将当时词坛学梦窗之弊归为三点，"一填涩体，二依四声，三饾饤襞积，土木形骸，毫无妙趣"。⑤ 龙榆生也有一段文字专门描述晚近词坛学梦窗之弊："填词必拈僻调，究律必守四声，以言宗尚所先，必唯梦窗是拟。其流弊所极，则一词之成，往往非重检词谱，作者亦几不能句读，四声虽合，而真性已漓。且其人倘非绝顶聪明，而专务拮扯字面，以资涂饰。则所填之词，往往语气不相连贯，又不仅'七宝楼台'，徒炫眼目而已！以此言守律，以此言尊吴，则词学将益沉埋，而梦窗又且为人所诟病，王、朱诸老不若是之隘且拘也！"⑥ 不过，在他们看来，清末民初词坛出现的种种弊端，原因主要在学梦窗者往往仅得其皮毛而遗其精神，模仿其形式上的专拈僻调、雕琢字面、晦涩难懂等，其实这是背离了朱祖谋等尊梦窗之原初意图的，从而回击了现代派对朱祖谋尊梦窗的批评。

值得注意的是，在三四十年代的现代派，对梦窗词的得失优劣皆有体认，改变了清末民初尚质派的偏激态度。如胡云翼就认为胡适所谓"词到吴文英可算是一大厄运"之论，"又未免太偏见了，梦窗的词也何尝没有好的吗？"⑦ 当然，他主要是从现代派立场去看梦窗词的，指出："吴梦窗虽是

---

① 龙榆生：《中国韵文史》，上海古籍出版社2002年版，第104页。
② 唐圭璋：《读梦窗词》，《词学论丛》，第988页。
③ 蔡嵩云：《乐府指迷笺释》，人民文学出版社1963年版，第92页。
④ 夏敬观：《蕙风词话诠评》，《词话丛编》第五册，第4592页。
⑤ 夏承焘：《天风阁学词日记》（二），浙江古籍出版社1992年版，第209页。
⑥ 龙榆生：《晚近词风之转变》，《龙榆生词学论文集》，第385页。
⑦ 胡云翼：《宋词研究》，岳麓书社2010年版，第47页。

显著的古典派,但他的词也不只限于雕琢与堆砌,也有描写活泼的作品,也有用白话创作的词……梦窗这一类词,完全脱下了古典的衣裳,成为很清蔚的小词。"① 冯沅君对于吴文英的小词亦多所肯定,认为其长调确有堆砌晦涩的不足,但他的小词却多有佳构,如《风入松》、《唐多令》的"疏快",《点绛唇》的"清挺沉着",《思嘉客》的"妍婉华美"等等即是。② 刘大杰也认为吴文英的词虽有内容晦涩缺少情感的不足,但其造字练句之功、音律的和美也体现出较高的艺术成就,不容否定。③ 薛砺若认为梦窗词有两大特长:一是能返南宋词的"显露"为北宋词的"浑化";二是最善修辞,"往往平常的语句,一到他手里,便能柔化得无丝毫的生硬,陶溶得无一点渣滓",最后发表意见说:"吾人读吴词时,虽觉其偶尔失之晦涩,但其全部作品,则均为一生心血之所晶成。"④ 他对梦窗的肯定,从胡云翼、冯沅君着眼"小词",刘大杰着眼于艺术表达,转向对其全部作品及其审美价值的认同。他们撰写的《宋词通论》、《中国词史略》,列有专章论述吴文英的词,称吴文英虽不能说两宋词坛的大家,但也应该算得上是一个很有名的词人,这是现代词学走向成熟的一个重要标志,已从胡适尚质派的激进立场转变到现代学术研究的客观立场上来。

四 朱祖谋对现代词学文献学的影响

虽说在朱祖谋尊梦窗的问题上,现代派与传统派有较大的分歧,但是对于他校勘唐宋词籍的成就却一致给予极高之评价。胡适说:"王氏的《四印斋所刻词》、朱氏的《彊村所刻词》、吴氏的《双照楼词》,都是极可宝贵的材料,从前清初词人所渴想而不易得见的词集,现在都成了通行本了。"⑤ 胡云翼说:"他们对于词的贡献,只在于校刻词集和批评古词两方面。"他在《宋词研究》后面所附"参考书举要"里便列有《四印斋所刻词》和《彊村丛书》,并指出:"这是近人编刻最精的两部词总集,搜刻了许多散佚

---

① 胡云翼:《词学概论》,刘永翔等编《胡云翼说词》,第 150—151 页。
② 陆侃如、冯沅君:《中国诗史》,百花文艺出版社 1999 年版,第 600 页。
③ 刘大杰:《中国文学发展史》(中卷),复旦大学出版社 2006 年版,第 201 页。
④ 薛砺若:《宋词通论》,上海书店出版社 1985 年版,第 283 页。
⑤ 胡适:《日本译〈中国五十年来之文学〉序》,《胡适古典文学研究论集》,第 168 页。

了的名家，搜刻了许多散佚的词，那些被毛晋《宋名家词》遗漏的作家，有许多搜编入《四印斋词》里面去，那些被《宋名家词》、《四印斋词》遗佚的词，《彊村丛书》又补编了不少。"① 龙榆生也说："彊村老人，承王氏之业，益务恢张扩大，一以清儒校订经籍之法，转治词集，以成词学史上最伟大之《彊村丛书》。"② "所刻《彊村丛书》，搜辑唐宋金元词家专集，多至一百七十余种，为词苑之最大结集，凡治中国文学史者，莫不资为宝库，固不独有功于词林而已。"③ 然而，朱祖谋实不仅以一部《彊村丛书》影响现代词坛，而且他还编选有《宋词三百首》，主持过《全清词钞》的编纂工作，在考订、编年、校勘、选本等方面，为现代词学文献学的建设起到了"垫基铺路"的作用。

词集校勘。张尔田谈到清代词学有"四盛"，一曰守律，二曰守音，三曰尊体，四曰校勘，进而将校勘之功归于朱祖谋。他认为，词籍丛刻在朱祖谋之前，先有常熟毛氏、无锡侯氏、江都秦氏重在"搜佚"，后有圣道斋彭氏、双照楼吴氏志在"传真"，而归安朱氏"不惟搜佚也，必核其精；不惟传真也，必求其是"④，也就是说《彊村丛书》的最大特点在于"复精"、"求是"，亦即以精勘细校为其优长。当代学者吴熊和先生将《彊村丛书》在校勘方面的成就归结为八点：尊源流、择善本、别诗词、补遗佚、存本色、订词题、校词律、证本事。⑤ 当然，他这些成就的取得则是来自王鹏运的直接指导，沈曾植说："盖校词之举，骛翁造其端，而彊村竟其事，志益博而智专，心益勤而业广。"⑥ 龙榆生也说："光绪间，临桂王鹏运与归安朱彊村先生合校《梦窗词集》，创立五例，藉为程期，于是言词者始有校勘之学，其后《彊村丛书》出，精审加于毛、王诸本之上，为治词学者所宗。"⑦ 在王鹏运、朱祖谋的影响下，现代词学汇辑校勘词集蔚成风气，对于唐五

---

① 胡云翼：《宋词研究》，岳麓书社 2010 年版，第 166—167 页。
② 龙榆生：《最近二十五年之词坛概况》，张凤等编《创校廿五年成立四周年纪念论文集》，国立暨南大学秘书处印务组发行，1931 年 6 月。
③ 龙榆生：《词籍介绍·彊村遗书》，《词学季刊》创刊号。
④ 张尔田：《彊村遗书序》，龙榆生辑《彊村遗书》，《彊村丛书》，第 7122 页。
⑤ 吴熊和：《〈彊村丛书〉与词籍校勘》，《吴熊和词学论文集》，杭州大学出版社 1996 年版。
⑥ 沈曾植：《彊村校词图序》，《彊村丛书》，上海古籍出版社 1989 年版，第 8730 页。
⑦ 龙榆生：《研究词学之商榷》，《词学季刊》第 1 卷第 4 号。

代、宋金元、明清各代，皆有辑校成果问世，如王国维、刘毓盘、赵万里、周泳先、赵尊岳、陈乃乾、唐圭璋等，在这一方面做的贡献最多，成就亦最高。刘毓盘自述最初辑刻《唐五代宋辽金名家词集六十种》，就是受到王鹏运、朱祖谋、吴昌绶等人的影响。赵万里也谈到自己辑校《校辑宋金元人词》，是为了弥补上述诸家之遗漏而作的，意在补足诸家所未见及见而未及刊者，并广征宋元词籍及宋元说部所引宋元人词"以勘诸家专集"，"词林辑佚之功，于是灿然大备矣！"周泳先从事唐宋金元词之钩沉，亦是继赵氏而起，其所辑录则为赵氏书所未及，作者遍检宋金元人集部及诸家选本、类书、笔记、谱录、方志，"得向未为人所知之词集近二十家"，"其用力之勤，而大有功于词苑也"。①

作品笺注。作品笺注始自宋代傅干《注坡词》，其后有曹杓《注清真词》、陈元龙《详注周美成片玉集》，而后代不乏人，在近代则首推朱祖谋笺校的《东坡乐府》。朱氏之笺校本，刊于宣统二年（1910），它以元刻延祐本为主，毛氏汲古阁本著于词后，改传统的分调本为编年本，无从编年者再以调编次，在每首词后附录笺证，或采宋人诗话说部，或录同时交游事迹，因其用功甚勤，在校订、编年、笺证上有创始之功，故被沈曾植推为"七百年来第一善本"。在他的影响下，龙榆生踵其余绪，撰为《东坡乐府笺》，为朱氏刻本《东坡乐府》增为笺注，"考证笺注，精窍详博，靡溢靡遗"，有如夏承焘所说"繁征博征，十倍旧编"②，实为现代东坡词研究的权威注本，也是苏词编年笺注本中最完备的本子。"龙本在朱本的基础上进行工作，对苏词的整理和笺注，起了开辟道路之功，为后代研究苏词者提供了丰富的资料和线索。"③ 当时，影响较大的笺注本还有杨铁夫的《清真词选笺释》、《梦窗词选笺释》，前面说过，杨铁夫从事词学研究是得到朱祖谋的直接指导的，他从事周邦彦、吴文英作品的笺释工作也体现出受朱祖谋直接影响的印迹。"校者校其同异，笺者注其出处，释者解其用意。"④ 还有，唐圭璋《宋词三百首笺注》，"据厉、查《绝妙好词》例，疏通而畅明之，晨

---

① 龙榆生：《〈唐宋金元词钩沉〉序》，周泳先：《唐宋金元词钩沉》，商务印书馆1937年版。
② 夏承焘：《〈东坡乐府笺〉序》，龙榆生：《东坡乐府笺》，上海古籍出版社2009年版，第2页。
③ 唐玲玲：《东坡乐府研究》，巴蜀书社1993年版，第293页。
④ 杨铁夫：《清真词选笺释·凡例》，河洛图书出版社1978年版，第4页。

夕钞录，多历年所，引书至二百余种"，吴梅将其优点归纳为"三善"：一曰"爬梳遗逸，粲然具备"，二曰"博收广采，萃于一编"，三是汇列宋以后各家之说，较他家尤备。① 此外，比较重要的笺注成果还有华钟彦的《花间集注》、陈秋帆的《阳春集笺》、王辉增的《淮海词笺注》等。

选本编纂。选本编纂也是朱祖谋后半生从事词学研究的重要方面，他先后编选有各类选本，如《词莂》（清词选）、《宋词三百首》（宋词选）、《湖州词录》（郡邑词选）、《国朝湖州词录》（断代郡邑词选）、《沧海遗音》（清末民初同人词选），他的这些选本甄采精良，网罗维备，类型齐全，"为近世编辑词集的工作树立了良好的榜样"。② 特别是由他主持编纂的《清词钞》，更是现代词学史上的一大学术事件。其在现代词学史上的重要意义，约有两端：一是第一次有意识对清词进行系统整理，并带有很强烈的保存和抢救文学遗产意识，这也直接影响到当时陈乃乾编辑《清名家词》和当代程千帆主持编纂《全清词》；二是《清词钞》编纂之动议虽最初由叶恭绰提出，但却是藉朱祖谋的词坛领袖身份把南北词人汇集起来，《清词钞》编纂处的成立，实际上是现代词学同仁在学术研究上协同合作的一大壮举，从而启动了中国现代学术史上一次重要的转型。

第二节 《人间词话》与词学"意境"之争

王国维是在1905年才开始填词的，其最初之机缘，是有感于哲学上之说，"大都可爱者不可信，可信者不可爱"，因此，"近日之嗜好所以渐由哲学而移于文学，而欲于其中求直接之慰藉者也"。③ 正如叶嘉莹先生所说，当王国维对西方哲学研究有成，对叔本华悲观主义哲学有独到体认时，却发现它实无助于解决现实的人生困惑，而他自己也不可能创建出一个可以解决这些困惑的哲学体系，自然而然地就将其研究方向转到了文学上来。④ 填词的成功，进一步强化了他的写作自信，并激发起他从事词学研究的热情，在

---

① 唐圭璋：《宋词三百首笺注》，上海古籍出版社1979年版，第2页。
② 谢桃坊：《中国词学史》，巴蜀书社2002年版，第387页。
③ 王国维：《静庵文集自序》，吴无忌编《王国维文集》，燕山出版社1997年版，第471页。
④ 叶嘉莹：《王国维词新释辑评》，中国书店出版社2006年版，第1—2页。

1906年发表《人间词甲稿》、1907年发表《人间词乙稿》后，接着在1908年出刊的《国粹学报》上又正式发表了《人间词话》64则，提出了"主观"与"客观"、"理想"与"写实"、"有我之境"与"无我之境"等现代文学观念。《人间词》和《人间词话》的先后推出，改变了清末民初词坛既有的发展方向，成为中国词学从传统向现代转型的一个新起点。"他坚执了这种理论（意境说），把过去的词人和他们的制作，重定了新的评价，给此后的词学论坛上发生了很大的影响。"[①]

一　王国维在清末民初的词学活动

在王国维步入词坛的1905年前后，当时的词坛情形是：在晚清甚有影响的词学大家谭献（1900年），文廷式（1905年），王鹏运（1904年）、张鸣珂（1908年）先后故去，但晚清常州派的另外三位大家——朱祖谋、郑文焯、况周颐仍然蛰居苏、沪，一方面整理校勘唐宋词籍，另一方面还不时开展唱和活动，并指导词坛"后进"学习填词。其实，王国维并非清末民初词坛的活跃分子，虽然在1898年已进入上海，但他主要在罗振玉主持的东文学社学习，后经罗振玉介绍到日本东京物理学校，一年后回国，在上海、南通、苏州等地任教，这时他的学术兴趣主要在新学，并未与当时词坛主流群体发生任何联系。1906年，经罗振玉推荐，他到北京任学部总务司行走，改任学部图书局编译，直到辛亥革命在武昌爆发。这一段时间正是他从哲学美学转向词学、戏曲史研究的重要时期。

当然，王国维虽未与晚清词坛的主流群体有过直接交往，并不说明他对清末民初的词坛现状毫无了解。赵万里《王静庵先生国维年谱》"光绪三十一年乙巳（1905）"条说：

是岁，先生于治哲学之暇，兼以填词自遣。先生于词独辟意境，由北宋而返之唐五代，深恶近代词人堆砌纤小之习。先生尝谓："六百年来，词之不振，实由此故。"[②]

[①] 谢若田：《论词境的虚实》，《文荟丛刊》第一辑（1948）。
[②] 赵万里：《民国王静庵先生国维年谱》，台湾商务印书馆1978年版，第8页。

王国维提出"意境"说，推崇晚唐五代的自然做派，实乃针对晚清词坛"堆砌纤小"之弊而发。所谓"堆砌纤小"当是指晚清词坛学南宋，喜用事而少性灵，重音律而轻立意，他在《人间词话》中说姜夔的词"虽格高韵绝，然如雾里看花，终隔一层"，又称吴文英、史达祖、张炎、周密、陈允平皆"乡愿而已"，这些南宋词人正是朱祖谋、郑文焯、况周颐等所推崇的。但在王国维看来，姜夔、史达祖、吴文英之病皆在一"隔"字，正如樊志厚《人间词甲稿序》所说，"（王国维）尤痛诋梦窗、玉田，谓梦窗砌字，玉田垒句，一雕琢，一敷衍，其病不同，而同归于浅薄"。① 进而，他对清初以来的词坛现状提出严厉的批评，认为国初诸老"不免乎局促者，气困于雕琢也"，嘉道以后的词"意尽于摹拟，然无救于浅薄"，其根本原因就在"审乎体格韵律之间"，"而不求诸意境之失"。② "意境"是他评价历代词人成就高低的最重要的标准之一。

辛亥革命后，王国维随罗振玉流亡日本，直到1916年才返回国内，居上海，以"胜朝遗老"自居，与活跃在上海词坛的沈曾植、缪荃孙、吴昌绶、朱祖谋等相往还。"丙辰春，国维自海外归，遇先生（朱祖谋）于上海，同时流寓之贤士大夫颇得相从捧手焉。"③ 1916年秋天，何维朴为朱祖谋绘《彊村校词图》，他奉命撰有《彊村校词图序》一文。序曰：

> 彊村者，在苕水之滨，浮玉之麓，先生之故里也。先生既以词雄海内，复汇刊宋、元人词集成数百种。铅椠之役，恒在松江、歇浦间，而顾以"彊村"名是图，图中风物，亦作苕霅间意，盖以志其故乡之思云尔。夫封嵎之山，于《山经》为浮玉，上古群神之所守，五湖四水，拥抱其域，山川清美，古之词人张子同、子野、叶少蕴、姜尧章、周公谨之伦，胥卜居于是，千秋万岁后，其魂魄犹若可招而复也。先生少长于是，垂老而不得归，遭遇世变，惟以填词、刊词自遣，盖不独视古之乡先生矜式游燕于其乡者如天上人，即求如乐天、永叔诸先生退休之乐

---

① 滕咸惠：《人间词话新注》，齐鲁书社1986年版，第110页。
② 滕咸惠：《人间词话新注》，第110、112页。
③ 王国维：《彊村校词图序》，《彊村丛书》，第8735页。

亦不可复得，宜其为斯图以见意也。①

在这里，他一改《人间词话》对朱祖谋的批评态度，不但表彰了朱氏校勘唐宋词籍的学术成就，而且还称赞朱氏"以词雄海内"，是张先、叶梦得、姜夔、周密等宋代词人"魂魄"在千秋万岁后的重现，这时他的思想较之其前期（辛亥革命前）已有了较大的变化，在他的观念中在他的创作中比较多地流露出"不忘故国，怀念前朝"的思想。这从他1919年为朱祖谋所写《霜花腴》，可以看出其心态变化的印迹，这一年，沈曾植主持《浙江通志》编务，聘请王国维、朱祖谋等为分纂，适逢朱氏寿辰，命人绘为《霜腴图》，在沪词人沈曾植、况周颐等皆以《霜花腴》为之寿，王国维亦专门撰词一首为之"补寿"。

  海滨倦客，是赤明、延康旧日衣冠。坡老黎村，冬郎闽峤，中年陶写应难。醉乡尽宽。更茱萸、黄菊尊前。剩沧江、梦绕觚棱，斗边槎外恨高寒。　　回首凤城花事，便玉河烟柳，总带栖蝉。写艳霜边，疏芳篱下，消磨十样蛮笺。载将画船。荡素波、凉月娟娟。倩鄩泉、与驻秋容，重来扶醉看。

在这首词里他连用数典，颂扬朱祖谋对亡清的执着："剩沧江、梦绕觚棱，斗边槎外恨高寒。"其中"沧江"、"觚棱"、"高寒"，分用杜甫《秋兴八首》"一卧沧江惊岁晚"、"每依北斗望京华"诗意和苏轼《水调歌头》"高处不胜寒"词意，"这几句是设想朱彊村虽然远居上海，却心念君主，无时无刻不为清王室的处境担心忧虑"。② 在这期间，他还写有《海日楼歌寿东轩先生七十》、《题徐积余观察随庵勘书图》、《题况蕙风太守齐无量佛画像二首》、《清平乐》"况夔笙太守索题《香南雅集图》"等诗词，日本学者铃木虎雄回忆说："在与王君的谈话中，我发现他甚少推许别人，但对上海的学者，他可极推赏沈子培曾植先生，称其学识博大高明。……朱先生是

---

① 王国维：《彊村校词图序》，《彊村丛书》，第8735—8736页。
② 叶嘉莹：《王国维词新释辑评》，第500页。

词里的老辈大家，辈份远比王君高，但好像跟仍在壮年的王君相熟得很。"①这说明他与蛰居沪上的民初遗民词人有比较密切的联系，这时他在现代词坛的角色完成了一个由局外者到地地道道局内人的转变。

1922年，王国维受聘为北京大学研究所国学门通讯导师，1923年北上，充溥仪南书房行走，1925年，因胡适之荐，出任清华国学研究院导师，这几年他的活动地点由上海转移到北京。其学生赵万里记录了这一期间他对朱祖谋、况周颐作品的评价：

> 彊村词，余最赏其《浣溪沙》（独鸟冲波去意闲）二阕，笔力峭拔，非他词可能过之。
> 蕙风听歌诸作，自以《满路花》为最佳。至《题香南雅集图》诸词，殊觉泛泛，无一言道着。②

这两条论词言语见于赵万里《丙寅日记》，是王国维在清华研究院谈话时对他讲的。据钱学增先生分析，朱祖谋《浣溪沙》（独鸟冲波去意闲）二阕，作于光绪二十九年癸未（1903）夏初，其时作者在广东学政任上，方视学至嘉应州（今广东梅州），经水道返回省城广州，这两首词抒写了作者沿途所见所感，表达了作者难以排遣的忧国忧民之情。③况周颐《满路花》一词亦抒有朱祖谋《浣溪沙》类似的感慨，并着重表现故国已亡、事事成非的兴亡之感："虫边枕簟，雁外梦山河"、"浮生何益，尽意付消磨"、"凤城丝管，回首惜铜驼"、"点鬓霜如雨，未比愁多"。王国维推赏朱祖谋《浣溪沙》、况周颐《满路花》，显然是因为这两首词能激起他心中的共鸣感，亦即对山河破碎、故国如梦的沉痛之思，至于况周颐的《题香南雅集图》诸词，乃多为应景之作，并无真情实感可言，所以说"殊觉泛泛，无一言道着"。他还进一步比较况周颐、朱祖谋说："蕙风词小令似叔原，长调亦在清真、梅溪间，而沉痛过之。彊村虽富丽精工，犹逊其真挚也。天以百凶

---

① 铃木虎雄：《追忆王静庵君》，日本《艺文》第18年第8号。
② 滕咸惠：《人间词话新注》，齐鲁书社1986年版，第125—126页。
③ 钱仲联等：《元明清词鉴赏辞典》，上海辞书出版社2002年版，第1163—1165页。

成就一词人，果何为哉！"① 在他看来，况周颐入民国后，生活一度陷入困顿，其词之"沉痛"，较之朱祖谋更为"真挚"而"深刻"。

二 《人间词话》在现代的影响

然而，王国维在现代词坛的影响，并非因他晚期与朱祖谋、况周颐、沈曾植等人的密切交往，而是因为《人间词话》给现代词坛带来的巨大冲击波。"王氏通西文，解近世科学方法，批评名家词集，常有独到之处，时流竞推服之。"② 特别是他的"境界"说经过胡适《词选》的推衍，成为现代学林最有影响力最具争议性的理论主张。正因为这样，有学者把王国维和胡适分别称作是中国词学从传统向现代转型历史进程中的"维新党人"和"革命派"③，王国维是以革新者而非保守派的形象屹立于现代词坛的。

《人间词话》最先发表在学术思想具保守倾向的《国粹学报》上，但在辛亥革命后，王国维随罗振玉一起流亡日本，此后他也一直未再提及《人间词话》一书。首先发覆其理论意义的是傅斯年。他在1919年1月1日发表的《评宋元戏曲史》一文中说："余向见其《人间词话》，信为佳作……盖历来词学，多破碎之谈，无根本之论……必此类书出于世间，然后为中国文学史美术史与社会史者有所任傅。"④ 接着便是胡适了，虽然胡适声明自己编《词选》时并未见过《人间词话》一书，但其思想却与王国维一脉相承，是王国维相关思想的进一步展开。

曾为北大学生、后为河南大学教授的任访秋先生，在30年代曾撰文揭示了胡适《词选》与王国维《人间词话》在很多方面"出人意外之如许相同处"。⑤ 其中，最为关键之处就是批评之标准——"意境"，王国维最先在《人间词序》里提出"意境"一词，后来在《宋元戏曲史》中对"意境"

---

① 滕咸惠：《人间词话新注》，齐鲁书社1986年版，第127页。
② 龙榆生：《最近二十五年之词坛概貌》，张凤等编《创校廿五年校成立四周年纪念论文集》，国立暨南大学秘书处印务组发行，1931年6月。
③ 杨海明：《词学理论和词学批评的现代化进程》，《文学评论》1996年第6期。
④ 傅斯年：《评宋元戏曲史》，《新潮》第1卷第1号（1919）。
⑤ 任访秋：《王国维〈人间词话〉与胡适〈词选〉》，《中法大学月刊》第7卷第3期。

的含义作了解释,认为其主要表现就是写景、抒情、述事之美:"写情则沁人心脾,写景则在人耳目,述事则如其口出。"在《人间词话》里他将"意境"一词进一步细化为"境界",至于"境界"之含义则言之曰:"境非独谓景物也,喜怒哀乐亦人心中之一境界,故能写真景物,真感情者,谓之有境界,否则谓之无境界。"① 归结起来,也就是抒情"真实"与表达"自然"之二义而已,当他谈到有境界的大家之作时便说:"其言情也沁人心脾,其写景也必豁人耳目。其辞脱口而出,无矫揉造作之态。以其所见者真,所知者深也。"在《词选》一书里,胡适对两宋词人批评的标准也是"意境",如论李煜:"他的词,不但集唐五代的大成,还替后代的词人开了一个新的意境。"论苏轼:"第一风格提高了,新的意境提高了新风格。"论吴文英:"这一大串的俗套与古典,堆砌起来,中间又没有什么'诗的情绪',或'诗的意境'作了纲领。"② 这里所说"意境",亦不出"真实"和"自然"之二义,所以,他批评南宋以后的词为词匠的词:第一,重音律而不重内容,"这种单有音律而没有意境与情感的词,全没有文学上的价值";第二,"侧重咏物,又多用古典。他们没有情感,没有意境,却要作词,所以只好作咏物的词。这种词等于文中的八股,诗中的试贴,这是一班词匠的笨把戏,算不得文学"。③ 正因为胡适深受王国维文学思想的影响,吴文祺把王国维称作是"文学革命的先驱",浦江清更进一步分析说:"胡氏生后于先生,而推先生之波澜者也。……凡先生有所言,胡氏莫不应之,实行之。一切之论,发之自先生,而衍之自胡氏,虽谓胡氏尽受先生之影响可也。"④

胡适"文学革命"的思想,在五四新文化运动后影响极大,他对王国维思想的推衍也影响着现代文坛。第一个对《人间词话》进行整理的人,就是从写旧诗转向写新诗的新潮社诗人俞平伯,1926年他将王国维发表在《国粹学报》上的《人间词话》,首次用现代标点整理并交朴社出版,前有序文一篇。他说:

---

① 滕咸惠:《人间词话新注》,齐鲁书社1986年版,第38页。
② 分别见胡适《词选》,河北人民出版社1999年版,第43、92、297页。
③ 胡适:《〈词选〉序》,《词选》,河北人民出版社1999年版,第7页。
④ 浦江清:《王静庵先生之文学批评》,《浦江清文史杂著》,清华大学出版社1993年版。

(《人间词话》)虽只薄薄的三十页,而此中所蓄几全是深辨甘苦惬心贵当之言,固非胸罗万卷者不能道。……作者论词标举境界,更辨词境隔与不隔之别,而谓南宋逊于北宋,可与颉颃者惟辛幼安一人耳。……凡此等评论衡断之处,俱持平入妙,铢两悉称,良无间然。①

这篇序文对《人间词话》之理论意义虽有所抉发,但却不如它在出版传播上的特殊意义,亦即《人间词话》经过俞平伯的整理出版后,才逐步引起学术界对这部具有划时代意义的理论杰作的关注。比如,陈子展在1929年出版的《中国近代文学之变迁》一书中指出:"王氏在词学上的贡献,不在他作的词而在他作的《人间词话》。……《人间词话》虽寥寥不过三千多字,但都是深辨甘苦、惬心当理之言,非读破万卷,玩索有得,不能道其只字。他真是算得中国新世纪第一个文艺批评家!"②朱光潜在1934年发表的《诗的隐与显——关于王静安先生的人间词话的几点意见》一文中也说:"近二三十年来中国学者关于文学批评的著作,就我个人所读过的来说,似以王静安先生的《人间词话》为最精到。"③还有,吴文祺在1927年《小说月报》第十七卷号外上发表《文学革命家的先驱者——王静庵先生》时,还只注意到《红楼梦评论》和《宋元戏曲史》对小说戏曲研究的重要意义,到1940年他在《学林》杂志发表《近百年来的中国文艺思潮》时,已对《人间词话》的理论意义作了全新的评价并予以高度的肯定,并将王国维与胡适和周作人的文学观点相比较:"胡适认为中国文学一千多年来,都是朝白话这条路上走的,周作人则认为中国文学史上只是载道与言志两派的循环,王氏的见解较之他们,高明得多,也正确得多。"④

当时,一些在"五四"新思想熏陶下成长起来的现代学者,在编写文学史时对词史的分析和词人的评价,也明显地保留有受王国维思想影响的印迹。比如,冯沅君《中国诗史》在分析李煜的作品时指出:"这些以血书的词真能写出士大夫们人人所感到而苦于说不出的悲哀",接着引述王国维

---

① 俞平伯:《人间词话序》,《人间词话》,朴社1926年版。
② 陈子展:《中国近代文学之变迁》,中华书局1929年版,第60、62—63页。
③ 朱光潜:《诗的隐与显——关于王静安先生的人间词话的几点意见》,《人间世》1934年第1期。
④ 吴文祺:《近百年来的中国文艺思潮》,《学林》1940年第1期。

《人间词话》的话说李后主"俨有释迦、基督担荷人类罪恶之意",认为王国维这句话"道尽士大夫们共同的悲哀",并发表评论道:"王说实为最深切的批评"。在肯定姜夔词艺术成就的同时,也指出姜夔替后代词人开了"恶道",其一是在南宋词坛上造成过重音律的风气,其二是在南宋词坛造成过重辞句的风气,这种风气的流弊便是使作品晦涩、匠气,并借用《人间词话》的话说"使读者常有'雾里看花'之感"。① 胡云翼受《人间词话》影响更深更大,在《词学概论》、《宋词研究》里为读者开列的参考书目,皆有《人间词话》一目,并且说:"词话本是胡说乱道的东西,没有什么意义,但王国维的《人间词话》,见地至高,也得看看。"② 在《中国词史略》里,在分析唐宋词人的创作特色时,更是多次引用《人间词话》的相关说法,作为自己相关观点的支撑和佐证。还有,由刘大杰撰写的《中国文学发展史》一书,对唐宋词人的评价及唐宋词史分析的主要观点,也是明显地受到了《人间词话》的影响的。

不仅如此,《人间词话》还成为一部引导现代青年跨入词学殿堂的学术指南,现代词学史上许多青年学者是在《人间词话》的影响下进入词学研究领域的。自俞平伯校点《人间词话》出版后,相继搜集整理《人间词话》的有:赵万里《人间词话未刊稿及其他》、罗振玉《海宁王忠悫公遗书》本《人间词话》上下卷、沈启无编校《人间词及人间词话》、靳德峻《人间词话笺证》、许文雨《人间词话讲疏》、徐调孚《校注人间词话》等,《人间词话》在现代词坛的影响越来越广泛。当代著名词学家叶嘉莹先生讲到,她爱上古典诗词并最终走上词学研究的道路,其机缘就是中学时代母亲为其购买的一套"词学小丛书"。"其中附有一卷《人间词话》,《丛书》使我有机会接触到更多的作者和作品,我当然极为欣喜,然而使我觉得极为感动和受用的,却是那薄薄的一卷《人间词话》。……我之喜爱上了这一本书,似乎只是因为其中一些评词的话,曾经引起过一种'于我心有戚戚焉'的直觉的感动,我想这主要是因为静安先生写作态度之诚挚,知之深而且言之

---

① 陆侃如、冯沅君:《中国诗史》,百花文艺出版社1999年版,第499、548、572页。
② 胡云翼:《词学ABC》,上海世界书局1930年版,第97页。

切。"① 又据吴世昌先生追忆,他在燕京大学听顾随讲词学时,顾随就是"常常拿一本《人间词话》随意讲"②,顾随之女顾之京女士也说:"先父顾随一向推重静安先生,无论其理论抑或其词作,历年讲授古典诗词,每每论及静安先生,又曾著《人间词话笺释》,惜未及出版而手稿毁于十年动乱中。"③ 他对《人间词话》的热爱,可谓达到如痴如醉的地步,课堂上为学生讲授《人间词话》,在课下则对《人间词话》作点评笺释的工作,其点评之底本即是靳德峻的《人间词话笺证》。1933 年 10 月,他为沈启无编校《人间词及人间词话》作序时,说自己"平日喜读此二书","兹欲假一序结香火因缘",并想象在该书出版后,"以一册置案头,明窗净几之间,时一流览,亦浮世偷生之赏心乐事"。④ 顾随通过《人间词话》,还把吴世昌、叶嘉莹等弟子带入词学堂庑,《人间词话》对他们而言,犹如一扇打开词人心灵的窗棂。吴世昌说:"余每读《人间词话》,便觉作者把我送入另一圣洁之境界。"⑤ 叶嘉莹也说:"平生论词,早年曾受王国维《人间词话》及顾羡季先生教学之影响"⑥,"先生对于诗歌具有极敏锐之感受与极深刻之理解,更加之先生又兼有中国古典与西方文学两方面之学识及修养,所以先生之讲课往往旁征博引,兴会淋漓,触绪发挥,皆具妙义,可以予听者极深之感受与启迪。我自己虽自幼即在家中诵读古典诗歌,然而却从来未曾聆听过像先生这样生动而深入的讲解,因此自上过先生之课以后,恍如一只被困在暗室之内的飞蝇,蓦见门窗之开启,始脱然睹明朗之天光,辨万物之形态。"⑦

三 现代派对"境界"说的阐释

在现代文坛,还形成了一股对《人间词话》文学思想进行解读和阐释

---

① 叶嘉莹:《我的生活历程与写作途径之转变》,《我的诗词道路》,河北人民出版社 1997 年版,第 7 页。
② 吴世昌:《我的学词经历》,《文史知识》1987 年第 7 期。
③ 顾之京:《顾随〈论王静庵〉整理后记》,《词学》第十辑,第 178 页。
④ 沈启无整理《人间词及人间词话》,北京人文书店 1933 年版,第 2 页。
⑤ 吴世昌:《罗音室碎语》,《吴世昌全集》第 12 卷,第 195 页。
⑥ 叶嘉莹:《学词自述》,《我的诗词道路》,河北人民出版社 1997 年版,第 113 页。
⑦ 叶嘉莹:《纪念我的老师清河顾羡季先生》,《顾随文集》,上海古籍出版社 1986 年版,第 782 页。

的风气,如刘大白《旧诗新话》、陈子展《中国近代文学之变迁》、钱基博《现代中国文学史》、吴文祺《近百年来的中国文艺思潮》、刘任萍《境界论及其称谓的来源》等皆论及《人间词话》,或追寻"境界"的渊源,或解读"境界"之内涵,或分析王国维《人间词话》提倡"境界"说的学术背景,其代表性著述则推浦江清的《王静庵先生之文学批评》和朱光潜的《诗的隐与显》。

浦江清《王静庵先生之文学批评》一文,原载《大公报》"文学副刊",后为南京《学衡》杂志转载,它虽非专论《人间词话》,但涉及对《人间词话》相关观点的检讨。他认为,王国维文学批评的基本观点有二,一是真与不真之论,二是隔与不隔之论。前者意在揭示文学之本质,"夫诗言志,歌永言,文学者莫不情生于内而词形乎外,故感自己之感、言自己之言者,真文学也,有价值的文学也。反是者,伪文学,无价值的文学也。"后者意在说明艺术表达的自然与雕琢,他认为这与王国维美学上的"第一形式""第二形式"之论有关:"余谓先生隔与不隔之说,亦出于其美学之根据。何以言之?曰自然之景物,其优美者如碧水朱花,宏壮者如疾风暴雨,其接于吾人之审美力也,直接用第一形式,故觉其真切而不隔。一切艺术,以必须用第二形式,而间接斥诸吾人审美力故。故其第二形式若与第一形式完全和谐一致,则吾恍若不知其前者之存在,而亦觉其意境之真切而不隔。反是,二种形式不能完全和谐一致,则生蔽障,而吾人蔽于其第二形式,因不能见有第一形式,或仅能见少分之第一形式,皆是隔也。"那么,在真不真之论与隔不隔之论之间有没有必然的联系呢?在浦江清看来"无以异也","未有真而隔,亦未有不真而能不隔者。故先生隔不隔之说,是形式之论,意境之论,而真不真之说,则根本之论也。文学之真者,写情则沁人心脾,写景则如在目前,未有或隔者也。"[①] 这样的分析,不但契合艺术之神理,而且也有较高的理论价值,是对王国维文学思想的进一步提升。但浦江清并不满足于对《人间词话》思想的抉发,还对王国维的词学批评方法作了比较系统的总结,指出王国维所运用的方法主要是历史批评、审美批评和伦理批评三种,认为"一切文学批评不能逃出此三大方式可也",而王国维在其

---

① 浦江清:《王静安先生之文学批评》,《浦江清文史杂著》,清华大学出版社1993年版。

少年时代之作文学批评，为《人间词话》《红楼梦评论》《文学小言》等，"虽为时甚暂，然而其精神圆满，于此三大方式间，无所不论，无论不精，则虽欲不谓之空前的文学批评家，不可得也！"当代学者曾大兴在分析浦江清的学术成就时指出："浦江清的高明之处就在于，既留意王氏的观点或结论，更留意他所提供的新的思想和新的方法。"在他看来："一个批评家的价值，并不在于他的所有观点或所有结论是否都正确，而在于，他是否提供了新的思路或新方法。"[1]

朱光潜《诗的隐与显》一文，原载《人间世》第1卷第1期（1934），后经作者改写，收入《诗论》一书（1943），题为"诗的境界——情趣与意象"。首先，作者谈到自己对"境界"问题的理解，认为诗的境界"是从时间与空间中执着一微点而加以永恒化与普遍化"，"在刹那中见终古，在微尘中显大千，在有限中寓无限"。[2] 这是从时间和空间的角度，亦即从哲学层面谈"意境"的深层意蕴，从而把"意境"的内涵升华到一个新的理论高度。接着，他又进一步从心理层面来考察"意境"的内涵，指出一首诗是否有"境界"，必须具备两个重要条件：一是直觉，亦即诗的境界是直觉出来的，或谓之"想象"，或谓之"禅悟"；二是情趣，它是意象与情趣的契合，"情景相生而且契合无间，情恰能称景，景也恰能传情，这便是诗的境界。每个诗的境界都必须有'情趣'和'意象'两个要素"。[3] 在上述理解的前提下，他对王国维的"隔与不隔之论"与"有我之境"和"无我之境"发表了自己的独到见解。何谓"隔与不隔"？"依我们看来，隔与不隔的分别就从情趣和意象的关系上面见出，情趣与意象恰相熨贴，使人见到意象，便感到情趣，便是不隔；意象模糊零乱或空洞，情趣浅薄或粗疏，不能在读者心中现出明了深刻的境界，便是隔。"他认为王国维对隔与不隔的解释并不确切，因为诗原有偏重"显"和偏重"隐"的分别，而王国维标榜"语语都在目前"的"不隔"，似乎也有些太偏重于"显"了，其实，"显"与"隐"的功用不同，"我们不能要一切诗都'显'，说赅括一点，写景的诗要'显'，言情的诗却要'隐'"，也就是说，"写景不宜隐，隐易流于晦；

---

[1] 曾大兴：《词学的星空：20世纪词学名家传》，河北人民出版社2009年版，第146页。
[2] 朱光潜：《诗论》，《朱光潜美学文集》第二卷，上海文艺出版社1982年版，第50页。
[3] 朱光潜：《诗论》，《朱光潜美学文集》第二卷，上海文艺出版社1982年版，第54页。

写情不宜显,显易流于浅"。至于"有我之境"和"无我之境",他认为王国维所用的名词有些欠妥当,在他看来,王国维所谓"以我观物,故物皆着我之色彩"的"有我之境",就是近代美学所说的"移情作用","移情作用的发生是由于我在凝神观照事物时,霎时间由物我两忘而至物我同一,于是以在我的情趣移注于物",从这个角度去理解"有我之境"实即"无我之境"。因此,他主张应改"有我之境"和"无我之境"为"超物之境"和"同物之境"。最后,他进一步解释说明了王国维"无我之境"高于"有我之境"的原因,"超物之境"所以高于"同物之境"者,是由于"超物之境"隐而深,"同物之境"显而浅。"在'同物之境'中,物我两忘,我设身于物而分享其生命,人情和物理相渗透而我不觉其渗透。在'超物之境'中,物我对峙,人情和物理猝然相遇,默然相契,骨子里它们虽是欣合,而表面上却仍是两回事。在'同物之境'中作者说出物理所寓的人情,在'超物之境'中作者不言情而情自见。"① 虽然所说不免偏离王国维"意境"说之原意,但在借西方理论烛照传统思想上却与王国维一脉相承,并对王国维的思想有新发展。

在浦江清、朱光潜之外,顾随也是一位对"境界"说思想之阐释有所建树者。上文说过,顾随在燕京大学、辅仁大学授课时,曾以《人间词话》作为讲授词学的底本,他是"第一个在大学里讲授《人间词话》的人"②。他对王国维的"境界说"有过很高的评价,认为:"王静安先生论词,首拈境界,甚为具眼。神韵失之玄,性灵失之疏,境界云者,兼包神韵与性灵,且又引而申之,充乎其类者也。"③ 他还将"境界"说与"兴趣"说、"神韵"说相比较,指出:"兴趣"是作诗的动机,但"兴趣"不能使诗无迹可求,同样"神韵"亦非诗也,它是由诗而出的,"兴趣"在诗前,"神韵"在诗后,唯有"境界"为诗之本,"境界"是诗的本体,它非"前"非"后",即"常"即"玄",并将"兴趣"和"神韵"包囊其中。"兴趣、神韵二字'玄'而不'常',境界二字则'常'而且'玄',浅言之则'常',深言之则'玄',能令人抓住,可作为学诗之阶石、入门。"不过,在他看

---

① 朱光潜:《诗的隐与显:关于王静庵的人间词话的几点意见》,《人间世》第1期(1934)
② 曾大兴:《词学的星空:20世纪词学名家传》,河北人民出版社2009年版,第159页。
③ 顾随:《稼轩词说》,《顾随全集》第2卷,河北教育出版社2001年版,第29—30页。

来，王国维对"境界"的解说亦有不完备处，他意图在王国维的基础上对之作进一步的完善和补充。一是，借用佛教的因缘关系解说境界中"情景"或曰"心物"关系，指出："诗心是本有，本有不借缘，不能发生，无缘则不显因，诗心本有而要假之万缘。"在他看来，王国维将"心"与"物"两者理解为对等的关系，这是错误的，其实，它们应该是因缘的关系，是心为主而物为辅。"吾人既承认心与物为主及辅，则内心与外物不能隔离"，"只要内心旺盛，外物不但不能减损，且能增加"。二是，他也不赞同把"境界"分为"有我之境"和"无我之境"，尤其反对王国维所倡导的"无我之境"论。在这一问题上，他的态度是：若认为"假名"尚无不可，若执而"为实"则有大错。"文学上客观的描写，是不可能的，终有'我'在，'无我之境'不能成立，无我，谁写出的作品？然'无我'二字，亦可用，惟很难。"或许，在王国维看来，是心即物，是物即心，即心即物，即物即心，亦即非心非物，非物非心，心与物混合为一，非单一之物与心。"余以为心是自我而非外在，自为有我之境，而无我之境如何能成立？盖必心转物始成诗，心转物则有我矣。"三是，对于王国维所说"有我之境，于动之静时得之"，他认为这一点讲得很透彻，讲得真好，揭示了"诗人"与"常人"之间的差异。盖缘常人皆为喜怒哀乐所支配，一旦写成诗便非真的情感了，亦即，喜怒时有我，写诗时则无我，这就是王国维所说"由动之静时得之"的真谛所在。[①] 总之，顾随糅合西方哲学和中国哲学，对王国维"境界"说作了一个全新的解读，这些说法虽缺乏系统性，却具有启发性，并具有现代意味。

四 传统派对《人间词话》的批评

因为胡适在现代学林的号召力，因为胡适《词选》一书在大中学校的影响力，还因为"胡适派"对王国维"境界说"的张扬和鼓吹，使得思想较为保守的传统派学者也关注起《人间词话》来。虽然，他们对于王国维《人间词》颇为赞赏，像叶恭绰《广箧中词》、龙榆生《近三百年名家词选》、陈乃乾《清名家词》都收录有王国维的词或词集，并在这些选本里介

[①] 顾随：《论王静安》，《词学》第10辑，华东师范大学出版社1992年版。

绍王国维的情况时也会论及《人间词话》，或称其"别具卓识"，或谓"所作词话，理解超卓，洞明原本，拈出境界二字及隔与不隔诸说，尤征精识"①，或曰"人间世，境界义昭然。北宋清音成小令，不须引慢已能传，隔字最通圆"②。但是，他们对王国维的尊北宋黜南宋，尚自然而罢雕琢，标榜"不隔"而反对用事、用典、代字造成作品之"隔"也表示了不能苟同的意见，有的学者甚至认为"此书王氏早年之作，未为定论"③，并提出"静庵先生老年深悔少作"之说④，有的学者更是对《人间词话》在现代词坛的巨大影响有所不满："晚近学子，其稍知词者，辄喜称道《人间词话》，赤裸裸谈意境，而吐弃辞藻，如此则说白话足矣，又何用词为？"⑤

（一）对"境界"说的批评

王国维论词以"境界"为最上，分为"有我之境"和"无我之境"，并盛推"无我之境"："有我之境，以我观物，故物皆着我之色彩。无我之境，以物观物，故不知何者为我，何者为物。古人为词，写有我之境者为多，然未始不能写无我之境，此在豪杰之士能自树立耳。"

但是，在传统派学者看来，王国维所说"无我之境"实即"有我之境"。如沤庵认为"境界"其实就是外界之"物境"与词人内在之"心境"化合为一的结果："物境者，景也；心境者，情也；情景交融，则构成词之境界。故情以景幽，单情则露；景以情妍，独景则滞。""是故，能写'真景物'者，无不有'真性情'流露其间；能写'真性情'者，亦无不有'真景物'渲染于外。心物一境，内外无间，超乎迹象，而入乎自然化境，自然化境者，词中最高之境界也。"⑥ 从这个角度看，王国维所说的"无我之境"，其实是根本不存在的，其原因就在于，词人以词心造词境，以词境写词心，故处处皆着我也。孙人和亦有类似的看法，他说："人禀七情，情

---

① 叶恭绰：《广箧中词》卷二，人民文学出版社2011年版，第241页。
② 卢前：《望江南·饮虹题清家百词》，陈乃乾编《清名家词》，上海书店出版社1982年版。
③ 王易语，转自徐兴业《清代词学批评家述评》，无锡国专1934年版。
④ 张尔田语，转自龙榆生《词学研究之商榷》，《词学季刊》第1卷第4号。
⑤ 张尔田：《与龙榆生论词书》，《同声月刊》第1卷第8号。
⑥ 沤庵：《沤庵词话》第8、12则，《杂志》第7期（1940）

也,应物斯感,因情以写景,触景而生情也。果有无我之境,则为无病呻吟,吟风弄月,岂文学之所取耶?"亦即,一切文艺皆为触物生情而致,并无完全脱离人之感情之"境界"。在他看来,王国维之所谓"境"者,为外在之境,为浅薄之境也。何以故?孙人和认为,南唐中主《浣溪沙》自以"细雨梦回鸡塞远,小楼吹彻玉笙寒"为妙境,而王国维独赏其"菡萏香销翠叶残,西风愁起绿波间"二语,秦淮海《踏莎行》自以"彬江幸自绕彬山,为谁流下潇湘去"为妙境,而王国维独赏其"可堪孤馆闭春寒,杜鹃声里斜阳暮"二语,"盖菡萏、可堪四句,浅而易知;小楼、彬江四句,深而难晓也"。①

还有,《人间词话》云:"沧浪(严羽)所谓'兴趣',阮亭(王士禛)所谓'神韵',犹不过道其面目,不若鄙人拈出'境界'二字,为探其本也。"对于王国维的自负,唐圭璋亦表示不认同的看法,认为"境界"固然为词中最要紧之事,然亦不可舍"情韵"而专倡此二字。其实,王国维专言"境界"与严、王二氏专言"兴趣"或"神韵",皆有偏颇,后者易流于空虚,前者亦易流于质实,"境界"与"情韵"两者,合之则醇美,离之则未尽善也,王氏之失就在他过执境界之说而忽视了情韵,"苟忽视情韵,其何以能令人百读不厌?"②

(二) 对"隔与不隔"之说的批评

在"真景物"与"真性情"之外,"隔与不隔"之说亦为王国维"境界说"的核心内容。《人间词话》第四十则云:

问隔与不隔之别。曰:陶、谢之诗不隔,延年则稍隔矣。东坡之诗不隔,山谷则稍隔矣。"池塘生春草","空梁落燕泥"等二句,妙处唯在不隔。词亦如是。即以一人一词论,如欧阳公《少年游·咏春草》上半阕云:"阑干十二独凭春,晴碧远连云。二月三月,千里万里,行色苦愁人。"语语都在目前,便是不隔。至云:"谢家池上,江淹浦

---

① 《〈人间词话〉提要》,《续修四库全书总目提要》,第13册,第568页。
② 唐圭璋:《评〈人间词话〉》,《斯文》第1卷第21期(1941)。

畔。"则隔矣。白石《翠楼吟》："此地。宜有词仙，拥素云黄鹤，与君游戏。玉梯凝望久，叹芳草、萋萋千里。"便是不隔。至"酒祓清愁，花消英气"则隔矣。然南宋词虽不隔处，比之前人，自有浅深厚薄之别。

何谓"隔与不隔"？沤庵根据他对词境的理解，指出"隔与不隔"的意蕴应该是："凡词之融化物心境，以写出之者，皆为'不隔'；了无境界，仅搬弄字面以取巧者为'隔'。"像王国维所说"谢家池上，江淹浦畔"、"酒祓清愁，花消英气"，此数句皆仅在字面上搬弄取巧，谓之为"隔"宜矣！但他以姜夔"二十四桥仍在，波心荡，冷月无声"为"隔"，则是以没有领悟到姜之用心所在，其于白石之词境，殆亦如"雾里看花，终隔一层"欤！[①]

唐圭璋则通过分析"隔与不隔"在创作上的不同特点，进一步批评了王国维抑"隔"而尊"不隔"之论：

> 王氏既倡境界之说，而对于描写景物，又有隔与不隔之说。推王氏之意，则专赏赋体，而以白描为主；故举"池塘生春草"、"采菊东篱下"为不隔之例。主赋体白描，固是一法。然不能谓除此一法外，即无他法也。比兴亦是一法，用来言近旨远，有含蓄、有寄托，香草美人，致慨遥深，固不能斥为隔也。东坡之《卜算子·咏梅》、碧山之《齐天乐·咏蝉》，说物即以说人，语语双关，何能以隔讥之。若尽以浅露直率为不隔，则亦何贵有此不隔！[②]

这里，谈到王氏尊"不隔"，实为主赋体白描；在唐氏看来，"隔"亦有其特色，这就是主比兴之法，有言近旨远、含蓄不尽之美。特别是从创作角度言，如果不从凝练入手着眼，很容易走上"浅露直率"的道路。其实，"隔与不隔"实无优劣高低之分，它只不过是创作上的两种不同方法而已。如黄濬（1890—1937）就认为，"静庵所举'隔与不隔'之义虽精，然须知不隔者，仅为毕篇之晶粹，即清真亦不能首首皆如'叶上初阳乾宿雨'也。

[①] 《沤庵词话》第13则，《杂志》第7期（1940）。
[②] 唐圭璋：《评〈人间词话〉》，《斯文》第1卷第21期（1941）。

况谓所谓隔者，亦有造句之别裁，本非隔乎？"① "不隔"着眼在整体，"隔"是从字句角度而言，"不隔"虽佳，却不易达到，而"隔"者，也有其在"造句"上表现出来的异量之美。

当时，在诸多讨论"隔与不隔"问题的文章里，吴征铸的《评〈人间词话〉》见解深刻并颇具辩证色彩，他主要是从美学的角度来评价"隔与不隔"之论的。他说：

> 既以境界为主，则不当以隔与不隔为优劣之分。何则？雾里看花，倘花之美为雾所隔，则此隔诚足为病矣！今以常理言，花在雾中，颜色姿态各呈特异之观；雾之于花，不似屏障之于几案，截然为二物；盖早已融成一片，共现一冲和静穆之境。此境之美，无待言也。②

在他看来，"隔与不隔"之分，实际上包含有两层意思：一是指诗中"情"与"景"的隐显之分。"眼前景色，与心中情意，各有其隐显之时，亦各有其优美之处"，两者实不可有倚轻倚重之分。"总之，隔与不隔，虽境界不同，其为美则一。倚声与绘画，同属艺事，故皆以求美为要义，则隔与不隔，何足以定词境之优劣耶？"正是在这一点上，王国维对姜夔的评价表现出前后矛盾之处，"既云有境界自成高格，又称白石格韵高绝，则当谓白石词有境界矣，何有白石词不于意境上用力之说耶"？二是指语言表达的自然浑成与人工锻琢。"夫自然美妙之语，孰不知其可爱？然而不能废用典用事者。推原其故，则有谋篇一道存焉。文章天成，妙手偶得。偶得者不能常得也，欣赏自然，忽有灵感，援笔铺笺以赴之，或有自然美妙之语出，一二语三四语无定也。然而文学一事，舍内容而外，当有形式。一二断句，不能成篇，于是不得不以人事足成之。"在实际创作过程中，常常是不隔语与隔语相杂糅，自然浑成与人工锻炼相映发，"盖人情恶重复而喜变化，故文事务参差而起波澜"。这样的分析，不仅符合艺术之辩证法，而且对于王国维的"隔与不隔"之论也是一种理论上的提升。

---

① 黄濬：《花随人圣庵摭忆》"文字学术之随世俱变"条，上海古籍出版社1983年版，第19页。
② 吴征铸：《评〈人间词话〉》，《斯文》第22期（1941）。

(三) 对王国维厚北宋薄南宋观念的批评

从境界论出发，从崇尚"不隔"之论出发，王国维极推晚唐五代北宋的"自然"作派。樊志厚《人间词甲稿序》云："君之于词，于五代喜李后主、冯正中，于北宋喜永叔、子瞻、少游、美成，于南宋除稼轩、白石外，所嗜盖鲜矣，尤痛诋梦窗、玉田。"《人间词乙稿序》进一步分析说明了王国维偏嗜北宋的原因："君词之所以为五代北宋之词者，以其有意境在若以其体裁故，而至遽指为五代北宋，此又君之不任受。"① 不过，王国维这一主张与现代词坛传统派的观点恰好相对，他们所尊奉的恰恰是王国维所反对的姜夔、吴文英、周密等，他们当然要对王国维厚北宋薄南宋观念起而搐击之。首先，从词的体性出发，他们指出王国维所尊奉之李煜，实乃词之"别派"也。"国维于唐五代则尊李后主，于宋则尊秦少游，不知词之发生，本为侑酒嘌唱之用，托体房帷，固其宜也。后主开拓疆界，多用赋体实为词中别派，唐五代之有李后主，犹宋之有苏东坡也。少游上承三变，下启清真，词最婉雅，然不如三变之大，不及清真之深，以少游有承前启后之功，可也，以为高于柳周则非也。"② 其次，从词的历史发展角度考察，他们认为南北词风的不同与时代变迁有密切关系。"若就其演变之历史，而以客观分析之，则时代不同，环境不同，风气不同，以致面目迥殊，二者各有其独特之处，不能强其同，亦不可擅加厚薄也。南宋时遭丧乱，何得有欧晏和平雅正之词耶？又何得以欧晏例姜史耶？"③ 最后，对王氏批评姜夔之论进行了有力的回击，说《人间词话》称姜夔"有格而无情"、"无言外之味、弦外之响"等，"真无一语道着"。在他们看来，白石以健笔写柔情，出语峭拔俊逸，格既高，情亦深，其胜处在神不在貌，最有言外之味、弦外之响。至于《暗香》《疏影》两词，尤为精深美妙。"盖这两词句句是梅，而言外之意，在暗忆君国，故更觉匆沉郁勃，一寄之于词……谭复堂亦以为有骚辨之余，皆非虚言。戈顺卿、陈亦峰更誉之为词圣，须不免过当，然王氏抑之

---

① 滕咸惠：《人间词话新注》，第 110、112 页。
② 《续修四库全书总目提要》，第 13 册，第 568 页。
③ 吴征铸：《评〈人间词话〉》，《斯文》第 1 卷第 22 期 (1941)。

如此，亦未免太偏矣！"① 激愤之辞溢于言表，维护传统的立场清晰可见。

通过比较现代派与传统派对《人间词话》"境界"说的批评，可以看出，前者是站在现代新学的立场去讨论的，甚至是从整个文学的角度去体认"境界"说的，后者则是站在旧学的立场从词史发展的角度去考察"境界"论的。因此，他们对待《人间词话》的态度也是完全相反的，前者是着眼于完善和补充，后者则偏重在批判和否定。尽管它能看清从体制外的角度所注意不到的问题，甚至有的说法还是比较客观公允的，但这毕竟表现出他们在传统与现代之间的不同文化选择，也就是说，他们在文化立场上，一个是传统的，一个是现代的。

我们认为，《人间词话》在清末的出现，以及它在现代学林的传播，对于现代词学史而言，有着承前启后的意义，它不但兼具传统与现代于一体，而且由它提出的一些观点，成为现代词坛争议最多讨论最热烈的话题。从王国维本人来说，《人间词话》是他治学道路上由新学回归到旧学的一个转折点，他从西方哲学里无法寻找到解决人生困惑的药方，从而将目光从哲学转向文学，进而从文学转向史学，在方法上完全走上传统国学的研究路数——考证学，这为他带来了一些新的词学研究成果，比如《词录》《清真先生遗事》《唐五代二十一家词辑》等。从对现代词学史的影响而言，它却成为把握中国词学从传统到现代转型的一个重要结点。无论是现代派，还是传统派，他们围绕《人间词话》提出的话题展开热烈讨论，不但抉发了《人间词话》所包蕴的理论内涵，而且也对他们自身的理论建设起到了积极的推进作用，特别是传统派通过对《人间词话》的批评，将他们的研究目光由传统批评方式转向对相关问题的美学思考，摆脱了过去偏重于文献考证和体制辨识的研究路数，从而提出一些富有思辨性的理论见解，也完成了他们在思想和方法上从传统到现代的重大转变。

第三节　胡适对于现代词学发展走向的影响

关于胡适的古典文学研究成就，过去关注较多的是他的古代小说考证，

---

① 唐圭璋：《评〈人间词话〉》，《斯文》第1卷第21期（1941）。

其实，胡适的词学研究也为20世纪的中国词学输入了一股新鲜血液。近年来，已有学者指出：胡适的"文学革命"，对传统词学的变革有着重要意义，它进一步弘扬"一代有一代之文学"的思想，推动王国维"意境"说向风格论方面发展，造就了一批新文化运动旗帜下的词学研究新人，结束了词学研究长期以来为传统学者垄断的状况，也使词学研究完成了从"传统"向"现代"的嬗变和转型。

一　胡适与清末民初词学

在20世纪最初的20年间，传统词学研究在继续发展着，此时执词坛之牛耳者为"清末四大家"。"清末四大家"思想的总体倾向是推衍常州词学，常州词学对这一时期的词学界仍有很大的影响力，1909年梁令娴编《艺蘅馆词选》和陈去病编《笠泽词徵》，接受的便是常州派"意内言外"之说，强调的是词的"比兴""寄托"功能。这一思想强调了"词"与"诗"两种文体间的共通性，将词与社会政治生活相联系，要求词肩负"美教化，厚人伦，移风俗"的社会责任，对提高词体的文学地位固然有着积极意义，却限制了人们对词作为一种特殊文体的审美品格之认识。1908年11月至1909年2月，《国粹学报》连续三期刊载王国维的《人间词话》，冲破传统词学已定型化的"诗教""比兴""正变"的重重坚冰，提出"写境"与"造境"、"理想"与"现实"、"有我之境"与"无我之境"等一系列新人耳目的审美见解，它以"意境"为词学批评的基本标准，以"真性情""真景物"为意境的精神内核，使词学从常州派的伦理批评转向审美批评的道路上来，为沉闷、冷寂、保守的晚清词坛吹进了一股新风。所以，有人说，"王国维宣告了古典批评时代的终结，同时也拉开了现代批评时代的序幕。"[①]

但是，在1911年辛亥革命以后，王国维随罗振玉流亡日本，他的《人间词话》在当时未能产生如后来那样的轰动效应，大多数学者依然坚守常州派以比兴寄托论词的词学立场。对于清末民初词坛出现的两种词学倾向，胡适是坚定地站在王国维变革传统词学的立场上的，他接过王国维

---

① 温儒敏：《王国维文学批评的现代性》，《中国社会科学》1992年第3期。

的文学进化论思想和"意境"说，向坚守"比兴""寄托"观念的守旧词坛发起新一轮冲击。胡适对王国维的学术思想是有比较深刻的了解的，1917年他从美留学回国后，在上海考察出版界后得出的结论是：近几年的学术界"只有王国维的《宋元戏曲史》是很好的"。① 1922年他在日记中多次表示对王国维治学的敬佩之情，称王国维是当时"旧式学者"中学问做得最好的一位。1923年他在编注《词选》的时候，曾写信向王国维请教"鸡坊拍衮"诸问题，还把自己的论文《词的起源》初稿送呈王国维指正。"在这时，胡适向学界充分表明，他的词学研究成果中，有王国维的直接介入。"② 很显然，胡适对词学问题的研究，与王国维有着直接的思想联系。谷永说："胡氏生后于先生（王国维），而推先生之波澜者也。先生之于文学有真不真之论，而胡氏有活文学死文学之论；先生有文学蜕变之说，而胡氏有白话文学史观……先生论词取五季北宋而弃南宋，今胡氏之《词选》，多选五季北宋之作。……故凡先生有所言，胡氏莫不应之，实行之，一切之论，发之自先生，而衍之自胡氏，虽谓胡氏尽受先生之影响可也。"③ 1934年，在洛阳师范学校任教的任访秋，亦从论词体演变、对时代之批评、批评之标准、对咏物词之见解、对文坛上之影响等方面，探究了胡适与王国维词学观的"出人意外之如许相同处"。④ 1998年在澳门大学任教的施议对先生，在其所作《人间词话译注》前言中指出，胡适编撰《词选》，鼓吹词史上的解放派，赞扬苏、辛，贬斥史达祖、吴文英、张炎等人，以为有意境的词可不管音律，"这都是从王国维的境界说引申出来的"。⑤ 但胡适对王国维思想更有超越的一面，他曾在给任访秋的回信里谈到自己思想与王国维的相异之点："你（指任访秋）的比较，太着重相同之点，其实静庵先生的见解与我的不很相同。我的看法是历史的，他的看法是艺术的，我们分时期的不同在此。他的'境界说'也不很清楚，如他的定

---

① 胡适：《归国杂感》，《胡适作品集》第6册《贞操问题》第3页，台北远流出版公司1986年版。
② 沈卫威：《胡适周围》，中国工人出版社2003年版，第37页。
③ 浦江清：《王静安先生之文学批评》，《浦江清文史杂著》，清华大学出版社1993年版。
④ 任访秋：《王国维〈人间词话〉与胡适〈词选〉》，《中法大学月刊》7卷3期（1935年6月）。
⑤ 施议对：《今词达变》，澳门大学出版中心2001年版，第218页。

义，境界只是真实的内容而已。我所谓'意境'只是一个作家对于题材的见解（看法）。"①

胡适对王国维的思想有继承也有超越，对于"清末四大家"则主要持批评态度。1922年3月3日，他撰写了一篇《五十年来中国之文学》的长篇论文，谈到他对清末至民初（1872—1922）50年间词的看法。他说："这五十年的词，都中了梦窗（吴文英）派的毒，很少有价值。故我们不讨论了。"这里指的是"清末四大家"领导和影响下的晚清词坛，自道光十二年（1832）周济编《宋四家词选》以来，戈载、杜文澜、周之琦、谭献、陈廷焯等晚清词家，对吴文英的词基本持肯定和褒扬的态度，至光绪二十五年（1899），王鹏运校刻《梦窗词》，晚清学者对吴文英的评价越来越高。郑文焯认为："君特为词，用隽上之才，别构一格，拈韵习取古谐，举典务出奇丽，如唐贤诗家之李贺，文流之孙樵、刘蜕，锤幽凿险，开径自行，学者匪造次所能陈其细趣也。"② 况周颐论词推衍王氏"重、拙、大"之说，以"重"为"拙"与"大"两种体格之本，而"重"之体格于梦窗词表现得最为充分："即其劳菲铿丽之作，中间隽句艳字，莫不有沉挚之思、灏瀚之气，挟之以流转，令人玩索而不能尽。"③ "清末四大家"中以朱祖谋学梦窗最能得其神髓，王鹏运说："世人知学梦窗，知尊梦窗，皆所谓但学兰亭（王羲之）之面；六百年来，真得髓者，古微（朱祖谋）一人而已。"④ 但在胡适看来，吴文英的词："几乎无一首不是靠古典与套语堆砌起来的"，"没有什么'诗的情绪'或'诗的意境'作个纲领。"⑤ 因此，他称吴文英及南宋以至元初的词为"词匠的词"。所谓"词匠的词"，就是模仿前人的形式，丢掉了创作的精神（性灵或意境），"天才堕落而为匠手，创作堕落而为机械，生气剥丧完了，只剩下一点小技巧，一堆烂书袋，一套烂调子！

---

① 杜春和、韩荣芳、耿来金编《胡适论学往来书信选》，河北人民出版社1998年版，第433—434页。
② 郑文焯：《梦窗词跋》，引自龙榆生编《唐宋名家词选》，上海古籍出版社1980年版，第293页。
③ 况周颐：《蕙风词话》卷二，人民文学出版社1960年版，第48页。
④ 冒广生：《小三吾亭词话》卷三，《冒鹤亭词曲论文集》，上海古籍出版社1992年版，第25页。
⑤ 胡适：《词选》，河北人民出版社1999年版，第296—297页。

于是这种文学方式的命运便完结了。"① 基于这样的认识，胡适当然要批评近代专学梦窗的时代风气，认为"近年的词人多中梦窗之毒，没有情感，没有意境，只在套语和古典中讨生活"。② 但必须指出的是，胡适对"清末四大家"的词籍整理业绩给予了高度的评价，他在《日本译〈中国五十年来之文学〉序》中说："这五十年来的词，虽没有很高明的作品，然而王鹏运（临桂人）、朱祖谋（湖州人）一班人提倡词学，翻刻宋、元词集，却是很有功。"③ 他对"清末四大家"的创作评价不高，却对他们的词学成就给予极高的评价，这表明胡适对"清末四大家"的创作与词学研究是区别看待的。

二 以白话为词与以白话论词

从1919年开始，胡适对词学问题相继发表了一些新的看法。他指出，词实为唐朝民间的乐调，在宋代是白话文学，"香艳"和"俚俗"为其主要特点，语言上以白话为其当行本色，一部文学史就是"活文学"正在兴起与"死文学"走向消亡的历史，千年词史的主流是以苏、辛为代表的直抒性情的豪放词派。其《词选》就是这种新思想的具体展现，其《尝试集》也是这种新思想的试验品。

胡适这些思想挟裹着五四运动的风潮，很快地在大江南北迅速流传开来，并引入刘半农、钱玄同、康白情等的加盟。一般说来，这派学者在"文学革命"的主张上总体上是一致的，大家已经达成共识。但在怎样对待旧体诗词的问题上却是存在分歧的，胡适、刘半农、钱玄同等围绕"词"与"新体诗"关系，特别是如何改革词体的话题展开热烈的讨论，论争的焦点是词应该是一种什么性质的文体？"文学革命"要不要保留词的体式？他们提出了一些颇具建设性的意见，为词的发展寻找出路，也是为建构新词学所作的一种"尝试"。

大约在1915年前后，胡适开始有了"文学革命"的思想，主张以白话作文、作诗、作戏曲小说，打破诗、文、词、小说语言之界限，并提出了

---

① 胡适：《〈词选〉序》，《词选》，河北人民出版社1999年版，第6页。
② 胡适：《词选》，河北人民出版社1999年版，第297页。
③ 欧阳哲生编《胡适文集》第三册，北京大学出版社1998年版，第264页。

"白话文学"的新说,认为白话文学为中国千年来仅有之文学。相对近体诗而言,胡适把词看作是一种新体诗——宋代的"白话文学",是千年白话文学史的重要组成部分,认为诗之变为词是千年文学史的"第四大革命","吾辈有志文学者,当从此处下手"。① 1916年4月,他首次用白话填写了文学革命的宣言——《沁园春·誓诗》:

> 更不伤春,更不悲秋,以此誓诗。任花开也好,花飞也好,月圆固好,日落何悲?我闻之曰:"从天而颂,孰与制天而用之?"更安用为苍天歌哭,作彼奴为! 文章革命何疑?且准备搴旗作健儿。要前空千古,下开百世,收它臭腐,还我神奇,为大中华,造新文学,此业吾曹欲让谁?诗材料,有簇新世界,供我驱驰。

这首词写得激情慷慨,劲健豪迈,颇有苏、辛词的气度。尤其是它在语言上浅显易懂,是一首写得比较成功的白话词,一直以来得到了文学史界的好评。之后,他又一鼓作气写作了《虞美人·戏朱经农》《采桑子慢·江上雪》《沁园春·廿五岁生日自寿》《沁园春·过年》《沁园春·新年》《沁园春·新俄万岁》等,目的在借词曲的音节写新诗,以为白话文学之"试验",以供新诗人作参考。

对于胡适以词为宋代白话文学的观点,钱玄同、刘半农等是极力赞成的,但对胡适以白话填词为新诗之"试验"的做法,却发表了不同的意见。他们认为韵文有可歌与不可歌二种,人们寻常所作以不可歌者为多,"既不可歌,则长短句任意,仿古创新,均无不可。至于可歌之韵文,则所填之字,必须恰合音律,方为合格"。"词之为物,在宋世本是可歌者,故各有其调名。后世音律失传,于是文士按前人所作之字数、平仄,一一照填,而云调寄某某,此等填词,实与做不可歌之韵文无异",钱玄同表示,"与其写了调寄某某而不知其调,则何如直做不可歌之韵文乎!"② 对钱玄同、刘半农这一彻底否定词体的极端之论,胡适是颇不以为然的,他回信给钱玄同

---

① 曹伯言整理《胡适日记全编》卷十三,安徽教育出版社2001年版,第389页。
② 钱玄同:《寄胡适之》,《中国新文艺大系》(理论建设卷),上海文艺出版社2003年版,第82页。

说:"词之好处,在于调多体多,可以自由选择。工词者,相题而择调,并无不自由也。人或问既欲自由,又何必择调?吾答之曰:凡可传之词调,皆经名家制定,其音乐之谐妙,字句之长短,皆有特长处。吾辈就已成之美调,略施裁剪,便可得绝妙之音节,又何乐而不为乎?"① 这表明,胡适的文学革命不是要废除词的体式,而是主张对自南宋以来的雅化倾向进行反拨,在语言层面上恢复唐五代北宋时期以白话为词的"传统",他认为这才是千年词史应有的"传统"。应该说,胡适的观点还有从传统里寻找思想资源的意味,他以白话入词对"文学革命"而言也是不彻底的。后来康白情提出的主张是值得注意的,他认为应该把旧体诗词与现代新诗严格区分开,做旧诗就要严守格律,填词就要倚声,作曲就要按谱。"我们依格律作一首白话诗,只能叫他做非古典主义的古诗或律诗,不能叫他做新诗一样。我们用白话作的诗或曲,也只能叫他做非古典主义的词或曲,不能叫他做'新词'或'新曲'。"② 要么作新体诗,要么作旧体诗,借用旧的形式,就要遵守旧体诗的格律体式,决不能处在不新不旧的调和状态,这样的看法是新文化派后期在思想上走向成熟的表现。

  胡适不仅主张以白话为词,而且还用"白话文学"的观念阐释古代词史,1922 年 12 月在《晨报·副刊》上发表《南宋的白话词》一文,专门讨论南宋时期的白话词人与白话词史。这引起了文学研究会成员严既澄的关注,写了一篇《韵文及诗歌之整理》的长文发表在《小说月报》上。他指出,胡适以白话来理解和诠释古代的"韵文及诗歌",以为白话的程度越高,作品的价值就越大,这就大失了评量艺术的"正当的态度"。在《南宋的白话词》一文里,胡适举出几个南宋的词家来,在每人的集子里,选几首较近白话的词,"硬断定这些词是那几位词家有意要用白话做的,而且硬推其价值于其时的一切词家的作品之上。他这种论断是极卤莽的,未免太偏用主观的标准了"。严既澄认为,"我们在鉴赏韵文或骈文时,更不可仍旧抱着现在的标准以定其高下,因为现在的标准是现在的人新造出来的,就算是进化以后的产物,也万万不能用之以评判古人所作的东西。古人在制作韵

---

① 胡适:《答钱玄同》,《中国新文艺大系(理论建设卷)》,第 86—87 页。
② 康白情:《新诗底我见》,《中国新文艺大系(理论建设卷)》,第 332 页。

文时，他的主旨和态度，只想做成一篇他以为好的文章，我们便当依着他的见解去观察他的制作。"① 他的意见是，不可用白话的标准去鉴赏韵文，胡适读了这篇文章后，立即写信给顾颉刚（实际上是给严既澄的），提出抗议，指出严氏所说的"硬断定"并不存在。

> 我请问你们读过我那篇文章的，可记得我曾否有这样的一个"硬断定"？我的题目是《白话词》，故单选白话词。然后我只是用这些词来表示一个时代的一种趋势。这种历史的趋势是天然的，正不用"有意"，也不用"硬断定"。正为他是无意的，故可用来证实历史上的一种趋势。譬如黄山谷的诗，十之七八是古典主义的下等作品；然而他作小词时，竟完全是换了一个人了，何等自然，何等流畅！在历史家的眼里，这一个隔世的区别，只有一个正当的解释：山谷作诗还不能打破古典主义的权威，而不能代表历史上自然的倾向；及至他随意作小词时，一切古典主义都不必管了；随便说小儿女的自然语言，便成好词。所以他的词——因为是无意的——代表历史上自唐末以来的一个自然趋势。及至吴文英一流人来有意作古典的词，他们便又不代表历史上的自然倾向，只代表一个有意的反动了。严先生似未细读此篇，不然似不应有这样的大误解②。

胡适这封信随即也发表在《小说月报》上，严既澄看到后，致函向《小说月报》主编郑振铎表示，自己对《南宋的白话词》当时确未细读，故有所误解，"以为胡先生的意思是撷取南宋几个词家的几首白话词来证定他们有意做国语文学的运动"。但他认为胡适确实有用白话的标准去估量旧韵文的倾向，譬如在《五十年来中国之文学》一文中，于近代推重金和、推重黄遵宪，何尝不是这种倾向的表现？难道说除这两人以外便再没有不是"假古董"的诗了么？"金、黄两人的见解即算是不错的，他们的技术也正殊未见高；然而胡先生便已尊崇他们两人做这五十年的代表，而一笔

---

① 严既澄：《韵文及诗歌之整理》，《小说月报》第 14 卷第 1 号（1923 年 1 月）。
② 《胡适致顾颉刚》（1923 年 2 月 24 日），《小说月报》第 14 卷第 4 号（1923 年 4 月）

抹杀江西派、闽派以及樊（增祥）、易（顺鼎）一流人了。讲到五十年来的词，他更以'都中了吴文英的毒'一句话作理由而完全置之不谈。其实主张学吴的只有朱祖谋、郑叔问一流人；若况周颐、樊增祥等人，都不是学吴；而成就也很有可观的，也不应一笔抹杀。"认为胡适对江西派、闽派、常州派的抹杀，都是不对的。根据胡适所论历史上本有贵族文学和平民文学两种势力的观点，严氏论证说，词是贵族文学中唯一一种可以民众化的文体，于是大家都会学步柳永，在各家词集中也很容易找到许多白话词。由于"柳永的词在当时最是流行，教坊曲院，传歌都遍，因此当时的作家都不免多少受他的影响"，连讲究雕琢刻画的秦少游都不免招来苏轼"近来亦作柳七"之讥，"南宋词家之做白话词都是受了柳永的影响"，这无非是说柳永"因通俗化而大受民众欢迎"，这期间"并没有什么自然的倾向可言"。其实历史上"白话的趋势是无时不存在的，正不止唐宋以来为然"。自来"一个时代的作家，同时总有两种趋向：第一种是要做到贵族文学的高妙，第二种是要受民众的欢迎。在往时的文人学士中，总是前的趋向盛而后的趋向微"；后来流传下来的诗文也是贵族式的多而平民式的少，"在唐宋以后，我们仍能看出白话词产生之数量不及雕琢刻画的词远甚"。胡适"单独撷拾几首白话词来充什么大倾向的证据"，这样的说法与历史并不相符，立论并不成立。①

严既澄对胡适的批评，是比较客观的，对胡适以白话为词体革新也有纠偏的意义。正如有的学者所说，在文学革命的前期，胡适是"尝试"借词作新诗，在其后期所作便不再标明具体的词调了②，这些不标词牌的白话词，被陈子展称为"胡适之体"。"接受了旧诗词的影响，或者说从诗词蜕化出来，好像蚕子已经变成了蛾。"③ 它打破一切束缚自由的"枷锁镣铐"，"不管能歌不能歌，也不管协律不协律"，白话怎么说就怎么写，不再"迁就"句法、词调。④ 胡适在1918年之后写作的白话诗，平仄、韵部再也很

---

① 《严既澄致郑振铎》，《小说月报》第14卷第6号（1923年5月16日）。
② 梁艳青：《民国旧体词变革的两种尝试：以胡适的白话词和陈柱的自由词为例》，《河北大学学报》2011年第4期。
③ 陈子展：《略论"胡适之体"》，《申报·文艺周刊》第6期，1935年12月6日。
④ 胡适：《词选》，河北人民出版社1999年版，第5页。

少遵循词体的要求。在《尝试集》第二编中，带有词牌的白话词更是少见，仅有《和〈如梦令〉》一阕。所以，俞平伯在民国三十六年（1947）的一次公开演讲中指出，"白话词的尝试并不成功"。

三 胡适思想的反响与影响

但是，胡适对现代词学的介入，特别是他发表的惊世骇俗之论，给1919年以后的词学界以极大的震动，杨海明先生曾将胡适形象地比喻为现代词学新变中的"革命党人"。① 一时间，词学研究的话题主要是围绕胡适而展开的，从而和之者有之，激烈反对者亦有之。这一时期围绕胡适展开的词学论争，主要表现在以下三个方面：一是关于词的起源讨论，参加讨论者有夏承焘、俞启超、郑振铎、胡云翼、姜亮夫等；二是关于词史分期的讨论，参加讨论者有龙榆生、夏承焘、吴复虞和胡云翼、郑振铎、陆侃如、刘大杰等；三是关于"清末四大家"的评价，参加讨论者有胡先骕和陈子展等。关于词的起源的问题，胡适是按现代实证的方法，推证长短句的词调起于中唐时期。② 这一观点的提出，因为论证缜密，结论可信，在学界有了积极的回应，思想交锋的争议性不大，参加讨论者或是对胡适的考证作补证的工作，或是在胡适的前提下作进一步的理论探讨，最有争议性的还是胡适关于词史的分期标准和"清末四大家"的评价两个话题。

首先站出来对胡适评价"清末四大家"表示不满的是学衡派主将胡先骕，他的看法见诸《评胡适〈五十年来中国之文学〉》（《学衡》1923年第18期）一文。文中说："至于词人，近五十年中亦多可传者，除朱祖谋外，多不学梦窗。胡君乃以为'这五十年的词，都中了梦窗派的毒，很少有价值的'，何胡君敢于作无据之断语也！"他通过晚清各家创作的具体分析，一一辩驳胡适是作无据之断语。如王鹏运的词，"高亢凄厉，有稼轩之豪放，而无其粗率"，与周济所言之学词途径若合符契，岂可说是"中梦窗毒"者？文廷式的《云起轩词》，出入于苏轼、辛弃疾两家之间，与王鹏运之途径大相异趣，则更不能说他是"中了梦窗派的毒"！郑文焯的词，"澹

---

① 杨海明：《词学理论和词学批评的"现代化"进程》，《文学评论》1996年第6期。
② 胡适：《词的起源》，《词选》，河北人民出版社1999年版，第336—337页。

远似白石（姜夔），沉着处似清真（周邦彦）"，也不能说它中了梦窗派的毒。即使是以学梦窗词知名的朱祖谋，其《彊村词》，得梦窗词之长，而无梦窗词之弊，"其风骨之遒上，清词中当推为巨擘"，"惟耳食者闻其学梦窗，或便谓其中梦窗之毒耳"。最后，胡先骕总结说："总观清末四十年诗词，远迈前代，不惟嘉道时代所不及，且在清初诸名家之上，胡君独取金（和）、黄（遵宪）二家，诚有张茂先我所不能者矣！"胡先骕对胡适的批评有其合理之处，但他是站在保守派立场上评价胡适，他甚至以为清末的诗词越过嘉道、超于清初，就不免是言过其实之论了，也从一个极端走向另一个极端了。

在胡适《五十年来中国之文学》发表之后，又有钱基博的《现代中国文学史》（1932年）、陈子展的《中国近代文学之变迁》（1929年）和《最近三十年中国文学史》（1930年），论述清末民初这一特殊时间段内的文学发展史，自然也免不了要对这五十年间的词特别是对"清末四大家"和王国维的词发表自己的看法。钱基博（1887—1957）与胡适（1891—1962）年岁相若，但他的学术立场却是传统的，所撰《现代中国文学史》保持着旧式学者的治学风格，对于"清末四大家"的评价与胡适的学术立场也截然相反。他称赞王鹏运词："幼眇而沉郁，义隐而指远"，说郑文焯"深明管弦声数之异同，上以考古燕乐之旧谱"，"故其词亦偏宗周邦彦、姜夔"。朱祖谋："大抵寄绵密于藻丽，抒情感于比兴，而融诸家之长，声情益臻朴茂，清刚隽上，并世词家推领袖焉！"况周颐十七岁以前之作，"轻倩流慧，理境两绝"，"逊国而后，家国之感，身世之情，所触日深，而词格日亦遒上，顿挫排宕，柔厚沈郁，千辟万灌，略无炉锤之迹……方之古人，庶几白石，亦自谓五百年后得为白石，亦复相类也"。[①]但他对王国维的《人间词》却不置一词，只说"自谓境界不隔，足追五代、北宋名家"，从这里亦可看出他对王国维革新清末民初词风的意义认识不足。陈子展则是全盘地接受胡适的文学进化观，认为任何一种文体发展到一定限度，"方法用得愈纯熟，成了故套；规律变得愈严密了，成了枷锁；后来作它的人，为故套所范围，为枷锁所束缚，总不易写出有生命有价值的作品来"。"词体创始于唐，经

[①] 钱基博：《现代中国文学史》，上海书店出版社2004年版，第194—294页。

五代、北宋、南宋，可算是它的发展极盛的时候。……到了近代，我们看到一班词人努力的结果，知道词的发展已到了一定的限度，真是不容易再做得有生气了，词已到了不得不变的时候了。"① 比如况周颐、朱祖谋，侧重声律，守律甚严，根据宋元人旧谱填词，虽然做到声律不谬，却已失了创作的精神，"何况他们喜欢堆砌饾饤，晦涩难解，与吴梦窗同病，同犯七宝楼台拆下来不成片段之讥？"② 然而，陈子展对胡适的偏激之论亦有所修正，认为近代词人的词"固然多少中了梦窗派的毒"，但他们这些词人在近代文学史上实在有论列的必要，也就是说清末词家仍然有特殊的认识价值。比如王鹏运："一生坎坷，饱尝世味，又值晚清秕政，观阅既多，受侮不少，故发而为词，苍凉慷慨，颇有才士不平、壮夫扼腕之意。他的词，虽然有时也好用替代字，也好掉书袋，像同时代的词家一样，但他的魄力究竟大些，很能运用他的天才，故仍然很有个性，很有时代性。"③ 再如赵熙："为晚出词人，而又别树一帜，与梦窗派殊调。……他既置身于山水清奇之地，故他的词，似从自然界的灵悟中得来。他描写景物之作淡朴自然，真是又多又好。……梦窗派拘于声律，堆砌晦涩，那能有此境界。"④ 陈子展还对胡适所未及评论的王国维词发表了自己的看法，说王国维是这个时期一位杰出的词人，"他的词做得不多，但很有境界，不为词律所拘束"。⑤ 这些论述较之胡适更为温和，理论的学术价值也更高，但他的词学立场显然是现代的。

胡适关于词史分期的看法，在三四十年代亦引起较大的争议。夏承焘《天风阁学词日记》中说："阅胡适《词选》，以晚唐至东坡以前，皆娼妓歌者之词，《花间集》皆为给歌者唱者，此语亦须斟酌。"⑥ 还有一位暨南大学的吴复虞，在《南音》发表对于胡适《词选》的评论文章，也指出胡适把唐宋词人划分为歌者之词、诗人之词和词匠的词实有不妥。"非特使我们不

---

① 陈子展：《中国近代文学之变迁》，中华书局1929年版，第53页。
② 陈子展：《中国近代文学之变迁》，中华书局1929年版，第58页。
③ 陈子展：《中国近代文学之变迁》，中华书局1929年版，第55—56页。
④ 陈子展：《中国近代文学之变迁》，中华书局1929年版，第58—60页。
⑤ 陈子展：《中国近代文学之变迁》，中华书局1929年版，第60页。
⑥ 夏承焘：《天风阁学词日记》（二），浙江古籍出版社1993年版，第23页。

解于当世，实亦令有宋词人尽含冤于九泉之下。"但歌者之词与词匠之词很难作绝对区分，不能因为温庭筠出生在苏轼之前就是歌者之词，吴文英生活在苏轼之后就是词匠的词，这样的说法在理论上是站不住脚的。第一，无论是温庭筠、姜夔、吴文英，还是苏轼、辛弃疾，"没有一个不依照平平仄仄去填词的"，不能因为姜夔、吴文英生活在苏轼之后，便说姜夔以下诸词人都是词匠，"那未免是眼光太小了"。第二，辛弃疾的词未必像胡适说的那样首首皆好，"也有许多是很平凡的"，相反，吴文英的词尽管犯了很深的古典之弊，不能使人即目了然，"但我以为仍然有些可取的地方"，如果读者了解吴文英用典的意蕴，那么就能比较容易体会《梦窗词》的美妙之处。"吴文英的精于词律，仍是他的天才高人一筹的地方。"[①] 如果说夏承焘、吴复虞还只是对所谓"歌者之词"、"词匠之词"提出异议的话，那么龙榆生则对胡适宋词发展三段论表示不敢苟同，并对胡适分期标准的可信性提出诘难和质疑。"吾人试依胡适所分三个阶段，以考求五代、宋词，虽大致可得相当之证验"，但在第一段落里，胡氏亦自知"南唐李后主与冯延巳出来之后，悲哀的境遇与深刻的感情，自然抬高了词的境界，加浓了词的内容"，决非"歌者的词"所能范围，但为了使自己的看法能自圆其说，胡适便不得不强为之解说曰"但他们的词仍是要给歌者去唱的"。但在龙榆生看来，如果说以曾给歌者去唱，则不足以为"诗人的词"，那么东坡、山谷、少游诸人之词，何尝不给歌者去唱？东坡词虽有"曲子律缚不住"之评，然亦多数曾为妓女歌唱，此征之各家诗话笔记，斑斑可考者。以"要给歌者去唱的"，为"歌者的词"而非"诗人的词"，"不但无以解于李后主，即苏门词人，恐亦不能确定属于第几阶段"。龙榆生还认为，胡适以"白石以后，直至宋末元初，是词匠的词"亦是"尤多语病"，在他看来南宋以后词原分两系：一系承周美成之遗绪，重在讲究音律，代表人物是姜夔、吴文英、张炎。胡适说他们已"转到音律的专门技巧上去"，事实亦全非如此，"白石、梦窗诸作品，尽有内容极深刻、悲壮、苍凉、哀艳，令人读之，哀感缠绵而不能自已者，胡氏特未之深究耳"。一系扬苏、辛之余波，疏于音律，代表人物有与稼轩并世的陆放翁、刘改之、陈同甫诸人，还有宋末的刘须溪，金

[①] 吴复虞：《评胡氏词选》，《南音》第 3 期（1930 年 7 月）。

之蔡伯坚、吴彦高、元遗山等。他们的词莫不激壮淋漓，为"诗人的词"之极诣；但胡适却只以刘后村一人作为"诗人的词"之后殿，这些也实让人费解不已。而最让他无法理解的是，胡适既以姜白石、史梅溪、吴梦窗、张叔夏诸人为"词匠的词"，以他们为第三个阶段的代表作家，"则选录诸人之词，必取其匠心独运，结构严密，音律和谐，足以代表某一作家之作品，乃不失为历史家态度"。然而胡适的《词选》所选，皆为姜、史、吴、张诸家"习见之调"，"集中得意诸阕，反被遗弃"，龙榆生认为既然胡适以"词匠的词"为不足取，那么在编撰《词选》时，对于姜夔诸人词，当悉加摈弃可也，但决不能舍长取短，以迁就他"个人的见解"，这一做法实乃"厚诬古人"。① 应该说，龙榆生对胡适分期标准的可信性的质疑，有其合理之处，确实指出了胡适理论的不严谨处，从今天的角度看，他们的分歧实际上反映的是两种词学立场的分歧。

尽管如此，胡适的《词选》并未因其微有瑕疵而销声匿迹，反倒在当时产生了非常广泛的影响，正如龙榆生所说："自胡适之先生《词选》出，而中等学校学生，始稍稍注意于词，学校中之教授词学者，亦几全奉此书为圭臬；其权威之大，殆驾任何词选而上之。"② 在三四十年代编选的词史及各种文学史，如胡云翼的《词学ABC》、《中国词史大纲》、《中国词史略》，柯敦伯《宋文学史》，陆侃如、冯沅君《中国诗史》，郑振铎《插图本中国文学史》，刘大杰《中国文学发展史》，大多袭用胡适关于词史发展的三段论。"尽管它们对词史的分期和一些具体意见互有差异，但其基本观点却大都是从胡适那里'批发'来的。"③

他们对胡适词史观的继承表现在三个方面：一是积极肯定苏轼革新词风的意义，一破过去以苏轼的"以诗为词"为别派的看法。胡云翼说："到苏轼便把词体的束缚完全解放了，他一方面超越了词学艳科的狭隘范围，变婉约的作风为豪放的作风，一方面又摆脱了词律的拘束，自由去描写……我们认定这种别派是词体的新生命，这种新词体离开了百余年来都是这样温柔绮

---

① 龙榆生：《论贺方回词质胡适之先生》，《词学季刊》第3卷第3号，1936年9月。
② 龙榆生：《论贺方回词质胡适之先生》，《词学季刊》第3卷第3号，1936年9月。
③ 杨海明：《词学理论和词学批评的"现代化"进程》，《文学评论》1996年第6期

靡的旧墟，而走向一条雄壮奔放的新路。"① 冯沅君说："他（苏轼）是个转变词坛风气的人……他的特殊作风是清旷与豪放。在辞句方面，他时常杂采诗赋语、经典语，甚至于以散文的句法入词。在内容方面，他以词调笑，以词咏古，以词写壮怀，以词叙幽情，'无意不可入，无事不可言'。总之，他解放了词的束缚，扩张了词的领域。他这种'天马脱羁'的作风固然引起那些守旧而胆怯的文人的惊骇，但一时作者沛然向风也不少。"② 二是将南宋词分为"豪放"与"工丽"两派，或曰"诗人的词"与"词匠的词"两类，或曰"白话词"与"乐府词"两类，对豪放派词或南宋的白话词给予较高的评价，而对工丽词派或南宋的乐府词则多贬抑之辞。柯敦伯便非常赞同胡适以"诗人之词"与"词匠之词"区分辛弃疾和姜夔的看法，认为词至辛弃疾"可谓造极登峰"，亦即"诗人之词"的极盛时期，词匠之宗则舍姜夔莫属。"辛弃疾际宋室南渡之时，承周邦彦之后，而能不流为雕琢纤艳，挹苏轼之遥源，树词坛之别帜，其才气纵横、见解超脱、情感浓挚，一一寄之于词……胡适所谓'诗人之词'，至辛弃疾而登峰造极矣。"③ 胡云翼也说："白话词特别注意词的内容，乐府词特别注意词的表面，白话词是拿词来表现自己，乐府词是拿词来协音乐。所以乐府词兴，白话词使衰了。我们读了那些乐府词家的词，只看着华美的字面，铿锵的音调，完全没有南渡词人辛弃疾、陆游那一派感慨悲凉的作风了。"辛弃疾、陆游等白话词人，用活泼的文字来表现作者的真性情，用词而不为词所使。"使每一个词人的个性的风格，都能在词里面活绘出来。这一方面把词的应用的范围扩大了，一方面把词的文学的价值也抬高了。"④ 三是接受了胡适对明清词的看法，把明清作为词史发展的衰落时期，以为这一时期的词"终逃不出模仿宋词的境地"。胡云翼说："至元明，聪明的作者都遁而经营别种新兴的文体，词乃一蹶不振。虽有少数文人，极力去撑持词的门面，想把词坛振作起来，结果皆徒劳无功，我们试读上一章的金元明词，便知道词坛是寂寞不堪了。这三朝的词人虽偶有佳作，然皆破碎不足以名家，要找一个像宋代的第一流

---

① 胡云翼：《词学ABC》，上海世界书局1933年版，第44—45页。
② 陆侃如、冯沅君：《中国诗史》，百花文艺出版社1999年版，第504页。
③ 柳存仁等：《中国大文学史》，上海书店出版社2001年版，第479页。
④ 胡云翼：《词学ABC》，上海世界书局1933年版，第53页。

名词家，已不可复得了。""大多数的清词家，不是模拟南宋，便是模拟北宋，有的拟五代，也有的拟晚唐。总之，无论他们怎样跳来跳去，总不曾跳出古人的圈套，清人的词，因此便堕落了，走上古典主义的死路去了。"①像陆侃如、冯沅君《中国诗史》、郑振铎《插图本中国文学史》、赵景深《中国文学史》对宋以后的词更是略而不论，从这可看出胡适思想对三四十年代词学界的影响是何其的深刻。

四　胡适思想在 1949 年以后的境遇

时间推进到 50 年代，学术界的理论格局发生重大变化。1954 至 1962 年的七八年间，接连不断的思想改造运动，对词学研究产生过非常深刻的影响。1954 年由李希凡、蓝翎首先发起的对俞平伯《红楼梦》研究的批判，很快地转入对胡适学术思想影响的全面清算，掀起了一场声势浩大的批判胡适的文化运动。1957 年又由对胡适学术思想的批判，转入对整个学术界思想倾向的批判。这场运动对古典文学研究的影响，以批判刘大杰《中国文学发展史》所反映的词学思想变化最为典型。

刘大杰在新中国成立后曾试图运用马克思列宁主义分析文学史的某些问题，在 1957 年改写本里已全部地删去了引用胡适观点之处，但大家普遍认为这次改写仍然承袭的是胡适的资产阶级学术思想，是"胡适文学史观的再现"。"如果说在刘先生的旧著中，大量地系统地宣扬和推崇胡适观点是并不奇怪的话，那么，解放至今，已经在全国范围内批判了胡适反动的学术思想以后，刘先生在改写的新书中，仍原封不动地保存了这些腐朽的东西，就不能不说是一个严重的问题。"② 为此，复旦大学中文系开展了一场针对《中国文学发展史》所表现的资产阶级观点的思想批判运动，综合当时所写的各类批判文章，可知这些文章认为胡适思想对刘大杰文学史研究的影响表现在三个方面。一是以资产阶级的人性论代之阶级论。二是用庸俗进化论的观点，把文学的发展与生物的进化等同起来。三是重视艺术形式的分析，轻思想内容的分析；重唯美主义作家作品，轻现实主义作家作品；不谈阶级斗

---

① 胡云翼：《中国词史略》，岳麓书社 2011 年版，第 130 页。
② 李振杰、盛钟键：《胡适文学史观的再观》，复旦大学中文系编《"中国文学发展史"批判》，中华书局 1958 年版，第 42 页。

争对当时文学的影响和作用。

在批判者看来，上述观点在对李煜、李清照的评论上表现得最为突出。"李煜是个穷奢极侈的而后亡国被俘的昏君，李清照是个官僚家庭出身、早年欢乐、中年亡夫守寡的女词人，他们的作品都是描写凄愁哀苦、往事不堪回首的感情的，充满着个人的伤感。"刘先生却说李后主"真实而又深刻地表现出那最普遍最抽象的离别愁恨的情感，把这些难以捉摸的东西，写得很具体很形象。""给读者以深刻的艺术感受，得到了读者的共感共鸣。"李清照在阶级矛盾民族矛盾尖锐化的时候，她还是哭哭啼啼，留恋已失去的过去，写出像《声声慢》这样幽怨悲苦的作品来。刘先生却说："她的生活情感，也正是当日无数难民的生活情感。"批判者认为，照刘先生这样一说，统治阶级感情和性格同人民是共通的了！在他们之间没有阶级的区别，只有共同的"人性"。很显然，刘先生的这种错误观点和胡适思想有着内在的联系。"胡适也是闭口不谈阶级性的，他提倡'人的文学'，认为文学是专门描写了阶级内容的'人性'、'人道'和'人生'的。……刘先生正是蹈着胡适的后尘来评价文学的。"① 在这场运动中，刘大杰也作了自我检讨。他说："解放后，我初步学习了马克思列宁主义和毛泽东文艺思想，在我的思想上有了一些转变，我也初步发现了在这部书里的一些错误。但因为自己没有彻底改变资产阶级立场，头脑里的资产阶级学术思想没有肃清，所以在学习中进步很慢，理论水平仍然很低。《中国文学发展史》虽说在解放后作了一次修改，进步仍然很小，资产阶级的错误观点，仍然贯串在这本书里。"② 从1962年到1972年，刘大杰又先后对《中国文学发展史》作了两次改写。

总的说来，1962年的修改本还是比较成功的，在结构布局、学术价值、时代色彩诸方面，较之1957年的修改本有了很大的提高③。它在词学方面的

---

① 邱明正、陆士清、徐佩珺：《我们的看法——评刘大杰先生的〈中国文学发展史〉》，《"中国文学发展史"批判》，中华书局1958年12月版，第10—11页。
② 刘大杰：《批判"中国文学发展史"中的资产阶级学术思想》，《"中国文学发展史"批判》，中华书局1958年12月版，第276—277页。
③ 董乃斌：《文学史丰碑的建与毁——论刘大杰先生的文学史研究》，武汉大学中国文化研究院主编《人文论丛》，武汉大学出版社2002年版。

表现就是充实了论述清词的部分,他把陈维崧与纳兰性德的位置作了对调,突出了陈维崧在清初词坛的重要地位。在论述陈维崧的部分增补了对其词内容的分析,指出陈维崧的词,以抒写身世和感怀吊古者为佳,其中《纤夫词》更为反映民间疾苦的优秀作品。"作者以同情人民的态度,雄厚的笔力,描绘了封建统治者在战争时期强虏船夫,破坏生产的实际情况,在无力反抗的高压环境下,表现了丁男病妇忍痛告别和向神祈祷再归田亩的悲痛之情,可与李白《丁都护歌》媲美。"[1] 在论述纳兰性德的部分则删去了纳兰性德与李煜创作的比较分析,这原是刘大杰论述清词最为精彩的部分,只是因为1958年复旦大学中文系四年级唐宋词小组指责其评论李后主存在着非阶级观点和唯美主义倾向,作者只好在1962年版《中国文学发展史》中删除了这部分内容,还批评纳兰性德的词"内容多写个人情致,流于感伤"。但在1972年的修改本里,则明显地表现出学术研究屈从政治斗争的倾向,所以这次改写比前一次更突出了重内容轻艺术的倾向。比如对李煜词的分析,1962年版还保留着比较浓厚的艺术分析的成分,认为对李煜词的思想感情性问题,应当从作者的主观思想与艺术的客观效果的结合上去考察。"李煜的怀念故国和往事,不过是追恋过去皇帝的生活,并没有人民的思想感情;但是我们知道,这在作者的主观思想上来考察是正确的,等到通过他的优秀的技巧和形象化的艺术语言时,便构成作品的客观效果上一种强烈的感染力,在一定条件下,引起了读者的共鸣,以至对他的惨痛的亡国生活的同情,这也是难以否认的。"[2] 1976年版则完全以阶级分析代替艺术分析,说李煜在亡国前,大量剥削人民的财富,过着极端奢侈淫逸的生活,后来做了俘虏以后,他在精神、物质方面都感到痛苦,只好"日夕以泪洗面"。在这种生活环境中想起往日的繁华,感伤今日的沦落,于是在作品中发出哀伤凄苦的情调。"故国梦重归,觉来双泪垂"(《子夜歌》);"小楼昨夜又东风,故国不堪回首月明中"(《虞美人》)这种思想感情,实际不过是表现他个人荣华生活的幻灭而已。所谓"四十年来家国,三千里地山河",在他的眼里,只是他个人的私产。一旦私产丧

---

[1] 刘大杰:《中国文学发展史》,上海:中华书局,1962年12月版,第1329页。
[2] 刘大杰:《中国文学发展史》,上海古籍出版社翻印1962年版,第558—559页。

失，生活穷困，他哭泣，他悲伤，这就是他的愁和恨。他的怀念"故国"，不过是追恋过去帝王的享乐生活，与人民和国家都没有关系，更谈不上表现了爱国思想。只是在最后，他才对李煜的艺术性作了简单的分析，说他善于锻炼语言，善用白描比喻的手法，把所谓抽象的"离愁别恨"，写得比较具体。①

　　但是，胡适对五十年代以后的词学界仍有潜在的影响力。"五十年代以后，尊体派抬不起头来，解放体得势，胡适追随者才在大陆大量涌现。六十年代，胡云翼编辑《宋词选》，将宋词作家分为两派——以苏轼、辛弃疾为首的豪放派和以晏、欧及周、姜等人为首的婉约派，这就是中国当代词学史上所出现的豪放、婉约'二分法'……因此，词界产生了重豪放而轻婉约、重思想而轻艺术，以政治鉴定代替艺术评判的偏向。"② 也就是说胡适推崇苏轼、辛弃疾的思想，在新的形势下，胡云翼的推动下，发展为"重豪放而轻婉约、重思想而轻艺术"的倾向。所以说，"胡云翼的理论是二十年代胡适理论的具体化，也是近四十年来以豪放、婉约'二分法'论词的突出代表。"③《宋词选》以苏轼、辛弃疾为首的豪放派作为骨干，重点选录了南宋爱国词人的优秀作品，以辛弃疾所选为最多，凡40首，苏轼次之，共23首，其他如刘克庄12首，陆游11首，朱敦儒9首，刘过6首，还选录了为朱祖谋所忽略的岳飞、胡铨、陈与义、向子諲、吕本中、文天祥等人爱国词，对朱祖谋选录较多的晏殊、晏几道、柳永、周邦彦、姜夔、史达祖、吴文英则选之较少，它们选量之比分别是10/5、15/4、13/7、22/10、17/10、9/2、25/4。这样的选目选量与朱祖谋大异其趣，却与胡适的《词选》暗相契合，它们选量之比分别是辛弃疾40/46、苏轼23/20、陆游11/21、朱敦儒9/30、刘克庄12/16、姜夔10/9、史达祖2/7、吴文英4/2，从这里可以看出胡适对胡云翼的潜在影响，胡云翼的《宋词选》在新中国成立后的几十年里有着广泛的影响力，胡适的词学思想也借助胡云翼的《宋词选》得以广泛传播并深入人心。连偏好周邦彦的俞平伯和赏爱吴文英的龙榆生，在他们新中国成立后编选的《唐宋词选》、

---

① 刘大杰：《中国文学发展史》，上海古籍出版社1976年版，第510页。
② 施议对：《今词达变》，澳门大学出版中心2001年版，第219页。
③ 施议对：《百年词通论》，《文学评论》1989年第5期。

《唐宋名家词选》亦大量选录苏轼、辛弃疾的豪放之作。可以这样说，在20世纪六七十年代，"胡适的理论已在大陆词学界发展到登峰造极的地步"。①

1978年以后，伴随着大陆地区学术研究的"解冻"，词学研究也恢复了生机和活力，词学界对胡适思想的关注，也由过去的沉潜水底再度浮出水面。不过，这一时期的词学研究者，不再盲目推崇或故意贬低胡适，他们对胡适的认识越来越理性化，他们是在系统整理胡适词学观念的前提下，然后对胡适的词学思想作合理的评判的。一方面，他们肯定了胡适对现代词学所带来的革新意义，正如谢桃坊先生所指出的，胡适唤起了词学研究的一个新时代，"他从新文学的观点发现了词体文学的新的价值，建立了新的词史观念，提出了新的批评与鉴赏标准……这些都构成了一种较为完整的新的词学研究格局，标志我国的词学研究进入了现代的发展阶段。"② 胡明先生也认为胡适对20世纪词学研究的意义是，"他建立起了一套崭新的词学研究框架和词史的认识观念，使词学研究最终完成了从传统向现代的转型，把词学推进到了一个科学学术的阶段，或者说开启了一个词学新时代。"③ 另一方面。他们也注意到胡适对现代词学的消极影响，注意到80年代以来词学界对胡适批评模式的突破，如施议对指出：胡适以"意境——风格"论词的局限性是非常大的，把风格丰富多样的唐宋词统统归之"豪放"、"婉约"两派，这种简单归类显然是不合唐宋词发展实际的，而以吴世昌、叶嘉莹、万云骏为代表的词学家，或引进西方学者的治学方法，或反对以豪放、婉约论词，或注意词的艺术世界的探讨，开始走出从王国维—胡适—胡云翼以来所形成的"意境——风格"批评模式。④ 这一研究观念的转变意义是非常深远的，它使我们对唐宋词史的认识又回到了生机活泼的真实状态，也把20世纪的词学研究带进了一片新的天地。

综上所述，胡适在20世纪词学发展进程中扮演着重要的"角色"，他

---

① 施议对：《今词达变》，澳门大学出版中心2001年版，第229页。
② 谢桃坊：《评胡适的词学观点与方法》，《宋词辨》，上海古籍出版社1999年版，第125页。
③ 胡明：《一百年来的词学研究：诠释与思考》，《文学遗产》1998年第2期
④ 施议对：《以批评模式看中国当代词学——兼说史才三长中的"识"》，《文学遗产》编辑部编《百年学科沉思录》，人民文学出版社1998年版。

从20年代的"现代派"领袖,到五六十年代作为资产阶级学术思想界的"孔子",成为人们进行思想批判的对象和目标,进入80年代以后则又成为一种学术研究的对象。但不管胡适的"角色"是怎样的变化,胡适对于20世纪新词学的建设无疑是产生了深远的影响,胡适词学思想的价值已经超越了自身,而成为20世纪词学思想变化的"风向标"。

第 三 章
文化世家内部的思想变迁

在中国历史上，文化世家是一个绕不开的话题。家族是构成整个中国社会网络的基本单元，一些家族通过科举获取功名，然后是督子读书，充实藏书，并以诗书传家，成为引领一时风尚的文化世家。"诵诗书者，日就月将，于以高大门阀，而宗族为之光宠。"① 在中国现代发展史上，曾经涌现过许多著名的文化世家，一些家族出现了父子、兄弟、夫妻词人或词学家，有的是两代三代甚至数代传承，这些文化世家为中国词学向现代转型作出了不可磨灭的历史贡献，是影响中国词学走上现代之途的重要因素。

其实，在两宋词史上也曾出现过不少富于家族色彩的词人群体，如晏氏父子、眉山三苏、江阴三葛、李格非李清照父女等。不过，这时还难以称得上是词学世家，到明清时期，因为家族文化的繁衍发达，以诗书传家的文化观念渗透江南人家，在经济生活有了切实保障之后，人们多会教子读书，以求在科举上取得功名，同时也会要求子弟吟诗作赋或赋诗填词，以进入主流的文化阶层，达到光耀门庭的目的，以填词著称的词学家族就逐渐多了起来。当代著名学者严迪昌、吴熊和先生指出，明末清初江南地区词派纷呈，词人众多，与这一地区家族文化的发达密切相关，像柳洲的钱氏、魏氏、曹氏、柯氏，宜兴的陈氏、史氏、储氏、万氏、徐氏，人人灵珠，家家荆玉，一门数代，风雅相继。② 家族性成为明末词学复兴史上的一道特有风景，近些年来，已有学者指出明末清初云间派、西泠派、浙西派与文化世家密切相

---

① 黄兆之等修，武进《唐夏黄氏宗谱》卷二《宗约·务职业》，佑启堂1914年木活字印本。
② 参见《吴熊和词学论集》（杭州大学出版社1999年版）、严迪昌《阳羡词派研究》（齐鲁书社1993年版）。

关，其实，在清代中后期涌现出来的重要词派，也与文化世家密不可分，如常州派与张氏家族①，吴中派与潘氏家族②，等等。

晚清民初处在中国社会转型之际，文化的传衍并没有随着政治的变迁而发生变化，相反，一些在晚清成熟发展起来的新兴文化家族，成为中国现代文化建设的主要力量，并对中国现代词学的发展产生过非常重要的影响。如王国维是近现代文化转型之际著名学者，他的《人间词话》被称为中国词学从传统向现代转型的"起点"，但很少有人注意他的儿子王仲闻对于中国现代词学、文献学作出的贡献，王仲闻曾协助唐圭璋整理《全宋词》，计增入作者260余人，词1400余首。唐圭璋说："编辑部托王仲闻整理，费尽他九牛二虎之力。彻底修订，修改小传，增补遗词，删去错误，校对原书，重排目次，改分卷数，在在需时。"③ 钱基博是近现代著名的国学大师，曾在无锡国专、光华大学、中华大学任教，著有《明代文学》《中国文学史》《现代中国文学史》等，并对中国词史作过专门的探讨，他的儿子钱锺书不但能传承家学，而且博贯中西，将现代学术研究方法引入传统词学领域。④还有，北京大学第一位讲授"词史"的教授刘毓盘，也有很深的家学渊源，他的父亲刘履芬、叔父刘观藻都是晚清词史上著名的词人，有人称刘毓盘是一位能传承家学的词学家。⑤ 现代著名词学家叶恭绰，一生主要活动在民初政坛，曾出任北京国民政府的交通总长，也编有《广箧中词》《全清词钞》，撰有《遐庵词》《清代词学之撮影》等，他这一兴趣的形成是自他的祖父叶衍兰相传而来的家学风尚使然。至于新会梁启超，其成就取得主要得力于后天的努力和勤奋，但他却以其精神激励子女，影响子弟，从而成就了梁令娴、梁启勋这样在现代词学史上有影响的词人和词学家，梁令娴在他指导下编选有《艺蘅馆词选》，梁启勋先后推出《词学》《稼轩词疏证》《中国韵文概论》《词学铨衡》等。

对于现代词学研究而言，家族文化是一个重要的切入角度，通过一个家

---

① 曼素恩：《张门才女》，北京大学出版社2015年版，第109—112页。
② 沙先一：《吴中词派研究》，人民文学出版社2004年版，第136—150页。
③ 《唐圭璋致龙榆生函》，转引自张晖《龙榆生先生年谱》，学林出版社2001年版，第206页。
④ 刘扬忠：《钱钟书与词学》，《文学评论》2005年第1期，第73—80页。
⑤ 江澄波：《江山刘履芬藏书和他的手抄本》，《藏书家》第13辑，齐鲁书社2008年版。

族几代人词学思想的变迁，能看到通过其他研究视角无法注意的内容，从而进一步深化对于中国词学从传统到现代转型的认识。本章拟以江山刘氏、德清俞氏、新会梁氏为研究个案，以求比较具体而入微地考察、分析、探究家族文化，剖析文化家族对于中国词学从传统向现代转型的影响、内在理路及发展走向。

第一节　江山刘氏与清末民初词学

晚清两浙，词人众多，词派纷呈。这里曾是清初浙西词派的发源地，浙派在两浙地区的影响力到这时依然很大，当时著名词人如姚燮、项廷纪、黄燮清、杜文澜等都有追随浙派的倾向。然自嘉庆以来，常州派在晚清词坛的影响越来越大，两浙词坛渐现吸纳常州派思想的倾向，甚至出现了谭献这样推尊常州派并对浙派持批评态度的词学大家。这一时期在浙江东部、毗邻闽赣、位于仙霞山区的江山涌现出一个以诗书传家的词学家族——江山刘氏。这是一个兼融浙、常两派思想，并将中国词学从传统向现代积极推进的词学家族，清末咸丰、同治年间的刘履芬、刘观藻兄弟和民国初年的刘毓盘是这个词学世家的杰出代表。

一　以诗书传家的词学世家

江山刘氏，原籍江西梓溪，自始祖挺一公起迁至浙江江山。数传至刘肇起，即刘履芬的曾祖，为太学生，授文林郎；刘履芬的祖父刘光表，为邑庠生，授朝议大夫；刘光表有二子，一为刘侃，一为刘佳。刘侃（1772—1810），字式端，号香雪，为嘉庆年间禀贡生，有《香雪诗存》六卷，光绪四年（1878）刘履芬重刻本。刘佳（1784—1845）即刘履芬的父亲，佳字德甫，号眉士，嘉庆五年（1800）补博士弟子员，十三年（1808）为浙江乡试举人，钦加直隶知州衔，道光四年（1824）出任奉贤知县，七年调任溧水知县，任上为官清正贤良，曾自撰述志联曰："偶为良吏斯民幸，问到廉声童子知。"刘佳幼时即有文名，"闱艺一出，洛阳纸贵"（同治《江山县志》卷九）。他也勤于著述，传世作品有《钓鱼篷山馆诗抄》《钓鱼篷山馆时文》《钓鱼篷山馆集》等，《钓鱼篷山馆集》凡六卷附录一卷，为《清史稿·艺文志》所著录，今存有道光二十九年三衢吴氏刻本和同治十三年刘氏重刻本，另《中国古籍善本书目》著录有清钞本《钓鱼篷山馆外集》三种三卷。道光二十年（1840），鸦片战争爆发，江南地区战乱纷纷，刘佳亦倦于政事，遂辞官，退居苏州朱家园，专心读书与著述。身后有二子，一为刘履芬，一为刘观藻，江山"二刘"是晚清词坛著名的两浙词人。

刘履芬（1827—1879），字彦清，号泖生，出生时其父在奉贤任上。刘观藻（1829—1860），字玉叔，出生时其父在溧水任上。道光七年（1827）刘佳移官溧水，而后在任长达十二年之久，这里曾是宋代词人周邦彦生活过的地方，并留下了著名的《满庭芳·夏日溧水无想山作》。道光二十年（1840）刘佳从溧水县令任上致仕后，刘履芬和弟弟刘观藻随父一起侨居苏州。明清苏州城是一座文学之城，康熙时期出现过著名的诗学家叶燮，乾隆年间有沈德潜倡导的格调派及"吴中七子"，嘉庆、道光年间又有顾广圻影响下形成的"后吴中七子"，咸丰、同治时期活跃在吴中词坛的则有潘遵祁、潘钟瑞、吴嘉洤、王寿庭、宋志沂、高望曾、孙麟趾、蒋敦复等。刘履芬和刘观藻在苏州也参与了由这些词人开展的各类诗词唱和，刘履芬《旅窗怀旧诗》六十三注云："丁未、戊申之间，吴中举吟社，余亦滥与其列。"[①] 黄镐《香禅词序》亦云："时吴下词人踵起，若吴清如、王养初、王拙孙、宋浣花、令叔子绣，暨瞾城之程序伯、宝山之蒋剑人、松陵之仲子湘、平湖之贾芝房、阳羡之储丽江、云间之张筱峰、江山之刘玉叔，诸君子并以词称。"[②] 刘履芬《旅窗怀旧诗》记载有自己与这些词人的交往情况，并记录了他们为自己《秋心图》《鸥梦图》及其弟刘观藻《耕钓图》所撰题词，刘履芬还为宋翔凤刊刻过《乐府余论》、为孙麟趾刊刻过《词迳》，王寿庭《吟碧山馆词》、潘遵祁《香隐庵词》、宋志沂《浣花词》也是因为他的抄录而得以保存，这些现在已成为人们了解这一词人群体的重要史料。

刘履芬还是当时著名的藏书家，同治七年（1868），江苏巡抚丁日昌荐

---

① 刘履芬：《旅窗怀旧诗》，《古红梅阁集》，光绪六年苏州刻本。
② 黄镐：《香禅词序》，潘钟瑞：《香禅词》，《香禅精舍集》，光绪十年刻本。

举刘履芬会办书局，其间，他校订刊刻孙麟趾《词迳》，并协助宋志沂之弟宋有年校刻《宋浣花诗词》，刊刻了其伯《香雪诗存》、其父《钓鱼篷山馆集》。在书局四年，升任至书局提调，适值杜文澜在苏松太道任上，杜文澜《憩园词话》记载了刘履芬的创作情况。然而，刘履芬在当时更以嗜书为人所津津乐道，叶裕仁说："刘泖生刺史，性嗜书，遇善本必倾囊购之，其不能得者，手自抄录，日课数十纸，终日伏案矻矻，未尝见其释卷以嬉也。"[①]高心夔说："吾之君所，恒见以面覆书，书上下五色相刺，字纫句缉，充篋溢架，耳目所际，身所周旋皆书，寒暑晦明，殆不征其气候，与游八九年，乐未有以徙也。"[②] 因为泛览群籍，对各种图书的版刻了然于心，这使得刘履芬成为当时远近知名的版本鉴定家。刘毓家说："学务兼综，不遗细屑，泛览四库图籍，名山金石，洞究源流。书贾射利者持一帙至，辄曰：此某年某家刻。独山莫邵亭征君友芝雅为推服。手所点勘，旁行斜上，朱墨烂然。或访假精本，经名人参校者，积录八百余册。尤嗜抄书，抄必端楷，课程无闲倦，垂三十年，盈溢篋笥，多世不见之本。藏书虽不侈富，悉赏鉴家旧庋，有一种搜至十数帙者。"[③]

就是这样一位书生，一位不善于在宦海浮沉的书生，一个很偶然的机会把他推向了官场。光绪五年（1879），嘉定知县程其珏调任江南乡试同考官，刘履芬奉檄前去代理嘉定知县。他在任上费心尽力，小心谨慎，然而这时清朝已进入衰落期，吏治极为腐败，官绅勾结，鱼肉百姓，在处理一件案狱的过程中，刘履芬与上司意见不和发生冲突，自觉不能解民于倒悬，遂剪喉自尽于官署。当时，他的儿子刘毓盘只有十三岁，他的弟弟刘观藻已病殁二十年。

刘履芬虽含冤而逝，可喜的是他有一位能传家学的儿子刘毓盘。毓盘（1867—1927），字子庚，号嚵椒。幼时随父客居苏州，聪明好学，因家中富有藏书，得以遍览群籍；他擅长诗词，曾从父执仁和谭献习

[①] 叶裕仁：《刘泖生莎厅课经第二图后序》，叶昌炽：《藏书纪事诗》，上海古籍出版社1999年版，第688页。

[②] 高心夔：《刘彦清莎厅课经图册书首》，叶昌炽：《藏书纪事诗》，第688页。

[③] 刘毓家：《直隶州知州代理太仓直隶州嘉定县知县世父刘彦清府君行述》，《古红梅阁集》附录，光绪六年苏州刻本。

词，著有《濯绛宧词》（又名《噙椒词》）。光绪二十三年（1897）拔贡，为陕西云阳知县。辛亥革命后，任教于浙江第一师范，与朱自清、俞平伯、陈望道为同事。民国八年（1919）秋，受蔡元培先生之邀，出任北京大学文科教授，主讲词史、词曲学、中国诗文名著选，著有《词史》《中国文学史》《唐五代辽宋金元词辑》等。"他的词既能着重意境，又非常讲究音律，没有一首不是能按之管弦的，实有卓然不可及之处。不像同时一般词人们，为了要追踪梦窗、玉田，乃至字模句拟，徒工涂藻，缺乏真趣。他对于词的整理，也能兼顾到这两个方面，终身孜孜矻矻地工作着，除词以外，无他嗜，其贡献适足与况周颐、王国维鼎足而三。"①

二 兼融浙西、常州的词学思想

江山刘氏是一个以诗书传家的文化世家，从祖辈刘侃、刘佳，到父辈刘履芬、刘观藻，再到刘毓盘，都没有显赫的政治地位，所能传家者唯"诗"、"书"而已，他们生活在一个诗词唱和风气较浓的城市——苏州，刘履芬、刘观藻也成为晚清吴中词人群体的重要成员。

正如上文所说，在嘉庆、道光时期，活跃在吴中词坛的是"后吴中七子"，他们在词学思想上尤重声律，这与正走向盛势的常州词派是相对的。张茂炯说："予惟吾吴词学之盛，莫嘉道间若。自翠薇花馆（戈载）宏开坛坫，同时名宿如吴清如、朱酉生、沈兰如、陈小松、沈闰生、王井叔诸先生，皆相与唱和，时有'吴中七子'之目。而戈顺卿实执牛耳，隐然为盟主。戈氏论词以清真、梅溪、白石、梦窗、草窗、碧山、玉田为宗，《七家词选》所由辑也。又撰《词林正韵》一书，自谓于古人之词博考互证，细加辨晰，了若指掌，一时词家翕然称之。"② 张鸿卓说："吴中之社自戈顺卿始，咸丰初元，余权铎元和，与顺卿招同人重整坛坫。逾年，余返里，此社渐阑，迨吴清如丈归田，与王养初拙生、宋浣花、刘玉叔、君叔子绣（指潘遵璐）及君（指潘钟瑞），复续旧社，转盛于前，余至吴亦与焉。"③ 这里

---

① 杨世骥：《文苑谈往：刘毓盘》，《新中华》复刊第1卷第6期（1943），第136页。
② 张茂炯：《〈井眉轩长短句〉序》，吴曾源《井眉轩长短句》，民国二十二年（1933）刻本。
③ 张鸿卓：《〈香禅词〉跋》，潘钟瑞：《香禅词》，《香禅精舍集》，光绪十年刻本。

所说的"吴清如丈",指的是"后吴中七子"成员之一的吴嘉洤,吴嘉洤(1790—1865)自称少不习倚声,自结交戈载后,乃始精究"阴阳清浊之分,九宫八十一调之变",并遍览南宋以来诸大家之集,"互参博考",而后才知道填词"必蕲合乎古人之绳尺而止"。① 这说明咸丰时期吴中词人群体的唱和行动,实际上是以戈载为代表的"后吴中七子"在道光时期唱和活动的承续,他们在创作思想上必然要受到"后吴中七子"的影响。如潘遵璈称戈载是"吾吴词学中指南也"(《古香慢·序》),戈载也说潘遵璈:"精于律,严于韵,四声悉谐,毫发无憾。乾嘉以降,作者如林,然谨守矩矱。不失铢黍者,实所罕睹。"② 邹弢说:"长洲宋浣花先生,词笔幽峭,直登白石之堂。盖平生极服姜夔,故颜其居室曰'梅笛庵',取'梅边吹笛'语意也。"③ 又秦云称潘钟瑞:"严梦窗之煞尾,谙石帚之鬲指,审音微妙,旨合大晟,考韵精详,讹正菉斐,此真词家之申(不害)、韩(非)。"④

自小生长在苏州,成年后交往者亦多为吴中词人,刘氏兄弟自然对"后吴中七子"的领袖戈载表示敬仰之意,指出:"吴中词学首推戈丈顺卿。"(刘观藻《解连环》小序)并撰《解连环》词以悼之:

> 野云凝碧。怅柴关未叩,愿违畴昔。幸世间、著述常留,每悽诵遗编,见君才力。白石前身,想天与、生花仙笔。奈潇潇暮雨,拍到凄凉,泪点频滴。　　相思共谁旦夕?只两三俊侣,同聚歌席。笑近来、搜尽枯肠,倘不遇知音,寸心空掷。转眼秋风,忍再听、高楼横笛!料斜阳,翠微树底,有人暗忆。

这首词的作者为弟弟刘观藻,相对戈载(1786—1856)而言,刘氏兄弟虽称晚辈,但在生活年代上却有二十多年重叠的时间,他们自然会切身感觉到戈载对道光、咸丰吴中词坛的影响,很遗憾的是他们与戈载没有直接的词学交往:"柴关未叩,愿违畴昔"。然而,他们通过戈载的《翠薇花馆

---

① 吴嘉洤:《〈秋绿词〉自序》,见王嘉禄选编《吴中七家词》,道光二年刻本。
② 潘遵璈:《〈香隐庵词〉跋》,潘遵璈:《香隐庵词》,载《香禅精舍集》,光绪十年刻本。
③ 邹弢:《三借庐笔谈》卷五,《笔记小说大观》(十三),广陵古籍刻印社1984年版,第347页。
④ 秦云:《〈香禅词〉序》,潘钟瑞:《香禅词》,《香禅精舍集》,光绪十年刻本。

词》，感受到戈载的"生花仙笔"。他们还与两三俊侣谈论"戈丈"的文采风流，大家有一种共同的感慨，"搜尽枯肠，不遇知音"，也就是说如果戈载还在世的话，那么吴中词坛一定会再现当年的文采风流，所谓："吴中故尚词学，翻白石之谱，辨黄钟之调，拍竞拍牙，箫争刻玉，分寸合度，旖旎传声。"① 当然，与他们交往的吴中词友，虽以审声协律为旨归，但在具体师法对象上却并不完全相同，如孙麟趾宗奉张炎《山中白云词》，王诒寿宗风瓣香王沂孙，名其室曰"吟碧山馆"；宋志沂自谓取法白石，并取白石词意题其居曰"梅笛庵"；张鸿卓初为词专学姜、张，而后乃扩充于南宋诸名家。刘氏兄弟在风格上也是各异其趣，履芬近于浙派，以南宋为宗；观藻则豪放处逼真稼轩，婉约处酷似叔夏，有一个"始擅粗豪，近多婉约"的过程②。刘观藻这一转变也与当时吴中词友的影响有关："玉叔少时未尝为词，一二年间始习之，其始不免涉于豪放，人皆以苏、辛目之。及与子绣（潘遵璈）、浣花（宋志沂）诸子游，渐识宋贤蹊径，约而弥精，炼而不肆，骎骎乎登草窗、玉田之堂而哜其胾矣！"③

对于刘履芬，谭献称其"诗参北宋坛宇，填词名隽，不肯为姜、张所囿"④，严迪昌的评价是"由浙派入而能不堕空枵之弊端"⑤。刘履芬目睹太平天国运动后哀鸿遍野，特别是孙麟趾、宋志沂等词友皆在战乱中丧亡，让他难以释怀，心情也格外沉重："追想七旬老翁，蹒跚道路，此种情状，泫然欲涕。"⑥ "庚申（1860），吴门就陷，尽室歼焉。呜呼！归全家于浩劫，生等鸿毛，纵九死而奚辞，冤沉精卫，此之祸酷，可忍言哉！"⑦ 如《金缕曲》一词写的就是滁州城在战后的惨状："一幅伤心景。认模糊，斑斑血泪，又添凄哽。犬吠鸡啼人不寐，但见狂烽星迸。错记做、烧痕难定。儿女一船亲戚共，有荒荒月色霜风劲。望前路，不知骋。"（其一）"黍谷春回早。又匆匆、红羊劫尽，故乡重到。旧日邑庐浑不似，只见漫山烟草。更说

---

① 刘履芬：《〈孙月坡遗稿〉序》，《古红梅阁集》卷二，光绪六年苏州刻本。
② 仲湘：《〈紫藤花馆诗余〉跋》，《古红梅阁集》附《紫藤花馆诗余》，光绪六年苏州刻本。
③ 吴嘉洤：《〈紫藤花馆诗余〉跋》，《古红梅阁集》附《紫藤花馆诗余》，光绪六年苏州刻本。
④ 谭献：《复堂日记》，河北教育出版社2001年版，第113页。
⑤ 严迪昌：《近代词钞》，江苏古籍出版社1996年版，第1214页。
⑥ 刘履芬：《〈孙月坡遗稿〉序》，《古红梅阁集》卷二。
⑦ 刘履芬：《〈宋浣花遗词〉序》，《古红梅阁集》卷一。

甚，疏篁丛条。一道清泉无恙否？剩荒岩呜咽无人吊。凭落日，送归鸟。"（其二）他不像浙派词人专以咏物为能事，也不像后吴中七子只在声律上下功夫，而是在守律的前提下注重对"立意"的抉发，这就是谭献所说的"不肯为姜、张所囿"的意思，从这里亦可看出他对常州派重比兴尚寄托思想的吸纳。他为庄棫、谭献合刻诗余集所撰序文亦云："原夫词之始作，专归杂比。落花流水，寄悼于珠帘；乔木废池，饮恨于清角。晓风杨柳，念客子兮天涯；缺月疏桐，伴佳人夫幽独。古之所遇，及今已陈；心之所游，托辞于兴。方今逆贼鸱张，天命申讨，两君年近三十，皆有志用世，顾方伏处菰芦，奔走衣食，不得已著此无益之言。"[1] 明确指出词人咏物实为托兴寄情，柳永、苏轼的词是意在传达情志，同样，庄棫、谭献两人所为词也是为发其"有志用世"却不得志于时的怀抱。其弟刘观藻亦持大致相同的看法，认为填词就是托兴寄怀："新词漫拍，不求人相赏。略写情怀寄惆怅。譬鸣时小鸟，未必惊人，安敢与、铁板铜琶争响？紫藤花下坐，握管凝思，红翠纷纷气为爽。无句可销魂，只恐花开，孤负了、携樽高唱。况月底、有时弄琼箫，任嚼徵含宫，每多遥想。"[2] 不过，相对于刘履芬重视"出大意义"而言，刘观藻更偏于对一己之情怀的表现，是"略写情怀寄惆怅"。如《贺新凉》一词就体现了这一特点："又是西风急。最关情，梧桐落叶，百般萧瑟。暑气顿消阑干外，过眼繁华非昔。已似有、凄凉颜色。触起胸襟无穷感，写柔肠、恨乏江郎笔。闲自遣，倚长笛。 频年我亦悲秋客。听黄昏、虫鸣断续，倍添凄恻。往事从头向谁诉？空有雄心何益？且莫说封侯难必。纵使微名图谋易，奈青钱、囊底愁羞涩。宵起舞，剑三尺。"在夏去秋来的时候，词人对"梧桐落叶"、"繁华非昔"，不免愁绪暗生，悲感难抑，并联想到自己的身世，是"空有雄心"、"封侯难必"、"囊底愁羞"。这一点与刘观藻简单的生活经历有关，他体弱多病，活动范围局限在苏州，因此在他的笔下便多是个体的愁绪和忧思。

刘履芬不仅自己力图兼融浙、常，而且还把这一思想传授给儿子刘毓盘。毓盘幼承庭训，擅长诗词，尤究心于词学，自谓："九岁学诗，先人授

---

[1] 刘履芬：《庄蒿庵谭仲修诗余合刻序》，《古红梅阁集》卷一。
[2] 刘观藻：《洞仙歌·自题〈藤阴填词图〉》，《古红梅阁集》附《紫藤花馆诗余》。

以作诗法。十二，请学词。先人曰：'小词学唐，慢词学宋，朱竹垞之言也。浙派主协律，常州派主立意，沟而通之，斯得矣'。"① 刘履芬还以《花间集》《草堂诗余》《六十家词》为准的，教其以作词之法，后来刘毓盘又拜父执吴县潘钟瑞、仁和谭献为师，与郑文焯、刘炳照、蒋玉棱、曹元忠、王鹏运、江标、吴昌绶等相交往，视野渐有拓宽，创作技巧亦有提高，并撰为《噉椒词》一卷，还有《唐五代宋辽金元名家词辑》之举。正如其父辈一样，刘毓盘也特别强调守律，对于戈载有较高之评价："戈氏精音律，于白石旁谱多所发明，以正万氏之失，其《词林正韵》，亦足以正仲恒、吴烺之失也。"他编《词史》论两宋名家，专取戈载"宋七家词"之说，指出："戈选持论颇公……其论词多可法，其校律尤精，偶有不协者，虽佳词亦不入选。周密《西湖十景》词只登其六首，则其严可知。至所谓七大家者，又古今不易之说，可从也。"② 对自己的词，他是颇为自负的，据他的学生查猛济回忆："他自己最相信得过去的只有'词'，曾经听得他亲口对我们说：'我"文"不敢自信，"诗"也不过是第二流的作者，"曲"暂且放弃给我们学生吴梅去"称皇作主"，讲到"词"，那是老实不客气了。'"他还对查猛济说："凡载在这册集子里的词，没有一首不能按之管弦的。"③ 他的另一位朋友吴梅也说："子庚工于倚声，一字不肯苟且……其词在白石、白云之间，自谓学清真，实则殊不尽然。"④ 比如他的《高阳台·钱念恂观察招集秦淮歌舫即席赋别》："借泪酬春，将心托月，哀筝挡着清商。婪尾尊开，欢期闲了壶觞。兰烟淡抹琼枝影，问飞花甚处家乡？莫逢场，又唱当年，金缕衣裳。　红蔓旧药离情地，有宫衣瞥见，密意端相。证说萍飘，喋魂扶下钗梁。板桥恨不通潮汐，也如人九曲回肠。尽思量，说与南朝，几树垂杨。"这首词便着力在白石、玉田之间，颇能代表他在音律方面的成就，他自序《噉椒词》时也说："五季北宋，津逮风骚，二窗中仙，开辟门户。华年选梦，锦字缄愁，律据音先，意写言外，美人香草，无惮极矣。"⑤

---

① 刘毓盘：《〈唐五代宋辽金元名家词辑〉自序》，北京大学 1924 年排印本。
② 刘毓盘：《词史》，上海书店出版社 1985 年版，第 107—108 页。
③ 查猛济：《刘子庚先生的词学》，《词学季刊》第 1 卷第 3 号，1933 年 12 月。
④ 吴梅：《蠹言》，王卫民编《吴梅全集》（理论卷），河北教育出版社 2002 年版，第 1476 页。
⑤ 刘毓盘：《〈噉椒词〉序》，《噉椒词》卷首，光绪二十七年（1901）刻本。

这说明，他主张填词以协律为先，也非常重视"意内言外"、"美人香草"、"比兴寄托"，从而进一步发展了其父辈兼融浙、常两派的思想。不过，在他生活的时代，词坛情形已不同于其父辈所处的咸丰、同治时期，正如其弟子查猛济所说："近代的词学，大概可以分做两派：一派主张侧重音律方面的，像朱古微、况夔笙诸先生是；一派主张侧重意境方面的，像王静庵、胡适之诸先生是。只有《词史》的作者刘先生，能兼顾这两方面的长处。"① 刘毓盘治词折中于新旧之间，论词亦以守律与意境（情性）合而论之，《〈词史〉序》表达了这一论词倾向：

> 词则源出于诗，而以意为经，以言为饰。意内言外，交相为用，意为无定之意，言亦为无定之言，且也意不必一定，言不必由衷，美人香草，十九寓言，其旨隐，其辞微，言之不足故长言之，长言之不足故嗟叹之，后人作词之法也，即古人言乐之法。盖忠臣义士，有郁于胸而不能宣者，则托为劳人思妇之言，隐喻以抒其情，繁称以晦其旨，进不与诗合，退不与典合，其取径也狭，其陈义也高，甚至者则东西南北，惝恍无凭，虽博考其生平，亦莫测其真意之所在。而又拘以格律，谐以阴阳，毫釐秒忽之微，不得自我而作古，必有司我言者，不能随我心之所之也。故与诗相成而适相反。②

他认为词与诗有别，诗重言志，当直抒其情，词则曲折其情，含蓄蕴藉，旨隐辞微。词的发展史也不同于诗的发展史，"词者诗之余，句萌于隋，发育于唐，敷舒于五代，茂盛于北宋，煊灿于南宋，剪伐于金，散漫于元，摇落于明，灌溉于清初，收获于嘉、乾之际"③。他以树木成长的过程为比，说明词经过"发育"、"敷舒"、"茂盛"、"煊灿"、"剪伐"、"散漫"、"摇落"、"灌溉"、"收获"等几个阶段，不像胡适认为词在南宋以后便没有生气了，也不像常州派认为词在清末走向极盛之境，查猛济说他兼两派之长而去两派之弊是有一定道理的。

---

① 查猛济：《刘子庚先生的词学》，《词学季刊》第1卷第3号，1933年12月。
② 刘毓盘：《词史》，上海书店出版社1985年影印本，第1—2页。
③ 刘毓盘：《词史》，上海书店出版社1985年影印本，第312页。

三 走向现代：将词学搬上大学讲坛

应该说，从刘履芬、刘观藻到刘毓盘，他们走的还是传统词学的路数：从师承方面看，主要是通过家庭教育、师长传授、朋辈交往来完成的；从研究理路看，他们比较偏重于创作的指导，对于词律、词韵、四声平仄尤为重视。这种学问路数到刘毓盘以后已呈变化的迹象，这就是在辛亥革命后，传统书院为现代学校所取代，以经学为学问主轴的思想有了变化，不登大雅之堂的辞章之学——诗、文、词、小说、戏曲，作为一种学科门类堂而皇之地登上了大学讲坛。刘毓盘改变传统传授方式为现代学校的课堂讲授，现代学校传授方式的变化是造成刘毓盘词学从传统走向现代的关键性因素。

1898年，经过千呼万唤，京师大学堂终于成立，是年由梁启超拟定的《总理衙门奏拟京师大学堂章程》，开列了十种"溥通学"，十种"专门学"，"文学"被列为"溥通学"第九；1902年正式拟定的《京师大学堂章程》，分为政治、文学、格致、农学、工艺、商务、医术七科，文学科又分为经学、史学、理学、诸子学、掌故学、词章学、外国语言文字学七目；到1903年颁布的《奏定大学堂章程》明确规定在大学文学科专设"中国文学门"，主要课程有：文学研究法、《说文》学、音韵学、历代文章流别、古人论文要言、周秦至今文章名家、四库集部提要、西国文学史等十六种，这样的课程设置实际上已有现代学术分科的萌芽。到1917年的时候，北京大学中国文学门的课程表包括：中国文学、中国文学史、文字学、美学、希腊罗马文学史、近世欧洲文学史、外国语、第二外国语等；1921年制订的《中国文学系课程指导书》，在上述必修课外，还增以大量的选修课，分别是史传之文（张尔田）、诸子之文（吴虞）、诗（黄节）、词（刘毓盘）、戏曲（吴梅）、杂文（吴虞）、外国文学书之选读（周作人）、词史（刘毓盘）、戏曲史（吴梅）、小说史（周树人）、欧洲文学史（周作人）等，这些课程的开设使得词、曲、小说等向来不登大雅之堂的"小道""末技"走上了讲坛。

刘毓盘是1919年秋天到北京大学任教的，之前曾任教于浙江第一师范，据丰子恺回忆，刘毓盘教过他学习散曲，他一读就熟，从此铭记不忘①。自进入北京大学以后，刘毓盘先后讲授的课程有：词、词史、词家专集、中国诗文名著选等，据北大有关学生回忆，他的教学是颇受欢迎的。徐铸成说："教词曲学的刘毓盘先生，那时年已近古稀，但教授也非常认真，他对这一门造诣之深，大家认为是超迈前人的。"② 陆宗达说："北大的课分三个专业，文学专业、语言专业和文献专业，我选的课是以语言专业为主……同时也选了一部分文学课，印象最深的有两门，一是刘毓盘先生的词学，分词律、词选和专家词三部分，还要求选课的人每两周交一篇自填的词，刘先生对我的词很赏识，一九二七年，我去了东北，听说刘先生还问起我。……另一门是黄节先生的汉魏六朝诗。"③ 钱南扬也深情地回忆起刘毓盘对自己的教诲和帮助："（北大）四年正科，是选科制，我先后选了刘子庚（毓盘）先生的词选、词史，许守白（之衡）先生的曲选、曲史，鲁迅（周树人）先生的小说史……刘先生知道我有志于曲，告诉我他的好友曲家吴瞿安梅先生，其家藏书之富，全国首屈一指，并允许写信替我介绍，请求把我收列门墙。"④ 著名翻译家梁遇春致信朋友石民说："他（刘毓盘）是弟所爱听讲的教授，他教词，总说句句话有影射，拿了许多史实来引证，这自然是无聊的，但是他那种风流倜傥的神情，虽然年届花甲了，总深印在弟心中，弟觉得他颇具有中国式名士之风，总胜过假诚恳的疑古君及朱胡子等多矣！"⑤ 翻译家石民也回忆说："刘先生是有名的词学专家，也许正因为是专家的缘故罢，他讲解词，好比毛公说诗，无非美刺，王注楚辞，尽属寄托似的，实在迂拘得可以。然而，他的考试办法却一点也不迂拘，只要你填一首词就是，既不限定题目，也不限定词调，更不限定时间，你可以预先作好，按照考试时间表上的规定钟点到堂上去，用发下的试卷誊正呈交。"⑥ 通过上述学生的回忆，大约知道刘毓盘授课的情况：一是重在写作的训练。二是

---

① 丰子恺：《丰子恺文集》文学卷二，浙江文艺出版社1992年版，第763页。
② 徐铸成：《旧闻杂忆》，辽宁教育出版社2000年版，第52页。
③ 陆宗达：《我的学、教与研究工作生涯》，《陆宗达语言学论文集》，北京师范大学出版社1996年版，第665页。
④ 钱南扬：《传略》，北京图书馆《文献》丛刊编辑部编《中国当代社会科学家》第1辑，书目文献出版社1983年版，第312页。
⑤ 梁遇春：《致石民的信》，《梁遇春文集》，华夏出版社2000年版，第190页。
⑥ 石民：《应征的自述》，《宇宙风乙刊》第43期，1941年4月。

好用意内言外说词，有点类似于张惠言的《词选》，将温庭筠《菩萨蛮》说成有屈原《离骚》"初服"之意。这说明他重视比兴寄托，甚至有些过于"迂拘"，正如宋翔凤批评张惠言所说的"缁幽凿险"。三是对刘毓盘的教学评价很高，认为他的教学是超过疑古派的胡适、顾颉刚、朱希祖的。

当时，对于文学的传授方式，不免要受学术传统的掣肘，其目标重在培养学生的写作能力，像林纾《春觉斋论文》、姚永朴《文学研究法》都是用以指导写作的，刘毓盘讲授的词、词选、词家专集也是这样。然自章太炎门生相继进入北京大学，以写作能力为培养目标的传统做法遭到解构，培养审美感悟力和理论思辨力成为现代文学教育的新目标，像黄侃《文心雕龙札记》、刘师培《中国中古文学史讲义》就是这样的代表性作品。[①] 教学目的的不同催生出新的学科门类，这样就出现了"文学"与"文学史"的学科分野，1918 年 5 月 2 日北京大学发布的《文科国文学科文学教授案》规定："文科国文门设有文学史及文学两科，其目的本截然不同，故教授方法不能不有所区别。"按照该教授案规定，第一二学年教授各类文，第三学年为选科制，或专习一代，或专习一家；而文学史教学则贯穿从第一到第三学年之始终，第一学年为上古迄魏，第二学年魏晋迄唐，第三学年唐宋迄今，教授分别为刘师培、朱希祖、吴梅。为适应新的文学史教学的要求，编写新型的讲义和教材亦势在必行，因此，在当时涌现了大量在讲义基础上形成的现代著述，像林传甲《中国文学史》、朱希祖《中国文学史纲要》、王国维《宋元戏曲史》、吴梅《中国戏曲概论》、刘毓盘《中国文学史略》《词史》、鲁迅《汉文学史纲》《中国小说史略》等随着时代需要应运而生，并体现出鲜明的现代品格。其中，刘毓盘《中国文学史略》是颇具特色的一本，该书撰于浙江第二中学任教期间，它依文体分论，为文略、诗略、词略、曲略四编，各编依时代顺序，从文体初兴到最后成熟的过程，叙述了各类文体发展衍变的历史脉络，条理分明，简略有序，诚如查猛济所说："《中国文学史略》一书……钩元提要，无美不赅，时或采别醇驳，间亦参以己见，其论断之眼光，则尤合于现代批评文学之旨焉。"[②] 在"词略"部分，主要内容

---

① 陈平原：《新教育与新文学》，《北大精神及其他》，上海文艺出版社 2000 年版，第 246—277 页。
② 刘毓盘：《中国文学史略》，上海古今图书店 1924 年版，第 1 页。

是追溯词体之源和描述词体之流，后一部分是其重心所在，包括：词体之初起、小令之初起、双叠之初起、近词之初起、慢词之初起、大晟之正宗、词家之别派、白话之入词、诗词之分界、闺阁之多才、词学之极盛、国外之采风、中声之仅见、正轨之将亡、弹词之别出、新体之纷更、图谱之妄作、变雅之未成、词律之考证、倚家之各家、音节之略说，等等，看似非常庞杂，实则是词史发展的真实反映，颇能描述中国词史发展过程中一些基本现象，这些也为他后来撰写《词史》一书打下坚实的基础。

《词史》一书撰于他任教北大期间，是他在北大教授"词史"的讲义，起初在《东北大学周刊》连载，然后经由其弟子查猛济、曹聚仁整理由上海群众图书公司出版。《词史》凡十章，依次为：第一章"论词之初起由诗与乐府之分"，第二章"论隋唐人词以温庭筠为宗"，第三章"论五代人词以西蜀南唐为盛"，第四章"论慢词盛于北宋"，第五章"论南宋词人之多"，第六章"论宋七大家词"，第七章"论辽金人词以汉人为多"，第八章"论元人词至张翥而衰"，第九章"论明人词之不振"，第十章"论清人词至嘉道而复盛"，最后为"结论"。从目录内容看，作者能尊重史实，抓住每一个时期的关键问题进行叙述，比如五代人词以西蜀南唐为盛、慢词盛于北宋、辽金人词以汉人为多、清人词至嘉道而复盛，等等；同时，他特别注意重要词人在词史上的地位及贡献，比如唐人词以温庭筠为宗，柳永、张先对慢词的贡献，苏轼开创豪放词派的意义，南北两宋"七大家"的艺术成就，元人词至张翥而衰，等等。从具体内容看，作者是把词人、词籍、词体、词史等内容糅杂在一起叙述的，谈到每一时期的词史，往往会先对其时词人词集进行清理，对词学史上有关错误认识进行辨证，然后按着时代的先后顺序一路叙述下来，并对重要词人、词体、词史现象做重点分析。从研究方法看，作者能结合时代、作者经历、词体特性分析词史，比如论五代西蜀、南唐词之盛在于帝王之提倡，论北宋词之盛也在于当时国势较强，政府诸公以及在野之士，"以雍容揄扬润色鸿业为乐事"；论南宋词之日见晦涩则是由于当时政治黑暗，一般作者感慨亡国之痛又不敢直接宣泄出来，"只得寄意于深微了"。又分析南北两宋不同特点时说："词至北宋而大，至南宋而深"，并特地批评了常州派尊北抑南的思想，指出："南宋词即出于北宋，特时代之有先后耳"，从而对词史上南北宋之争作出了颇为公允的息争之论。很显然,《词史》一书,带有强烈的讲义色彩,内容单薄,叙述简略,缺乏深度分析,有些提法或有值得商榷之处,但大致上描述了词史发展的基本脉络,在线索的勾勒、章节的安排、研究方法的运用以及作家作品的审美判断上多有可取之处,称之为中国词史的开山之作,当非过誉。正如近人杨世骥所说:"词的产生虽有一千余年的历史,而向无一部系统的评述的专著,有之,则以他的这部《词史》为嚆矢,其价值殆无异王国维《宋元戏曲史》在曲一方面的地位。"①

据查猛济《江山刘先生遗著目录叙》,刘毓盘还有《词话》若干卷、《词学斠注》若干卷、《词律斠注》若干卷,只是这些著作后来皆毁于兵火,但也可推知刘毓盘对于词学用力之勤。

从刘毓盘接受父辈师友的传授,到他在浙江一师、浙江第二中学、北京大学讲授词学,中国词学的传授方式发生重大的变化。由三五好友的相互切磋到刘毓盘《词略》《词史》系统论述词史,江山刘氏实际上是中国词学发生重大转型的一个缩影。他们所处的晚清民初正是中国社会发生急剧变化的时期,科举的废除,现代分科教育的大力推行,"文学"堂而皇之地走上了大学讲堂,中国词学也在社会变迁的作用下发生必然的变化,走向了现代。

第二节　德清俞氏与现代词学转向

在清末民初的浙西地区,也有一个显赫的文化家族,这就是德清俞氏。德清位于湖州与杭州之间,往东是文化名镇嘉兴,往西就是著名的风景区莫干山,位于杭嘉湖平原的腹部地区,这里山水毓秀、人文荟萃、物华天宝,曾孕育出著名诗人沈约、孟郊、管道升等。明末清初时期,杭嘉湖一带词学活动频繁,周边地区相继出现有西泠派、秀水派、柳洲派等,其最著者为以朱彝尊为代表的浙西派,晚清时期这里的填词氛围依然非常浓厚,像冯登府、张鸣珂、项廷纪等在近代词史上均占有一席之地。德清俞氏家族就出现在这样的地域文化背景下,以俞樾为起点,这个家族先后有《春在堂词录》《乐静词》《古槐书屋词》问世,并且推出在后世影响甚著的《唐五代两宋

---

① 杨世骥:《文苑谈往:刘毓盘》,《新中华》复刊第 1 卷第 6 期。

词选释》《读词偶得》《清真词释》等词学论著，俞氏一家三代从俞樾到陛云、平伯，在词学观念上经历了一个由持守旧词学到建构新词学的过程。

一 近代著名的文化世家

德清俞氏是近代著名的文化世家，这一家族的兴盛是从俞樾开始的。在俞樾祖父俞廷镳之前，俞氏还只是德清县南埭村一个普通的农耕之家，到俞廷镳时这个家族渐由一般的农耕之家向书香门第转化。廷镳幼而好学，刻苦自励，学识渊博，后补博士弟子员，钦赐副贡生，有《俞南庄先生四书评本》传世；其子鸿渐为嘉庆二十一年（1816）举人，曾为知县，后在常州等地家馆授徒，有《印雪轩文集》二卷、《诗集》十六卷、《随笔》四卷传世；到他的孙子俞樾，这一家族逐渐繁盛起来，先是俞樾为晚清著名的朴学大师，而后有樾之孙陛云为光绪戊戌年探花，陛云之子平伯为五四以来著名的文学家，在新诗、散文、红学等方面皆成就卓著。

俞樾（1821—1907），字荫甫，号曲园，幼时从母教，习四书，后随父在新安汪氏家馆读书。道光二十四年（1844）中乡试举人，咸丰元年（1851）以第六十四名成进士，在复试时以"春落花常在"一句，博得主考官曾国藩的赏识，因命其室为"春在堂"以纪念之。后入翰林院，授编修，为河南学政，因遭御史曹泽弹劾，被罢官，在三十八岁那年南归，暂居苏州。其后，受江苏巡抚赵静山之请，主讲云间书院，同治五年（1866）又应李鸿章之邀主讲苏州紫阳书院，两年后又应浙江巡抚马谷山之请主讲杭州诂经精舍，从此开始了在这里长达31年的讲学生涯，其间还在上海求志书院、浙江龙湖书院、德清青溪书院等处讲过学。

在罢官之后，曲园先生以教书为业，作育无数的栋梁之材，像学者章太炎、黄以周、施补华，诗人吴庆坻、吴大澂、王诒寿等均出其门下。不仅如此，他还特别重视对儿孙的教育，为了教孙子陛云读书，他曾编有一本《曲园课孙草》，指出"初学作文不外'清醒'二字"。经过他的精心培养和指导，陛云终以殿试第三名探花及第，俞樾为诗以纪之："状元榜眼乡全有，二百年来一探花。"其喜悦之情溢于言表。而在陛云中榜之后，他又把精力转向对曾孙平伯的教育上，还带平伯在"春在堂"合影，曾有诗纪述平伯幼年情景，并表达了自己对曾孙的殷切期望："娇小曾孙初把笔，涂鸦数字不成书";"记有而翁前事在,尚期无负旧书香"。然而,俞樾教子孙不仅以知识,而且更重做人,指出:"积钱以与子孙,子孙未必能用;积书以与子孙,子孙未必能读;惟积德以与子孙,子孙或得能食。"在他看来,"积德"是传家之宝,立身正己,薄责于人,这才是立身传家之本。因此,俞家子孙在人品上皆称"有德",陛云不仅拒绝溥仪请其到沈阳任职,而且在日寇侵入北平后,闭门不出;俞平伯在"文革"逆境中并不失意落魂,始终保持着一种达观向上的人生态度,并对社会的专制采取冷静的批评态度。

总的来说,德清俞氏是一个以诗书传家的文化世家,虽说,俞樾出任过河南副主考,陛云出任过四川副主考,但时间都相对短暂,他们的社会活动主要是教书或从事文化工作,读书著述是他们一生活动的主要内容,而且,他们也确实为后人留下非常丰富的文化遗产。俞樾《春在堂全书》共收所著书38种500卷,在经学、诗词、小说、戏曲等方面皆有建树,自谓:"吾一生无所长,惟著书垂五百卷,颇有发前人之所未发,正前人之错误者,于遗经不为无功。"[1] 其孙俞陛云亦是著述等身,有《小竹里馆吟草》《乐青词》《蜀輶诗记》《乐静词》《清代闺秀诗话》等问世;曾孙俞平伯在新诗、填词、杂文等方面更是成就卓著,先后结集的新诗有《冬夜》《西还》《忆》等。在散文方面,先后结集出版有《杂拌儿》《燕知草》《杂拌儿之二》《古槐梦遇》《燕郊集》等,他还是20世纪最著名的红学家之一。

其实,俞氏家族还是一个词学世家,从俞樾到俞平伯皆有词学著作传世。俞樾是近代著名的朴学大师,填词乃其余事。自称:"余素不善倚声,而次女绣孙颇好之,因亦时有所作,积久遂多,但于律未谙,謷牙不免。"[2] 当然,这也只是他的自谦之辞,杜文澜认为他填词虽非经意为之,却是不求工而自能合拍,"其长调乘兴挥洒,不为四声所缚,而无不宛转入律"[3]。他还与当地知名词学家徐本立有交往,并为徐氏《词律拾遗》撰有序文,他自己的作品后来也被结集为《春在堂词录》三卷。俞陛云自幼受祖父俞樾的指导和熏陶,尤其精于古典诗词之学,创作上有《乐静词》《小竹里馆吟

---

[1] 转自李风宇著《花落春仍在:德清俞氏家族文化评传》,郑州大学出版社2013年版,第259页。
[2] 俞樾:《洞仙歌·自序》,《春在堂词录》卷二,《春在堂全书》,清光绪二十三年刻本。
[3] 杜文澜:《憩园词话》卷二,唐圭璋编《词话丛编》,中华书局1986年版,第2876页。

草》等,自不待言,研究上也有《诗境浅说》《诗境浅说续编》《唐五代两宋词选释》等。俞平伯自入北京大学求学,就在黄侃的指导下学习作词,后在清华大学任教多年,开设有"词选"的课程,并编写有"词课示例",著作则有《读词偶得》《清真词释》等。但其家学的熏陶亦不可忽视,正如叶恭绰先生所云:"德清俞君平伯,承先德曲园、阶青先生家学,淹通博雅,有声于时。"①

二 俞樾论词倾向浙派

在名家纷起的同、光词坛,俞樾是一位以学者身份出现的词人,当时有倾向浙派的杜文澜、黄燮清,有倾向常州派的庄棫、谭献,还有"自成一家"的周之琦、项廷纪、蒋春霖。俞樾罢官后(1856年)主要在苏州、杭州两地讲学,其中在杭州诂经精舍讲学达31年之久,天然的地缘联系使他结交的是有浙派倾向的徐本立、杜文澜、张景祁、勒方锜等。众所周知,徐本立、杜文澜、张景祁、勒方锜等论词填词首重协律,如勒方锜"于万氏红友《词律》一书,致力尤深"②,徐本立、杜文澜两人对词律更是有精深的研究,先后编有《词律校勘记》(杜文澜)和《词律拾遗》(徐本立),特别是徐本立与俞樾同为德清人,为晚清著名的词学家,有《荔园词》行世,而且与俞樾有直接的交往关系。所以,俞樾论词也主张协律为先,他说:"词虽小道,而律甚细,昔周草窗作西湖十景词,杨守斋谓辞美而律未协,相与订正月余而后定,然则作词易,协律难也。"③ 在宋代像周密这样的词人都于律有未协的情况,张镃填《瑞鹤仙》一词更是反复揣摩,看来协律并非易事,但这并不是说协律无迹可寻。"宋元矩矱,犹有可寻;承学之士,所宜遵守。"④ 明代作者填词失律,故明词走向"中衰",清词所以能呈"中兴"气象,也是因为词律之学的复振。他说:"词源于唐,盛于宋,至元明以下衰矣。国朝正学昌明,人文蔚起,实事求是,力追古初。词虽小道,而别裁伪体,矩矱先氏,亦断断然不少假借,剖毫析芒,森然起例,与

---

① 叶恭绰:《〈古槐书屋词〉序》,俞铭衡:《古槐书屋词》,台北文海出版社1983年版。
② 俞樾:《勒少仲同年〈太素斋词〉序》,《春在堂集文四编》卷六。
③ 俞樾:《勒少仲同年〈太素斋词〉序》,《春在堂集文四编》卷六。
④ 俞樾:《徐诚庵〈荔园词〉序》,《春在堂集文初编》卷一。

笺经注史同一谨严，此有明一代诸公所未见及者也。盖自万红友《词律》一书出，而词之道固已尊矣。"①

但是，"协律"只是填词的一个基本要求，另一个重要要求就是注意遣辞立意（"词之工"）。"万氏之书（指《词律》）以律为主，而不论词之工拙，故如黄山谷《望远行》之俳体，石孝友《念奴娇》之媟辞，亦具录之，非所以存大雅之遗音，示风骚之正轨也。"② 尽管万树修纂《词律》功不可没，但是他忽略了词还有"遣辞立意"的一面，使得《词律》所选之词掺杂有"俳体"和"媟辞"，戈载的《宋七家词选》正是在这一方面弥补了万树《词律》之不足，从而为清代倚声者确定了"雅词"的典范："戈顺卿先生生万氏之后，持论益精，执律愈细，以词学提倡江左者数十年，其所选《宋七家词》，无一龃龉之律，无一骪骳之辞，盖自来宋词选本未有精于此者也。"③ 但是，在俞樾看来，"戈选诚善矣，然亦有沿讹而未正者，且有率意而妄改者"④，特别是戈载自己的创作未能实践其理论上的追求，能把"协律"和"辞工"两者完美结合起来的是郑文焯。他说："元明以来，词学衰息，至本朝有万氏之《词律》出，而后人知词之不可无律，然万氏止取诸名家之词排比以求其律，而律之原固未之知也。戈顺卿氏踵其后，似视万氏所得有进矣。乃戈氏深于律而不能工于词，读其词者惜焉。夫律之不知固不足言词，而词之不工又焉用律为。铁岭郑叔问孝廉精于词律，深明管弦声数之异同，以上考古燕乐之旧谱，姜白石自制曲，其字旁所记之拍，皆能以意通之，余戏谓君真得不传之秘于遗文者也。乃其所为词，又何其清丽婉转而情文相生欤！"⑤

俞樾所说的"词之工"，就是求"雅音"，要求有醇雅的品格。"世之工倚声者，辄谓南宋人之词，笔情跌宕，不如北宋之浑雅，而学其浑雅而不可得，遂复趋于纤屑淫曼一派，专于字句间揣声设色，求其如南宋人之跌宕而

---

① 俞樾：《杜小舫重刻宋七家词序》，《春在堂集文三编》卷三。
② 俞樾：《杜小舫重刻宋七家词序》，《春在堂集文三编》卷三。
③ 俞樾：《杜小舫重刻宋七家词序》，《春在堂集文三编》卷三。
④ 俞樾：《杜小舫重刻宋七家词序》，《春在堂集文三编》卷三。
⑤ 俞樾：《郑叔问〈瘦碧词〉序》，《春在堂集文四编》卷七。

亦并不能，雅音遂由是衰已！"① 在这样的创作背景下，戈载起而编《宋七家词选》，意在为人们求宋词之"雅音"，指出一条便捷的路径："词学至宋，盛矣！备矣！然纯驳不一，优劣迥殊，欲求正轨，以合雅音，惟周清真、史梅溪、姜白石、吴梦窗、周草窗、王碧山、张玉田七人，允无遗憾。"② 俞樾说戈载的《宋七家词选》"无一龃龉之律，无一骫骳之辞"，意思也是说宋七家词"辞"、"律"兼美，符合传统诗学所说的"温柔敦厚"的诗教原则。"温柔敦厚，诗教也。词为诗之余，则亦宜以此四字为主。近世诗人多好黄山谷诗，余雅不以为然。至黄山谷之词，尤多俚俗语，以此为词，词之道卑矣。……尝谓吴梦窗之七宝楼台，照人眼目；苏学士之天风海雨，逼人而来。虽各极其妙，而词之正宗，则贵清空不贵饾饤，贵微婉不贵豪放；《花间》《尊前》，其矩矱固如是也。"③ 然而，他生活的时代是清朝由盛入衰的"乱世"，朝政的紊乱和科举的腐败，让士子们失去了入仕的正常渠道；鸦片战争的爆发和外国列强的入侵，打破了文人们宁静的书斋生活；这时作者填词的动机主要是用来抒发主体的性情，主体内在丰富的情感已非"骚"、"雅"之旨所能涵盖得了，因此，俞樾特别关注"当代"作者写个人之愁思和时代之忧患的作品。如评刘光珊（炳照）《留云借月庵词》说："虽然欧阳公有言：诗以穷而后工，余谓词亦有然。君尝出涌金门，登望云楼，慷慨悲歌，以杜老穷愁、贾生痛哭自比，其亦有不得于中者乎？其自题《秋窗填词图》有云：'一寸词肠，七分是血，三分是泪。'读者勿徒赏其字句之工音律之细也。"④ 又称张僖《眠琴阁词》："如越王台秋感及台岛感事词，慷慨高歌，唾壶欲碎；而如《蝶恋花》四阕，自谓盱衡时事，万感填膺，乃读之则惟是春愁酿病，长日困人，无一剑拔弩张语也。昔刘后村跋刘叔安感秋词云'借花卉以发骚人墨客之豪，托闺怨以寓忧时感事之意。'呜呼！此词之所以为词欤？"⑤ 这里强调不要只是欣赏刘光珊（炳照）词"音律之细"，还要注意张韵舫（僖）词"盱衡时事，万感填膺"，说明

---

① 吴金澜：《杜小舫方伯校注戈选宋七家词序》，《宋七家词选》，曼陀罗华阁光绪乙酉刻本。
② 戈载：《宋七家词选识》，《宋七家词选》，曼陀罗华阁光绪乙酉刻本。
③ 俞樾：《徐花农〈玉可庵词存〉序》，《春在堂集文三编》卷三。
④ 俞樾：《刘光珊〈留云借月庵词〉序》，《春在堂集文五编》卷七。
⑤ 俞樾：《张韵舫〈眠琴阁词〉序》，《春在堂集文六编》卷七。

俞樾在审美取向上和论词重立意的"清末四大家"已无二致，只是他依然是站在浙派的立场来发表意见的。

三 传统与现代：俞氏父子的两种立场

在19世纪末20世纪初的词坛，主要有南方的复堂派和京师的临桂派，复堂派的代表是谭献、刘毓盘、徐珂、冯煦，临桂派的代表就是人们通常所说的"清末四大家"。总的说来，他们在理论上都推衍常州词学，但已经融入了浙派思想的合理成分，其主导倾向是标榜"比兴""寄托"，重视"温柔敦厚"的儒家诗教，将词与社会政治生活联系起来，这对提高词的文体地位固然有着积极意义，却也限制了人们对词作为一种特殊文体的审美品格之认识。1908年11月至1909年2月，王国维《人间词话》在《国粹学报》上连载，为晚清的词学界吹进了一股清风。继之而起的是胡适，他接过王国维的文学进化论思想和"意境"说，向坚守"比兴""寄托"观念的守旧词坛发起新一轮的冲击。在这样的学术背景下，俞氏家族的两位词人——俞陛云和俞平伯先后登上词坛，他们站在不同的学术立场（新派和旧派），向新世纪的词坛展示了俞氏家族词学观的多面相。

俞陛云生活的年代已进入民国，社会形势发生巨大变化，这时的词坛是"清末四大家"的天下，站在南北各大学的讲坛上，也主要是他们的门徒弟子。时势推动着社会在前进，俞陛云也走出了俞樾所坚守的浙派藩篱，在三四十年代编选的《唐五代两宋词选释》接受了常州派的思想。比如，他说："李白以后，若温、王、刘、韦，作者十数人，皆一代诗豪，以余事为长短句，其肫然忠爱，蕴而莫宣，则涉笔于翠帘红袖间，以达其怨悱之旨。"①所论与张惠言《词选序》的见解一脉相承，张惠言认为词表面上是写"风谣里巷"男女之哀乐，实则"以道贤人君子幽约怨悱不能自言之情"，俞陛云对唐五代词的分析也基本上是张惠言有关见解的继承和发扬。如评温庭筠《菩萨蛮》引张惠言语曰："此感士不遇也"，词中"青琐金堂，故国吴宫，略露寓意"，"其言妆饰之华妍，乃《离骚》初服之意"。评温庭筠《更漏子》引张惠言之语曰："'兰露重'三句与'塞雁'、'城乌'义同，下阕追

---

① 俞陛云：《唐词选释序》，《唐五代两宋词选释》，上海古籍出版社1985年版，第1页。

忆去年已在惆怅之时，则此日旧欢回首，更迢遥若梦矣。"评韦庄《菩萨蛮》曰："端己奉命入蜀，蜀王羁留之，重其才，举以为相，欲归不得，不胜恋阙之思，此《菩萨蛮》词四章，乃隐寓留蜀之感。"这与张惠言《词选》评庄《菩萨蛮》（红楼别夜堪惆怅）所言："此词盖留蜀后寄意之作，一章言奉使之志，本欲速归"，意思完全相同。

然而，俞陛云选词论词更明显地受到冯煦、成肇麐的《唐五代词选》的影响，在选量及选目上都保留着《唐五代词选》的痕迹。先看选量，成氏《唐五代词选》选唐词24家112首，五代词26家229首，合50家341首，重点选录有李白7首，白居易5首，温庭筠40首，皇甫松9首，韦庄24首，牛峤9首，毛文锡7首，薛昭蕴10首，顾敻12首，李珣31首，欧阳炯11首，李煜27首，孙光宪25首，张泌11首，冯延巳54首；俞氏《唐词选释》选唐词23家60首，《五代词选释》选五代词25家183首，重点选录有李白4首，张志和5首，王建6首，皇甫松9首，温庭筠13首，和凝6首，韦庄16首，薛昭蕴7首，牛峤6首，张泌5首，顾敻11首，李珣12首，欧阳炯5首，冯延巳50首，李煜27首，孙光宪11首；无论是入选词数还是入选词家，都大致相同或接近。再看论词见解，他论唐五代词的看法与冯煦有惊人的相似之处，冯氏《〈唐五代词选〉叙》曰："晚唐五季，如沸如羹，天宇崩析，彝教凌迟。深识之士，陆沉其间，惧忠言之触机，文诽语以自晦。黍离麦秀，周遗所伤，美人香草，楚垒所托，其辞则乱，其志则苦，义兼盉各，毋刻劳舟。"① 他的《五代词选释序》亦云："五代当围蒙之际，残民如草，易君如棋。士大夫忧生念乱，浮沉其间，积感欲宣，而昌言虑祸，辄以曼辞俳体，寓其忠笃悱恻之思，《黍离》咏叹，亦时见于其间。茹苦于心，而其词则乱，良足伤矣。"② 他们都谈到晚唐五代社会的混乱，士大夫处在乱世而有"忧生念乱"之情，但他们又"惧忠言之触机"、"积感欲宣，而昌言虑祸"，便将"忧生念乱"之情托于"美人香草"或"曼辞俳体"，这样就把写男女之情的"曼辞俳体"与传统诗学所说的"温柔敦厚"联系起来。俞陛云对"曼辞俳体"的肯定与俞樾的尚"清空"斥

---

① 冯煦：《〈唐五代词选〉叙》，成肇麐：《唐五代词选》，上海书店出版社1987年影印本，第1页。
② 俞陛云：《五代词选释叙》，《唐五代两宋词选释》，上海古籍出版社1985年版，第39页。

"俳体"已大不相同,他的思想较之乃祖俞樾进了一大步。但他也有与俞樾一脉相承之处,就是非常重视词的艺术性,《唐五代两宋词选释》注重词境的分析和解释,为读者指明作者用心之所在。然而在新旧思潮交替的年代,在文坛呈裂变之势的关头,他是始终站在旧派的立场上的,他的这些纯艺术分析也似乎有些脱离时代。

难能可贵的是,俞氏家族的词学发展史,在俞平伯(1900—1990)那里出现了重大的转折。他自幼接受的是传统教育,有坚实的"国学"根基,但在 1915 年考入北京大学,直接参与了由胡适发起的白话文学运动,1918 年他还与北京大学同学傅斯年、罗家伦、徐彦之等,筹备成立新潮社;五四运动爆发,又积极投身于运动,参加北大学生会新闻组。在新文化运动的洗礼下,俞平伯论词也接受了胡适和王国维思想的影响,1926 年他为王国维《人间词话》重印本作序,极推《人间词话》论词见地之高:"虽只薄薄的三十页,而此中所蓄几全是深辨甘苦惬心贵当之言,固非胸罗万卷者不能道。"① 但胡适的白话文学观对他的影响更大,与胡适一样,他旗帜鲜明地反对常州派,说常州派论词"多头巾气"②,喜欢在写男女艳情的词里寻求"微言大义"、"比兴寄托"。"盖生活者,不过平凡之境;文章者,必须美妙之情也。以如彼美妙之文章,述如此平凡之生活,其间不得不有相当之距离者,势也。遇此等空白,欲以考证填之,事属甚难。"③ 他认为,其实"词是唐朝民间的乐调",它的主要特点是"香艳"和"俚俗","词曲均以白话为当行"④,"不一定太雕琢、艰深、晦涩",都是些抒写比较自由、取材比较广博、用语比较活泼的"白话"。⑤ 说词是唐代的白话文学,是对胡适文学观的发展,在白话文学观的指导下,他亦接受了胡适的白话文学史观,在论述唐宋词发展史时说:"古人生活太奢华浪漫,才有这样富丽堂皇的文学作品产生。北宋末年,词风盛极。南渡之后,就差得多了,可以说是词的第一个打击。当然,南宋仍很繁华,所以词还可以存在……等到蒙古灭宋,它

---

① 俞平伯:《重印〈人间词话〉序》,《俞平伯序跋集》,三联书店 1986 年版,第 39 页。
② 俞平伯:《积木词序》,《词学季刊》1936 年第 3 卷第 2 号。
③ 俞平伯:《读词偶得》,人民文学出版社 2000 年版,第 20 页。
④ 俞平伯:《词曲同异浅说》,《华北作家月报》1943 年第 6 期。
⑤ 俞平伯:《民间的词》,《民间文艺集刊》1951 年第 1 期。

更受到第二个打击，消灭得一干二净了。"① 这样的语气与胡适极为近似，胡适说："词的进化，到了北宋欧阳修、柳永、秦观、黄庭坚的'俚语词'，差不多可说是纯粹的白话韵文了。不幸这个趋势到了南宋，也碰着一个打击，也渐渐地退回到复古的路上去。"② 再往后，"三百年的清词，终逃不出模仿宋词的境地。所以这个时代可说是词的鬼影的时代；潮流已去，不可复返，这不过是一点之回波，一点之浪花飞沫而已。"③

自 1920 年起，俞平伯先后任教于上海大学、燕京大学、清华大学，主要从事的是古典文学教学和研究，特别是《红楼梦》的研究，是现代著名的红学家，但他对词学的研究亦曾投入极大的热情。早在北京大学学习期间，他已从黄季刚习词学，黄氏向他推荐的词选都是些常州派的选本，专集则包括柳永、周邦彦、姜夔、吴文英四家，1920 年在赴英的游轮上携带的是张惠言的《词选》，常州派的词学思想对他也还是有潜移默化的影响，还说张惠言《词选序》所云："其缘情造端，兴于微言以相感动，极命风谣里巷男女哀乐，以道贤人君子幽约怨悱不能自言之情，低回要眇，以喻其致"一语，"实已洞达词心"。幼年时代的家庭教育，老师黄季刚的直接影响，加上自己多年学习张氏《词选》的体会，使他构建起自己糅合新旧词学于一体的理论体系，在作品分析上强调艺术性，在表达形式上灵活运用传统的"选体"，"他的词学理论的独到之处，在于他对作品的体会和欣赏"。④

他 1924 年开始发表论说宋词的文章——《茸芷缭衡室札记》，便注意到宋词之佳处在"细"在"密"，后来在清华大学开设"词选"，讲授"词课示例"，更加重视唐宋词的艺术性，终于在三四十年代撰写成《读词偶得》《清真词释》两部专著。《读词偶得》初版于 1934 年，讲评温庭筠词 5 首、韦庄词 5 首、李璟词 2 首、李煜词 5 首、周邦彦词 7 首，附录词选选有唐五代词温庭筠（6 首）、皇甫松（1 首）、韩偓（1 首），五代词韦庄（3 首）、薛昭蕴（4 首）、张泌（2 首）、欧阳炯（2 首）、孙光宪（1 首）、鹿

---

① 俞平伯：《诗余闲评》，《读词偶得》，人民文学出版社 2000 年版，第 9 页。
② 胡适：《南宋的白话词》，《晨报副刊》1922 年 12 月 1 日。
③ 胡适：《词选》，河北人民出版社 1999 年版，第 3 页。
④ 钟敬文：《俞平伯文学理论的优越点》，《中华读书报》1998 年 7 月 1 日，"家园"副刊。

虔扆（1首）、尹鹗（1首）、李德润（1首）、冯延巳（16首）、李煜（1首），宋词晏殊（5首）、欧阳修（7首）、晏几道（7首）、苏轼（6首）、秦观（13首）、贺铸（15首）、周邦彦（14首），所选之词皆偏向它们独特的艺术性，如章法的巧妙、立意的生新、意境的创造等，特别重视作者把内心一瞬的"感兴"真切地表现出来。1936年开明书店重印《读词偶得》，在向读者介绍此书时是这样说的："俞先生邃于词，兴到倚声，都成佳什。此书系取古名家词而解释之，凡温飞卿、韦端己、南唐中主、南唐后主、周美成卿五家。并不依傍成说，亦不措意于诂原典故之末，惟体味作者当时之性情境界，说明其如是抒写之所以，与所谓'诠释'之作全异其趣。其说由浅而深，初学者循序展玩，不特悟词为何物，抑且怀词人之心矣。"[1]《清真词释》初版于1948年，分上、中、下三卷，上卷由《读词偶得》移录过来，共重点讲评周邦彦词27首，"剥蕉抽茧，独具匠心，解释详明，不蔓不支……虽非通释全词，仅属尝鼎一脔，但已足概全味矣。"[2] 更值得我们注意的是，它大胆地运用常州派的思想，分析清真词的艺术性，指出清真词最引人瞩目之处是它的"柔厚"。他分析《阮郎归》（冬衣初染远山青）云："情不知所起，一往而深，深不知所终，而终归于柔厚。夫其独诣之妙，不当以形迹论，已暗夺前人之席，兼服来者之心，岂述而不作之谓乎？"分析《解连环》（怨怀无托）末句"拼今生，对花对酒，为伊泪落"云："写情至此，可谓怨而不怒，温柔敦厚矣。"分析《庆宫春》（云接平冈）结句"许多烦恼，只为当时，一饷留情"曰："于柔厚之中涵超脱意，仿佛有悟，而缠绵难遣。不仅怨而不怒，并怨亦不曾。"当然，他所说的"柔厚"已不是传统诗学所谓"发情乎，止乎礼义"，而是指艺术表达的含蓄蕴藉、吞吐不尽、意在言外。

从上述分析看出，俞平伯的词学理论，实际上是想在"传统派"与"现代派"之间搭起了一座桥梁，试图弥补"传统派"的尊雅黜俗及"现代派"的尚俗轻雅的缺陷，他在谈到自己选录韦庄《菩萨蛮》去取之意图时说："韦氏此词凡五首，实一篇之五节耳，而选家每割裂之：如张氏《词

---

[1] 佚名：《读词偶得介绍》，《词学季刊》第3卷第1号，1936年3月。
[2] 俞润民、陈煦：《德清俞氏：俞樾、俞陛云、俞平伯》，中国人民大学出版社1999年版，第262页。

选》、周氏《词辨》、成氏《唐五代词选》，均去其'劝君今夜须沉醉'一首，大约以其太近白话，俚质而不雅也。胡适之《词选》则一反其道，节取中间三首，又删去其首尾'红楼别夜堪惆怅'、'洛阳城里春光好'二章，大约又嫌其太不白话也。"[①] 这说明他主要着眼在理解作品意境的完整性，不再拘泥于语言表达的"俚俗"或"典雅"，而是要取两派之长，去两者之短，实现传统与现代的"对接"。可以这样说，俞平伯是以一颗"灵心"去读解唐宋词，是以一种"诗化"的眼光来看唐宋词的，这与常州派以"微言大义"、"比兴寄托"读解唐宋词是迥异其趣的。

四 考证与阐释：俞平伯词学在当代的发展

1954年由"两位小将"发起，全国上下掀起了一场针对俞平伯《红楼梦》研究的批判运动，但他处在逆境，却没有放弃自己热爱的学术研究，而是把全部精力投入到对唐宋词的研究。从五十年代到八十年代的三十余年时间里，俞平伯在词学研究方面主要做了两个工作：一个是对唐宋词作校勘、考证、笺释的工作，另一个是编选了《唐宋词选释》。这两项研究表明俞平伯的词学观点和研究方法发生了一次较大的变化。

校勘、考证、笺释向来是国学研究的根柢，众所周知，俞平伯是新红学的代表，新红学的主要成就在《红楼梦》作者和版本的考证，俞平伯是一位深谙校勘、考证、笺释之学的学者，他的词学研究亦充分地发挥了他治学重校勘、考证、笺释的优长。他对李白《菩萨蛮》《忆秦娥》真伪的考辨、对王重民本《云谣集杂曲子》[凤归云]的校勘，以及关于周邦彦《红林檎近》《兰陵王》《荔枝香近》《齐天乐》的辨说，都显示了他长于考证和精于用典的国学功夫。

最能表现他这一方面治学特色的是《唐宋词选释》对唐宋词的笺释，这是他晚年花了三十余年的心血结撰而成的一部力作。据吴小如先生回忆说，这本书远在六十年代初就已着手选注。脱稿以后，文学研究所在内部曾印过一次，作为征求意见的试印本。"二十年来，每有新解，作者就用毛笔工楷逐条写在试印本的书眉上和字里行间，条目堪以百数。这次由人民文学

[①] 俞平伯：《读词偶得》，人民文学出版社2000年版，第19页。

出版社公开发行，我发现这个新印本又有不少改动的地方。"① 作为一个选本，必要的注解是绝不可少的，但是注解亦最能体现作者的学术功底，比如字句的疏通、用典的出处、古书的征引，该不该注以及注的准确与否，都可以看出作者对传统文化的把握和理解的深浅。比如注李煜《浪淘沙》（帘外雨潺潺）"独自暮凭栏"一句："多本多作莫，莫字原为暮的本字。故有两解：一读入声，解为勿，一读去声，解为黄昏，各家说法亦不同……下片从'凭栏'生出，略点晚景。'无限江山'以下，转入沉思境界，作'暮'字自好。"② 他的注解是从作品的词境出发，在比较各家意见之后，才最终确定"暮"字为妥。再如辛弃疾《菩萨蛮·书江西造口壁》的末二句"江晚正愁余，山深闻鹧鸪"，历来论者多征引罗大经《鹤林玉露》"谓恢复之事行不得也"，俞平伯这里却征引了《禽经》《吴都赋》及其注文与白居易的诗，让读者了解到辛弃疾用典是此而非彼，也纠正了历代对《菩萨蛮·书江西造口壁》的误解。"注"是客观的，目的是帮助读者了解作品；"释"是主观的，意在把注者对作品的理解和分析介绍给读者，"释"的恰当与否亦能见出注者手眼的高低，最能见证《唐宋词选释》水平的就在它的"释"。俞平伯在"释"方面做了两个工作：一是释词作，是对词作作整体性的艺术分析，这在《读词偶得》里已表现出来，《唐宋词选释》将它的这一特点再一次作了淋漓尽致的发挥；二是释词评，就是把前人对唐宋词的分析，用自己的意思作一番诠释，因前人措辞用语都比较形象化，俞平伯将它的意思结合作品作了比较明白的说明。但是，他反复强调"注释"对作品的分析和理解不是万能的，"注释可以帮助或增进了解却是有限度的"，正确的方法应当是"明作意"，要从创作的情形回看，联系作者与读者。"作者怎么写，读者怎么看，似乎很简单。然于茫茫烟墨之中，欲辨众说之是非，以一孔之见，上窥古人之用心，实非容易。"③

在《〈唐宋词选释〉前言》里，俞平伯全面地阐述了自己的词学思想——对词的性质、词的特点、词的历史的看法。（一）关于词的性质。俞平伯认为词是近古的乐章，它以乐府代兴，打破了历代诗与乐的传统形式，

---

① 吴小如：《关于〈唐宋词选释〉》，《诗刊》1980年第11期。
② 俞平伯：《唐宋词选释》，人民文学出版社1979年版，第61页。
③ 俞平伯：《略谈诗词的欣赏》，《文学评论》1979年第5期。

从整齐的句法中解放出来，在当时不仅是"新声"，而且应当是"新诗"，但它不是任意从心的"自由诗"，从新陈代谢的角度说"词"是一种新兴的诗体，这是对他三四十年代已形成的"新诗"观点的进一步发展。在五四新文化运动以后，自由体"新诗"取代旧体格律诗成为诗坛的主流，俞平伯以词为唐代的"新诗"是要说明词在唐代以后有较好的发展前景。（二）关于词的特征。在《读词偶得》里，他已谈到诗、词、曲的异同："词偏于柔，曲偏于刚，诗则兼之。"在《〈唐宋词选释〉前言》里，他着重阐述了词的五个特点：多变化、有弹性、有韵律、在最初接近口语、在最初是相当反映现实的，实事求是地说，这些是对词的体性特征的精辟概括和总结。（三）关于词的历史。他一反过去以正变论词史发展的思路，提出词的发展本来有两个方向的新观点："词的发展本有两条路线，一、广而且深（广深），二、深而不广（狭深）。"① 他认为在民间是走着"广而且深"的路子，在《花间词》却是走着"深而不广"的路子，此后词的发展也是沿着这两个方向前进的，一个方向是在北宋为柳永、秦观、周邦彦，在南宋为史达祖、吴文英、王沂孙等，另一个方向有李煜、苏轼、辛弃疾等，像李清照、姜夔等则不能把他们归纳为上述任何一个方向，他们是自成一家。在这一认识的基础上，他改变了三四十年代以柔婉为本色的观点，指出词的正确发展方向是求变、创新。如："苏东坡创作新词，无论题材风格都有大大的发展，而后来论者对他每有微词……依我看来，东坡的写法本是词的发展正轨，他们认为（苏轼词为）变格、变调，实系颠倒。"② 再如姜夔，亦有拓新，能自成一家。"白石与从前词家的关系，过去评家的说法也不一致，有说他可比清真的，有说他脱胎稼轩的。其实，为什么不许他自成一家呢？他有袭旧处，也有创新处，而主要的成绩应当在创新方面。"③ 即使是人们通常所说的正统派，"自《花间》以来也不断地进展着，并非没有变化，却走与过去相似的道路"④。因为立足在"变"，正统派的柳永、周邦彦、吴文英，革新派的李煜、苏轼、辛弃疾，以及自成一家的李清照、姜夔，都能得

---

① 俞平伯：《〈唐宋词选释〉前言》，人民文学出版社1979年版，第8页。
② 俞平伯：《〈唐宋词选释〉前言》，第12页。
③ 俞平伯：《〈唐宋词选释〉前言》，第13页
④ 俞平伯：《〈唐宋词选释〉前言》，第14页

到他的肯定。

不可否认，俞平伯编选《唐宋词选释》在六七十年代，也受到了当时学术界文学研究重思想分析的思潮影响，在分析作品的时候往往要突出它的思想性。他在注释唐宋词特别是南宋词时，尽可能考量作者的用意和时代背景，如说："（南宋词）大体上反映时代的动乱，个人的苦闷，都比较鲜明……不但辛弃疾、二刘（刘过、刘克庄）如此，姜夔如此，即吴文英、史达祖、周密、王沂孙、张炎亦未尝不如此。有些词人情绪之低沉，思想之颓堕，缺点自无可讳言，他们却每通过典故词藻的掩饰，曲折地传达眷怀家国的感情，这不能不说比之《花间》词为深刻，也比北宋词有较大的进展。"① 但他绝不因为要突出思想性，便放弃自己的学术立场，这就是："尽力排除个人主观的偏爱成见，而忠实地将古人的作品、作意介绍给读者"，因此在作品里出现了"或偏于消极伤感，或过于香艳纤巧"的情况。如岳飞的《满江红》一首虽然影响较大，并充满着爱国主义精神，1963年本收有此词，但到1978年修订时，俞平伯发现它实属明人伪托，建议出版社删去了，从这里可显出俞平伯尊重历史的科学态度。所以说："俞先生所注释的重点虽在欣赏方面，但其态度严谨，实事求是，一丝不苟。"② 在重思想性轻艺术性的时代，他分析古代作品，在注意思想性的同时，依然坚持艺术性的原则，是相当可贵的。

以上通过对俞平伯家族词学史的简略分析，我们看到了一个世纪词学的发展历程，更看到俞氏家族几代学者，在适应时代变动的前提下，能做到不受时代风尚的影响，坚守艺术性的立场：或是站在浙派的立场却能吸纳常州派的思想，或站在常州派的立场却注意作品的艺术性分析，或是作为新文化运动的推动者，却没有随波逐流，反倒逆流而上，把唐宋词的艺术性提到很高的位置，这就是俞氏家族几代人对近现代词学史的贡献。

第三节 新会梁氏对现代词学的贡献

在中国现代文化发展史上，广东新会梁氏是一个为近现代文化建设作出

---

① 俞平伯：《〈唐宋词选释〉前言》，第15页
② 超：《俞平伯编注〈唐宋词选释〉》，《世界图书》1980年第2期。

了卓越贡献的新兴文化家族。这一家族的兴盛和发展是由近现代史著名的政治家、思想家、宣传家梁启超所奠基的，他在晚清戊戌变法时期的突出表现、在民国初年政治舞台上的频繁活动以及晚期作为清华大学"四大导师"之一的学术成就，为这一家庭在中国近现代史上拥有显赫的文化地位奠定了坚实的基础。在他的影响和带动下，其弟其子其女相继进入中国现代政治、经济、文化活动的中心。从梁启超时代就已确定的达观进取和博采创新的人格精神，为这一家族的繁荣树立了一种特有的文化风范。这一家族在中国近现代词学发展史上亦贡献卓著，梁令娴编选了词史上第一本由女性学者编选的《艺蘅馆词选》，梁启超和梁启勋兄弟共同完成了现代词学史上享有盛誉的《稼轩词疏证》，梁启勋则先后撰写了在中国现代词学史上具有重要影响的三部词学著作——《词学》《曼殊室词话》《中国韵文概论》。

一 一个新兴的文化家族

新会梁氏是一个新兴的文化家族。它原是一个僻处海隅、以耕读为主、三代之内并无显赫功名的下层乡绅之家。梁启超的祖父梁维清，虽为梁家数代才有的第一位秀才，但其人微官卑，在社会上充其量只是个八品教谕而已；父亲梁宝英更是连功名都没有，虽说任"叠绳堂"（梁姓的自治机关）值理三十余年，但其文化修养与普通农民并无多大区别。[①] 然而，广东新会并非是岭南地区的文化荒漠，在这块土地上曾涌现过在明代思想史上甚有影响的理学家陈献章（白沙），这自然影响到新会的学风和文风，当地乡绅也自然会以前辈大儒白沙的思想训育子孙。梁启超说："吾家自始迁新会，十世为农，至先王父教谕公，始肆志于学，以宋明儒义理名节之教贻后昆。"[②] 他的祖父是一个"行己也密"、"待人也周"、"训子也谨"的人，他的父亲更是以先儒的思想训育子女，特别重视子女品行修养的教育："先君子常以为所贵乎学者，淑身与济物而已。淑身之道，在严其格以自绳；济物之道，在随所遇以为施。故生平不苟言笑，跬步必衷于礼，恒性嗜好，无大小一切屏绝；取予之间，一介必谨；自奉至素约，终身未尝改其度。"[③] 后来，他

---

① 参见罗检秋《新会梁氏：梁启超家族的文化史》，中国人民大学出版社1999年版，第10页。
② 梁启超：《哀启》，《饮冰室合集》专集之三十三，中华书局1989年版，第127页。
③ 梁启超：《哀启》，《饮冰室合集》专集之三十三，第127页。

走出新会,来到京城,成为影响近代中国的风云人物,但在幼年时代所受的家庭教育,也培植了他达观进取、洁身自好、进退自如的人生观。

梁启超出自寒门,身世低微,自幼养成一种勤俭、朴实、好学的生活习惯,当他在事业上走向巅峰之际,始终以"克己"、"自惕"的传统思想来自勉。他曾致书友人说:"弟近日以五事自课,一曰克己,二曰诚意,三曰主敬,四曰习劳,五曰有恒。盖此五者,皆与弟性质针对者也,时时刻刻以之自省,行之现已五日,欲矢之终身,未知能否?"① 当他成为拥有众多子女的大家长之后,他对子女的教育并没有放松,而是反复强调要保有寒士门风,养成节俭吃苦的生活习惯,通过"逆境"以磨砺自己的人格,并以自己的经历现身说法教育子女说:"吾今舍安乐而就忧患,非徒对于国家自践责任,抑亦导汝曹脱险也。吾家十数代清白寒素,此乃最足以自豪者,安可逐腥而丧吾所守耶?此次义举(指反袁革命)虽成,吾亦决不再仕宦,使汝等常长育于寒士之家庭,即授汝等以自立之道也。"②"处忧患最是人生幸事,能使人精神振奋,志气强立。两年来所境较安适,而不知不识之间德业已日退,在我犹然,况于汝辈?今复还我忧患生涯,而心境之愉快,视前此乃不啻天壤,此亦天之所以玉成汝辈也。使汝辈再处如前数年之境遇者,更阅数年,几何不变为纨绔子哉!"③ 梁启超对子女的教育,既严厉又充满父爱,为了子女能专心读书,他在学费及生活费上从不吝啬,每年总是数百数千地往北美汇款。他的子女所受教育在当时是最好的,或是在家为他们延聘塾师,或是亲自为他们制订学习计划,或是把他们送到国外学习。他的子女在后来都成了国家建设的栋梁之材,长子梁思成为著名建筑学家,次子梁思永为著名考古学家,次女梁思庄为著名图书馆学家,五子梁思礼为著名火箭控制系统专家,真可谓"满门俊秀"、"名耀天下"。

梁启超把他的家族带到近代中国社会的最前沿,也把他的家族带入了一个赋诗填词的文学世界。梁启超从事填词始于1894年,其长女梁令娴在编于光绪三十四年(1908)的《艺蘅馆词选》中说:"家大人于十五年前好填词,然不自以为工,随手弃去。令娴从诸父执处搜集,得数十阕。"其填词

---

① 丁文江、赵丰田:《梁启超年谱长编》,上海人民出版社1983年版,第227页。
② 梁启超:《与娴儿书》,载《梁启超年谱长编》,上海人民出版社1983年版,第755—756页。
③ 中华书局编辑部:《梁启超未刊书信手迹》上册,中华书局1994年版,第401—402页。

大约集中在三个阶段：第一阶段是1894—1898年间，大约有23首；第二阶段是在1898—1912年间，大约有33首；第三阶段在1917—1927年间，共8首。这三个阶段大约能折射出梁启超词学思想变化的历程。

1895年前后正是中日甲午战争时期，梁启超与康有为、麦孟华、夏曾佑等在京城参加科举考试，"斯时国家以新败之余，舆论渐起，遂有公车上书之事……此次旅京，日相过从者有麦孺博、江孝通、曾刚甫、夏穗卿、曾重伯诸人，文酒之会不辍。"① 著名的《水调歌头》（拍碎双玉斗）当作于这一年，在这首慷慨悲歌里，他抒写了对于危亡时局的关切之情，表达了"愿替众生病，稽首礼维摩"的拳拳爱国之心。从1898年起，梁启超开始流亡日本，他的活动中心由北京转移到东京，他的使命也由变革维新转向文化启蒙，这时他打破了"持三年绮语戒"的清规，重提诗笔再度填词。期间，他亲自指导女儿梁令娴学习，"令娴校课之暇，每嗜音乐，喜吟咏，间伊优学为倚声，家大人谓是性情所寄，弗之禁也"②。后来，麦孟华亦东游而来，居于梁家，教令娴课业，并指导其填词，令娴得以尽读所有词家专集及若干选本，而且在麦孟华的指导下编选了一本《艺蘅馆词选》（1908），其中录有梁启超、麦孟华对唐宋词的评语，这是梁氏家族成员（包括梁启超、麦孟华、梁令娴）从事词学研究的第一步。

1909年，梁启超多次写信与其弟仲策（梁启勋）讨论词学，1911年在游历台湾期间又起填词之兴，并对自己所填之词表示出一种自负："三年不填词，游台湾，怅触泪痕，辄复曼吟。手写数阕寄仲策，自谓不在古人下，倘复劳者之歌，发于性情，故尔入人耶？"③ 从1917年起，梁启超完全从政治舞台抽身而出，直到1929年去世，这是他从事词学研究取得丰硕成果的时期，也是梁氏家族成员研讨词学的第二时期。这一阶段他先后完成了《辛稼轩先生年谱》、《中国韵文里所表现的情感》及有关唐宋词集的考证文章，在他晚年卧病期间，读词还成为其解除病痛的药方："我在病榻旁边，这几个月拿什么事消遣呢？我桌子上和枕边摆着一部汲古阁的《宋六十家词》，一部王幼霞刻的《四印斋词》，一部朱古微刻的《彊村丛书》。除却我

---

① 丁文江、赵丰田：《梁启超年谱长编》，第37页。
② 梁令娴：《艺蘅馆词选》"自序"，广东人民出版社1981年版，第1页。
③ 梁启超：《游台湾片牍》，《饮冰室合集·专集》之二十二，第207页。

的爱女之外,这些词人,便是我唯一的伴侣。我在无聊的时候,把他们的好句子集句做对联闹着玩。久而久之,竟集成二三百副之多。……我做这顽意儿,免不了孔夫子骂的'好行小慧',但是'人生愁恨谁能免',我在伤心时节寻些消遣,我想无论何人也该和我表点同情。"①

梁启超去世后,在20世纪三四十年代,是梁启勋词学研究的丰收季节,他不仅在梁启超编年稼轩词的基础上完成了《稼轩词疏证》一书,而且先后出版了《词学》、《中国韵文概论》、《曼殊室随笔》(包括有"词论")、《词学铨衡》等,这是梁氏家族从事词学研究的第三个时期。

二 从《艺蘅馆词选》看梁氏初期的词学思想

《艺蘅馆词选》,成于光绪戊申(1908),是由梁启超、麦孟华、梁令娴合作完成的。全书凡五卷,所选篇目为唐五代110首,北宋128首,南宋190首,清朝及近人词164首,元明两朝一首未选。关于这部选本的编选宗旨,梁令娴是这样说的:

> 词之为道,自唐迄今千余年,在本国文学界中,几于以附庸蔚为大国,作者无虑数千家。专集固不可得悉读,选本则自《花间集》《乐府雅词》《阳春白雪》《绝妙好词》《草堂诗余》等,皆断代取材,未由尽正变之轨。近世朱竹垞氏网罗百代,汋为《词综》,王德甫氏继之,可谓极兹事之伟观。然苦于浩瀚,使学子有望洋之叹。若张皋文氏之《词选》,周止庵氏之《宋四家词选》,精粹盖前无古人。然引绳批根,或病太严,主奴之见,谅所不免。令娴兹编,斟酌于繁简之间,麦丈谓以校朱、王、张、周四氏,盖有一节之长云。

她历数自唐五代以来一些重要选本的缺失,并表达了自己这部选本力图克服的一些弊端,这就是她要"尽正变之轨",在时间上则跨越千年,在宗旨上则要克服"主奴之见"。有人这样评说《艺蘅馆词选》:"上溯唐五代,下迄有清。博,视竹垞《词综》而无其浩瀚;精,视皋文《词选》而矫其

---

① 梁启超《饮冰室合集·文集》之四十五,中华书局1989年版,第113—127页。

严苛。繁简斟酌，颇具苦心，艺蘅亦一词坛之功臣欤！"① 然而，从这部选本的入选量看它偏重南宋及清代，其中以温庭筠（21首）、周邦彦（24首）、辛弃疾（27首）、吴文英（22首）、王沂孙（18首）为多，这与张惠言推崇温庭筠的"深美闳约"和周济的"宋四家词说"若合符契，篇末还附录了李清照《词论》、杨缵《作词五要》、张炎《词源》、陆辅之《词说》、周济《词选目录序论》及况周颐《玉梅词话》，它表明编者接受的是常州派"意内言外"之说，强调词的"比兴"、"寄托"功能。所选录的清代及近人词也以常州派词人为主，入选数量以纳兰性德（14首）、张惠言（7首）、项鸿祚（9首）、蒋春霖（9首）、谭献（12首）、王鹏运（11首）、郑文焯（11首）为多，在这里，纳兰性德、项鸿祚、蒋春霖虽非常州派词人，却都是为谭献所推崇的在清代"鼎足而立"的三位大词人。

这与梁启超、麦孟华等推崇常州派的思想是一脉相承的，梁启超、麦孟华的这一思想倾向的形成又与其老师康有为推崇晚清常州派密切相关。康有为在1895年为王鹏运《味梨集》所作序文中说：

> 古诗朴，律体雅，词曲冶，如忠、质、文之异尚，而郁郁彬彬，孔子从文。以词视诗，如以周视夏，周为胜也。或讥其体艳冶靡曼，盖词祢律绝而祖乐府，以风骚为祖所自出，与雅颂分宗别谱。然雅颂远裔为铙歌、鼓吹，皆用长短句，则亦同祖黄帝也。吾尝游词之世界。幽娉灵眇，水云曲曲，灯火重重，林谷奥郁，山海苍琅，波涛相撞，天龙神鬼，洲岛渺茫。吐滂沛于寸心，既华严以芬芳；忽感入于神思，彻八极乎彷徨。信哀乐之移人，欲揽涕乎大荒。惟情深而文明者，能倚声而厉长。桂林王侍御佑遐，所谓情深而文明者耶！争和议而逐鹰鹯，非其义深君父耶？叹日月而惜别离，非情深朋好耶？温厚敦柔之至，而为咏叹淫佚之辞，其为稼轩之飞动耶？其为游扬诀荡之美成耶？其为梦窗、白石之芳馨耶？但闻裂帛，听幽涛，紫濑涓涓，古琴瑟瑟，它日游王子之故乡，泛訾洲之烟雨，宿风洞之岚翠，天晴豁开，万壑

---

① 杨若芬：《绾春楼词话》，转引自雷瑨《闺秀词话》卷三，王英志主编《清代闺秀诗话丛刊》，凤凰出版社2010年版，第1473—1474页。

涌秀，忽而云雾半冥，一峰青青，有人独立其上，苍茫问天，其必情深而文明者哉！①

康有为与晚清四大家中的王鹏运和朱祖谋皆有交往；王鹏运和朱祖谋都是康有为变法运动的强力支持者，这样的交往关系也自然会影响到康有为在词学问题上的认识。他反对视词为小道的观念，以为词自风骚而出，是祢律绝而祖乐府，这样的观念正是承自张惠言所说的"词与诗赋同类而讽诵之"而来，意在为抬高词的文体地位、扩大词的社会功用而"发声"："吐滂沛于寸心，既华严以芬芳；忽感入于神思，彻八极乎彷徨。信哀乐之移人，欲揽涕乎大荒。"进而，他从"情深"和"文明"两个方面谈到王鹏运《味梨集》的审美特点：从"情深"方面看是"义深君父"、"情深朋好"，从"文明"方面看则有"稼轩之飞动"、"美成之诀荡"、"梦窗、白石之芳馨"。这也与周济所说的"宋四家词说"有直接的关系，朱祖谋曾说过："君词导源碧山，复历稼轩、梦窗，以还清真之浑化，与周止庵氏说，契若针芥。"②

梁启超、麦孟华是康有为最得意的两位门生，在戊戌变法前后是康有为维新变法思想的忠实追随者和实践者，他们对康有为接受常州派的词学思想是表示认同的，其选词、评词、论词尤重作品中的"比兴""寄托"之旨。如梁启超谈到北宋陈克的《菩萨蛮》（赤栏桥尽香街直）曰："亡友陈通父最赏此词。"其故大约是因为张惠言评之曰："此刺时也。"在谈到南渡词人辛弃疾时，或称其《青玉案·元夕》"自怜幽独，伤心人别有怀抱"，或谓其《破阵子·为陈同甫赋壮词以寄之》"无限感慨，哀同甫，亦自哀也"，或评其《念奴娇·书东流村壁》抒写的是"南渡之感"。又认为南宋陈允平的《绛都春》（秋千倦倚）有温厚之旨，曰："陈通甫最赏之，谓其怨而不怒。"还认为清初吴伟业的《贺新郎·病中有感》有深厚的托意，曰："鸟之将死，其鸣也哀，梅村固知自爱者。"而麦孟华对南宋词旨的解读大多是朝着寄托方向立论的，特别注意南宋词人对时事政局的关切和国家衰亡的忧虑，如评陆游《鹊桥仙·夜闻杜鹃》曰："当有所刺。"评史达祖《双双燕》

---

① 康有为：《味梨集序》，《中国近代文论选》（上），人民文学出版社1959年版，第154页。
② 朱祖谋：《〈半塘定稿〉序》，王鹏运：《半塘定稿·半塘賸稿》，光绪三十二年朱祖谋刻本。

曰：" 讽词。" 评黄孝迈《湘春夜月》（近清明）曰："时事日非，无可与语，感喟遥深。" 评王沂孙《高阳台》（残萼梅酸）曰："此言半壁江山，犹可整顿也。眷怀君国，盼望中兴，何减少陵。" 评周密《大圣乐·东园饯春》曰："此刺群小竞进，慨天下之将亡也。忧时念乱，往复低回。" 受其父其师的影响，梁令娴在《艺蘅馆词选》中对于唐宋词人多是大量征引张惠言、周济的评语，对于清代词人则转录谭献《箧中词》中的有关评语，这表明她对常州词派比兴寄托观念的认同态度。在二十多年后，梁启超思想有所转变，但依然认为张惠言、周济、谭献所编词选也是可读的书目。

　　大约是康有为与王鹏运、朱祖谋交往之故，梁启超对常州派也有一定程度的爱好和偏私，认为张惠言、谭献、郑文焯、王鹏运、朱祖谋等皆足称"名家"，他对两宋词史的看法接受的是晚清常州派宗南宋尊梦窗的观点。1909 年 5 月和 7 月，他曾两次致书胞弟梁启勋（仲策）谈到填词的问题，说："近尚有填词否？前寄示数阕，意态雄杰，远过初况。所寄惟琢句尚有疵类，宜稍治梦窗以药之。" 又说："弟词之精进，前次所寄数阕，煞有可诵者，但总不免剽滑之病，句未能炼，意未能刻。入此事诚难，兄且知之而不免自犯此病，大约此事千秋无我席矣。弟若嗜此，当下一番刻苦工夫，非可率尔图成，今寄上《梦窗全集》一部，以资模仿，幸察收。"[①] 这说明他填词重视字句的琢练，对梦窗琢字练句的填词之法亦注意吸纳，这一思想也体现在梁令娴所编《艺蘅馆词选》里，他对两宋词人词作的品评较之麦孟华尤为重视字法、句法、章法的锻炼技巧。如评周邦彦《大酺》（对宿烟收）曰："'流潦妨车毂'等语，托想奇拙，清真最善用之。" 评周邦彦《夜飞鹊》（河桥送人处）曰："'兔葵燕麦'二语，与柳屯田'晓风残月'，可称送别词中双绝，皆熔情入景也。" 评周邦彦《西河·金陵怀古》（佳丽地）曰："张玉田谓清真最长处在融化古人诗句，如自己出，读此句，可见此中三昧。" 评辛弃疾《鹧鸪天·鹅湖归病起作》曰："谭仲修最赏此二语，谓学词者当于此中消息之。" 评姜夔《玲珑四犯》曰："与清真'斜阳冉冉春无极'同一风格。" 评近人陈澧《疏影·苔痕》一词称其"体物入微，碧山却步"。对于南宋词人，他们尤为偏好，所下评语最多，入选数量亦最

[①] 丁文江、赵丰田：《梁启超年谱长编》，上海人民出版社 1983 年版，第 490、491 页。

多，试比较两宋词选录较多者：北宋，欧阳修11首、秦观18首、周邦彦24首；南宋，辛弃疾27首、姜夔16首、吴文英21首、周密18首、张炎18首、王沂孙18首。梁令娴《艺蘅馆词选》"例言"第三条云："词之有宋，如诗之有唐，南宋则其盛唐也，故是编所钞以宋词为主，南宋尤夥。"第四条云："清真、稼轩、白石、碧山、梦窗、草窗、西麓、玉田，词之李、杜、韩、白也，故所钞视他家独多。"再看她对清代词人的选录情况，这一选本重点选录了晚清常州派词人词作，如王鹏运11首、郑文焯11首、朱祖谋4首、况周颐2首，在补编又补选了郑文焯5首、朱祖谋16首，共49首。

不过，梁启超对晚清常州派的词学观点并非全是承袭，他还改变常州派的温柔敦厚的诗教说为以词为"新民"的一种手段。这一点与常州派的诗教说有本质性的区别，前者意在表达"贤人君子幽约怨悱不能言之情"，而后者却与其"诗界革命"的理论主张息息相通，是要求词发挥改造国民品质的社会作用。梁启超说：

  盖欲改造国民之品质，则诗歌、音乐为精神教育之一要件，此稍有识者所能知也。……盖自明以前，文学家多通音律，而无论雅乐、剧曲，大率皆由士大夫主持之，虽或衰靡，而俚俗犹不至太甚。本朝以来，则音律之学，士夫无复过问，而先王乐教，乃全委诸教坊优伎之手矣。读泰西文明史，无论何代，无论何国，无不食文学家之赐；其国民于诸文豪，亦顶礼而尸祝之。若中国之词章家，则于国民岂有丝毫之影响耶？推原其故，不得不谓诗与乐分之所致也。[①]

在他看来，音乐文学是改造国民品质的一种重要手段，在明代以前文学家多是精通音乐的，较好地发挥了"动天地，感鬼神，移风易俗"的社会作用，遗憾的是到了清代文学与音乐分流断裂，"诗、词、曲皆成陈设之古玩"，这也造成了词这种特殊文体之教育功能的丧失。梁令娴说：

  令娴闻诸家大人曰：凡诗歌之文学，以能入乐为贵。在吾国古代有

[①] 梁启超：《饮冰室诗话》，人民文学出版社1959年版，第58—59页。

然，在泰西诸国亦靡不然。以入乐论，则长短句最便，故吾国韵文，由四言而五七言，由五七言而长短句，实进化之轨辙使然也。诗与乐离盖数百年矣，近今西风沾被，乐之一科，渐复占教育界一重要之位置，而国乐独立这一问题，士夫间莫或厝意。后有作者，就词曲而改良之，斯其选也。①

因此，梁启超极力主张恢复古代诗乐合流的传统，他说："今日欲为中国制乐，似不必全用西谱，若能参酌吾国雅、剧、俚三者而调和取裁之，以成祖国一种固有之乐声，亦快事也。"在他看来中国的诗词无论古今皆有可入谱作乐者，"如岳鄂王《满江红》之类，最可谱也。近顷横滨大同学校为生徒唱歌用，将南海（康有为）旧作《演孔歌》九章谱出，其音温以和；将鄙人旧作《爱国歌》四章谱出，其音雄以强；能叶律如是，是始愿所不及也"。② 不过，相对于诗而言，词较之"入乐最便"，恢复古代乐教的传统自然当从词曲始，当然他主张以诗词谱曲入乐也是有所指向的，这就是让词肩负开启民智、改造国民素质的"新民"重任。

三 梁氏兄弟的"稼轩情结"

梁氏家族对于辛弃疾可谓情有独钟，称得上是有一种特殊的稼轩情结。梁令娴编《艺蘅馆词选》，选录辛弃疾词作27首，为全书入选词人之冠。梁启超对稼轩词"好之尤笃，平时谈词辄及稼轩"，晚年更是抱病撰为《辛稼轩先生年谱》，甚至为此付出了生命的代价，成为其一生的绝笔之作。梁启勋在其兄影响下亦喜攻稼轩词，撰为《稼轩词疏证》，"继饮冰未竟之业"，自谓"不敢为先生（稼轩）作传"，只是"列举客观之事实，以供读者之想像"。③《稼轩词疏证》是在梁启超前期工作基础上进行的，每一条疏证都是前列饮冰室考证后列梁启勋案语，一部《稼轩词疏证》实际上是由梁启超、梁启勋兄弟合作完成的研究著作。

晚清以来，在清真、梦窗受到热捧的同时，词坛上也渐现推尊稼轩的趋

---

① 梁令娴：《〈艺蘅馆词选〉序》，广东人民出版社1981年版，第2页。
② 梁启超：《饮冰室诗话》，人民文学出版社1959年版，第96页。
③ 梁启勋：《稼轩词疏证·序例》，中国书店1980年版，第5页。

势。中法战争时期，活跃在闽中地区的聚红榭词社，就是一个"扬辛、刘之波"的词人群体；在戊戌变法前后的京师词坛，也有一群以辛弃疾、刘过、陈亮为取向的词人群体，他们是王鹏运、文廷式、沈曾植、黄遵宪等；到辛亥革命前后则有以柳亚子、陈去病、高旭为代表的南社词人群体，"多唱和应酬之作，慷慨悲歌，英气勃然，毫无争秋斗纤之气，大是辛稼轩、蒋心余一派笔法"；①而从王国维到胡适，再到五四运动前后涌现出来的现代派学者，他们对稼轩亦有特别的偏好，王国维甚至将稼轩推为两宋以来的第一人。梁启超在性格上属于落拓不羁之类，其词作也基本上偏于豪放一路②，如《水调歌头》"拍碎玉栏杆，慷慨一何多。满腔都是血泪，无处着悲歌"、《满江红》"使不尽，灌夫酒；屠不了，要离狗。有酒边狂哭，花间长笑。剑外惟余肝胆在，镜中应诧头颅好"、《贺新郎》"不信千年神明胄，一个更无男子。问春水干卿何事；我自负伤心人不见，访明夷别有英雄泪。鸡声乱，剑光起"，"词中激烈悲壮的情绪与恢弘雄浑的意象皆深受辛弃疾与陈亮唱和诸词的影响"。③在步入词坛之初，梁启超对气格豪迈的作品尤为倾心和激赏，如评王安石《桂枝香·金陵怀古》一词曰："李易安谓介甫文章似西汉，然以作歌词，则人必绝倒，但以此作却颉颃清真、稼轩，未可谩诋"；评周邦彦《兰陵王·柳》"斜阳冉冉春无极"七字曰："绮带悲壮，全首精神提起"；评李清照《渔家傲》（天接云涛连晓雾）一词曰："此绝似苏、辛派"；评近人蒋万里《大江东去·扬子江》、《望海潮·黄河》二词曰："气象壮阔，神思激扬，洵足起斯道之衰。"无论是从创作还是从评论看，梁启超必然会对《稼轩长短句》表示礼敬之意，如在《艺蘅馆词选》中评《贺新郎·赋琵琶》一词说："琵琶故事，网罗胪列，乱杂无章，殆如一团野草，惟其大气足以包举之，故不觉粗率。"他看重的是其"大气包举"的气度，而不太在意辛词的"网罗胪列，乱杂无章"。又在《中国韵文里所表达的情感》中说："他（辛弃疾）是个爱国军人，满腔义愤，都拿词

---

① 碧痕：《竹雨绿窗词话》，屈兴国编《词话丛编二编》第五册，浙江古籍出版社 2013 年版，第 2631 页。
② 刘石：《梁启超的词学研究》，《有高楼续稿》，凤凰出版社 2005 年版，第 201 页。
③ 谢桃坊：《梁启超的稼轩词研究之词学史意义》，《词学辨》，上海古籍出版社 2007 年版，第 312 页。

来发泄,所以,那一种元气淋漓,前前后后的词家都赶不上。"接着,还具体分析了辛弃疾的《摸鱼儿》《念奴娇》《贺新郎》,指出《摸鱼儿》"算是怨而怒了",《念奴娇》"把他的旧恨新恨一齐招惹出来",《贺新郎》"把他胸中垒块尽情倾吐",对于辛弃疾直抒胸臆倾吐心声之作给予了很高的评价。还在《辛稼轩先生年谱》"淳熙六年"条分析《摸鱼儿》一词题旨时说"盖归正北人骤跻通显,已不为南士所喜,而先生磊落英多之姿,好谭天下大略,又遇事负责,与南朝士夫泄沓柔靡风习尤不相容,前此两任帅府皆不能久于其任,或即缘此,诗可以怨,怨固宜矣!"① 也是强调词中怨诽之旨,并指出这与辛弃疾的个性及其所处时代有密切关系。

梁启超对稼轩词的热爱与推崇,是因为"其性情怀抱均相近"②,"是他们皆具有以文采风流为能事的诗人气质、以器识才略为根底的政治家抱负、以救亡图存为核心的爱国精神、以经世致用为轴心的战斗意志等,以及两人各自所处的内忧外患、风雨飘摇之时代的相似性"。③ 正是因为这样的原因,梁启超投入了大量的精力从事辛弃疾研究,据其学生储皖峰回忆:"民国十六年,在清华常与先生读辛词,时先生方搜集材料,欲为辛编制年谱。"④梁启超先是撰为《跋四卷本稼轩词》《跋稼轩集外词》二文,后是编成《辛稼轩先生年谱》,意在复原辛弃疾作为一个"爱国军人"、失路英雄的形象。梁启勋在《稼轩词疏证·序例》中说:"伯兄尝语余曰:稼轩先生之人格与事业,未免为其雄杰之词所掩,使世人仅以词人目先生,则失之远矣。意欲提出整个之辛弃疾,以公诸世,其作《辛稼轩年谱》之动机实缘于此。"《辛稼轩先生年谱》是一部未竟的年谱,只写到了辛弃疾六十一岁时止,梁启勋具体地描述了梁启超撰写《辛稼轩先生年谱》的前后经过:"伯兄所著《辛稼轩先生年谱》,属稿于十七年九月十日,不旬日而痔疮发,乃于同月之二十七日入协和医院就医,病榻岑寂,唯以书自遣,无意中获得资料数种,可为著述之助,遂不俟全愈,携药出院,于十月五日回天津,执笔侧身坐,继续草此稿,如是者七日,至月之十二日,不能支,乃搁笔卧床,旋又

---

① 梁启超:《辛稼轩先生年谱》,《饮冰室合集》"专集"之九十八,第20页。
② 林志钧:《〈稼轩词疏证〉序》,梁启勋《稼轩词疏证》,中国书店1980年版,第3页。
③ 杨柏岭:《唐宋词审美文化阐释》,黄山书社2007年版,第339页。
④ 储皖峰:《梁启超〈跋稼轩集外词〉后记》,《词学季刊》第1卷第2号。

到北平入医院，遂以不起。谱中录存稼轩《祭朱晦翁文》，至'凛凛犹生'之'生'字，实伯兄生平所书最后之一字矣。时则十二日午后三时许也。"① 这部年谱不但对稼轩的家世、仕履、行踪作了一个较为全面的勾勒，而且对稼轩词第一次作了比较系统的编年，并在"乾道五年"条附录了"编年词略例附说"，详细地阐说了自己在稼轩词编年所采用的方法，如据词集中题记某年作考定者、词句中可证明某年作考定者、据题中句中地名考定者、据其在某地所与往还唱和之人考定者等等，但他特别强调了四卷本《稼轩词》甲乙丙丁集即吴讷《百家词》本对于稼轩词编年的重要意义。"略以此本画出一时代粗线，然后将各时代游宦或家居时之地与人互相证勘，其年分明确者隶于本年，不甚明确者则总载或附录于某地宦迹之末一年，则虽不敢谓为正确之编年，然失之亦不远矣。"② 尽管这一编年还是存在着"未为精当"之弊，但是它对于梁启勋的《稼轩词疏证》、邓广铭的《稼轩词编年笺注》而言，有"垫基铺石"的作用，正如邓广铭先生所说的"大体均以梁氏所提出之方法为准则"③。

梁启勋编《稼轩词疏证》意在"继伯兄未竟之业"，他以信州本为底本，参以吴讷《百家词》所收之四卷本、辛敬甫从《永乐大典》所辑之《补遗》，并于《清波别志》《草堂诗余》各辑1首，去其重复误收者，共得623首，这一数目在当时应该说是搜罗较为完备的，后来邓广铭经过四十多年的搜辑亦只合得626首。值得注意的是，《疏证》一书在结构上的调整，全书分为六卷，以年为序，卷一、二为淳熙丁未以前词，卷三为戊己庚辛四年词，卷四、五为壬子至辛酉之十年间词，卷六则为壬戌以后四卷本所未收之词，每卷在目录之先标出年与岁及所在地，每首之下先录饮冰室校勘，次录饮冰室考证，又次为梁启勋之案语，虽然梁启勋自称"不敢冒编年之名"，但这样的结构体例却有为稼轩词编年之实，"已创为词集编年笺释之法，为后出之作导夫先路"④。这样的做法正是继承梁启超复原辛弃疾作为一个爱国军人的思想而来，"人之思想变化，每与时代及环境为因缘，若作

---

① 梁启勋：《〈辛稼轩先生年谱〉跋》，《饮冰室合集》"专集"之第九十八，第61页。
② 梁启超：《辛稼轩先生年谱》，《饮冰室合集》"专集"之九十八，第9页。
③ 邓广铭：《稼轩词编年笺注》"例言"，上海古籍出版社1993年版，第47页。
④ 谢永芳：《广东近世词坛研究》，上海古籍出版社2008年版，第298页。

品不编年则无以见其迁移之痕迹"。① 梁启超在这一问题的处理上先是以地为别，"循先生宦游之足迹为先后"，但是地有重至者，"若用空间，则失时间，仍非本旨"，最后改为撰写《辛稼轩先生年谱》，将可考之作品按辛弃疾活动之年代和地点编入年谱。梁启勋《疏证》一书在其兄基础上所做的开拓也是值得注意的，这就是他提出了一些作品年代的考证方法和新的编排体例。如："从并时人之诗文词集觅证据，以推求年代"（序例）、"集中唱和之作、互见他集者，亦复搜集备列于篇，资参考焉"（林序）、"四卷本非辑于一时，而有断代性质。甲集未编出者可确定为四十八岁以前作，乙集四十九至五十二岁作，丙、丁集五十三至六十二岁作。后辑之三集间有兼收前集之所遗，但为数无多。其有显明之证据者，已悉提置于本年"、"嘉泰壬戌以后为四卷本所未及收之词，与乎信州本及补遗所载而为四卷本失载词，共一百八十一首，能编年已有八十九首，尚余九十三首，则以附卷六，但仍以丁卯之绝笔词殿全集之后，不知年之词仅全集七分之一强"（后记）等。还有，他在考证上亦多所创获，考证出一些以前所未能发现的问题，这点林志钧在《〈稼轩词疏证〉序》中多有列证，并指出："仲策此作，大之足以补史传、方志所不备，次之则稼轩生平志业、遭际出处踪迹，俱略可悉……仲策之作，以视江宾谷之《山中白云词》《蘋洲渔笛谱》疏证，足以鼎足而立，有过之而无不及。"② 当然，作为稼轩词笺注编年的草创之篇，《疏证》存在的问题也是毋庸讳言的，正如夏承焘所言："半引任公考证，文字有可删省处，考证则多未备。……读此书，益念著述不可草草行世。"③ 邓广铭亦有言曰："作者于辛氏生平事历均未加考求，故征事均极疏陋，编次亦俱失伦序。"④

四 以"情感"、"意境"建构起来的梁氏词学体系

梁氏家族对词学的研讨，从编《艺蘅馆词选》起步，从追随常州派到转向以词为新民的工具，再到推崇稼轩词，并撰为《辛稼轩先生年谱》和

---

① 梁启勋：《稼轩词疏证·序例》，中国书店1980年版，第1页。
② 林志钧：《〈稼轩词疏证〉序》，《稼轩词疏证》，第10—11页。
③ 夏承焘：《天风阁学词日记》1934年10月1日，浙江古籍出版社1984年版，第324页。
④ 邓广铭：《稼轩词编年笺注》"例言"，上海古籍出版社1993年版，第46页。

《稼轩词疏证》，其中贯串着一条很重要的文学思想，这就是，他们始终是围绕"艺术是情感的表现"这个核心观念展开的。

梁启超认为"天下最神圣的莫过于情感"，情感具有极强烈之感染力，"是人类一切动作的原动力"，它能把人引入超本能的境界，也能把人引入超现在的境界，"古来大宗教家、大教育家都最注意情感的陶养"，而艺术则是"情感教育最大的利器"，"音乐、美术、文学这三件法宝，把'情感秘密'的钥匙都掌住了"。艺术家是把自己的"个性"情感打进到别人"情阈"的人，"他有恁么大的权威，所以艺术家的责任很重，为功为罪，间不容发。艺术家认清楚自己的地位，就该知道，最要紧的工夫，是要修养自己的情感，极力往高洁纯挚的方面，向上提挈，向里体验。"[①] 在《屈原研究》《陶渊明之文艺及其品格》《情圣杜甫》等一系列论文里，他始终把是否有真情实感作为作家最基本的标准，指出，屈原"是一位有洁癖的人为情而死"，在屈原的思想中有两种矛盾的元素，一种是极高寒的理想，一种是极热爱的感情；陶渊明是"一位极热烈极有豪气的人"，"一位缠绵悱恻最多情的人"，"对于朋友的情爱又真率又秾挚"；对于杜甫，他一改过去"诗圣"之称而换为"情圣"，"因为他的情感的内容，是极丰富的，极真实的，极深刻的"，"中国文学界写情圣手，没有人比得上他，所以我叫他'情圣'"。

不过，在梁启超看来，作家光有丰富的情感还不够，他还应该把"优美的情感"与"美妙的技术"结合起来，"因为文学是一种技术，语言文字是一种工具。要善用这工具，才能有精良的技术；要有精良的工具，才能将高尚的情感和理想传达出来"。[②] 梁启勋也有类似的表述，他说："诗词歌曲，表示情感之工具也"，"至若作品之感人深浅，则视作者之技术为何如；技术之优劣，又视所用之工具为何如"。[③] 因此，作家当在技巧和工具上多所用心，所谓"工欲善其事，必先利其器"是也，这里所说的"事"即情感，"器"即技巧和工具。

---

① 梁启超：《中国韵文里头所表现的情感》，《饮冰室文集》之三十七，中华书局1989年版，第71—72页。
② 梁启超：《晚清两大家诗钞题辞》，《饮冰室文集》之四十三，中华书局1989年版，第71页。
③ 梁启超：《词学》"例言"，中国书店1985年版，第1页。

在《中国韵文里头所表现的情感》一文中，梁启超对情感表现的技巧做了比较全面的探讨，分为"奔进的表情法"、"回荡的表情法"、"蕴藉的表情法"、"象征派的表情法"、"浪漫派的表情法"、"写实派的表情法"等，上述这些表情法在词中有哪些比较具体的表现呢？他认为，"奔进的表情法"在词中较少见，"因为词家最讲究缠绵悱恻，也不是写这种情感的好工具"，但像辛弃疾《菩萨蛮》上半阕，以及吴伟业的《贺新郎》一词，可称之为这类表情法，它的特点是作者受到意外的刺激，"由不得把满腔热泪都喷出来了"；"回荡的表情法"与"奔进的表情法"相比，一个是直线式的，一个是曲线式的，"是一种极浓厚的情感蟠结在胸中，像春蚕抽丝一般，把他抽出来"。在梁启超看来，"回荡的表情法，用来填词，当然是最相宜"，因此，他专列一节探讨"回荡的表情法"在词中的表现，他列举的例子有李煜的《虞美人》《浪淘沙》、宋徽宗的《燕山亭》、辛弃疾的《摸鱼儿》《念奴娇》《贺新郎》等。具体说来，它又可细分为两种：一种是曼声式的，如辛弃疾的《祝英台近》便写出了幽咽的情绪；另一种是促节式的，它的特点是"读起来一个个字都是往嗓子里咽"，代表作品有柳永的《雨霖铃》、周邦彦的《兰陵王》、李清照的《壶中天慢》和《声声慢》、陆游的《钗头凤》、顾贞观寄吴兆骞的《贺新郎》二首、纳兰性德的《蝶恋花》和《采桑子》。"蕴藉的表情法"，向来被传统批评家认为是文学正宗，"是中华民族特性的最真表现"。梁启超将之细分为三类：一是"用很有节制的样子"，去表现浓烈的情感；二是"不直写自己的情感，乃用环境或别人的情感烘托出来"；三是"把情感完全藏起不露，专写眼前实景，或虚构之景，把情感从实景上浮现出来"。还有一类是"把情感本身照原样写出，却把所感的对象隐藏过去，另外拿一种事物来做象征"，关于这种表现法，梁启超没有列词为证，但为其弟梁启勋《词学》一书所补充。其他两种，也就是"浪漫派"和"写实派"的表情法，是从欧洲文坛借用过来的称呼，"我国古代，将这两派划然分出门庭的可以说没有"，梁启超亦对之没有举词为证。

梁启勋《词学》一书，是对乃兄上述思想的完善和补充，他认为："文学乃一种工具，用以表示情感，摹描景物，发挥意志，陶写性灵而已"；"词为文学艺术之一种，就表示情感方面言之，容或可称为一种良工具"。① 与梁启超只注重情感表达不同，梁启勋还注意到词作为"一种工具"，它既可用作表示情感，也可用作摹描景物，从这两个方面出发，他发展梁启超艺术表达技巧为"表示情感"和"摹描景物"两大类："表示情感之中，再分作回肠荡气、含蓄蕴藉两种；回肠荡气之下又分为曼声与促节，含蓄蕴藉之下又分为敛抑与烘托；摹描景物之中，再分作融和情景、描写物态两种。"② 也就是说，他对梁启超的分类法有简化也有拓展，从简化看就是将梁启超的六类简化为二类，从拓展看就是补充梁启超所未论及的摹描景物的两类，这种情况的出现大约梁启超是从整个韵文而言，而梁启勋只是就词之一种文体而言。然而，梁启勋不但承其兄发展了"技巧"论，而且对其兄所未论及的"意境"问题亦有阐说，关于"意境"的论述见于《曼殊室随笔》"词论"篇及《词学论衡》。他说："作品须有意境，尤须有新意境。若意境虽非不佳，但仿佛曾在某人集中见过，则无味矣。"③ 也就是意境力主求新，比如苏东坡"溪风漾流月"与张功甫"光摇动一川银浪"，赵汝愚"江月不随流水去"与张叔夏"长沟流月去无声"，尽管意境相同，但是观察各异，"是以作品须首重意境"，然而现实生活中的具体情形是："人类生息于宇宙间，境界即在宇宙内，我见得到，他人亦必见得到。且彼先我后，若下笔定欲作未经人道语，其事实难。"④ 不过，在梁启勋看来，虽说经人道者多，但埋藏者亦未或必然。"或则用翻新法，将原属正方形之质材，改为多角形；或用特别观察力，改正视而为侧视，则景物自然改观"，"若能运用此法以至于熟极生巧时，则新意境自可以用之而无竭。"⑤

在上述两种基本方法之外，梁启勋还罗列了其他一些技巧和方法，一是"写的是习见景物，只把动词活用他，意境便可以改观"，如欧阳修《浣溪沙》"绿杨楼外出秋千"、宋祁《木兰花》"红杏枝头春意闹"即是。二是"用特殊观察法，变主观而为客观"，如辛弃疾《鹧鸪天》"红莲相倚浑如醉，白鸟无言定自愁"、姜夔《长亭怨慢》"树若有情时，不会得青青如

---

① 梁启勋：《词学》卷下，中国书店1985年影印版，第1—2页。
② 梁启勋：《词学》卷上，第1—2页。
③ 梁启勋：《词学论衡》，香港上海书局1975年版，第80页。
④ 梁启勋：《词学论衡》，第81页。
⑤ 梁启勋：《词学论衡》，第81页。

此",就是用这种方法。三是以消极为积极之法,如"寻常相见了,犹道不如初""不见又思量,见了还依旧"等是也。四是画龙点睛法,如晁补之"共凝恋,如今别后,还是隔年期",通篇只写明月,却以"共凝恋"一韵带出中秋,意境自新。五是"闹中取静、忙里偷闲、苦中寻乐","凡此,或撇去眼前而专取远景,或跳脱环境而寄情物外,用取巧方法以新人耳目,耳目新则自觉其意境新了"。六是"援用几种不调和的资料,强扭合以行文",如杜甫《哀王孙》"可怜王孙泣路隅"就是这样,它将本不相调和的"王孙"与"路隅"强扭一起,意境就自新了。

更值得注意的是,梁启勋把"意境"问题上升到词史的高度去认识,指出宋词之所以向元曲方向发展是在意境上不能求新所致。他说:

> 词由五代之自然,进而为北宋之婉约,南宋之雕镂,入元复返于本色。本色之与自然,只是一间,而雕镂之与婉约,则相差甚远。婉约只是微曲其意而勿使太直,以妨一览无余,雕镂则不解从意境下工夫,而唯隐约其辞,专从字面上用力,貌为幽深曲折,究其实只是障眼法,揭破仍是一览无余,此其所以异也。①

> 宋词之所以变为元曲,虽则原因种种,大约自然与人工参半,固历历可稽。但当日南宋诸贤,自以为词之境界,都被五代北宋人占尽,难出其范围。然又不能如诗学之欧苏梅王,特辟新意境,用洗晚唐泛浮纤仄之病,徒相率在含蓄蕴藉上用过分之工夫,结果遂流为梦窗等之晦涩,至是已入绝境,此而不变,则亦可以无作矣。②

这说明,在意境上求新求变是文学发展的基本规律,换言之,词史从五代到北宋再到南宋的发展,就是意境不断求新求变的历程,这也是中国文学文体不断嬗变的根本原因。梁氏兄弟从情感论出发,对词学问题的认识逐步深入,上升到对"体制"、"技巧"、"意境"等问题的探讨,从而建构起了一套以"意境"和"表情技巧"为中心的现代词学体系。

---

① 梁启勋:《曼殊室随笔》,上海书店1991年影印本,第44页。
② 梁启勋:《曼殊室随笔》,第18页。

通过对梁氏家族词学思想的分析可知，在清末民初社会转型之际，中国词学走过了一个从推崇梦窗到标榜稼轩，从崇尚寄托到重视情感、意境的过程。在前期，梁启超、梁令娴受常州派影响较深，对常州派的诗教说多所推重，并改造常州派的诗教说为新民说；在后期，梁启超、梁启勋更多从文学立场出发，从艺术唯美的立场出发，对词的艺术表现手法进行了系统的总结，特别是对"意境"问题的论述，丰富了中国现代词学的理论内涵。

第 四 章
现代高等学府的词学师承

伴随着壬寅（1902）、癸卯（1904）、壬子癸丑（1912—1913）、壬戌（1922）诸学制的推行，中国近现代教育事业逐步走上正轨，大江南北分别建立了性质不同、规模不等、数量众多的高等学府，如京津地区的北京大学、清华大学、南开大学、辅仁大学、北京师范大学，苏沪地区的东南大学、暨南大学、东吴大学、光华大学、无锡国专，还有民国名校武汉大学、山东大学、河南大学、浙江大学、四川大学、安徽大学等。这些高等学府在课程设置、师资聘任、学生教育等方面直接地影响到现代词学的发展。①

最早设立的国立大学是京师大学堂，辛亥革命后由京师大学堂转变而来的北京大学，设有中国文学门，中国文学门开设有词曲课程——词选、词史、专家词等，当时蔡元培先生特地聘请词曲专家吴梅、刘毓盘为教授，而后开设词曲课程一直是北京大学中国文学系的传统。受北京大学中国文学门课程设置的影响，当时南北各大学中国文学系大多开设有词曲的课程。1933年4月《词学季刊》创刊号上介绍了当时南北各大学讲授词学的教授，中央大学有吴梅、汪东、王易，中山大学有陈洵，武汉大学有刘永济，北京大学有赵万里，杭州大学有储皖峰，之江大学有夏承焘，河南大学有邵瑞彭、蔡桢、卢前，重庆大学有周岸登，暨南大学有龙沐勋、易韦斋，此外，还有青岛山东大学黄孝纾，上海光华大学万云骏，北平清华大学俞平伯，北平中国大学孙人和，北平辅仁大学顾随，无锡国专杨铁夫，广州中山大学詹安

---

① 参见拙撰《有声的词学：民国时期词学教学的现代理念》，《文艺研究》2015年第8期。

泰，安庆安徽大学宛敏灏，等等。

因为南北各大学办学背景存在差异，办学历史也有长短之别，在师资、学生、学风、学制等方面也就形成各自的特色和传统，这些传统也影响到他们的学术研究，使得他们的词学研究带有这个学校独有的学术品格。比如清华大学的词学研究从王国维、梁启超开始，就已带有一种兼容新旧的学术特色，这对后来在这里任教的俞平伯、浦江清是有影响的；相反，南京中央大学从南京高师发展而来，它从一开始就成为一批守旧文人汇聚之所，在这里产生、形成、发展起来的"学衡派"，把东南大学—中央大学建设成为现代文化保守主义的大本营，"学衡派"的文化保守主义立场促成了中央大学词学研究的兴盛。因此说，现代教育在中国词学从传统向现代转型的历史进程中扮演着十分重要的角色。

在现代词学史上，北京大学、清华大学、中央大学是影响中国词学发展走向的三大高等学府。鉴于北京大学的词学教授后来大多转聘他校，本章将着重探讨清华大学和东南大学—中央大学的词学研究。清华大学的词学教授与北京大学、东南大学—中央大学有着微妙的渊源关系，俞平伯毕业于北京大学，任教于清华大学，赵万里毕业于东南大学，后来在清华国学院学习，先后在清华大学、北京大学兼课，而东南大学—中央大学词学教授吴梅曾任教于北京大学，因此，以清华大学、中央大学为研究重点将有特殊的意义。此外，我们还将以无锡国专为研究个案，分析私立大学在词学方面的研究特色，并说明现代词学研究的多元品格。

第一节 清华词学的"新"与"旧"

清华大学是近现代教育史上最著名的高等学府，在中国近现代教育史上创造了许多奇迹。在人文学科方面，1924年开设的国学研究院在后世影响极大，它为现代中国学术界培养了一大批"志在学术"的文化精英。国学研究院四大导师中的两位——王国维、梁启超，更是决定着近现代词学史发展走向的学术大师，他们的学术兴趣和治学方法也影响到在研究院学习的学生们，其中储皖峰、姜亮夫，特别是赵万里等在词学研究上的建树尤其突出。在20世纪三四十年代的清华大学，从事词学研究的有俞平伯、浦江清、萧涤非，他们把在他校接受的教育思想与清华的词学观念相会通，使得清华大学成为民国时期词学研究较有影响的一大重镇。

一 清华国学研究院的词学承传

清华大学原为隶属于外交部的清华学校，是一所培训留美学生的预备学堂。1924年秋，校长曹云祥计划筹建大学部及研究院，1925年春，在胡适的谋划和帮助下，学校先后聘请王国维、梁启超、赵元任、陈寅恪为研究院导师，吴宓为研究院主任，李济为专任讲师，陆维钊（陆不久以事辞，由赵万里补其缺）、梁廷灿、章明煌三人为助教，这就是后来所说的清华国学研究院成员构成的基本情况。研究院先后招有四届学生，共72人，这些学生后来在高等院校任教的有50余人，并成为三四十年代中国南北各大学的学术精英和骨干。

研究院的两位导师——王国维和梁启超，正如前面所说，他们对于词学都是有精深研究的。这时王国维主要学术领域是经史之学，但他在十七八年前已在《国粹学报》上刊有《人间词话》，在研究院任教期间也不是完全不谈词曲的。据姜亮夫回忆，他曾填词一首，王国维居然花了两个多小时帮他修改[1]，徐中舒也回忆说王国维曾在学生面前诵读过辛弃疾《摸鱼儿》《贺新郎》二词[2]。1925年朴社计划出版由俞平伯校点的《人间词话》单行本，并请王国维的老乡及好友陈乃乾联系，王国维对于这件事是这样回答的："《人间词话》乃弟十四五年前之作，当时曾刊登《国粹学报》，与邓君（实）如何约束，弟已忘却，现在翻印，邓君想未必有他言。但此书弟亦无底稿，不知其中所言如何，请将原本寄来一阅，或有所删定，再行付印，如何？"[3] 这封信写在8月29日，提到《人间词话》的版权问题，也谈到自己记不清这部作品的具体内容及观点，大约是看到陈乃乾寄来的《国粹学报》原本及俞平伯的校点本后，于9月18日给陈乃乾回信说："《词话》有讹字，已改正，兹行寄上，请察收。"[4] 对于这部1926年在北京印行的《人间

---

[1] 姜亮夫：《忆清华国学院》，《学术集林》初集，上海远东出版社1994年版。
[2] 徐中舒：《追忆王静安先生》，《文学周报》第5卷第1、2合期，1927年8月7日。
[3] 《王国维全集·书信》，中华书局1984年版，第419—420页。
[4] 《王国维全集·书信》，中华书局1984年版，第422页。

词话》，他的学生及同事应该说是比较熟悉和了解的，后来浦江清撰写《王静庵先生的文学批评》和戴家祥撰写《海宁王国维先生：近代学术代表人物讲稿之四》，还专门谈到《人间词话》并较为全面地评述了其中的主要观点，也就是说《人间词话》的主要观点对研究院的年轻学者是有影响的。

至于"四大导师"的另一位——梁启超，在任教清华研究院期间，正是其填词之兴再起的时候，据《梁启超年谱长编》，1925年六七月间，"先生颇好作词，一月中所成甚多"①，曾致书林志钧说："日来颇为小词自遣，曾用便笺写数阕，付以新式符号，由季常转致，想已收到，乞赐评骘。"②又致书其弟梁启勋说："近忽发词兴，除昨寄之思庄手卷外，更有数首，别纸写呈。"③"追怀成容若词，写上近词，皆学《樵歌》，此间可辟出新国土也，但长调较难下手耳。"④又将其所作寄示胡适指正，并谈到自己对诗词用韵问题的看法："虽不敢说无韵的诗绝对不能成立，但终觉其不能移我情。韵固不必拘定什么《佩文斋诗韵》《词林正韵》等，但取用普通话念去合腔便好。"⑤他还向梁启勋极力推荐朱祖谋的《彊村丛书》，指出"弟有意学词，不可不置一部"⑥，期间还致力于词籍目录及校勘的工作，先后撰有《静春词跋》《跋程正伯书舟词》《吴梦窗年齿与姜石帚》《记兰畹集》《记时贤本事曲子词集》等，编写有《中国图书大辞典》集部"唐宋元人词集目录"（约1万5000字），其门生谢国桢对此事也有这样的记载："先生近三年著述……于词家专集，则有词人及词集之考证，用考证之法治词家之集，考订尤详。"⑦课间，他还应《清华周刊》之约，撰有《国学入门书要目及其读法》，其中韵文书类有《清真词》《醉翁琴操》《东坡乐府》《屯田集》《淮海词》《樵歌》《稼轩词》《后村集》《白石道人歌曲》《碧山词》《梦窗词》《饮水词》《樵风乐府》等词集。当然，这一时期，他投入心力最多的是辛弃疾年谱的编写，储皖峰正是承师嘱而撰成《辛词校注》一书的，

---

① 丁文江、赵丰田：《梁启超年谱长编》，上海人民出版社1983年版，第1038页。
② 丁文江、赵丰田：《梁启超年谱长编》，第1042页。
③ 丁文江、赵丰田：《梁启超年谱长编》，第1043页。
④ 丁文江、赵丰田：《梁启超年谱长编》，第1042页。
⑤ 丁文江、赵丰田：《梁启超年谱长编》，第1045页。
⑥ 丁文江、赵丰田：《梁启超年谱长编》，第1043页。
⑦ 谢国桢：《论七略别录与七略跋》，天津《益世报》1929年3月5日。

他后来深情地回忆起当日受教之情形："民国十六年，在清华常与先生读辛词，时先生方搜辑材料，欲为辛编制年谱。十七年孟秋，先生成文二篇：（一）《跋四卷本稼轩词》，（二）《跋稼轩集外词》，比即出以示，并谓能据此补编辛词，亦属快事。峰受而诺之。是年冬，先生卧疾于北平协和医院，峰每往省视，先生辄以此为问。以人事迁延，至十八年冬，勉成《辛词校注》一书，惜先生已不及见矣。"①

在王国维、梁启超的影响和指导下，研究院的"学子"在词学方面亦颇有建树，其成就较为突出者为储皖峰、姜亮夫、赵万里等。

储皖峰（1896—1942），字逸安，安徽潜山人。1923年夏，师范学校毕业后，考入上海南方大学，后为北京大学旁听生，曾问学于胡适、陈垣、马叔平等知名学者。1927年考入清华国学研究院，并参加北京大学国学研究所活动，与陆侃如、谢国桢、姚名达等创办述学社，编印《国学月报》，发表有关中国文学史专题研究的文章。1928年夏，从清华大学毕业后，先后在中国公学、复旦大学、浙江大学、北平大学、辅仁大学任教，继续从事中国文学史的研究，1942年2月6日病卒于北京。储皖峰的词学研究主要有三个方面：一是对宋代词人柳永、杨万里生平的考证，二是关于欧阳修《忆江南》词的考证及其演变的考察，三是对宋代爱国词人辛弃疾《稼轩词》的校注，以及对清代女词人顾太清《天游阁集》的校补。

赵万里（1905—1980），字斐云，别号芸盦、舜盦，浙江海宁人。1921年入东南大学中文系，从吴梅习词学。1925年毕业后任清华大学国学研究院助教，在文史、戏曲、金石、版本、目录、校勘等方面都得到过王国维的具体指导，1928年转往北海图书馆工作，历任中文采访组组长、善本考订组组长、编纂委员、善本部主任，兼中央研究院历史语言所特约及通讯研究员，故宫博物院图书馆和文献馆专门委员，并在北京大学、清华大学、中法大学、辅仁大学等校兼职任教，讲授中国史料目录学、目录学、校勘学、版本学、中国雕版史、中国戏曲史、中国俗文学史、词史等课程。他的学术专长主要在版本、目录、校勘上，在王国维去世后，他先后辑撰有《王国维先生著述目录》《王国维先生手批手校书目》《〈人间词话〉未刊稿及其他》

---

① 储皖峰：《梁启超〈跋稼轩集外词〉后记》，《词学季刊》第1卷第2号（1933），第112页。

《王静安先生年谱》等。最值得一提的是，1927—1930年间曾校辑宋金元词籍为《校辑宋金元人词》，1931年由国立中央研究院历史语言研究所排印出版，这是一部收词人70家、词作1500余首、多达73卷的宋金元人词的汇辑。"他给宋金元词整理出这许多的新史料来，我们研究文学史的人，都应该对他表示深厚的感谢和敬礼。"①

姜亮夫（1902—1995），原名寅清，字亮夫，以字行，云南昆明人。1921年入成都高等师范学校国文部，1926年毕业后考入清华大学国学研究院。从1928年起先是执教于南通中学、无锡中学，后任大夏大学、济南大学、复旦大学教授及北新书局编辑。1935年赴法国巴黎进修，期间抄阅了大量的敦煌经卷，为挽回大量流失海外的珍贵文献付出了巨大的心血和气力。1937年经莫斯科回国，先后任职东北大学教授、英士大学教授兼文理学院院长、云南大学教授兼文法学院院长。姜亮夫的学术成就主要在楚辞学、敦煌学和古文字学，三四十年代也曾在词学方面下过很大的功夫，曾发表有《"词"的原始与形成》的论文，为张惠言《词选》作过笺注的工作，1933年出版的《文学概论讲述》一书则谈到词的体制、韵律、流变等问题，这三个方面大致反映了他在词学方面的见解和方法。

二　研究院弟子的"新"与"旧"

清华国学研究院是一所研究机构，它的目标是培养"以著述为毕生事业"的国学研究通才，"以学问道义相期"，"治学与做人并重"，因此，它在人才培养方法上特别注重对学生研究能力的训练："尤注重正确精密之方法（即时人所谓科学方法），并取材于欧美学者研究东方语言及中国文化之成绩，此又本校研究院之异于国内之研究国学者也。"② 姜亮夫曾对国学院几位导师的研究方法有一个比较具体的描述："梁任公先生从多方面多角度对先秦古籍来一个全面系统总结，讲课中他从校勘、考证、训诂以及学术系统来分析书的真伪及其年代，而又随时总结某一问题，总结时经常拿几种书来比较，因此我对古书全貌大体了解了，问题也知道，整理古书方法也知

---

① 胡适：《赵万里〈校辑宋金元人词〉序》，《胡适古典文学研究论集》，上海古籍出版社1988年版，第588页。
② 吴宓：《清华研究院章程》，《清华周刊》第360期，1925年10月20日。

道……王（国维）先生做学问有一个特点：他要解决一个问题，先要把有关这问题的所有材料齐全，才下第一步结论，把结论再和有关问题打通一下，看一看，然后才对此字下结论。（指王国维讲《说文》）……（陈寅恪先生）的最大特点：每一种研究都有思想作指导……他的比较研究规模很大，例如新旧唐书的比较，有的地方令人拍案称奇。"[1] 这里既有王国维的考证归纳，也有梁启超的宽广视野，还有陈寅恪的比较方法，这些对于国学研究院的弟子可谓沾溉深远，使他们的词学研究方法实现了传统考据与现代阐释的会通和融合。

（一）词人词调考证。这是一种比较传统的研究方法，像储皖峰对柳永、杨万里生平的考证和对欧阳修《忆江南》词的考证即为此类。在《柳永生卒考》一文中，储皖峰根据宋代笔记和柳永的作品推断：柳永与张先齐名，年龄应该与其相近；较晏殊为后进，年龄不会大过晏殊；又与苏轼犹及同时，而辈分较高，可能比苏轼大四十左右；又据《高斋词话》载秦观"从柳七学词"一语，初步断定柳永的死当在元丰元、二年之间；最后的结论是柳永当生在宋太宗至道元年（995），卒在神宗元丰元年（1078），年约八十余。这里使用的考证方法有内证法（通过柳永作品的分析证明之），也有外证法（通过宋代的笔记史料相关记载来分析辨明之）。《杨万里的生卒年月》一文，是在陈垣的指导和胡适的帮助下完成的，他从《宋史》"儒林传"的记载出发，以杨万里的《诚斋集》之《答虞祖禹书》《罗仲谋墓志铭》《浩斋记》等为内证，证明杨万里当生于建炎元年（1127）而非《宋史》所载之宣和六年（1224），又据杨万里之子杨长孺《谥文节公告议》一文推断，其卒年当在开禧二年（1206），享年八十而非《宋史》本传所说享年八十三。这篇文章主要是用内证法或近证法来辨识《宋史》的误载，这一结论在后来也多为治宋代文史者所征引和采信。关于欧阳修《忆江南》词，据王铚《默记》载，时有"欧公盗甥"之说，并举《忆江南》词为证，但作者却予以回驳，认为"此词不可信也"。而储皖峰却认为确有其事，他以欧阳修作品大量咏柳词的存在，还有《神宗实录本传》、《神宗旧史本传》、欧阳修《滁州谢上表》的记载，证明《忆江南》词中的"柳"应该

---

[1] 姜亮夫：《忆清华国学研究院》，《学术集林》初集，上海远东出版社1994年版。

指的是其甥"张氏",还有通过欧阳修作品中情感的表达,也很能看出欧阳修是一个"天生情种","欧公盗甥"之说亦未必是空穴来风。当然,储皖峰之说也只是一家之言,现代著名词学家夏承焘先生说:"词人绮语,攻击者乃资为口实;《醉翁琴趣》中艳体若《江南柳》者尚多,吾人读欧词,固不致信以为真也。"① 所持的又是一种看法,但他倒不是出于回护欧公形象的道学立场,而主要是着眼在对词的体性立场立论,具有比较鲜明的现代学术色彩。

(二) 词籍辑佚校勘。校勘辑佚之学是乾嘉学派对中国学术的重大贡献,到晚清王鹏运、朱祖谋又将之移植到词学领域,并在校勘《梦窗四稿》《东坡乐府》《彊村丛书》等方面取得举世公认的成熟。王国维在这方面的重要成果也有《唐五代二十一家词辑》,特别值得一提的是他在每辑之后附以跋语,对作者姓氏里籍、出处仕履、版本源流、作品真伪、文字衍夺等均详加稽考②,这一点对赵万里校辑宋金元人词是有深刻影响的。赵万里自称为校辑宋金元人词,将宋元人所著说部、别集翻阅殆遍,并对毛晋、王鹏运、江标、朱祖谋、吴昌绶诸家所据之本,"均重加校录","以补苴前人所刻者",凡得宋词别集56家、金别集2家、元别集7家、总集二种、宋人词话三种,另宋金元名家词补遗一种,共收词人70家,词作1500余首。③ 这个辑本最大特点是体例的创新和方法的严谨:"以调之长短为次,每首后注所出,以书之时代为次。正文依时代最先者,而以成书在后者所引校之。有异文则夹注于行间,可以觇诸书因袭之迹。……凡赝作或前人误题,悉入卷后附录,低一格书之,并详为疏证,以免无征不信。"④ 正因为这样,胡适称其长处"在方法和体例的谨严"⑤,唐圭璋称其"搜采既富,校订也精","精审突过前贤"。⑥ 此外,储皖峰对顾太清《天游阁集》的整理亦值得一提,他将日本内滕湖南的《天游阁集》钞本与西泠印社本《东海渔歌》相

---

① 夏承焘:《四库全书词籍提要校议》,《唐宋词论丛》,中华书局1962年版。
② 刘石:《二十世纪词籍汇刊叙录》,《有高楼续稿》,凤凰出版社2005年版,第140页。
③ 关于赵万里,本书第七章第四节有专题论述,这里只是略述其成就,并不展开讨论。
④ 赵万里:《例言》,《校辑宋金元人词》,中央研究院历史语言研究所1931年排印本。
⑤ 胡适:《赵万里校辑宋金元人词序》,《胡适古典文学研究论集》,上海古籍出版社1988年版,第588页。
⑥ 唐圭璋:《我的治词经历》,《文史知识》1985年第2期。

比勘，发现较之西泠印社本《东海渔歌》多了卷二、卷五、卷六三部分内容，并指出刻本卷三、卷四也较之钞本少了部分作品，对日本钞本的披露可谓是对顾太清词集作了一个全面的介绍，到20世纪90年代著名满学家金启孮先生便从日本借得钞本由辽宁古籍出版社影印出版，直到本世纪再由金启孮、金适先生撰为《顾太清集校笺》（中华书局2012年版）。

（三）作品校注笺释。主要有储皖峰《辛词校注》和姜亮夫《词选笺注》，前者为个人别集，后者为选集总集，但《辛词校注》一书只见储皖峰自己提及，未见刻本传世，《词选笺注》一书是对张惠言所编《词选》的注释，1934年6月由上海北新书局出版。对唐宋词集的注释在这之前也有一些，如胡鸣盛《韦庄词注》、叶绍钧《苏辛词》《周姜词》、夏敬观《二晏词》等，张氏《词选》一书也有陆侃如的注本，但姜亮夫《词选笺注》有其特色。它在体例上对每一位词人有介绍和总评，对每一首词作则由题解、本事、词评、笺注组成，"作者"是详其里居、生平、著述；"题解"主要是解说词调，"本事"是征引关于这首作品的背景材料，"词评"则是词学史上著名词评家对这首词的分析和评价，"笺注"是对作品中疑难字句用典作字义上的疏通或校勘。这样的体例不但有助于对词人有一个全面的了解，而且更有助于初学者加深对作品意蕴的把握。姜亮夫谈到他笺注《词选》是为了帮助初学者之"理会"，力避厉笺《绝妙好词》的"抄撮遗闻，支言漫衍"。[1]

不过，国学院弟子治词并非全是传统实证性的考证、校勘、笺注，也有用现代阐释性方法对词体及词史作宏观性研究的成果，这一点比较具体地体现在姜亮夫《〈词选笺注〉自序》和《文学概论讲述》对词体的论述上。

在《文学概论讲述》第二编"中国文学各论之部"，设有一章专门谈"词"，分五节：词总说、词史、词体、词律、概说。在"总说"部分，谈到"词"的定义，厘清词与诗余、词与长短句的含义以及词与诗与曲的异同等。在"词史"部分，谈到"词"的起源及其如何"完形"的发展进程。在"词体"部分，指出以句式长短作为划分依据并不合理，强调要从音乐词调的角度上去划分，即第一类是由本词而稍加变化，不另成新调者；第二

---

[1] 姜亮夫：《词选笺注》，《姜亮夫全集》第21册，云南人民出版社2002年版，第410页。

类是集许多调子采择其一部分加以组合而另成新调者,具体说来有令、近、引、慢、犯等。在"词律"部分,着重谈到音律、四声、韵。在"概说"部分,重点谈到词是怎样从自然阶段走向文人阶段的,分析了词祖温庭筠、小令的李煜、慢词的柳永等著名词人的代表作品。其中,"总说"、"词史"、"概说"有较强的理论色彩,也表明了姜亮夫这样一种词史观:从初萌到晚唐温庭筠,词已算定型完成,再经过五代到北宋,便算是尽态极妍,依然保持着自然、天然、烂漫之美,或如十七八女郎唱"杨柳岸晓风残月",或如关东大汉歌"大江东去"。到南宋以后的词,却成了已入膏肓之病,最后是元人起来"砭膏肓起废疾"了。至于明以后的作家,虽然在量上多过宋人,而实质方面却都是些宝典装成脂粉袭人的锦簏,很少不假修饰的天生丽质了。① 在《〈词选笺注〉自序》里亦有类似表述,首先他批评了长期以来流行的卑视词体的观点,从文学贵于创造而不贵于因袭的角度,论证了词作为两宋之时代文学的价值所在。然后重点描述了五代两宋词发展之大势——五代为初期,新生茁发时也;北宋为中期,壮大敷与时也;南宋为末期,衰敝修补时也。其中,对南北两宋词的审美特征的分析尤为精辟,即北宋:外形上已有制题,慢词起于苏柳,作者喜易新奇调名,渐不守词律;内容上不全为绮语,写事写物,谈理谈玄,无所不可,渐臻于复杂之境;境界上虽无五代之空灵幽邃,而自然唐大,即在小调,亦多壮语。南宋:重代字;拘于声律而忘内容;多咏物以寄意;多用典故。最后,姜亮夫对两宋词史有一段概述性描写:"大抵五代开其绪,词人之词;北宋吐其艳,诗人之词;至于南宋,则秋风落木,已是衰落。倘亦胡适所谓'词匠'者欤?"② 这显然是从王国维到胡适而来的历史进化论观点,同时也对南北两宋词的不同审美特点作了比较合理的概括。

三 开创现代诗词鉴赏之学

三四十年代的清华大学,已是享誉中外的著名学府,1941 年梅贻琦引用美国大学一封来函的赞语说:"中邦三十载,西土一千年。"③ 清华学者中

---

① 姜亮夫:《文学概论讲述》,《姜亮夫全集》第 21 册,云南人民出版社 2002 年版,第 380 页。
② 姜亮夫:《〈词选笺注〉自序》,《姜亮夫全集》第 21 册,云南人民出版社 2002 年版。
③ 梅贻琦:《抗战期中之清华》,《梅贻琦教育论著选》,人民教育出版社 1993 年版。

萧涤非在20年代末即以治词学崭露头角，发表有《读词星语》的论词札记，并得到系主任杨振声的称赞，还对词的起源问题谈了自己的看法，发表在《国文月刊》第26期。随后二十年间，清华讲坛传授词学的是俞平伯（三十年代北平清华大学时期）和浦江清（四十年代西南联大时期），前者撰有《读词偶得》《清真词释》，后者有由课堂讲稿而来的《词的讲解》，这三部作品都是对文本意义和章法的解读，因此被当代学者曾大兴称为词的鉴赏之学，也就是说词的鉴赏之学是三四十年代清华词学研究的一大特色。

萧涤非（1906—1991），原名忠临，江西临川人。1920年考入开封留美预备学校，1926年考入清华大学中文系，1933年清华研究院毕业后到山东大学任教，开设"词选"课程，抗战期间在西南联大任教，1947年返回山东大学。在清华研究院学习期间，萧涤非撰写的《读词星语》发表在《清华周刊》第32卷第2期，前有"小引"谈到自己的写作动机：

> 余年来致力于词，居恒欲取一二专集为之注释，而时间精力，两病未能。然以涉猎所及，要亦不无所得。其于词中佳句之出处，颇有为前人所未发，亦间有与旧说相补正者，零星断锦，原无关乎宏旨，而对此鸡肋者，又不忍遽弃捐，爰为录出。略以作家时代之先后为次，聊以供同好者之谈助与赏鉴耳。

这篇读词札记主要是抉发唐宋词中名篇名句的出处，特别是对诗句的点染化用，故开篇第一段讲到诗词之分界的问题，指出："诗词二者，俱各有其本色语，一相混杂，便无是处。故尽有巧语，在诗则寂然无闻，而一经入词则流脍人口者……词家之翻用诗语，盖即取其近于词者，并非漫无抉择。其点染变化之间，语气之轻重，造句之巧拙，亦各有别。要皆自然而然，故仍不失为佳句。"然后依时代顺序谈到李煜、韦庄、冯延巳、李珣、鹿虔扆、晏殊、晏几道、柳永、张先、欧阳修、苏轼、秦观、黄庭坚、孙洙、赵令畤、陈与义、周美成、李清照、辛弃疾、赵彦端、吴文英、蒋捷、马庄父、康与之、张炎、王国维26家作品之用语及出处。其中有些地方颇能揭示某些词人在措辞造语上的特点，如谓"李后主多以俗语白话入词"，"东坡好为集句及隐括前人诗文入词"，"美成以善于融化诗句见称，然亦有化用全首者","易安造语最工,如'宠柳娇花'、'绿肥红瘦',皆极新奇"等。最可玩味者,是作者对周邦彦的分析,颇能见出他对清真词的推崇之意:"美成集北宋之大成,其词于结语,尤多以拙语取胜,视北宋诸家为尤甚,此实其词之一大特点也。""(美成)词中所言,大抵不外男女相思离别悲欢之作,绮辞艳语,在所不免,而后人不察,遂群以风格为周词诟病,几于异口同声一孔出气,此不独不足以知美成,亦不足与言文学也。……夫文学所贵,惟在真实,男女起居,大欲所存,周词固多艳语,要不失为实录,非必思君怀国,而后可为君子之词也。'琼楼玉宇',固是好词;'晓风残月',又何尝不是好词?夫以道学观念,杂入文学处已无有是处。况以之言词耶?"这一段从文学"真实"论出发,批评了道学之士对周邦彦的指斥之辞,还原了周邦彦作为一位言情圣手的词人身份。

此外,萧涤非还谈到对填词问题的一些看法,比如说:"蕙风论词,特标重拙大三者,余以为重大犹可,惟拙为难,盖拙语纯出白描,别具天趣,不可力学而致也。自北宋而下,已无此种境界,由疏而细密,固亦文学演进必然之公例,周保绪乃谓'南宋下不犯北宋拙率之病,高不至北宋涵浑之诣',夫岂知言哉?"便是从文学发展进化的立场,对南宋词给予肯定,批评了周济尊北抑南的观念。

如果说萧涤非所论比较偏重于词的字义句法的话,那么俞平伯的论词已向字义、句法、章法等方面作全方位的评赏了。俞平伯1916年考入北京大学,曾在黄侃指导下研习《清真集》:"(黄季刚)从周济《词辨》选录凡二十二首,称为《词辨选》,讲义至今尚存。季师盛称周氏选录之精,又推荐各书……目虽至简,而的当难改,可谓要言不烦。读者若寝馈于此数书中,欲为词家已绰有余裕。"① 这时他论词受到常州派比兴寄托观念的影响,但也为他后来致力于清真词的研究打下了坚实的基础。不过,俞平伯受胡适的思想影响更大,他不但撰文响应胡适"文学革命"的主张,而且也接受了胡适在《词选》《词的起源》《国语文学史》中所倡导的词学观念,认为白话词是中国词史发展的主流,唐宋词就是中国文学发展到唐宋的白话文学,他是第一个主动传播从王国维到胡适等现代派词学观念的人。1928年

---

① 俞平伯:《清真词释》,《论诗词曲杂著》,上海古籍出版社1983年版,第578页。

10月，他应北大校友清华校长罗家伦之邀，到清华大学讲授"南唐二主词""清真词"等课程，《读词偶得》（1934）、《清真词释》（1948）即是他在清华课堂授课讲稿的基础上整理出来的，先后由上海开明书店出版，他对词的讲解是带有很强烈的现代色彩的。

诚如有的学者所言，俞平伯是现代词学史上第一个建构诗词鉴赏之学的学者。在《读词偶得》《清真词释》之前，他便撰有《葺芷缭衡室札记一则：宋词三首赏析》一文，对晏几道《临江仙》、周邦彦《蝶恋花》、柳永《八声甘州》作了初步的评赏，这是俞平伯进行诗词鉴赏之学建设的第一步尝试。他在清华大学讲授《词选》，便把这一努力做了比较全面的发展，因此有了《读词偶得》《清真词释》这样的诗词鉴赏成果。当代学者曾大兴曾将俞平伯的诗词鉴赏的内容概括为三点——溯源、结构分析和文词欣赏，"这种鉴赏，既吸收新学的某些观点和方法，又吸收了传统词学的某些成果，然后用浅近的文言表出，予人以散文诗一样的美感"，并指出他的鉴赏侧重在结构分析，《读词偶得》和《清真词释》几乎每篇都讲结构，对于文词的讲解则涉及格律、色彩、炼字、句法、对偶、词眼、风格、意境等方方面面。[1]

值得注意的是，俞平伯在上述诗词评赏的基础上，还提炼出一套关于诗词评赏的理论和方法，这就是他反对常州派支离破碎的解词法而主张从整体把握文本之意义。他谈温庭筠《菩萨蛮》时指出，尽管张惠言、谭献两家说得活灵活现，"此感士不遇，篇法仿佛《长门赋》，而用节节逆叙"，但他"却终不敢苟同"，这是不满常州派求义过深。又在分析韦庄《菩萨蛮》五首时说，"韦氏此词凡五首，实一篇之五节耳，而选家每割裂之；如张氏《词选》、周氏《词辨》、成氏《唐五代词选》，均去其'劝君今夜须沉醉'一首"，张氏等人的错误就在于他们"先割裂之而后言篇法章法"，"此等篇法章法即便成立，是作者的呢？还是选家的呢？岂非混而不清？岂非削趾适履？故任意割裂已误，任意割裂以后再言篇章如何的神妙，乃属误中之误"[2]，这是反对张氏割裂词义之完整性。因此，他认为一首词是一个不可分割的整体，词情与调情皆不可割裂而析之，如在分析李煜《清平乐》（别

---

[1] 曾大兴：《俞平伯先生与词的鉴赏之学》，《长江学术》2007年第2期。
[2] 俞平伯：《读词偶得》，《论诗词曲杂著》，上海古籍出版社1983年版，第509页。

来春半）时说："词情调情之吻合，词之至者也。后主之词，此二者每为不可分之完整，其本原悉出于自然，不假勉强。夫勉强而求合，岂有所谓不可分之完整耶？是以知其必出于自然也。"① 当然，这并不是说分析就没有必要了，反倒是对其章法结构更要做细致深入之分析。"盖分析文章，类名家言，不如囫囵吞耳。但太囫囵又似参禅，亦不甚好，此义法之由来也。"② 从某种程度上讲，分析与制作是一种相反相成的存在："制作本也，片言居要；分析末也，多言少中；故劳佚之情殊也。"③ "解析者，创作之颠倒也，颠倒衣裳，倒颠裳衣，一化为多，将繁喻简也。"④ "尚简奈何又贵多？《记》不云乎？有以多为贵者，有以少为贵者，夫言岂一端而已，夫各有所当也。"⑤

那么，在把握整体的前提下如何进行鉴赏呢？俞平伯提出了"深思"和"浅尝"两种方法，何谓"深思"？何谓"浅尝"？"浅尝"意在求其"真"，"深思"意在求其"美"。"真者，其本来之固然；美者，其引申假借之或然也。夫浅尝而得其固然，斯无间然矣；若深思而求其或然，则正是俗语所谓钻到牛角尖里去，吾未见其如何而有合也。作者亦有此意否？若固有之，虽洞极深微，穷探奥窔，亦无所谓深求也。若本无而责以有，深则深矣，奈实非何？……然必谓文词之意穷于作者之意中，又安得为知类通方乎？赤水玄珠得之象罔，文章之出于意匠惨淡经营中者固系常情，而其若有神助者，亦非例外也。迷离惝恍之间，颠倒梦想之例，或向晚支颐，或挑灯拥髻，其逸兴之遄飞也，其文如之，则如野云孤飞矣！其深情之摇荡也，其文又如之，则如绿波之摇荡矣！亦有意乎？亦无意乎？安见其可浅尝而不可深思乎？又安可见其浅尝之之得多于深思之之得乎？安见其浅尝则是而深思者非乎？"⑥ 这里所说"深思"和"浅尝"，实际上是讲对文本意义的追寻有两个方向：求"真"和求"美"，求真亦即求作者之意，求美亦即求读者之意，前者是文本所固有的（"固然"），后者是读者从文本的解读过程而生

---

① 俞平伯：《读词偶得》，《论诗词曲杂著》，第 524 页。
② 俞平伯：《清真词释》，《论诗词曲杂著》，第 604 页。
③ 俞平伯：《清真词释》，《论诗词曲杂著》，第 614 页。
④ 俞平伯：《清真词释》，《论诗词曲杂著》，第 611 页。
⑤ 俞平伯：《清真词释》，《论诗词曲杂著》，第 602 页。
⑥ 俞平伯：《积木词序》，《论诗词曲杂著》，第 689 页。

成的，不同的读者因经历、情感、学识等的差别，对文本的解读自然会呈现出歧义性的特点（"或然"），在俞平伯看来文词之意有的是"作者之意"的原文复制，有的则是作者"即兴成文"之作，完全依靠读者自己的感悟力去把握它的意义真谛，因此，"深思"不仅是可能的，而且是必要的。

在俞平伯之后，接过清华词学讲席的是浦江清。其实，在北平清华的七八年间，他们一直是关系比较密切的朋友和同事，两人对词曲都有着一样的兴趣和爱好，不仅都会吟词唱曲，而且还有时同台表演。[①] 浦江清（1904—1957），字君练，上海松江人。1926 年毕业于东南大学，经吴宓推荐，入清华国学研究院，为陈寅恪先生的助教，1928 年清华改制为大学，他随陈寅恪先生一起转入中国文学系。1937 年又随清华大学师生一起南迁昆明，在西南联大教授中国文学系词曲课程，《词的讲解》一稿就是他在西南联大讲授词选课的基础上撰写而成的。该稿由对李白《菩萨蛮》《忆秦娥》和温庭筠《菩萨蛮》十五首的赏析组成，在体例上则包括有"考证"、"讲解"、"评析"等内容，与俞平伯《读词偶得》《清真词释》相比，既有相通之处，也各有特点，如果说俞平伯重在感性的阐发和情感的引导，那么浦江清则比较注重严密的逻辑分析，"融考证、笺释、鉴赏和评论于一体，熔西方诗学与中国传统诗论、词论于一炉"[②]，特别是在作品的语辞、章法、结构的分析和理论的阐发方面颇多发人深省之处。

首先，他从词体和作者两个方面，批评常州派把温庭筠所作《菩萨蛮》强解为"感士不遇"。从词体看，在晚唐时代，词是新兴的乐府，原是教坊及北里中的小曲，作者并不看做严正的文学，直到宋以后的词家，方始特意在寄托方面用心。从作者看，温庭筠的《菩萨蛮》恰巧作于这个曲调最盛行于长安北里之日，也正是他"不修边幅"，随着"公卿家无赖子弟相与蒲饮酣醉"的时候，不曾想到要寄托什么。其次，他也反对张惠言把温庭筠《菩萨蛮》十四首看成一个整篇，说它在篇法上是仿效司马相如的《长门赋》。在浦江清看来，"这样一个大结构的看法也是主观的，无中生有，自

[①] 据马嘶回忆："上世纪二三十年代，他（浦江清）执教于清华大学时，曾与俞平伯夫妇、许宝騄、汪健君、陈盛可、陶光等人组织谷音社，经常在一起吹笛唱曲，共研昆曲艺术。"（《忆浦江清师》，《学人书情随录》，岳麓书社 2010 年版。）

[②] 曾大兴：《词学的星空：20 世纪词学名家传》，第 14 页。

陷于迷离惝恍之境"。原因有二,一则题材并非宫怨,二则十四章非通连成一大结构,此十四章实乃如十四扇美女屏风,各有各的姿态。接着,他通过诗、词、曲、散文的比较,从多个角度多个方面谈到词的一些体性特点:一是认为词人的语言用的是诗人的语言。"不过词的最初是从宫体诗发展出来,到了两宋的词人虽然已把词的境界扩大,但到底不能比诗的领域,所以词人也只用了诗的词汇的一部分。此外词人又吸收了唐宋时代的俗语的质点,因为词的体制即是摹仿唐宋时代的民间的歌曲的。"二是认为词曲多用代言体,但亦有区别。"词在戏曲未起以前,亦有代言之用,词中抒情非必作者自己之情,乃代为各色人等语,其中尤以张生、莺莺式之才子佳人语为多,亦即男女钟情的语言。……其与戏曲不同者,戏曲必坐实张某、李某之事,词则但传情调,其中若有故事之存在,但不具首尾,亦譬如绘画,于变动不居的自然中抓住某一顷刻,亦譬如短篇小说,但说一片断的情绪,此情绪是普遍的而非特殊的,谓之崔、张之事亦可,谓之霍、李、陈、潘均无不可。"三是认为词是一种"纯诗",它和散文是两种不同性质的语言。"诗词里面接近于原始民歌的格式的东西,其中不含有散文的质点,不含有思想的贯串和逻辑的部分,只是语言和声音的自然连搭,只是情调的连属,这样的东西,我们称之为'纯诗'。……散文有散文的逻辑,诗词有诗词的逻辑,也可以说没有逻辑,是拿许多别的东西来代替那逻辑的,如果以散文的理致去探索诗词,那诗词的句法,句与句之间距离比较远,中间有思想的跳越。这跳越是诗词语言的一种姿态,但绝不是无缘无故而跳,乃是诗词里面存在着几种因素可以帮助思想的跳越。"四是探讨了诗词在句法和章法上的特点。从句法上讲,诗词与散文最大的不同就在它的跳跃性,可以以不连而为连。"所以能够如此的原因,是诗词语言的连属性不仅仅凭借于思想因素,也有凭借于语言本身的连属的。"从章法上讲,诗词的章法有思想的章法和语言本身的章法两种,其中尤以语言的章法为其特色。"语言的章法即是诗词的格律。古诗有古诗的格律,律诗有律诗的格律,每只词牌有每只词牌的格律。诗词的语言必定采取某种格律,所以诗词是格律化的语言。"[1] 浦江清通过这一破一立,从语言到章法再到结构层

---

[1] 浦江清:《词的讲解》,《浦江清文录》,人民文学出版社1958年版。

层分析,建构了一套在西方理论指导下的诗词鉴赏之学,将过去感性的体验升华为一种现代的理论。

四 作为开放阵地的学术期刊

清华在成立研究院之初,就把学术至上作为努力的方向,在改制为大学后更是致力于学术研究环境的建设,除了延聘名师和培养学生外,还在学术期刊的建设上投入较大精力,先后创办有《清华周刊》《清华学报》《清华中国文学会会刊》等重要期刊,这些刊物不但为本校师生的学术研究作了推介的工作,还吸引了一大批校外学界精英为其撰稿,校内外作者和读者的互动也有效地促进了学术研究的繁荣,词学研究是上述期刊的重要组成部分。

《清华学报》创刊于1924年,在第2期发表有胡适的《词的起源》。当时胡适撰写该稿,曾送呈王国维,请其指正,王国维回信说:"尊说表面虽似与紫阳不同,实则为紫阳说下一注解,并求其所以然之故。鄙意甚为赞同。至谓长短句不起于盛唐,以词人方面言之,弟无异议;若就乐工方面论,则教坊实早有此种曲调(《菩萨蛮》之属),崔令钦《教坊记》可证也。"[①] 对胡适的观点发表了自己的看法,而胡适对王国维的驳议也给予了回应,并根据相关材料对自己的观点作了进一步的说明。这一学术话题也引起了其他清华学者的关注,他们分别撰文对这一问题发表自己的看法,梁启超《中国之美文及其历史》"词之起源"、姜亮夫"词的原始与形成"、萧涤非"论词的起源"、浦江清"词曲探源"等提出了一些值得注意的见解。

《清华周刊》创刊于1915年,先后不定期刊载学术论文,关于词学方面的论文有发表在第305期上的徐裕昆《纳兰容若评传》和陈铨(1903—1969)《清代第一词家纳兰性德之略传及其著作》。值得注意的是在这前后其他学术期刊也刊有滕固《纳兰容若》、赵景深《关于纳兰词》、罗慕华《纳兰性德》、素痴《纳兰成德传》,它们一起把20世纪纳兰性德研究推为学术研究的热点。另外,第32卷第8—10期上发表的任二北《词曲合并研究并概论》,第34卷第1期上发表的朱保雄《选读轩词话》,第41卷第1期上发表的郭清寰《从〈断肠集〉所窥见的朱淑真的身世及其行为》,第41

---

① 胡适:《词选》,河北人民出版社1999年版,第340页。

卷第 3、4 期上发表的李维《词调变名考》和霍世休《词调的来历与佛教经唱》等，也都是 20 世纪 30 年代词学研究的重要学术成果。

《清华中国文学会会刊》为中文系"清华中国文学会"会刊，创刊于 1932 年，顾问有朱自清、俞平伯、陈寅恪、浦江清、赵万里等，在第 1 卷第 3 期刊有任二北《常州词派之流变与是非》、俞平伯《论清真荔枝香近第二有无脱误》、朱保雄《读顾羡季先生荒原词》三文。

从清华学术期刊发表的词学研究论文看，不但能见 20 世纪三四十年代学术研究的热点，也可以通过这些词学论文以见 20 世纪最初三十年间学术研究方法从重考据到尚阐释的变化，清华的学术期刊及其所刊发的词学论文是当时学术研究进步状况的一个缩影。

通过对清华学术机构、研究队伍、学术期刊的考察，可以看出清华大学在词学研究上的一些特色，即在治学方法上能做到考据与阐释兼擅，具有融合传统与现代于一体的学术品格，开创并建构了现代词学史上的诗词鉴赏之学，而清华期刊为校内外的学术交流提供了一个很好的平台。清华大学在 20 世纪词学研究史上具有非常重要的学术地位，它与北京大学、东南大学（中央大学）一起成为现代词学研究最有影响力的三所高等学府。

第二节　东南大学与东南学派

现在的南京大学，其前身是 1915 年创办的南京高师（1915—1923），1920 年在高师基础上组建东南大学（1920—1927），后于 1928 年改名中央大学（1928—1949）。这里曾经是现代思想史上文化保守主义大本营，这里创刊的《学衡》是与《新青年》齐名的学术期刊。这里也聚集了一批词学名师，从王瀣、胡先骕，到吴梅、汪东、王易，再到陈匪石、邵祖平、唐圭璋等，为现代词学的建设贡献了一大批词学研究成果，特别是吴梅更成为东南大学—中央大学的一代词曲宗师。

一　固守传统：王瀣和胡先骕

在南京高师时期，当时出任文史教授的是王瀣、柳诒徵，后来到南京高师任教的胡先骕，也是一位古典诗词涵养较深的学者，并曾在《学衡》等刊物以文言文发表近代诗词评论，还对钱基博《现代中国文学史》，胡适《尝试集》、《五十年来中国之文学》等发表过长篇专论。

王瀣（1871—1944），字伯沆，号酸斋，晚号冬饮，江苏溧水人。少年时代曾从仇埰、高子安研习古文辞，后入钟山尊经书院，为书院山长黄云翔（著名学者黄侃之父）所器重，清末为南京陆师学堂、两江师范学堂教习，入民国先后为南京高师、东南大学、中央大学教授，著有《冬饮庐文稿》《冬饮庐诗稿》《冬饮庐词稿》《冬饮庐藏书题记》等。

他在词学方面有较深的造诣，曾从上元王德楷游，德楷为文廷式之挚友，其所师友者皆海内名贤，"先生因得数预群公文酒之会"。曾抄录《清词四家录》，为曹贞吉25首、顾贞观34首、端木埰22首、王鹏运32首，并对各家词作间下评语，其评点之精妙深刻，为当代学者所看重，其《冬饮庐文稿》亦辑录有少量的词集序跋。王瀣在写给弟子徐一帆的信中说："仆尤不工为词，惟好之故乐观之。尊作已捧读。窃谓词难于诗，全在会意尚巧，选言贵妍，固不可歇后做韵，尤不可满纸词语，竟无一句是词。即以《花外》咏蝉两作而论，仆最喜其前一首'晚来频断续，都是秋意'数语。若一味寄托，反少意味。仆录清词四家，于《碧瀣》尤慎，亦因其与《花外》面目太多也。"[①] 他推崇的是婉约词风，主张词是有别于诗的，亦即"会意尚巧，选言贵妍"，追求一种艺术上的纯美，反对过于坐实的"寄托"之作，对于常州派"比兴寄托"之论，他并非像当时主流词坛那样持认可态度。相反，他对文廷式颇为推尊，以为芸老为近代词学一大宗，文廷式在创作上是迹近苏、辛的，故而王瀣抄辑《清词四家录》也能不为常州词派观念所囿，辑录有清初词人曹贞吉、顾贞观，也抄辑有清末词人王鹏运、仇埰。其评曹贞吉曰："《珂雪词》结响甚高，赋物不滞，通幅无一怨语，自以咏古诸作为第一。"又评端木埰曰："《碧瀣词》寝馈碧山，能用重笔，故其气静而洞达，法而奇致，非工力深致，不能如是也。"评王鹏运曰："半塘初从南宋入，至晚年始有北宋意致，海内几无与抗手矣。"[②] 这里用"赋物不滞"、"能用重笔"、"静而洞达、法而奇致"评说诸家词，说明他偏重

---

① 王瀣：《柬徐一帆》，《冬饮庐文稿》，《南京文献》第21辑，南京市文献委员会1991年影印本，第19页。

② 王瀣：《冬饮庐藏书题纪》，《冬饮庐文稿》，《南京文献》第21辑，第27页。

词的艺术性，肯定有豪放气度的曹贞吉、顾贞观，也重视有温婉作风的王鹏运、端木埰，并注意到南北两宋词风的融合，同时也注意吸纳常州派的观念，对王鹏运由南宋入而至北宋表示赞赏，体现了传统词学的集大成性。

王瀣为太谷学派成员，遵循述而不作的传统，因此，他的词学观念在当时亦是隐而不彰，没有著述传世，只是在学生之间以口耳的方式相传。

在五四新文化运动蓬勃兴起之际，在"清末四大家"遭到胡适等新文化派围攻之际，明确站出来表示要维护传统、反对文化革新、反对文学革命的是胡先骕。先骕（1894—1966），字步曾，号忏庵，江西新建人。1909年入京师大学堂预科学习，与王易、汪东、黄濬、姚鹓雏、林庚白等为同学。1912年赴美留学，在加州大学农学院学习。1916年回国后，加入柳亚子主持的南社，从1918年开始出任南京高师、东南大学农学系教授。1921年1月，与刘伯明、梅光迪、吴宓、柳诒征等创办《学衡》杂志，主张把"昌明国粹，融化新知"作为办刊宗旨，以与《新青年》提倡"民主"和"科学"的办刊宗旨相抗衡，对"五四"新文化运动采取否定态度，抨击"文学革命"不过是"标袭喧攘，侥幸尝试"、"提倡方始，衰象毕露"，东南大学亦在他们的努力下成为现代思想史上文化保守主义的"大本营"。他的《中国文学改良论》《评胡适的〈尝试集〉》《评胡适〈五十年来中国之文学〉》即先后发表在《东方杂志》第16卷第3期和《学衡》第2期、第18期上。

胡先骕自谓："余少失学，束发就傅，专治自然科学，于吟事为浅尝。乙卯自美利坚归，问与旧友王简庵、然父昆季学为倚声，于宋人夙宗梦窗，近贤则私淑彊村与翁（指周岸登），所尚不谋而合。自识翁（指周岸登）后，益喜弄翰，篇什渐多，终以不习于声律之束缚，中道舍去。十载以还，虽不时为五七言诗，而倚声久废，惟把卷遣日，尚时翻宋贤之遗编而已。"[①] 其实，这是过谦之辞，早在留美期间，他已有诗词发表在《留美学生季报》上，归国后与王易（简庵）、王浩（然父）兄弟交往更为密切，"自此踪迹亦密，煮茗谈艺，时至夜午"[②]。二王是近现代江西著名词人，时人称之

---

① 《蜀雅序》，胡宗刚《胡先骕先生年谱长编》，江西教育出版社2008年版，第159页。
② 《评亡友王然父思斋遗稿》，张大为等编《胡先骕文存》上卷，江西高校出版社1995年版，第306页。

"南州二王，麟凤景星"。王易论词受其师文廷式的影响，崇尚豪放词派[①]；而胡先骕则以朱祖谋、沈曾植、陈衍为师，对散原诗和彊村词颇为推崇，主张诗、词、曲当以典雅为尚，反对胡适白话入诗白话入词的主张，因此，就有了现代词学史上著名的"二胡（胡适、胡先骕）之争"。

这一事件的直接导火线是胡适在《文学改良刍议》一文中指名道姓地批评胡先骕的词：

> 今之学者，胸中记得几个文学的套语，便称诗人。其所为诗文处处是陈言滥调，"蹉跎"、"身世"、"寥落"、"飘零"、"虫沙"、"寒窗"、"斜阳"、"芳草"、"春闺"、"愁魂"、"归梦"、"鹃啼"、"孤影"、"雁字"、"玉楼"、"锦字"、"残更"，……之类，累累不绝，最可憎厌。其流弊所至，遂令国中生出许多似是而非，貌似而实非之诗文。今试举吾友胡先骕先生一词以证之。
>
> "荧荧夜灯如豆，映幢幢孤影，凌乱无据。翡翠衾寒，鸳鸯瓦冷，禁得秋宵几度？幺弦漫语，早丁字帘前，繁霜飞舞。袅袅余音，片时犹绕柱。"
>
> 此词骤观之，觉字字句句皆词也。其实仅一大堆陈套语耳。"翡翠衾"、"鸳鸯瓦"，用之白香山《长恨歌》则可，以其所言乃帝王之衾之瓦也。"丁字帘"、"幺弦"，皆套语也。此词在美国所作，其夜灯决不"荧荧如豆"，其居室尤无"柱"可绕也。至于"繁霜飞舞"，则更不成话矣。谁曾见繁霜之"飞舞"耶？
>
> 吾所谓务去滥调套语者，别无他法，惟在人人以其耳目所亲见、亲闻、所亲身阅历之事物，一一自己铸词以形容描写之。但求其不失真，但求能达其状物写意之目的，即是工夫。其用滥调套语者，皆懒惰不肯自己铸词状物者也。[②]

对于胡适的指责和批评，胡先骕当即表示不能接受，先是撰为《中国

---

① 《稼轩词象序》，《青鹤》杂志 1937 年第 7 期。
② 《胡适古典文学研究论集》，上海古籍出版社 1988 年版，第 23—24 页。

文学改良论》予以回击，而后还在《评胡适〈五十年来中国之文学〉》一文中，对胡适彻底否定"清末四大家"的提法进行反驳，并大声指斥："何胡君敢于作无据之断语也?!"这也表明了他对清末常州派的尊奉态度。他还提出以雅言为尚的主张："不特诗尚典雅，即词曲亦莫不然。故柳屯田之'愿奶奶兰心蕙性'之句，终为白圭之玷；比之周清真之'如今向渔村水驿，夜如岁、焚香独自语'同一言情，而有仙凡之别，然周之'许多烦恼，只为当时一晌留情'之句，犹为通人所诟病焉。"①

对于清末常州派的尊奉，还表现在对词史的叙述上。他认为两宋是词史最盛期，清词虽称中兴，但在总体成就上还是不及宋词："间尝与三数友人煮茗谈艺，每深慨不及两宋词坛之盛，六百年来，清响久歇"。②但他又认为清词在晚期转而复振，其标志就是以王鹏运为代表的"清末四大家"的出现。

> 尝考风诗雅乐，本出一源，后世莫能兼擅，乐府与诗遂歧而为二；隋唐嬗衍，倚声代兴；宋贤从而发扬光大之，体洁韵美，陵铄百代；元明以降，此道浸衰；有清初叶，重振坠绪，而斠律铸辞，则光宣作家乃称最胜，半塘、彊村久为盟主，樵风、蕙风赓相鼓吹，至异军突起，巍峙蜀中者，则香宋与翁（指周岸登）也。（《蜀雅序》）

> 余常浏览有清一代之词，觉名家辈出，而词学之发扬光大，实始于晚清王幼遐侍御鹏运。常考词肇于晚唐，盛于两宋，至胡元则曲代兴而词渐微。明承元人之敝，南宋诸名家词，皆不显于世。小令但知规橅《花间》，慢词往往俚俗杂出，尽失雅音轨范矣。清初虽词人辈出，然旧籍湮芜，格律放失。至毛晋汲古阁《六十一家词》出，世人始得广读两宋名家词，万树《词律》成，倚声家始得知宋词法度。然毛刻既多舛误，万律亦未尽能遵，加以时值承平，但知啸傲风月，流连诗酒，故虽以王贻上、朱竹垞之隽才，究无苍莽激越、瑰奇駴宕之气，按律谐声，尤多龃龉，持与两宋名家比，终觉有上下床之别也。夫词至两宋，

---

① 胡先骕：《中国文学改良论》，《东方杂志》第16卷第3期（1919）。
② 胡先骕：《评朱古微〈彊村乐府〉》，《胡先骕文存》，江西高校出版社1995年版，第138页。

谱律极精，五音阴阳，纤悉必究，上去不可互易，平仄或可通融，每每骤视之为拗句者，细诵之乃有别趣，要皆有音律至理存乎其间，断不能妄更臆改。故方千里之和美成，四声步趋，不差累黍，盖有以也……清初及中叶词人，未知严于此，故辞意虽工，终非两宋之旧。至王幼遐侍御之刊《四印斋词》，雠校始精，其所作词，律亦渐细，朱彊村、郑叔问、况夔笙皆闻风兴起者，而彊村侍郎尤为出类拔萃。①

很显然，胡先骕接受的是常州派尤其是"清末四大家"的思想，论词标榜意内言外，以守律谐韵为宗，而王鹏运等尤其是朱祖谋在守律方面是非常谨严的，朱祖谋在当时被人们呼为"律博士"，可见其论词及填词之趋向。胡先骕以为清初及中叶的词不及宋代原因即在此，而以为至王鹏运而"词学之发扬光大"的原因亦在此。他不但在许多地方褒扬"清末四大家"，而且还对清末主要词人写有专门的词学评论，如评文芸阁《云起轩词钞》、王幼遐《半塘定稿剩稿》、朱古微《彊村乐府》、赵尧生《香宋词》，通过评述这些晚清词人的创作成就，以达到鼓吹审声守律思想之目的，这样的思想与胡适有"意境"有"情感"的主张是相抗衡的。

其实，南京高师的另一位教授陈去病也是一位于词学深有造诣者。陈去病（1874—1933），字巢南，一字佩忍，号垂虹亭长，江苏吴江人。1903年东渡日本，次年归国，致力于宣传革命，1906年加入同盟会，投身革命。次年与吴梅等在苏州组织"神交社"，1909年与柳亚子、高天梅等在苏州创办"南社"，词学方面的著述有《病倩词话》、《笠泽词徵》。这些著作撰成在辛亥革命爆发之前，这时他在思想上基本沿袭自常州而来的尊体观念和比兴寄托思想。但是，他在进入东南大学之后，主讲的是诗、赋、散文，对于词学问题却是很少涉及，故在此可以略而不论。

大致说来，在吴梅来到东南大学之前，王瀣、胡先骕、陈去病走的是常州派的路子，以南宋为宗，恪守词律，标榜寄托，是这一时期南京高师—东南大学的词学特色。

---

① 胡先骕：《评朱古微〈彊村乐府〉》，《胡先骕文存》，江西高校出版社1995年版，第130页。

二　走向现代：吴梅的魅力

1920年12月，东南大学在南京高师基础上筹建。为扩大办学规模，校方在各地延聘名师，当时东南大学的系主任为陈中凡，系中教授有顾实、陈去病、吴梅等，此外，还有助教邵祖平、周激，其中，陈去病承担的教学任务是诗赋散文，吴梅承担的教学课程是词曲。

这里有必要提提陈中凡，他为东南大学的词学研究注入了现代基因。陈中凡（1888—1982），原名钟凡，字觉圆，号斠玄，别名少甫、觉圆、觉玄，江苏盐城人。1909年入两江师范学堂，1914年考取北京大学文科哲学门，1917年为文科研究所研究生，次年为国史编纂处纂辑员，同时兼任北京女子高等师范学校国文科教员。1921年南京东南大学成立，他被聘为国文部主任兼教授，组织发起"国学研究会"，编辑出版《国学丛刊》，聘请北大教授吴梅来校讲授词曲。1924年11月广东大学成立，他被聘为文科学长兼教授，从此离开东南大学，1926年返回南京，被聘为金陵大学国文系主任兼教授。是年《中国文学批评史》《中国韵文通论》作为"文学丛书"先后由中华书局出版，这两本书其实是他在东南大学、广东大学、金陵大学任教期间教学研究成果的结晶。《中国韵文通论》一书第八章"论唐五代两宋词"，包括词之起源、词之体制、词之声律、词之修辞、词之艺术、词家之派别、余论，大致包括音乐与文学两个方面，并对唐宋词学的基本内容作了较为全面的介绍，从这里也可看出从南京高师向东南大学转型之际，他的学术包括他的词学研究已渗入现代性因素。

陈中凡在北大期间接受过新文化运动的洗礼，对词学问题的认识不像胡先骕那样保守，而是采用胡适所倡导的"整理国故"的方法研究词学，亦即胡云翼所说是"词学"而非"学词"，陈中凡自己也不以填词见长，他的词学研究侧重在对词学这一学科知识谱系的清理，这一点与陈去病、吴梅的词学研究相比，无论是研究方法还是研究重心都有本质区别，亦即后者特别强调自己的主观立场和强烈的审美倾向性。陈中凡虽兼任系主任之职，在文化立场上却采取兼容并包的态度，像吴梅就是他从北京大学请来的，东南大学初期另外四位教授，顾实长于小学，柳诒徵长于史学，陈去病长于诗赋之学，王瀣长于四书之学，从这些有限的师资和其治学专长看，东南大学的国学研究具有深厚的传统底色。

东南大学词曲之学的"文化标杆"当推吴梅，或者说吴梅是东南大学—中央大学（1922—1937）词曲之学的象征。吴梅（1884—1939），字瞿安，晚号霜厓，江苏长洲人。早年受教于陈三立、朱祖谋，后来，赴上海东文学社习日语，1905 年起任教于东吴大学，1909 年到开封做河道曹载安的幕僚，1917 年受蔡元培之邀，赴北京大学任教。当时（1917—1922）北京大学正在开展轰轰烈烈的新文化运动，吴梅和黄侃一样，对新文化运动持一种旁观的态度，"与当时国文系的一批趋新的教授格格不入"[①]。恰好东南大学在各地征聘名师，在北京大学任教的吴梅亦在邀聘之列，这时久居北京的吴梅亦有返乡的念头："此行但饮建业水，观棋莫再留长安。"于是，他在 1922 年 9 月返回到阔别十年的南京，居住在距东南大学不远的大石桥 22 号。吴梅返回南方，进入东南大学后，他的旧学根柢得到了充分的施展，他与陈中凡、顾实等一起创办了东南大学著名的《国学丛刊》。这时也是吴梅词曲研究的爆发期，先后有《曲选》（1924）、《中国戏曲概论》（1925）、《辽金元文学史》（1930）、《词学通论》（1932）等出版。通过这些著述，吴梅系统地表述了他的词曲观及其对词曲现代化问题的思考。

其实，吴梅早在北京大学任教期间已开设词曲课程，他为北京大学国文系本科开设的课程是"词曲""中国文学""中国近代文学史"，1922 年起又开设有"中国古声律""戏曲史""戏曲甲乙"等。在这期间，他所交往的是一些对传统国学有浓厚兴趣的学者，如黄节、刘毓盘、张孟劬、许之衡，北京大学在二三十年代的两位词曲教授——刘毓盘、许之衡都是他的至交，在北京大学任教期间他还编校出版有《词源》《词余讲义》《古今名剧选》等。吴梅在北京大学讲坛传授词曲之学，"为戏曲在中国最高学府争得了一席之地"[②]，并在当时的学术界产生了一定的冲击力。有人认为北京大学不研求致用之学，竟设科延师，教授戏曲，实乃亡国之音也；有人还嘲笑吴梅研究戏曲是不识时务，教授学生填词习曲实乃误人子弟。针对这些冷嘲热讽之声，一些有识之士奋起反击，指出："不知欧美日本各大学，莫不有

[①] 王晓清：《学者的师承与家派》，湖北人民出版社 2007 年版，第 85 页。
[②] 王卫民：《吴梅评传》，河北教育出版社 2002 年版，第 23 页。

戏曲科目，若谓元曲为亡国之音，则周秦诸子、汉唐诗文，无一有研究之价值矣。至若印度、希腊、拉丁文学更为亡国之音无疑矣！"① 对于吴梅词曲研究的贡献，他的弟子唐圭璋先生是这样说的："静安（王国维）先生从历史考证方面研究中国戏曲的源流与发展，作《宋元戏曲史》，开辟了研究戏曲的途径；瞿安（吴梅）先生则从戏曲本身研究作曲、唱曲、谱曲、校曲，并集印了很多古本戏曲，为中国文学史、戏曲史提供了极珍贵的资料。"② 在他的影响和感染下，北京大学学生任讷（字中敏，号二北）已有志于追随他从事词曲研究，并在毕业后在吴氏位于苏州的奢摩他室读书，后来撰成《词曲通义》《词学研究法》等著作。另外一位追随者是许之衡（字守白，号饮流斋），他在京城寓居期间结识了吴梅，自谓"近日与词曲大师蒲后轩（吴梅）研究昆曲，颇觉兴味"，1923年吴梅离开北京大学赴东南大学任教时，特地举荐他接任自己担任北京大学的词曲课程，许之衡关于词曲方面的著述有《曲律易知》《词选及作法》《中国音乐小史》等。

吴梅到达东南大学之后，更是在南京掀起了一场声势颇为壮观的词曲复兴运动。1924年2、3月间，他与学生组织"潜社"，其后每一月或二月一聚，在游玩饮酒中填词谱曲，并制定社规三条："一、不标榜，二、不逃课，三、潜修为主。"这一活动一直延续到1926年，当时参与其事的有赵万里、陆维钊、王起、王玉章、袁鸿寿、唐圭璋、张世禄等十余人，凡四集：第一集为《千秋岁》"题归玄恭击筑余音"11首，第二集为《风入松》"宋徽宗琴名松发"19首，第三集为《桂枝香》"扫叶楼秋禊"22首，第四集为《霜腴花》"红叶"11首，这四次社集的结果便是后来人们经常提及的《潜社词刊》。1927年春，北伐军从武汉向南京进发，北京政府勒令东南大学停办，吴梅被迫返回家乡苏州，后在上海光华大学兼课，期间曾受顾颉刚之邀赴广州中山大学任教。6月，南京国民政府成立，东南大学先是易名为第四中山大学，再而易名为江苏大学，两个月后更名为中央大学，成为代表民国学术水平的最高学府。这时接任吴梅担任词课教学的是汪东和王易，吴梅也在学生的强烈要求下被中央大学重新聘回，这时他承担的课程稍有调整，授课内容

---

① 陈独秀：《随感录》，《新青年》第4卷第4号（1918）。
② 唐圭璋：《回忆吴瞿安先生》，《词学论丛》，上海古籍出版社1986年版，第1032页。

由词曲并重转而以讲授曲选为主。1928年春，中央大学学生再举"潜社"，填词改由汪东、王易指导，吴梅则专门指导南北曲，其活动结集为《潜社曲刊》《潜社词续刊》，后来汇集为《潜社汇刊》。在校外也有所谓"如社"，这是一个校内师生与校外文人之间，通过诗词互动所形成的纯粹民间性质的词社。"如社"活动时间大约在1935—1936年间，参加者有廖恩焘、周树年、邵启贤、夏仁沂、蔡宝善、石凌汉、林鹍翔、杨铁夫、孙濬源、夏仁虎、吴锡永、吴梅、仇埰、陈匪石、汪东、向迪琮、寿石工、蔡嵩云、乔大壮、唐圭璋、卢前、吴征铸、程龙骧、杨胜葆等24人，其结集为《如社词钞》。

毫无疑问，吴梅是继朱祖谋而后的又一词坛领袖，他的思想亦是承继朱祖谋而来的，对常州派"意内言外"之说多所推崇，并对"晚清四大家"多所褒扬。他说：

> 自樊榭承竹垞之后，以南宋为师，于是词家有浙西派。皋文托体骚雅，词格始尊。保绪复扩大之，于是词家有毗陵派。实则两家之争，即姜、张、苏、辛之异而已。近百年中，鹿潭、莲生、复堂、顺卿诸子，不沾沾于南宋。幼霞、大鹤、彊村、蕙风辈，亦奄有众长，而彊村历梦窗以达清真，盖即据保绪之言而实践之也。①

> 词为诗余，根柢风正，固无所谓宗派也。北宋如东坡、少游、方回、美成诸公，精诣所至，不囿一长。南宋如白石、稼轩、碧山、玉田、梦窗辈，雄奇缜密，亦无可轩轾。明人无词，故不具论。逊清初年，大氐多宗北宋，要不离花草余习，至竹垞独取南宋，分虎、符曾佐之，而风气为之一变。……乾嘉以还，皋文、翰风出，研讨正变，返诸骚雅，于是毗陵之词，遂与浙西相骖靳，实则二派相争，即苏、辛、周、秦之异趣也。道咸间，鹿潭以毗陵异军而步武姜史，仲修以西泠坠绪而执中苏秦，至是而党派之见稍息矣。光宣之季，词家中兴，首推半塘，衣钵相传，则沤尹、蕙风焉。②

---

① 吴梅：《〈井眉轩长短句〉跋》，《吴梅全集》（理论卷），河北教育出版社2002年版，第972页。
② 吴梅：《〈惜余春馆词钞〉序》，《吴梅全集》（理论卷），河北教育出版社2002年版，第961页。

他反对自张綖以来的婉约为正、豪放为变的观念，也认为南北两宋并无高下轩轾之分，所谓宗派之分实乃自清代浙西、常州两派而起，到晚清从蒋春霖、谭献到"清末四大家"已融汇南北之长，兼有苏、辛、秦、柳之趣，即如蔡嵩云所言："郑叔问、况蕙风、朱彊村等，本张皋文意内言外之旨，参以凌次仲、戈顺卿审音持律之说，而益发挥光大之。……以立意为体，故词格颇高；以守律为用，故词法颇严；今世词学正宗，惟有此派（指临桂派）。"① 因此，由他编选的《词选》一书，选录唐五代10家（李白1首、温庭筠18首、无名氏1首、李璟1首、李煜5首、和凝1首、韦庄4首、李珣1首、孙光宪1首、冯延巳8首）；北宋13家（晏殊1首、林逋1首、范仲淹1首、欧阳修2首、王安石1首、晏几道3首、张先3首、柳永8首、苏轼13首、秦观12首、贺铸6首、周邦彦19首、程垓2首）；南宋15家（辛弃疾16首、崔与之1首、俞国宝1首、张孝祥2首、姜夔19首、刘过1首、张辑1首、卢祖皋9首、高观国7首、史达祖15首、吴文英21首、王沂孙11首、张炎152首、周密38首、朱敦儒22首）；金代1家（元好问21首）；元代3家（白朴16首、张翥8首、邵亨16首）。而他在《词学通论》一书中所评述的词人有：唐人七家（李白、张志和、韦应物、白居易、刘禹锡、温庭筠、皇甫松），五代十国七家（后唐庄宗、南唐嗣主李璟、南唐后主李煜、和凝、韦庄、孙光宪、冯延巳），北宋八大家（晏殊、欧阳修、柳永、张先、苏轼、贺铸、秦观、周邦彦），另附13家（王安石、晏几道、李之仪、周紫芝、葛胜仲、黄庭坚、张耒、陈师道、程垓、毛滂、晁补之、晁端礼、万俟雅言），南宋七大家（辛弃疾、姜夔、张炎、王沂孙、史达祖、吴文英、周密），另附14家（陆游、张孝祥、陈亮、刘过、卢祖皋、高观国、张辑、刘克庄、蒋捷、陈允平、施岳、孙惟信、李清照、朱淑真），此外，金元时期共30家，明清共37家。尽管这部书是着眼于历史的叙述，但也大致能看出入选词人与《词选》一书的一致性，如果从上述两书入选词人及词目看，吴梅已完成泯合南北两宋及豪放婉约的派别分野，完全继承了"晚清四大家"跨常迈浙集南北两宋之大成的思想观念。

但是，在继承朱祖谋会通南北两宋思想的基础上，吴梅亦能顺应现代大

---

① 蔡桢：《柯亭词论》，唐圭璋编《词话丛编》，中华书局1986年版，第4908页。

学教育发展的新趋势,对朱祖谋兼融"意内言外之旨"与"审音持律之说"进行系统化改造,这就是他在东南大学—中央大学为学生讲授词学讲稿基础上撰写而成的《词学通论》。《词学通论》原名《词学讲义》,后来商务印书馆出版时改称今名,《词学季刊》第一卷第二号在介绍本书情况时说:

> 本书先论平仄四声,次论韵,次论音律,次论作法,于论音律章内,又附《八十四宫调正俗名对照表》《管色杀声表》《古今雅俗乐谱字对照表》《中西律音对照表》,最为本书特色。自第六章以下,论列唐五代以迄清季词学之源流正变与诸大家之利病得失,虽所征引,类多不标出处,令人无所据依,而上下千年间之重要作家,罔不备举,诚足津逮来学,而为有功词苑之著作云。

此书实际上是由四部分组成的,第一章总说词体,第二章到第四章分说词的声韵音律,第五章论词的作法(包括字法、句法、章法),第六章到第九章逐次论述从唐五代到明清的代表词人经典作品,大致上勾勒出中国词史发展的基本脉络。然而,此书的意义不仅在其所论内容,更在其对词学体系的建构,即在吴梅的心目中"词学"应该包括:词体、声韵、音律、作法、词史等相关内容,这一词学"体系"的建构方式是对传统与现代进行综合调适后的结果。不过,相于词史部分而言,吴梅对于词体问题论述的贡献尤巨,在绪论部分谈到词的起源、词体特性、词调划分、词重协律等问题,皆切中肯綮,要言不烦;在论平仄四声、论韵、论音律部分,他根据自己切身的创作体验,从唱曲的经历中感悟填词的真谛,提出了很多值得关注的见解,如对去声字的重视,对涩调的关注,对词调用韵起毕的强调,对管色、杀声的解释,皆发前人之所未发。另外,论音律章内所附之《八十四宫调正俗名对照表》《管色杀声表》《古今雅俗乐谱字对照表》《中西律音对照表》,也很好地解决了一些音律的难点问题。

三 词学传承与吴门弟子

1922年元月,在新文化派领袖胡适等人倡导下,北京大学成立了研究所国学门,其宗旨就"在整理旧学","凡研究中国文学、历史、哲学之一种专门知识者属之"①，还聘请王国维、陈垣、柯劭忞、夏曾佑、陈寅恪为研究导师，并出版《国学季刊》《国学门月刊》《国学门周刊》，刊载研究所成员的最新研究成果。风气所及，波及全国，一时南北大学纷纷开办有国学研究机构，如厦门大学国学研究院、清华大学国学研究院、燕京大学国学研究所、齐鲁大学国学研究院，东南大学也乘此风会在1922年10月13日成立了国学研究会。它是由国文系学生发起的，以国文系教授陈中凡、顾实、吴梅、陈去病、柳诒征为指导员，下设若干分支机构，如经学部、小学部、史学部、诸子学部和诗文学部等。国学研究会成立后，开展了两项重要活动：一是从1922年10月到1923年1月举办了十次讲习会，并编辑出版了《国学研究会演讲录》；一是创办了《国学丛刊》（1923年3月到1926年8月），由陈中凡主持编辑，共出刊九期。前一项活动曾敦请吴梅演讲"词与曲之区别"，后一项活动则是在《国学丛刊》刊发李万育、王玉章、李冰若等研究会成员的研究论文。在《国学丛刊》发刊同时，东南大学学生还创办有《史地学报》《文哲学报》《东南论衡》，后两刊也发表有部分学生的旧体诗词及研究论文，比如陆维钊、胡士莹、赵祥瑗的词及研究论文等。

  吴梅演讲"词与曲之区别"是在1922年10月20日，当时听讲者之情形已不可得知，演讲的内容却被收入《国学研究会演讲录》。这篇演讲主题是从音律、结构、作法三个方面谈词曲之别，但他并不否定词曲之间的内在联系，认为通过大曲可以追溯词之变曲的端倪。不过，在他看来，词虽为声律之文，其要在于可歌，但在今天却不能歌也，其故何在？谱亡是也。然而，欲求歌词之法，何以得之？吴梅指示了一条便捷的路径："以歌曲之法歌词。"在这篇演讲最后，吴梅对听讲的各位同学提出自己的一个建议："第制谱之道，亦非易易，板式歧则句读多淆，宫调乱则管色不一，正犯误则集牌相错，阴阳混则四呼不清，此则鄙人与诸同学所当共同研究而已。"他的这一吁请也在学术界得到了积极的回应，首先是任二北在《东方杂志》第24卷第12期发表《南宋词之音谱拍眼考》的论文，指出："歌必有谱，谱必有拍；若有谱而无拍，除非散序、散曲子乃可，否则不能成乐也。"他

---

① 蔡元培：《公布北大研究所简章布告》，高平叔编《蔡元培文集》第三卷，中华书局1988年版，第439页。

还以张炎《词源》为蓝本，详尽考证了南宋九类词：令、引近、慢曲、三台、序子、法曲、大曲、缠令、诸宫调之音谱拍眼。而后有唐兰《白石道人歌曲旁谱考》（《东方杂志》第 28 卷第 2 号）、夏承焘《白石歌曲旁谱辨》（《燕京学报》第 12 期）、吴梅《与夏瞿禅论白石旁谱书》（《词学季刊》第 1 卷第 2 期），围绕姜夔《白石道人歌曲》旁谱展开热烈讨论，试图还原姜夔时代宋词音谱的真实状貌，对现代词乐之学的研究也有重大推进。

还有必要提到由胡士莹过录吴梅《词选》一书，这是吴梅在东南大学讲词选课程时使用的教材。胡士莹（1901—1979），字宛春，室名霜红簃，浙江平湖人。1920 年以同等学历考入南京高师，为文史地部特别生，师从王瀣、吴梅、柳诒徵等，还为吴梅整理油印《词选》讲义，此选首录词人，附以小传，次录词作，后录吴梅的评语，现藏浙江平湖图书馆。值得注意的是，与这部选本并行的还有南京图书馆藏《词选》稿本，据平湖本发现者李保阳分析，平湖本、南图本和现行《词学通论》三书之间的关系是：南图本是吴梅最初在南师讲授的词学课的讲义，平湖本则是后来经过增补、修订而成的，这个本子后来再次经过删减、充实后成为今天通行本的《词学通论》，这是一个由简而繁再而简以及由重"选"到重"论"的过程。"《词学通论》成稿后，讲义本（南图本）和油印本（平湖本）《词选》的理论意义大为削弱，故吴梅终其一生没有一部词学选本传世，究其因，是时代的发展已渐使词史的撰述方式发生转变，词学选本承载词学理论的功能和意义大为降低。"① 从文献学角度看，胡士莹油印之《词选》是吴梅由词选本到通论本的重要过渡环节，它不但可以考见吴梅词学思想发展变化的全过程，而且也可以发现中国词学从传统向现代转型已是时势所趋。我们以为，油印本的出现，说明了东南大学学生对老师思想的承传，正是有像胡士莹这样的学生对吴梅词学思想的传播，吴梅的影响才走出了东南大学，走向了全国，流传到现在。

在当时，受吴梅的感召，东南大学学生大多倾力写作旧体诗词，主要有卢前、李万育、王玉章、李冰若、赵祥瑗、陆维钊、张世禄、唐圭璋、胡士莹等。这些学生在词学研究方面也做出了一定的成绩，主要有李万育的

---

① 李保阳：《胡士莹录吴梅〈词选〉油印本考述及辑校》，《唐圭璋先生诞辰 110 周年纪念暨词学研究国际学术研讨会论文集》（上册），南京师范大学文学院 2011 年 11 月。

《说词》（载《国学丛刊》1卷3期）、李冰若的《论北宋慢词》（载《国学丛刊》2卷3期）、唐圭璋的《温韦词之比较》（载《东南论衡》1卷26期）、赵祥瑗的《论秦柳之异点》（载《文哲学报》第四期）、王玉章的《评迦陵曝书亭词》（载《国学丛刊》2卷3期）等。李万育《说词》一文谈到词的缘起、滥觞及体尚，特别是在"体尚"部分着重分析了词的文体特性，总结起来就是：体必婉约，文必清灵，意欲奇、语欲新、字欲炼，在创作上：白描不近俗，修饰不太文，生香真色，自然流露；在体式上：小令则意短意长而不尖弱，中调则骨肉停匀而不平板；长调则操纵自如而不粗率，豪爽中有精致语，绵婉中有激励语。所言颇为精警，所论亦多有可取之处。李冰若《论北宋慢词》一文先是分析北宋慢词兴起的原因，指出国力的强盛、经济的繁荣、人民生活的富足，促成了宋词由令词向慢词的转化；接着详细地描述和勾勒了北宋慢词发展之脉络，指出柳永、苏轼、周邦彦是北宋慢词发展的三个重要转捩——柳永之长在其铺叙委婉，苏轼之长在其"一洗衣绮罗脂粉之饰，而发天风海涛之音"，美成所制如红石之山，片片良玉，浑厚和雅，各体具备，特别是他的长调："言近旨远，善于铺叙，笔如转丸，思如剥茧"，"若以集大成而论，则美成犹诗家之老杜也。"这一分析，既有"面"的铺叙，也有"点"的展开，做到了收纵自如、史论兼备，并把北宋慢词发展的主要理论问题提炼出来。至于唐圭璋《温韦词之比较》、赵祥瑗《论秦柳之异点》、王玉章《评迦陵曝书亭词》，乃是就具体词人词作进行比较论述。从这些论文看，他们已有比较浓厚的现代意识，多能从现代文艺学立场出发，从写情、述景、琢字练句等角度评价词人词作，注重其审美特性的抉发，而不像传统词话只做蜻蜓点水式的印象批评。然而，这些学生不只是简单的传承，他们还在后来的学术道路上进一步发展了老师的思想，像李冰若、卢前、张世禄、唐圭璋等就是这样的学生代表。

李冰若（1899—1939），原名锡炯，晚号栩庄主人，湖南新宁人。1923年9月进入东南大学国文系，师从陈中凡、吴梅，1925年陈中凡入广东大学，为文科学长，冰若亦随之赴广东大学学习。1928年陈中凡出任上海暨南大学国文系主任，次年冰若亦因陈中凡介绍到国文系任教。在暨南大学任教期间，他先是为《宋词三百首》作笺，后再而为《花间集》作评注，这一注本不但对其中作者的生平史料、诗话词话评论材料作了汇辑的工作，而且还以《栩庄漫记》的名义撰写了评语 196 条，对《花间集》中十八家词人的艺术风格和流派进行了精辟的分析。[①] 他不满于晚清常州词派以说经家法解词读词的做法，主张从纯文艺的立场还原晚唐五代词人的真实面貌。从这样的观念立场出发，一方面他对《花间集》中 170 余首作品作了纯艺术的品评，这些品评有的涉及字词的运用，有的关涉作品的章法技巧，有的则从意境的高度分析作品的审美特性；另一方面，他还把花间词人分为飞卿（温庭筠）、端己（韦庄）、德润（李珣）三派，并把其他的晚唐五代词人归属到这三位词人名下，指出这三派词人的审美品格分别是："镂金错采，缛丽擅长，而意在闺帏，语无寄托者，飞卿一派也；清绮明秀，婉约为高，而言情之外，兼书感兴者，端己一派也；抱朴守真，自然近俗，而词亦疏朗，杂记风土者，德润一派也。"这样的点评，不但有微观的审美分析，而且也有宏观的理论把握，代表着当时《花间集》笺评研究的最高水平。

卢前（1905—1951），原名正坤，后改名前，字冀野，自号小疏，别号饮虹，别署江南才子、饮虹簃主人、中兴鼓吹者等，江苏江宁人。1922 年秋考入东南大学，"从长洲先生学为曲"，天资过人的他，在吴梅精心指点下，在曲学方面表现出过人的才能，得到吴梅的欣赏和赞誉："余及门下，唐生圭璋之词，卢生冀野之曲，王生驾吾之文，皆可以传世行后。"[②] 从东南大学毕业后，先后在金陵大学、暨南大学、中央大学任教，虽然他的成就主要在曲学，但他的词学在三四十年代也是比较有特色的，曾出版词集《中兴鼓吹》（1938），应中华书局之邀撰有《词曲研究》一书（1934），发表过论文《词曲文辨》《令词引论》，并有《望江南·饮虹簃论清词百家》传世（1936），是一位以创作与研究兼擅而知名的词曲全才。《词曲研究》是面向中学生撰写的一本普及读物，把词的体制与源流讲得非常通透明白，其体例略似吴梅《词学通论》，在体制方面讲到词的起源、创制、词调、词韵、句法，在源流方面按年代顺序讲到从唐五代到两宋的重要词人。这本书最大的特点是写法非常浅显，开列的书目有吴梅的《词学通论》，也有郑振铎的《中国文学史》，对于词的起源的看法吸收了胡适、郑振铎的观点，对

[①] 李仲苏：《李冰若的〈栩庄漫记〉和〈绿梦庵词〉》，《词学》第十二辑，华东师范大学出版社 2000 年版。

[②] 《吴梅日记》1936 年 1 月 11 日，《吴梅全集》，河北教育出版社 2002 年版，第 667 页。

于词的体制的介绍参考了吴梅的论述，对于词史的叙述则融入了王国维、胡适的思想，认为词到了宋季已是奄无生气，"以后词的时代更是过去了"①。所以说，这是一本兼容了新旧两派思想的普及读物。即如张晖先生所说，卢前是一位徘徊于新旧文学之间的词人与学者②，他对于词史问题的看法也是融纳了新旧两派的思想的。

张世禄（1902—1991），字福崇，浙江浦江人。1921年考入东南大学国文系，1926年起在福建集美学校任教员，1928—1932年在商务印书馆任编译员，并在暨南大学、复旦大学、中国公学任教，在这期间他出版了《中国文艺变迁论》一书。这是一部描述中国文学变迁的著作，其中第二十六到第二十八章专论宋词，讨论了词的起源、宋词的流派、宋词的语体化和散体化、宋词与元曲的关系及区别等问题。在词的起源问题上，他是主张泛声和声说的，认为词自唐人律绝而来，只是在演唱过程中增入了添声泛声罢了；在宋词流派的问题上，他改变传统的婉约和豪放的两分法，提出南派与北派之说，前者以柳永为代表，后者以苏轼为代表，到周邦彦、姜夔则集两派之大成；在宋词的语体化和散体化问题上，则详细地分析了出现这种现象的政治、经济、科举、文学等原因；最后，对于宋词与元曲的比较，既指出其前后递嬗变化的关系，也具体分析了两种文体在音律、结构、作法上的区别。这些看法有些是对前人观念的继承，但也有的是对前人观念的变革和更新，比如宋词的南派北派之说、宋词的语体和散体化之说，都是发前人所未发的观点，而且对宋词由南北两分到南北融合的分析，准确地把握了宋词发展的总体走向及代表词人的创作特点，可谓独具卓识！

这些学生在后来逐渐形成了新的学术方向，但是他们在东南大学曾经师从吴梅的人生经历，对他们的学术兴趣和治学方法产生影响是无疑的。

四 中央大学词学教授群像

1928年，原东南大学易名为中央大学，国文系主任为汪东（旭初），教授有黄侃（季刚）、胡光炜（小石）、王易（晓湘）、汪国垣（辟疆）、王瀣

---

① 卢前：《词曲研究》，岳麓书社2012年版，第40页。
② 沙先一、张晖：《清词的传承与开拓》，上海古籍出版社2008年版，第228页。

（伯沆）；到 1930 年时，中央大学的体制、学科和师资基本稳定，国文系主任仍为汪东，教授则有黄侃、王瀣、王易、胡小石、汪辟疆、吴梅，吴梅是应学生的要求从广州中山大学重新请回的。上述诸位教授开设的课程分别是：王瀣（论孟举要、书经举要、练习作文）、黄侃（汉书、音韵学、文学研究法）、汪东（唐宋词选、文字学、目录学）、胡小石（文学史纲要、周以后文学）、王易（乐府通论、词曲史）、汪辟疆（诗歌史、诗名著选）、吴梅（词学通论、专家词、南北词简谱）。从这里看出，汪东、王易、吴梅都是中央大学的词曲教授，只是吴梅更加偏重于曲罢了。

汪东（1890—1963），字旭初，号宁庵，又号寄庵、寄生、梦秋，江苏吴县人。15 岁时留学日本，加入中国同盟会，1910 年回国，入南社，曾任上海《大共和日报》《民声日报》编辑，1923 年与章太炎等创办《华国月刊》，1927 年始任中央大学中文系教授兼系主任，期间他承担了中国文学系的词选课程，编有《唐宋词选》，撰为《梦秋词》《词学通论》等。

据尉素秋回忆，汪东在中央大学开设有"宋名家词"的课程，在金陵大学也开设有"唐宋词选"的课程。《唐宋词选》应该是他讲授词选课程的教材，入选的词人有：温庭筠、李后主、韦庄、冯延巳、欧阳修、晏殊、晏几道、柳永、苏轼、秦观、周邦彦、万俟咏、向子谨、蔡伸、李清照、赵鼎、朱敦儒、辛弃疾、张镃、陆游、卢祖皋、高观国、史达祖、方千里、吴文英、蒋捷、周密、王沂孙、张炎，共 29 人，其中唐五代 4 人、北宋 10 人、南宋 15 人。这一选本今已不存，但其中之识语却为沈祖棻所录存，施蛰存主编《词学》第二辑首次予以披露，后来齐鲁书社出版的《梦秋词》亦有收录。从其所选录的词人看，他在思想上是兼综南北宋之长的，夏敬观为《梦秋词》所作序称："力能兼取南北宋之长，其涉南宋者亦多佳什。"[①] 在《梦秋词》中多有和南北诸家词，卷三有"杂拟词"，所拟 14 家为：晏几道、柳永、苏轼、秦观、周邦彦、李清照、辛弃疾、姜夔、史达祖、吴文英、周密、蒋捷、王沂孙、张炎等，这 14 家皆为《唐宋词选》入选词人，基本上是南北两宋兼取，对南宋略有倾斜，尤其是梦窗、草密、玉田，这与当时主流词坛的思想倾向是大致接近的。不过，汪东对周邦彦尤为

---

① 夏敬观：《汪旭初〈梦秋词〉序》，《忍古楼文集》，第 309 页。

偏好，早年与黄侃一起，曾有和清真词之举，《梦秋词》亦多步和清真之韵者，他对于周邦彦《清真词》有较高之评价："词家之清真，集大成者也夫。其意绵邈，其辞宏雅，其律精微，眇合锱铢，后有能者，曾莫能及。"①"词至清真犹文家之有马、扬，诗家之有杜甫，吐纳众流，范围百族，古今作者，莫之与竞矣。"② 甚至有人将其拟之为"今之清真"："翁词宗清真，控纵自如，顿挫有致，舒徐绵邈，情韵交胜，在昔为黄季刚、柳亚子、夏映庵、沈尹默、章行严诸公所推崇，良有以也。"③

大约是《唐宋词选》已承载了他对词史问题的见解，他的《词学通论》一书则专力于对词体问题的论述。全书由原名、甄体、审律、辨韵、征式组成，这一体系建构方式与吴梅同名著作可谓有同工异曲之妙。在"原名"部分，通过"词"之字义的辨析、诗体发展的考察，以及"乐"之迭代相嬗的分析，从字词、文体、音乐三个层面对"词"的义界作了规定；在"甄体"部分，则着重分析了诗、词、曲的文体差异，小令与慢词的不同特性，还有"令"、"引"、"近"、"慢"、"偷声"、"减字"、"添字"、"转犯"的具体要求，等等；在"审律"部分，则创造性地提出"歌者之律"和"作者之律"的概念，并指出："歌者之律即乐律之封域，特其细焉者耳；作者之律则词体之模型由此而定，合之为词，违者即否。"一方面乐律与词律相分是时势发展的必然，"金元而后，曲子盛行，令、引、慢词，久谢弦管，图谱所考，唯在字句平仄之间"；但另一方面词律既由音律而来，则当遵守其初起之际协音合律的标准和规范，"譬如大瑟安弦，必依古制，纵令弹者绝迹，匠师固不能自为更张"。总而言之，亦即"合乐即可以登歌，离歌亦无妨独立；由前之说，音律之谓也；由后之说，词律之谓也"。在"辨韵"部分，指出词韵乃是顺应曲子适俗的趋向而出现的，是有别于诗歌遵守古韵而言的，所谓"模古者宜遵古韵，适俗者宜用今韵，词曲后起，若以古韵协之，斯为不伦"是也。在"征式"部分，指出：文辞之用，不出四端，纪述、持论、抒情、拟物是也，但以抒情为主，有"遭逢乱世，眷怀故国"者，有"感物怀人，俯仰身世"者，有"男女慕悦，本于性情"者。

---

① 汪东：《〈和清真词〉序》，《汪旭初先生遗集》，台湾文海出版社1974年版，第376页。
② 汪东：《〈唐宋词选〉评语》，《梦秋词》附，齐鲁书社1985年版，第473页。
③ 唐圭璋：《〈梦秋词〉跋》，《梦秋词》，齐鲁书社1985年版，第493页。

这些问题的论述，一方面是对传统词学的总结归纳，另一方面也是从指导初学者写作立论，从这一角度看，汪东的词学研究带有较强的传统派研究特色，是从体制内角度讨论问题的。

王易（1895—1956），字晓湘，号简庵，江西南昌人。少时随父居中州，初入河南省立高等医学堂，后入京师大学堂，与胡先骕、林庚白、汪东等为同学。20年代初与汪辟疆同时执教于心远大学，后经挚友胡先骕介绍执教于东南大学，学校后易名为中央大学，继续在国文系任教，同时也在金陵大学授课，主讲"词曲史"、"乐府通论"，著有《国学概论》《乐府通论》《词曲史》等。以《词曲史》一书在后世影响最大，先后有神州国光社1931年版、上海中国联合出版公司1944年版、中国文化服务社1948年版、台北洪氏出版社1981年版、上海中国书店1989年影印版、东方出版中心1996年版、团结出版社2005年版、江苏文艺出版社2008年版，等等。

据周岸登《〈词曲史〉序》可知，《词曲史》一书撰成于1926年，当时王易在心远大学任教，后在中央大学继续讲授"词曲史"，《词曲史》也在多次讲授过程中逐步完善。全书凡十章："明义"、"溯源"、"具体"、"衍流"、"析派"、"构律"、"启变"、"入病"、"振衰"、"测运"。王易在文学上秉持"内美"之说，他认为西方之论文偏于外缘，中国之论文重视内美，何谓内美？"文章之内美，约四端焉：曰理境也，情趣也，此美之托于神者也；曰格律也，声调也，此美之托于形者也。托于神者，为一切文体所同需，托于形者，则诗歌词曲所特重也。"这一观点实源自姚鼐，姚鼐《古文辞类纂·序目》说："为文者八：曰神、理、气、味、格、律、声、色。神、理、气、味者，文之精也；格、律、声、色者，文之粗也。"在王易看来，内在的理境和情趣，还需通过外在的格律声调来表现："理境高矣，情趣丰矣，无格律声调以调节而佐达之，犹鸟兽之不被羽毛也，犹人体之不著冠服也，犹舞无容而乐无节也"，"人心情态，何啻万千！声本乎情，自然殊致。如其挚情流露正赖声律，以成抑扬动静刚柔燥温之观。譬之五服六章，纵异布絮之功，能资黼黻之美，苟非墨翟之非乐贵俭，孰能拒而斥之哉！"[①]《词曲史》一书实际上就是他这一文学观的历史展开。至于他撰《词

[①] 王易：《词曲史》，东方出版社1996年版，第2—3页。

曲史》一书的动机则是因过去言词曲者重家数而轻源流，对词曲宫调格律往往语焉不详，词曲之界限混淆不明。因此他通过"明义"而溯源而辨体，进而描述词曲起自唐五代、迭经宋元、迄于明清的历史发展进程，将词曲的体制变迁置于历史进程中考察，因而这一著作在研究方法上是历史的描述与审美的判断的结合，较之过去词史之作而言，有着鲜明的现代性。诚如周岸登所云："其能以科学之成规，本史家之观察，具系统，明分数，整齐而剖解之，牢笼万有，兼师众长，为精密之研究，忠实之讨论，平正之判断，俾学者读此一编，靡不宣究，为谈艺家别开生面者，阒无闻焉！"①当代学者胡迎建也说："在当时，这是第一部用现代学术眼光论述中国词、曲、南戏、传奇渊源、发展、大盛而衰以及振衰历史的学术著作，注重某一体裁来自诸方面的影响，注重不同体裁的比较，注重不同词曲作家的区别，全面而具体，公允而恳切，与同时的王国维《宋元戏曲史》之作相比，显得气度更为恢宏。"②

《词曲史》一书在结构安排上颇具匠心，它既不同于吴梅、汪东的《词学通论》，也不同于胡云翼的《词学概论》《中国词史大纲》，而是在吸收传统词话的构体方式，并容纳现代词学观念的基础上，将词体的形式与词史的发展、词曲的差异与文体的代嬗糅合起来。清初徐釚编《词苑丛谈》，其构体方式是：体制、音韵、品藻、纪事、辨证、谐谑、外编，已有对传统词学体系化的意图，后来冯金伯辑《词苑萃编》也是按照这一模式来编排词话材料的，到光绪年间江顺诒编《词学集成》对这一体系结构进行改进，其构体方式是：词源、词体、词音、词韵、词派、词法、词境、词品。江的这一结构方式对词学的现代化有很重要的启发性，在民国初年出版的谢无量的《词学指南》和王蕴章的《词学》对词学体系的建构明显受到《词学集成》的影响，前者由词源、体制、作法、词评、词韵五部分组成，后者则由渊源、辨体、审音、正韵、论派、作法六部分组成，大致能看出他们对词学体系的构想：体式、源流、音韵、作法、派别等，正是在他们对词学体系建构的基础上才有吴梅的《词学通论》和汪东的《词学通论》。但是他们多是将

---

① 周岸登：《〈词曲史〉序》，王易《词曲史》，东方出版中心1996年版，第4页。
② 胡迎建：《王易的诗学观与词曲史研究》，《江西社会科学》2004年第9期。

音乐与文学（词、曲）分开来讲，而王易并不满足于对词体的静态描述，《词曲史》一书将这些内容放到历史嬗变中进行动态考察，从而比较忠实地呈现了一种文体是如何演进和发展并形成流派的。然而，王易《词曲史》超越他人之处，更在于它把词曲联系起来，注意到由词到曲的发展走向，指出词学在明代的衰微与在清代的复兴，比较翔实地分析了明词衰落和清词中兴的原因，并对词曲的未来发展作了可能性的预测。也就是说，他的意图，既是回顾过去，更是放眼未来，特别是为现代词坛指明发展方向。

中央大学前期（1927—1937），是现代词学史上最辉煌的十年，这里聚集着一批词学名家，为中国词学从传统走向现代作出了突出的贡献。1937年七七事变爆发，日军入侵，战火燃起，各地大学纷纷西迁，中央大学亦迁至重庆沙坪坝，曾经在国文系任教的三位词学教授，先后离开中央大学。王易在1935年返回江西，吴梅在1937年避难到长沙，汪东也在1938年离开中央大学，改任国民政府监察委员，中央大学词学讲坛曾有的辉煌渐渐散去。在重庆中央大学，讲授词选课程者为邵祖平、唐圭璋，1946年中央大学迁回南京，讲授词选课程者为陈匪石，所以说，邵祖平、唐圭璋、陈匪石为中央大学后期（1938—1949）最主要的三位词学教授。[①]

唐圭璋（1901—1990），字季特，满族旗人，先世驻防江宁，遂寄籍为南京人。1915年考入江苏第四师范学校，为著名词人、校长仇埰所赏识，并得到仇埰的精心指导；1922年考入东南大学，师从著名词曲大师吴梅，与任半塘、卢前一起成为"吴门三弟子"。1928年从中央大学毕业后，先是在省立第一女子中学教语文，后转到中央军校教历史，其主要精力用于编纂《全宋词》和《词话丛编》，并笺校《南唐二主词》及朱祖谋编《宋词三百首》。1937年随军校西迁成都，1939年应汪辟疆之请，到重庆中央大学任教，先后为讲师、副教授、教授。期间撰有《论词之作法》《评〈人间词话〉》《云谣集杂曲子校释》《屈原与李后主》《唐宋两代蜀词》《纳兰性德评传》等，并通过国立编译馆出版《全宋词》一书的线装本。此书一出，立得好评，有论者为之撰文推介曰："本书编者积十年岁月，成此巨著，举

[①] 邵祖平在重庆中央大学任教期间编有《词心笺评》，关于本书的评价参见第五章第三节的有关论述。

凡山川琐志、书画题跋、草木谱录，无不备采，钩沉表微，以存一代之文献，所收词人逾千家，所辑篇章逾两万。昔理堂焦氏尝谓一时代有一时代之所胜……今编者手辑《全宋词》，补苴赅备，校雠厘析，其用力之勤，以视《全唐诗》之作，有过之无不及焉。"① 又有学者将其与毛晋《宋六十名家词》等宋词汇刊相比较，指出它有四个方面的优长：一是增补，或补诸家遗漏之词作，或补诸刻遗漏之字句，皆本善本，以成完璧；二是删汰，"近人辑词，往往不如深考，以致误辑者多"，是编据宋代文献细加考订，或归于附录，或径直删汰，"此非熟翻宋词者不能明辨也"；三是校定，是编用旧刊本、旧钞本、全集本校定，改正了前此诸刻的不少错误；四是甄采，"是编所采刊本辑本，皆择其较善较足者"，并通过比勘而定其去取。"以上略举四点，以见编者校辑之辛勤，考证之精密，其有功于我国之文化，诚非浅鲜明。"② 当然，因战时条件所限，许多材料无法寓目，这部宋词全编也存在着一些不足。诚如刘石先生所说，收词不全，讹误颇多，校勘亦不甚精，此外，未加标点和在编排体例上沿袭《全唐诗》，首以"帝王"、"宗室"，殿以"释道"、"女流"等，亦是一弊。③

陈匪石（1883—1959），原名世宜，字小树，别号倦鹤，江苏江宁人。早年曾留学日本，加入同盟会，后为新闻记者，因抨击时政，曾遭通缉。中年以后转而从政，任职于国民政府工商、经济、实业等部门，但依然弦歌不辍，参加过由吴梅组织的"如社"。1947年经友人胡小石推荐，出任南京中央大学教授，期间有《宋词举》等重要词学论著问世。据霍松林回忆，当时陈匪石讲授词选及词作课程，使用的教材就是《宋词举》（正中书局1947年"大学用书"版），它在编排上采用的是溯序法——"先南宋，后北宋，由近及远"，目的是借词选的讲解以指导初学者创作："本编撰述，期导学者以先路，故每首附以解说，详述其作法、家数与夫命意用笔之方、造境行气之概、运典铸词之略，庶一经拈述即知其然，并知其所以然"。④ 全书共选南宋六家27首，北宋六家26首，是一本不同于一般的唐宋词选，特色鲜明，见解独特，在

---

① 佚名：《图书介绍：〈全宋词〉》，《图书季刊》新3卷第1、2期。
② 佚名：《新书介绍：〈全宋词〉》，《图书月刊》第2卷第4期。
③ 刘石：《有高楼续稿》，凤凰出版社2005年版，第155页。
④ 陈匪石：《宋词举》"凡例"，江苏古籍出版社2002年版，第3页。

当时一推出，即引起人们的广泛关注。清末民初著名词学家徐珂为之撰写赞语说："考据详明，评骘精当，解释清晰（几于逐句皆解），为自来选本所未有。初学诵之，岂惟易于入门，升堂入室，抑亦较其它选本为易，曾学词者读之，亦可以救其歧趋之失……金针之度，在此编矣！"[①]

五　现代词学研究的"东南学派"

从南京高师时期的王瀣、胡先骕，到后来东南大学时期主讲词曲之学的吴梅、汪东、王易，再到传承他们思想的卢前、李冰若、张世禄、唐圭璋，很显然，东南大学—中央大学已成为中国现代词学研究的一方重镇。这是一个以吴梅为其领袖、以王瀣、胡先骕、陈去病、邵祖平为骨干、以卢前、李冰若、张世禄、唐圭璋等为成员，包括汪东、王易、陈匪石在内的学术流派，他们在思想观念、研究方法、研究队伍上都表现出特有的品格和风貌，称其为现代词学研究的"东南学派"，当非过誉。

这一学派是以南京高师—东南大学为活动中心的。虽然，在进入东南大学之前，他们或许也有过各种词学活动，但他们的影响力却是在东南大学才散发出来的。比如吴梅就是因为主讲过"词学通论"，主持过师生唱和的"潜社"，而在东南大学师生中产生巨大影响的；胡先骕则通过东南大学重要的学术刊物《学衡》，与新文化派胡适展开思想论争，他的诗词评论文章也都是发表在《学衡》上的。至于东南大学的学生，则是因为听过吴梅的"词选"、"词学通论"课程而喜欢上词学的，是吴梅把他们引进词学研究的学术殿堂。吴梅对于他们的影响，是把创作与研究相并重，一方面注重对词的理论探讨，另一方面也不忽略对词的创作体验，比如李冰若有《绿梦庵词》、赵祥瑗有《苁溪词草》、陆维钊有《庄徽室词》、唐圭璋有《梦桐词》、胡士莹有《霜红词》等。因此，他们的研究对于词的形式比较重视，对于词的音律、体式、词调、四声平仄多有会心之处。他们改变了清末民初以来彊村派和胡适派的偏颇，前者只重词律，后者只重意境，而吴梅及东南学派汲取这两派之长，把词的声律与词的意境有机地结合起来，使得他们的研究成果，既能保持传统的特色，又能适应新的时

[①] 徐珂：《宋词引题记》，汪辟疆《方湖日记》（手稿本）1940年10月3日。

代，在当时产生较大的影响，像吴梅的《词学通论》就是这一学派的典范著述。

对于这一学派，当代学者多以传统派或保守派称之。从师承关系看，他们大多与彊村派有一定的渊源关系，陈去病、胡先骕、吴梅都是文坛影响最大之文社——南社的成员，大都有过师从朱祖谋习词的经历，他们对晚清常州词派亦颇有推尊之意。当他们在东南大学相遇合，自然成为以东南大学为营垒的"学衡派"的主力成员，而且受"学衡派"新人文主义思想的影响，他们对传统文化有着强烈的维护意识，对新文化派的彻底否定传统是持批评态度的，因此，他们在观念上或方法上带有强烈的传统色彩。比如胡先骕在与胡适的论争过程中对"清末四大家"的回护之意清晰可鉴，陈去病的《〈笠泽词徵〉序》也很显然地承袭了常州派比兴寄托的思想观念。但是，他们毕竟生活在中国社会发生重大变化的新时代，从吴梅的《词选》到《词学概论》，已可看出中国词学从传统向现代转化的思想印迹，特别是在赵万里、李冰若、张世禄、唐圭璋等身上表现得更为清晰。赵万里的《校辑宋金元人词》和唐圭璋的《全宋词》对现代词学辑佚校勘之学的创建，李冰若《花间集注评》对传统词籍笺释之学的发展，以及唐圭璋、李冰若、张世禄对艺术纯美的强调，不但代表着当时这一领域的最新水平最新贡献，而且也对后来这一相关领域的思想和方法产生了深远的影响。

第三节 无锡国专的词学研究

无锡国专是现代教育史上一所颇具特色的私立国学教育机构，它的前身是1920年由施肇增出资创办，著名教育家唐文治出任馆长的无锡国学专修馆。这所学校由初期的三四位教师、首届三十名学生，经过二十余年的发展到鼎盛时期已达二三百人规模，前后三十年的时间共培养学生有一千七八百人之多。它在发展过程中不但汇集了一批国学名师，而且还培养了一大批国学人才，一些在近现代词学史上颇有影响的诗词专家，也曾在无锡国专留下其活动的踪迹，他们是陈衍、钱基博、杨铁夫、冯振、陈柱、胡士莹、夏承焘、谢之勃、徐兴业、蒋伯潜等，他们在国专时期的词学教学与研究亦成为现代词学创建和发展的重要组成部分。

一　老师：偏重传统，学传常州

1921—1927年是无锡国专的初创期，学校规模不大，聘用师资亦有限，但这些有限的师资在国学涵养上却非同一般。校长唐文治本来就是著名的国学大家，聘请的教授顾实原是东南大学教授，教习陈柱为唐文治在南洋大学培养的高才生，此外还不定期聘请国学大师章太炎、柳诒徵、金松岑等到校演讲。1927年无锡国专由传统书院改制为现代学校后，更是征聘了一批在学界颇有影响的国学名师，如现代著名的宋诗派诗人陈衍，还有国学大师钱基博，原为上海光华大学教授，到无锡国专后被聘为校务主任，冯振也是唐文治亲自培养的得意门生，杨铁夫则是民国词坛声名显赫的梦窗词研究大家。这样的师资环境自然使得无锡国专成为民国时期国学研究的一大重镇，推出了不少在后世影响甚巨的研究成果，在词学方面则有冯振的《诗词杂话》"论词"，陈衍《石遗室诗话》"论词"，杨铁夫的《梦窗词笺释》《清真词笺释》《十五年来之词学》，钱基博《明代文学》论"明词"、《现代中国文学史》论"清词"等。

冯振（1897—1983），字振心，号"自然室主人"，广西北流人。1910年入中国公学，后转入南洋公学，师从唐文治。1927年遵从师命到国专任教，从那时起至1949年，一直担任国专教务长，抗战期间还代理桂校校长之职。诗学著述有《七言绝句作法举隅》《七言律髓》《诗词杂话》等，1986年齐鲁书社合三书以"诗词作法举隅"为名出版。在《诗词杂话》一书中，论词之处凡37条，其主旨是谈词之句法，或点明其所由来，或指出其所翻新出奇之处。"其书博采自唐迄清诸家诗词之作，每多佳构，浏览讽诵，不啻历代诗词选也。尤可贵者，其所谓作法，皆就诗词之艺术特征言之，其中有创新者，有仿制者，有仿制而变化者，足以窥见诗人之匠心独运，探讨历代诗词名篇之艺术宝藏，使人爱不释手。"[①] 当然，这类书重在感悟之表达，不作过多的义理分析，在性质上属于传统诗话词话之类。

陈衍（1856—1937），字叔伊，号石遗老人，福建闽侯人。曾任学部主事，京师大学堂教习，是清末民初著名的宋诗派诗人，也是唐文治以重金为

[①] 彭鹤濂：《〈诗词作法举隅〉跋》，冯振《诗词作法举隅》，齐鲁书社1986年版。

国专学生聘请的名师，他前后在国专任教有七年（1931—1937）之久，诗学著述主要有《石遗室诗话》（上海商务印书馆1929年版）、《石遗室诗话续编》（无锡国学专修学校1935年版）等。陈衍自称"曾学为词"，却"不工于词"，因其在诗坛的地位，"友朋乞作叙者乃时时有之"。这些序文有《叙次玉词》《叙胡式清词》《叙吴县曹君直云瓿词》《叙宋谦灯昏镜晓词》《叙程公芬牧庄词》《闽词徵序》等，通过这些序文，陈衍表述了自己对于词的看法和态度。

第一，他比较认同晚清常州派的"意内言外"之论。指出："词者意内而言外也。意内者骚，言外者雅。苟无悱恻幽隐不能自道之情，感物而发，是谓不骚；发而不有动宕闳约之词，是谓不雅。而唐人采乐府之音以制新词，乃以词为其专名，恉可知已。"① 这一段话不但直承张惠言《词选序》而来，而且对"意内言外"的内涵作了比较明确的界定，这就是词当感物而发，是言贤人君子怨悱之情，而发之则"幽深"、"隐晦"、"闳约"，也就是说在内容上要"骚"，在形式上要"雅"。第二，对词史上的清空质实之论、婉约豪放之争、本色险丽之争进行清算，指出清空、质实、婉约、豪放、本色、险丽之论皆有其弊，认为骚雅之论才是探本之论，"救其病固无过于骚雅"。"夫争清空与质实者，防其偏于涩也；争婉约与豪放者，防其流于滑也。二者交病，与其滑也宁涩矣，谓涩犹迩于雅也。今试取晏元献、秦淮海、周清真诸家词读之，非当行本色、清空而婉约者乎？然险丽语入于涩者，时时遇之。但不若近人专奉浙派，本无微言深托，动咏小物，为世诟病耳。"② 第三，反对浙派尊奉南宋的观点，主张词当以北宋为宗。他说："余少日曾学为词，喜北宋，以为词之有唐、五代，诗之汉、魏、六朝也；至北宋，而唐之初、盛矣。东坡、二安，则元和也；白石、梦窗，诗中苏黄；余则江湖末派耳。"③ 这一看法有些类似于清初刘体仁的词有初盛中晚之说，但他的宗北宋是针对浙派尊南宋而发的。"词之有南北宋，犹唐人诗之有初、盛、中、晚也。今之为词者，莫不南宋是宗，浙派之南宋耳。联缀冷艳各词，努力出一二隽折语，非不翘言足自喜也。余则癖嗜北宋，岂如明

---

① 陈衍：《石遗室诗话》卷二十，人民文学出版社2004年版，第309页。
② 陈衍：《石遗室诗话》卷二十，第309页。
③ 陈衍：《石遗室诗话》卷二十四，第372页。

人之诗必盛唐乎?"他不满浙派处在其过于雕琢,忽视性灵,或重在一二隽语,或以体物为工。"自浙派盛行,家玉田而户碧山。然其弊也,人工赋物,技擅雕虫。蟋蟀、荧火之咏,不绝于篇;春水、孤雁之作,开卷而是。游词之消,良无解已。"① 其实,他对浙派尊奉的姜夔并不反对,对常州派轻薄的苏辛也无恶感,认为苏辛也有"缠绵凄婉"之作,梦窗并非一于质实者,姜夔为词亦不全以雕琢为能事,在他看来问题的关键在作者之所为当合乎骚雅之旨。这说明他还是沿袭自张惠言以来的"意内言外"之说。

关于杨铁夫(1869—1943)的生平及习词经历,第二章第一节已有论及,他主要是承传朱祖谋的梦窗之学。他是在1935年受聘无锡国专任词学教授的,在1936年他还出任过无锡图书馆馆长,其时陈衍正在无锡国专任诗学教授。我们说过,杨铁夫受朱祖谋之影响,对梦窗词用功尤深,他笺释梦窗词,曾数易其稿,并屡刊屡改,第一、二次还只是选释,到第三次更是笺释全集(1935年)。第三稿《梦窗词全集笺释》正成书于任教国专时期,并在次年(1936)由无锡民生印书馆出版。他在自序中说:

> 予笺释《梦窗词》,于今为三版,实与初版同。因第一次所笺止168阕,且洋纸洋装,求便于学生,反见嗤于大雅。第二次所笺增至204阕,自以为梦窗佳构尽萃于此。且改作线装,稍为改善。然校对匆促,误字殊多,令人有妄改字句之疑。笺释亦复粗略,比视初版,不过百步五十步之间耳……爰决意取全集通加笺释,前之误者正之,略者详之,不止缺者补之已也。今年春创稿,至仲冬始毕事,自以为梦窗之症结,十解八九矣。②

当时夏承焘、钱仲联为之撰序,肯定其成就,尤其是钱仲联乃其在国专的同事,对铁夫笺释梦窗之甘苦了解甚多,前文已述及其成就,但这篇序文中特别提到铁夫笺释之所用心处,值得关注。他说:"曩岁客浙东,梦窗故乡也,穷搜极访其旧闻不少倦。访而不得,亦庶见无遗憾矣。比年讲学梁

---

① 陈衍:《石遗室诗话》卷二十,第309页。
② 杨铁夫:《梦窗词全集笺释》,学海出版社1998年版,第3页。

溪，疏抉益勤，一灯煮虑，冥写晨书，每获一解，辄以相示。只义未安，不惮十易，必提笔四顾，踌躇满志而后已。与予同据一楼，连床夜话，尝言往者与丹徒叶葰渔论梦窗词，凿枘不相入。前人用心之深，葰渔故未之窥，即铁夫所诣之精可知矣！自玉田翁致'七宝楼台拆下不成片段'之讥，耳食之徒，据为口实，得铁夫之笺，识梦窗之真，不难已。"① 他把铁夫笺释梦窗词所经历之甘苦讲得非常真切，《梦窗词全集笺释》是杨氏晚年的集成之作。其体例是：先注故实及古诗、词句，旁及名人评论，圈下释以己意，熔释辞、征典、评艺、考证本事、探索内涵于一炉。在词艺的笺释上吸收朱祖谋、陈洵、夏承焘诸人的见解，融入了他自己的研究心得，比如对"留"、"补"、"逆"、"缩"、"平"、"空际转身"等阐释，便对周济、谭献、陈洵等人的见解作了发挥，因此成为民国时期梦窗词笺释的最佳注本。

当然，这一笺释本也有其不足：一是对梦窗行迹及词作本事的考定，时有臆测武断之处；二是有时刻意求深，反失词旨；三是对词语出处的引证，有时不甚妥帖，甚至误引。②

最值得一提的是，应无锡国专十五年纪念委员会之邀，杨铁夫撰写了一篇《十五年来之词学》的长文，对1921—1936年间之词学研究成就进行了全面的回顾和总结。文章从采辑、传记、考索、词笺及词话四个方面展开论述，采辑部分论述了徐乃昌《小檀栾阁汇刻闺秀词》、朱祖谋《彊村丛书》、叶恭绰《清词钞》、赵万里《宋金元名家词》、唐圭璋《全宋词》等；传记部分重点论述了刘毓盘《词史》、王国维《清真先生遗事》、夏承焘《唐宋词人年谱》等；考索部分论述了任二北《增订词律之商榷》、徐荣《词律笺榷》、郑文焯《词律斠原》、夏承焘《白石歌曲旁谱辨校法》、蔡桢《词源疏证》等；词笺及词话部分则论述了沈曾植《稼轩长短句小笺》、夏承焘《梦窗词集后笺》、杨铁夫《梦窗词全集笺释》、龙榆生《东坡乐府笺》、王国维《人间词话》、况周颐《蕙风词话》等。也就是说，该文对这十五间的重要词学研究成果一一作了评述，其中对于朱祖谋《彊村丛书》、王国维《清真先生遗事》、任二北《增订词律之商榷》着力尤多，总结其成就，评述其得

---

① 钱萼孙：《梦窗词笺释序》，《国专月刊》第3卷第1期。
② 陈邦彦：《吴梦窗词全集笺释》"前言"，广东人民出版社1982年版，第14—15页。

失,这篇文章完全可以看作是一篇民国初年词学学术史研究的力作。

从冯振到陈衍、杨铁夫,他们的研究还是比较传统的,在思想上受常州派影响较深,在方法上还是以诗话笺校的方式为主,关注的热点在词法、词籍、词人生平考证及作品字义疏释等方面,但这一情况到钱基博有了新的变化,现代学术的色彩越来越浓。

二 钱基博:推重苏轼,关注明清

钱基博(1887—1957),字子泉,别号潜庐,江苏无锡人。1927 起接受唐文治之聘,出任无锡国专教授,并兼校务主任,同时他也在光华大学授课,一直到 1934 年为止才辞去国专教职。在这期间,他往来无锡、上海之间,既在两校授课,亦在两校刊物《国专月刊》《光华大学半月刊》发表论文,其中发表在《青鹤》杂志上的《〈琴趣居词话〉序》值得一提。

《琴趣居词话》者,闽侯池则文先生之所纂也。其大指在明学词之道,贵乎能读,由读选进而读集。读选可概观各家厓略,读集可遍撷名家精英;由校读进而唱读,校读可寻门径以入,唱读可巡堂奥而通;斯诚词学之津逮,足诏后生以途辙。惟论词之正变,以晚唐五代之赋情婉娜为正,以东坡之寓感苍凉为变,犹为常见,未当知言。词者诗之余也,温柔敦厚,诗教也;微言相感以谕其志,诗法也。然而,长言永叹,极之手舞足蹈而不自知,依永和声,而言志之旨益明,则寓感苍凉,固亦诗余之驯而必致。词之初载,必推太白,所传《菩萨蛮》、《忆秦娥》两阕,发唱惊挺,何尝不寓感苍凉?晚唐五代,乃趋婉丽。而南唐后主,最称大家,冯氏《阳春》,足相羽翼,启晏欧之先河。其音固哀以思,而情深文明,视若流连风雅,实则百感徬徨胥寓乎词。晏欧嗣响,出之以闲雅,此自遭遇盛平身世使然。至东坡逸调高迥,力能复古,而论者或以变调目之;不知变风变雅,趣异二南,词之于诗,更自不同。诗以微言相感为法,词以寓感苍凉为宗,倘宗太白为初祖,而惟东坡称后劲,则晚唐五代之赋情婉娜,曼声细调,不无蜂腰之讥焉。又其盛推清真、梦窗,以为美成无蕴不赅,隐执南宋之奥;君特则尽南宋众妙,而时能契追北宋,沉鸷相通。此自常州周济以迄近今王鹏运、朱祖谋,罔不云然。特自我而论，美成工于创调，而会心不远，梦窗巧于练句，而驶篇或滞，以云尽美未尽善也。则文治词读词而能唱，引商刻羽，尤叡审律。仆之所万不逮，而自谓读词能会其意，质所疑滞，则文或不以唐突为嫌。①

大约是应池则文之邀约，他为《琴趣居词话》撰写的序文，发表时间是在1934年。文中对池则文提出的"由读选进而读集，由校读进而唱读"表示赞同，同时也对其所说的正变之论和盛推美成、梦窗之倾向表示不敢苟同。其一，他在正变问题上的看法，有点类似于刘熙载，认为词之初祖李白已开苍凉一派，绝非流俗之论所说的为变调，而苏东坡的"逸调高迥"实乃为恢复李白之古，从这个角度看"词以寓感苍凉为宗"，"晚唐五代之赋情婀娜，曼声细调，不无蜂腰之讥焉"。其二，大约是池则文持论沿袭常州派的看法，以美成、梦窗为高，以温柔敦厚为极旨，亦如谭献所说以折衷柔厚为上，这也是晚清王鹏运、朱祖谋等所持的观点。然而，钱基博从苍凉为正温丽为变的立场出发，对池则文的这一看法表示不能苟同，在他看来，美成只是"工于创调"，梦窗也仅能"巧于练句"，这与他所力持的抒写苍凉之感的主张是相悖的。这说明钱基博与当时海上词坛宗奉常州派的观点是存在较大分歧的，这从当时光华大学学生潘正铎所写的《读钱子泉先生〈琴趣居词话序〉》可以看出。他说："夫词者既源于诗教，必有比兴之旨，故凡家国之忧、身世之隐，有难言之恫者，由寄托而出之。故宋徽宗天子也，而有艳溢香融之句；范希文大儒也，而有眉间心上之言；晏同叔诸侯也，而有红笺小字之词；王介甫名公也，而有别馆寒砧之作；老欧水晶双枕之赋，小晏微雨落花之联，下逮淮海、清真，莫不赋情婀娜，惊采绝艳。盖自晚唐五代，以迄北宋之季，皆属寓言，无伤大雅，其势如此，实为正宗。独苏氏东坡，天资卓出，毅不为下，情绪奔迸，一泻千里，浑涵绮密，开梦窗玉田之先河；豪放清空，道稼轩遗山之大辂；实词林之盟主，艺苑之全人也。后之学苏词者，得其灭裂，而失其雄放，于是引商刻羽，未能发唱，炼句驶篇，难臻尽美，既不似佛家之语类经偈，又不似医家之汤头歌诀，有清板桥老人郑燮之词，即此类也。故自常州周济以迄近今王鹏运朱祖谋，罔不盛推

---

① 钱基博：《〈琴趣居词话〉序》，《青鹤》第2卷第24期（1934年11月）。

清真、梦窗,而不敢以坡公劝后学。"① 潘正铎是从常州派立场立论的,反对钱基博之尊苏轼而抑美成,正说明钱基博在词学观念上推重东坡的雄豪,完全摆脱了常州派正变观的束缚。

当时,钱基博对唐宋词虽未作系统论述,但对唐宋词史的发展流变却有其独到之见解。他认为词之滥觞实推李白《忆秦娥》、《菩萨蛮》和张志和《渔歌子》,以温庭筠为代表的"花间派"则为后世倚声填词之祖,至宋以词为乐章,立大晟府,为雅乐寮,小令、中调、长调诸体大备,"故词之有宋,犹诗之有唐"。他还将宋词分为南北两派:"一派词意蕴藉,沿《花间》之遗响,称曰南派,是为正宗;一派笔致奔放,脱音律之拘束,称曰北派,号为变格。"② 属于南派者有晏殊、晏几道、柳永、张先、欧阳修、秦观、李清照、姜夔、张炎、吴文英、高观国、史达祖、王沂孙、周密,属于北派者为苏轼、黄庭坚、辛弃疾、刘过,唯独周邦彦于南、北宋为词家大宗,所作精深华艳,长调尤善铺叙,用唐人诗语隐括入律,浑如己出,实兼南北宗之长。这样简明而扼要的分析,可谓把握到唐宋词史发展之主脉。值得注意的是,这里所说南北两派正宗变格的说法,与《〈琴趣居词话〉序》以苍凉为正温丽为变并不一致。

难能可贵的是,在当时重视唐宋词而忽略明清词的大背景下,钱基博在《明代文学》和《现代中国文学史》二书中还就明词、清词及晚清词发表过自己的看法。其论明词云:

> 词至南宋之季,几成绝响,知比兴者,元张翥之《蜕岩词》而已!明初作者,犹承张翥之规,不乖于风雅;永乐以后,南宋诸名家词,皆不显于世,盛行者为《花间集》《草堂诗余》二选。杨慎、王世贞辈之小令、中调,犹有可取,长调皆失之俚,惟陈子龙之《湘真阁》《江蓠槛》诸词,风流婉丽,足继南唐后主,则得于天者独优也。③

所言虽简,然亦大致描述了明词发展之脉络,是现代关于明词研究不可

---

① 潘正铎:《读钱子泉先生〈琴趣居词话序〉》,《光华大学半月刊》第 3 卷第 3 期。
② 钱基博:《现代中国文学史》,上海书店出版社 2004 年版,第 26 页。
③ 钱基博:《明代文学》,上海商务印书馆 1934 年版,第 103 页。

多得的论断。又其论清词云：

> 盖词莫盛于宋，而宋人目词为小道，名曰诗余。及让清而词学大昌，秀水朱彝尊、钱塘厉鹗先后以博奥澹雅之才，舒窈窕之思，倚于声以恢其坛宇。浙派流风，泱泱大矣。……其后乃有常州派起，张惠言、董士锡《易》学大师，周济治《晋书》，号为良史，各以所学益推其谊，张皇而润色之，由乐府以上溯《诗》《骚》，阐意内言外之旨，推文微事著之源，盖至于是，而词家之业乃与诗家方轨并驰，而诗之所不能达者，或转藉词以达之。……要之，浙派之词，朱彝尊开其端，厉鹗振其绪，皆奉白石、玉田为圭臬，不肯进入北宋人一步，况唐人乎？故南北宋者，世所分浙派、常州之枢纽也。常州以拙重大，学北宋之浑涵；浙派以松轻灵，学南宋之清空。常州派兴而浙派替。①

不但对清词复兴之盛况有总貌性的描述，而且比较具体地分析了浙西、常州两派的创作特点和词学宗尚，然后他又着重谈到常州派在晚清的传衍情况，其传至浙江有以谭献、徐珂为代表的常州之学，其传至广西又有以王鹏运为代表的常州之派——"清末四大家"。大约是受《现代中国文学史》时间之限制，即如作者所云，"吾书之所为题'现代'，详于民国以来而略推迹往古者"，对王鹏运、郑文焯只作简单叙述，而重点分析朱祖谋和况周颐的创作。对于朱祖谋，钱基博着重分析了他的词学交往，比如王鹏运、冯煦、曹元忠等，指出他在创作上，初学吴文英，晚则肆力于苏轼、辛弃疾二家，在词学上以校刻唐宋词籍为嚆矢，"阐词学之阃奥，诏后生以途辙"，"其有功于词学者不浅也"。对于况周颐，也是从创作与词学两方面展开论述的，从创作上看，"盖周颐之词，细腻熨贴，典丽风华，阔大不及祖谋，而绵丽则过之"。从词论上看，他把况周颐的观点归纳为论词境、论词笔、论词句、论词与诗之别、论词与曲之别、论词之代变等，并指出："周颐论词最工，细入毫芒，能发前人所未发。"

相对于词学家杨铁夫而言，钱基博于词学并非专诣，但他的研究具有一

---

① 钱基博：《现代中国文学史》，上海书店出版社2004年版，第192页。

种通观的视野，对唐宋、明清词史能把握全局，并作合理之判断，观念更具现代气息。离开国专以后，他在国立师范学院任教，期间撰成《现代中国文学史》一书，论述到唐五代及两宋词，这也是他在光华大学、无锡国专时期学术研究的进一步发展。

三 学生：新旧杂糅，趋向现代

无锡国专在初创期招收学生不多，基本上维持着每届三十人的规模，体制上也保持着传统书院的教学模式，以经学、理学、文学及政治学作为诸生研习之业，以培养学生自主学习和研究能力为目标。"学生在学好课堂讲授内容的基础上，各就自己的爱好，主动自学，有的也得到老师的指授。"①国专课程的设置以经史之学为主，文学方面也有《文心雕龙》《文选》《古文辞类纂》《十八家诗钞》《离骚》、唐诗、宋诗、宋词等主干课程，学生在课余时间还会向老师请教诗词写作技巧，他们还成立了用以切磋写作技巧的文学社团——国风社，《国专月刊》上亦开设有刊登诗词作品的专栏。年辈稍晚的青年教师像冯振、钱仲联还曾拜陈衍为师，师生之间共同探讨诗词写作之道。他们有些作品就是在相互切磋过程中产生的，像陈衍《石遗室诗话续编》、杨铁夫《梦窗词全集笺释》、冯振《诗词作法举隅》都是写作于这一时期。《国专月刊》《国专季刊》也刊登了不少学生关于词学研究的论文、词话和研究著作，包括谢之勃的《论词话》、张尊五的《北宋词论》、徐兴业《凝寒室词话》等，体现了国专学生在学统上的良好承传。

作为一个具有传统书院色彩的现代学校，他们的观点或方法不可避免地带有传统学术的印痕，如高树《读词偶识》、徐兴业《凝寒室词话》就是这样的。高树，字盘根，浙江嘉兴人。《读词偶识》发表在《国专月刊》第4卷第1号，共两则，一则谈蒋春霖，一则谈纳兰性德，主要谈两位词人用语之所出。徐兴业（1917—1990），字世忠，浙江绍兴人。《凝寒室词话》发表在《国专月刊》第1卷第2号，共六则，涉及周邦彦、纳兰性德、蒋春霖、朱祖谋等人，其中最可注意者则为"作词当尚情真"一则，另一则谈到咏物词当感物而发也值得注意。他说："作词当尚情真，不当夸才大。惟

---

① 钱仲联：《无锡国专的教学特点》，《江苏文史资料》第19辑，江苏古籍出版社1987年版。

其情真，而后有板拙语、至性语；惟其才大，而后有敷衍语、堆砌语。北宋诸家，除东坡外，才实不逮后人，但以其情真，遂觉脱语天籁，自有浑璞之诣。南宋诸词人，才大而气密，故能独创词境，不剿袭前人，然以其真挚之情稍逊，味之终觉隔一层。"这种宗北宋的观念，与民初词坛王国维、况周颐的思想一脉相承，只是这些看法是比较传统的，真正能代表他们学术水准的还是那些具有现代色彩的学术论文。

《论词话》一文发表在《国专季刊》第1期（1933年5月），作者谢之勃（1913—1975），字惕斋，浙江慈溪人，1932年考入无锡国专，毕业后在浙江舟山等地中学任教。他自述撰写是文之动机，乃是因辑录《两宋词话》而有"论词话"之举，其用意在为词争地位，以破解词为小道之俗见。首先，他为"词话"作了一个定义："盖词话者，纪词林之故实，辨词体之流变，道词家之短长者也。"然后，从"溯源"、"明体"、"研究"三个方面展开论述，指出在宋代诗话笔记中虽亦有论词之语，然以专书论词者则自王灼《碧鸡漫志》始，其意义在不仅谈词之"品"，而且论词之"体"。从"明体"角度看，词话所涉及的内容包括词源、词详、纪事、考订等，"析此四端，虽未尽然，要以区分前人之作，亦无所阻碍矣"。不过，在作者看来，好读词，喜看词话，只是些玩小失大的赏鉴行为，真正的为学之首当进乎辨伪、搜集之二途，也就是说对词话的搜集、选择和利用当慎而待之，"能如是，则可许为研究矣"。这是第一篇系统论述词话的重要论文。

《北宋词论》也是发表在《国专季刊》第1期（1933年5月），作者张尊五，江苏江阴人，1932年考入无锡国专，曾任教于松江正心中学，后曾在无锡国专图书馆、上海体育运动学校任职。《北宋词论》原是他计划撰写中词学专著的一部分，专著共分"流变史"、"作家论"、"作品论"三部分，但《国专季刊》只刊载了"流变史"部分的内容。作者认为"有宋一代，词学最盛"，"制腔填词，故词始浚发于五代残唐之际，至宋乃推阐至极矣！"其原因则与宋朝各代帝王的重视密切相关，一方面是宋代的帝王多通晓音律，另一方面是不少擅长填词之士得到帝王的重用。接着，他重点比较了北宋词与南宋词、北宋词与五代词的异同，特别强调北宋词较之南宋词、五代词为优。他说："至北宋而体制日盛，可谓之黄金时代；北宋而后，词之风韵气格，已渐有日落黄昏之慨矣。"他认为，北宋词大多出于作者胸臆，无意于造作，情感真挚，造语自工；而南宋词则有意于造作，情失真切，局促于门径，刻划亦嫌过度，这是南北宋的不同特点。至于北宋词与五代词相比也有三胜焉：慢词繁重，章节缓徐，调胜也；局势开张，便于抒写，气胜也；兼具刚柔，不偏姿媚，品胜也。"盖词发生于唐五代之际，具体而词犹未臻圆满至高之境，发展至于北宋，慢词成熟，词学遂发扬光大，若诗之于盛唐，称之为词之全盛时代，洵不诬也！"然后，他依郑振铎的分期法把北宋词分为三个时期：《花间》余风时期、慢词创造时期、词之深造时期，并对每一时期的创作特点作了较为准确的描述。第一期作品，受《花间》、二主、冯延巳影响较深，"小令之真挚清隽其特色也"，代表词人为寇准、韩琦、晏殊、欧阳修、范仲淹等；第二期代表作者为柳永和苏轼，这时词已由小令渐衍为引、近、慢，并经过柳、苏的变革而传遍天下。"盖柳体婉约，苏词豪放！婉约者，其词调蕴藉；豪放者，其气象恢宏；前者沿《花间》之遗习，世称词之正宗；一称南派。后者脱音律之拘束，世称变体，一称北派。"第三期的代表为周邦彦，他在音律上颇有创制之功，其下字用韵，皆有法度，较柳永更为严整；在表达上其词抚写物态，曲尽其妙；浑厚和雅，盖善融诗句，富艳精工，长于铺叙，自贵人学士市儇妓女，皆知其词之可爱，前汇晏、欧、秦、柳之长，后开姜、史、吴、张之鹄，实集南北宋之大成。这一分析着眼在词体自身的发展，从小令的兴盛到慢词的恢张，他还特地提到柳永和苏轼对词体革体的贡献，两人虽内容精神有刚柔之异，而其承花间派之余风，努力于词之革命，则无以异也。不但是肯定了柳、苏的文学史成就，更重要的是吸纳了胡适文学革命派的进化论观点，这说明国专学生的词学研究把传统学术与现代学术有机结合起来了。

还要特别提到徐兴业的清词研究，他先后撰有《清词研究》和《清代词学批评家述评》等书，这是一位比较专注清词研究的现代学者。

《清词研究》发表在《蕙兰》杂志上，由"概论"、"流派"、"评传"三部分组成，"概论"部分略述清词发展脉络，"流派"部分着重讨论浙西、常州两派的创作倾向和理论主张，"评传"部分评述了在清词史上颇有影响的28位词人，简述其生平、创作及词史地位。因为是草创之篇，结构稍显粗糙，论述亦嫌单薄，受谭献《复堂词话》及徐珂《近词丛话》影响较深。从现代词学史上看，它较徐珂的《清代词学概论》更为简略，尽管在后来也没有造成什么影响,但其草创之功却不可没,第一次较系统地勾勒出清词史的发展脉络。

《清代词学批评家述评》,由无锡国专1937年4月出版,是现代词学史上第一部词学批评史研究专著。它强烈地体现着国专学生学术研究的现代品格,这就是徐业兴提出了与常州派"意内言外"说迥异的纯文艺观。他说:

> 诗词者,所以抒人之情也,故曰:"文学为感情之记录"。能抒情者,即诗词之上乘,情深而作品亦深,情浅则所作亦浅。善乎!陈卧子之言:"其欢愉愁苦之致,动于中而不能抑者,类发于诗。"此我之所主张评词当以纯文艺为立场,亦即王国维《人间词话》之立足点也。以纯文艺评论文学之结果,则首重"直觉"。其弊也,浅肤浮滑之言,亦自命为感情之结晶。高者如李后主直抒性情,自成高格;低者如郭频伽、陆次云、吴蓇次辈,矫揉造作,满纸谰词,则不得不济之以雅正。词能雅正,则抒情自深,感人也切;此陈廷焯之所主张者。两者貌似相背,其实相辅而行者也,谭复堂之论词观点则介乎两者之间也。①

在本质论上,他是主张词以抒情的,这是他从事文学批评的立足点。但是他也看到了纯文艺论易流于浅滑之弊,因此,又主张以传统雅正论补正之。他的文学批评标准是糅合常州派雅正论与王国维唯美论于一体的,亦即将传统与现代相结合,这是他评价清代三大批评家的基本标准和出发点。

首先,他认为词的繁荣在宋代,词学批评的繁荣却是在清代;接着进一步描述了清代词学发展之脉络,指出,清初词坛沿袭元明余风,迨浙派起而力挽其弊,高推南宋,以密代疏,清代词风为之大变;到嘉庆以后,浙派末流为饾饤曼衍,于是有常州派起而补救之;只是张惠言、周济等论词虽正,却是蕴而未发,因此,便有谭献、陈廷焯等起以诋茗柯、止庵。在第一节论陈廷焯部分,他把《白雨斋词话》的观点归结为三点:一是主沉郁,二是主雅正,三是不主咏物,并指出陈廷焯在思想上对浙、常两派的超越:"自

---

① 徐兴业:《清代词学批评家述评》,无锡国专1937年印行,第2页。

竹垞以来，词评家不能无派别，于是浙人高推南宋，而常人以美成为至高境，盖皆有成见梗于中也。至陈氏则能融而化之，不专尚常派，不轻诋浙派，其着眼点尤高于止庵、茗柯辈，其论词不以南宋北宋为限，而以雅正肤薄为界说，此陈氏对于词学之大贡献也。"第二节论谭献部分，一方面概述了谭献论词之旨是宗常州派之郁厚雅正，并参之以浙派清空之旨，另一方面通过对吴梅《词学通论》相关观点的辨析，进一步揭示谭献"词家三鼎足"之说的理论精髓。第三节论王国维部分，着眼阐述王国维是如何以纯文学之目光鹜评词家的，指出王国维是中国以西洋纯文艺之目光论诗词之"第一人"，《人间词话》在文学批评史上的意义是："一反前人以词学为'鼓吹元音，宣昭六义'之观念，而予词曲以一种新估价"，并指出"王氏之境界论自是其历史之渊源而合以西洋文学之原理而成者"。他的文学批评标准正是融合常州派雅正论与王国维纯文艺论为一体的，所以，他说："王氏之卓见，为我人所极端钦服者。"很显然，徐兴业的理论眼光是现代的，他对清代三大词学批评家的分析具有浓厚的现代意识。

四　国专校友的词学研究

正如其他学校一样，国专的教师有较强的流动性，像阮真在国专只有一二年时间，陈柱主要在上海高校任教，会不时回国专作特别演讲，蒋伯潜主要任教国专沪校时期，还兼任大夏大学教职，这里简略介绍他们在词学上的建树。

阮真（1896—1972），又名乐真，浙江绍兴人，是民国时期著名的语文教育家。1916年考入南京高师，修习中文专业和教育专业，1923年毕业后应陈嘉庚之邀，到厦门集美学校担任国文教员，1929年应聘为中山大学教育研究所教授，从事中学国文教学研究。1932年离开广州后，曾在暨南大学、无锡国专、无锡师范、国立师范学院任教，1936年出版其代表作《中学国文教学法》。在国专期间他曾在《国专月刊》（第3卷第5期）上发表《评两宋词》一文。论文主要是选取两宋名家作重点评述："于北宋之初取二晏一欧，中则取秦、柳、苏、张、黄，末则独取周美成为之殿。于南宋则取辛、陆、朱三家，南宋末则取姜、张、王、史、吴、周六家为之殿。"惟是所论大多袭用陈说，见解平平，创见无多，无用赘述。

比较有代表性的是陈柱的词学研究,既见传统国学的功力,又有现代学术的眼光。陈柱(1890—1944),又名郁瑢,字柱尊,号守玄,广西北流人。少时受学于容县苏寓庸,17岁时随族兄到日本游学,毕业后回国,考入南洋大学电机系,因酷爱国学,遂师从国学大师陈衍、唐文治。"得闻要道,柱尊大喜,举凡群经诸子,靡不心维口诵,淹贯无遗。"① 1921年应无锡国专之聘为教授,三年后转为大夏大学教授,先后执教的高校有光华大学、暨南大学、交通大学等。到30年代,唐文治在无锡国专开设特别讲座,仍聘他前往讲授《墨子》《老子》诸子书,他同时还在上海主持编辑《学术世界》等学术刊物,四十年代曾任南京中央大学文学院院长。著有《诸子概论》《墨子闲诂补正》《守玄阁文集》《守玄阁词集》《守玄阁诗文话》等。

陈柱对于文学颇有会心处,"自民国五年长省立第二中学,与泰兴朱君东润、及玉林陶生守中,邑人冯振心,族子畏天,文酒之会几无虚日"②。他在当时词坛最有影响者,是提倡并与叶恭绰、陈钟凡等展开的"自由词"的讨论。大约在1916年前后,他已开始尝试写作"自由词",自谓:"予昔年讲学苍梧,尝与友人冯振心倡为此体,振心以词为诗体,……予则以诗入词,所作不下数十首,命曰《自由词》。"③当时只是在三五好友之间流传,但他一直想将其公布于众,"以为海内倡",直到1935年编辑《学术世界》时才有机会将其"布之","以质世之学者"。

对于词,他认为是先有词后有谱:"夫最初之词,其平仄未尝一定,长短时或参差,则可知先有词而后有谱矣。宋之词人,凡知音者,皆自作词而自为谱,姜白石集有自度曲,即其例也。"后来因为旧谱已经盛行,伶人不欲多事更张,词人亦未必知音,于是才有了"按谱填词"的风尚,这时的词也完全不能入乐了。在他看来,既然词不能入乐,那么填词者也没有必要去按谱填词了,但有一点却也是不能放弃的——"可歌"。"凡未谱丝管者,皆徒歌之谣也",对于词而言,它有律绝平仄声之谐调,又有古诗长短句之节奏,于徒歌中为其最美者也。因此,他所谓"自由词"实即为"徒歌":"今既不以之入乐,则取其所长,而解其桎梏,用其句调而不守其律谱,学

---

① 《陈柱年谱》,《陈柱讲国学》,华文出版社2009年版。
② 陈柱:《守玄阁诗文话》,《中国学术讨论集》,上海群众图书公司1927年版,第180页。
③ 陈柱:《〈自由词〉序》,《学术世界》1936年第10期,第148—149页。

者但多读古人之词,而任意歌咏,以求词之解放,则其成就必有可观者"。对于陈柱的《自由词》,陈钟凡的回应是:"兄以清丽之俊爽之笔,抒旷远萧疏之怀,虽自为己律,或任意浩歌,无不优为。何必倚刻版之声,按不可知之谱,而后始谓之乐章哉?"① 同样,叶恭绰也是持赞同态度的,认为陈柱所著《自由词》实即他所主张之"歌",在他看来诗词曲其名称和体裁或有不同,然其为抒情叙事者则皆一也,求可以合乐与咏唱则亦同也,同时,他认为既然所作不是原有之体式,则当重新为之命一新名称。

他在词学方面的著述有《白石道人词笺平》(商务印书馆1930年版),该书凡八卷,卷一"版本考",卷二"白石道人事略",卷三"白石道人文艺之批评",卷四到卷八为"白石道人词笺平",分令、慢、自度曲、自制曲、别集五部分,既有文献考证,又是理论阐释,在笺平部分主要注出词中用典、人名、地名,并做简要的校勘,这是民国时期一部有关白石词研究的力作。

此外,蒋伯潜父子的词学研究也值得一提。蒋伯潜(1892—1956),名起龙,又名尹耕,浙江富阳人,1920年考入北京高等师范,毕业后在浙江各地中学任教,1937年后在上海大夏大学、无锡国专沪校任教,同时兼任上海世界书局特约编辑,1949年以后在浙江图书馆、浙江文史馆任职。蒋祖怡(1913—1992),伯潜之子,1937年毕业于无锡国专,曾在中学任国文教员,并任世界书局编辑,1947年后为浙江大学中文系教授、杭州大学中文系教授,是当代著名的古代文论研究专家,曾与其父蒋伯潜合著《词曲》《骈文与散文》《小说与戏曲》三种,由上海世界书局出版。《词曲》一书凡十八章,由体制与历史两部分组成,第一章谈词曲的价值及词曲名称问题,第二章到第十一章谈词曲之体制,第十二章到第十八章谈词曲之历史,另有附录部分:"词话曲话及词曲集"、"双声叠韵和宫调"。其中,第一章谈"词曲的价值",从感情、思想、想象三个方面论述,颇有现代意识;在"体制"部分,先是谈"词的起源",从唐宋乐制的复杂性着眼,然后谈到诗词的不同、词曲的差异、词调词韵等问题。在"历史"部分,他依照时间顺序,分为"初创期""全盛期""衰落期""复兴期"四个阶段,比较

---

① 陈钟凡:《与陈柱尊教授论自由词书》,《学术世界》1936年第12期。

详尽地描述了从唐五代初创,历经两宋的繁荣,再到清代的复兴的全过程。这本书虽是知识性读物,却在现代词坛盛有影响,是民国时期重要的词曲普及读本。

通过以上描述,可以由此推知无锡国专师生词学研究的一些特点。从老师的角度看,他们多是传统国学功底深厚的现代学者,他们对于词学的研究只是其国学研究的一部分,他们与常州派与朱祖谋有一定的联系,在词学观点上不免要受常州派和朱祖谋的影响,在研究手段上还是以传统笺注、序跋、诗话词话为表达方式。当然,相对于冯振、陈衍、杨铁夫来说,钱基博的研究现代意味更为浓厚一些,在表达手段上以专著的方式为主,体现出中国词学从传统向现代过渡阶段的特点,这在吴梅、龙榆生、刘永济等身上也有表现。从学生的角度看,他们毕竟生活在新时代,对新的事物也要相对敏感一些,他们的研究自然会打上现代学术的印记,因此,他们的研究带有较强的现代学术色彩,逻辑思辨性较强,学术观点比较前卫,表达方式也多是现代性的论文或专著。不过,因为所受教之老师大多为传统学者,学校管理亦采取传统书院的教育模式,他们的词学观点就带有兼容现代纯文艺观与常州词派雅正观的特点,而不像"胡适派"学者那样激进。

第 五 章
文学社团流派的观念更新

在时间上，晚清与民初是传统与现代的分水岭，以1911年为界，中国社会从帝制走向共和，从传统进入现代，从旧时代迈进新时代。但在思想文化上，晚清和民初是一个前承后续、先后有序的时间流程，传统的思想还在继续发展，并为许多受过传统教育的旧式文人所坚守，现代词坛的遗老耆宿在晚清时期已开始了他们的创作活动。王鹏运、朱祖谋、况周颐在20世纪之交已成为引领一时风尚的词坛领袖，他们的师承及思想正是从常州派词人端木埰那里来的，他们还通过师承授受的方式直接影响着现代词坛，现代词史上许多词人与他们有一定的关联，或是直接师承朱、况，或是向朱、况讨教过，或是间接受其影响，现代词人结社成派带有晚清词坛的印记。

上文说过朱祖谋对于现代词坛的影响，也谈到况周颐对赵尊岳、陈运彰、刘永济的影响，但现代词坛也形成迥异于晚清的时代特征。在晚清的南方词坛，出现过众多地域性词派或词人群体，比如广西的粤西词派、广东的岭南词派、福建的闽中词人群体、湖南的湖湘词人群体，它们在词风及审美取向上已表现出不同于常州词派的显著特征。进入民国以后，这些有着浓郁地域色彩的词派或词人群体，在现代词坛逐渐减少甚至消失，以一位领袖或几位同仁组织词社并影响词坛的现象较为明显。比如继朱祖谋而起主盟海上词坛的夏敬观，就是这样一位在现代词史上极为活跃的领袖人物。他在1909年任职苏州期间与朱祖谋、况周颐往来密切，后来还在上海组织发起了多个词社——沤社、声社、午社，这三大词社均成立于夏氏私宅。"这三个词社持续十余年，几乎将海内著名词人都联系起来，由于他们的努力，晚近词坛的创作又掀起了中衰后的复兴。"① 这种带有传统文人结社性质的词社，较早的有北京咫村词社、上海春音词社、宜兴白雪词社、永嘉瓯社，较晚的有天津须社、南京如社、北京蛰园词社等，先后结集有《庚子秋词》《烟沽渔唱》《瓯社词钞》《如社词钞》《午社词》等。这些词社虽以诗词创作为主，但它的社员在理论建设上也是颇有贡献的，比如郭则沄《清词玉屑》、夏仁虎《枝巢四述》"论词"、唐圭璋《梦桐室词话》等，既有对唐宋词人词作的考证，也有对清代词林逸事的记载，还有对词学理论体系的建构，并就填词应否守四声展开热烈讨论，对于现代词学发展都有重大推进。

在现代词社之外，还有一些文社对现代词学的发展亦有贡献，其中影响较大者就是南社了。它不但社员多，最多时社员达 1000 余人，而且活动时间长，从 1909 年到 1936 年长达 27 年之久。较之其他诗社或词社，南社在词学的文献整理、选本编纂、理论研究上取得了不俗的业绩，成为推动中国词学向现代转型的一支重要力量。另外，受晚清常州派的影响，在现代词坛还有一批常州派思想的追随者，如夏敬观、赵尊岳、陈运彰、刘永济、邵祖平、詹安泰、陈匪石等，他们接过"清末四大家"旗帜继续鼓吹常州派词学思想，并在新的时代对常州派思想作了进一步开拓和发展，也就是说晚清常州派在现代不但有了自己的传人，而且它的思想还得到了进一步发扬。

第一节　南社词论及其内部的思想分歧

在近代词坛，南社是继常州派而起的文学社团，它的创始人是被称为"南社三巨子"的陈去病、高旭、柳亚子。他们是近代文化史上"国粹派"的重要成员，也是近代资产阶级革命在舆论宣传领域的"急先锋"，他们后来都参加了由孙中山先生领导的"同盟会"。但由他们组织发起的南社，不是一个政治团体，而是一个带有革命性质的文学团体，南社主要成员的历史贡献是他们的文学及文化活动，当代学术界也主要是把南社作为一个文学团体看待。本节拟对南社论词观点的两种倾向进行辨析，进而论定它的词学贡献及其在近代词学史上的重要意义。

---

① 陈谊：《夏敬观词学研究述论稿》，《夏敬观年谱》，黄山书社 2007 年版，第 294 页。

一　从文化观到文学观的双重性

南社正式成立是在 1909 年 11 月 13 日，但主要成员陈去病、高旭、柳亚子的文学交往活动在 1902 年就已开始了，杨天石、王学庄编《南社史长编》便从 1902 年柳亚子、陈去病在吴江相识说起。这时，华夏大地正是"山雨欲来风满楼"，清王朝的统治已是岌岌可危，处在风雨飘摇之中。这时思想界极为活跃，西方各种新观念如潮水般涌入中国，推翻清朝统治、建立民主政治的呼声响彻神州大地，一个具有秘密革命性质的社会团体——"中国教育会"1902 年在上海成立。"南社三巨子"——陈去病、高旭、柳亚子不久也分别加入了"中国教育会"，结识了蔡元培、章太炎、刘师培等反清革命家，是民族革命的旗帜将他们及姚锡钧、刘季平、叶楚伧等热血青年团结在南社的阵营里。"南社是一个在提倡民族气节，鼓吹反清革命，研究文学的旗帜下聚拢到一起的文学团体。"[①]

南社在政治上鼓吹反清，主张"排满"，要求革命，在文化上则提倡弘扬"国学"。陈去病、高旭、柳亚子在 1909 年南社成立前都是"国学保存会"会员，"国学保存会"是邓实 1905 年在上海发起组织的一个学术团体，其领袖是邓实、黄节、章太炎、刘师培等，他们对日趋危亡的国家命运怀有沉痛的忧虑之情，主张发扬"国粹"，保存"国粹"。当时洋务派、改良派也大谈特谈"国粹"之论，"国粹派"提倡弘扬"国粹"则是为了"阴谋藉此以激动排满革命之思潮"。因此，他们的意义指向是指先秦诸子之学，即君主制度建立及"异族入侵"之前"汉族的民主的国家"之学术，也就是"国学"。在他们看来，保存国粹，首先必须保国保学；而要保国保学，又必当自兴民权反专制和严夷夏之大防始，即排除异族统治之朝廷。[②] "国粹派"弘扬国学的思想，对陈去病、高旭、柳亚子有深刻的影响，陈去病、高旭、柳亚子亦先后在"国粹学社"的机关刊物——《政艺通报》《国粹学报》发表国学研究的论文，他们还把保存"国粹"的思想付诸实践：高旭在东京创《醒师》杂志，以"输入文明学说，提倡国民尚武精神"为宗旨，

---

① 孙之梅：《南社研究》，人民文学出版社 2003 年版，第 1 页。
② 郑师渠：《晚清国粹派文化思想研究》，北京师范大学出版社 1997 年版，第 114 页。

还整理出版了晚明抗清英雄陈子龙的文集《安雅堂集》。陈去病与黄宾虹等组织"黄社",以继承发扬明末思想家黄宗羲的学风,所谓"遵梨洲之旨,取新学以明理,忧国家而为文"。柳亚子更是对南明史的研究投入极大之热情,撰有《南明史纲》等研究著作。

南社诸子在民族主义旗帜下,弘扬"国粹",研讨"国学",铸造"国魂",并不拒斥西方的先进文化,他们大多数人早年进的是新式学堂,接受了西方先进思想文化的熏陶,陈去病、高旭、柳亚子亦都有过留学日本的经历。因此,他们所理解的"国学",是在吸收新文化基础上的"国学",是在吸纳外来先进思想基础上的"国学"。"国因时势而迁移,则学亦宜从时势而改变。……顾国学之能自存于宇宙间者,在欢迎新学术以调和之补助之耳。夫如是也,进步之速率岂有量哉!"[①]"国学"是发展中的"国学",是向前推进中的"国学","合古今中外熔为一炉,取其必不可弃者,弃其必不可取者,然后成吾之特长"[②],也就是说"国学"不是对旧有传统的抱残守缺,也不是对西方文化的全盘接受。在这一中西化合的国学观指导下,南社诸子形成了自己的文学观——"世界日新,文界、诗界当造出一新天地"。但造新不是推翻传统,而是在继承传统前提下的"造新",即借复古去"造出一新天地":"诗文贵乎复古,此固不刊之论也。然所谓复古者,在乎神似,不在乎形似……今之作者有二弊,其一病在背古,其一病在泥古,要之二者均无当也。苟能深得古人之意境、神髓,虽以至新之词采点缀之,亦不为背古,谓之真能复古可也。故诗界革命者,乃复古之美称。"[③] 这里的"泥古"指的是流行当时的同光体、汉魏六朝诗派、中晚唐诗派,"背古"则主要指梁启超、黄遵宪等诗界革命派。"泥古,非也,拟古,亦非也;无古人之气息,非也,尽古人之面貌,亦非也。……文坛革命之说,此不知文者之言也。"[④]"泥古"固不当取,"背古"亦有不足,周实说:

[①] 高旭:《学术沿革之概论》,郭长海、金菊贞编《高旭集》卷二一,社会科学文献出版社2003年版,第485页。
[②] 周实:《与邵肃廷书》,《无尽庵遗集》,陕西人民出版社2009年版,第24页。
[③] 高旭:《愿无尽斋诗话》,郭长海、金菊贞编《高旭集》卷二三,第546页。
[④] 于右任:《骚心丛谈》,刘永平编《于右任集》,陕西人民出版社1989年版,第18—19页。

"泥古而鲜通者,固属陈人,喜新而不求心得者,岂遂为佳士乎?"① 高燮也说:"径径之见,以为为诗文词于今日,但当有新理想,不当有新名词。苟一入新名词,便觉有伤雅驯。"② 在南社诸子看来,诗界革命派以新名词入旧体诗亦有伤雅驯,"然新意境、新理想、新感情的诗词,终不若守国粹的、用陈旧语句为愈有味也"。③ 用陈旧语句表达新思想、新感情、新意境,这就是高旭所谓的"诗界革命",也是南社诸子共同的文学主张。柳亚子亦有类似的表述:"文学革命,所革当在理想,不在形式。形式宜旧,理想宜新,两言尽矣。"④ 一言以蔽之,文学创作应该:"行乎不得不行,止乎不得不止,因自然之波澜以为波澜,乃为至文。……以浩浩感慨之致,卷舒其间,是古是我,即古即我,乃为得之。"⑤ 由他们为主要撰稿人的《国粹学报》,在文风上的要求亦是:"文体纯用国文,风格务求渊雅精实,一洗近日东瀛文体粗浅之风。"他们在保种、爱国、存学的旗帜下,一方面宣扬民族主义,鼓吹反清革命,另一方面也表现出文化观念的保守性,这为他们在五四时期反对语言文学的革新埋下了"伏笔"。

二 南社内部的"革命派"

南社在性质上是一个革命的文学团体,革命性的表现首先是指它要求文学表现新理想,对当时文坛流行的具有保守倾向的同光体、桐城派、常州派表示不满,南社诸子提出以新理想取代同光体、桐城派、常州派树立的旧观念,在词学上就是对占据词界坛坫的常州派——"清末四大家"发起冲击,要求建立适应时代需要的新理想——噌吰鞳鞳之声,树立适应时代需要的新榜样——辛弃疾、龚自珍。

众所周知,常州派是在乾嘉之际应时而起的一个词派,在道光以后经过周济、董士锡、宋翔凤等人的发展,成为嘉道以还晚清词坛上影响最大的一个词派,在同治、光绪年间谭献和王鹏运成为常州派在南北词坛的两位杰出

---

① 周实:《与邵肃廷书》,《无尽庵遗集》,陕西人民出版社2009年版,第24页。
② 高燮:《答马适斋书》,《高燮集》,中国人民大学出版社1999年版,第404页。
③ 高旭:《愿无尽斋诗话》,《高旭集》,社会科学文献出版社2003年版,第544页。
④ 柳亚子:《与杨杏佛论文学书》,《磨剑室文集》,上海人民出版社1993年版,第450页。
⑤ 于右任:《骚心丛谈》,《于右任集》,陕西人民出版社1989年版,第18页。

代表。常州派对词学的最大贡献是抬高了词体的地位，使词摆脱了"小道"、"末技"的身份，成为文人抒写性情、言志抒怀的重要载体，在晚清的词已是敢拈"大题目"、敢出"大意义"了。但是，常州派出现在乾嘉之际，它的开创者在最初提出的论词观点，反映的是当时寒士阶层要求刷新政治的呼声，想通过文学变革拯救正在走向衰亡的清王朝，从这一点上说常州派提出的理论主张实际上是为清王朝统治服务的。所以，张惠言要求以里巷男女之哀乐去表现君子幽约怨悱之情，周济在主张"诗有史，词必有史"的同时，要求人们"感物而动，兴之所托"要在"归诸中正"；生活在鸦片战争之后的谭献、陈廷焯、冯煦，论词主张在忧生念乱之时，寓以温厚和平之教，正如陈三立为冯煦《蒿庵类稿》所作序文说："（冯煦）一念及人事天时，内忧外患，又未尝不怼怨深忧，相对太息世运之靡有届也。"这样的思想倾向在革命浪潮风起云涌的二十世纪之初，已暴露它的落后性，它的不适时性，像"清末四大家"的主要成员——郑文焯、朱祖谋、况周颐，在辛亥革命以后以故清遗老自居，将全部精力投身于词籍的校勘，斤斤于格律的讲求和揣摩，他们提倡的"比兴寄托"、"温柔敦厚"、"沉郁顿挫"等观念，已为南社内部的革命派所不取，正如高旭《南社启》所云："今世之学为文章者、为诗词者，举丧其国魂者也。"周实《〈无尽庵诗话〉序》亦云："嗟夫！内讧外侮，纷起迭乘，当今之世，非复雍容揄扬、承平雅颂时矣！士君子伤时念乱，亦遂不能不为变风变雅之音。实（指周实）近辑诗话，盖将取古今人慷慨苍凉、缠绵悲感之作，而讽咏之播扬之，使天下仁人志士、英雄俊杰，皆知夫人心惨怛、世变纷纭，岌岌焉不可以终日。或因以感发而奋兴，未始非国家之福也。……若夫守宗派，讲格律，得声调，日役于揣摩盗窃之中，乃文章、诗歌之奴隶，而少陵所谓小技者也！"[①] 在"内讧外侮，纷起迭乘"的严峻形势下，南社革命派主张文学革命，自然是要借文学变革以激动排满革命之思潮，在诗词里以满腔的热情去表现排满革命的思想和情绪。1907年4月6日，陈去病、高旭、朱少屏、刘季平、沈砺等在苏州游览，专门拜谒了虎丘明末抗清英雄张国维祠，他们分别赋有《念奴娇》《天仙子》《百字令》《题吴门纪游·和谒张国维祠》等诗词，表达了

---

① 周实：《无尽庵诗话》，《南社》第三集，见广陵古籍刻印本《南社丛编》第1册，第311页。

对张国维英勇抗清斗争的敬佩之情。1910年4月10日，南社诸子在杭州西湖举行第二次雅集，席上柳亚子曾赋词《金缕曲》一首，叙写他们指点湖山形胜，表示要振兴祖国的英雄气概："问座中，谁是青田子？微管业，付青史。""大言子敬原非戏，论英雄安知非仆，狂奴未死。铁骑长驱河朔靖，勒石燕然山里。算才了平生素志。"柳亚子后来解释说："（这里）用了刘青田'王气金陵'的典子不算，还要用刘文叔'安知非仆'的典子，真是一腔热血，无地可洒，写到旧小说上面去，便是宋公明浔阳楼上的反诗了。"①

南社诸子主张排满革命，自然是不满清末常州派"幽约怨悱"的情结，当时率先起来反对常州派的有陈去病。他说："光绪一朝，词家宗尚，咸取南宋，而南宋之中，尤重梦窗。故隶事僻奥，摘词窒塞，有类射覆，无当宏旨。虽使阅者终篇毕览，亦瞢然莫明其妙。此正玉田所讥质实是也，其于骚雅清空之旨得毋背欤！"② 这里所说的崇拜梦窗者，是指以王鹏运、朱祖谋为代表的晚清常州派，他们不但致力于梦窗词的整理、校勘、研究，在创作上对梦窗词也是顶踵膜拜，在当时学梦窗最能得其"神髓"者为朱祖谋。③ 陈去病认为朱祖谋等学梦窗者，只在使事、摘词、协律等方面下功夫，这些都是"无当宏旨"的空言，林庚白亦云："逊清末叶，诗人词客，竞以雕镂相标榜，往往辞浮于意。……如是者，虽声律极精，辞藻至美，又安足贵？"④ 但是陈去病的论述亦有不严谨处，这就是又重新抬出浙西派标榜的"骚雅清空之旨"，再次走上"复古"之途。对常州派批评最激烈的当推柳亚子，他在后来回忆起清末词坛的审美宗尚时说："在清末的时候，本来是盛行北宋诗和南宋词的，我却偏偏要独持异议。我以为论诗应该宗法三唐，论词是应当宗法五代和北宋的。人家崇拜南宋的词，尤其是崇拜吴梦窗，我实在不服气。我说，讲到南宋的词家除了李清照是女子外，论男性只有辛幼安是可儿，梦窗七宝楼台，拆下来不成片断，何足道哉！"⑤ 这里还只谈到

---

① 柳亚子：《南社纪略》，上海人民出版社1983年版，第19页。
② 陈去病：《病倩词话》，《中国公报》1910年1月1日。《病倩词话》由两部分组成，一部分连载于1910年1月《中国公报》，一部分连载于1917年9月《民国日报》。
③ 王鹏运："自世之人知学梦窗，知尊梦窗，皆所谓但学兰亭面者，六百年来，真得髓者，非公更有谁耶？"（《彊村词序》，《彊村丛书》，上海古籍出版社1989年版，第8405页。）
④ 林庚白：《子楼诗词话》，《丽白楼遗集》，中国人民大学出版社1996年版，第899页。
⑤ 柳亚子：《南社纪略》，上海人民出版社1983年版，第14页。

朱祖谋等学梦窗者之弊,他在其他场合还谈到郑文焯学白石、玉田之不足,认为郑文焯之病坐一"涩"字。"往往一句中,填砌无数不相联结之字面,究之使人莫测其命意所在,甚有本无命意者。此盖学白石、玉田,而画虎不成者也。"① 所说郑文焯之病在一"涩"字,颇能切中当时词坛学南宋者的通病,然而郑文焯效法白石,亦确能得其清空雅洁之美,不可一概抹杀。但柳亚子强调为诗为词要"贵真",推崇五代北宋的纯任自然,反对南宋的雕章琢句②,抨击当时学南宋者只求形似而略其神似,指责他们的创作多是无性情无个性的"伪体",亦是知者之言。

正如上文所说,陈去病、柳亚子等反常州派的一个重要原因,是他们的创作——使事用典,表意晦涩,故作艰深。柳亚子说:"窃谓词家者流别,以南唐、北宋诸家为正宗,否亦宁学苏、辛,勿学姜、张。盖学苏、辛而不似,犹有真性情;学姜、张而不似,徒以艰深自文其浅陋,欺人而已。"③"真性情"是他区分作品高下的重要标准,也是他在创作上的终极追求,在他看来辛弃疾词最能体现这一品格。其《为人题词集》诗云:"慷慨悲歌又此时,词场青兕是吾师。裁红量碧都无取,要铸屠鲸制虎辞。"他不满当时有的作者"裁红量碧",力主追攀稼轩的"慷慨悲歌",他特别仰慕辛弃疾之人品和才华,在十八岁时还为此改名为柳弃疾。1907年在虎丘张国维祠的雅集上,朱梁任对他的观点曾表示赞同,他为此赋诗一首:"南宋词人谁健者?瓣香同拜幼安来。文场跋扈嗟侬独,风气沦亡要汝开。紫色蛙声都闰位,铜琶铁板此真才。别裁伪体吾曹事,下酒何辞醉百杯。"("酒酣,梁任为余言南宋词人以稼轩为第一,余子不足道,余甚佩之,又感当世词流议论多与余见相左,因成此示梁任。")他一反过去以婉约为正宗的看法,认为"紫色蛙声都闰位",是变体,只有辛稼轩的"铜琶铁板"才是真才,是正宗。像柳亚子一样推崇辛稼轩的还有高旭,其《论词绝句》云:"稼轩妙笔几于圣,词界应无抗手人。侠气柔情双管下,小山亭酒倍酸辛。"《虞美人》

---

① 柳亚子:《与高天梅书》,郭长海、金菊贞编《高旭集》卷二五,第604页。
② 柳亚子说:"我以为唐五代的词最好,北宋次之,而南宋为最下。理由呢,是唐五代的词纯任自然,虽有词藻,也还不至于雕琢;而一到南宋,便简直是雕章琢句的时代了。北宋处于过渡的地位,当然是比上不足,比下有余。"(见《词的我见》,《磨剑室文集》,上海人民出版社1993年版,第1106页)
③ 柳亚子:《与高天梅书》,《太平洋报》1912年4月10日。

"题辛稼轩词"亦云："羞作人间痴女子，绮语闲千纸。此儿气概绝沉雄，铁马金戈叠过大江东。中兴无日腥膻遍，乱世儒生贱。我今同抱古人忧，空倚危楼洒泪看吴钩。"这里，既赞扬了辛弃疾的激昂慷慨，也表达了自己忧国忧民、振兴中华的英雄气概。于右任论词亦推崇苏、辛噌吰鞳鞺之声，从当时文学革命的需要出发，他认为在20世纪之初，最能体现时代之强音的是苏、辛的噌吰鞳鞺之声。当有人驳议相传辛弃疾（实为刘过）所作《西江月》（堂上谋臣樽俎），称该词是辛弃疾为赞韩侂胄开边之作，于右任却认为此词是光焰万丈之作。"韩自失败耳，即为幼安作，何足为病！国事日艰，文人笔墨皆带一种肃杀之气，亦属不祥。齐唱《大风》，此日何日，予亦愿作《大风歌》也。"① 他们对前代词人以稼轩为职志，对当代词人则以龚自珍、文廷式为楷模，这是因为文廷式词可与苏轼、辛弃疾相匹："（文道希学士）生平论词，以北宋为宗，雅不以梦窗诸人为然。集中有自序一首，可以觇其宗派。学士天才横溢，出其余技，从事于此，犹欲与苏、辛相抗衡，而又无迦陵叫嚣气，其可宝贵者以此。"相反，当时在词坛负有盛名者，如王鹏运、况周颐、张雨珊等"其风格皆在学士下也"。② 陈去病更认为在近代词坛，惟有龚自珍能自足名家，"此外虽作者林立，然终属规行矩步，依人作计以为能事略尽此矣，从无有越出恒轨，而拔戟自成一队者。故词学之盛，至嘉、道而止，咸、同以还，兹事亦日渐衰微矣！"③ 在嘉、道之际，当时填词者不是追踪浙派，就是攀附常州派，龚自珍却是率性而为，呈现的是一派激昂慷慨、豪迈奔放的作风，但他所处的时代是"万马齐喑"，他有时亦藉温婉之笔写其"剑气箫心"。高旭对这一点看得最为分明，他的《虞美人》（题定庵词）一词云："东华献赋真无计，且老温柔里。一箫一剑絮平生，回首羽琌山下碧云深。"他们正要接续龚自珍的精神，借词来谱写他们的"剑气箫心"："灵箫去后无人矣，谁识狂奴意。伤春怨女士悲秋，感慨名家如汝杳难求。"（柳亚子《虞美人》（题定庵词））

其实，这也是南社革命派的共同追求，当时有论者说南社诸子词，"极多唱和应酬之作，慷慨悲歌，英气勃然，毫无争秾斗纤之气，大是辛稼轩、

---

① 于右任：《骚心丛谈》，《于右任集》，陕西人民出版社1989年版，第21页。
② 王钟麒：《惨离别楼词话》，《民吁日报》1909年11月1日。
③ 陈去病：《病倩词话》，《中国公报》1910年1月1日。

蒋心余一派笔法"①。比如，黄人天才横溢，"其词直可抗手辛、苏"；蒋小培的词"沉雄悲壮，有稼轩、龙川之风"；还有姜参兰的《贺新凉》（吊史阁部墓）"激昂排宕，极似苏、辛"。②于右任论词推崇辛弃疾的嚄唶鞶鞳之声，为词亦有稼轩一样的悲慨之情。1908年4月24日，于右任为即将赴欧的杨笃生送行赋《踏莎行》："绝好河山，连宵风雨，神州霸业凭谁主？共怜憔悴尽中年，那堪飘泊成孤旅！"亦流露出其忧国之不振的焦虑心绪，高旭称它是"悲凉苍感，一字一泪"，"神州霸业凭谁主"一句，表示其要肩负起振兴中华的使命，挑起挽救民族危亡的重任。柳亚子也表示自己心仪的是苏、辛偭规越矩之作："弃疾不敏，疏于倚声龥律之学，少有所作，托体苏、辛，弗谐时尚，复虑偭规越矩，重为当世诟病。"③他的《金缕曲》（六月飞霜雪）、《虞美人》（霸才青兕兵家子）、《虞美人》（大鹏未展摩天翼）、《满江红》（禹甸尧封）等即是这方面的代表作。

三 南社内部的"保守派"

但是，南社诸子的文学观念是有双重性的，在辛亥革命之后民族革命的目标实现了，他们提出的"形式宜旧，理想宜新"的文学观念，越来越浓厚地表现出与时代的不相适应性，这也使得他们的论词观点表现出对常州派词学的妥协性。1909年10月，陈去病编成《笠泽词徵》一书，在该书的序文里明显地接受了常州词派比兴寄托的观念。序谓："慨自风雅道丧，诗余乃兴，含情绵邈，体物浏亮，袭骚选之余音，以比兴为职志。……是以文史从容之彦，江湖啸傲之身，关山之所跋涉，戎马之所奔驰，与夫思妇羁人，孤臣戍卒，际风尘之颎洞，值雨雪之纷纶，莫不哀啸孤呻，驰魂荡魄，托微言于短律，发清响于寥穹也。宁云玩物丧志，儒者所鄙，雕虫小技，壮夫不为哉！"④且不说他重弹常州派尊体论的老调，所说"袭骚选之余音，以比兴为职志"，也基本上是常州派比兴寄托论的重现，这说明陈去病还未能彻

---

① 碧痕：《竹雨绿窗词话》，《民权素》第十一集（1915年10月15日）。
② 方瘦坡：《习静斋词话》，《小说海》三卷六号（1917年6月5日）。
③ 柳亚子：《〈笠泽词徵〉序》，原刊《南社》第十集（1914年7月），《南社丛刻》第三册，第1862页。
④ 陈去病：《〈笠泽词徵〉序》，《陈去病诗文集》，社会科学文献出版社2009年版，第232页。

底摆脱传统的束缚，表现出对常州派论词观念一定的妥协性。更能说明这一点的是王蕴章重提周济的"词史说"，认为从宋德佑大学生，到邓廷桢、林则徐、蒋春霖，再到王鹏运、刘恩黻、郑文焯，已隐然形成了一个重"词史"的传统，以词的方式表现外在势力的入侵，他们的词分别是他们时代历史始末的"实录"。在新的时代背景下，"文学革命"的任务实际上就是将常州派的"词史"说发扬光大，以旧形式表现新内容，"正不必向海外求耳"①，这正可见出南社诸子在词学观念的"保守性"及其对常州派词学的妥协性。

南社诸子词学观念"革命"与"保守"的双重性，一方面与他们的文化观和文学观相关，另一方面也反映出南社后期成员流品的复杂性。在南社成立的1909年，当时参加雅集者仅17人，在1911年辛亥革命前夕也只有200来人，但到辛亥革命后则迅速发展到1100余人，人员的增加，队伍的庞大，流品的复杂性就明显地表现出来了。"慷慨之夫、刚强之士归之，意气用事之徒亦归之，不得志于满清、无由奋迹于利禄之途者亦归之。"② 因此，他们在论词观点上是"革命性"与"保守性"同时并存，他们对占据当时词界坛坫的常州派，亦表现出两种截然不同的态度——有的人持批评态度，有的人则持认同态度。属于前一派的有柳亚子、朱锡梁以及黄人（摩西）、于右任（剥果）、王钟麒（无生）等，属于后一派的有庞树柏（檗子）、蔡守（哲夫）、姚锡钧（鹓雏）、王蕴章（西神）、闻宥（野鹤）、陈匪石（倦鹤）等；前者宗法苏、辛，后者力主梦窗。在辛亥革命之前，大家民族革命的目标一致，彼此之间尚能兼容，但在辛亥革命之后，特别是在新文化运动即将到来之际，新旧的观念冲突越来越明显，其结果就是在1917年出现柳亚子驱逐朱玺、成舍我出社事件。

以庞树柏为代表的常州派追随者，他们大多与朱祖谋是师弟的关系，他们还在朱祖谋的主持下，于1915年春日组织过春音词社，进行多次诗词唱和，他们对晚近常州派如王鹏运、朱祖谋、况周颐多有好评，言辞之中亦每每流露出对"晚清四大家"的景仰之情、尊崇之意。如庞树柏记其聆听朱

---

① 王蕴章：《秋平云室词话》，《云朱外楼集》，上海中孚书局1934年版，第151—152页。
② 胡蕴玉：《〈南社丛选〉序》，《南社丛选》，解放军文艺出版社2000年版，第7页。

祖谋之教诲说："巳酉（1909）闰二月，谒沤尹师（朱祖谋）于吴门听枫阁。甫接颜范，备承奖诱，并出所刻《梦窗四稿》、半塘词定稿及自著《彊村词》三种见贻。嗣以拙稿就正，师则绳检不少贷，余今日之得，稍知倚声途径者，皆师之力也。师于庚子拳乱，几遭不测，继而视学岭表，力求解组，归隐吴下。空山岁寒，独致力于倚声之学，王半塘谓六百年来真得梦窗之髓者，师一人而已。"① 闻野鹤在《论词杂记》里，不但大量地钞录王鹏运、朱祖谋诸人的《庚子秋词》，称其"典丽可颂"，借"锦句云章"表"忧伤之思"，"假于绮辞，危切之音，出以婉约，盖深得国风之遗焉"。又记载姚锡钧论彊村之语云："鹓雏尝谓彊村先生词与散原诗，皆有挽澜移岳之神力。"并对姚锡钧之论表示赞同，认为是"知言"，"先生（朱祖谋）词笔力横绝处，诚能推倒一时豪杰，拓开万古心胸，虽源出梦窗，而纤词不滞，赋格高旷，盖直欲突过之矣！"② 所论"推倒一时豪杰，拓开万古心胸"，正是王鹏运称朱祖谋"六百年来真得梦窗之髓者"之论的发挥，也是对朱祖谋晚清词坛座主地位的"认定"。其《恫簃词话》亦云："近日词人，大别为二。归安朱沤尹先生，以绝代骚才，葩藻艳发，奇丝采缕，发为异光，织辞之密，实宗君特（梦窗）。……至于大鹤山人郑叔问，则以清眇之思，发为幽隽之语，疏风绮竹，厥景似之。《冷红》一集，兴象幽高，而弦诵之风，卒逊彊村。"③ 通过朱、郑二家的比较，把朱祖谋在词坛的地位抬得很高，这样的观念当然使他们无法容忍陈去病、柳亚子、于右任诸人对其师朱祖谋的"攻击"和"诋毁"。

对朱祖谋标榜的梦窗词，他们亦作出了高于一般人的评价："近来词人，无不崇梦窗者。平情论之，梅溪轻纤，玉田平俗，草窗机滞，竹屋辞庸，举无足以及梦窗者，要为上接美成，下开清初诸家无疑也。"④ 在宋元之际，张炎曾提出"清空"、"质实"之说，称梦窗词是"七宝楼台，碎拆下来，不成片段"，此论一出，在后代影响极大，以致梦窗词在元明时期长期隐晦不闻，在清代前期人们亦多以"晦涩"一语简单否定，直到道光时

---

① 庞树柏：《褱香簃诗词丛话》，《民国日报》1916年10月10日。
② 闻野鹤：《论词杂记》，《民国日报》1917年11月1日。
③ 闻野鹤：《恫簃词话》，《民国日报》1917年10月26日。
④ 姚锡钧：《潜庵学词记》，《民国日报》1917年9月21日。

期周济阐微发幽，指出梦窗词"思力沈厚"，"立意高，取径远"，"皆非余子所及"，这时人们才认识到梦窗密丽词风的真正魅力，饶宗颐先生说："自周济标举四家，并谓梦窗奇思壮采，腾天潜渊，返南宋之清泚，为北宋之秾挚，于是风气转移，梦窗词与后山诗并为清季所宗。"① 在道光以后，像戈载、杜文澜、周之琦、谭献、陈廷焯等晚清词学家，对梦窗词基本持肯定和褒扬的态度，至光绪二十五年（1899），《梦窗四稿》经过王鹏运的校刻和推扬，吴文英在晚清词坛的影响越来越大，朱祖谋更是一生四校《梦窗词》，前后历时达二十年之久。在过去，人们常以一"滞"（或曰"晦"、或曰"涩"）字来指责梦窗，这也是柳亚子批评近代学南宋者之一"蔽"，但在陈匪石、闻野鹤等宗法南宋者看来，世人以梦窗之病在其"涩"，这是对梦窗词的误解。"盖涩由气滞，梦窗之气，深入骨里，弥满行间，沉着而不浮，凝聚而不散，深厚而不浅薄，绝无丝毫滞相，浅尝者或未之知耳。"②"若梦窗则作词浑厚，遣辞周密，若天孙锦裳，异光耀目，无丝缕俗韵，特学者每以蕴意深邃为憾，于是有以凝滞诮之者矣。要之，皆非其本也。"③ 在他们看来，张炎说梦窗词是"七宝楼台，碎拆下来，不成片段"，是极为荒谬的。"词如人体然，完好无恙，则神采奕奕，使从而肢解焉，则臭腐随之矣，以其臭腐，遂亦谓人体不善耶！"④ 这一论述颇能击中张炎之论的要害，他们认为后来者所以有晦涩之病皆在其不善学之故："梦窗刻意苦搜，镂冰煮雪，一字一句，古丽照人，樊身云所谓'五花共采，万鲭合窝'者也。后者学之，辄伤碎乱，梦窗独能寓郁厚于藻采之中，是盖上人一等者。"⑤ "细读梦窗各词，虽不着一虚字，而潜气内转，荡气回肠，均在无虚字句中，亦绚烂，亦奥折，绝无堆垛饾饤之弊。后人腹笥太空，读之不能了解，辄袭取乐笑翁语，亦为质实而不疏快，不亦谬乎！"⑥

相反的，他们对柳亚子、陈去病等推崇的苏轼、辛弃疾，很少发表意

---

① 饶宗颐：《词集考》，中华书局1992年版，第226页。
② 陈匪石：《旧时月色斋词谭》，钟振振辑《宋词举》（外三种），第219页。
③ 闻野鹤：《论词杂记》，《民国日报》1917年10月4日。
④ 闻野鹤：《论词杂记》，《民国日报》1917年10月4日。
⑤ 闻野鹤：《栩簃词话》，《民国日报》1918年1月28日。
⑥ 陈匪石：《旧时月色斋词谭》，《宋词举》，江苏古籍出版社2002年版，第215页。

见，偶有涉及，亦少好评。本来，柳亚子、陈去病等人推尊辛弃疾是胜过苏轼的，晚清常州派却反过来尊苏抑辛，郑文焯曾批校《东坡乐府》，朱祖谋亦校刻过《东坡乐府》，王鹏运更盛赞苏轼说："苏文忠之清雄，敻乎轶尘绝迹，令人无从步趋。……词家苏辛并称，其实辛犹人境也，苏其殆仙乎！"① 受这一观念的影响，南社内部的常州派追随者亦尊苏抑辛，如姚锡钧谈到他读周济《介存斋论词杂著》说白石《暗香》《疏影》"仅可与稼轩伯仲"，认为此论不确，"稼轩到底粗豪，不能如此描摹尽致"。② 闻野鹤连苏轼都无好感，他谈自己读到冯煦《重刻东坡乐府序》称苏轼"涉乐必笑，言愁已叹。暗香水殿，时轸旧国之思；缺月疏桐，空吊幽人之影"，表示对冯煦看法的不以为然，认为斯言盖亦未能尽信也。"东坡词不协律，往往有振衣孤往之慨。大江东去，把酒问天，不道聊复道之耳。至于明月窥人，淡玉绳转，则点窜孟昶旧稿也。惟嬉笑杂作，是其所长耳。"③ 他们说稼轩粗豪、东坡是嬉笑杂作，明显有贬抑之意，这一看法，迥异于高旭、柳亚子等称苏、辛是"圣手妙笔"、有开一代新风之意义的评价。

四　南社诸子论词法、词境、词史

从上述分析可知，南社诸子的论词观点基本有两大阵营——以柳亚子为代表的反常州派，以庞树柏为代表的追攀常州派。这两种截然相反的词学立场的形成，固然与他们不同的师承有密切关系，如前者师承章太炎、蔡元培、刘师培等，后者主要师承朱祖谋、郑文焯、陈锐、张仲炘等，更是现实环境的变化直接影响的结果。前者出现在民族革命呈蓬勃发展之势的关头，他们推崇苏、辛豪迈慷慨之音适应了时势所需，后者的发展主要在辛亥革命取得胜利之后，民族革命已经胜利了，他们亦纷纷回到了"复古"的老路上。但他们对词法、词境、词史等问题发表的看法，已经超出他们的门户之见，丰富了传统词学理论的宝库，成为南社诸子立足近代词坛的"亮点"。

---

① 转引自龙榆生编《唐宋名家词选》，上海古籍出版社1980年版，第126页。
② 姚锡钧：《论词》，《民国日报》1917年1月1日。
③ 闻野鹤：《悃簃词话》，《民国日报》1918年1月17日。

（一）论词法

所谓"词法"，是指作词的基本要求、表达技巧、表现手法等。一般说来，这些问题是对初学者而言，从元代沈义父开始到清代的沈谦、李渔、沉祥龙、刘熙载，都曾作过比较详尽的论述和探讨，那么，"南社"诸子在这些方面又提出了哪些新的见解呢？

闻野鹤指出：作词有"三要"——"立意"、"立局"、"选辞"。这一看法在传统文论或诗论里是比较常见的，从唐代杜牧到清初王夫之、叶燮都有过精辟的论述，但在词论里却是闻野鹤首次对这一问题作系统的论述。在他看来，"立意"是为词之"本"，所谓："百尺之楼，基于壤土；繁英之发，荣于一芽。"作为为词之本的"立意"，当是作者感物而发的真情实感，他通过比较古人作词与今人作词的不同，说明了这一问题的重要性：

> 古人作词之法，先胸中已有真确意绪，关山之感，时序之思，乃至咏物酬酢，亦昫然有见。是故，一下笔则语语真实，按之有骨，节节紧凑，而不见其迫。……若近人作词，则恒下均与上均气断，是气短也；下句与上句断，是意失也；下半与上半断，是节疏也。质而言之，则真意不足，而空设间架也。①

> 夔笙称："词须实，实则易佳。"此词诚然。盖实则意真，意真则辞易好也。昔人称北宋人有词而后有题，南宋人有题而后有词，亦即此意。至于今日，则俗陋之子争以风流自命，于是矫揉造作，讹为歌离吊影之词，春怨秋愁之什，实则所为伊人者，皆一篇虚话也。意既若是，词复安得而佳。②

当然，"立局"和"选辞"的重要性亦不可忽视，"立局"有如作战，应讲求阵法——"背水之阵，克奏功勋；破斧之师，一扫寇旅；其为局胜也。若宋襄仁义，不伤二毛；又或嘉陵学步，傍徨无归；则失矣"③。"选辞"则如人之衣装，物之外观，必不可少，却也不能"靡而不华"或"媚

---

① 闻野鹤：《恻簃词话》，《民国日报》1918年1月16日。
② 闻野鹤：《论词杂记》，《民国日报》1917年12月1日。
③ 闻野鹤：《恻簃词话》，《民国日报》1917年12月30日。

而不古"。

他们对艺术表达的情景关系亦有精辟的论述,作者在创作过程中如何处理情景关系呢?陈匪石说:"词固言情之作,然但以情言,薄矣。必然融情入景,由景见情。温飞卿之《菩萨蛮》,语语是景,语语即是情。冯正中《蝶恋花》亦然,此其味所以醇厚也。"① 但有的论者对情景交融的理解有些片面,认为当"情景交作,词致始紧",闻野鹤认为此亦未可一概而论:"有写景而其情寓焉,有写情而其景寓焉,若定拘执,则词之生趣减矣"。② 情景交融,并不是两者同时发生,有时是以情入景,有时是借景写情,这也就是王夫之所说的"景中情,情中景"或曰"景中生情,情中含景"。

(二) 论词境

在情景相融的认识基础上,南社诸子对词境的理论亦有阐发,但是他们论词境不像王国维那样有强烈的思辨性,而是沿着郭麐、杨夔生、江顺诒论"词品"的路线,继续用形象性语言描述"词境"的审美意蕴,闻野鹤在他的论词札记里,多次提到郭麐的《词品》及《灵芬馆词话》分词为四类风格的观点,还仿照郭麐的表达方式对宋代和清代重要词人词品作了形象性的描述。如论宋人词品云:

> 寇莱公如春日园林,蔚然深秀;苏东坡如深山剑客,不娴俗礼;秦少游如花间丽色,却扇一笑,百媚横生;黄山谷如村女媚客,简直乏致;欧阳公如豪家子弟,仪态大方;张子野如春花百树,浅深互见;周美成如周公制礼,大体略备;王荆公如蛮夷入贡,不谙礼数;辛稼轩如草野人入掌枢密,动辄粗戾;蒋竹山如蓬门丽质,清秀有余;柳耆卿如通天老狐,醉即露尾;康与之如春场笙歌,繁乐聒耳;史梅溪如剪彩成花,细而近纤;姜白石如江介澄波,悠然一往;吴梦窗如天孙云锦,一丝一缕,尽发奇光,俗子庸夫,见之却步;李易安如中人举鼎,时虞绝脰;王碧山如天家姬侍,神采幽馨,迥非凡艳;周公谨如辞树红英,难免浮浪;朱淑贞如碧窗鹦鹉,略解语言;陆放翁如野僧说法,清而无

---

① 陈匪石:《旧时月色词谭》,《宋词举》,第212页。
② 闻野鹤:《论词杂记》,《民国日报》1917年10月1日。

味；张玉田如中郎凋谢，典型尚存。①

又论清人词品云：

　　清诸词家龚芝麓如初日芙蓉，婷容秀发；王阮亭如青春少妇，媌妌多致；朱秀水如乐师奏曲，声声入叩；彭羡门如北里新妹，时嫌浮艳；成容若如孤山哀曲，遗响酸鼻；又如骏马走古阪，时虞伤足；尤西堂如天半明星，流动自如；厉樊榭如孤山鸣琴，都非凡响；又如幽泉漱石，泠泠高韵；郭频伽如倚马速稿，时伤草率；吴谷人如大家闺秀，步履端庄；袁兰村如何郎傅粉，太嫌姣艳，却非本色。②

　　近世词人文云起，如空山侠士，剑光晔晔；谭仲修如宦家闺秀，步履矜持；王鹜翁如海国珊瑚，不假磨琢；朱彊村如郭熙作画，五日一水，十日一石；樊身云如长安少年，流动有致；易实甫如关西大汉，时虑粗鄙，然其放浪之作，则又如思光危膝，不可无一，不可有二。③

其实，在嘉道时期洪亮吉已用这种方式，将晚清重要词家之词品作了形象的描述，值得注意的是闻野鹤在这一基础上还把它归纳为四大词境：

　　其一、如新桐始叶，嫩翠若滴，柳梢月上，娟娟欲波。天机灵活，生意澹宕，□无丝毫迹象可寻。东坡所谓"空山无人，水流花开"者也。此境惟飞卿、正中、小山诸公具之。其二、如巨室闺帏，范律严肃，入其阃者，微闻幽馨。仙帷飘绡，檀屏掩映，弦声微作，不可端倪。此境惟少游、美成诸公具之。其三、如深山侠士，环抱恢奇，酒酣起舞，剑芒腾跃。抚髀一啸，林木悉靡，咤云掷月，不可一世。此境惟东坡、稼轩诸公具之。其四、如霓羽仙人，神光姚冶，云房露阙，瞬息万变。龙绡之带，凤羽之裳，织华组绮，迥非凡手。此境惟梦窗、草窗

---

① 闻野鹤：《恼篱词话》，《民国日报》1917年10月7—8日。
② 闻野鹤：《恼篱词话》，《民国日报》1917年10月14日。
③ 闻野鹤：《恼篱词话》，《民国日报》1917年10月7日。

诸公具之。上下千古，不可四者。自余曹鄘，不复成邦，可无讥已。①

总的说来，这些具有诗意性特征的描述，纵然能抉发各家词境之深微，但它是需要作者和读者去感悟和揣摩的，是只可意会不可言诠的，在理论的深刻性上不及王国维《人间词话》之意境论。

(三) 论词史

在千年词史发展问题的认识上，他们基本上接受了兴于唐、盛于宋、中兴于清的流行看法，但在陈去病看来："唐宋挚精声律，其词多可入箫管；而清贤俱谢不能，此古今优劣之比较，略可觇矣。"② 这一看法是非常精辟的，认识到宋词入乐与清词不能入乐的本质性区别，这也是南社诸子对千年词史的共识，但他们在尊南或尊北的问题上却产生了分歧，据柳亚子《南社纪略》记载，庞树柏等是尊南宋的，而他则尊北宋："檗子（庞树柏）固墨守南宋门户，称词家正宗，而余独猖狂好为大言，妄谓词盛于南唐，逶迤以及北宋，至美成而始衰，至梦窗而流极，稼轩崛起，欲挽狂澜而东之，终以时会迁流，不竟所志，檗子闻之，则怫然与余争，君仇、寒琼复互为左右袒，指天画地，声震屋梁。"③

清代是千年词史的"中兴期"，是继宋之后词史发展的又一繁荣期，对这一段词史进行回顾和反思，实有助于推动和引导清末民初词坛的发展走向。1914年春，陈匪石曾致书高旭，表示自己拟辑《清代词选》的愿望，将清代词家"依宗派而类别之"。"盖乾、嘉以前，湖海宗苏、辛，竹垞宗玉田，衍为两派，茗柯继起，碧山家法，卓然成为一支。迄于清末，白石、梦窗，由冷红、彊村两先生各拔一帜，为三百年之殿！"④ 从1916年1月26日起，他又在《民国日报》连载新编之《今词选》，发表例言，叙述清词之流变："词至清代，名家盖繁。苏、辛一流，倡之湖海；玉田之风，振自曝书。乾、嘉以前为两大派。后有皋文，专宗花外。保绪继之，垂教以广。洎乎鹿潭，竟成极诣。近七八十年之词场，几为碧山所据矣。同光以来，人知

---

① 闻野鹤：《恻簃词话》，《民国日报》1917年11月21日。
② 陈去病：《病倩词话》，《民国日报》1917年9月15日。
③ 柳亚子：《〈庞檗子遗集〉序》，《磨剑室文集》，第424页。
④ 陈匪石：《复高剑父书》，《国学丛选》第六集。

汴宋之妙，咸趋《片玉》之轨，然学焉而至，名者盖鲜，识者憾焉。惟奇峰突起，则有白石一派，大鹤独造；梦窗一派，彊村入室。筚路蓝缕，为世所宗。他如伯弢、贞壮，颇重三变；半塘、云起，青兕变调。卓为大家，流风所衍，绝学再振。词坛之大观，亦吾辈学者之先导也。"① 这一段文字，比较准确地描述了清词发展的历史脉络，特别是对同光时期词坛的发展格局及各词家取向的异同，有比较全面的把握，允称一部"清词史"之简论。

但是，立场的不同，观念的分歧，也使南社内部两派对清词的历史估价迥然有别。于右任说："前百年之词坛，白云世界也；近数十年之词坛，二窗世界也。白云清轻，二窗沉挚。以理论之，法禁严密之时，则沈挚者尚；文网疏阔之时，则轻清者尚。是二者与时代，皆相背戾。"② 在他看来，浙西派与常州派的论词观点一样，都是有背时代之精神的，不能体现时代之审美要求，这实际是为南社诸子提出新的论词观点——鼓吹噌吰鞺鞳之声作理论上的准备，但也可看出这一派作者对浙派和常州派都持否定态度。与之相反，追随常州派者对清代词史出现的阳羡派、浙西派、常州派，是有肯定，亦有否定，即对常州派多肯定之辞，对阳羡派和浙西派则取否定态度。如吴清庠《叶中泠〈词卷〉序》云："自曝书亭圮，湖海楼空，轨辙攸分，本源日汩。彼蓉裳、频伽，揣摩闺襜，污秽衾枕，已成姜史罪人；而板桥、心余，吃喝风月，呵咤山川，又岂苏、辛肖子！性天既薄，唇舌乃佻；志趣久荒，音声遂杂。淫哇起于绮靡，正声销于灌哎。温韦宗风，一灯几熄矣。幸而茗柯导其源，止庵引其绪；得仁和谭仲修，古调可弹；得吾乡庄蒿盦，大成以集。向所谓风骚之旨，乐府之音者，大雅继起，人间得闻，斯道之尊，于斯可信。"③ 这里的蓉裳、频伽是指后期浙派词人杨芳灿、郭麐，板桥、心余指的是私淑阳羡派的郑燮、蒋士铨，吴清庠对他们大加挞伐，极尽批评之能事，却对常州派词人张惠言（茗柯）、周济（止庵）、谭献（仲修）、庄棫（蒿盦）多所褒誉。当然也有少数论者，他的看法已超越常州派门户之见，如陈匪石对清词的论述便颇有可取之处。他说："有清一代词学驾有明之上，且骎骎而入于宋。然究其指归，则'宋末'二字足以尽之。何则？清代之词派，

---

① 陈匪石：《今词选·例言》，《民国日报》1916 年 1 月 26 日。
② 于右任：《骚心丛谈》，刘永平编《于右任集》，第 19 页。
③ 吴清庠：《叶中泠〈词卷〉序》，《南社》第十七集（1916 年 5 月）。

浙西、常州而已。浙西倡自竹垞，实衍玉田之绪；常州起于茗柯，实宗碧山之作。迭相流衍，垂三百年。世之学者，非朱即张，实则玉田、碧山两家而已。湖海楼崛起清初，导源幼安，极纵横跌宕之妙，至无语不可入词，而自然浑脱。然自关天分，非后人勉强可学，故后无传人，不能与浙西、常州分镳并进也。至同、光以降，半塘、沤尹出，始倡导周、吴而趋其途径。沤尹则直入梦窗之室，吴派遂为清末之新声矣。"① 他认为阳羡派的"自然浑脱"，乃由天分所致，是后天无法学而得之的，故而后无传人；浙西、常州两派，一学玉田，一学碧山，皆不出"宋末"之范围，可谓有识之见。

总之，南社诸子的论词观点有革命与保守的两种倾向性。从它的革命性角度看，以柳亚子为代表的反常州派，对晚清词学进行了适度的"变革"，是传统词学向现代转型的重要一环；从它的保守性角度看，以庞树柏为代表的追攀常州派，在保种、爱国、存学的思想指导下，继续推衍常州派的尊体论、寄托论、词史说，"抱着十八世纪遗老式的头脑，反对新文化"②，这表明他们在文化观念上已落伍时代，具有保守性，在辛亥革命取得胜利后，他们便与保守的"彊村派"合流，完全站到了"五四"新文化运动的反面立场上。"五四风潮以后，青年的思想早已突飞猛进，而南社还是抱残守缺，弄它的调调儿，抓不到青年的心理。"③ 在新时代面前，南社文人落伍了，他们也终将被时代所淘汰，所以，"五四运动"以后曾经闻名一时的南社，很快地在中国现代文坛"谢幕"了。

第二节　现代词社的创作理念与词学研究

关于民国词社的情况，过去长期湮没不闻，关注者甚少，只有少量回忆性文字，近年来渐有研究性论述出现，但大多停留在浅层面的社员构成及社集活动描述上，未见有针对具体创作及审美倾向的分析，本节拟从中国词学向现代转型的角度，以词社成员之创作与著述为讨论内容，着重探讨他们的审美倾向及理论贡献。

---

① 陈匪石：《旧时月色斋词谭》，见钟振振辑《宋词举》，第212页。
② 柳亚子：《南社纪略》，上海人民出版社1983年版，第102页。
③ 柳亚子：《南社纪略》，上海人民出版社1983年版，第153页。

一 民国词坛社事之繁盛

据有关学者统计，民国词社为世人所熟知者有20余家，更精确之计算则达百家以上。① 这一繁盛局面之形成，实发轫于清末，1887年前后在吴中有郑文焯、易顺鼎发起之"吴社"，在京城有端木埰、王鹏运、许玉琢、彭銮组织的"城南唱和"、"薇省联吟"；1891年在长沙有由程颂万发起之"湘社"，其成员由易顺鼎、程颂芳、姚肇春、何维棣、袁绪钦等组成；1895年在苏州又有刘炳照、郑文焯、夏孙桐、费念慈、陈升、张上龢、缪荃孙、张祥龄结为"鸥隐词社"。在当时，影响最大者则推王鹏运组织的"咫村词社"，"咫村"原为万文敏在京之宅邸，光绪戊戌、己亥间，王鹏运、张仲炘、王以慜、裴维侒、华辉、易顺鼎、夏孙桐、朱祖谋、郑文焯、高燮曾等，标举梦窗之密丽，主张声律与体格并重，以咏燕、垂杨、梅影、春水为题相唱和，开辟了晚清的新词境和新词风。② 在它之前的吴社、湘社、鸥隐词社，都是追攀常州词风的，咫村词社则克服了常州词派的不足，以吴文英为标举对象，引发了近代词坛声势浩大的尊梦窗之风，1900年的"庚子唱和"和1901年的"春蛰吟"，便都是以梦窗为师法对象的。

进入民国以后，这些在晚清热衷唱和的词人，继续诗词联吟，由对时局之忧虑转向对故国之怀思，他们把晚清的词社唱和进一步推向高潮。较早成立的词社是上海"春音词社"，而后有瓯社、聊园社、须社、沤社、潜社、如社、午社、声社、雍园社、玉澜社等相继涌现。它们按地域分，南方以上海、南京为中心，北方则以北京、天津为中心，南方词社有北方词人的参与，北方词社多由南方词人主盟，一时间词坛社事活动特别繁盛，并且形成南北对流互动的格局。

在北京，清末已有"宣南词社"和"校梦龛词社"，清亡以后，其成员有的到了天津、青岛，有的去了上海、苏州，他们在政治上成了遗民或逸民，在文学上却一变而为民国词社的中坚或领袖。辛亥革命后，北京词坛曾现凋零迹象，偶有为之者，不过一二朋友唱和而已。1925年，谭祖壬在北

---

① 曹辛华：《民国词社考论》，《2008词学国际学术研讨会论文集》，内蒙古大学，2008年。
② 参见万柳《咫村词社考论》，《东北师范大学学报》2010年第4期。

京发起聊园社,社友有夏敬观、章华、邵伯章、赵椿年吕凤伉俪、汪曾武、陆增炜、三多、邵瑞彭、金兆藩、洪汝闿、溥儒、罗复堪、向迪琮、寿玺等,每月一集,轮为主人,命题设馔,多在谭氏寓中举行。津门章钰、郭则沄、杨寿楠等亦欢然与会,一时耆彦,颇称盛况。"其时仍以梦窗、玉田流派者居多,继则提倡北宋,尊高周柳。自晚清词派侧重南宋,至此又经一变风气。"① 谭氏南归后,社事消歇,前后亦达十年以上。

1928年夏,郭则沄、林葆恒等于天津创立"冰社",后改称"须社",郭则沄为社长,社员有陈恩澍、查尔崇、李孺、章钰、周登皞、白廷夔、杨寿楠、林葆恒、王承垣、郭宗熙、徐沅、陈宝铭、周学渊、许锺璐、胡嗣瑗、陈曾寿、李书勋、郭则沄、唐兰、周伟等20人。另有陈宝琛、樊增祥、夏孙桐、陈懋鼎、陈毅、高德馨、邵章、夏敬观、姚亶素、万承栻、袁思亮、钟刚中、黄孝纾等社外词侣13人。月三集,限调与题,从戊辰(1928)到辛未(1931),三年间共举社集100次。社课前60集由朱祖谋选定,后40集则为夏孙桐补选,合刊为《烟沽渔唱》四册。1934年3月,郭则沄又举"蛰园词社"于北京城东蛰园。"蛰园,为福瑶林贝子旧邸之一角,牡丹数十株皆老本,有高过人者。深紫数丛种尤异,花巨如盘,外间未有也。"② 社友有夏孙桐、汪曾武、寿玺、朱师辙等,初集活动,同拈《绛都春》调赋牡丹。1936年春,蛰园牡丹有鞓红并蒂者,复招同人赏之。其时,由郭则沄发起创立的还有瓶花簃词社和延秋词社,1937年,郭氏由天津移居北京,倡立瓶花簃祠社,社友有夏仁虎、傅岳棻、陈宗藩、瞿宣颖、寿玺、黄公渚、黄君坦、杨秀先、黄畬等20余人,前后社集六次。郭氏去世后,社事消歇,词社解散。延秋词社于1941年由张伯驹等倡立,社友包括袁毓麐、夏仁虎、陈宗藩、郭则沄、林彦京、杨秀先、黄孝纾、黄孝平等。《雅言月刊》辛巳(1941)词录部收有"延秋词社第一集甲题",调名《换巢鸾凤》。

在南方,清末苏州有鸥隐词社,杭州有鸥梦词社,但规模较小,参与人数不多,未能产生广泛的影响。进入民国以后,南方词社发展迅速,并形成

---

① 慧远:《近五十年北京词人社集之梗概》,魏新河编《词林趣话》,黄山书社2009年版,第223页。

② 郭则沄:《清词玉屑》卷十二,浙江古籍出版社2014年版,第498页。

压倒北方社事之趋势，寓居在苏州、上海的郑文焯、朱祖谋、况周颐，对南方社事的兴盛尤有推波助澜的作用和贡献，一时东南之热衷词业者率以朱、况为导师。先是春音词社在上海成立，而后有白雪词社和瓯社之发起。白雪词社成立于1920年，由宜兴徐致章和蒋兆兰创立，成员有程适、储凤瀛、储蕴华、徐德辉、储南强、任援道等，社名"白雪"寓"高洁"之义，乃欲上承南宋遗老王沂孙、周密、唐钰、张炎等人《乐府补题》之精神。社集《乐府补题后集》有甲乙二编。瓯社成立于1921年2月，由梅冷生发起，他们在永嘉积谷山下重修东山书院，并添建永嘉词人祠堂，成立词社，取名"瓯社"。共推瓯海道尹林鹍翔任社长，社友有梅冷生、夏承焘、郑猷、王渡、龚均、黄光、郑岳、曾廷贤、徐锡昌、严琴隐共10人。共刊行《瓯社词钞》两辑。不过，在南方词坛当时影响最大之词社则推沤社。

1930年秋冬间，夏敬观、黄孝纾等在上海与同仁发起，推朱祖谋为社长，因朱氏别号"沤尹"，故社名"沤社"。每月一集，集必填词，以二人主之。题各写意，调则同一。始有社员20余人，后不断增加，并有上海以外者参与。作者依齿序为朱祖谋、潘飞声、周庆云、程颂万、洪汝闿、林鹍翔、谢抡元、林葆恒、杨玉衔、姚景之、许崇熙、冒广生、刘肇隅、夏敬观、高毓浵、袁思亮、叶恭绰、郭则沄、梁鸿志、王蕴章、徐桢立、陈祖壬、吴湖帆、陈方恪、彭醇士、赵尊岳、黄孝纾、龙沐勋、袁荣法等29人，前后集会20次，填词284首，有《沤社词钞》二集行世。然自朱氏1931年底故去，顿失盟主，声势大不如前，淞沪之战结束后，由潘飞声掌社，直到1938年才告罢。"如社"在三十年代亦盛极一时，1935年二月初五，林鹍翔、廖恩焘、吴梅等10人于南京举行①，取《诗经》"天保九如"之意，命曰"如社"，无社长，亦无社址，纯为以文会友。"如社为诸词家之游宦或教授于京中者所组织。"② 社员按齿序为廖恩焘、周树年、邵启贤、夏仁沂、蔡宝善、石凌汉、林鹍翔、杨玉衔、孙濬源、仇埰、夏仁虎、吴锡永、吴梅、陈匪石、寿铄（又名玺）、蔡嵩云、汪东、向迪琮、乔曾劬、程龙骧、唐圭璋、卢前、吴白匋、杨胜葆等24人。共十二集，集取同调（第十二集

---

① 参见《吴梅全集》（日记卷），河北教育出版社2002年版，第526、532、536页。
② 龙榆生：《京沪词坛近讯》，《词学季刊》第2卷第4号（1935年7月）。

为二调),限韵不限题,多集于夫子庙老万全酒家。月集一次,轮流做东,作为月课,下次交卷,并分赠同人。"词调以依四声为主,取名家创制为准则……一词作成,虽经苦思,但也有乐趣。"① 1935 年共集 8 次,1936 年举行 4 次后,得词 226 首,刊《如社词钞》12 集。"午社"是 1939 年在沪上成立的,其影响在当时并不亚于"如社"。该社以夏敬观为中心,社友有廖恩焘、金兆蕃、林鹍翔、林葆恒、冒广生、仇埰、夏敬观、吴庠、吴湖帆、郑昶、夏承焘、龙榆生、吕贞白、何之硕、黄孟超共 15 人,月集 1 次。凡七集,共得词 160 阕,次年刊为《午社词钞》。又以林鹍翔病殁,故后附录"半樱翁挽词"七首。此后仍有集会,人员亦有变动,盛况却大不如前。②

通过以上描述,可知南北词社之主事者,前期主要为朱祖谋、林鹍翔、蒋兆兰,后期为夏敬观、郭则沄、谭祖壬、关赓麟等,活跃分子有周庆云、林葆恒、夏仁虎、黄孝纾、向迪琮、廖恩焘、夏孙桐、冒广生、邵瑞彭、潘飞声、张伯驹等,或尊奉常州派之家法,或标榜清真、梦窗,此乃当时南北词坛之大致情形。在抗战胜利后,内战又起,社事活动渐衰,但也没有完全消亡。如 1950 年前后,关赓麟、张伯驹即在北京创立有咫社和庚寅词会等。③

二 从反映世变到逞才斗艺

如果考察现代词社成员之构成,约略可分为三类,第一类是晚清已入仕

---

① 潘飞声:《〈沤社词选〉序》,《词学季刊》第 1 卷第 4 期(1935 年 4 月)。
② 袁志成通过统计《天风阁学词日记》,知午社凡 26 集,前 7 集结集为《午社词钞》,后 19 集四次是有社集无社课,六次只有两人有社课,五次只有 3 人有社课,一次 4 人有社课,两次 5 人有社课,一次 6 人有社课。(参袁志成《午社与民国后期文人心态》,《湖南人文科技学院学报》第 144 期,2015 年 6 月)。
③ 关于现代词社的叙述,参考有佚名《沤社近讯》(载《词学季刊》创刊号)、《须社唱酬之集结》(载《词学季刊》第 2 卷第 2 号)、《燕沪词社近讯》(载《词学季刊》第 2 卷第 4 号),夏纬明《近五十年北京词人社集之概要》(载魏新河编《词林趣话》,黄山书社 2009 年版)、壶叟《北京词社》(载《词学》第四辑),何泳霖《朱彊村先生年谱及其诗词系年》附录词社资料(载饶宗颐主编《华学》第 9、10 辑,上海古籍出版社 2008 年版),查紫阳《民国词人集团考略》(载《文艺评论》2012 年第 5 期)、《民国词社知见考录》(《长春工业大学学报》2014 年第 6 期),马大勇《近百年词社考论》(载《文艺争鸣》2012 年第 5 期)等。

为官，民国后多以遗老自居者；第二类是进入民国后在北洋政府任职，但南京政府建立后，大多被弃置不用，以文化清流自重者，或是转入文化部门和教育机构，从事传统文化的传播工作；第三种是在清朝未曾出仕或取得功名，民国后多在北京、上海、南京等高校任职的大学教授。又以第一、二类在现代词社中所占比例较高，通过分析诸家之生平仕履，可发现他们在身份上有许多相似或共同的特征。

如朱祖谋（1857—1931），光绪八年举人，九年进士，官礼部右侍郎、广东学政，晚年退处沪上。夏孙桐（1857—1942），光绪八年举人，十八年进士，历官宁波、湖州、杭州知府。辛亥后寄寓上海。潘飞声（1858—1934），光绪十三年赴德国柏林大学讲授汉语，返国后，荐举经济特科，不应，旅居香港十年，晚年移居上海。周庆云（1864—1934），附贡生，官永康县教谕、直隶知州、民政部主事。沈宗畸（1857—1926），光绪十五年举人，侍父宦扬州，三十年赴京，官于礼部。晚年寓居北京番禺会馆。林鹍翔（1871—1940），光绪二十八年举人，曾官瓯海道尹。林葆恒（1872—1950），光绪十九年举人，曾任驻小吕宋副领事、驻泗水领事，民国后以遗老自居。冒广生（1873—1959），光绪二十年举人，官农工商部郎中，民国后为瓯海、镇江、淮安海关监督，国史馆纂修，后为中山大学、太炎文学院教授。廖恩焘（1874—1954），毕业于日本东京大学政治系，光绪十三年入总理各国事务衙门任职。从事外交工作凡50年。退休后定居香港。夏仁虎（1874—1963），光绪二十四年举人，官邮传部郎中，入民国官至国务院秘书长。夏敬观（1875—1953），光绪二十年举人，佐张之洞幕，为三江师范学堂提调，复旦公学监督，入民国任浙江省教育厅长。谭祖任（1876—?），光绪二十七年优贡，官邮传部员外郎。郭则沄（1882—1946），光绪二十九年进士，曾为徐世昌二等秘书，后任金华知府，署浙江提学使，改浙江温处道道台。民国后，历任北洋政府国务院秘书厅秘书、政事堂参议、铨叙局局长、兼代国务院秘书长、经济调查局副总裁、侨务局总裁等。袁思亮（1880—1940），光绪二十九年举人，官农工商部郎中。关赓麟（1880—1962），光绪三十年进士，官邮传部主事、财政部秘书、交通大学校长等。邵瑞彭（1887—1938），曾任北京大学、民国大学、河南大学教授。向迪琮（1889—1969），曾任四川大学教授。张伯驹（1898—1982），早年在军界、金融界任职，后为吉林博物馆副馆长，中央文史馆馆员。黄公渚（1900—1964），历任北京大学、北京师范大学、青岛大学、山东大学教授等。

上述诸人，除年齿稍晚之邵瑞彭、向迪琮、张伯驹、黄公渚，大多在清末有过出仕的经历，在进入民国之后，他们对于清廷多少怀有眷恋的情思。王蕴章说：

> 国步既更，海上一隅，词流云集，吟事斯盛。沤尹以灵光一老，迭主敦槃，先之以春音，继之以沤社，感兴遣时，补题乐府，比于汐社之诸贤。①

这里讲的是海上词坛的情形，其他地方的遗民何尝不是如此？周庆云说："当辛壬之际，东南士人胥避地淞滨，余于暇日仿月泉吟社之例，招邀朋旧，月必一集，集必以诗选胜。携尊命俦啸侣，或怀古咏物，或拈题分韵，各极其至。每当酒酣耳热，亦有悲黍离麦秀之歌，生去国离乡之感者。嗟乎，诸君子才皆匡济，学究天人，今乃仅托诸吟咏，抒其怀抱，其合于乐天知命之旨欤！"②他认为，在众多文体之中，词是最擅长写亡国之哀的："嗟乎！亡国之音哀以思，词之为用，所以写缠绵莫解之情，抒抑郁难言之隐。而桑海之际，茹痛至深，则尤多传作。以今视昔，感想已殊。后之视今，更不知若何沉恨矣！"③比如，白雪词社集名《乐府补题后集》，盖即上承南宋遗民唱和之意，以咏物而感怀君国："《乐府补题后集》，盖欲上继碧山、草窗、玉田、玉潜诸贤遗轨，为风雅绵一线之传。虽才或弗逮，不敢与宋贤抗，而志操纯白、心迹湛然，抑未必与宋贤异。"④对于他们来说，清廷的覆亡即是亡国，即是神州陆沉，而民国后，军阀四起，国家离乱，人心不古，更易让他们起眷怀故国之思。"呜呼！神州陆沉，环瀛荡潏，是何等

---

① 王蕴章：《〈梦坡词存〉序》，周庆云《梦坡词存》，民国二十二年（1933）刻本。
② 周庆云：《〈淞滨吟社〉序》，南江涛辑《清末民国旧体诗词结社文献汇编》第10册，第371页。
③ 周庆云：《〈浔溪词征〉序》，冯乾辑《清词序跋汇编》，凤凰出版社2013年版，第2026页。
④ 蒋兆兰：《〈乐府补题后集甲编〉序》，南江涛辑《清末民国旧体诗词结社文献汇编》第22册，第86页。

世界也；狉鬼沙蜮，封豕长鲸，是何等景象也；铁血浥地，铜臭熏天，是何等观念也；集泽鸿嗷，泣途虎猛，是何等惨痛也。……心有所感，不能无所宣；目有所触，不能无所动；自然之流露，即风云月露、花草虫鱼，皆足寄其兴焉。心声亦天籁也，如候虫之鸣，不可遏抑也……此《乐府补题后集》之微意也。"①

1928 年在天津成立之冰社，也是这样一个典型的遗民词社，其眷恋君国的情思表现得尤为突出："世异变，士大夫所学于古无所用，州郡乡里害兵旅盗贼，不得食垄亩，栖山林，群居大都名城，为流人，穷愁无谬，相向濡以文酒耳。目所闻见，感于心而发于言，言不可以遂乃托于声，声之窈眇跌宕，悱恻凄丽。言近而指远，若可喻若不可喻者莫如词。"② 他们有感于国变世易，而又无用于世，遂将"穷愁无谬"之思托之于词，故《冰社词选》中咏物之篇所占比例较重。"他们一方面秉承了南宋以来词的咏物传统，另一方面亦透过描摹这些意象来反映他们与世相违、饱受磨难的遗民形象。"③ 他们还以南宋"汐社"自比，郭则沄为《烟沽渔唱》作序认为须社诸子有"汐社之遗风"，徐沅称自己与郭则沄"相与箠遁云津，寓声汐社"④。杨寿楠也说："余与君（许锺璐）云津遁迹，汐社论交，花下酒边，每多酬唱。"⑤ "天津之有冰社、上海之有沤社，胥此志也，而冰社为之先也。"⑥ 这里的"冰社"，实为须社之前身⑦，在天津之冰社是如此，在上海之沤社亦如此。1930 年秋成立于上海的沤社，其成员有朱祖谋、程颂万、林鹍翔、林葆恒、郭则沄、夏敬观、周庆云等前朝臣子，也有黄孝纾、龙榆

---

① 蒋兆兰：《〈乐府补题后集甲编〉序》，《清末民国旧体诗词结社文献汇编》第 22 册，第 83—84 页。
② 袁思亮：《〈冰社词选〉序》，袁荣法辑《湘潭袁氏家集》，《近代中国史料丛刊》续编第 202 辑，台北文海出版社 1979 年版，第 49—50 页。
③ 林立：《沧海遗音：民国时期清遗民词研究》，香港中文大学出版社 2012 年版，第 288 页。
④ 徐沅：《〈龙顾山房诗余〉序》，郭则沄：《龙顾山房诗余》，民国戊辰（1928）郭氏栩楼精刻本。
⑤ 杨寿楠：《〈辛庵词〉序》，许锺璐：《辛庵词》，民国刻本。
⑥ 袁思亮：《〈烟沽渔唱〉序》，南江涛辑《清末民国旧体诗词结社文献汇编》第 16 册，第 101 页。
⑦ 袁氏：《〈冰社词选〉序》亦被收入《烟沽渔唱》，但更名为《烟沽渔唱序》。参见杨传庆《清遗民词社：须社》，《北京社会科学》2015 年第 2 期。

生、赵尊岳、王蕴章、冒广生、吴湖帆等晚辈词人。他们一方面感慨"旧京事,堪回首"(黄孝纾《东坡引》)、"还梦见、城头铜狄,宵来月似长安"(林鹍翔《汉宫春》);另一方面为沧桑之巨变而哀喟不已,其所面对之沧桑巨变,不仅指清朝之覆亡,更指淞沪战事之兴起:"壬申近腊,东寇乘我不备,突然袭攻沪北。我军歼敌,敌复集大队来攻,炮火轰天,迁徙流离,各不相顾。余家且陷贼中,仅以身免。朱古老于乱前已撒手西行,同人每不通音问,词社星散,殆如水中沤矣。逾岁之夏,沪居始定,同人重集江滨,社事再举,重拾坠欢。盖读白石道人词'自胡马窥去后,废池乔木,犹厌言兵',非变徵之语耶?"① 所谓"变徵之语",是指其声调的凄怆悲凉,但在淞沪战争发生前后,他们感怀之内容是有区别的,战前多亡国之痛,故国之思,战后则主要是沧桑之感,这前后变化恰好说明世变对于他们创作的影响。

如果说在20年代成立的词社,还颇多浓郁的遗民情怀的话,那么到30年代成立的词社,在审美取向上已有较大变化,这就是逞才斗艺的色彩越来越浓,特别是对于词律的谨守和讲求。

文人结社唱和多少都有些逞才献艺的成分,比如春音词社第一、二集,限调限韵,明定甲乙,第一集用[花犯],"花犯为涩调之一,其中上去声不可移易者,其有三十七字",王蕴章因上去声皆一一遵谱,而获第一。但考虑到这样做法,易起嗷名争胜之心,故自第三集起,改为圈点,不复按次排列。到二三十年代,这种风气不但没有减弱,反倒有愈演愈烈之势,社集之作多限调限韵,甚至要求选用仄声韵,仄声韵还要严分上去入,认为只有这样才能检验作者之才力。比如上海沤社,其社长为朱祖谋,朱氏以"律博士"见称于时,对于声韵的要求十分严格,社员所作亦受其影响,特别讲求声律谐美。沤社社集二十次,只有三次不限调(第十集、十三集、十五集),其余全是命调而作。据《沤社词钞》目录记载:第一集《齐天乐》,第二集《芳草渡》,第三集《石湖仙》,第四集《东坡引》,第五集《瑞鹤仙》,第六集《三姝媚》,第七集《汉宫春》,第八集《渡江云》,第九集《风入松》,第十一集《安公子》,第十二集《被花恼》,第十四集《洞仙

---

① 潘飞声:《〈沤社词选〉序》,《词学季刊》第一卷第四号(1934年4月)。

歌》，第十六辑《锦帐春》，第十七集《大酺》，第十八集《一萼红》，第十九集《石州慢》，第二十集《天香》。这些词调中，惟《风入松》《一萼红》《汉宫春》《渡江云》押平声韵，其余词调均押仄声韵，仄声韵还要区分上去入。

再如南京如社，虽无社长，但林鹍翔、吴梅、陈匪石实为发起人，社集共20次，词调22个（第十二次、十九次社集有两个词调），强调以依四声为主，取名家创制为准则，如《倾杯》依柳永"鹜落霜洲"体，《换巢鸾凤》依梅溪四声，《绮寮怨》依清真四声，《水调歌头》依东山四声，《泛青波摘遍》依小山四声，《倚风娇近》依草窗四声，《红林檎近》依清真四声，《绕佛阁》依清真四声，《诉衷情》限用温飞卿体，《女冠子》限用牛松卿体，《碧牡丹》效小山体，《梦扬州》依淮海四声，《秋宵吟》依白石四声，《解连环》依清真四声，《引驾行》效柳永体，《卜算子慢》效子野体，《六丑》依清真四声。这22个词调中，就有14个僻调。"冷僻之调，仅见数词，而字句各异，有不知何者为正格者；而就其各异之处，正可以为衬字之确证，而并可以考见其本体焉。"① 又如午社，对于词调词韵的要求，虽然不如"如社"那么严格，但每集大体也能遵循限调限韵的惯例。第一集限调《归国谣》《荷叶杯》，第二集限调《卜算子》，第三集限调《绿盖舞风轻》，第四集限调《玉京谣》，第五集限调《霜叶飞》，第六集限调《垂丝钓》，第七集限调《雪梅香》《小梅花》。

这样的做法固然是为了谨守词律，但对于填词者来说是一个挑战，它能展示并检验作者的才情与功力。徐益藩说："维时先生（吴梅）又与林半樱、陈倦鹤诸老辈举如社，多填涩调，守四声，视潜社为严，间亦以课益藩辈曰：'词惟不复可歌也，罕见之调，不得不守四声；守四声虽艰苦，然不能以此恕其不工，习而熟焉，艰者易，苦者甘矣。'"② 卢前也说："大抵如社社课，遇名家自度腔，亦以依四声、用原题、步韵为主，予旧所谓'捆起三道绳来打'是也。独余值课用《高阳台》调，近日亦渐有用小令者。沤社每集两题，一限题，一不限题，如社视之尤严。"③ 虽然守四声有很大

---

① 徐荣：《词通》，张璋等编《历代词话续编》，大象出版社2005年版，第500页。
② 徐益藩：《师门杂忆：记念吴瞿安先生》，《吴梅和他的世界》，河北教育出版社2002年版。
③ 卢前：《冶城旧话》卷二，《卢前笔记杂钞》，中华书局2000年版，第420页。

的难度，但也能让作者体验到在掌握四声之法后的快乐，所以，大家并不以之为苦，反而以之为乐。

但是，这一情况到午社那里悄然发生变化，社员之间的观念亦不尽一致，甚至有很大的分歧。社约规定："须每人每期必作，且须限题限调，值课者选题拈调，他人不得批评。"实际情况却是，社集26次，所知限调25，不限调3次，有社集无社课4次。在这一点上，老辈词人如廖恩焘、林葆恒、仇埰等，或曾为须社成员，或是如社主力，他们对于社课规则的要求特别严格。这一苛刻要求也招致社内成员的非议，这些非议之人有冒广生、吴眉孙、夏承焘等，比如吴眉孙对仇埰好用僻调"时有龃言"，冒广生与夏敬观在言语上亦"时时参商"，这说明当时老辈词人与新生一代在观念上存在分歧，前者要求恪守四声，完全遵从朱祖谋、郑文焯的作法，后者则主张作词当"不蔑词理"、"不断词气"，对词律特别是四声不必过于拘守。随着时代的变化，随着新的作者群体的出现，人们对于填词是否必守四声更为开放，不再拘守晚清常州派之"家法"。

三　关于填词守四声与协律的讨论

正如上文所言，现代词社对于声律问题特别重视。自从万树《词律》及《钦定词谱》问世以来，在清代人们多是依词律或词谱填词的，但是《词律》及《钦定词谱》并未能解决和声与音律问题。"词律之义有二：一为词之音律，一为词之格律。所谓词之音律，如宫调，如旁谱，宋人词集中往往见之，然节奏已亡，铿锵遂失。……若夫词之格律，本为和协音律而起，但音律既难臆测，不能不于字句声响间寻其格律，格律止求谐乎喉舌，音律兼求谐管弦，世未有喉舌不谐而能谐乎管弦者。"[①] 也就是说，万树只是解决了文字格律问题，却未能认识到求词律当由音律而格律，因此，有人起而对万树《词律》及《钦定词谱》继续作纠偏补遗的工作，从研讨格律进而探究音律，并对填词谨守四声之论提出质疑。

"四声"之说初见张炎《词源》，到万树《词律》始严分去声及上去，但只是停留在理论探讨的层面。"其后戈氏载撰《词林正韵》，尽取宋词，

---

① 邵瑞彭：《〈周词订律〉序》，吴则虞校点《清真集》，中华书局1981年版，第135页。

参伍比较，观其会通，仿《中原音韵》《菉斐轩词韵》之例，于四声代用者别录之，词家如周氏之琦、蒋氏春霖诸家，皆能按谱觅句，恪守四声，学者渐知万氏《词律》不足以尽声家之窾要。"① 这也只是少数人的行为，一般填词者依然是据谱而填，直至晚清也不是十分重视四声之别。冒广生说："吾所纳交老辈朋辈，若江蓉舫都转、张午桥太守、张韵梅大令、王幼遐给谏、文芸阁学士、曹君直阁读，皆未闻墨守四声之说。郑叔问舍人，是时选一调，制一题，皆摹仿白石。迨庚子后，始进而言清真，讲四声。朱古微侍郎填词最晚，起而张之；以其名德，海内翕然奉为金科玉律。"② 这表明，四声之论是从郑文焯、朱祖谋开始走向细密的，"近人作词，如朱彊村、王半塘诸老，但求法诸填字，四声准确，按诸宫调，便可适合"③，而后这一作法被其追随者奉为"金科玉律"。夏敬观说："（朱）侍郎出，斠律审体，严辨四声，海内尊之，风气始一变。"④

据夏仁虎回忆："十年前，归金陵，见老友之始学为词者，以宋名家词一首，逐字录其四声，置玻璃板下，依声填词，为之甚苦，词成，乃至不能卒读。怪而问之，曰：'此彊村所告也。'"⑤ 比如，仇埰："肆力于词，宫徵之求协、格律之遵循，恨不起古人而与商榷密……一字未洽，一声未协，一调未谐，或撏挦往籍，或邮伻投赠，或风雨一庐聚谈竟日。序《蓼辛词》曰：期四声之必合。"⑥ 又如寿玺："其所为词，往往眇曼而幽咽，令人不可卒读。至揆之于律，则四声悉准原制，无毫发之差，盖亦酉生、沤尹类也。"⑦ 再如吴梅，据施则敬回忆："曩阅宋人方千里、杨泽民、陈西麓、吴梦窗诸家之作，声依清真，一步一趋，惟恐或失。晚清大家若王半塘、朱彊村诸公，亦皆断断不敢自放。……当时即怪其迂拘特甚，不惟无关声旨，抑且汩没性灵。虽以梦窗、彊村之才，犹或意为辞晦，字以声乖，况他人乎？民十七（1928年）春，以此质之吴瞿安先生。先生亦抗心希古，严于声律，

---

① 邵瑞彭：《〈周词订律〉序》，吴则虞校点《清真集》，中华书局1981年版，第135页。
② 冒广生：《四声钩沉》，《冒鹤亭词曲论文集》，上海古籍出版社1992年版，第111页。
③ 陈能群：《词用平仄四声要诀》，《同声月刊》第1卷第3号（1941）。
④ 夏敬观：《〈风雨龙吟室词〉序》，《忍古楼文钞》，《民国文集丛刊》第89册，第307页。
⑤ 夏仁虎：《枝巢四述》"谈词"，辽宁教育出版社1998年版，第32页。
⑥ 王孝煃：《仇君述庵传》，仇埰：《鞠燕词》，民国丁亥刻本。
⑦ 张素：《〈珏庵词〉序》，寿玺：《珏庵词初集》，民国庚午刻本。

告以古人之作，自具深心。吾人必依其声，方为合格。不然，难免不为红友所诮也，弟以先生精于词曲，妙解宫商，遂嘿然焉。"①

这种拘于四声的作法，造成的影响是极其恶劣的。潘飞声说："昔万红友苦心孤诣，撰为《词律》，自诩严定字句之功臣，却于古人之名曰一调而字句不同者判之为又一体，盖已附会牵强，依谱填之，几无一自然之句矣。近更变本加厉，谓必吻合四声，始称能事。不知古人必无自制一词，而令人复依其四声者，此较之李献吉（东阳）学秦汉文，张船山（问陶）谓怕读假苏诗，尤增一大笑柄也。"②龙榆生也说："自周、吴之学大行，于是倚声填词者，往往避熟就生，竞拈僻调，而对宋贤习用之调，排摈不遗余力，以为不若是，不足以尊所学，而炫其能也。又因精究声律之故，患习用词调之多所出入，漫无标准，而周、吴独创之调，则于四声配合，有辙可循，遂以为由是以求协律，虽不中，亦不远，于是填词家有专选僻调，悉依其四声清浊，一字不敢移易者，虽以声害辞，以辞害意，有所不恤也。"③

其实，填词守四声实滥觞于南宋，在北宋并无守四声之说。龙榆生通过分析柳永《安公子》"远岸收残雨"，不讲四声，不合平仄，以及周邦彦《浪淘沙》"晚阴重"、"万叶战"亦不尽合平仄，证明万树所谓"无一字而相违，更四声之尽合"之说并不成立。连审音知律的周邦彦、柳永之词都有不合四声之处，表明填词协律并不是指四声平仄必须一一对应。"北宋诸词，所谓不协音律之说，固以'乐句'为准，非必一字之清浊四声，不容稍有出入也。"④但是，到南渡以后，情况有了变化。当时的情况是，不但柳谱亡佚，就是周谱也所存无几，如有能歌周、柳之调者，则被人视为"珠璧"。因其审音用字之法不传，故人们不得不将审音合律之周词作为后世填词之"金科玉律"，于是出现方千里、杨泽民、陈允平谨守四声的行为。"厥后词家，因守周词之四声，遂推而守其他音律家词之四声，此南宋守四声词派所由成立也。"⑤这表明，四声之论不是填词所必须的，只是因

---

① 施则敬：《与龙榆生论四声书》，《同声月刊》第 1 卷第 10 期（1941）。
② 潘飞声：《〈阇伽坛词〉序》，刘肇隅：《阇伽坛词》，民国二十二年刻本。
③ 龙榆生：《晚近词风之转变》，《龙榆生词学论文集》，上海古籍出版社 1997 年版。
④ 龙榆生：《词律质疑》，《龙榆生词学论文集》，第 140 页。
⑤ 蔡桢：《柯亭词论》，《词话丛编》第五册，第 4900 页。

为万树的强调才受到人们的关注和重视。万树认为，周邦彦作词严谨，平仄有法，方千里、吴梦窗等人对清真词的步和，四声尽依，一字不易。"方千里系美成同时，所和四声，无一字异者。岂方亦慢然为之耶？后复有吴梦窗所作，亦无一字异者，岂吴亦慢然为之耶？更历观诸名家，莫不绳尺森然者。"① 对方千里、吴文英等人谨守四声的作法推崇备至。因此，冒广生说："自万红友一言，误尽学子。郑叔问扬其波，朱古微承其绪，而天下尽受其桎梏矣。"②

但是，冒广生通过对周邦彦等宋人词集的校勘，发现方千里、杨泽民、陈允平三家和周词无一调四声尽合，《清真词》传世者一百九十四首，千里和者九十三首，其四声之不同者凡一千一百十五字。"此老读词极细心，尝遍校方千里与清真词四声多不合，谓文小坡、万红友谓其尽依四声，实等放屁。大抵反四声、反梦窗为此老论词宗旨。"③ 吴庠也有类似做法，曾将宋代词人同一作者的同调之词、南宋和北宋不同词人所填同调之词比对："间尝研索，疑窦滋多，姑举数端，就正大雅。两宋名手，一调两词，其四声并不尽同，有时且出入甚大。南宋词人，填北宋之调，亦不尽依其四声。"他甚至还从押韵的角度揭示了守四声之论者的自相矛盾之处："或言依四声者，谓依某人某调某阕之四声，他可不具论。庠亦笑而许之。但押韵又生疑问。上去两韵，古今通押。假依或说，则古人押韵之处，今人当各依其上去方合。乃主张依四声者，其押韵处又时或变通。"④ 人们一方面主张词守四声，字分阴阳，声辨上去，然而持此以论其词却是"其不合竟十有八九"。夏承焘则以历史的眼光看待四声之论，认为词中字声有一个"由辨平仄而四声而五声阴阳"的演变过程："大抵自民间词入士夫手中之后，飞卿已分平仄，晏、柳渐辨上去，三变偶谨入声，清真益臻精密。惟其守四声者，犹仅限于警句结拍。自南宋方、吴以还，拘墟过情，乃滋丛弊。逮乎宋季，守斋、寄闲之徒，高谈律吕，细剖阴阳，则守之者愈难，知之者亦少矣。夫声音之道，后来加密，六代风诗，变为唐律；元人嘌唱，演作昆腔。持以喻

---

① 万树：《〈词律〉序》，《词律》，中华书局1957年版，第7页。
② 冒广生：《四声钩沉》，《冒鹤亭词曲论文集》，上海古籍出版社1992年版。
③ 夏承焘：《天风阁学词日记》（二），浙江古籍出版社1992年版，第46页。
④ 吴庠：《与友人论填词四声书》，《同声月刊》第1卷第3期（1940）。

词，理无二致。谓四声不能尽律，固是通言；而宋词之严三仄，亦多显例。明其嬗迁之迹，自无执一之累。"① 也就是说，填词守四声是一个在历史发展过程中形成起来的问题，有一个从无意识到有意识的过程，但是，方千里等和清真词过于拘泥，而万树以来之论者又知严不知宽，"致后人学步方、杨者，争去康衢而航乎断港"。即使年辈稍长之夏敬观也认为填词不宜过于拘守四声，他曾在给夏承焘的信中说："近人只知入声，而不知入声亦派入平上去三声。至宫调与腔调不同，守四声与宫调无关，不过文人好为其难耳。白石《长亭怨慢》谓初率意为长短句，然后协以律，既是文人填词，无庸光顾及宫调之理，自制曲岂复有守四声可言。今人以此自缚，何曾知宫调，言之过分，徒使无佳词佳句耳。"②

从上述诸家所论看，他们对于守四声之说持慎重态度，那么怎样才能做到填词合律呢？冒广生提出了新的四声说，认为词中四声乃琵琶弦中之宫、商、角、羽，而非文字上的平、上、去、入，因此，填词者对于四声的恪守，当是曲中之毕曲之声，如杀声、结声等，对于词来说就是末句之四声。"此处须依平、上、去，不得乱填"。③ 夏承焘一方面认为守四声有损陶情适性，另一方面也注意到不守四声则生"无识妄为"之议，因此，他主张"不破词体"、"不诬词体"，填词还是应该遵从一定的轨范，于词之结句、拗句尤其要严守四声，这样方能维护词之体性。亦即，四声之论有其存在的合理性，却不可完全拘守。对于冒广生、夏承焘的提法，吴庠表示认同，并在两家的基础上发表新见，指出守四声以"不蔑词理""不断词气"为是。"且意内言外谓之词。古所谓词，自非今之长短句，要其理可通。意之在内者，诚难尽语人，言之在外者，当先求成理。""居恒于一切文艺，每以有无清气为衡量，于填词尤甚。《记》云：'昔我有先正，其言明且清。'刘劭《人物志·九征篇》云：'气清而朗者，谓之文理。'贯休云：'乾坤有清气，散入人心脾。'元好问云：'乾坤清气得来难。'千古名言，服之无斁。晚清词人学梦窗者，以沤尹年丈、述叔先生两家为眉目。读其晚年诸作，何尝不清气往来。"④

---

① 夏承焘：《词四声平亭》，《之江中国文学会集刊》第五辑，第52页。
② 夏承焘：《天风阁学词日记》（二），浙江古籍出版社1992年版，第121页。
③ 冒广生：《四声钩沉》，《冒鹤亭词曲论文集》，上海古籍出版社1992年版。
④ 吴庠：《复夏瞿禅书》，《同声月刊》第1卷第3期（1941）。

作为朱祖谋的衣钵传人，龙榆生出于维护其师之尊严，认为朱祖谋晚年对于习见之调并不尽守四声。他主张要把词之协律与四声清浊区分开来，"虽二者有相通之点，究不可混为一谈"。在《填词与选词》一文中，他主张填词要注意词情与声情的相应："私意选调填词，必视作者当时所感之情绪奚若，进而取古人所用之曲调，玩索其声情，有与吾心坎所欲言相仿佛者，为悲，为喜，为沉雄激壮，为掩抑凄凉，为哀怨缠绵，为清空潇洒，必也曲中之声情，与吾所欲表达之词情相应，斯为得之。"① 如果不是依词情而选调，只是按谱而填词，纵极严于守律，而词情与声情未必相应，"则亦终为其长短不葺之诗已耳"！叶恭绰的看法也值得注意，他认为对于词之音律不必要求过严，但必须讲究音节的谐协。"盖有韵之文，不论颂赞、诗词、词曲，必须读咏之余，铿锵宛转，然后情味曲包。"②

四 重塑地域词统与建构词体声律学

作为文化名流或大学教授，许多词社成员出于传承文化的使命感，在文献整理及理论著述上亦颇费心力，贡献良多。这包括对词学文献的辑校笺注，对词律词韵的补辑与探讨，对词林逸事的记载，涉及词籍、词律、词韵、词论、词史、词人、词作等。

一般说来，现代词社成员在词学批评上多是采用词话的样式。这类著述又分两种：一种是纪事型的词话，如夏敬观《忍古楼词话》、郭则沄《清词玉屑》、徐珂《近词丛话》、黄孝纾《清词纪事》、冒广生《小三吾亭词话》、周庆云《历代两浙词人小传》等，大多带有纪事与述史的性质。另一种是理论色彩较浓的词话，还可细分为两类：一类是作品评点型的，如潘飞声《粤词雅》、夏敬观《五代词话》，是对词史上重要词人词作的批评；一类是理论论述型的，讨论有关词学的理论问题，特别是关于创作方面的问题，包括体制、音律、论词宗旨、作品考证、词人评论等，如蒋兆兰《词说》、蔡桢《柯亭词论》、冒广生《疚斋词论》、赵尊岳《珍重阁词话》、向迪琮《柳溪词话》、张伯驹《丛碧词话》等，这些词话基本沿袭常州派的词

---

① 龙榆生：《填词与选调》，《词学季刊》第3卷第4期（1937）。
② 叶恭绰：《与黄渐磐论填词书》，《遐庵汇稿》（中编），上海书店出版社1989年版。

学观念，以意内言外、比兴寄托、重拙大为其论词之旨。

我们说过，许多词社成员与朱祖谋、况周颐都有或多或少的联系，他们不但在思想观念上深受朱祖谋等的影响，而且在学术兴趣上也热衷于词籍校笺。如冒广生有《新斠云谣集杂曲子》，为《珠玉词》《小山词》《六一词》《金奁集》《尊前集》《花间集》《乐府补题》写过校记，夏敬观也为《花间》《尊前》二集、明汲古阁钞本《稼轩词》撰有跋语，章钰有《仁和吴氏景刊云山集词跋》《毛钞绝妙好词跋》《陈检讨手写词稿跋》等，龙榆生有《东坡乐府笺》，唐圭璋有《宋词三百首笺》，蔡桢有《词源疏证》、《乐府指迷笺释》，杨铁夫有《清真词选笺释》、《梦窗词选笺释》，俞陛云有《唐五代两宋词选释》，徐珂有《历代词选集评》《闺秀词选集评》《清词选集评》等，他们通过或校或笺或选的方式，为初学者指示填词门径，或是普及词学常识，这些都是对清代学术的继承与发扬。

不过，如果仔细考察他们的文献整理业绩，也能看出其中透露出来的一些新信息，这就是出现一大批地域性总集或选本。像朱祖谋《国朝湖州词录》、徐世昌《皖词纪胜》、袁荣法《湖南词徵》、仇埰《金陵词钞续编》、周庆云《浔溪词徵》、林葆恒《闽词徵》等，这是对晚清以来编纂地域性选集风气的进一步发展。据史料记载，在晚清编选的地域性选本有：叶申芗《闽词钞》、朱祖谋《湖州词徵》、陈去病《笠泽词徵》、薛钟斗《东瓯词徵》、许玉彬《粤东词钞》、缪荃孙《国朝常州词录》、陈作霖《国朝金陵词钞》、郑道乾《国朝杭郡词辑》、周岸登《蜀雅》等。这一地域性词选编选的风潮，不同于清初编选的郡邑词选，清初的选本大多是明末清初地域性词人群体作品的结集，带有结派的意义，而这一次对于词选的编纂则是为了重塑地域词统。一方面，词选的编纂往往从词的产生年代唐宋选起，然后顺流而下，直至清代，着意呈现地域性词史的发展流程；另一方面，有的选本还特别地突出清词成就，如《国朝湖州词录》《国朝金陵词钞》《国朝常州词录》《国朝杭郡词辑》，这样做的目的是展现地域性的词坛繁盛，力图建构区域词统。

这一风气也影响到民国词坛，对于地域人文风雅的关注，成为现代词社之特色。比如瓯社的成立就是为了发扬永嘉文风，特地修建了永嘉词人祠堂；周庆云在西溪也建有奉祠16位两浙词人的祠堂，并编辑《历代两浙词人小传》，撰为《历代两浙词人姓氏录》，目的也是延续两浙长期以来形成的风雅流韵。刘承干谈到朱祖谋《湖州词徵》，实际已达到呈现地域词史流变的效果："吾郡山水清远，夙为词人浪漫之乡。天水一代，子野、石林，振清响于前；草窗二隐，并芳镳于后。元明以降，风流未沫。侍郎是编，理孤絜，振危绪，扶护先辈之盛心，不以异世而或斁。"① 陈衍为林葆恒《闽词徵》作序，特地提到柳永在词史上的突出贡献："词曲历唐五代宋初，仅有小令中调，柳耆卿出，乃创为长调，少游、美成辈继起，而后词学大成。耆卿所为词有淫冶，不轨于正，而古今论词者不敢过为诋諆，则以其开南北曲之先声，元代传奇家所当奉为笔祖也。"② 周庆云辑《历代两浙词人小传》，实有勾勒两浙词史光大两浙人文的意图："吾浙自南宋以还，词家辈出，大雅鳞萃，维桑与梓，必恭敬止……既构历代两浙词人祠堂于庵之左隙，肃修祠典；复辑诸词人小传，以寄伊人秋水之思。"③ 这些词社社友编纂的地域性选本，既保持着自清以来形成的存人存史的传统，也鲜明地表征着重构词史建构地域词学的现代理念。比如仇埰为《金陵词钞续编》，意在光大乡邦词学传统："金陵历代都会，人文盛冠宇。朴学代有传人，诗文专家后先后踵美……至于词学，尤有宗门。六朝烟水，久贮词坛。二主风流，厥为先导。土生斯土，渐被独多。"④ 通过金陵地区的人文风尚的追述，在字里行间流露出一种自豪和自信。林葆恒编《闽词徵》之动机，乃是通过对自唐宋以来闽词传统的追溯，批驳"世有诋闽人填词音不叶者"之论。认为闽地尚存鼻音，而鼻音则为韵之元音，故闽人填词与上古相合也，从柳永、康伯可到陈了斋、赵虚斋、蔡友古等，亦可考证闽人在词史上的风流。

在重塑地域词统之外，他们对于现代词学的另一重要贡献，就是对词调、词律、词韵的研讨，并为现代词体声律学的建构作出了应有的贡献。

一是关于词调。夏敬观专门撰写《词调溯源》、《词调索隐》，是因为时

---

① 刘承干：《〈湖州词徵〉跋》，朱祖谋辑《湖州词徵》，民国吴兴刘氏嘉业堂刻本。
② 陈衍：《〈闽词徵〉序》，林葆恒辑《闽词徵》，福建人民出版社2014年版，第431页。
③ 周庆云：《〈历代两浙词人小传〉序》，《历代两浙词人小传》，浙江古籍出版社2012年版，第4页。
④ 仇埰：《金陵词钞续编》，金陵图书馆南京地方文献室1999年印行，第1页。

人将腔调（音律）与律调（格律）相混，他对词调的研究，"以欲证明二十八调之外无所谓词"。指出："今人作词遵守四声，以为即可合于律，于音乐之学，实是茫然。不知平上去入中，字音不同，即不一样。以谱字相配，未必能合，合不合律调，不仅在四声，全视谱字能配否。"① 然后，他重点考察了唐宋时期七百多个词调得名的由来及其变迁，发现上列各"词牌名"所属的"律调"，皆不出于苏祇婆琵琶法，自隋至宋凡记载中可寻考的无一不是这样，从而推衍出郑译所谓"七音八十四调"只是虚名，并将郑译的"七音八十四调"图与《事林广记》中所载的南宋图谱进行逐一比较，最后总结说："右图直看，则每律有七音，横看则每音皆有十二律，然能用的只有苏祇婆的二十八调。"袁荣法（帅南）以唐宋词曲之标注宫调于原词者进行统计，将唐宋三十一本词集中的三百个词调放在一起，比较它们所属宫调的异同，并通过列表的方式对唐宋人词集所用词调情况作了如下考索：第一"《词源》十二律吕八十四调俗名之误"，第二"北宋诸家所注宫调皆用俗名"，第三"诸家所注宫调名不见于词源十二律吕八十四调名者"，② 从而纠止了张炎《词源》的一些失误，特别是以俗名称而实为正名者，以求得唐宋词曲之概要。此外，冒广生对《乐章集》中[倾杯]一调进行考证，通过征引《新唐书·礼乐志》《宋书·乐志》及各种乐书，对柳永[倾杯]八首的宫调种类作了分类：依据《羯鼓录》中太簇调属黄钟羽商，即宋时大石调的记载，判定《乐章集》中"金风淡荡"、"暗月初圆"两首入大石调，"水乡天气"一首入黄钟羽；依据《理道要块》中"唐南吕商，时号水调"的记载，判定《乐章集》中"鹜落霜洲"、"楼锁轻烟"两首入散水调；依据"宋之歇指调，则为雅乐林钟均之南吕商，二而一也"的说法，判定《乐章集》中"冻水消痕"、"离宴殷勤"两首入林钟商；最后一首"禁漏花深"入仙吕宫，是因为雅乐无射均之黄钟宫也。③

二是关于白石歌曲旁谱的讨论。南宋刊刻《白石道人歌曲》附有旁谱十七首，此本在其后沉没五百年，直到乾隆八年（1743）始由陆钟辉翻刻

---

① 夏敬观：《词调溯源》，《民国丛书》第五编，第54册，上海书店出版社1996年版，第6页。
② 袁荣法：《唐宋词曲宫调经见表》，《湘潭袁氏家集》，《近代中国史料丛刊》续编第690册，第271—275页。
③ 冒鹤亭：《倾杯考》，《冒鹤亭词曲论文集》，上海古籍出版社1992年版。

行世，对于旁谱的探讨亦启其端，先后有方成培、凌廷堪、戈载、戴长庚、陈澧、张文虎、郑文焯等倾注心力，试图解读其秘，现代学者唐兰的《白石道人歌曲旁谱考》可谓集其大成。唐兰是天津须社成员，这篇文章撰写于1928年，发表在1931年10月《东方杂志》第28卷第20号上，辨析了字谱、音谱、指法、犯调等问题，能发陈澧等人所未发，基本上解决了此谱的读法与用法的难题。而后，夏承焘在《燕京学报》《东方杂志》《词学季刊》等发表系列文章，如《白石歌曲旁谱辨》《白石道人歌曲考》《重考唐兰白石歌曲旁谱考》《再与榆生论白石词谱》《白石道人歌曲斠律》等，对唐兰研究作进一步的探讨，并为《白石道人歌曲》十七首制定了一个旁谱表，将其与《词源》《琴律说》以及《事林广记》相对照，在融合前人成果的基础上提出自己的创见，把全部的旁谱转译为工尺谱。他的研究还引起了吴梅、许之衡、龙榆生等学者的关注，并先后撰为《与夏瞿禅论白石旁谱书》（《词学季刊》）、《与夏瞿禅论白石词谱》（《词学季刊》）展开讨论，将白石旁谱的研究推向一个新的高度。

三是对于词律词韵的拾遗和补正。万树《词律》作为典范之作，对规范清词创作有重要意义，但毕竟它出现在唐宋词籍尚未完备的康熙时代，存在问题在所难免，其后有杜文澜、徐本立为之作校补，前者补万书未收50调，后者拾遗165调。在上述三人基础上，夏敬观再撰《词律拾遗补》《词律拾遗再补》，又补辑了150余调，使得所收词调更趋完备。对于万树《词律》辨平仄四声不及宫调律吕，有人提出讥议，在夏承焘看来，宋词不尽依宫调声情，因不用中管调，亦不能"依月用律"。"夫词固叶乐之文，然文人作此，往往不尽如乐工所为。且词家谈乐律，多好夸炫……实与唐宋词乐不尽关切。"[①] 龙榆生则认为今人所用词律皆由唐宋词比较而得之，它并非是唐宋音谱之旧式。"一词有一词之腔，即一调有一调之谱，而所谓谱者，又必详纪其音拍，乃能表示某腔某调之声容，所谓腔之韵不韵，亦必由此。"今日之谈词律词谱者，亦必以通音律为归。"举凡平仄、句读、领字、韵脚，有可稍稍出入者，亦有必不可通融者，要视其为寻常之调，抑特殊之

[①] 夏承焘：《词律三义》，《唐宋词论丛》，上海古典文学出版社1956年版。

调而定。"① 此外，夏敬观还撰有《戈顺卿词林正韵纠正》，将《词林正韵》与唐宋词作品相比勘，对其误置韵部的情况作了纠正。夏承焘也撰有《词韵约例》的长文，谈到唐宋词用韵有大戾韵书分部者，并归纳出词体叶韵十一例，对于传统韵书有修正的意义。

总之，词社在现代的繁盛在词学史上有着十分重要的意义，一方面它展现了词史之演进历程，另一方面也通过创作经验的交流，达到对理论问题作深入研讨的效果，使得现代词学的理论问题从创作层面上得到进一步的落实与深化。

第三节 常州派词学在现代的传衍与反响

在晚清词坛，影响最大的是常州词派，从毗陵二张开派，到周济、董士锡、宋翔凤弘扬其宗旨，而后从之者渐众，其影响亦从常州一隅走向全国。在吴中，有潘氏群从，竞为倚声，各有专集；在丹徒有庄棫，与杭城谭献结交，并影响陈廷焯，从风所向，建树甚伟；在京师，有端木埰、王鹏运、朱祖谋、况周颐诸人，结词社，校词籍，薇省唱和，影响至大。② 辛亥鼎革，词坛风会一时转移，或易帜津沽，结社填词，月课限韵；或移师沪上，校勘词籍，提携后进。特别是朱祖谋和夏敬观，并为转变民初词风之巨擘，况周颐在词学理论上建树甚伟，先后撰有多种词话，后汇集增订为《蕙风词话》五卷，提炼出词心、词境、比兴寄托、重拙大等范畴，这些观念又经夏敬观、赵尊岳、刘永济、詹安泰等人的发扬，对现代词学的理论建构产生深刻之影响。

一 常州派词学在现代的影响

众所周知，张惠言《词选》和周济《宋四家词选》是常州词派的两面旗帜。这两部选本不但承载着常州派的重要观念——"意内言外""词史""寄托出入"，而且还是常州词派观念传播的重要载体，张惠言、周济的思

---

① 龙榆生：《论词谱》，《语言文学专刊》第1卷第1期（1936年3月）。
② 参见拙撰《常州词派的"根"与"树"：兼论常州词学的流传路径与地域渗透》，《文学遗产》2016年第1期。

想主要是通过《词选》《词辨》和《宋四家词选》来传播的。受张惠言、周济传播策略的影响，常州派之后期词人或传人，也比较热衷于唐宋词选的编纂，如谭献有《复堂词录》、陈廷焯有《词则》、冯煦有《宋六十一家词选》等。对于现代词坛而言，承传常州派家法并受其思想影响的选本有：端木埰《宋词十九首》、朱祖谋《宋词三百首》、陈匡石《宋词举》、邵祖平《词心笺评》、唐圭璋《唐宋词简释》等。

先说《词选》和《宋四家词选》在现代的影响。作为常州派的思想表征，《词选》《宋四家词选》通常被人们列为初习者的入门读本，比如胡云翼《词学概论》《宋词研究》、朱光潜《人文方面几类应读的书》、汪辟疆《中学国学用书叙目》、龙榆生《中国韵文简要书目》、卢前《一个最低度研究词曲底书目》等，都将这两部选本，还有周济《词辨》、成肇麟《唐五代词选》、朱祖谋《宋词三百首》作为重要的研修书目。杨寿楠说："余早岁学词，老辈即授以《宛邻词选》，心摹力追，至今不能脱其窠臼。"① 据俞平伯介绍，他在赴英国留学的轮船上，也是拿着一本张惠言《词选》消遣时光。② 吴世昌追忆自己初中时读词，读的第一部词书就是张惠言的《词选》。冯沅君也回忆自己游武昌期间，在旅舍以张惠言《词选》作为消遣的读物。③ 夏承焘谈到自己初学词，受林鹍翔的影响，"读常州张、周诸家书，略知源流正变"。④ 因为《词选》一书在当时的巨大影响，故有学者为指导读者阅读而有笺释之举，如陆侃如《词选笺》、姜亮夫《词选笺注》、曹振勋《词选续词选详注》、李次九《词选续词选校读》等。陆侃如之作是他在北大期间，应"中国文学小丛书"之邀编写的，所以以《词选》作为笺释的底本，盖缘于张惠言的主张与他的意见完全吻合，选词止于南宋，论词主张立意为本协律为末。姜亮夫也讲到选《词选》作为笺注的底本，是因为它最合其师王国维倡导的"一代有一代之文学"的观念。值得注意的是，编选《词选续词选校读》一书的李次九（1870—1953），也是一位新派学者，他编选是书乃是有感国难降临，对于国家的忧虑而有所托意："适逢此

---

① 杨寿楠：《云薖词话》，屈兴国编《词话丛编二编》第四册，第1864页。
② 俞平伯：《诗词曲论著》，上海古籍出版社1986年版，第579页。
③ 冯沅君：《晋鄂苏越旅行记》，《冯沅君创作译文集》，山东人民出版社1983年版，第193页。
④ 夏承焘：《天风阁学词日记》，浙江古籍出版社1992年版，第383页。

'燕云不复'，'南渡偷安'，新愁旧恨，一时都上心来。"所谓"燕云不复"、"南渡偷安"云云，讲的是东北失守，而南京政权依然"偷安晏熹"，他意在借张氏《词选》寄托自我之忧愤情怀。正如其知交俞寰澄所说，李次九著此书是："借古人以浇垒块也。昔人以忧患成词，次九以忧患考证详释之。校读之著，千余年心血泪墨之聚注而已。"① 曹振勋《词选续词选详注》是他在河北女子师院教授"词选"所用的底本，为的是适应词曲之学振兴的新形势："嗟呼！十年以来，庠序之中，蔑弃文事，独喜倚声，词曲一科，立在学官。鹜于多事，巍然蔚然，附庸大国，未堪方喻，异日者人才奋兴，或且桃花间而奴苏辛。夫亦怅然衰荼之躯，所冀日暮遇之者已。"② 这表明，《词选》所张扬的理念不但合乎时代之需要，也合乎其时教育上推尊词体的目的。

次说传承常州派家法的几部现代选本。一般认为，常州派家法是指由张惠言而来的"意内言外"说，以《风》《骚》为旨归，以比兴寄托为实施途径。在晚清，从周济"寄托出入"说到谭献"比兴柔厚"说、陈廷焯"沉郁顿挫"说、冯煦"谬悠显晦"说，无一不是这一家法的具体表现。在现代较有影响的两部选本，即端木埰《宋词十九首》与朱祖谋《宋词三百首》，也鲜明地表征着常州词派的家法理念。《宋词十九首》原名《宋词赏心录》，是端木埰晚年编选的一本词选，此选最初以稿本形式藏于王氏四印斋，鲜为人知。直至民国二十二年（1933），才被卢前从王氏侄孙婿邴颐修处访获，并通过夏丏尊在开明书店影印出版，影印时附录有吴梅、王瀣、柳诒征、邵瑞彭、陈匪石诸家跋语。对于其中蕴含的旨意，诸家也是从常州派家法的立场去读解的。王瀣跋云："余观其所以名'赏心'者，益知先生胸中一段贞苦微奥之音，于楚骚为近。"唐圭璋跋曰："究其所录，大抵伤怀念远，感深君国之作。一种顿挫往复、沉郁悲凉之致，与近日朱古微所选之三百首，消息相通，一脉绵延，足资印证。"③ 他们一致认为，《宋词十九首》体现着端木埰的"贞苦之心"、"悲凉之气"，这一说法得到了常州词派其他传人的一致认同。《宋词三百首》成于1924年，其编选宗旨也是一如

---

① 李次九：《〈词选续词选校读〉自序》，生活书店1936年版，第2页。
② 曹振勋：《〈词选续词选详注〉自序》，君中书社1937年版，第1—2页。
③ 何广棪：《宋词赏心录校评》，台湾正中书局1975年版，第109、112页。

张、周二选之所尚。"对宋词诸家的选择，大体是在周济标举的周、辛、吴、王的基础上，又对北宋柳永、晏几道、苏轼、贺铸等人稍加强调，以此来拓宽师法的门径。"[1] 陈匪石还通过引述冯煦的《〈东坡乐府〉叙》，作为他对《宋词三百首》的评价："一曰独往独来，一空羁勒，如列子御风，如藐姑仙人，吸风饮露。二曰刚亦不茹，柔亦不吐，缠绵悱恻，空灵动荡。三曰忠爱幽忧，时一流露，若有意若无意，若可知若不可知。四曰涉乐必笑，言哀已叹，虽属寓言，无惭大雅。""朱氏所选，以此为鹄，而于宋词求之，有合者或相近者则入选。读者试以冯氏之言读《宋词三百首》，庶乎得其崖略！"[2] 不仅如此，这两部选本对于常州派家法的承传，还表现为对周济"宋四家词"之论的拓展，前者提出了"重拙大"之说，后者则引申出"求之体格、神致，以浑成为主旨"的新观念，《宋词举》《词心笺评》《唐宋词简释》这三部选本就是在它们的直接影响下形成的。《宋词举》编定在1927年，共选录两宋词12家53首，每首词均有校记、考律及作法之讲论，其宗旨与体例皆效法止庵。陈匪石说："初学为词者，先于张、王求雅正之音、意内言外之旨，然后以吴炼其气意，以姜拓其胸襟，以辛健其笔力，而旁参之史，藉探清真之门径，即可望北宋之堂室。"[3] 他不仅为初学者指示习词之门径，而且接续周济"宋四家词"之论，以周邦彦为最高："周邦彦集词学之大成，前无古人，后无来者，凡两宋之千门万户，《清真》一集几擅其全，世间早有定论矣。"[4]《词心笺评》成于1947年，为邵祖平在中央大学讲授"宋词选"的讲义，共选录唐宋词人44家260首（包括无名氏12首），他的选词宗旨是由冯煦而来的"词心"之论。《唐宋词简释》是唐圭璋20世纪40年代在中央大学讲授词选所用底本，他自言这部选本就是为了落实仇埰的"重拙大"之论。"近人选词，既先陈作者之经历，复考证词中用典之出处，并注明词中字句之音义，诚有益于读者。至对一词之组织结构，尚多未涉及。各家词之风格不同，一词之起结、过片、层次、转折，脉络井井，足资借鉴。词中描绘自然景色之细切，体会人物形象之生动，表达

---

[1] 赵晓辉：《清人选唐宋词研究》，北京师范大学博士论文，2007年，第102页。
[2] 陈匪石：《声执》，《宋词举》，江苏古籍出版社2002年版，第204页。
[3] 陈匪石：《宋词举》，江苏古籍出版社2002年版，第8页。
[4] 陈匪石：《宋词举》，第83页。

内心情谊之深厚，以及语言凝练，声韵响亮，气魄雄伟，一经释明，亦可见词之高度艺术技巧。"①

再看常州派思想对现代词论的影响。常州派对现代词坛的影响，不只表现在选本上，还体现在思想上，亦即以意内言外为其论词宗旨。作为现代词学奠基者的吴梅和刘毓盘，民国初年曾在北京大学教授词曲之学，他们也都一致地接受了常州派"意内言外"的思想。吴梅《词学通论》是现代词学史上最具影响力的通论之作，该书开篇即云："词之为学，意内言外，发始于唐，滋衍于五代，而造极于两宋。"他对"意内言外"主旨的理解就是要有寄托，"所谓寄托者，盖借物言志，以抒其忠爱绸缪之旨。三百篇之比兴，离骚之香草美人，皆此意也"，"惟有寄托，则辞无泛设，而作者之意，自见诸言外。朝市身世之荣枯，且于是乎觇之焉"。② 刘毓盘《词史》是现代词学史上第一部通代词史，在该书的自序里，他阐明了自己的词学观，并谈到其对于"意内言外"的理解。认为词与诗不同，它往往是意在言外，其旨隐，其辞微，有美人香草之思。"盖忠臣义士，有郁于胸而不能宣者，则托为劳人思妇之言，隐喻以抒其情，繁称以晦其旨，进不与诗合，退不与典合，其取径也狭，其陈义也高，其至者则东西南北，惝恍无凭，虽博考其生平，亦莫测其真意之所在，而又拘以格律，谐以阴阳，毫釐杪忽之微，不得自我而作古，必有司我言者，不能随我心之所之也。"③ 此外，以意内言外谈词者，如谭延闿曰："词者，意内而言外者也，必将状微妙之旨，达深湛之思，如古人之托于香草美人，非漫为艳情而已。"④ 郭则沄曰："意内言外之谓词，故若危栏烟柳，大抵言愁；缺月疏桐，非无寓感。然皆芳悱其旨，微眇其音。其隐也，犹幼妇之辞；其婉也，若美人之思。"⑤ 邵瑞彭曰："比兴之义，性情之文，诗教所被，浉浉无鄂。有均之言，依声托意，文士操觚以长言，山父啊辕而节响，其趣一也。词者，国风之遗，古诗之流，治世难巧，衰世易工。积微成著，捷比枹鼓。姜娥夕譚，景台晁賮。子野援

---

① 唐圭璋：《唐宋词简释》，上海古籍出版社1981年版，第241页。
② 吴梅：《词学通论》，华东师范大学出版社1996年版，第5页。
③ 刘毓盘：《词史》，上海群众图书公司1931年版，第1—2页。
④ 谭延闿：《灵鹊蒲桃镜馆词书后》，谭延闿：《灵鹊蒲桃镜馆词》，民国刻本。
⑤ 郭则沄：《〈清词玉屑〉自序》，《清词玉屑》，浙江古籍出版社2014年版，第3页。

弦，刑天秉戈。声音感人，岂不易哉？"① 这里，所谓"微妙之旨"、"美人之思"、"比兴之义"，指向的就是常州派词学所谓的"诗教"，而将张惠言这一思想发扬光大的是周济。周济最有影响的思想是"词史"说，这一点在近现代亦成为人们论词之重要观念。在晚清如谢章铤、谭献评词以"词史"为标准，在民初汪曾武和王蕴章也有以"词史"论词之举。前者为郭则沄《清词玉屑》作序，称该书可为"庀史"之篇："举凡朝野故实，耆彦流风，艳迹幽谭，佚闻遗俗，恢奇诡丽之观，清新闲婉之致，兼收富有，博采菁英。事以经之，词以纬之，援据精覈，吐属隽雅。又于裁红刻翠之间，别有叹黍伤苔之感，如丝如缕，萦绕毫端，是由君仙慧凤钟，芳情特挚，用能笃故若新，沿俗愈雅，尽骚人之能事，为野乘之先声焉。"② 以事为"经"，以词为"纬"，把词作为纪事的手段，正是词史说所谓"以史入词"的具体表现。后者认为"诗有史，词亦有史"，像王鹏运《鹧鸪天》借史事以刺时事，以及刘恩黻《绮罗香》、郑文焯《汉宫春》写八国联军入侵京师事，邓廷桢、林则徐的《高阳台》唱和咏叹鸦片战争，都是词史上有名的记史之作。"晚近以还，世变纷乘，开千古未有之局，历五洲未有之奇，倘能本此史笔，为作新词，不必侈谈文学革命，其价值自等于照乘之珠、连城之璧。"③ 詹安泰更把"词史"之义涵由社会史提升到情感史的高度，指出："能于寄托中以求真情意，则词可当史读。何则？作者之性情、品格、学问、身世，以及其时之社会情况，有非他种史料所得明言者，反可于词中得之也……盖我国士大夫，素以词为末技小道，其或情意不能自遏，不敢宣诸诗文，每于词中发泄之。此种不容不言而又不容明言之情意，最为真实，其人之真性情、真品格，胥可于是观之焉。"④ 赵尊岳则专门为况周颐撰有《蕙风词史》，通过对况氏不同时期的创作分析，描述了其一生之行迹及情感变化的心路历程，一部《蕙风词史》也是一部清末民初的社会变迁史。

　　上文谈到常州词派的家法，以"意内言外"为其思想内核，并拓展到对"词史"、"比兴寄托"、填词路径（如周济的"宋四家词"、朱祖谋的以

---

① 邵瑞彭：《〈渌水余音〉引》，徐礼辅：《渌水余音》，民国十八年（1929）香山徐氏刻本。
② 汪曾武：《〈清词玉屑〉序》，郭则沄：《清词玉屑》，浙江古籍出版社2014年版，第1页。
③ 王蕴章：《秋平云室词话》，屈兴国编《词话丛编二编》第5册，第2229页。
④ 吴承学、彭玉平编《詹安泰文集》，中山大学出版社2004年版，第203—204页。

苏济吴、陈洵的以吴希周）诸问题的论述，在晚清又进一步形成"词心"、"重拙大"、"沉郁顿挫"等新观念，现代学者如吴梅、夏敬观、刘永济、赵尊岳、唐圭璋等，对这些在晚清尚未全面展开的新观念作了更深入的论述。

二 论"词心"：从主体论到本体论的提升

"词心"是由冯煦提出的一个新范畴，其本意在阐说词人在创作过程中表现出来的主体心性，亦即作者全身心投入创作时的精神状态。他说：

> 昔张天如论相如之赋云："他人之赋，赋才也；长卿，赋心也。"予于少游之词亦云："他人之词，词才也；少游，词心也。"（《蒿庵论词》）

这里所引张溥（天如）之语，出自《汉魏六朝百三家集题辞注·司马文园集》，其思想源头可追溯到司马相如之自述："赋家之心，苞括宇宙，总览人物，斯乃得之于内，不可得而传。"[①] 司马相如所谓"赋家之心"，"是指超越词藻、宫商、修辞技巧之上，沉思于古今宇宙人物而得之于内心的一种生命感受，它可以用心领会却难以言语相传"。[②] 张溥将"赋心"与"赋才"相并列，突出了司马相如较具备"赋才"之人而言，所独具的"苞括宇宙，总览人物"的内在胸襟与气度。冯煦将少游之"词心"与他人之"词才"相比照，也是为了突出少游之作对于词藻、宫商、修辞技巧的超越，强调少游之作是其生命体验和人生感悟的外在表征："少游以绝尘之才，早与胜流，不可一世，而一谪南荒，遽丧灵宝。故所为词，寄慨身世，闲雅有情思，酒边花下，一往而深，而怨悱不乱，悄乎得小雅之遗，后主而后，一人而已。"[③] 少游禀才不遇，所作是其内在性灵的外在流露，但能做到"怨而不乱，哀而不伤"，合乎传统诗学所倡导的温柔敦厚的诗教。

从词学自身而言，冯煦"词心"说是对周济"用心"之论的发展。《介

[①] 司马相如：《答盛览问作赋》，葛洪：《西京杂记》卷二，中华书局1983年版，第39页。
[②] 李中华：《赋心·诗心·词心·文心：古代文学理论中的心灵化阐释》，《古代文学理论研究》，第20辑，华东师范大学出版社2002年版。
[③] 冯煦：《蒿庵词话》，人民文学出版社1984年版，第61页。

存斋论词杂著》云："学词先以用心为主，遇一事，见一物，即能沉思独往，冥然终日，出手自然不平。次则讲片段，次则讲离合；成片段而无离合，一览索然矣。次则讲色泽、音节。"这里讲到学词要经历的几个阶段：先以用心为主，然后是讲片段、离合，最后是讲色泽、音节，片段、离合、色泽、音节是对形式的要求，"先以用心为主"是指主体在创作之前的精神状态——"沉思独往，冥然终日"，这是一种主客融合的创作构思状态，这一说法与刘勰《文心雕龙》所言"文心者，言为文之用心也"有相通之处。但刘勰"用心"之说讲的是"文以心为主"，"无文心即无文学"，是从本体论角度讲的。① 周济所言之"用心"是从创作角度讲的，是对初学者提出的基本要求，即创作主体必须对"事"或"物"有较深入的体验，把外在之"物"转化为内在之"心"，这样才会出手不凡。冯煦对于少游的论述，也表明了他对周济思想的主动吸纳，周济论少游《满庭芳》说："将身世之感，打并入艳情。"强调外在之"物"或"事"对于内在之"心"的感发作用，冯煦也把少游之"才"与"遇"相联系，认为这对其创作是有深刻影响的，所作当然是其身世之感的自然流露。所谓"词心"，是词人所独具的一种心理状态，"得之于内，不可以传"。它在创作上的表现：虽然写的是酒边花下，表现的却是一往而深之情。较之周济"用心"说，冯煦"词心"说已由创作层面升华到本体层面。

在冯煦之后，进一步阐释"词心"说的是况周颐，他强调的是词人"万不得已"的审美体验。他说：

> 吾听风雨，吾览江山，常觉风雨江山外有万不得已者在。此万不得已者，即词心也。而能以吾言写吾心，即吾词也。此万不得已者，由吾心酝酿而出，即吾词之真也。非可强为，亦无庸强求，视吾心之酝酿何如耳。吾心为主，而书卷其辅也。书卷多，吾言尤易出耳。②

在冯煦那里，"词心"与"词才"相对，而在况周颐眼中"词心"与

---

① 刘永济：《文心雕龙校释》，中华书局1962年版，第110页。
② 况周颐：《蕙风词话》卷一，屈兴国《蕙风词话辑注》，百花洲文艺出版社2000年版，第23页。

"词境"对应。这一对应关系的变化，表明况周颐对于"词心"的理解，已由先天后天的对应转化为主体客体的对应，这是一种更为本质性的理解。他认为创作主体"吾"之心灵与外在的"风雨江山"存在某种联系，这是一个从"词境"到"词心"的酝酿过程：目前境界（触动引发）——湛怀冲动（虚静涵养）——荧然开朗（灵感突现）——满心而发（表达冲动）等，亦即主（"吾心"）客（"风雨江山"）逐渐融合的过程。这种"万不得已"的创作冲动，为"词心"之核心要素，以创作主体先天的禀赋和后天的生活体验为基础。"填词要天资，要学力。平日之阅历，目前之境界，亦与有关系，无词境即无词心。"（《蕙风词话》卷一）"天资"乃先天禀赋，"学力"为后天学习，"平日之阅历"讲的是生活体验，"目前之境界"谈的是触发灵感之情境，这一论述说明"词心"的形成是多种因素合力作用的结果，有先天之"才"后天之"学"，也有长期的生活阅历和当下的情境激发，当然"词境"对于"词心"而言有更直接的激发效果。

在况周颐之后，以"词心"论词者渐增，"词心"之意蕴亦得以丰富与充实。如吴梅谈"词心"强调其个性色彩，认为它是一种父子不可强同的东西："余谓词之为体，订核句调，分别声韵，假目前之景，写意中之言，此人人知之也；若夫同一景也，见者有悲愉之异也。同一言也，作者有显晦之殊也；是之谓词心。词心所在，父子不能强同也；秦越或可一致也。然而可意会也，不可以口宣也。今世学子，不研讨所以立言之旨，轻发议论。曰某也学唐五代也，某也学两宋也。而词心之所见，曾未一窥见也，此实无稽之言而已。"[①] 他反对作者只是模仿失其"词心"，"词心"是作者所独有而非可授受以传的东西。龙榆生则突出"词心"主客交融的特性，在论及常州词派时指出："（填词）所可学而能者，技术词藻，其不可学而能者，所谓词心也。词心之养成，必其性情之特至，而又饱经世变，举可惊可泣之事以酝酿之，所谓'万感横集，五中无主'者。"[②] 这里谈到"词心"形成的主客因素，有内在之性情，也有外在之经历，这些皆是作者所独具的。在顾随看来，"词心"有一种流于不自知的特征，这一点与况周颐"万不得已

---

① 吴梅：《〈艮庐词续集〉序》，《吴梅全集》（理论卷），河北教育出版社2002年版，第975页。
② 龙榆生：《晚近词风之转变》，《同声月刊》第1卷第3号（1941年2月）。

者"颇多相通之处:"大凡为文要有高致,而且此所谓高致,乃自胸襟见解中流出,不假做作,不尚粉饰,亦且无丝毫勉强。"①"高致"类似于王国维的"境界",但"高致"是从作者胸襟流露出来的,"境界"则是主客交融后产生的。

对于况氏"词心"说,有更深入发明的是其弟子赵尊岳。首先,他承其师说,强调"词心"乃文人之"慧心",是出于内而发于外的不得已之情。"文人慧心,当风嫣日媚之际,灯昏酒暖之时,辄有流连不忍之意。此流连不忍之至,发为文章,即所谓不得不作者矣。"其次,他认为"词心"与"词境"是相生相成的关系:"词境与词心相为表里,亦或相反以相成。斗室之中,可以盘旋寥廓。山川之大,可以约之芥子。妙境慧心,初无限制。"这里实际上已涉及文学作品中"心"与"境"的关系,心纳万物,化外为内,"慧心"与"妙境"相生相成。再次,他认为词心须通过词笔表现出来,在外者谓之词笔,在内者谓之词心,亦即况周颐所说的"吾心"与"吾言"。"词心既萌,词笔随至,若稍纵者,亦复即逝。此境在一刹那间,试加体会,词家当必以过来人之言为然也。词笔易学,词心难求。词心非徒属诸词事也,文人慧心,发乎中而肆于外,秉笔则为黄绢幼妇,在词则谓之词心。"最后,他着重讨论了"词笔"与"词心"的内在联系,指出"词心"对于"词笔"有决定性的影响。虽然,词笔对于词心有发之于外的效果,但如果"吾心"没有"词心",则"吾言"亦死于笔下。"善为词者,信手所得,与求之而得者,少有差第。盖学养均深,信手而得者,先之以涵索,智慧日增,词心日利,一触即发,招之亦即来。其仅仅得力于学力者,自不若得力于涵养之妙。"这说明"词心"须先天养成,它与词笔构成先天与后天的关系,词笔可通过学力获而得之,词心则需要先天禀赋作依靠。"词笔就学力为进退,尚有迹象之可寻。词心则发乎天分,系诸襟抱,但能陶冶而加以培植,非学力所可成就。"亦即,"词心"得之天分,"词笔"出于后天,词心对于词作的形成有决定性的影响。"有天分者作妙词,非词笔胜也,词心之慧,百倍词笔,信手拈来,直不自知其何自而得之。其徒以学力胜者,则同于苦吟矣。"词笔为外,词心在内,内外合一而为妙词,它们

---

① 顾随:《稼轩词说》,《顾随全集》第 2 卷,河北教育出版社 2001 年版,第 36 页。

之间是形迹与神韵的关系。词笔赋予作品的是技巧，词心赋予作品的是性灵。"词笔佳则文字胜，词心佳则风度胜。就词笔以求词心，不如舍词笔以求词心，泥文字以言风度，不如舍文字以言风度。其不获于词心，而仅于文字上求风度者，学为生动之语，必趋纤滑一流，转见其弊。"① 他不但对词心与词境之关系有所发明，更进一步讨论了词心与词笔的区别与联系，见解深刻，将况周颐的理论又向前推进了一步。

在现代，比较系统论述"词心"的是邵祖平，他的《词心笺评》一书试图从文本欣赏的角度揭示唐宋人的"词心"，其对"词心"的理解有欲调和王国维"境界"说和况周颐"词心"说为一体的倾向。他说：

> 王静安著《人间词话》，首标境界之说……以予观之，王氏所谓词境者，皆"词心"也。世间一切境皆由心造，心在则境存，心迁则境异……予窃谓拈出"词心"二字尤为赅当，故舍词境而论词心。②

他从审美感悟的角度，谈到"心"与"境"的关系，认为"一切境皆由心造，心在则境存，心迁则境异"，是主体之心营构出作品之境的，这一点正与赵尊岳的论述颇多相通之处。他还强调具有"词心"的作品，须具备两个基本要素：一是情真，二是不隔。③ 前者来自于况周颐，后者则受之于王国维；前者强调作品情感的真实自然，后者强调作品表达的曲折蕴藉。在他看来，"篇成而不能感人者，非庸沓之音，即补缀牵合之作，千古才人，以其所感，曲折达之于诗词，后之才人以今之心而逆古之心，此相视而笑之至乐，莫逆于心之奇遇也"。只有真挚的感情才会打动人心，才会引发读者的共鸣，他谈到自己阅读《诗经》《离骚》的切身感受说："余尝读《诗》至《小弁》，读《骚》至《哀郢》、《怀沙》，观其号泣怨慕之情，往复迷乱之态，为之唏嘘累叹，掩卷而起，然止于此而已尔！至于诵唐宋名家词，作家初非有伦常惨痛，只以惘惘不甘情绪，写出迷离惝恍语调，烟柳受

---

① 赵尊岳：《珍重阁词话》，《同声月刊》第1卷第3、4、5、6、8期。
② 邵祖平：《词心笺评·序说》，《词心笺评》，复旦大学出版社2007年版，第1页。
③ 参见程郁缀《史有遗贤而文章无穷——邵祖平先生〈词心笺评〉略评》，《北京大学学报》2008年第2期。

其驱排，斜阳赴其愁怨，拥髻逊其凄诉，回腰穷其娱盼，讽之数复，令人惆怅低徊，欲罢不能，殆不知其所措，此种情况，读词者必能自得之，则词心之感人胜于诗远矣！"① 从诗骚阅读经历转而论及唐宋词，他认为词人只有切身之感受，才能写出打动人心的作品，读者之心与词人之心是相通的。

三 论寄托：从创作论到接受论的转向

论词重寄托是常州派最基本的做法，在晚清，冯煦、谭献、陈廷焯等已对寄托论有所发展，对张惠言、宋翔凤、周济的比兴寄托说有所推进。在现代，因为现实语境的变化，冯煦、谭献、陈廷焯对于寄托问题的论述难以适应新时代的需要，特别是他们论寄托反复强调的诗教因素再无现实基础，因此，寄托论要发展必须改造其原有的意义指向，迎应新时代对于寄托提出的新要求，况周颐的"即性灵即寄托"说，便是对常州派寄托论的重大突破。

况周颐对于寄托的理解，不是把它指向外在的生活体验，而是转向内在的词人性灵，这是他与冯煦、谭献、陈廷焯等人在理解上的最大不同处。

> 词贵有寄托。所贵者流露于不自知，触发于弗克自己，身世之感，通于性灵，即性灵，即寄托，非二物相比附也。②
> 词，《说文》："意内而言外也。"意内者何？言中有寄托也。所贵乎寄托者，触发于弗克自己，流露于不自知。吾为词而所寄托者出焉，非因寄托而为是词也。有意为是寄托，若为吾词增重，则是骛乎其外，近于门面语矣。③

况周颐认为词当求寄托，但寄托要不露痕迹，是作者性灵的自然流露。这里的"弗克自己"与况氏所说的"万不得已"，都是一种创作状态，亦即"词心"，亦即作者之性灵，它是从作者"身世之感"中生发出来的。很显然，"弗克自己"的性灵与寄寓"身世之感"的托兴，有联系又有区别。性

---

① 邵祖平：《〈词心笺评〉自序》，复旦大学出版社2007年版，第2—3页。
② 况周颐：《蕙风词话》卷五，屈兴国《蕙风词话辑注》，第246页。
③ 况周颐：《词学讲义》，孙克强辑《况周颐词话五种》，浙江古籍出版社2014年版，第280—281页。

灵是一种内在的情感状态，它得之于作者的学养与襟抱；而寄托则指向由外而内的现实感受，所言之物与所表之情是一一对应的关系。这两者之间看似并无必然联系，但当身世之感深入性灵之中，它们之间便建立起一种相通相融的关系。刘永济说："作者当性灵流露之时，初亦未暇措意其词果将寄托何事，特其身世之感深入性灵，虽自写性灵，无所寄托，而平日身世之感即存于性灵之中，同时流露于不自觉，故曰'即性灵，即寄托'也。学者必深明此理，而后作者之词虽流于跌宕怪神，怨怼激发，而自能由其性灵兼得其寄托，而此所寄托即其言外之幽旨也，特非发于有意耳。"① 赵尊岳对于况周颐《蕙风词》曾有这样的评价："自卷下《握金钗》迄《霜花腴》，并辛亥国变后作，抚时感事，无一事无寄托，盖词史也。"② 指出况周颐的词作是"即性灵即寄托"，是流露于不自知，无一事无寄托，可当"词史"观之也。有的学者认为，况周颐特标性灵流露的不自已，把性情与寄托联系，并对寄托提出了以"真性情"为基础的要求，对后期常州派为"寄托"而"寄托"，把"寄托"模式化、虚假化和庸俗化，来了一个大的颠覆。③ 因为，他转变了张惠言以来以意为本的做法，提出以情为本的新理念，这是对传统诗教观在现代社会日趋淡薄形势下提出的一种迎应策略。

作为况周颐的入室弟子，陈运彰、赵尊岳论词亦贵于寄托，但他们的论述未能跨越"即性灵即寄托"所达到的高度。对寄托说有新发展的是詹安泰、刘永济，他们主要是从欣赏的角度讨论如何寻求作品中的"寄托"。刘永济指出，对于作品的欣赏当求诸三事："一曰通其感情，二曰会其理趣，三曰证其本事"。对于感情、理趣可求诸作品本身而能体会之，至于本事，以世远时移、传闻多失，则不易得知。他认为可以从两个方面索而求之：一是，"察其所处何世，所友何人，所读何书，所为何事，再涵泳其言，而言外之旨亦不难见"；二是，当认识到作者"即性灵，即寄托"的实情，"由其性灵兼得其寄托"，"此所寄托即其言外之幽旨也"。④ 有的学者将这两种寻求寄托的方法，称为"求外证"与"求内证"，或曰"知人论世"与

---

① 刘永济：《词论》，上海古籍出版社1981年版，第73页。
② 赵尊岳：《蕙风词史》，《词学季刊》第1卷第4号（1934年4月）。
③ 曾大兴：《20世纪词学名家研究》，中华书局2011年版，第219页。
④ 刘永济：《词论》，上海古籍出版社1981年版，第73页。

"以意逆志",前者是从作品外部求证,后者是从作品本身求证,它们的共同目标都是获取作品的言外之旨,即寄托。① 在刘永济看来,寻求"言外之旨"的关键,还是在读者的感悟力。"虽然,作者表达其'志'之方至多:有夸饰者,有微而显者,有言在此而意在彼者,有正言若反,反言若正者,其'志'之若何,亦非一览可得,是在读者之学力深浅,故有智者见智仁者见仁之说。"② 詹安泰专门写有《论寄托》一文,谈到他对寄托问题的理解,一是寄托之深浅广狭随其人之性分与身世为转移,二是寄托之显晦则实左右于其时代环境,三是有寄托之词大抵体属比兴。但是,他通过考察常州派的相关论述,发现其在寄托问题上存在三大缺陷:一是专尚寄托,高谈北宋;二是只主寄托,忽略词家考证;三是凡词必求寄托,非寄托则不足言词。"论词之不能蔑视寄托,斯固然矣;然一意以寄托说词,而不考明本事,则易失之穿凿附会。"因为常州派多失之穿凿附会,所以他主张要考明本事。如何考明本事?他提出三点意见,一是考之作词者之自序或自注,以明作词之动机或故实;二是求之笺注之作,以其时代最先者为最足征信也;三是取资于词话笔记之类记载。"总之,考究愈详,则词之本意弥彰。"③ 刘永济、詹安泰不但对寄托问题有理论阐述,而且还通过笺释唐宋词的方式实践其主张,编选有《唐五代两宋词简析》《花外集笺注》等。詹安泰在《花外集笺注》自序中说它是一部"专言寄托"的书,此书亦最能体现其对寄托问题的立场——"从考明本事中以求寄托"。刘永济《唐五代两宋词简析》对于作品的分析,也是遵循"以意逆志"的原则,力图做到知人论世,抉发作品中所包蕴的寄托之旨,相关论述可参见本书第六章第二节。

况周颐、刘永济、詹安泰等,毕竟是常州词派的现代传人,尽管也看到了常州派理论的局限性,但对寄托问题的论述基本上是在常州派理论框架下展开的。作为有西学背景的钱钟书,对于寄托问题的认识便跳出了常州派的派别视界,他的最大特点是引入了西方学术的理论背景。

钱钟书在《谈艺录》之六九"随园论诗中理语",谈到汉儒以比兴说诗,连及常州派论词之寄托。指出:"吾州张氏兄弟《词选》,阐意内言外

---

① 曾大兴:《20世纪词学名家研究》,中华书局2011年版,第332—333页。
② 刘永济:《微睇室说词》,上海古籍出版社1987年版,第28页。
③ 詹安泰:《论寄托》,吴承学、彭玉平编《詹安泰文集》,中山大学出版社2004年版。

之旨，推文微事著之原，比傅景物，推求寄托，比兴之说，至是得大归宿。"①认为常州词派以比兴说词，倡言寄托，把传统比兴论上推到一个新的高度，并充分肯定了常州派在比兴论发展史上的重要地位。又九〇"庾子山诗"条，谈陈沆《诗比兴笺》以寄托为高，认为其所为"实不出吾郡学者之绪余而已"，接着引用宋翔凤将张惠言以寄托说词比拟为"张侯作郑笺"之语。②又指出张琦、陆继辂、包世臣等好以比兴笺诗，"亦见常州派说诗说词同一手眼也"，以比兴说词在当时隐然成一时风会。在增补部分，他比较系统地谈到自己对于常州词派"主寄托"问题的看法。

常州词派主"寄托"，儿孙渐背初祖。宋于庭言称张皋文，实失皋文本旨。皋文《词选》自《序》曰："义有幽隐，并为指发"；观其所"指发"者，或揣度作者本心，或附会作词本事，不出汉以来相承说《诗》《骚》"比兴"之法。如王叔师《离骚经序》所谓："善鸟香草，以配忠贞，飘风云霓，以为小人"云云，或《诗·小序》以《汉广》为美周文王，《雄雉》为刺卫宣公等等。亦犹白香山《与元九书》所谓："噫，风雪花草之物，《三百篇》岂舍之乎。假风以刺威虐也，因雪以愍征役也，感华以讽兄弟也，美草以乐有子也。皆兴发于此而义归于彼。"皆以为诗"义"虽"在言外"、在"彼"不在"此"，然终可推论而得确解。其事大类西方心析学判梦境为"显见之情事"与"幽蕴之情事"，圆梦者据显以知幽。"在此"之"言"犹"显见梦事"，"在彼"之"义"犹"幽隐梦事"，而说诗几如圆梦焉。《春秋繁露·精英》曰："诗无达诂"，《说苑·奉使》引《传》曰："诗无通故"；实兼涵两意，畅通一也，变通二也。诗之"义"不显露，故非到眼即晓、出指能拈；顾诗之义亦不游移，故非随人异解、逐事更端。诗"故"非一见便能豁露畅"通"，必索乎隐；复非各说均可迁就变"通"，必主于一。既通正解，余解杜绝。如皋文《词选》解欧阳永叔《蝶恋花》为影射朝士争讧，解姜尧章《疏影》为影射靖康之变，即谓

---

① 钱钟书：《谈艺录》（修订本），中华书局1984年版，第231页。
② 钱钟书：《谈艺录》（修订本），第297页。

柳絮、梨花、梅花乃词所言"显见情事",而范希文、韩稚圭、徽钦二帝本事则词所寓"幽蕴情事",是为词"义"所在。西方"托寓"释诗,洞"言外"以究"意内",手眼大同(参观第232页《补订》一),近人嘲曰:"此举何异食荸荠者,不嗜其果脯而咀嚼其果中核乎"。闻皋文之风而起者,充极加厉,自在解脱。周止庵济《介存斋论词杂著》第七则曰:"初学词求有寄托,有寄托则表里相宣,斐然成章。既成格调,求无寄托,无寄托则指事类情,仁者见仁,智者见智";《宋四家词选目录序论》又曰:"非寄托不入,专寄托不出。意感偶生,假类毕达。万感横集,五中无主。"谭仲修献《复堂词话》(徐仲可珂辑)第四十三、四十六、八十六则反复称引止庵此说,第二十四则曰:"所谓作者未必然,读者何必不然";《复堂词录序》又曰:"侧出其言,傍通其情,触类以感,充类以尽。甚且作者之用心未必然,而读者之用心未必不然。"宋于庭《论词绝句》第一首得二家语而含意毕申矣。盖谓"义"不显露而亦可游移,"诂"不"通""达"而亦无定准,如舍利珠之随人见色,如庐山之"横看成岭侧成峰"。皋文缵汉代"香草美人"之绪,而宋、周、谭三氏实衍先秦"赋诗断章"之法(参见《管锥编》224—225页),犹禅人之"参活句",亦即刘须溪父子所提撕也(参见第100页《补订》二)。[1]

在这里,钱钟书辨析了张惠言与宋翔凤、周济、谭献三人在比兴寄托理解上的歧义,指出张氏实为汉儒说诗之法,而宋翔凤等则是掺入自己的理解,由张氏寄托的可定指转换为意义的无定指[2],所以,他认为"儿孙渐背初祖"。值得注意的是,钱钟书还引进西方学者的相关论述,对寄托的义旨进行不同文化的对读。如谈张氏兄弟的比兴寄托时说,"西方文学有'寓托'之体,与此略同。顾二者均非文章之极致也。言在于此,意在于彼,异床而必曰同梦,仍二而强谓之一;非索隐注解,不见作意"。[3] 又如谈到周济"仁者见仁,智者见智"时,引证了西方学者诺瓦利斯、瓦勒利的说

---

[1] 钱钟书:《谈艺录》(修订本),中华书局1984年版,第609—610页。
[2] 参见拙撰《张惠言的词学与易学》,《周易研究》1999年第1期。
[3] 钱钟书:《谈艺录》(修订本),中华书局1984年版,第231页。

法，认为他们的观点与周济等人的看法一致，谈的都是接受美学的"读者与作者眼界溶化"问题。"古之诗人，原本性情，读者各为感触，其理在可解不可解之间"，"窃谓倘'有寄托'之'诗无通故达诂'，可取譬于苹果之有核，则'无寄托'之'诗无通故达诂'，不妨喻为洋葱之无心矣。"① 如果从这个角度看，那么周济等人的理论"亦如椎轮之于大辂焉"，也就是对解释学问题已认识在先了。刘扬忠先生指出，钱钟书这种打通式的研究法，得益于他作为一个词学"体制外"的学者，具有一般词学专家所缺少的两个方面的学术优势：一是他有十分广博深厚的传统诗学功底；二是兼通中西文艺理论。"有此两方面的优势，他就把'比兴寄托'这诗学与词学的老题目给做新、做活、做大和做透了。"②

四 "重拙大"：意义的展开与观念的流行

据唐圭璋所言，"重拙大"最早由端木埰提出，据现存史料记载，明确打出"重拙大"旗帜并以之引领后学者实为王鹏运。"近数十年词风大振，半塘老人遍历两宋大家门户，以成拙、重、大之诣，实为之宗。"③ 特别是况周颐，在王鹏运的影响下，继续倡言"重拙大"，使其意义从模糊走向明晰。而后，有夏敬观、赵尊岳、唐圭璋、张伯驹等发明义旨，其意蕴得到进一步丰富与充实，成为民国时期最有影响又最具争议的词学范畴。

况周颐在《〈餐樱词〉自序》中说："余自壬申、癸酉间即学填词，所作多性灵语，……与半塘共晨夕，半塘于词夙尚体格，于余词多所规诫，又以所刻宋元人词属为斠雠，余自是得窥词学门径。所谓重、拙、大，所谓自然从追琢中出，积心领神会之，而体格为之一变。"④ 这一转变就是由侧艳转而为沉厚，赵尊岳说："先生（况周颐）初为词，以颖悟好为侧艳语，遂把臂南宋竹山、梅溪之林。自佑遐（王鹏运）进以重大之说，乃渐就为白石，为美成，以抵于大成。《新莺》词格之变，草线可寻"。⑤ 这表明况周颐

---

① 钱钟书：《谈艺录》（修订本），中华书局1984年版，第609页。
② 刘扬忠：《钱钟书与词学》，《文学评论》2005年第1期。
③ 陈匪石：《〈宋词赏心录〉跋》，《宋心赏心录校评》，中正书局1975年版，第111页。
④ 屈兴国：《蕙风词话辑注》，江西人民出版社2000年版，第594页。
⑤ 赵尊岳：《蕙风词史》，《词学季刊》第1卷第4号，第69页。

词风发生重大变化，乃受王鹏运"重拙大"论之启迪和影响的结果，他对重拙大之论也由一般认同内化为一种自觉的审美追求。《蕙风词话》卷一开篇第三条云："作词有三要，曰重、拙、大。南渡诸贤不可及处在是。"

何谓"重拙大"？蔡桢云："重谓力量，大谓气概，拙为古致。工夫火候到时，方有此境。以书喻之最易明，如汉魏六朝碑版，即重、大、拙三者俱备。"[1] 唐圭璋也说："颜鲁公书力透纸背就是重拙大，出于至诚不事雕饰就是拙重大，因此，真挚就是拙，笔力千钧就是重，气象开阔就是大。"[2] 这说明"重拙大"之义包蕴丰富，有宗旨、体格、笔法、风格、境界等多重意蕴。具体说来，"重"，就是力量的沉着，这沉着的力量出自情真理足。况周颐说："重者，沉著之谓。在气格，不在字句。"[3] "情真理足，笔力能包举之。纯任自然，不假锤炼，则'沉著'二字之诠释也。"（卷一）司空图《二十四诗品》列有"沉著"一品，以概括诗歌中深沉、稳健、朴直、不浮浅、不轻率、不虚假的风格。[4] 况周颐对"沉著"的理解，当然有传统因素在起作用，也注入了自身的理解与感悟，这就是既要"情真理足"，又要"笔力能包举之"，只有笔力足以达之而又出之以自然，方可谓之"沉著"。因此，对"重"之内涵，可以做这样的概括，真挚的情感和深刻的思想所体现出来的"气格"。"拙"由内在之意与外在之笔两个方面构成，讲的是词意的朴质与笔法的真率。《蕙风词话》卷一引半塘语云："宋人拙处不可及，国初诸老拙处亦不可及。"这句话的意义指向是什么？王鹏运未作具体解释，但在评朱敦儒词时说："希真词清隽秀婉，犹是北宋风度"[5] 又在评刘因《樵庵词》时说："朴厚深醇中有真趣洋溢，是性情语，无道学气。"（卷三）从这些言辞可以看出，王鹏运推崇的是北宋词的质真朴拙，况周颐亦有类似的表述。如评解方叔《永遇乐》（风暖莺娇）说："此词语意近质，亦不失北宋风格。"（卷四）又评周邦彦"多少暗愁密意，唯有天知"、"最苦梦魂，今宵不到伊行"、"伴今生，对花对酒，为伊泪落"，认为

---

[1] 蔡桢：《柯亭词论》，《词话丛编》第五册，第4905页。
[2] 秦惠民、施议对辑《唐圭璋论词书札》，《文学遗产》2006年第1期。
[3] 屈兴国：《蕙风词话辑注》，江西人民出版社2000年版，第7页。
[4] 杜黎均：《〈二十四诗品〉译注评析》，北京出版社1988年版，第81页。
[5] 张正吾编《王鹏运研究资料》，中国社会科学出版社1994年版，第380页。

此等语"愈朴愈厚，愈厚愈雅，至真之情，由性灵肺腑中流出，不妨说尽而愈无尽。"（卷二）亦即北宋词最能作为"拙"的代表。拙朴就是一种天然的美，不同于南宋以雕琢为工，北宋以自然高浑为其美。关于"大"，目前学术界未能达成一致认识，有的从体格言，有的从意旨言，但况周颐在多处论及托旨大、气象大、境界大等。如评元好问及李治，称元氏《鹧鸪天》"赋隆德故宫"及"宫体八首"、"薄命妾辞"诸作是"亦浑雅，亦博大，有骨干，有气象"（卷三），李氏《摸鱼儿》"和遗山赋雁丘"过拍"诗翁感遇，把江北江南，风啸月唳，并付一邱土"是"托旨甚大"（卷三），原因在于他们所为词"蕃艳其外，醇至其内，极往复低徊掩抑零乱之致，而其苦衷之万不得已，大都流露于不自知"（卷三）。通过这些简短评语可知，况周颐所谓"大"有寄意（托旨大）和气概（气象大）双重义，它们都一致地指向作者感情的真挚自然，所谓"醇至其内"、"万不得已"、"流露不自知"即是。他认为刘秉忠《藏春词》"其厚处、大处亦不可及"，原因就在刘秉忠的词"真挚语见性情，和平语见学养"[①]。在况周颐看来，"重拙大"三者是不可分割的整体，不能截然分开。如他分析"哀感顽艳"中"顽"字之意蕴，就揭示了三者的关系及其核心内容："拙不可及，融重与大于拙中，郁勃久之，有不得已者，出乎其中而不自知，乃至不可解，其殆庶几乎？一言蔽之：若赤子之笑啼然，看似平易，而实至难者也。"（卷五）"赤子之笑啼"是指性情表现得天真烂漫，自然深切，但又是经过重拙大之陶冶而形成的。他说："词过经意，其弊也斧琢；过不经意，其弊也袵襫。不经意而经意，易。经意而不经意，难。"（卷一）况周颐还以"哀感顽艳"品评屈大均《落叶词》，此词借叶写人，托深情于艳体，家国之变与身世之感流溢其中，却又表现得极为自然，不见雕饰的痕迹，情感之"厚"与托旨之"大"皆融于拙致的笔法中。厚为其基，拙为其形，大为其神。"惟拙故厚，惟厚故重、故大，若纤巧、轻浮、琐碎，皆词之弊也。"[②] 在外为拙，在内为厚，厚拙合一为重为大。

那么，为什么说"南渡诸贤不可及处在是"呢？这是因为南渡诸贤处

[①] 王鹏运：《〈樵庵词〉跋》，《四印斋所刻词》，上海古籍出版社1989年版，第864页。
[②] 唐圭璋：《论词之作法》，《词学论丛》，上海古籍出版社1986年版。

在南北两宋之交，既有北宋人的朴拙自然之笔法，又具南宋人的忧时之怀、忠愤之情、沉郁之思，是兼容南北两宋之长最能体现"重拙大"之旨的典范。推崇托旨大、有力度、气象大的作品，本来是力诫艳词的，但王鹏运却能肯定《花间》之秾艳，况周颐也称颂梦窗词"蓄艳其外，醇至其内"，盖缘于其中有笔之大、情之真、力之重者。赵尊岳说："其（况周颐）论词格曰：宜重、拙、大，举《花间》之闳丽，北宋之清疏，南宋之醇至，要于三者有合焉。轻者重之反，巧者拙之反，纤者大之反，当知所戒矣。"① 谈到况周颐有欲糅合《花间》之闳丽，北宋之清疏，南宋之醇至于一体的意图，这样做意在纠正明末和清初"轻、巧、纤"的词风。况周颐说："其大要，曰雅，曰厚，曰重、拙、大。厚与雅，相因而成者也，薄则俗矣。轻者重之反，巧者拙之反，纤者大之反，当知所戒矣。"② 明确指出倡言"重拙大"，意在戒轻、巧、纤之失。杨寿楠云："重之要旨，当如行万斛舟，帆随舵转，不善学之，则猴骑土牛矣。拙之要旨，须如奇石古梅，有磊砢嵌崎之致，不善学之，则为疥骆驼矣。大之要旨，须有精意真气贯注其中，不善学之，则如五石之瓠矣。夫重、拙、大所以救轻、巧、纤之病也。"③ 缪钺亦云："重拙大之说，所以药浮薄纤巧之弊也。吾之所论（谓词有四特质：文小、质轻、径狭、境隐），就词之本质而言，重、拙、大之说，就词之用笔而言，二者并行而不相悖。"④

况周颐倡言"重拙大"，在现代词坛产生了巨大的反响，得到了南北词人的一致呼应。先是夏敬观为《蕙风词话》作诠评，对"重拙大"之意义及其关系予以进一步阐发；然后是赵尊岳在《珍重阁词话》、《蕙风词史》、《〈蕙风词话〉跋》中全面阐发"重拙大"之论的现实意义，最后是王潜、唐圭璋、刘永济以"重拙大"之论品鉴唐宋词，"重拙大"之论俨然成为现代词学史上最重要的词学观念，在当代词人张伯驹、朱庸斋的论述中也时有体现。

夏敬观对"重、拙、大"之论是持认同态度的，但对况周颐之论也有

---

① 赵尊岳：《〈蕙风词话〉跋》，孙克强辑《蕙风词话·广蕙风词话》，第 452 页。
② 况周颐：《词学讲义》，孙克强辑《况周颐词话五种》，第 276 页。
③ 杨寿楠：《云邁词话》，《词话丛编二编》，第 1871 页。
④ 缪钺：《诗词散论》，开明书店 1943 年版，第 61 页。

修正与发展：一是，比较清晰地辨析了"重、拙、大"三者的关系。他说："余谓重拙大三字相联系，不重则无拙大之可言，不拙则无重大之可言，不大则无重拙之可言，析言为三名辞，实则一贯之道也。"① 这一解释虽然简略，不细致，也不深透，但是他指出这三者原是一个有机的统一体，不可分割。"这就超越了况氏的认识，并且为后人的深度研究，提供了一个新的思路。"② 二是，揭示了"重拙大"之说，对于明末清初纤弱浮靡、竞为巧饰词风的救弊意义。"北宋词较南宋为多朴拙之气，南宋词能朴拙者方为名家。概论南宋，则纤巧者多于北宋。况氏言南渡诸贤不可及处在是，稍欠分别。"他认为当将南北宋分而论之，而况周颐只讲南渡，意义也不是太明晰，王鹏运所论亦是如此。"初为词者，断不可学，切毋为半塘一语所误。余以为初学为词者，不可先看清词，欲以词名家者，不可先读南宋词。"③ 他认为初学词不可学南宋，亦不可学清词，这一意见表明他实际上是要求向五代北宋学习的，以之矫20世纪前半期的词坛创作之过失。三是，认为况周颐对"重"之分析，把"气格"和"字句"分割开来，这一解释是错误的。其实，"气格"和"字句"，一个指内容，一个指形式，在创作实践中不可能分开而论，它们都是文学作品的有机组成部分。"重在气格。若语句轻，则伤气格矣，故亦在语句。""气格"重的作品"字句"不可能轻，"字句"轻的作品"气格"也不可能重。④

赵尊岳治词"一承师法，未尝僭越"，全盘接受了"重拙大"之论，并对"重拙大"内涵作了精彩的发明和阐释。他在《〈蕙风词话〉跋》中谈到况氏所言"重拙大"，其实就是词格，亦即词之体格，它与"轻、巧、纤"构成相反相成的关系。在《珍重阁词话》中更是明确指出："词于厚重拙大，为最要义，稍失之即差以千里。"把重拙大作为创作的最高要求提出来，他对重拙大的解释主要是从词格角度入手的。如谈言情写景要求重拙大："言情言景，均宜立言重大。重大者易流于拙，须语重大而情有至理。至理所存，自然智慧。怀智慧以言重大必佳，舍智慧以言重大多拙。"这里

---

① 夏敬观：《〈蕙风词话〉诠评》，《词话丛编》第5册，第4585页。
② 曾大兴：《20世纪词学名家研究》，中华书局2011年版，第321页。
③ 夏敬观：《〈蕙风词话〉诠评》，《词话丛编》第5册，第4585页。
④ 曾大兴：《20世纪词学名家研究》，中华书局2011年版，第322页。

谈到重大对于作品的必要性，特别是对于言情之作而言，更应该注意作品的重大之旨。一般说来，"言情之语"有托于物者与传其情者两种情况，但是，"托物易质实，质实则失所以托之者；传情易纤靡，纤靡则卑劣，伤词格矣"。对于托于物者而言宜指物以会情，对于传其情者而言宜从重拙处落墨，"则庶几可医纤佻之疾"。重拙大不仅表现在言情写情的要求，还表现在对用字与立意的要求上。他说："用字先求精稳，再进于情味，而归结于重大。要使重而不殢，大而不粗，或用粗殢之字，而不见其粗殢，斯为上上。"这是讲重大的要求从用字开始，后进之以情味，最后才能进入重大的境界。但是，重大之字、语、意却不可轻易得之，关键是作者要有内在的灵气。"能手随意为之，可使词加厚而不见斤斧之迹。此在笔墨灵而气厚，非易致也。"对于"拙"来说，也是这样，不能过于坐实，当有一二虚字为其传神，有一二新意为其张目，这样才能称之为是重拙大。他说："极拙之字面，得一二虚字为之传神，运一二新意为之张目，则此一二拙字，反能衬出柔情，惟此尚不足语于重大拙之义。"他还特别谈到"拙"与"方"的关系："词而求拙，拙而能成就，则已届炉火纯青之候矣。拙与方不同，拙者情拙，方者言方。方中亦有优劣，语方则须意圆，语圆则求意方，其并行者，且两失之。"又谈到"拙语"与"慧思"的关系："词固重拙，然拙宜于无字处位置之。若能以拙语申慧思，或语情并拙，而词则特佳，此最难事，非深于学者，不可妄冀。"还谈到"智慧之句"与"趣味之语"的关系："智慧所及之句易学，苍劲中见趣味之语难学。寓智慧之心于苍劲之内，使笔力沉潜而重大者，更无可学，当徐徐以襟抱学力鼓济之。"他还把风度与重拙大相联系，认为"字面音节"与"骨干神理"共同构成作品的"风度"。"词最尚风度，须摇曳而不轻荡，摇曳于字面音节，而重拙于骨干神理。反其道者，万非佳词。"对于他而言，"风度"与"重拙大"是其评价作品的重要标准，他认为清初人词专矜风度往往失之纤靡。"自王阮亭以疏秀取胜，风度均近纤懦，重拙之妙，无复偶见。人人涉想于清空中作绮情语，摇曳为主，雍容为用，末流之弊，不可胜言。"后来，以陈维崧为代表的阳羡派起来纠其弊，"盖视阮亭，矫枉过正，其失遂等。于是清词不归绮靡，便归雄犷"。直到常州词派出来后，"寓疏秀于清雄，曲遂流畅之美，而不使之涉于纤佻，其道稍重"。他的主张是，为改变绮语与粗犷之不足，当于字面求摇曳时，于骨干宜特求重拙，"使铢两相称于相反之中，若并其骨干而摇曳之，焉得不轻不靡？"① 赵尊岳对重拙大的理解，既能深入具体阐发其意蕴，也能掺入自己的体会和主张，将重拙大说推进了一大步。

"重拙大"作为理论不但得到深入开掘，而且还被作为词派宗法授受相传。这表现在《唐宋词简释》对重拙大之旨的揭示上，在该书后记中，唐圭璋提到本书是他在中央大学讲授词选的教材。在《唐宋词简释》之前，唐圭璋曾为朱祖谋《宋词三百首》作笺注，他的《唐宋词简释》即是在《宋词三百首》基础上编选而成的。不但编排顺序相同，而且所选宋词176首，只有13首非出自《宋词三百首》，他受朱祖谋的影响是非常明显的。朱祖谋编选《宋词三百首》是为了传授常州派家法，《唐宋词简释》编选的初衷则是有感张惠言、周济、谭献等人的选本只有总评，未见有对每一首词作的具体阐述，比如起结、过片、层次、转折、脉络，以及景物之描写、形象之体会，还有语言之凝练、声韵之响声、气魄之雄伟等，他力图通过这些内容的分析和揭示，以加深读者对于清人论词之理解，并向读者传授填词之技法。而唐圭璋对况周颐《蕙风词话》也特别推重，称况氏"标重拙大之旨，评论精细，发前人所未发，实千年来之绝作"。② 因此，《唐宋词简释》有糅合《宋词三百首》与《蕙风词话》为一体的效果，以选本的形式来落实常州词派标榜的"重拙大"之旨。

对于"重拙大"之含义，况周颐、夏敬观、赵尊岳都有比较多的解说，但它们是如何体现在作品中的却未见讨论，唐圭璋正是在这一方面花了较大心力。如评温庭筠《南歌子》（倭堕低梳髻）："此首写相思，纯用拙重之笔。起两句，写貌，'终日'句，写情，'为君'句，承上相思，透进一层，低回欲绝。"评李煜《子夜歌》（人生愁恨何能免）："此首思故国，不假采饰，纯用白描。但句句重大，一往情深。"评周邦彦《关河令》（秋阴时晴渐向暝）："写景抒情，层层深刻，句句精绝。小词能拙重如此，诚不多见。"评姜夔《扬州慢》（淮左名都）："起首八字，以拙重之笔，点明维扬昔时之繁盛。"评吴文英《祝英台近》"除夕立春"："'可怜'三句，言人、

---

① 赵尊岳：《珍重阁词话》，《同声月刊》第1卷第3、4、5、6、8期。
② 唐圭璋：《朱祖谋治词经历及其影响》，《词学论丛》，上海古籍出版社1986年版，第1022页。

时、境三层，略同前首歇拍，而笔力之重大，亦俱足以媲美清真。"通过这些唐宋词作与唐氏评语，读者是能细心领会出重拙大之旨的，然而更应该注意的是他并没有停止在对"重拙大"的解说上，而是把况周颐的"重拙大"说向前推进了一大步，提出了"雅婉厚亮"的创作主张。在《论词之作法》一文中，他对"雅婉厚亮"有比较具体的解释——雅，清新纯正；婉，温柔缠绵；厚，沉郁顿挫；亮，名隽高华。其中"雅"与"厚"是况周颐晚年提出的新观点，这是为补救重拙大的理论缺失而提出来的，唐圭璋在况周颐的基础上再进之以"婉"与"亮"，从而形成了自己的创作主张。

五　传统与现代的有效对接与理论启示

常州词派作为文学流派，在现代已走向式微，但它的影响并没有完全消失，特别是它的思想在现代还能得到进一步的发展。这一现象值得关注，是什么原因使得常州派在现代依然能焕发出生机活力？常州派思想对于现代词学的建设发挥过什么样的积极作用？现代词学在创建发展过程中又是怎样吸纳传统的？

众所周知，常州派是清代较晚出的一个词派，发展到光宣之际影响遍及大江南北，在京津、苏沪、金陵、临桂、岭南皆有传人。正如龙榆生所云："清词至常州派而体格日高，声情并茂，绵历百载，迄未全衰。"[1] 在民初词坛最有影响的是朱祖谋与况周颐，两人晚年都定居在上海，兴趣也很相投，还一起参与海上词人组织的诗词唱和，并有合刻词集《鸳音集》传世，人称"朱况"。"慨自清命既讫，道丧文弊，二十年来，先民尽矣。独有彊村、蕙风，喁于上海，乐则为天宝《霓裳》，忧则为殷遗《麦秀》，是可伤已。"[2] 朱祖谋乐于提携后进，民国初期以词闻名于时者，皆有直接或间接受教朱氏的经历；况周颐性格孤傲，不轻易与人接迹相交，但在创作及理论上都有很高的素养，甚乎众望，颇得民初词坛之年轻后进的敬重。前者以《宋词三百首》号召并影响天下，后者以《蕙风词话》总结常州派家法，对民国词坛的发展产生深刻之影响，现代词学的有关观念如尊梦窗、主寄托、

---

[1] 龙榆生：《论常州词派》，《龙榆生词学论文集》，上海古籍出版社1987年版，第404页。
[2] 蒋兆兰：《〈词说〉自序》，《词话丛编》第五册，中华书局1986年版，第4625页。

标榜重拙大等，也主要是在这两部著作的基础上建构起来的。因为活跃在现代词坛的南北词人，多是朱祖谋、况周颐的追随者，他们在思想上自然要维护朱、况的权威地位。钱基博说："自王鹏运之殁，朱祖谋、况周颐更主词坛，导扬宗风，而后学者乃趋向北宋，以深美闳约为归，佻巧奋末之风自此而杀。"① 对于朱祖谋、况周颐的词史地位有较高的评价，肯定其革新词风、引领风气的历史贡献。作为况周颐的弟子，赵尊岳对况周颐有这样的评说："临桂况蕙风先生，词学渊粹，为世宗尚……而自制诸词，音节流美，寓意深远，尤为读者击节称叹。"② 蔡桢也谈到其在创作与理论上的建树，指出："（先生）少作以侧艳胜，中年以后，渐变为深醇。论慢词，标出重、大、拙三字境界，可谓目光如炬。其《蕙风词话》五卷，论词多具卓识，发前人所未发。"③ 朱祖谋更是被其友人或弟子推之极致，或称其为千年词史之"首殿"，或赞其"起六百年之废疾"。如张尔田说："大晟燕乐，历唐、五代、宋以讫于元、明，年逾千祀，响绝复延，亦愈晚而愈大昌，先生实巋然称为首殿矣！"④ 邵瑞彭说："吾师朱侍郎岿然特兴，集声家之大成，起六百年之废疾，同声远应，捷如桴鼓，宗风所被，锵若球锽。"⑤

常州词派能在现代词坛引人瞩目，产生巨大反响，更重要的原因还是其思想的魅力。一是，理论上的不断完善。张惠言最初编《词选》并未有成熟的理论思考，只是针对乾隆末年词坛之"三弊"提出纠弊的措施，以意内言外相号召，试图转变长期以来被浙派空滑词风所笼罩的南北词坛。因为没有成熟的思考，所以，董士锡、宋翔凤、周济等对其作进一步完善，比如董士锡重提浙派尚清的主张，宋翔凤要求改变其缒幽凿险的解释策略，而周济则不满于其只写个人怨悱的作法，提出了"诗有史，词亦有史"的新说；然而常州词派的理论并没有就此走向终结，而是在王鹏运、朱祖谋、况周颐等人手中进一步提升，王鹏运在端木埰的基础上提出"重拙大"之论，况周颐对词格、词笔、词径、词心、词境诸问题展开全面而系统的论

---

① 钱基博：《现代中国文学史》，上海书店出版社2004年版，第214页。
② 赵尊岳：《蕙风词史》，《词学季刊》第1卷第4号（1934年4月）。
③ 蔡桢：《柯亭词论》，《词话丛编》第五册，第4914页。
④ 张尔田：《〈彊村遗书〉序》，《词学季刊》创刊号（1933年4月）。
⑤ 邵瑞彭：《〈柳溪长短句〉序》，《词学季刊》第2卷第4号（1935年7月）。

述，朱祖谋对词之体格、神气、音律等也有比较具体的讨论。二是理论的系统性和思想的传承性。所谓理论的系统性是指常州派在发展过程中提出的主张有较强的理论色彩，如从本体论提出了"意内言外"说，从创作论提出了比兴寄托说，从接受论则有知人论世、以意逆志、见仁见智说，亦即它在理论上有通盘的思考，当然，这些思考未必是成熟的却是重要的。正因为其首倡者的不成熟，才会有后继者的修正和完善。比如，在立意上，张惠言只提到贤人君子之怨悱，而周济进一步充实，提出词与时代盛衰相关联的"词史说"；再比如张惠言只提到风骚比兴的观念，而周济则强调"有寄托入，无寄托出"，重寄托却不可忽视其艺术追求；再如重拙大，自端木埰首发其端，王鹏运明确提出，而后况周颐、夏敬观、唐圭璋进一步阐发，其审美意蕴终而明晰。从这几个方面看，常州派的理论承传色彩较为浓厚。

常州派的魅力不仅表现在自身的发展上，更体现在它对现代词学的影响上。诚然，在现代，确实有学者对常州派提出过激烈的批评，但从王国维、梁启超到龙榆生，都对常州派思想的合理内容有所吸收，亦即常州派的词学思想是现代词学观念形成的重要基础。比如，王国维批评张惠言"深文周纳"，不满周济提出的治词门径说，反对常州派推崇碧山、梦窗、玉田等，但对常州派的相关观念也能积极吸纳。正如彭玉平先生所指出的，王国维对词体的看法、对词史的评判，从观念上来说，更多地浸润着前人的学说，如从张惠言那里接受了"深美宏约"的理论，讲究"深远之致"；还对周济《词辨》和《介存斋论词杂著》作有眉批若干，撰有跋文一则，手稿中采择其词论处甚多，王国维对周济词论的推崇和吸取是十分明确的，所以说，王国维词学思想的形成也离不开常州派词论的浸润。[①] 作为王国维的追随者，缪钺从多方面丰富和发展了王国维的词学思想，但他能不守门户之见，"和常州派传人刘永济、夏承焘、龙榆生等不乏交往，对张惠言、周济、陈廷焯等人的词学思想多有吸收，对朱祖谋、况周颐、唐圭璋等人的词学成果也多有采纳"，对词学界关于寄托的问题做了最全面也是最通透的解释。他在抗战期间还撰有《中国史上之民族词人》一书，表现出重视思想内容和社会

[①] 彭玉平：《人间词话疏证》，中华书局2011年版，第66、60页

价值的倾向，这一点显然也是浸润了常州派词论的某些精华，是王国维所不及的。"（他）有选择地吸收常州派及其传人的词学思想，用以弥补王国维词学思想的不足或缺失，丰富和发展了王国维的词学思想，也使自己成为20世纪继王国维之后最有思想深度的词学批评家之一。"[1] 俞平伯是五四新文学的杰出代表，但在思想上折中于新旧之间，对常州派思想也能持肯定态度，在为顾随《积木词》所写序中，对于词的认识大致接受了来自常州词派的温柔敦厚说。他说："词之兴，托地甚卑，小道而已，积渐可观。及其致也，则亦一归之于温柔敦厚，遂骎骎乎与诗教比隆，方将夺诗人之席而与君代兴。"[2] 对于常州词派，虽然批评它多头巾气，但对于张氏《词选序》称词"低徊要眇，以喻其致"，极为称许，赞其"惟此一语，实已洞达词心，非同河汉"。即便是思想比较激进的胡云翼，在《词学概论》中对于常州词派思想也能充分肯定。指出："大抵张惠言、周济一般人，对于词的研究是很深的，词的见地也往往很高。"[3] 从以上这些方面都可以看出，常州派词学对现代词论或创作的影响及其存在价值。

"五四"新文化运动以来的现代词学，在批判传统词学的基础上重建了新的理论，它是对传统的扬弃而不是抛弃，所谓"扬弃"就是实现现代与传统的有效对接，从而奠定了现代词学建构的理论基础。尽管现代词学与传统词学有新旧之分，但在一定程度上形成一种互补的作用，这些都成为一股股合力积极地推动了中国词学的现代化进程。

---

[1] 曾大兴：《20世纪词学名家研究》，中华书局2011年版，第169页。
[2] 俞平伯：《〈积木词〉序》，《论诗词曲杂著》，上海古籍出版社1986年版，第687—688页。
[3] 胡云翼：《词学概论》，刘永翔编《胡云翼说词》，华东师范大学出版社2004年版，第228页。

第 六 章
现代词学家思想与方法的进步（上）

我们说过，在现代词学史上，存在南北两套学术谱系，有人称之为传统派与现代派。对于现代派，过去肯定较多，认为它为现代词学提供了新的思想和方法。其实，对于现代词学而言，在史料整理和体系建构上贡献比较突出的还是传统派。如果对传统派作进一步细分，还可以继续划分为考据派与阐释派两大类型。[①] 有的学者以发扬传统学术、重视考据见长，如唐圭璋、夏承焘、孙人和、赵万里等，在校勘辑佚、目录提要、版本考证等方面取得重大成就；有的学者则以变革传统为使命，其研究专长在思想阐释，这方面的学者有王蕴章、龙榆生、刘永济、任二北等，他们比较关注体系的建构、思想的再造、方法的更新，力图迎应时代挑战，拉近传统词学与现代学术的距离。

对于现代词学的阐释派，过去关注不够，只有对部分学者词学成就的评述性文章，未见有对这一派学者研究特色的总体论述。它是一个介于传统与现代之间的学派，与考据派相比，他们比较重视阐释；与现代派相比，他们比较强调传统；但是，他们和考据派有相同的师承关系，在学术上既相互切磋，又相互认同，对现代派的激进思想，甚至还有激烈的批评之声，比如龙榆生就批驳过胡适的词史发展三段论，从这个角度看他们无疑属于传统派。然而，他们与胡适、胡云翼、冯沅君等现代派相比，确实有很多相近之点，比如都不满朱祖谋严守四声的做法，都主张将"词学"与"学词"区分开来，都重视学科体系的建设与思想观念的变革。不过，他们的出发点和目标

[①] 参见韩经太《考据与阐释：本世纪三四十年代的词学研究》，《百年学科沉思录》，人民文学出版社1998年版。

并不相同，胡适等只是将词学研究作为一种整理国故的行为，龙榆生等则是把研究与创作结合起来，以研究为主，也有指导创作的意图。因此，他们还是分属于不同的学术谱系，前者面向的是现代，后者更加尊重传统。

现代词学的阐释派，当从何时算起？我们认为应以南社为起点，像王蕴章《词学》、徐珂《清代词学概论》、谢无量《词学指南》，已渐显以阐释与建构见长的特点。到二三十年代，南北各大学开设词学课程，有了"词史"与"词学概论"之类的课程，因此，北京大学有刘毓盘的《词史》，东南大学有吴梅的《词学通论》，武汉大学有刘永济的《词论》，龙榆生更是在上海暨南大学创办《词学季刊》，提出现代词学有八个分支学科之说，在他们的倡导和影响下，词学从一门比较冷僻的学问成为一时之显学。

"现代四大词学家"——胡云翼、龙榆生、夏承焘、唐圭璋被认为对词学建设贡献最大，并推动中国词学从传统走向现代。目前，学术界对他们的研究比较成熟，成果亦非常丰硕，但在他们之外的有些学者也是不容忽视的，比如王蕴章、陈匪石、徐珂、王易、卢前、刘永济、周岸登、詹安泰、任二北等，都是在学科体系建设上作出突出贡献的词学名家。本章拟以王蕴章、刘永济、任二北、龙榆生为讨论对象，他们的研究不仅具有典型性，而且具有时代性，代表着现代词学的不同发展方向，在词学文献、词学体系的建构以及词史的研究等方面都有卓越的表现，在现代词学史上有一定的示范意义。

第一节　王蕴章词学的传统性与现代性

以谢无量、王蕴章、徐珂等为代表的南社词人，在词学体系的建构上曾作出了突出的贡献，尤以王蕴章《词学》一书为其代表。王蕴章（1885—1942），字莼农，号西神，别署二泉亭长、红鹅生、洗尘等，江苏无锡人。其幼承家学，擅长旧体诗词，光绪二十八年（1902）年十六便中举人。"喜报传来，他犹在城头上放纸鸢，乡里传为笑话。"[①] 宣统二年（1910），应商务印书馆之聘，他创办《小说月报》并任主编十年，后又创办并主编《妇女杂

---

① 郑逸梅：《南社社友事略》，《南社丛谈》，中华书局2006年版，第117页。

志》（1915）。他还是民初上海文社里的活跃分子，1910年参加了清末民初最有影响的文社——"南社"，又参与由周庆云、刘承干、吴昌硕等在1913年发起组织的"淞社"，还在1915年与庞树柏、陈匪石、周庆云、徐珂等共同组织发起"春音词社"。金天羽说："是时吴中数才士，曲必癯庵（吴梅），而词必莼农，卓然名其家，号称双绝。"① 由柳亚子等编辑的《南社丛刊》，从第一集到第二十二集，录145位词人词作2821首，其中王蕴章共154首，排名第五；1924年胡朴安编辑《南社词选》，王蕴章的词入选达30首，仅次于庞树柏（34首），与陶牧并列第二；当时北京大学曾拟聘其为词曲教授，② 可见王蕴章在清末民初特别是在南社词坛的重要地位和影响。

一 词学活动及著述

文人结社，盛于晚明，至于清初，斯风大炽，康熙中叶以后，清廷加强舆论控制，禁令汉族文士结社，此风渐以消歇。然而，道光以后，清朝国势衰弱，文人言事亦不受限，文士结社唱和之风再起，对于词坛而言，晚清著名之词社为红梨社、江东词社、九秋词社、聚红榭词社、秋江吟社等③，其最著者则有光绪时期文廷式、张祥龄、蒋文鸿、易顺鼎、易顺豫等结社于郑文焯之壶园，程颂万、易顺鼎、易顺豫在长沙结"湘社"，王鹏运、况周颐、缪荃孙在北京结"咫村词社"，郑文焯、张上龢、夏孙桐、黄念慈在苏州结"鸥隐社"。1911年10月，武昌城头，旗帜易色，宣统被迫逊位，中华民国宣告成立，一些逊清遗老纷纷避处上海、青岛、天津、苏州、徐州等地。"光、宣以来，士大夫流寓之地，北则天津，南则上海，其初席丰厚，耽游豫者萃焉。"④ 这些逊清遗老又以避处沪上为多，他们以诗酒消遣时光，并结社互为唱和，较有影响者为"淞社"、"超社"和"逸社"。这时上海文坛还活跃着另一个重要文社——"南社"，南社文人在政治上主张革命，在文化上要求复古，保存"国粹"，弘扬"国魂"，这些思想和观念使他们与逊清遗老在情感上多有相通之处，像邵瑞彭、庞树柏、陈

---

① 金松岑：《艺林九友歌》"序"，《天放楼诗文集》卷八，上海古籍出版社2007年版，第222页。
② 郑逸梅：《南社杂碎》，《南社丛谈》，中华书局2006年版，第334页。
③ 莫立民：《晚清词研究》，中国社会科学出版社2006年版，第33—37页。
④ 王国维：《彊村校词图序》，吴无忌编《王国维文集》，第407页。

匪石、王蕴章等都曾拜师于朱祖谋，当"春音词社"成立时他们一致推举朱祖谋为"社长"。

春音词社创立于1915年2月4日，其发起者则有二说。一说为周庆云，见周延祁《吴兴周梦坡先生年谱》："府君创春音词社……先后入社者有：朱沤尹、徐仲珂、庞檗子、白也诗、恽季申、恽谨叔、夏剑丞、袁伯夔、叶楚伧、吴瞿安、陈倦鹤、王苣农等先生"；另一说为王蕴章、陈匪石、庞树柏，语见王蕴章《春音余响》（《同声月刊》创刊号），该文言及民国元年（1911）他在马来西亚槟城结识南社词人陈匪石，时以诗词相酬酢。"迨余返国，匪石亦倦游归来，为《民权报》编辑社论。……匪石时寓沪西，距余寓庐甚近，朝夕过从，因共发起词社，请归安朱古微沤尹丈为社长。"这一回忆录写在1940年前后，其《梅魂菊影室词话》则发表在1915年，言之更详也更为真实可信："近与虞山庞檗子、秣陵陈倦鹤有词社之举，请归安朱古微先生为社长。古微先生欣然承诺，且取然灯之语，以'春音'二字名社。"① 庞树柏亦云："乙卯春日，予偕倦鹤、苣农结春音词社于上海，请朱沤尹师长之。"② 这一词社在当时影响极大，正如王蕴章所说，"海上词社以民初'春音'为最盛"，其盛的表现有两个方面：一是参加的人员多，"一时同社有虞山庞檗子，长洲吴瞿安，湘潭袁伯夔，新建夏映庵，杭州徐仲可，乌程周梦坡，番禺潘兰史，长洲曹君直，通州白中磊诸公，最远者为陕西李孟符，最少者为义宁陈彦通，……最近加入者，为吴江叶楚伧，而临桂况夔生，侯官郭啸麓，淳安邵次公，闽县林子有，丹徒叶荭渔，香山林铁夫，及林铁尊、黄公渚，又更其后加入者。"二是活动比较频繁，从1915年2月的第一集，到1918年春的第十七集，前后达三年之久，这在清末民初文社里是活动时间相对比较长的一个词社。关于春音词社雅集的时间、地点、词调词题等情况，柳亚子编《南社词集》王蕴章卷、陈匪石卷、庞树柏卷保存有部分作品，王蕴章更有明确地交代和说明："春音第一集社题，为《花犯》咏绿樱花，时东事正急，一日同游六三园，观绿樱花一株，幽艳独绝，同社诸人，竟忽忽有感，乃拈是调以寄慨。词成，请沤丈评阅，明

---

① 王蕴章：《梅魂菊影室词话》，《文星杂志》第1期（1915）。
② 庞树柏：《戛香簃诗词丛话》，《民国日报》1916年10月18日。

定甲乙。榜发，余列第一，檗子第二。……自第三集起，仅加圈点，略示商兑扬榷之意，而不复按次排列。"值得注意的是，王蕴章参加了春音词社的每一次雅集，词作先后有《花犯》"春音社第一集赋樱花，依清真四声"、《眉妩》"春音社第二集，赋河东君妆镜拓本"、《高山流水》"春音社第三集，赋宋徽宗琴"、《霜花腴》"春音社四集，赋菊花"、《烛影摇红》"春音社五集，赋唐花"、《高阳台》"春音社六集，赋都元敬藏汉代瓦砚"，直至春音词社的最后一集——第十七集的《雪梅香》"春感"，他是这一词社由兴到盛再而转衰的最直接的历史见证人。

王蕴章热衷于参与沪上各类诗社活动，并主编《小说月报》和《妇女杂志》，还绘有《西神樵唱图》（1916）、《十年说梦图》（1919）、《秋平室填词图》（1940），广征题咏，一时间沪上名流皆为之响应，并赋寄题词。其作品也被收入上述诗社的社集或报章杂志，尤以柳亚子编《南社丛刊》、《南社词集》，胡朴安编《南社文选》所收为多，《云外朱楼集》亦收有部分作品。其词学方面的著述主要有《词学》（上海崇文书局1919年版）、《秋平云室词话》（收入《云外朱楼集》，上海中孚书局1937年版）、《梁溪词征》（未见刊本）、《词学一隅》（刊于《民意月刊》第四号，为作者在南方大学的演讲稿）、《词史卮谈》（刊于《同声月刊》1940年第5、7辑，未完）、《梅魂菊影室词话》（《双星》《文星》《春声》《民国日报》等报纸杂志连载）、《然脂余韵》（上海商务印书馆1920年版）、《秋平云室词钞》（未见刊本）等。

二 "词史"与"世变"

在春音词社之外，当时沪上成立的几大诗社，如淞社、沤社都是共推朱祖谋为社长的，这表明社友们对朱祖谋词坛座主地位的认可。闻野鹤说："（朱祖谋）先生词笔力横绝处，诚能推倒一时豪杰，拓开万古心胸，虽源出梦窗，而纤词不滞，赋格高旷，盖直欲突过之矣！"[①] 庞树柏也说："师于庚子拳乱，几遭不测，继而视学岭表，力求解组，归隐吴下，空山岁寒，独

[①] 闻野鹤：《论词杂记》，《民国日报》1917年11月1日。

致力于倚声之学，王半塘谓六百年来真得梦窗之髓者，师一人而已。"① 我们知道，以朱祖谋为代表的彊村派，是晚清常州派在清末民初的回响，朱祖谋曾这样评价常州派的开山祖师张惠言："回澜力，标举选家能。自是词源疏凿手，横流一别见淄渑，异议四农生。"② 他自己的创作亦是秉承张氏意内言外之旨，兼有风人比兴之义，"深文而隐蔚，远旨而近言"③，正如当代学者卓清芬所说，"朱祖谋沿张惠言余绪，重视骚、雅对词的影响，深文远旨，义兼比兴，遂成为其词的主要表现方式"。④ 陈三立《清故光禄大夫礼部右侍郎朱公墓志铭》亦称："其词独幽忧怨悱，沉抑绵邈，莫可端倪。太史迁释《离骚》，明其'称文小而其旨极大，举类迩而见义远，其志洁故其称物芳'，固有旷百世与之冥合者，非可伪为也。"⑤ 受朱祖谋思想的影响，王蕴章亦强调词要有寄托，要求所作有微言大义，并进一步发扬了周济的"诗有史，词亦有史"之说，强调词与世变的联系。

在近现代词坛，一些重要的批评家多有自己的理论主张，不过他们的主张通常是对前代理论的进一步阐发，如王国维的"意境"说、况周颐的"重拙大"说、吴梅的"沉郁"说、赵尊岳的"风度"说等，王蕴章对前代理论的阐发便是自周济而来的"词史"说。"词史"之说，本在清初已由陈维崧提出，其《今词苑序》云："选词所以存词，其即所以存经存史也。"这是在明末清初社会动乱的背景下提出来的，意思是说通过《今词苑》的编选保存、记录、反映明末清初社会的"历史"，这其实也暗含着陈维崧一个非常重要的文学观念："夫言者，心之声也。"⑥ "作诗有性情有境遇，境遇者人所不能意计者也，性情者天之莫可限量者也，人为之也。"⑦ 但是这一观念在清代中叶趋向消歇，直到嘉庆道光年间清代社会由盛而衰，常州词派崛起，出生在阳羡这块土地上的周济，重拾其乡先贤、清初阳羡派领袖陈维崧倡导的"词史"说，认为作者所作当关乎人之性情、学问、世运，莫

---

① 庞树柏：《褧香簃诗词丛话》，《民国日报》1916年10月10日。
② 白敦仁：《彊村语业笺注》，巴蜀书社2002年版，第354页。
③ 张尔田：《彊村遗书序》，《词学季刊》创刊号（1933年4月）。
④ 卓清芬：《清末四大家词学及词作研究》，台湾大学出版中心2003年版，第64页。
⑤ 白敦仁：《彊村语业笺注》，巴蜀书社2002年版，第441页。
⑥ 陈维崧：《董文友集序》，陈振鹏校点《陈维崧集》，上海古籍出版社2010年版，第42页。
⑦ 陈维崧：《和松庵稿序》，陈振鹏校点《陈维崧集》，第37页。

不有由衷之言。"见事多，识理透，可为后人论世之资。诗有史，词亦有史，庶乎自树一帜矣！"①王蕴章正是通过朱祖谋承传了从周济而来的"词史"说，其《秋平云室词话》亦云："诗有史，词亦有史。"并在《词史卮谈》一文中指出，诗中如杜甫《哀王孙》哀帝室之飘零，《兵车行》伤战祸之惨酷，《石壕村》写吏役之恣睢与苛政之如虎；"他若南征百韵，劫记沧桑，丹青一篇，意存感慨。以及白居易之新乐府，元微之连昌宫词；名篇巨著，皆足备遗山野史之搜，供金鉴千秋之采"。②尽管词中类此者较少于诗，但从宋德祐太学生到邓廷桢、林则徐、蒋春霖，再到王鹏运、刘恩黻、郑文焯，词史上已隐然存在一个"词史"传统。其《词学一隅》专列"词史"一条，指出："诗词皆切戒无谓而作。弄月吟风，言之无物，虽不作可也。诗有诗史，……词亦有词史，词至于史，而其道始尊。"③但是，长期以来，因为观念的限制，使得人们对这一段"词史"未能有明确的体认，他正是要把这一历史上事实存在的"词史"现象抉发出来，从而建构起一部以"意内言外"为逻辑起点的"词史"体系。

王蕴章谈"词史"问题的文章，主要有：《秋平云室词话》（收入《云外朱楼集》）、《词学一隅》（发表在《民意月刊》）、《词史卮谈》（发表在《同声月刊》），归结上述有关文章的论述可知，他对于"词史"问题谈到了三个方面的内容：第一，关于"词史"与"诗史"的相通之处，这一点与周济所说并无多大差别；第二，关于"词史"与"诗史"的特殊之处，一般说来"诗史"之作皆于题中标明，"词史"之作则往往是"隐约其词，屈曲其声"。具体说来，"词史"又有三种不同的情况：一是托物以比兴，"如南宋遗民《乐府补题》，以白莲喻伯颜；朱彊村《庚子秋词》，以红叶赋瑾妃是也"；二是借古以讽今，"如临桂王半塘词集中读史鹧鸪天诸阕，皆记光绪朝之政事是也"；三是直叙本朝之事，如蒋春霖的《水云楼词》便多记当时军事。"盖词客哀时，文人薄命，忧伤憔悴之余，望夫君而不见，吹参差以谁思，乃一寄之于词，以摅其慷慨悲歌之气，其心弥苦，其志亦可伤矣"。第三，关于词史上存在的"词史"现象的历史性描述，他说："况词

---

① 周济：《介存斋论词杂著》，人民文学出版社1959年版，第4页。
② 王蕴章：《秋平云室词话》，《云外朱楼集》正编，上海中孚书局1937年版，第151页。
③ 王蕴章：《词学一隅》，《民意月刊》第2卷第8—10期，1941年。

史诸作，有系于一朝掌故，吉光片羽，皆遗山野史之余；血泪墨痕，尽庾信江关之赋。乌可听其湮没，不为揭橥，使词人一片苦心，消沉于红蟫碧血之中，与白杨衰草，同就澌灭？"① 正是因为有这样的原因和考虑，他对唐宋以来出现的"词史"现象第一次作了较为全面而系统的梳理。

他先从南唐潘佑的红梅词和西蜀韦庄的江南词说起，指出："五季之乱极矣，士大夫生当其际，身非季子，暮楚朝秦，别异文通，绿波春草。孝穆有思归之作，兰成多萧瑟之词，人之情也，伤何如之。然有河梁录别，翻成决绝之诗，衰白依人，甘作异乡之客，其情不犹可悲乎！"接着谈到北宋欧阳修的《蝶恋花》词实暗寓元祐党祸："元祐翻案，朝中正人，几斥逐一空。读史至此，未有不废书兴慨者。庐陵目击时艰，尤难为怀。党人碑上，工少安民，点将录中，名标复社，一网打尽，是何肺肝。故于《蝶恋花》一词之中，备臻怅惜之意。"② 而德祐太学生所作《念奴娇》《祝英台近》二词亦抒发江山飘摇之慨，"前词三四句两句，谓众宫女风流云散，如飞燕辞巢也；第五句谓朝士纷纷引去，如群龙无首也；第六句谓台官默默无言，如仗马不鸣也；第七句指太学生上书事，第八第九两句斥陈宜中也；恨煞东风谓贾似道，飞书传羽谓北军至也；新塘杨柳谓贾似道新宠之妾耳。后词之稚柳谓幼君，娇黄谓太后，扁舟飞渡亦指北军，寒鸦指流民，人惹愁来谓贾似道之出，那人何处指贾似道之去也；以类词似可为词史之滥觞。"③ 最后，他重点分析了南宋以后的"词史"之作，如谢克家的《豆叶黄》、姜夔的《暗香》《疏影》、辛弃疾的《菩萨蛮》（书江西造口壁）、王沂孙的《高阳台》以及近代蒋春霖的《水云楼词》、王鹏运的《庚子秋词》等，并揭示了这些词作所反映的"历史"和记录的社会"本相"，从而勾勒出一部以"词史"为主线的从晚唐经两宋到晚清的特殊词史。

很显然，王蕴章所谓"词史"，就是反映"世变"内容的"词史"，台湾学者吴宏一先生认为"世变"应该包括有"江山易主"和"世风丕变"两方面的内容④，然而王蕴章更重视词史上那些表现亡国之痛的作品，特别

---

① 王蕴章：《词史卮谈》，《同声月刊》第 1 卷第 7 号（1941 年 6 月 20 日）。
② 王蕴章：《词史卮谈》，《同声月刊》第 1 卷第 7 号（1941）。
③ 王蕴章：《秋平云室词话》，《云外朱楼集》正编，第 153 页。
④ 吴宏一：《清词与世变、寄托的关系》，《学术研究》2003 年第 3 期。

是对两宋时期亡国之痛的感慨尤深：

> 自古亡国之惨，无过赵宋。北宋则青衣行酒，南冠怜二圣之囚；南宋则白雁飞来，三日恨江潮之至。加以宫中粉黛，翠辇随行，马上蛾眉，黄绢入道，崖山半壁，块肉无存。天水两朝，人心不死，是以汐社遗民，补题乐府，周京故老，致慨黍离。钿蝉金雁，即铜驼荆棘之吟；漆椀银灯，换璧月琼枝之唱。攀龙髯于异代，碧血千年；翻鸳瓦于六陵，冬青一树。言者无罪，歌也有思。大都屈曲其词，玲珑其声。其志隐，故托物而起兴；其情哀，故百世而如见。更能消几番风雨，浪淘尽千古英雄，稼轩、白石、碧山三家，尤几于每饭不忘君。造微极幽，词人至此，造诣高矣，深矣，蔑以加矣。（《词史卮谈》）

这一论述亦有王蕴章的"寄托"，他所生活的时代正是中国处在水深火热的年代，前有八国联军进京事件，后有日军大势侵入，他对亡国之痛的强调未必没有自己的切身之感。他为周庆云《梦坡词》作序时，发表感慨说："囊读蒋鹿潭《水云楼》感怀时事之作，及沤尹《庚子秋词》、半塘老人（王鹏运）咏史诸什，皆言之有物，足备一朝之掌故，上比于少陵诗史。方今世变日亟，视昔人所遭更为过之，先生（指周庆云）傥有意含宫嚼徵，以成一代词史之伟业乎？仆不敏，犹将拈题分咏，自附于同声之末也已。"①

三 "以立意为体，以守律为用"

王蕴章不但承周代标举"词史"之论，而且还接续了"清末四大家"以立意为本的主张。对于"清末四大家"，蔡嵩云将其词学宗尚归纳为："本张皋文意内言外之旨，参以凌次仲、戈顺卿审音持律之说，而益发挥光大之。此派最晚出，以立意为体，故词格颇高；以守律为用，故词法颇严。今世词学正宗，唯有此派，余皆少所树立，不能成派。"② 所言稍嫌苛刻，但其所揭"清末四大家"宗旨甚是，其实，秉承朱氏的王蕴章论词宗旨亦

---

① 王蕴章：《〈梦坡词存〉序》，周庆云《梦坡词存》，民国二十二年刻本。
② 蔡桢：《柯亭词说》，唐圭璋编《词话丛编》第五册，第4908页。

可以"以立意为体,以守律为用"总结之。

在"作法第六"一节,王蕴章首揭"意内言外"之旨,提出"以立意为体"的思想:

> 填词妙旨,"意内言外"四字尽之。意内者,周止庵所谓"非寄托不入"也;言外者,止庵所谓"专寄托不出"也;董晋卿之"以无厚入有间",蒋剑人之"以有厚入无间",亦不脱此意。

"意内言外",本为张惠言所首发。"意内者何?言中有寄托也。所贵乎寄托者,触发于弗克自已,流露于不自知,吾为是词而所寄托者出焉,非因寄托而为是词也。"① 张惠言所言"非苟为雕琢曼辞而已"(《词选序》)即是此意,周济继之,并阐发其理论精蕴为:"非寄托不入,专寄托不出"(《宋四家词选目录序论》),强调创作中必须有艺术的形象性,作品中的物象与作者的情感要有机结合,求有寄托而又不见其寄托之痕迹,这样才会做到既灵气往来又精力弥满。董士锡所谓"以无厚入有间",周济是这样解释的:"驱心若游丝之胃飞英,含毫如郢斤之斫蝇翼。"它比喻作者对寄托的艺术表达,已达到炉火纯青的地步,自然而然,无所用心,却依乎天理,不见任何斧斫之痕迹;而蒋敦复所谓"以有厚入无间",是指作者的寄托无所不入,但又无所见之,如果说董士锡是立足在"初学"阶段上讲的话,那蒋敦复的"以有厚入无间"则是立足在"既成格调"层面上来讲的,所谓"炼意添几层意思,炼辞多几分渲染"是也②,以重旨复意为归。

那么,在具体创作过程中,如何体现"意内言外之旨"或曰"寄托"呢?比如咏物,正如上文所言,便不可无谓而作,像宋人《乐府补题》即皆有寄托,咏白莲指伯颜,咏蝉乃思君国。"王碧山尤精此体,喜君恢复之志,而惜无贤臣以助之,则有眉妩之咏新月;伤君臣晏安不思国耻,天下之将亡也,则有《高阳台》之咏梅;言乱世尚有人才,惜世之不用也,则有《庆清朝》之咏榴花。若姜白石、石湖咏梅《暗香》《疏影》二阕,玉田但

---

① 况周颐:《词学讲义》,《词学季刊》创刊号。
② 王韬:《〈芬陀利室词话〉序》,《词话丛编》第四册,第3627页。

赏其隶事之工,用杜诗入妙,不知'胡沙人远,旧恨深宫,哀曲玉龙,春风难驻',皆直指徽、钦蒙尘异国而言,读宋人词于此等处,最宜体会入微,切莫草草读过。"①王蕴章还谈到,词之赋物比兴,上可感伤君国,下亦可自写身世,过去比较注重感伤君国之处,而往往忽视了其自伤身世之处。比如《庚子秋词》中之赋红叶,实咏珍妃投井事也;《麟楦词》之赋唐花,实咏八国联军入都,某某向西将乞怜事。"借题托咏,最得风人之遗。"这是感伤君国,但像王鹏运咏马之《浣溪沙》则是借老骥伏枥以自喻,咏烛之《鹧鸪天》上半阕自写感慨,下半阕则所感甚大,哀时危苦之言,随处流露,而与烛字本题仍不脱不黏,"能入能出,自是斫轮老手"。还有,感怀节序词,亦应有所指咏,以能备词史为佳。如蒋春霖癸丑三月赋《踏莎行》,实为咏金陵沦陷之事;郑文焯庚子闰中秋《汉宫春》词,实则咏两宫西狩事。这里,就提出了这样一个问题,亦即如何做到"专寄托不出"?王蕴章认为咏物不能体物太拘,隶事要前后钩锁,不为典故所束缚,如水中盐味,融合无迹;运用成语,须出以自然,不可露针线之迹。一言以蔽之,一方面要自然,另一方面又要含蓄,亦即王蕴章所说的"含蓄"和"清新"的统一。"词贵含蓄,含蓄非凝滞也;词尚清新,清新非纤巧也。"②

王蕴章不但主张以立意为体,同时也要求以协律为用。众所周知,常州词派在其初起之际,为纠正浙派末流意旨枯寂之弊,张惠言是主张当以立意为本、协律为末的,其所自为"犹有曲子律缚不住者"③;但到周济时情况稍有变化,对词的艺术性要求更高,在强调词史之说的同时,在注重意内言外之旨的前提下,他还要求重视音律问题,并编有《词调选隽》一书,"以婉、涩、高、平四品分之"。④周济这一重视音律的理论倾向,到"清末四大家"那里得到进一步的发展,诚如当代学者孙克强先生所说的:"他们不仅在创作中严于守律,而且还发表有许多重音律问题的言论,重视词律成为四大家词学的重要特点。"⑤这一点在朱祖谋那里表现得尤为明显,况周颐

---

① 王蕴章:《词学》,《文艺全书》本,上海崇文书局1919年版,第75页。
② 王蕴章:《词学》,《文艺全书》本,第88页。
③ 沈曾植:《菌阁琐谈》,《词话丛编》第四册,第3607页。
④ 潘祖荫:《宋四家词选序》,尹志腾《清人选评词集三种》,第203页。
⑤ 孙克强:《清代词学》,中国社会科学出版社2004年版,第359页。

曾回忆起自己晚年在上海,与朱祖谋切磋词艺时的情形说:"壬子以还,辟地沪上,与沤尹以词相切磨。沤尹守律綦严,余亦恍然向者之失,斲斲不敢自放。"① 朱祖谋精识分铢,守律綦严,步趋四声,不敢逾越,达到了"不假检本,同人惮焉"的地步,因而也获得了"律博士"的美誉,并引领了清末民初词坛严守词律的风气。"(朱祖谋)侍郎出,斠律审体,严辨四声,海内尊之,风气始一变。"② 王蕴章等以朱祖谋为社长,自然对其偏重音律的主张及行为表示认同,并在《词学》一书中通过溯源、辨体、审音、正韵等方式,对词的音乐性特征作了进一步的阐发。

从词的起源看,他认为词之源为古乐府,其长短句式亦出自乐府之句有短长,而句之短长正在宣泄人之喜怒哀乐之感:"盖乐本乎音,有清浊高下轻重抑扬之别,乃为五音十二律以著之,非句有长短无以宣其气而达其音……自古诗变而为近代,而五七绝句传于伶官乐部,长短句无所依,不得不变为词,故词之与诗与乐府皆一脉相通,有源流正变之可寻。"词之源,本于乐府,盖为前人之旧说,本无新意,王蕴章在这里是强调:句之长短并非词之关键,音之清浊高下轻重抑扬才是词之本根,把词的体性要求由句之长短指向音之清浊抑扬。既然如此,后人填词当守宋人之成法,阴阳四声,一字都不得改易。"词而曰填,其义可知。盖词之兴也,先有文字,从而宛转其声,以腔就辞者也。洎乎传播久,音律确然,继起诸词人,不得不以辞就腔,于是必遵前词字脚之多寡,字面之平仄,号曰填词。……盖当时作者述者皆善歌,故制辞度腔,而字之多寡平仄参焉;今之歌法已失其传,音律之故不明,变易融洽引伸之技,何由而施?吾所谓确守宋之成法者此也。"所谓"腔"就是发音,就是词的音乐性,它来自作者对音乐性的理解,作者"制辞度腔"实际上就是斟酌填词是否合律。"腔出于律,律不调者,其腔不能工,然必熟于音理,然后能制新腔。"唐宋时期,凡填词作曲者,皆能洞晓音律,上自帝王下及士庶闾巷,莫不各制新腔,争相酬和。"虽道学如朱仲晦、真希元,德业如范文正、司马温公,亦能倚声中律吕。而姜夔审音尤精,终宋之世,乐章大备,四声二十八调,多至千余曲。"但当唐宋音

---

① 况周颐:《餐樱词自序》,屈兴国《蕙风词话辑注》,第594页。
② 夏敬观:《风雨龙吟室词序》,《同声月刊》第2卷第8号。

乐失传之后，词的音乐性便由音声之美凝固为字声之谐，词的音乐性要求也由音律之美转而为格律之协，填词者要保持词这一体式的谐美，也只能按律填词，特别是在字声上要注意推敲，切不可率意落笔。

在审音、正韵之前，王蕴章特设"辨体"一节，一方面他肯定万树《词律》一书对振兴词学的贡献，"正啸余之谬误，示后学之准绳"；另一方面也批评万树《词律》所谓律者，"非音律之律，亦非律例之律，不过如诗之五七律之律"，亦即他忽视了词的音乐性，因而订律制谱，滥设词体，斤斤于唐宋词之字体，而不懂词中增字减字之理。接着，他着重谈到词的审音问题，认为"必先明音之原理，而后始可言律"，"盖词以协音为先，音者谱也，古人无不按律制谱，以词定声者"，"一调之中，平上去入之韵，固宜恪遵；一字之中，喉舌唇齿，尤宜严辨"。在他看来，近世以音律论词，以戈载为最精，其所论皆为精心独造、提要钩元之语；至于音律之学，则当以张炎《词源》为指南。"学者苟能熟读此书，而复以字求音，何字为宫，何字为商，填词既成，复由工尺而配宫商，则不难追纵古人矣。"在审音之后当进而言韵，词韵与诗韵虽有别，然其源却出于诗韵，因为词在初起之际是倚声而歌并无韵谱可依，在简略回顾了宋代以后词韵之书的情况后，他指出："自戈顺卿载《词林正韵》一书出，而后翳障一空，词家始有可守之韵；今之填词者，只须以此书为法，其余论韵之书，纷如牛毛，展转蠢驳，枝叶繁多，皆置之不论可也。"明确提出填词用韵以《词林正韵》为皈依。

四 词派・词史

关于词派，历代多有论述，如张綖之宋词二派说。郭麐的唐宋词四派说、陈廷焯的唐宋词八派说。王蕴章是这样认识的：

> 古文有桐城、阳湖二派，诗有唐宋之界，词亦有西江、浙江、常州派之别，此以地言之也。以人言之，则有周清真之词浑厚，辛稼轩之词豪壮，王碧山之词温婉，吴梦窗之词秾挚，周止庵谓之四家。（《词学一隅》）

以上是从地从人而言的，在《词学》一书中他则按时代先后而论，分唐五代、两宋、清三个时段来讲，一方面是讲各个时代的总体风貌，另一方面也是谈词史发展的流变。

（一）论唐五代词

关于晚唐五代之词派，着重论述了花间和南唐两大词派。对于花间派，大致沿袭张惠言、冯煦之看法，如评温庭筠曰："温飞卿词，最工比兴，绮丽缠绵，足为《花间集》之冠。《菩萨蛮》诸阕，皆感士不遇也，篇法仿佛《长门赋》，而用节节逆叙。"这一评语便直接抄自张惠言《词选》对温庭筠的评价，又其评《花间集》曰："晚唐五季，如沸如羹，天宇崩析，彝教凌迟。深识之士，陆沉其间，惧忠言之触机，文俳语以自晦，黍离麦秀，用遣所伤，美人香草，楚蘉所托。其辞则乱，其志则苦，故作者数十人，大抵缘情托兴，读其词者，俯仰之际，万感横集。花间词派，遂为词学之极轨焉，后之学者，慎毋徒赏其镂金错采之工也。"这一段话来自冯煦的《唐五代词选序》。对南唐词派，他重点谈到南唐二主及冯延巳，对二主之词主要侧重在其艺术性方面："南唐二主，并标馨逸，元宗实为先驱，其词多可传者……李后主词，几于无首不佳，其气清，其神逸，其音哀以思，绝世风华，最推独步。"关于冯延巳，主要阐述其"上翼二主，下启欧晏"的词史地位，并指明其《蝶恋花》三首的意旨是："忠爱缠绵，宛然骚辨。"最后，还借用冯煦的观点，指出南唐词派对宋初词风的重要影响："宋初诸家，靡不祖述二主，宪章正中。"

（二）论两宋词

至于两宋词派，先是从西江派谈起，指出晏殊、欧阳修二人："皆宗南唐，翔双鹄于交衢，驭二龙于天路，可称二美。"此观点亦不过是复述冯煦之论，然谈两人词之审美特点，尤其是欧阳修对苏轼、秦观的影响甚为精警："疏隽开子瞻，深婉开少游，西江流波，倜乎远矣！"接着论述了北宋之柳永、苏轼、秦观、晏几道、周邦彦；南宋之辛弃疾、刘过、陆游、姜夔、吴文英、周密、王沂孙、张炎等。但他没有按作者的时代顺序一路叙述下来，而是依作者风格的相近亦即按词派的发展脉络勾勒两宋词史的。被他放在一起论述的词人有：晏殊、欧阳修；秦观、黄庭坚；秦观、晏几道；周邦彦、史达祖；苏轼、辛弃疾；刘过、辛弃疾、陆游；周邦彦、吴文英；周邦彦、史达祖、姜夔；刘克庄、辛弃疾、陆游；吴文英、周密；王沂孙、姜夔。如果对上述词人词派进行梳理的话，大约可以归为如下几派：西江派（晏殊、欧阳修）、本色派（秦观、晏几道、黄庭坚）、豪放派（苏轼、辛弃疾、陆游）、风雅派（周邦彦、史达祖、姜夔、吴文英、周密、王沂孙），遗憾的是王蕴章对上述各家各派的评价多来自冯煦，并无己见可言。

（三）论清词

清代是继两宋之后词史上的又一高峰，在词学史上向来有"清词中兴"之说，王蕴章亦有类似表述：

> 盖有清一代，二百数十年中，问学之业绝盛。自六书、九数、经训、文辞、篆隶之字、开方之图，推究于汉以后唐以前者，无不研深造微，而词亦跻其盛，世运升降，愈演愈进，固亦潮流之所驱矣！①

对于清词史发展脉络，他亦有简略叙述，并对各家的词史地位进行认定：

> 梅村、渔洋，筚路先驱；及秀水朱竹垞出，一以姜张为法，是为浙派。武进张皋文振北宋名家之绪，赋手文心，开倚声家未有之境，是为常州派。而纳兰容若，独辟香鸳鸯寺主，遥情逸韵，一唱三叹，论者遂以重光后者称之。同时吾乡顾梁汾，又能以清刚隽上，自标劲韵，此外加厉太鸿之幽倩、项莲生之隽秀、蒋鹿潭之沉著、周稚归之秾丽，得其一节，皆自足名家。②

在简略描述了清词史上重要的词派词人后，王蕴章又详细地谈到自己对每一时期重要词人词派的看法，不过，他的看法很多也是袭自谭献《箧中词》的有关评语，这对后来徐珂《清代词学概论》有影响。

对于清初词人，他认为皆承明代之弊，仅能袭《花间》之貌而已。像吴绮"集中绝少佳构"；彭孙遹"杀粉调铅，羌无寄托"；朱彝尊"但以姜

---

① 王蕴章：《词学》，《文艺全书》本，第63页。
② 王蕴章：《词学》，《文艺全书》本，第64页。

张为止境，又好引经据典，饾饤琐屑"；陈维崧"未夺稼轩之垒，先蹈龙洲之辙，《湖海楼词》多至千八百阕，可谓玉石杂糅矣"。其中，能得王蕴章之好评者唯王士祯、顾贞观、纳兰性德三人而已矣。中叶以后的词人可分两派，一为浙派，一为常州派。对于浙派，他是站在常州派的立场发言的，认为厉鹗"才思可到清真，苦为玉田所累；又喜征僻典，隶事极博，而时失之饾饤窳弱"，郭麐之失在其"无骨"，"撷英芟芜，无事博取"。对于常州派，则极尽褒扬之能事，认为嘉庆以来诸名家皆从之出，称其对推尊词体地位贡献尤大："至张皋文出，而此道益以大章，周止庵踵扬其绪，承学之士，遂侪填词于鸿篇巨制之列，而不复以小道目之。"至于晚清词坛，无非归之为常州派、浙派及不入派者，对于浙派词人赵庆禧以"空灵剽滑"称之，蒋敦复则是"亦尚浮华，殊少高响"；对于不入派的词人如龚自珍、项廷纪、蒋春霖、周稚圭，他皆袭用谭献的有关论述，评价较高；对于常州派，重点谈到三位词人——谭献、王鹏运、郑文焯，称谭献论词最高，所作略嫌于律少疏，立论尚算公允；王鹏运"以清真之浑化为归，于回肠荡气中自独来独往之概"；郑文焯《樵风乐府》"深美闳约之旨未坠，而佻巧奋末之风尽洗"；亦揭示出王鹏运、郑文焯两家创作之特点，可谓称旨。

五 《梅魂菊影室词话》

如果说《词学》《词史卮谈》有浓厚的现代学术意味的话，那么《梅魂菊影室词话》则表现出比较明显的传统色彩，它以传统词话随笔漫谈的言说方式表达了其看法和见解。《梅魂菊影室词话》共30则，它在体系性及理论性上虽不如《词学》，却也时有闪光的思想和重要史料，是王蕴章词学思想的另一种表述方式，其中所表述的观念和思想亦不容忽视。

（一）关于词律问题的论述

王蕴章非常重视词的音律问题，在《词学》一书曾反复强调词当合律，所谓"填词必明音律"是也。其《秋宵吟》小序有云：

> 此白石自度曲也，万红友疑为双拽头改为三叠，戈顺卿引玉田《词源》、朱子《仪礼经传通解》证为越调。且云："白石原词'古帘空'至'箭壶催晓'与下引'凉风'至'荒烟帆草'，句法既同，旁

谱亦无少异，前'晓'字用六上，后'草'字亦用六上四，可悟'六'字为杀声兼上四，毕曲与《石湖仙》同调，其中平仄无一字可移动，叶韵皆用上声，诸去声尤为吃紧。"考订音律可谓精审。独怪戈氏《广川书屋》之作，仍与白石原谱多所出入。秋宵坐雨，万感如潮，倚声及此，敢云石帚（姜夔）之遗，聊正翠微（戈载）之失。

从上述所论可知，王蕴章对前人之论并不盲从，而是有自己独到见解的。他还提到自己参与春音词社唱和，曾步朱祖谋、况周颐之韵而为赋《花犯》，并就音律问题发表了自己的看法：

> 此调格律甚严，取清真、梦窗两家，对较去上声之必不可移易者，共三十四字。记之如下：数必上，弟几必去上，艳必去，润洗必去上，信必去，占舞必去上，稳必上，未醒必去上，斗晓必去上，绮必上，泪影必去上，断否必上上，粉必上，梦浅必去上，腻必去，惯必去，最苦必去上，外冷必去上，但记取必去去上，杏必上（古微先生之约字用入声，从梦窗，但恐"舞一帘蝴蝶体"也），事近必去上。束缚至此，可谓难矣。

他在《词学》一书中虽推戈载为以音律论词之最精者，但对戈载自为词亦能指出其不合律之处：

> 元和戈顺卿持律最严，力正万氏之讹，所著《词林正均》，近时填词家奉为圭臬，可谓词学功臣矣。然其所作，往往不能自遵约束。余曩时作《秋宵吟》，即攻其阙，说见《南社丛刻》中。又如夹钟羽之《玉京秋》，宜用入声叶均，不可叶上去。见所著《词林正均》"凡例"中，及自作《杨柳岸》一首，用"院"字上去均。《忆旧游》调结七字，当作平平去入平去平，第四字不宜用入，历引各家词证之。及自作《问东风》一首，结云"山花已尽红杜鹃"，"尽"字非入，何恕于责己耶？芬陀利室主人谓："此句何不作'山花泪湿红杜鹃'？"质之顺卿，当亦首肯。

如果不是谙于词律问题，他不会对以论音律而著称的戈载提出自己的质疑。

(二) 关于近现代词林的纪事

王蕴章是民初春音词社的发起人，与当时词坛耆宿交往频繁，其所记述词林逸事对于近现代词史而言亦有补阙拾遗的功能。如记春音词社第一次雅集前后经过云：

> 近与虞山庞檗子、秣陵陈倦鹤有词社之举，请归安朱古微先生为社长。古微先生欣然承诺，且取然灯之语，以"春音"二字名社。第一集集于古渝轩，入社者有杭县徐仲可、通州白中垒、吴县吴瞿安、南浔吴梦坡、吴江叶楚伧诸人。酒酣，各以命题请。古微先生笑曰："去年见况蕙生与仲可有游日人六三园赏樱花唱和之词，去年之樱花堪赏，今年之樱花何如？即以此为题，调限《花犯》可乎？"时中日交涉正亟也，众皆称善。越数日而先后脱稿。

这一段材料就能修正有些学者对词社发起人及雅集地点的误解①，即其发起人应为王蕴章、庞树柏、陈匪石而不是周庆云，雅集地点是在古渝轩而不是六三园。又所记王一元《词家玉律》亦是重要的词学史料，特别是《词家玉律序》一文是非常难得的词论资料。

> 月前过城中旧书肆，见吾宗一元所著《词家玉律》钞本。破碎已甚，方命工修理，余欲窥其全豹，未能也。仅录其一序以归，序云："余不解音律，而雅好填词，刻羽引商，惟谱是赖。顾《啸馀》、《图谱》、《选声》诸书舛错相仍，余心识其非而莫能正也。迨万子红友《词律》一书起，而驳正之缕析条分，了若指掌。《金荃》一道几于力砥狂澜。然其间亦有矫枉太过者，且序次前后，未尽画一，披阅为难。思得数月馀闲，重为厘定，而拘于帖括。迫于饥驱忽忽未果。今春捷南宫，需次京邸，应酬少暇，始取唐宋诸词而参酌焉。会阴雨累月，剥啄

---

① 杨柏岭：《春音词社考述》，《词学》第十八辑，华东师范大学出版社 2007 年版。

不断，泾翠入帘，独坐小楼，灯光荧荧，漏三下不休。惟闻檐声树声，若余相赠答者。雨霁，而书适成。自念生平无他嗜好，《花间》、《兰畹》所乐存焉。减字偷声之癖久贻讥于士林。顾鄙陋如余，谬以词名上达两宫，翘首红云为之感泣，既自愧且自励也。继今以后，惟有手此一编，与周秦苏辛诸君子尚友，千古以咏歌太平，其敢学俗吏之投笔焚砚，以自弃于圣世哉。是编也仍名《词家玉律》者何？亦以折衷於万子之成书，不敢忘所自来也。康熙癸未孟秋朔日，梁溪王一元题于燕山，寄园之胚青阁。"按一元字宛先，占籍铁岭，官内阁中书，目订存词一千六百余首，厘为二十卷，名《芙蓉舫集》。寄园钱塘赵恒夫给谏园，一元为给谏所拔士，故久居其家。今《芙蓉舫集》亦在赵氏，详见吴子律《莲子居词话》中。红友之失攻之者众，一元以并世之人而纠正其误，必有可观。青甑是吾家故物，行购求之，不使流落天壤间也。

很显然，这是一部词律专书，序文交代了该书成书经过，时间当在康熙四十二年（1703）。

（三）关于唐宋词籍的考证

王蕴章对词籍的考证，有两方面的内容：一是对作品的考证，一是对词籍版本的考证。如其对刘几事迹的考证：

> 白石、小红故事，为词人所艳称。按：在白石前者有刘几，字伯寿，洛阳人。为"洛阳九老"之一，神宗朝官秘书监，致仕上柱国通议大夫，筑室嵩山玉华峰下，号玉华庵主。有妾名萱草、芳草，皆秀丽善音律。伯寿出入乘牛车吹铁笛，二草以蕲笛和之，声满山谷。出门不言所之，牛行即行，牛止即止。其止也，必命壶觞尽醉而归。观此，觉魏晋诸贤，去人未远。垂红雪夜，一曲洞箫，犹未免寻常儿女子之态耳。伯寿又尝于汴妓部懿家赋《花发状元红》慢词一阕，中有"咏歌才子，压倒元白"之句，其情致可想见也。

其所考刘几之事，对了解其人其事是有助益的。又如对"无可奈何花落去，似曾相识燕归来"一句作者归属的考证：

"无可奈何花落去，似曾相识燕归来"，《珠玉词》中妙句也。《皋文词选》误为南唐中主所作，不知何本。按《复斋漫录》，晏元献同王琪步游池上，时春晚有落花。晏云："每得句书墙壁间，或弥年未尝强对。且如'无可奈何花落去'一句，至今未能对也。"王应声曰："似曾相识燕归来。"自此辟置馆职，遂跻侍从。又张宗橚《词林纪事》云："元献尚有《示张寺丞、王校勘》七律一首。'元巳清明假未开，小园幽径独徘徊。春寒不定斑斑雨，宿醉难禁滟滟杯。无可奈何花落去，似曾相识燕归来。游梁赋客多风味，莫惜青钱万选才。'中三句与此词同，只易一字，细玩'无可奈何'一联，情致缠绵，音调谐婉，的是倚声家语。若作七律，未免软弱矣云云，是此词为晏作无疑。（汲古阁六十家词于此阕下亦注云："向误为南唐二主词"。）

其据《复斋漫录》《词林纪事》，说明"无可奈何花落去，似曾相识燕归来"一句当为晏殊所作，令人信服。如记载张元干《芦川词》在清代的流传经过：

《芦川词》，宋张元干著。黄荛圃于苏州元妙观西骨董铺见宋刻原本，欲以重价易之，而竟为北街九如堂陈竹厂豪夺以去。荛圃大恨，旋又得旧钞本《芦川词》，行与宋版同。因讬蒋砚香向陈竹厂处假得宋版对校。知旧钞本影宋，每叶板心有"功甫"二字者，其字形之欹斜，笔画之残缺，纤悉不诡，可谓神似。中有补钞一十八翻，不特无"功甫"字样，且行款间有移易，无论字形笔画也。因倩善书者影宋补全，撤旧钞非影宋者，附于后以存其旧。荛圃珍惜殊甚，加跋至八段，并于社日独坐听雨，题两诗于后云："阴晴刚间日，风雨迭相催。未断清明雪，频惊启蛰雷。麦苗低欲没，梅蕊冷难开。我亦无聊甚，看书检乱堆。今朝说春社，雨为社公来。试问有新燕，相期探早梅。（自注：向有词云'燕子平生多少恨，不见梅花'真妙语也。近年梅信故迟，社日犹未盛。）停针忘俗忌（自注：余家妇女日或以针线为事无辍），扶醉忆邻酤（自注：余断酒已五年，虽赴席，有酒战者，从壁上观之），日觉愁城坐，频看两鬓催（自注：余处境不顺已历有年矣，惟书可以解忧，今有忧而书不能解，若反足以甚吾忧者，知心境益不堪矣）。"跋后"佞宋主人漫笔"。书淫墨癖，知此老于此兴复不浅也。莌圃没后，此书归罟里瞿氏，后又由瞿氏归丰顺丁氏，今归涵芬楼，缪艺风假以镂版，每半叶七行，行二十三字，字大如钱，精彩飞舞，诚词林瑰宝也。

此外，关于朱氏结一庐所藏《宋五家词》（包括王之道《相山居士词》、向镐《乐斋词》、倪文举《绮川词》、陈经国《龟峰词》、王以宁《王周士词》）、士礼居旧藏本宋椠《片玉词》、阁本《辛稼轩集》等词籍的版本考证及流传情况的介绍也都有可取之处。

王蕴章是现代词学史上一位了不起的词学家，在中国词学从传统向现代转型的进程中作出过突出的贡献。但是，自1949年以来，除了现代文学界谈《小说月报》时还会想起他，在词学界他很少被人们提起，他完全成了一个被遗忘掉的词学家。一个在当时文坛非常活跃的人物，一个对现代词学建设作出了突出贡献的人物，为什么会被人们遗忘了呢？这是值得反思的学术史现象。

第二节　刘永济与传统观念的现代转换

刘永济（1887—1966），字弘度，号诵帚，湖南新宁人。1910年肄于天津高等工业学校，次年考入清华留美学校，毕业后先后在东北大学、湖南大学、武汉大学任教，特别是在武汉大学任教长达三十五年之久，是现代著名的楚辞学家、词学家和文学史家。[①] 1912年夏，刘永济拜"清末四大家"的朱祖谋、况周颐为师，从此开始了五十余年的词学研究生涯，在三四十年代逐步形成自己的词学思想，并长期主持武汉大学中文系词学讲席，成为和吴

[①] 李龙生：《人生归有道，所外更何求——记著名学者、诗人刘永济》，《湖南党史》1999年第2期。

梅、汪东、王易、赵万里、夏承焘、周岸登、龙榆生、卢前等齐名的词学教授。① 先后著有《诵帚堪词选》《诵帚堪词论》《微睇室说词》《唐五代两宋词简析》及《刘永济词集》等。20 世纪三四十年代是中国词学向现代转型的重要时期,有从词籍辑佚校勘入手的,有从词选的编选普及入手的,有从探讨词的源头和流变入手的,有的侧重对词的命意作法的探讨,有的热衷考证词人生平制作年谱,刘永济则博采众说,融会贯通,先后推出一"选"一"论",形成了自己的独到见解,阐释了传统词学的理论范畴,也将传统词学推向了现代。

一 由博返约的唐宋词选

在清代,很多词学家是通过词选来表达其思想或观念的,特别是自嘉庆二年(1797)张惠言《词选》流行以来,编辑词选在晚清词坛成为一时之风气。如周济有《词辨》《宋四家词选》,周之琦有《心日斋十六家词选》,谭献有《复堂词录》,陈廷焯有《词则》,成肇麐有《唐五代词选》,冯煦有《宋六十一名家词选》等,这些选本有一个共同目标:为初学者指示填词门径,又借以表达其词学思想。到了清末民初,词选的编纂出现了四种动向:第一种是以词选来传达观念,为词坛引领新的审美风尚,如朱祖谋《宋词三百首》;第二种是以选词作为自娱的工具,也表达编选者的审美观念,如陈曾寿《旧月簃词选》、刘瑞潞《唐五代词钞小笺》、俞陛云《唐五代两宋词选释》等;第三种是在出版部门的邀约下,为普及词史或词的常识而编选的词选,如胡适《词选》、胡云翼《唐宋词选》、龙榆生《唐五代宋词选》等;第四种是为着教学的目的而编选的词选,如俞平伯《诗余偶评》、吴梅《词选》、孙人和《唐宋词选》、龙榆生《唐宋名家词选》等。刘永济的《诵帚堪词选》和《唐五代两宋词简析》均属于第四种词选。

据程千帆、巩本栋追记,"刘先生早年在武汉大学讲授词选,曾编有《诵帚堪词选》四卷,选录作品较多,晚年由博返约,又撷唐宋词的精华,写成《唐五代两宋词简析》"。② 这说明《诵帚堪词选》成书较早,应该是

---

① 龙榆生主编《词学季刊》创刊号,上海书店出版社 1985 年影印本,第 220 页。
② 巩本栋:《刘永济先生的词学研究》,刘永济《微睇室说词》,凤凰出版社 2012 年版,第 12 页。

他在 1932 年到武汉大学任教以后编选的，武汉大学图书馆馆藏著录的时间是 1952 年 5 月 14 日。这部选本共选唐宋词 526 首，其中唐五代 163 首，北宋 160 首，南宋 203 首，反映出他偏重南宋的倾向，全书共收唐宋词人 91 人，其中南宋以后占 56 人，入选较多的词人是温庭筠 23 首，韦庄 14 首，李后主 16 首，李珣 15 首，冯延巳 16 首，欧阳修 11 首，张先 9 首，柳永 16 首，苏轼 20 首，晏几道 17 首，秦观 16 首，周邦彦 21 首，李清照 8 首，朱敦儒 15 首，辛弃疾 26 首，姜夔 18 首，刘克庄 8 首，吴文英 14 首，张炎 11 首，王沂孙 9 首。据吉首大学、武汉大学、湖南省图书馆著录《刘永济先生藏书情况介绍》，知道刘永济收藏的唐宋词籍主要有《唐五代廿一家词辑》《景汲古阁钞宋本宋金词七种》《彊村丛书》《乐府雅词》《宋词三百首》等①，而据笔者对照《诵帚堪词选》与上述诸书，发现其选唐五代词多出自《唐五代廿一家词辑》，选两宋词则主要来自《宋词三百首》和《彊村丛书》，也就是说他主要是利用了王国维和朱祖谋两家对唐宋词辑佚的成果。因为《诵帚堪词选》并无任何注释及说明，我们只能从选源、选目及入选词人，大约推测刘永济编选这一选本的意图，主要是为了比较全面地反映唐宋词史，选域较宽，入选词作较多，入选词人广泛，也反映出其推尊南宋、标榜重拙大的倾向。

如果再将《诵帚堪词选》与张惠言、董毅、周济、朱祖谋的唐宋词选对比，会发现它们在选目或选量上有比较一致的地方。

张惠言《词选》，选温庭筠 18 首，李后主 7 首，韦庄 4 首，冯延巳 5 首，张先 3 首，苏轼 4 首，秦观 10 首，周邦彦 4 首，朱敦儒 5 首，辛弃疾 6 首，姜夔 3 首，王沂孙 4 首，李清照 4 首。

董毅《续词选》，选温庭筠 5 首，韦庄 3 首，冯延巳 3 首，苏轼 3 首，秦观 8 首，周邦彦 7 首，姜夔 7 首，史达祖 3 首，王沂孙 4 首，张炎 23 首。

周济《词辨》，选温庭筠 10 首，韦庄 4 首，李煜 9 首，冯延巳 5 首，周邦彦 9 首，陈克 4 首，辛弃疾 10 首，姜夔 3 首，吴文英 5 首，王沂孙 7 首，

---

① 参见吕华鹏、姚慧、李晨、余来明等辑录《吉首大学馆藏刘永济先生藏书、藏书批注、手稿情况介绍》、《湖南大学图书馆藏刘永济著述目录》、《武汉大学藏刘永济先生著作及藏书目录》、《湖南图书馆藏刘永济先生著作及藏书目录》，《刘永济著述整理与研究学术研讨会论文集》，武汉大学中国传统文化研究中心 2011 年编印。

张炎3首。

周济《宋四家词选》，在宋四家之外，选录较多的有欧阳修9首、晏几道10首、柳永10首、秦观10首、贺铸7首、周邦彦26首、辛弃疾24首、姜夔11首、吴文英22首、周密8首、王沂孙20首、张炎8首。

朱祖谋《宋词三百首》，选录较多的有张先6首、晏殊10首、欧阳修9首、柳永13首、晏几道15首、苏轼10首、秦观7首、周邦彦22首、贺铸11首、辛弃疾12首、姜夔17首、史达祖9首、吴文英25首、周密5首、张炎5首、王沂孙6首、李清照5首。

通过比较可以看出，刘永济《诵帚堪词选》虽然是为了满足教学需要而编选，但因为与朱祖谋、况周颐的师承关系，对于常州词派认同的唐宋词人选录较多，在选词及选人上还是遵循的常州派家法，以意内言外、比兴寄托、"重拙大"为其祈向所在。

在《诵帚堪词选》之后，大约在50年代，他又编选了一本《唐五代两宋词简析》。据书前出版说明，本书原名《唐五代两宋词选注释》，较之《诵帚堪词选》，它不但编排体例有变化，而且增加了作者介绍和作品评析，"是一部有特色的词选"。在数量上，它仅选词131首，较《诵帚堪词选》有大幅度减少，唐五代词只有56首，北宋38首，南宋37首，唐五代相对较多，两宋所选数量则大致持平，更加突出了主要词派、重要词人和代表作品。在选目上，在唐五代部分，减少了文人词的分量，增加了敦煌石室民间词曲，特别突出了李煜、冯延巳变革词风和开启风气的历史贡献；在宋词部分，特别强调了苏轼、柳永、李清照的词史地位，肯定其对词体发展所作的创新和变革。在体例上则兼顾词体与词派的发展，"用意在将唐、五代、两宋词的主要流派，系统地介绍于读者"，比如唐五代的闺情词、宋初的小令、两宋的通俗词及滑稽词、南宋的咏物词，既遵循时代顺序描述词史发展进程，又特别注意突出词史发展过程中出现的新变，如提出隐逸词、风土词、遗民词等，这些都是以前词选或词史很少涉及的新因素。

从以上所论看，刘永济在晚年对于唐宋词史的认识，有了很大的变化。在《唐五代两宋词简析》"总论"部分，比较全面地阐述了他对词史问题的看法，并彰显了其独特的词史观。第一，重视词与政治、经济等外在因素的联系。如分析五代十国柔靡词风，联系江南与四川发达的经济来谈；分析柳永、苏轼词风的形成，结合他们人生的坎坷经历来探讨；分析南宋词风的变化，也是把它与南宋末年国力日削的形势相联系，认为这使得那时文人的作品，大都气格衰飒。指出，"我们如果要知道词中所包含的人民生活和社会意义，有时要从它表现的反面，或者从它的文字之外去体会，以作者所处的时代去印证。"第二，注意不同词派的创作特色，如五代文人描写男女闺情，李煜的作品有家国兴亡之感，李珣的作品有隐逸气味；而柳词与苏轼的不同是，"柔丽一派的词多是抒写才情，而豪放一派则可见作者的思想；柔丽派内容狭隘，往往局限于作者的个人的生活，不像豪放派的恢宏，不当以后者为别派而轻视它"。第三，对于词史的变化能从时代发展的高度去认识，即已由北宋重音乐向南宋重文学的转变。指出："北宋词人不谙音律，词之入乐，皆由乐工，是先有调然后按调制词，故曰'填词'；南宋有名词人多善音律，能自制曲调，因之就音律精切而言，是北不如南的。"① 因此，有人认为他在 40 年代撰写的《词论》，是一部教人作词的著作，那么他的《唐五代两宋词简析》则是一部教人读词的选本——如何读词以及如何认识词。②

二 对"比兴寄托"说的发展

刘永济步入词坛的 1912 年前后，词学研究领域正酝酿着一场"革命"。1908 年，王国维引进西方现代美学观念，结合自己三年多的填词经历，撰写有《人间词话》一书，对传统的词学观念和研究方法进行了大胆的革新。他的"意境"说及"一代有一代之文学"说，给清末民初的词学界带来很大的冲击力，在他的影响下出现了以胡适为代表的"解放派"。③ 二三十年代词学研究的格局是，现代研究方法和传统研究方法并存发展，形成了"体制外派"和"体制内派"，有的学者称其为"现代派"与"传统派"，前者注意引进西方现代科学观念分析词史，以胡适、胡云翼、薛砺若为代表；后者侧重于词的本体研究，诸如词籍、词调、词谱、词法、词史等，以

---

① 刘永济：《唐五代两宋词简析》，上海古籍出版社 1981 年版，第 8 页。
② 巩本栋：《刘永济先生的词学研究》，刘永济《微睇室说词》，第 20 页。
③ 施议对：《中国当代词坛解放派首领胡适》，《今词达变》，澳门大学出版中心 1999 年版。

况周颐、徐珂、吴梅、赵尊岳等为代表。①

刘永济曾师从朱祖谋、况周颐学词，在词学研究方面自然属于"体制内派"。朱祖谋、况周颐都是在王鹏运提携下步入词坛的，词学观念亦深受王鹏运的影响，他们在体制上都主张严守词律，在词旨上则推崇常州派的"比兴寄托"说。刘永济的师承关系决定着他不可避免地要受常州派词学的影响，对常州派开派领袖张惠言的"意内言外"说给予极高的评价。称张惠言以"意内言外"释词，"选词二卷，以指发古人言外之幽旨，学者宗之，知词亦与古诗同义，其功甚伟"。② 他还沿着周济"词史"说的思路，指出词和诗一样可以"为后人论世之资"。他说："窃尝合古词人之作观之，其发唱之情虽至夥，要不出乎哀乐，而世之治乱，即因以见。……虽一己通塞之言，游目骋怀之作，未尝不可以窥见其世之隆污。"③ 张惠言《词选》解读唐宋词注意寻找其中的"微言大义"，周济《宋四家词选》分析唐宋词也重视发掘其中的"寄托之旨"，刘永济《唐五代两宋词简析》的一个突出特点也是注重分析唐宋词中作者的"言外之意"。如冯延巳的《蝶恋花》"几度凤楼同饮宴"、"几日行云何处去"二首，原本表现的是青年男女百无聊赖的情绪，并没有太多太深刻的内涵，陈世修称冯延巳是在"金陵盛时，内外无事"的社会环境下作词的，目的是"俾歌者倚丝竹歌之，所以娱宾遣兴也"。④ 张惠言却从"意内言外"的角度寻绎出其中的政治寓意，认为冯延巳为人专蔽嫉妒，此词盖以排间异己者，刘永济认为张惠言所言甚是。

分析《唐五代两宋词简析》的评语、笺释及其他内容，可以知道刘永济所言有寄托之词大体包括以下两种类型。

一是宋初闺情词。刘永济认为，五代十国词多写男女相思之情，这是当时上层统治集团荒淫享乐生活的真实写照，韦庄、和凝、顾敻诸家词是纯写闺情而别无寄托，但南唐君臣李煜、冯延巳的闺情词却别有寄托，特别是冯延巳的词表达之情极其复杂。"有猜疑者，有希冀者，有怨恨者，有放荡

---

① 胡明：《一百年来的词学研究：诠释和思考》，《文学遗产》1998 年第 2 期。
② 刘永济：《词论》，上海古籍出版社 1981 年版，第 73 页。
③ 《刘永济词集·自序》，湖南人民出版社 1984 年版，第 3 页。
④ 陈世修：《阳春集序》，吴讷《百家词》，天津古籍书店 1992 年版，第 149 页。

者。"① 如《谒金门》"风乍起"即为讽刺之作，《南乡子》"细雨湿流光"也是托闺情以自抒其怨望之情。冯延巳对宋初的令词影响极大，宋初诸公之为闺情词大多是托闺情以抒己情，像晏殊、欧阳修、晏几道"因所托之情，关涉朝政，不便明言，故托之闺情也"。② 如晏殊的《踏莎行》"细草愁烟"、"小径红稀"二首，实暗指宋初吕夷简把持朝政，贬逐孔道辅、范仲淹、余靖、尹洙诸人；欧阳修的《踏莎行》"侯馆梅残"亦暗喻自己因指责高若讷不谏吕夷简而被贬为夷陵令事；晏几道的《浣溪沙》"二月和风到碧城"通篇咏柳，细味之皆含讽意，所讥对象即是吕夷简。

二是南宋咏物词。刘永济认为，咏物词和闺情词一样，"必先有性灵，然后能观物。能观物，然后能得题中之精蕴，题外之远致"，③ 南宋姜夔、史达祖、王沂孙的咏物词最能体现这一审美要求。如姜夔的《暗香》《疏影》，虽咏梅却非敷衍梅花故事，其辞虽不离梅，而又不黏着于梅。前者寄身世之感于梅花，后者更明显为徽、钦二帝作。史达祖的《双双燕》"过春社也"，曲尽燕子之情状，然非纯咏燕，乃托燕以写闺情，写闺情又即自抒情也。其中"柳昏花暝"四字言外实有所指，考邦卿为韩侂胄中书省堂吏，凡韩侂胄有所作为，邦卿无所不知，其间不少昏暝之事，皆邦卿所言"看足"也。辛弃疾的《贺新郎》"凤尾龙香拨"一词，虽题为赋琵琶，言外仍是借琵琶以写其所怀也。"观其起结皆用开元琵琶事，以见盛衰之感，而结以时无贺老，暗指朝中无人，国势衰微。"④ 刘永济还特地辟有"南宋咏物词"一章，指出宋末元初的词社，每以咏物为题，入社者多宋之遗老，有兴亡之感却不敢明言，故多托诸比兴之辞。如王沂孙《齐天乐》咏蝉、咏萤，《扫花游》咏秋声即是这样的典范。

张惠言提出"意内言外"的论词主张，对推尊词体的确起过重要的作用，但张氏解读唐宋词也存在"强为指发"的弊端，宋翔凤、董士锡、周济先后对张惠言的观点进行过改造，到况周颐则提出更为圆通的"即性灵即寄托"说。在况周颐有关论述的基础上，刘永济对历代论寄托的观点作

---

① 刘永济：《唐五代两宋词简析》，上海古籍出版社 1981 年版，第 23 页。
② 刘永济：《唐五代两宋词简析》，第 36 页。
③ 刘永济：《词论》，上海古籍出版社 1981 年版，第 96 页。
④ 刘永济：《唐五代两宋词简析》，第 82 页。

了适当的整合，提出了两点有建设性的意见。第一，作者填词不尽为寄托之辞，有寄托者也有自抒性情者。但张惠言论词以有寄托为高，而未能认识无所寄托而自抒性情亦高。因为作者当性灵流露之际，初未暇措意其词，未必有意寄托何事。虽自写性灵，无所寄托，而平日身世之感，即存于性灵之中，同时流露于不自觉，这就是况周颐所说的"即性灵即寄托"。第二，要理解作者的寄托，必须证诸本事。"惟本事以世运时移，传闻多失，不易得知。然苟察其所处何世，所友何人，所读何书，所为何事，再涵咏其言，而言外之旨亦不难见。"① 要了解作者的"言外之旨"，必须了解作者的地位、行为及时代背景，否则必同于猜谜。即使词中的"言外之意"，也只可求之于一二句，不可以全首句句比附来说，否则必然牵强附会，失作者之原意。比如王沂孙的《齐天乐》"蝉"一词，清人端木埰解释说："详味词意，殊亦黍离之感。'宫魂'字，点出命意。'乍咽'、'还移'，慨播迁也。'西窗'三句，伤敌骑暂退，燕如故……"② 刘永济认为端木埰的解说，"句句比附，不免参以主观，未尽可信"，"盖词人托物言情，有切合人情之句，亦有描写物象之句；词人自道身世，有指身而言者，亦有指世而言者，其间隐显变化，原无一定"。③

三 传统话语的现代阐释

从刘永济对唐宋词的诠释看，他基本上走的是常州派"比兴寄托"的路数。但他生活的三四十年代，"词学"已由"小道""末技"成为一门成熟的现代学科，各种研究方法亦被引进到这一领域，词学研究不仅仅是用以指导填词，更是为了"推求各曲调表情之缓急、悲欢，与体制渊源之流变，乃至作者利病得失之由"。④ 许多传统派（"体制内派"）学者，也注意采纳西方现代观念整理"国故"，如徐珂《清代词学概论》、吴梅《词学通论》、梁启勋《词学》，都尝试系统地整理传统词学，探讨词调、词谱、词派及作法诸问题。在这样的学术风气影响下，刘永济也写作了体系完备的

---

① 刘永济：《词论》，上海古籍出版社1981年版，第73页。
② 《张惠言论词》，唐圭璋编《词话丛编》第二册，第1621页。
③ 刘永济：《唐五代两宋词简析》，上海古籍出版社1981年版，第116页。
④ 龙榆生：《研究词学之商榷》，《龙榆生词学论文集》，上海古籍出版社1997年版，第87页。

《词论》一书。还因为他是一位融贯中西的学者，在1924年长沙明德中学期间，他编写了一本有浓厚的现代意识的文学概论教材——《文学论》。他以"参稽外籍，比附旧说"的原则，采取西方的现代学术方法，构建了一个以"美"与"善"为中心的文学理论体系。"在这一框架中，一方面西方文学理论的引进能够得到中国具体实际的有效接受和消化，另一方面中国传统文论也因有了西方的参照而得到了高屋建瓴的审视。"[①]《词论》一书也是他治学上融贯中西的具体表现，全书分上下二卷，上卷论词体，包括名谊、缘起、宫调、声韵、风会五部分，下卷谈作法，包括总术、取径、赋情、体物、结构、声采、余论七部分。论词体多综合诸家成说，谈作法则在疏释前人见解的同时间发己见，尤其是在"清空""襟抱""词境""取径"等方面颇多创见，并对这些传统的理论话语用比较纯熟的现代观念予以揭示。

关于"清空"。刘永济在"总术"一章首论"清空"，"清空"原是张炎在《词源》中提出的与"质实"相对的审美范畴，它要求作者措辞古雅，用意蕴藉，化实为虚，让词有清劲、疏宕、空灵飞动之美。比如姜夔的《暗香》《疏影》《扬州慢》，"不惟清空，又且骚雅，读之使人神观飞越"。在清代，以朱彝尊为代表的浙（西）派，为转变明末清初的软媚轻艳风气，重提姜夔、张炎所倡导的清雅词风，对"清空"的审美内涵作了进一步的拓展，即"清空"不仅与"质实"相对，而且拒斥俗艳和粗豪，是指内容雅正与形式协律的完美结合。后来，以周济为代表的常州派后劲，不满于浙派的"过尊白石，但主清空"，积极肯定浙派所否定的吴文英和辛弃疾。指出辛弃疾的词"沉着痛快，有辙可循，南宋诸公，无不传其衣钵"。吴文英的《梦窗词》"奇思壮彩，腾天潜渊"，"返南宋之清泚，为北宋之秾挚"，是由南转北的一大关捩。[②] 况周颐又进一步指出，作词不能过经意，也不可过不经意："词太做，嫌琢；太不做，嫌率。欲求恰好分际，此中消息，正复难言。但看梦窗何尝琢，稼轩何尝率，可以悟矣。"[③] 刘永济在综合考察

---

① 刘绍瑾：《〈文学论〉编后记》，刘永济《文学论》，武汉大学出版社2013年版，第189页。
② 周济：《宋四家词选目录序论》，《介存斋论词杂著》附录，人民文学出版社1959年版，第13页。
③ 况周颐：《蕙风词话》卷一，人民文学出版社1960年版，第6页。

浙（西）、常（州）二派的审美主张后，从"意"与"辞"的角度探讨"清空""质实"，指出"清空"与"质实"涉及的是"炼意""炼辞"的问题："盖作者不能不有意，而达意不能不铸辞。及其蔽也，或意逸而词不逮焉，或辞工而意不见焉。……必也意足以举其辞，辞足以达其意。辞意之间，有相得之美，无两伤之失。"① 这样理解"清空""质实"的审美内涵，超越了浙西、常州两派的派别立场，站在纯审美的角度来权衡"清空""质实"利弊，从而刘永济将"清空"的审美内蕴重新界定为"词意超妙"："清空云者，词意浑脱超妙，看似平淡，而义蕴无尽，不可指实。"而这一审美特征又是《诗》《骚》传统在词中的具体表现，是古代诗歌比兴传统的进一步发展。"其源盖出于楚人之骚，其法盖由于诗人之兴，作者以善觉、善感之才，遇可感、可觉之境，于是触物类情而发于不自觉者也。惟其如此，故往往因小可以见大，即近可以明远。其超妙，其浑脱，皆未易以知识得，尤未易以言语道，是在性灵之领会而已，严沧浪所谓'水中之月，镜中之象'是也。"②

关于"襟抱"。"襟抱"指的是作者的审美修养，清初著名诗论家叶燮说过："作诗者，亦必先有诗之基焉。诗之基，其人之胸襟是也。有胸襟，然后能载其性情、智慧、聪明、才辨以出。"③ 诗是这样，词亦如此，况周颐说过："填词第一要襟抱。"④ 例如，刘桂隐的《满庭芳·赋萍》云："浮鸳行破，一瞬沦漪"，写鸳鸯破水，在一瞬之间，掀起层层涟漪，可谓是传神入微，体物细致，也映射出作者全身心投入到对象之中，体验着对象所带来的审美愉悦。况周颐认为："非胸次无一点尘，此景未易会得，静深中生明妙矣。"⑤ 可见，"襟抱"是一种超脱世俗杂念的审美心境，是指主体对对象全身心投入的先决条件。刘永济也认为，作词必须有"胸次""襟抱"，但"胸次""襟抱"却不可强力而致，而是来自于平日之学养，学养深厚则能以超脱的心境观察万物。"大凡人之观物，苦不能深静，而不能深静之

---

① 刘永济：《词论》，上海古籍出版社1981年版，第65页。
② 刘永济：《词论》，上海古籍出版社1981年版，第66页。
③ 叶燮：《原诗·内篇上》，《清诗话》，第572页。
④ 况周颐：《蕙风词话》卷一，第30页。
⑤ 况周颐：《蕙风词话》卷二，第83页。

故，在浮在闹。浮与闹之根，在不能远俗。能远俗，则胸次湛虚，由虚生明，观物自能入妙。故文家之作，虽纯状景物，而一己之性情学问即在其中。"①"浮"与"闹"都是指世俗的心态，"远俗"是指超脱世俗的心境，它是一种排除外界干扰，让万物进入审美视野的虚静状态。当作者将自己的性情、襟抱，借艺术传达的媒介表现出来，即为气格，或曰气象，或曰风度。那么，"气格"或曰气象，或曰风度具有什么样的审美特征呢？它与"襟抱""胸次"有什么区别和联系呢？刘永济解释说，"气格""气象""风度"，"皆指性情得所养，而形诸笔墨者言也"，"其异于襟抱、胸次者：襟抱、胸次，偏于论人，得之词外；风度、气象，即人即词，浑然不分。是故其人之风度气象，即其词之风度、气象。"②看来，"气格"是作者"胸襟"在作品中的投射，主体之"胸次""襟抱"不同，则词之气格亦相异。如元好问追迹苏轼，但仅得其深厚，却无其豪雄；王沂孙迹近张炎，但仅得其清空，却无其深远。这都是因为"胸次""襟抱"不同，决定他们的作品在"气格"方面无法学得苏轼的"豪雄"和张炎的"深远"。

关于"词境"。"意境"是在我国抒情文学基础上发展起来的审美理论，它最早出现在唐代著名诗人王昌龄的《诗格》一书，经晚唐、两宋及明清的发展完善，逐渐衍变成为一种代表中国艺术审美精神的理论范畴。近代词学中比较多的论述意境问题的有陈廷焯、况周颐和王国维，陈廷焯《白雨斋词话》中多次运用"意境"评价唐宋词人，如称王沂孙词以意境胜，辛弃疾词意境极沉郁，柳永的词"意境不高"，纳兰性德的词"意境不深厚"，大意多是指作品的"底蕴深厚"，但未能揭示意境的本质及其审美内涵。况周颐和王国维的有关论述较之陈廷焯要全面深刻，王国维偏于意境本质及其内在构成的分析，揭示意境的本质在"情"与"景"的结合，"物"与"我"的浑化；况周颐重在意境的生成过程的描述，指出意境的生成经由"静"（外境的宁静）——"寂"（内心的虚静）——"朗"（排除杂念）——"触"（思路开通）——"失"（灵感消失）的心理变化过程。因此说况周颐与王国维论意境具有互补性，是近代词学对意境理论的重要贡献。刘永济进

---

① 刘永济：《词论》，第68页。
② 刘永济：《词论》，第69页。

一步引进刘勰的"神思"说分析意境问题,将"意境"置诸创作过程中物我感应关系的角度进行探讨。他说:"神居胸臆之中,苟无外物以资之,则喜怒哀乐之情无由见焉。物在耳目之前,苟无神思以观之,则声音容色之美无由发焉。是故,神、物交接之际,有以神感物者焉,有发物动神者焉。以神感物者,物固与神而徘徊;以物动神者,神亦随物而宛转,迨神、物交会,情景融会,即物即神,两不可分。文家得之,自成妙境。"①"意境"的生成是主观之"神思"与客观之"外物"的互动,"外物"激发"神思",使人有喜怒哀乐之情;"神思"以积极主动的心态去"观物",故能观物之声、音、容、貌之美,使创作主体有了艺术创作的冲动。当作者借用艺术传达的媒介表现出来,即为"绝妙之词境"。刘永济还借用古代哲学中的"形""神"观念来解释意境之"物""我"关系:"文艺之事,析之有三端焉:一者,人情;二者,物象;三者,文词。文词者,人情、物象所由之以见者也;人情、物象者,文词所依之以成者也。三者之相资,若形神焉,不可须臾离也。故偏举之,则或称意境,或称词境,统举之,则浑曰境界而已。"② 在艺术构思阶段,"意境"表现为"人情"与"物象"的结合,在艺术的传达阶段,"意境"表现为"人情""物象""文辞"三者的交融,这样的分析不仅相当精辟,而且切入"意境"之神理。在这样的论述基础上,刘永济还结合对况周颐"读词之法"的分析,谈到艺术接受阶段的"意境"问题。况周颐说:"读词之法,取前人名句意境绝佳者,将此意境缔构于吾想望中,然后澄思渺虑,以吾身入乎其中而涵泳玩索之。吾辈性灵与相浃而俱化,乃真实为吾有而外物不能夺。"③ 读者接受前人的作品,必须深入其词境,与作者作心与心的对话,他人之词境亦我之词境,最后的效果是外物为我所有。刘永济指出:"况君读词之法,在取古人意境绝佳者,与己之性灵相浃而俱化,可谓于此道之秘奥尽宣之矣。"④ 他认为,况周颐所说的"读词之法",适合于所有的文学接受活动。"其意境绝妙者,皆当用以涵养吾之性情","举凡天地之间,人情、物态,何莫非至妙之词境",

---

① 刘永济:《词论》,第71页。
② 刘永济:《词论》,第71页。
③ 况周颐:《蕙风词话》卷一,第9页。
④ 刘永济:《词论》,第75页。

只要具备"灵心慧眼之人",都能随处得之。① 它将作者"胸次"与"词境"联系起来,突出了主体的审美"胸襟"对意境生成的重要意义。

关于"取径"。所谓"取径",指的是初学者应该如何入手为词的问题,他所面临的是前人大量优秀的文化遗产,应该对前人的文化传统采取什么样的态度呢?前人的作品哪些是应该学习的哪些又是应该摈弃的呢?刘永济向初学者提出,创作之本在取法自然,所谓"求词于词中,不如求词于词外",但初学者"直接取法自然,每苦不易,故必间接取法古人",② 古人成功的创作经验为后来者提供了良好的榜样,但必须认识到学习前人意在为我所用,千万不可求人之似而失己之真。"须知学古之要,在取古人之法,以为己之鉴。而古人之法,又学之自然者。惟自然之中,妙文无限,妙法亦无限,故古今取用无尽。"③ 在积累了不少前人取法自然的经验后,便可由取法古人转向取法自然了。"及其学古之功既深,然后即时即地皆能见自然之法则,能见自然之法则,然后能取以自为;能取以自为,则吾之性情、襟抱、聪明、才力与夫人事、物象、境遇、时序,皆可发抒尽致,摹略逼真。学古之道,如斯而已。"④ 在阐述了取法前人的总原则后,刘永济分别从作者和取法对象两方面,论述了取法前人过程中应该注意的有关问题。从初学者的角度看,他认为向古人学习有一个境界渐进的过程,不同的学习阶段都会表现出相应的优劣之处。"其初纯任性灵,弥见聪慧,其长处有非专恃学力者所能及,其弊也则或入于纤巧而伤格;及年事日增,学力日进,其长处则组织工炼,词藻富丽,而弊在质实而伤气。惟有性灵而不流于纤巧,有学力而不入于质实,以学力辅性灵,以性灵运学力,天人俱至,自造神奇之境。斯为最上,斯为成就。"⑤ 从学习对象的角度看,他认为唐宋经过不同的发展阶段,每一阶段都有其阶段性特征,初学者应该选取不同阶段的词来学习。"大抵词至南宋,法度森然,于初学者最便。北宋初期,欧、晏诸公,品格极高,而浑融超妙,不易窥其涯际。唐五代为词家星海,然不易穷

---

① 刘永济:《词论》,第 75 页。
② 刘永济:《词论》,第 75 页。
③ 刘永济:《词论》,第 75 页。
④ 刘永济:《词论》,第 75 页。
⑤ 刘永济:《词论》,第 77 页。

其究竟……苟于前篇所论修养有素，则五代、两宋皆我之先矩，苏、辛、梦窗皆我之良师，即舍五代、两宋、苏、辛、梦窗，而我亦不失其为大家，不失其为名手。如此，又岂五代、两宋诸贤所能限哉！"[1] 最后，刘永济指出，向古人学习，必须有一个"识"的问题，即古人之词有优劣之分，这就需要初学者有鉴别优劣的能力。"大抵空滑、纤巧之语，易为初学者所喜。而古人空滑、纤巧之处，或出偶然游戏，或由率尔操毫，本非其胜处。后人徒震于高名，又喜其悦目，遂于此等处求古人，则差之毫厘，谬以千里矣……又古人之词本无短处，学者得其形似，而遗其真，则成疵病者……故善观古人者，贵得精神，必如唐太宗见魏征为'妩媚'，则古人之短处，未始非即古人之长处，况本非古人之短处乎？"[2]

四 "风会说"与唐宋词批评

论"寄托""清空""襟抱""词境"是对传统词话的阐释，论"风会"则是刘永济在反思前代诸家成说的基础上提出的一个有独创性的学术见解。刘永济为什么要提出一个"风会说"呢？他说："文艺之事，言派别不如言风会。派别近私，风会则公也。言派别，则主于一二人，易生门户之争；言风会，则国运之隆替，人才之高下，体制之因革，皆与有关焉。"[3] 可见，"风会说"是对前代词学以流派论词倾向的反拨，以流派论词偏重于创作的要求，反映的是一个创作团体的审美追求；以风会论词偏重于学术研究，是将各种流派、创作现象置诸研究视域，客观地评价、权衡各家各派利弊得失。这是他为什么极力主张"风会说"反对言派别的根本原因。

词作为一种音乐文学，从晚唐五代历宋金元，经历了一个从初兴到衰落的衍变过程，出现了众多的作家和流派。怎样认识这纷繁复杂的创作现象呢？从宋到清的历代词学家，分别从时序、地域和作家的角度进行过探讨，为我们描述了一个条理分明的词史脉络，也为我们展现了一个井然有序的词坛风貌。从时序的角度看，有刘体仁的"初盛中晚"之分和俞仲茅、周济、吴衡照的南北宋之说，从地域的角度看，则有况周颐的河朔、江南之辨；从

---

[1] 刘永济：《词论》，第79页。
[2] 刘永济：《词论》，第79—80页。
[3] 刘永济：《词论》，第49页。

作家的角度看，更是纷繁多样，不可胜数：或是比较风格的异同，如周济称"飞卿严妆、端己淡妆、后主粗服乱头不掩国色"之喻，王国维的"飞卿句秀、端己骨秀、重光神秀"之评，况周颐的"重光性灵、端己风度、正中堂庑"之说等；或是辨别正体变体，如王世贞以李氏父子、晏氏父子及柳永、张先等为词之正宗，以温庭筠、韦庄、黄庭坚及苏轼、辛弃疾为词之变体，周济以温庭筠、韦庄、欧阳修、秦观、周邦彦为词之正声，以李煜、范仲淹、苏轼、辛弃疾、姜夔、陆游等为词之"正声之次"；或是以源流变化区分流派，如汪森称姜夔开南宋典雅词派，后继者有史达祖、高观国为其羽翼，张辑、吴文英师之于前，赵以夫、蒋捷、周密、陈允平、王沂孙、张炎、张翥效之于后……刘永济认为，这些评论虽称允当，但也有不少互相诋触之处，于是便形成了词学批评史上的正变之辨和清空质实之争。比如清初的浙西派，标榜清空，推崇姜、张，但常州派认为浙派是"高语清空，而所得薄；力求新艳，而所得者尖"。① 刘永济指出，这种派别之争，实际上反映的正是词坛风气的变化。"大抵古人立言，多在救时弊。南宋之末，词尚雕绘，故玉田非之以质实。明季词多浮采，故竹垞救之以清空。浙中诸子之弊也，故有止庵（周济）、蕙风（况周颐）之论。而静安之言，又为近世词学梦窗者之药石也。"② 正是在这样认识的基础上，刘永济提出了比较公允平实的"风会说"。

什么是"风会"呢？刘永济解释说："言风会，则国运之隆替，人才之高下，体制之因革，皆与有关焉。盖风会之成，常因缘此三事，故其变也，亦非一二人偶尔所能为。"③ 这就是说，一种风格的出现，一种审美理论的提出，或一个词学流派的形成，都有着社会、文化及文体方面的多重动因。对于这一点，历来的词论家都未能作深入的探讨，大都只认识到一种新的风格或流派出现是对前一时期某一风格或流派的反动。如周大枢谈到宋代豪放词风的形成时说："秦、柳婉媚，而苏、辛以宕激慷慨变之。"④ 汪森谈到姜夔开创的醇雅词风，是因为不满以前唐宋词各派"短长互见"："言情或失

---

① 况周颐：《蕙风词话》卷五，第 121 页。
② 刘永济：《词论》，第 56 页。
③ 刘永济：《词论》，第 49 页。
④ 周大枢：《〈调香词〉自序》，《赌棋山庄词话校注》，第 403 页。

之俚，使事者或失之伉"。① 值得注意的是，宋翔凤对柳永慢词俗艳风格形成原因的分析，已经深入社会—文化心理层面。他说："慢词盖起宋仁宗朝。中原息兵，汴京繁庶，歌台舞席，竞赌新声。耆卿失意无俚，流连坊曲，遂尽收俚俗语言，编入词中，以便伎人传习，一时动听，散播四方。"② 城市经济的高度繁荣，各种新声竞相兴起，民间通俗文学的广泛影响，以及作者自身落拓失意的遭遇，多方面的原因促成柳永慢词俗艳风格的出现。这些分析和论述都是相当精辟的，却不够全面和深入，刘永济主张将国运的兴衰、作者才智的高下以及文体的变革沿袭综合起来考察，它克服了以往"流派论"的感性分析成分，而更多注重从学理的角度发掘一种风格（审美理论或词学流派）形成的深层动因，这样的分析也便于人们把握一个流派发展变化的脉络。

刘永济提出的"风会说"，也贯穿在他对唐宋词的批评里，现结合《唐五代两宋词简析》的有关分析，说明刘永济唐宋词批评所体现的现代意识：

第一，社会原因对词风的影响。一种词风的出现，往往是一个创作群体心态的真实写照，不同流派不同心态决定他们的词风迥乎不同。"有身居台辅，出其绪余，为酒边灯外，宴乐宾朋之资，因而感叹岁时，沉吟衰盛，而雅志不遂之苦，世运升降之故，往往流露其中。亦有生于华胧而志思恬逸，天授奇怀，悲多乐寡，花朝月夕自然生感，其词危苦陋塞，如怨如慕，如不得已。亦有遭际昏朝，远斥殊域，情烟邑而难申，魂屏营而靡止，则感喟节物，留念盈虚，不能自已于言……"③ 因此，刘永济对唐宋词的分析，尤重对词人际遇及其心态的分析。比如，五代十国社会处于紊乱状态，那时的词反映的多是荒淫享乐的景象。上层统治者荒淫享乐，"有些文人因生活在极乱的时代，无心也无法挽救统治者的堕落，又不能洁身而退，于是也以醇酒妇人陶醉自己，不知不觉便成了一般的风气……于是那时的词便都是用来描写男女相悦的情事，内容不出悲欢离合四字"。④ 但是有部分词人，表现出异乎时代的审美特征，也是因为自身社会经历所致使然。"例如南唐李后

---

① 汪森：《〈词综〉序》，《词综》，岳麓书社1995年版，第1页。
② 宋翔凤：《乐府余论》，《词话丛编》第三册，第2499页。
③ 刘永济：《刘永济词集序》，湖南人民出版社1984年版，第3页。
④ 刘永济：《唐五代两宋词简析》"总论"，上海古籍出版社1981年版，第3页。

主，因为他先为国主，享受荣华，后来身遭亡国惨祸，所以他的一部分词中有国家兴亡之感；又如李珣，因为他的祖先是汉化的波斯人，不曾爬上最高政治舞台，所以他的一部分词中带有隐逸的气味。"①

第二，作者的才情对词风的影响。以才性作为文学批评依据始于魏晋南北朝，曹丕的"文气说"是这一时期才性批评的典型，作家所禀赋的"气"不同决定他们的创作表现出不同的审美特征，后来刘勰将曹丕的这一思想运用于具体的文学批评，如称"贾生俊发，故文洁而体清；长卿傲诞，故理侈而辞溢"（《文心雕龙》）。同时，六朝文学批评也强调情感的重要性，陆机《文赋》有"诗缘情而绮靡"之论，刘勰也有"情以物迁，辞以情发"的说法。刘永济是现代《文心雕龙》研究大家，很自然地将"才性"和"情感"引入词学批评领域，认为一种风格的出现和某些词人的才情有密切的联系。如对苏轼和柳永的分析，就指出苏、柳有"才大"与"情放"的不同，这影响着他们的创作并呈现出不同的风貌。苏轼在北宋是一大家，是因为他的词把自己整个面貌、胸怀和学术都呈现出来。"词至东坡，内容大加扩充，因之形式得以解放，使词体与诗同等，为北宋词一大转变。后世学人之词，以豪放为主者，皆其流派也。"② 柳永则放情于秦楼楚馆，"他这个人落拓不羁、功名不得志，因而生活放荡，专在勾栏中混，替妓女作了许多言情说爱的词给她们唱，他自己也与她们有了感情。他顺着五代抒写爱情的小令把词发展成长调。……这一来也就把专供士大夫燕乐的词风大体上改变了。"③ 在词坛上，柳永与苏轼有对等的地位，一个是代表学人，一个是代表才人，一个是以豪放为主，一个是以柔丽为主，一个把词拉上与诗同等，一个为后来的曲开了门径，以后的词人不能越出这两派的范围。

第三，体制的因革对词风的影响。一种风格或流派的产生发展，也与文体自身的发展变化有很大的关系，如北宋末年的滑稽派，它在苏、柳词里已初露端倪，在其后的秦观、黄庭坚词里也有所表现，但直至王齐叟、曹元宠才称盛名，他们的词全用民间口语填写，内容以滑稽调笑为主，这成为后来元曲的直接渊源，可为什么滑稽派在两宋未能形成气候呢？刘永济指出，是

---

① 刘永济：《唐五代两宋词简析》"总论"，第3页。
② 刘永济：《唐五代两宋词简析》，第47页。
③ 刘永济：《唐五代两宋词简析》，第4页。

它不为文士所重，旧的势力还很强，特别是这时候以周邦彦为代表的柔丽派正呈强劲的发展势头。"邦彦既知音，又长于文学，其所作词，音律流美，词采和雅，故一时词体，复归于正，影响南宋词学甚大，如方千里、杨泽民、陈允平皆追和其词。"① 再如词为什么到金元以后逐步走向衰落之途呢？刘永济说："至金元之不及两宋者，金元工于小令、套数，为曲家风会所转移也。明词不及金元者，金元犹存宋贤余韵，明人纯以传奇手为词也。"② 他认为，从文学史整个过程来看，各种文体到了专讲形式之美的时候便要僵化，词发展到南宋过于追求声音色泽之美，自然不可避免地要走上衰落之途，而北曲的兴起使文人大多专力于新兴文体的创作，自然金元之词不及于两宋；至于明人以传奇为词，混淆了词曲的文体界限，故而说宜乎词之不振也。

一种"风会"，它的具体表现就是出现了代表性的作家，其创作比较典型地反映了一个时期的审美风尚。以往人们以流派论词都比较注意这一点，但在刘永济看来，"一时之风会，固有一时之作家为其领袖，而其导源则常在此时以前。此中消息甚微，未易窥见。"③ 他从"风会说"出发，对唐宋金元明清词史进行了重新审视。他说：

> 知风会之说，则知欧、晏之近延巳者，宋初犹五代风气也。苏、柳之分镳并驰者，东坡才大而高朗，耆卿情放而落拓也。南渡之初，国势日弱，朝廷日卑，而上下宴安，志士扼腕，故或放情山水，托老庄以自娱；或叱咤风云，欲澄清而无路。于是有希真、石湖之闲逸，复有稼轩、同甫之激昂。其下者溪僇自容，纵脱无行，而滑稽无赖之言以兴。及恢复无期，国土日蹙，情志之蓄益深，发而为言，婉而弥哀，放而弥痛。中仙、玉田之托物寓情，则其流也……若夫清真、伯可之俦，身在乐府，知音协律之事，所职宜然，故其所为，韵律精切。白石、梅溪、梦窗、草窗诸君，承其流风，弥见工丽。斯又体制因革之自然，此数君者动于不得已，非欲以此与前人竞奇也。北宋士夫制词，乐工协律；南

---

① 刘永济：《唐五代两宋词简析》，第65页。
② 刘永济：《词论》，第57页。
③ 刘永济：《词论》，第58页。

宋诸公，既擅词笔，复辨宫调，风会亦异也。[1]

他分析不同时代不同流派的创作特征，都注意其形成的社会、文化及文学创作方面的原因，这样的词史观改变了过去以流派论词史的粗线条描述，使人们对唐宋词史的认识深入文学史发展规律的层面，这说明刘永济治词有比较明确的现代词史意识。他后来编写《唐五代两宋词简析》时，便将唐宋词分为"唐五代各家闺情词"、"变新词风作家李煜及开宋风气作家冯延巳"、"宋初各家小令"、"发展词体作家苏轼及柳永"、"女词人李清照"、"柔丽派词人周邦彦及其同派各家"、"豪放派爱国词人辛弃疾及其同派各家"、"两宋通俗词及滑稽词"和"南宋咏物词"，其中对宋初令词、苏轼柳永词及宋代滑稽派与柔丽派的分析颇多创见。《唐五代两宋词简析》既是一部简明词选，也是一部展示刘永济学术见解的唐宋词史。

总之，刘永济师承关系决定他与常州派有着直接的学缘关系，在词学观上继承了自张惠言以来所提倡的"比兴寄托"思想，但身处词学研究进入现代化的二十世纪初期，自然地有意识吸纳现代科学研究方法，对传统的词学话语进行系统的阐释，同时也克服了传统词学中的派性意识，创造性地提出了具有现代意味的"风会说"。

第三节　任中敏与现代词学研究方法论

在现代词学众多名家中，任中敏是一位以倡导研究方法而著称的词学家，他原名讷，字中敏，后以字行，别号二北、半塘，江苏扬州人。他对现代词学研究方法论的建设提出了很多建设性的意见，并对20世纪的词学研究产生了深远的影响。但是，长期以来，因为其散曲学及唐代音乐文艺学研究的巨大成就，人们对其词学研究方面的成就关注不多，重视不够，更不用说对其在词学研究方法论上的贡献做更深入的研讨了。

---

[1] 刘永济：《词论》，第56页。

一　师承吴梅与词曲会通

任中敏（1897—1991），1918年考入北京大学国文系，师从著名词曲大家吴梅，得到吴梅的赏识和鼓励。吴梅曾对他说："坚尔志，一以贯之，不摇。"他以后在学术上的发展，也是得到吴梅的一路提携。"北大毕业后，南归，先赴南京龙蟠里图书馆，查丁氏八千卷楼所聚之词曲。继乃负籍吴门，趋庭受业。蒙予食宿之便，遂穷百嘉室所藏，寒暑不更，提命备至，乃此生之大幸也！"[①]

20世纪二三十年代是任中敏投身学术的起步阶段，他先是在1924年寄住吴梅家中，遍读其斋中藏书，并肆力于散曲之整理，这为他以后学术上的发展奠定了坚实的基础；30年代居住在南京、镇江期间，他先后编成《散曲丛刊》《新曲苑》《曲海扬波》，并有专著《散曲概论》《作词十法疏证》《曲谐》等出版，正式提出了"散曲学"的概念。也是在这一时期，他提出了词曲合并研究的新思路，在《清华周刊》发表《词曲合并研究概论》的长篇论文，并在其基础上整理出版了《词曲通义》一书。期间也是他致力于词学研究的重要时期，先后在《东方杂志》《中山大学语言历史学研究所周刊》发表《研究词乐之意见》《研究词集之方法》《增订词律之商榷》的系列论文，并在1935年8月整理成《词学研究法》一书，他的词学研究已彰显出会通词曲与关注研究方法建设的个性与特色。

1929年任中敏在《清华周刊》上连载发表《词曲合并研究概论》一文，开篇提出词曲研究法就是词学与曲学之研究法，认为过去人们谈的多是作词之法，比如吴梅、刘永济、夏承焘、唐圭璋均有《论词之作法》，而他不同于诸家的是重在词学或曲学研究法："指示材料之所在，整理之所由，门径之所向，步骤之所归，恢宏其范围，而贯通其腠理，使学者由是而自得一完全之词学或曲学，是述兹篇之旨与责也。"[②] 接着，他从三个方面谈到

[①]　任中敏：《回忆瞿安夫子》，王卫民编《吴梅和他的世界》，河北教育出版社2002年版，第103页。

[②]　任中敏：《词曲合并研究概论》，赵为民、程郁缀选辑《词学论荟》，五南图书出版公司1989年版，第309页。

词学或曲学的研究方法，第一是开列重要的研习书目，包括总集、选集、别集、评纪、词谱、词韵六个方面，并特别指出，此目所列，专供研究词曲者之参览，而非仅与寻常学填词制曲者采用也。"若只求拈调倚声，则此目反多嫌其不要矣。"此则有指示门径之意味。第二强调词曲合并研究的必要性。理由有二：一是传统的分别研究法存在弊端，以为曲之卑而拒之惟恐不远，一般曲家对于词之所以为词亦置之不究，这样造成了"曲家不工词，词家不工曲"的弊端；二是，词曲同为合乐之声文，都有着由诗而词蜕化递变之历史，体调则小部分相异而大部分相类，二者关系极为密切，历来谈词曲者皆合而观之。"在古今乐府之中，二者发生时代相续，形式长短一途，可谓关系最密切者，凡具常识，又孰不能辨别？"当然，更重要的理由则是，一开展合并研究乃得词之用。词曲向被视为卑弱之体，与世道人心无关，但曲因托体戏剧而能感化人心，"后学者始不能貌为无用之物，词则似乎难以言其用也"。如果将词与曲打通，开展合并研究，则由今日曲之用上推昔日词之用，其间之形式或疏密有间而脉络固一系相承。"词用既易因曲用而互见，则曲如果分究，词则不将愈晦乎？"二开展合并研究能得曲之体。盖曲之体，如宫调、牌名、联套数、演故事等，无一不远因于词，无一不具刍形于词，"无一不从词中转变增衍而出"。这可从两个方面来考察，从词的源头唐五代看，它语体用白描，句式有长短，篇幅为短章，与元初曲中小令出于同一机轴；从曲的发展高峰南曲看，明代南曲与南宋词之音节柔曼尤为接近。"夫北曲体调，多由一般词中脱来，而体格之多合语言，意有五代词之一种与之相近；南曲体调，多由北曲脱来，而体格则独近于南宋之词。"① 这样的逆转与反差，说明词曲之间有一种割不断理还乱的关系，撇开词谈曲或撇开曲谈词都是不可能的，只有将它们放在一起作合并研究，才能得其精神之所在。第三，词曲合并研究的优越性。任二北认为将词曲作合并研究有三个方面的优点：一是使词曲之间异同突显；二是两者在比较中概念含义更加明确；三是通过比勘，详加考察，讨论便于深入周密，做到"真相毕露、症结具开"，"而二者同征于光明翔实之境不亦善乎"？

在阐明合并研究的必要性与优越性基础上，任中敏又重点谈到词曲合并

---

① 任中敏：《词曲合并研究概论》，《词学论荟》，第313页。

研究的四种途径：列体、辨体、计调、辨调，这四种途径是逐层深入的递进关系。所谓列体，就是将词曲中一切体式，按照由简而繁的顺序罗列之，据此可辑为《词曲备体》一书。"说明其形式，精神，来源，变迁，创始之人，盛行之时，而终举一例。"所谓辨体，就是通过曲调的彼此比较，找出其历史上形式上相互之关系，梳理出词体之流变与曲体之源头。归结而言，其关系约有五种：一曰确是一体，曲由词变者；二曰并非一体，而极相当者；三曰仅是一体，词曲难分者；四曰由词变曲，其体发达者；五曰由词变曲，其体退化者。"凡此变迁消长之间，所发生之异同繁简，各有程限，亦各有原故，能一并因归纳分析，观察论断，而推求详备，则《词曲辨体》一书，可以继《备体》而成矣！"所谓计调，就是统计词曲所用之调。因为《词律》《词谱》已著之于先，任中敏提出他设计的计调之途径，第一步补列宋元词调，第二步归总明清词调，第三步统计词调别名，第四步详考前人各书各谱所载曲调数目，第五步搜罗曲之佚调，第六步统计曲调别名，第七步编立词曲调名小辞典。经过这七步，不但词曲两体之佚调蒐罗殆尽，而且词曲调名间之关系亦朗朗在目，无可隐遁。所谓辨调，就是辨析词调与曲调之变迁关系。具体说来，共有八种表现，一是名同调同，曲借调用，丝毫不变者。二是名同调同，而词易为曲，颇有变动者。三是名同调异，而曲中借名之同，一时无可寻迹者。四是名相同或相似尚可见，而调之同异已不可知者。五是名异调同，而曲中略增格律者。六是名异调同，而曲中略减格律者。七是名属相似，而调确有关者。八是名虽相似，而调并无关者。据此，凡一词一曲，彼此渊源变迁及关系之疏密，皆能比较而得之也。总之，《词曲合并研究概论》的任务就是要解决"体"与"调"的问题，理清词曲在体调上的异同、渊源、流变关系。"如是，组织上时觉其分析不开，历史上更见其继承无间，而犹可谓词曲两事，无合并研究之必要乎？"[①] 亦即开展词曲合并研究实有必要。

五年后，在《词曲合并研究概论》的基础上，任中敏整理出版了《词曲通义》一书，其重心已由对词曲体调的探讨，转向对词曲之源流、体制、牌调、音谱、意境、性质、派别的全方位研究，研究内容也由一般性

---

① 任二北：《词曲合并研究概论》，《清华周刊》第32卷第8—10期，1929年12月。

方法指导转向对宏观性理论问题的阐述。从全书组织结构看，它明显受到江顺诒《词学集成》的影响，这也表征出他试图建构现代词曲学体系的意图。这种做法也是当时从事词曲研究者所共同努力的方向，如吴梅《词学通论》、刘永济《词论》、詹安泰《词学研究》、汪东《词学通论》等。但最能代表任中敏学术特色的还是他的词曲合并研究，其《词曲通义》与王易《词曲史》一起，成为现代词学史上最有代表性的两部词曲合并研究之作，前者建构了现代词曲学体系，后者描述了词曲更替的演进历程。

二 作为音乐文学的词体研究法

词曲是音乐文学，正如任中敏所说，论词曲之源流，音乐在先，文字在后。"词曲乃极讲声律之韵文、美文，不但合乐以后，歌唱美听，即不明音谱，不能歌唱之人，只调之于唇吻喉舌之间，曼声讽诵，亦每觉有一种谐和圆融，足激增情感者。"[①] 任中敏对于词学的研究，第一步就是研究词乐，先是撰为《南宋词之音谱拍眼考》一文，而后又相继发表有《研究词乐之意见》《增订词律之商榷》两文，对如何开展词乐、词律研究提出建设性意见，最后在《词学研究法》一书中总结归纳出研究词乐、词律的具体步骤和方法。

如何研究词乐？首先是内容之界定，任中敏将其划分为两类，一为词乐之本身，一为词乐之源流。就词乐之源流而言，曲为词之流，当别而论之，对于词乐之源，他是从词乐之始与律吕之源两个方面展开讨论的。对于词乐之始，他认为当解决三个关键问题：唐代乐府诗之音乐是什么样的？当时何以不能保持原始状貌而是发生变化？其变化之迹又是什么样的？"此三问题决，则词乐初起之情形明矣！"[②] 对于律吕之源，他认为亦是词乐之源的一部分，不可不考明也。"考律吕之源，至少需及三事：一为十二律三分损一之相生，二为七音隔八相生之分配，三为八十四调之旋宫。"对此，张炎《词源》、郑文焯《词源斠律》已考订甚明，学者据此二书即可得其大意与研究之资料。然后是词乐之本身如宫调、律、腔、韵、谱、起结、拍眼的研

---

① 任中敏：《词曲通义》，上海商务印书馆1932年版，第1页。
② 任中敏：《研究词乐之意见》，《国立第一中山大学语言历史研究所周刊》1928年第39期。

究。关于宫调,主要研究内容有:"第一应考宋人词集曾注宫调者,第二应考唐词之中,究有若干调之宫调今日尚可查见者;第三应考唐词宫调与十九宫调异同出入如何。"关于"律",亦即乐律,他认为所当究者亦有三事:第一,宋人之词是否实行按月择律?第二,十二律之配月,有数月中无一宫调者,有一月中有数宫调者,参差不齐,此何之故?第三,"若就宋人节序之词中曾注宫调者,如各家专集及《草堂诗余》等选集所载,以求其宫调配月之情形,则又如何?"关于"腔",有两个方面,一是择腔,一是制腔。对于择腔,杨缵《作词五要》有比较详细论述,其后,《词律》《词麈》《词学集成》均有疏解。"学者取诸家之说而衡订之,殆即研究择腔之事业耳。"至于制腔,当以方成培《词麈》为准,"学者分析方说,而别求论证以确定之可也"。关于"韵",应取戈载《词林正韵》之法为之,但戈氏对于四声与五音之关系,未作说明,"是待后来学者研究讨而补足之者也"。关于"谱",他认为应以《词源》及《白石道人歌曲》所见为主,再参以《朱子全集》《宋史·乐志》及王骥德《曲律》,以郑文焯《词源斠律》所校者斟酌而统一之。"起结"与"拍眼",均为音谱之义项,对于前者("起结"),"第一可先确定起结与全谱宫调、犯调、制腔各方面之作用;第二详明前人所谓起调、毕曲、杀声、住字、走腔、落韵诸说;第三再搜罗宋人足以详明音律之词例,以为诸说之证明;第四则郑重表明填词家于全调起结之处,何以必需格外谨慎守律"。[①] 对于后者("拍眼"),任中敏撰有《南宋词之音谱拍眼考》,详细地分析了南宋词类的九种音谱。"乐器"与"歌唱"虽非词之本身,但关乎词乐,前者强调箫管,后者重视歌法,均不可轻视之。

如何研究词律?在清代有万树、杜文澜、徐本立,在现代有夏敬观,用力甚勤,搜罗宏富,成就突出。但在任中敏看来,"遗漏仍多,难言完备;且排比未善,标注久明",更重要的是,"前人之于《词律》,只有增补,并无订正"。因此,他试图重编增订,得一最精最备之词谱,"以利应用,而垂永久"。如何增订?他提出须经过三步,第一步,区分歌唱与吟讽之不同。盖词在唐宋本为可歌之体,元明以来,词乐消亡,已不能歌,但词律却

---

① 均见任中敏《研究词乐之意见》,《国立第一中山大学语言历史研究所周刊》,1928年第39期。

存乎字句之间。在唐宋时代，词则谐乎当时之歌唱，在今日只能谐于今人之吟讽，因此，研究词律可分两途，或为考订古人谐于歌唱之律，或习知今人谐于吟讽之律。一般说来，在词乐消亡之后，音谱实难追寻，订律者往往会撇去音谱不谈，万树《词律》为其代表，这也是后来者增订词律的重要基础。第二步，准备与增补。自近代以来，对《词律》增订做得较好的是杜文澜的《词律校勘记》，任中敏认为当以此书作为《词律》增订的底本。可分五步展开：第一搜集材料。"凡宋以来之词书，无论专集、选集、总集、词评、词纪、词话、词谱、词韵，皆需应用，皆需搜集。"第二拟定条例。一是名称，因其不涉文章之律，也不通音谱之律，只谈四声、叶韵、分阕等形式上的准绳，故当称之为"词谱"或"词式"；二是目标，一在使古人所成之词调皆得流传，二在使今后拈调作词者在形式上有所准则；三是性质，有三种：谱录性质、辞典性质、词史性质；四是编次，以年代先后为序，以展现词史之性质；五是正体，每一调先立正格，而后再列别体或变格；六是标注，就是注明平仄用韵情况，以体现谱录之性质；七是通检，就是对全书调名进行编排，便于检索利用，以完成本书之辞典性质。第三增补遗漏。因为唐宋词集是一个不断搜集不断完善的过程，对于词调的增补也是一项不能一时穷尽的工作。但任中敏提出了在增补词调过程中必须遵守的几项基本原则：严限词调范围，附录唐宋大曲，附录明清词调，附录词调别名。第三步，订正与编次。它又可细分七小步，其一，考订倡和，以确定首倡之音调为标准。"倡和既定，标准既得，举凡衬字之有无，平仄之正变，体格之主从，皆不难立定，即其他一切纠纷，亦胥有解决之头绪矣。"其二，校雠文字。因为唐宋词流传至今，每多脱误，并非作者本来之字句，只有根据较精之本订其讹谬，方能作为最终定式。"凡一调中，时代较后之人，和作多首相同，而较先之倡作一首，独崭然为异者，则此类倡作，尤当精校，以其所独异者往往并非原文，不足依据耳。"其三，比勘异同。如何比勘？须先将同调之词广为搜集，而后对于句读、四声等方面仔细对比，最后才能下断语。"或是先据要作，有所拟定，再必以所拟者尽核余词，倘有若干例外，务必统为网罗归纳，盖不如此固不足以补充万氏之漏略也。"其四，斟酌主从。即确定一调之正体与别调。"订谱家为作者应用计，每调若订出某体为主，则作者知所取法；为词调著录计，每调若订出某体为主，则排列有序，而论说有归；两方面皆觉主从之分为不可少也。"其五，标注。对于一调之句读、平仄、叶韵——标示，他还特别指出，"句读之分需注意文意与调式间不能一致之处，为标准之式者必不容其有此种情形发生也"。其六，说明。即不便作标注的，以说明性文字作交代，像万树《词律》、康熙《钦定词谱》就是这样做的，具体需要交代说明的内容，主要有调名、宫调、源流、名解、创始者、别名、片数、字数、句数、韵数、别体或变格等。其七，排列。过去有以字数多少为序的，有以调名为归类标准的，有按曲中宫调排序的，在任中敏看来，上述三法皆有其弊，作用亦有限，他主张最好以断代为序。具体说来，若同一代中之调，应以创始人时代之先后为序；创始人失考，或时代失考者，则以所见之书之时代先后为序；同一调中，正体当前，别体或变体则从后；如有许多别体或变格，又按创始人先后，或所见书籍之时代先后为序。任中敏认为，这样做的好处是："一面既得为词谱，一面亦可当词史观。"①

通过以上途径，研究词乐、词律之方法大致完备，对于词乐、词律的研讨亦能得以深入，使过去对于词乐、词律研究之迷障亦得以廓清。

三 作为文学文献的文本研究法

在确定词之体式研究法后，任中敏又重点介绍了作为文学文本的词学研究法。具体说来，文学文本的研究又包括作法之研究和词集之研究两个方面，前者主要是探讨作品的创作方法，后者则重在研讨文学文献的存在状态及其批评形态等。

他认为，研究作词之法，不外两途，一是揣摩前人之作而通作者之法，二是归纳前人之说而知作者之法。这两种途径各有利弊，当慎而用之。一般说来，"初学仍宜自步武（至少亦当参考）前人入手，及造诣略深，前人惠我误我，不难辨剖，然后乃不必拘泥旧说，而自运灵慧，别具创获，未为晚也"。② 他还特地辨析了作法与品藻的不同，指出品藻乃于已成之境而论断是非，作法则以既定目标而寻求"当如何之途"。"前者全任主观，往往因

---

① 均见任中敏《增订词律之商榷》，《东方杂志》第26卷第1号（1929年1月）。
② 任中敏：《词学研究法》，商务印书馆1935年版，第1页。

人而殊；后者务求见效，故只有一当而已。"这是辨析创作与批评的不同特征。

如何归纳前人之说以获取作词之法？自来论词法者多因袭而少创获，引前人之书而失注其名目，因此，任中敏主张要像江顺诒《词学集成》那样，"明引先贤言论在前，而自抒己见在后，不妄改削亦不事混淆"。一般说来，归纳前人之说，当遵守五条原则：①说明出处，②直载原文，③标举要旨，④部勒异同，⑤自加论断。归纳前人成说，最重要的是立标题，"有标题方有纲领，而前人纷纭之说，方有以包而举之"。具体说来，还须注意三个方面的细节：①遇新材料，当立新题目以包罗之；②同一材料，而觉许多题目内皆可归入者，则皆归之；但详其文字于一个题目内，余则仅仅标举要旨，注明"见某处"可也。③遇一材料，骤然不知何归者，须细按其意，究竟侧重何方而定之。通过以上步骤，归纳工作大致完成，其成果可以"词法"名之，且与"词律"成为词学并峙之类项，一者言声音之律，一者言文章之法，两相补充。"学者于前人之说，能——罗而备之，辨而用之，则操翰临文，孰非孰是，何去何从，胸中早有准则，其益于制作者，果何如哉！"①

如何揣摩前人之作以获取作词之法？任中敏认为当从两个方面着手：一是读选本以博其趣，二是专一家以精其诣。"倘于某一作家，皆撷其词之精华，习其词之腔韵，会其词之意境，而于其文章所以致力之由，复了然于胸次，则退而操觚，即以此家为准则，加以习练，尚有不就者乎？倘于诸名家皆能作如是之研求，而不限一格，胸次所积，精而且富，然后融合众长，祛除诸弊，运以智慧，充以性灵，变化出于稳成，隐秀俱有根本，则自立一派，更有何难？"② 那么，如何揣摩意境与文法之要义呢？①通解文字。"读词之次序，先畅其句读，次洞其题旨，次详其本事，次尽其典实，与所用替代之字，此即所谓第一步之通解文字也。"②确定比兴。凡词法皆用比兴，但对于比兴之旨，不可即之太近，也不可远而失实。"必须不即其辞，而又不离其意，斯得其真实可信之旨，斯所谓确定比兴也。"他认为比兴之旨的

---

① 任中敏：《词学研究法》，上海商务印书馆1935年版，第2—5页、
② 任中敏：《词学研究法》，上海商务印书馆1935年版，第19页。

确定，必以作者之身世，词意之全部，词外之本事，三者共同为准，若三者有一为不合，则未容强有所执也。这是一种比较灵活的解读词旨的态度，亦即"与其厚诬古人，毋宁深负古人"，也就是可以见仁见智，但切不可强为说辞。③体会意境。"所谓体会意境者，乃读词之时，吾心先得古人词中何种意境，然后便知吾心若有类似之意境时，即可效法古人之词而表之，宗旨固在读词而学为词，不在读词而学为人也。"这里，涉及读词过程中的审美体验问题，亦即古人之思想与自己之思想相遇合，"体会"就是以自己之思想感情为根据，而与古人之思想感情相会也。"进言之，即以我之精神，恰可与古人之精神相往还；浅言之，即古人词中之情如何，而我恰与之表同情耳。"①④认真词法。就是获取表达意境的方法，任中敏把这种方法分为三层：一全部章法，二拍搭衬副部分，三好发挥笔力部分。他认为对于古人之作的理解，未必人人一致，一时领悟，但读词者须真切观察，推详尽至，剖析分明，判断确实，这样才能获取作词之法，对于意境词法之真是非亦终不难得见也。

任中敏对于词法的研究，目的不是用以指导创作，而是用于总结创作规律。这样的研究思路决定他对于文学文本的研究，并不满足于"法"的总结，而是力图建构现代之"学"，在阅读、批评之外还要兼及考据和整理，"故全篇非但包含读词之法，而实为研究词集之方法也"。对于词集的研究，他是依作品的存在形态，分为专集、选集、总集三类展开论述的。

先说专集，它主要指词家别集。如何研究别集？"须求得此家著作之全部，与夫全部之精华，及其文字上思想情志之真，艺术上造诣特长之至。"具体的步骤是：①搜集材料。重在搜集词家之各种专集，及每集之各种版本，以内容丰富者一种为主，以余本别见者作为增补之本。此外，还需罗致宋元以来诸家选本、笔记、杂书，广为搜集考订，以得一家一集之全貌。②校勘文字。词家别集之传刻传抄，有精与不精之分，王鹏运曾创为校勘五例，作为词集校勘之指导，可从而行之。③编纂与整理。是对过去流传词集的新编，传统编排有按字数多少而编者，有按调而编者，也有按编年体而编者，他的主张是："以所据书籍之时代先后为序"。④考订与笺释。考订的

---

① 任中敏：《研究词集之方法》，《东方杂志》第25卷第9号（1928年5月）。

内容有三个方面：一是作者生平，二是集之版本，三是词中创调、创体及创名。对于作者生平，除了正史本传，宜兼及野史、笔记、杂书；对于词集版本，尤贵明其源流，辨其得失，以见某本可用以阅读，某本可用以整理。至于创调、创体及创名，由创调可考见某家于音律上之贡献，由创体可考见某家于音律上之变化。笺释的目的在发明词旨，其法有三：一是按之本事，二是考之题目或文字中所见之时地及交游唱和之人，三是考之词中字句之用典用事。⑤精读与选录。是对作品的精心研读，"于声调抑扬顿挫之间，得心领神会之用"。通过精读，从全集中定一选目，而后辑成一选本。但选本的编辑，须得确定选旨，是精选还是粗选？所录标准如何？所删标准如何？编次如何？这是决定选本成败的重要因素。⑥集评与定评。就是把前人的评论汇集起来，并决断是非，最后确定自己的意见和立场，是为定评。⑦详别流派。是根据词家的创作倾向，考察其继承派别之人，或是入其堂庑者，或是借其蹊径者。"详别流派者，嫡派则详之，其他者流而已矣。"① ⑧拟作与和作。就是后人对前人的摹拟与追和，它的具体表现又有联句与和韵两种，当别而论之。上述八端，涉及考据、整理、阅读、批评、撰作之五事，为研究专集之全部也。

次说选集之研究，任中敏将其归纳为四步：一是编列总目，将古今选本搜罗在编，然后分类撰写提要。至于有名无书者，则详为考订，并著其名目及出处。二是分别性质，大致说来有六种类型——因词而选，因人而选，因时而选，因地而选，因题而选，因调而选。因各类选本作用不同，当明其编纂宗旨之所在。三是考订选旨，因为选家眼光随其人之学识主张嗜好而定，故选集往往会成为一种词派之表征，对于有序例之选本当可索而得之，对于无序例之选本只能就其书中求之。四是编制分目，就是将选本依类编排，或以人分，或以调分，或以题分，不同分目反映了编选者不同的取向及意图。当然，这四步只是就选集而言，其实专集之方法亦能用于选集也。

最后谈总集研究，因为其时《全宋词》尚未辑成，任中敏即是以《全宋词》为例谈总集编纂的方法，先是强调材料搜集的途径，分四步：第一

---

① 任中敏：《研究词集之方法》，《东方杂志》第 25 卷第 9 号（1928 年 5 月）。

步综合各类汇刻,第二步搜求现存宋集附词,第三步就宋以来诸选集所登汇为新集,第四步就宋以来笔记杂书增补遗佚。而后是体例,可参现有《全唐文》《全唐诗》之成例,但对每集所依版本、卷数当详细注明。

从具体文本的研读,到整部词集的搜集考订,任中敏都做了精心的规划与设计,这样基本上将文学文本的研究方法大致讲清了。不过,他也注意到文本研读与词集考订,在思理上是有抵触之处的,前者偏于性灵,后者倾向理性,但这两者之间并不矛盾。"考据与习读,原应分别从事,不能同时并举于一次开卷之间也。先粗读而省知某家为有价值之作,值得为之竭校订之劳,然后方为校订,校订既至尽善,然后再作精读,何碍于欣赏之趣乎?"①

四 任中敏词学研究的特色及其意义

作为一位经过新文化运动洗礼的现代学者,任中敏对于学术研究的立场,显然不同于他的老师吴梅。吴梅是从旧时代走出来的现代学者,他的思想不免要受到旧时代旧观念的掣肘,强调诗教,重视声律,并与常州派的现代传人朱祖谋、况周颐有比较密切的联系,他的《词学通论》无论是从观念还是方法而言,传统的色彩是比较深厚的。任中敏在思想上则摆脱了常州派观念的束缚,能以科学的态度、客观的立场研讨词学,因此,由他撰写的《词曲通义》《词学研究法》富有现代学术的鲜明表征:观念上追求审美性,结构上重视体系性。

《词曲通义》《词学研究法》在20世纪30年代的出版,彰显了任中敏在词学研究上的一些特色。第一是比较的眼光。他把词曲这两种有渊源关系的文体放在一起,通过比较,发现了两者之间的共通点及不同点。如对词曲特性的分析:"词静而曲动,词敛而曲放,词纵而曲横,词深而曲广,词内旋而曲外旋,词阴柔而曲阳刚,词以婉约为主,别体则为豪放;曲以豪放为主,别体则为婉约;词尚意内言外,曲竟为言外而意亦外。"②通过这一比较分析,他准确地把握到词曲两种文体的体性特征。第二是穷尽文献的研究

---

① 任中敏:《词曲通义》,上海商务印书馆1932年版,第29—30页。
② 任中敏:《研究词集之方法》,《东方杂志》第25卷第9号(1928年5月)。

态度。无论是词调词律研究，还是词家别集研究，他都特别强调对研究文献的全部占有，这类文献既有研究对象的原始文献，也有研究对象的评论资料，这反映出任中敏在学术研究上文学史与学术史并重的眼光。第三是推源溯流的研究方法。对于词乐的研究，他主张要找出某一词调之最初调式，还强调要追溯词乐之源及律吕之源；对于词集的研究，特别重视宋元时代由词人自己编刊的词集，或是由宋元时代人们刊刻的最初文集。这样追源溯流的意识反映了任中敏在词学研究上的历史主义立场。第四，重视研究成果的实用效应和推广效果。对于任何一种研究成果，他都会提出编辑检索的要求，强调研究成果的分享意识，要求专家把自己的成果转化为实用效应，使其研究化身千百，惠及众生，这又反映出任中敏在学术研究上追求科学性的现代意识。

但是，更应该关注的还是任中敏词学研究所展现出来的现代性。第一，由作词之法到治词之法的转变。在传统词学那里，词学研究的最大任务就是谈创作，无论是从词谱的订制，还是创作方法的探讨，创作观念的张扬，或是为初学者指示门径，或是为了转变词坛风气。这样的出发点，使得传统词学大致不出体制、品藻、纪事之类范围，这对于初创期的现代词学也有深刻的影响，以徐敬修《词学常识》、谢无量《词学指南》为其代表。在任中敏看来，作词之法的研讨，仅是词学研究的一小部分，亦即作为文学的文法部分；治词之法亦即词学研究法才是根本性的，它面对的是作为一门现代学科的"词学"，涉及词籍、词乐、词律、作法等方方面面，因此，《词学研究法》对于现代词学而言具有方法论的意义。第二，由学问到学术的转变。在近现代学术发展史上，中国学术已呈现出由传统向现代转型的走向，这就是由问"道"向求"术"的转变，由乾嘉学派发展而来的乾嘉学术在现代得到进一步的发扬。对于"术"（治学方法）的关注是现代学术的最重要表征，在国学方面有章太炎《治国学之方法》、王易《治国学之基本方法》、钱基博《国学之意义及治国学方法之评判》等，在史学领域有梁启超的《中国历史研究法》、《中国历史研究法续编》，钱穆《中国历史研究法》等，在文学领域也出现了姚永朴的《文学研究法》等。对于词学而言，现代学者不但重视"词学"的研讨，也很关注研究方法的开拓和运用，如刘麟生有《词的研究法》、李冰若有《怎样研究词学？》、梅笙有《研究词学的几段经验谈》等，而任中敏《词学研究法》的出现也是一时风气使然，是对上述诸家涉及问题的一个较为全面的总结和阐述。第三，建构现代词曲之学的尝试与努力。任二北《词学研究法》的意义，不只是词学研究方法论上的，还有词学体系建构上的。它在结构上由作法、词律、词乐、词集四部分组成，涉及文法、体制、文献三个重要方面，这也体现出任二北对现代词学学科体系建构的通盘思考，并为现代词曲之学的建构贡献了自己的思想和心血。

第四节　龙榆生词学研究的现代品格

龙榆生（1902—1966），原名沐勋，又名元亮，以字行，别号忍寒居士、风雨龙吟室主、箨公等，江西万载人，是现代词学三大家之一。过去学界对于他的词学成就多有讨论，从文献整理、词学史观、词学批评、词学普及等方面[①]，谈到他对于现代词学的贡献。本节不拟对他的词学成就展开全方位探讨，而是从现代性角度考察他的研究对于词学转型的现实意义。

一　推尊苏辛与倡言诗教

龙榆生生于仕宦之家，父亲龙赓言为光绪十六年（1890）庚寅科进士，但在他十岁那年（1911）已退居乡里，创办集义小学，为社会作育人才。龙榆生幼时便是在父亲督促下学习传统文化的，其后通过堂兄龙沐光的介绍，结识了在武昌高等师范任教的黄侃。他一方面教黄侃之子黄念田读《论语》，另一方面向黄侃学习文字音韵之学，也是从这时开始接触梦窗词的。

不过，对他后来人生与学术发展产生深刻影响的是陈衍和朱祖谋。1924年他在厦门集美学校任教期间，结识了当时在厦门大学执教的著名诗人陈

[①] 这里的归纳根据的是张宏生、张晖《论龙榆生的词学成就及其特色》（载《龙榆生先生年谱》，学林出版社2001年版）、曹辛华《龙榆生的词学研究》（载《20世纪中国文学史·词学卷》，上海东方出版中心2006年版）。台湾学者林玫仪先生则将其归纳为六个方面：①校雠汇印《彊村丛书》，②编选词选，③创办《词学季刊》及《同声月刊》，④笺注词籍，⑤校订词学资料、蒐辑词学文献，⑥词学研究方面成就。见张寿平辑《近代词人手札墨迹序》（台湾中研院中国文哲研究所2005年印行）。

衍，并拜其为师。1928年经陈衍的介绍，他到上海暨南大学任教，同时在上海音乐专科学校、私立光华大学、私立复旦大学兼课，从而有缘结识了朱祖谋、陈散原、张元济、夏敬观、萧友梅、李惟宁等。因为个人的兴趣及爱好，他与朱祖谋接触最多，"总是趁着星期之暇，跑到他的上海寓所里，去向他求教，有时替他代任校勘之役，俨然自家子弟一般"①，最后成为朱氏的衣钵传人。他在朱祖谋去世后，致力于《彊村遗书》的校勘和整理，并把词学研究作为终生从事的志业。

龙榆生虽以朱祖谋为师却不囿于师说，能突破朱彊村标举梦窗的藩篱，力推以豪放见长的苏轼与辛弃疾。1928年9月，他在暨南大学开设"专家词"，讲授的内容就是苏轼与辛弃疾，并在其基础上整理校订清人辛梅臣编《辛稼轩年谱》，"所增益视原编约得三倍"。② 1931年他又完成了《东坡乐府笺》一书，该书以旧钞傅干《注坡词》本，取校毛氏汲古阁本、王氏四印斋影印元延祐本、朱氏《彊村丛书》编年本，对苏词传世之作作了编年笺注。1933年6月，他在《文史丛刊》第一集发表《苏辛词派之渊源流变》的长文，梳理了苏辛词派形成发展的历程及创作特征，并明确表达了其取法苏辛的倾向性。他说："居今日而谈词，乐谱散亡，坠绪不可复振，则吾人之所研索探讨，亦惟有从文艺立场，以求其所表现之热情与作者之真生命，且吾民族性，多偏于柔婉，缺乏沉雄刚毅、发扬蹈厉之精神；且言儿女柔情，亦足以销磨英气。所谓'关西大汉，铜琵琶，铁绰板，唱大江东去'之风度，正今日谈词者所亟应提倡也。"从词的自身发展看，它已由音乐时代进入文学时代，而苏辛词正是两宋时期文学方面的典范；从民族性格和社会需要看，中国正处在一个瓜分豆剖的时代，因此亟需一个能振奋人心的社会强音，苏辛词的豪放作风正顺应了时代之所需。他曾给夏敬观写信说："侄近颇喜苏辛，以歌注失传，严律亦徒自苦，转不如二家之逸怀浩气，足以开拓胸襟也。"③ 表示他不满于当时词坛以严律自苦的作法，而力主通过填词以抒其逸怀浩气，以激发全民族向上奋发之精神。"溯南宋之初期，犹

---

① 龙榆生：《苜蓿生涯过廿年》，张晖编《忍寒庐学记：龙榆生的生平与学术》，三联书店2014年版，第25页。
② 龙榆生：《辛弃疾年谱》"卷后语"，转引自张晖编《龙榆生先生年谱》，第25页。
③ 引自张晖编《龙榆生先生年谱》，学林出版社2001年版，第53页。

有权奇磊落之士，豪情壮采，悲愤郁勃之气，一于长短句发之。南宋之未遽即于灭亡，未尝不由于悲愤郁勃之气，尚有于士大夫之间，大声疾呼，以相警惕……居今日而言词，其时代环境之恶劣，拟之南宋，殆有过之。吾辈将效枝上寒蝉，哀吟幽咽，以坐待清霜之欺迫乎？抑将凭广长舌，假微妙音，以写吾悲悯激壮之素怀，藉以震发聋聩，一新耳目，而激起向上之心乎？"他从时代与词史两个方面，阐述了自己推尊苏、辛的理由，并结合文学抒情的本质，强调将创作与时代结合起来，南宋词人大声镗鞳，振臂疾呼，而今日遭遇外患更是有愈于南宋，词人更应该通过词激起民族向上之心。"言为心声，乐占世运。词在今日，不可歌而可诵，作懦夫之气，以挽颓波，固吾辈从事于倚声者所应尽之责任也。"① 其后，他还撰有《东坡乐府综论》《试谈辛弃疾词》等论文，并在1935年选注《唐五代宋词选》两册，继续推衍其尊苏推辛的思想主张。"目的是想借这个最富于音乐性而感人最深的歌词，来陶冶青年们的性灵，激扬青年们的志气，砥砺青年们的节操。"②

龙榆生是一位有着现实关怀的学者，特别强调古为今用，对于词的研究往往联系现实，对于词的教学也是如此。据当时听课的学生回忆，他每天带着学生朗诵诗篇，鼓动民族气节。讲宋词详道稼轩史事，所选稼轩长短句尤多，以其人格、事业、情感、文辞等，以激发学生爱国中兴的情绪。"当前外侮日深，风雨飘摇，榆生先生中心如焚，为诸生授课，至大纲节目之足为千古训或千古诫者，往往情不自禁，声色俱厉，挥拍讲台，俨然唾壶击破来表达他那磅礴激昂的气概，直可廉顽立懦。"③ 他不但是一位知识的传授者，也是一位民族精神的发扬者。

龙榆生主张通过苏辛豪放之作，以激扬人们奋发向上志气，盖因他相信诗词具有感发人心的诗教效果。他说："感人心者，莫切于有声韵组织之文字。自风骚以降，古乐府、五七言古近体诗，以逮词曲、杂剧传奇等等，其体屡变，后出转精。而其利用声韵之美，以期有所感化，一也。"④ 从诗骚到乐府、古近体诗、宋词元曲，都具有这样的美感效果，特别是在国运衰颓

---

① 《今日学词应取之途径》，《词学季刊》第2卷第2号（1935年1月）。
② 龙榆生：《唐五代宋词选》"导言"，上海商务印书馆1937年版，第20页。
③ 任睦宇：《悼念龙榆生先生》，收入张晖编《忍寒庐学记》，三联书店2014年版，第50页。
④ 龙榆生：《六十种曲题辞》，《词学季刊》第2卷第4号，第109页。

之际更应该推行诗教，因此，在词学季刊社之后，他又集结同仁发起成立夏声社。他说："惟词原诗学之支流，以附庸蔚为大国，将欲发扬光大，穷源竟委，必上溯风骚，下逮于南北曲，以及一切有韵之文。且国势阽危，士风浇薄，非表章诗教以至真至美至善之声诗相与感发，不足以起衰运而制颓波。几经集议磋商，决于本刊之外，更图拓展，发起组织夏声社。联络各方同志，相与表章诗教，砥砺风节，昌明华夏学术，发挥胞与精神，期以中夏之正声，挽西山之斜日。"① 他认为从诗歌发展看，由词当推源而至风骚，溯流而及于南北曲；从现实形势看，当前士风浇薄，唯有通过诗教的方式才能达到振起人心的效果。他在20世纪40年代创办《同声月刊》，也是为了这一目的，期复中夏之正声，力挽西山之斜日。他说："近代诗风日敝，古意荡然，举缘情绮靡之功，为酬应阿谀之具，连篇累牍，尽属肤陈，短咏长谣，全乖丽则。由是旧体诗词之作，渐为有识之士所唾遗，而白话新诗，聱牙诘屈，不能上口，遑论移情？将欲冶新旧于一炉，复诗人之六义，殆非广联同志，探本溯源，力制颓波，规骚邻雅，无以排庸滥之俗调，展胞与之壮怀，此本刊为重振雅音，不得不乘时奋起者也。"② 他认为其时词坛存在两种弊端：守旧者只是追求形式之"工"，忽视对真情的表达；趋新者则轻视语言的锤炼，也不利于对正常感情的表达。因此，他希望通过《同声月刊》的引导，"排庸滥之俗调，展胞与之壮怀"。

他在《同声月刊》创刊号上发表了长篇论文《诗教复兴论》，指出："诗，声教也。根乎人情之所不能已，而以咨嗟咏叹而出之，恒与乐为缘。因乐制之推移，三百篇降而为楚辞，楚辞降而为汉魏六朝乐府，乐府降而为隋唐以来所歌之五七言诗，流衍而为宋元以来之词曲，其体递变，而其为诗一也。"接着，他详细地梳理了中国文学史上诗乐由合而分，再由分而合的线索，认为词是自有诗歌以来最善于感发人心的文体。"词体之产生，既经音乐之陶冶，以参差之句读，象出辞吐气之缓急，其平仄相配与协韵疏密，咸与所表之情相谐会，一调有一调之声容态度，即后来与乐脱离而但资吟讽，亦觉铿锵悦耳，婉转荡魂，声韵组织之工，盖自有诗歌以来，未有加于

---

① 龙榆生：《夏声社之发起》，《词学季刊》第3卷第1号，第177页。
② 龙榆生：《同声月刊·缘起》，《同声月刊》创刊号，第3页。

此体者矣!"诗教之兴,即是因为诗与乐合,诗教之衰则缘于诗与乐离,而复兴诗教就是要恢复诗乐合一的传统。"必先恢复周代掌乐之官,扩大国立音乐院之组织,延请海内外精通音乐之学者,及涵养有素之诗人,相与讲肆其中。"一方面借用西洋作曲方法,制作富有中国风味的乐谱,并由诗人撰写真挚热烈、足以振发人心之歌辞;另一方面则整理中国固有之音乐与诗歌,或是因旧辞而作新声,或是倚新声而变旧体,创作一种融合古今中外并适应时代之需要的新体乐歌。"然后略依诗经之体制,颁行于各级学校,定为必修之科,使学子童而习之,以迄成年,寻声以求志,藉以养成其吟咏性情,欣赏诗歌之能力。"① 他倡导通过创制新体乐歌的方式来推行诗教,达到感化人心的效果。

二 探索创作"新体乐歌"

其实,以诗教谈词,是常州派的主流观念。在五四新文化运动以前,当时文坛曾经有过诗界革命、戏曲改良、小说界革命的文学运动,在词的方面则有梁启超提出了词曲改良的主张,将古代词曲谱入音乐,作为改变国民品质之工具。然而,梁启超的"词曲改良"只是一种倡导,并未付诸实践,在五四新文化运动后,又有人再做变革之尝试:一个是主张从语言上变革,以白话为词,胡适为其代表;一个是主张突破格律的束缚,不用词牌,任意歌咏,陈柱为其代表。② 但是,他们的努力都没能取得最后的成功,原因在忽略了词有别于诗的音乐属性,这时,叶恭绰、龙榆生、萧友梅等提出了一种新的主张,它既不放弃词的音乐性,也不破坏词的语言美,他们称这种新的诗歌形式叫做"新体乐歌"。"新体乐歌"的倡导与实践,是龙榆生将传统文体推向现代走向新生的一个重要举措。

在《今日学词应取之途径》一文中,龙榆生谈到一种文体的产生要受到时代与环境的限制,词作为一种表情达意之工具或手段,其声其情亦应随时代与环境的变化而变化。但自晚清以来,它已经表现出多种流弊:一是侧重技术之修养,以涂饰粉泽为工,捋扯故实,堆砌字面;二是拘守声律,以

---

① 龙榆生:《诗教复兴论》,《同声月刊》创刊号,第9—41页。
② 梁艳青:《民国旧体词变革的两种尝试——以胡适的白话词和陈柱的自由词为例》,《河北大学学报》2011年第4期。

清浊四声竞巧，专选僻调以自束缚其才思。这样只会让词走上不归之路。他认为今日学词应取之途径是："不务涩调以鸣高，不严四声以竞巧，发我至大至刚之气，导学者以易知易入之途。"如何导学者以易知易入？曰："整理我国固有之音乐与诗歌，进求其声词配合，以及各种体制得失利病之所在，藉定创作之方针，或因旧词以作新声，或倚新声以变旧体，融合古今中外之长，以为适于时代之乐歌。"① 这就是上面所说的新体乐歌，它是一种融纳古今，兼及中外之长，声词相配，且付诸管弦，并符合时代之需要的新体歌词，这是一种由音乐家与文学家合作创制的新文体。

谈到"新体乐歌"，还得从龙榆生在国立音乐院（后改名为"国立音专"）任教说起。1931年2月，其友人易孺因故去职，介绍他代为在音乐院讲习旧体诗词。因此，他有了与该院音乐家接触合作的机会，"先后与萧友梅、黄今吾、李惟宁诸音乐家相往还，时或商量合作，以期创造新体歌词"。3月，音乐院院刊《音》第12期发表了他创作的一系列新体乐歌，有《好春光》《眠歌》《赶快去吧》《蛙语》《喜新晴》等。7月，他与萧友梅筹划成立"歌社"，并在青主（廖尚果）主编的《乐艺》杂志上发表《歌社成立宣言》："吾辈欲求声词之吻合，而免除倚声填词之拘制，不得不谋音乐文艺家之合作，藉以改造国民情调，易俗移风。于以发轫之始，敢以至诚恳之态度，昭告于国人曰：吾辈为适应时代需要而创作新歌，为适应社会民众需要而创作新歌，将一洗以前奄奄不振之气，融合古今中外之特长，藉收声词合一之效，以表现泱泱大国之风。"他们还对新体乐歌的内容与形式作了一些具体规定：一是宜多作愉快活泼沉雄豪壮之歌；二是歌的形式，最好以《诗经·国风》为标准，但句度最宜取参差（即长短句），不可一律，亦不宜过长；三是歌词以浅显易解为主；四是歌词仍应注重韵律，但不必数章悉同一韵；五是各种新名词均不妨采用。这些规定虽然具体而实际，但在如何借鉴旧体歌词的问题上还不够细致深入，一年后龙榆生又专门写有一篇《从旧体歌词之声韵组织推测新体乐歌应取之途径》的长文，更为明确地提出了新体乐歌必须是"声"、"情"、"词"三者相谐和的要求。具体说来，有三点："（甲）声调必须和谐美听，而所以使之和谐美听者，必为轻重相

---

① 龙榆生：《创制新体乐歌之途径》，《真知学报》第1卷第1期（1942年3月）。

继,疾徐相应;则四声平仄,即为运用此种方式之巧妙法门,未容疏忽。(乙)句度必须长短相间,乃能与情感之缓急相应。则旧词之形式,亦正足为吾人考说之资。(丙)押韵必须恰称词情,乃能表现悲欢离合、激壮温柔种种不同之情绪;于是四声韵部,以及宋元词曲叶韵之成规,与其缓急轻重配合之宜,皆为吾人之大好参考资料。"① 这里提出的三点要求:四声平仄、句度长短、押韵,都是从旧体诗词那里借鉴而来,原因是中国古代诗词本以入乐为主。"吾人研治词曲之结果,对于各词调与曲牌之声韵组织,即因文字以求之,犹觉于轻重缓急之间,可以想像当时制曲者之各种不同情调……予于是益信词曲为最富音乐性之文字,虽因旧谱失传,而未能重弦管,而取其声韵组织之法,斟酌损益之,以为创作新体乐歌之标准,其必利于喉吻,而能谐协动听,可无疑也。"在声情相协要求之外,龙榆生还提出要情辞相称,认为一字一词必与作者所描写之情事相符。"私意创制新体歌词,一面宜选取古诗及词曲中之字面,尚为多数人口耳间所狃习者,随所描写之情事,斟酌用之;一面采用现代新语,无论市井俚言,或域外名词,一一加以声调上之陶冶,而使之艺术化,期渐与固有之成语相融合,以造成一种适应表现新时代、新思想而不背乎中华民族性之新语汇,藉作新体乐歌之准则。"②

20 世纪三四十年代,龙榆生始终致力于新体乐歌的创作,先是在 1932 年与黄自、李惟宁合作完成《玫瑰三愿》《秋之礼赞》《逍遥游》《嘉礼乐章》等歌曲。他后来回忆说:

> 十年前予于演奏会内,偶感阶下玫瑰之被人攀折,就座间率率意为长短句,题以《玫瑰三愿》,随附黄氏制谱,顷刻而成,其声甚美,至今犹不绝于歌者之口。比年在沪,复与李惟宁先生合作数曲,或先成词而后制谱,或先制谱而后填词,与我国固有入乐之歌诗,了无二致。犹忆李君一夕见过,云有新制一曲,描写朦胧假寐中所想象之情事,强予为撰歌词。予因叩以句度长短,及各段境象,随写随唱,李君为按钢琴

---

① 龙榆生:《从旧体歌词之声韵组织推测新体乐歌应取之途径》,《音乐杂志》1934 年第 1、2 期。
② 龙榆生:《创制新体乐歌之途径》,《真知学报》第 1 卷第 1 期(1942 年 3 月)。

审音，其不合者随即改定，直至子夜始毕，诗成，予为定名《逍遥游》，略似唐、宋间人之大曲，以管弦乐队百余人合奏，成绩颇佳。①

这里，讲到他与黄自、李惟宁等联合制作新体乐歌的两种方式：一种是先为词后为曲（《玫瑰三愿》），一种是先制谱后填词（《逍遥游》）。但无论是哪一种，他在填词的过程中都特别注意句度长短，协韵之疏密，四声之轻重，以及声情是否谐和，当然还有措辞的优美等，这无疑是借鉴了传统入乐诗词的经验的。廖辅叔说："他的《玫瑰三愿》无疑是受了冯延巳《长命女》里面那句'再拜陈三愿'的影响。他的《过闸北旧居》这个题目也使人联想到吴文英《三姝媚》的题目《过都城旧居有感》。"② 到了1943年，他仍然没有放弃这样的努力，并于《同声月刊》第3卷第1号发表"启示"，向读者介绍自己已经制作的新体乐歌：

> 风雨龙吟室主人，偶以倚声填词之暇，率意为长短句，名之曰四不象体。由音乐名家，为谱新声，传播歌者之口。先后所成合唱，有《逍遥游》、《秋之礼赞》（以上二曲国立音乐院院长李惟宁作曲）。《梅花曲》、《薪镬歌》（以上二曲国立中央大学艺术师范科主任钱万选作曲）等曲。独唱有《玫瑰三愿》（前国立音乐院教务主任黄自作曲）、《沧浪吟》、《春朝曲》、《是这笔杆儿误了我》（以上皆钱万选作曲）等曲。思因西乐，重振雅音。冶新旧于一炉，方日出而未已。世之关心乐教者，曷试听之。③

龙榆生对于新体乐歌的倡导和努力，并不是孤军作战，而是得到了叶恭绰、易韦斋、韦瀚章等同道的有力回应。1933年3月，国立音专的老师和学生成立了一个同仁组织"音乐艺文社"，由蔡元培和叶恭绰出任正副社长，成员有萧友梅、黄自、龙榆生、韦瀚章、刘雪庵等，他们创作有《春思曲》《思乡》《雨后西湖》《南飞之雁语》《长恨歌》《旗正飘飘》等

---

① 龙榆生：《创制新体乐歌之途径》，《真知学报》第1卷第1期（1942年3月）。
② 廖辅叔：《谈老一代的歌词作家》，《中央音乐学院学报》1994年第3期。
③ 龙榆生：《介绍新声歌曲》，《同声月刊》第3卷第1号，1943年3月。

作品，特别是易韦斋，曾与萧友梅合作，创作新体乐歌数十种，被收入萧友梅《今乐初集》《新歌初集》。作为音乐艺文社发起人之一的叶恭绰，对于新体乐歌还发表了自己的见解，指出："鄙人的意见，常希望继元曲之后应创造一种新的产物。在音乐前提未决定以前，亦可假定这个产物的体裁：一、一定要长短句；二、一定要有韵脚，因为要适合歌唱的原因，故需用韵脚，韵脚不必一定根据清的诗韵；三、不拘白话、文言，但一定要能合音乐。如此，经音乐家与文学家合作努力、相辅而行，这个希望不难可以实现。这就是用文学之优点以激发新音乐，再用音乐之优点以激发新文学。倘若将来产生了这样的一个产物，我们可以给它一个名字，叫'歌'。"[1] 这样的看法与龙榆生的主张可谓不谋而合，它吸收了传统诗词押韵合乐的优长，又适应时代需要，在语言上不拘文白，是一种音乐家与文学家合作的新形式。

三　声调之学与批评之学

文如其人，学行合一。如果考察龙榆生的词学研究会发现，他在研究观念与方法上都有着强烈的现代意识：在研究观念上关注学科体系的建构，在研究方法上注重归纳演绎法的运用，在研究目标上重视其现实效应。这一学术路向的形成与他在暨南大学等高校的任职经历有关，大学的课程体系和教学安排，决定作为大学教员的龙榆生必须遵守学校的相关规定。据张晖编《龙榆生先生年谱》可知，他在暨南大学、国立音专曾经讲授过词选、专家词、韵文史之类课程，并编有《唐宋名家词选》《词学通论》《中国韵文史》等著作，这些教学与研究经历，是促成其词学研究面向现代并着意建构现代词学学科体系的重要动因。

谈现代词学体系的建构，不得不提到他的《研究词学之商榷》一文。"这是一篇极为重要的纲领性论文，直至今日，文中的观点和见解依然深刻地影响着学界对于'词学'这一学科的基本认识和判断。"[2] 这篇文章先从什么是"词学"说起，将"填词"与"词学"亦即创作与研究放在一起比

---

[1]　叶恭绰：《遐庵汇稿》下编，《民国丛书》第二编，上海书店1989年版，第153—154页。
[2]　张晖：《评龙榆生研究词学之商榷》，《张晖晚清民国词学研究》，南京大学出版社2014年版。

较分析，指出："取唐宋以来之燕乐杂曲，依其节拍而实之以文字，谓之'填词'；推求各曲调表情之缓急悲欢，与词体之渊源流变，乃至各作者利病得失之所由，谓之'词学'。"[①] 这句话非常明确地解释了"词学"的含义，并通过它与"填词"的对比，辨析了这两者之间的差异。从主体看，一为"文人学士"，一为"文学史家"；从行为看，一为"藉长短不葺之新诗体，以自抒其性灵襟抱"，一为通过归纳众制，"以寻求其一定之规律，与其盛衰转变之情"，"以昭示来学也"。接着，他进一步讨论了"词学"作为一门学科必须具备的要素。从学科完整性看，一般说来，"词学"的研究内容，大约包括文献、音乐、文学三个方面：在文献方面有校勘辑佚、目录题要、词选编纂等，在音乐方面有词乐、词律、词韵等，在文学方面则有作法、词史、词人等。通过回顾唐宋以来词学演进史。龙榆生把上述几个方面归纳为词乐之学、图谱之学、词韵之学、词史之学、校勘之学，认为前三项在清代已取得重大成就，后两项直至晚清民初才发展起来，不过，在上述五个方面之外，还应该创建声调之学、批评之学和目录之学，也是在这篇著名的《研究词学之商榷》的长文中，他重点阐述了创建声调之学、批评之学和目录之学的必要性及可能性。

　　正如有的学者所说，龙榆生对"词学"内涵和外延的界定，以及对它的八个分支学科的划分，"不仅为过去的词学理清了一个头绪，也为此后的词学确立了一个目标"。[②] 然而，他并不满足于理论上的倡导，而且还身体力行，在上述所说的几个方面都有出色的表现。在文献方面，特别用心于近代词人词集的整理，对于文廷式、朱祖谋、郑文焯、张尔田的词集词评均有辑刊，还有笺释《东坡乐府》、校订《苏门四学士词》、选辑《唐宋名家词选》《近三百年名家词选》之举。在词律方面，先后撰为《词律质疑》《论词谱》等论文，后更有《唐宋词定律》（又名《唐宋词格律》）之出版。在文学方面，则有对苏轼、贺铸、周邦彦、李清照、朱敦儒、辛弃疾的专题研究，对两宋词风的转变、常州词派、清季四大词人亦有深入的探讨。值得一提的是，在《中国韵文史》一书中，对历代词史有比较全面的叙述，呈现

---

① 龙榆生：《研究词学之商榷》，《词学季刊》第1卷第4号（1934年4月）。
② 曾大兴：《20世纪词学名家研究》，中华书局2011年版，第256页。

了其在唐之兴起、两宋之发展、元明之就衰、清代之复盛的全部过程,这在当时是一部比较简明系统、特色鲜明的韵文史。

过去,学界对于他的宏观构想关注较多,评价很高,对他所倡导的声调、批评、目录之学稍有忽略,这三点恰恰是他用力最多的地方,值得进一步讨论。

先说"声调之学",龙榆生认为词在初起之际,声词本来是合一的,词中所表之情与曲中所表之情也是一致的。但是,自曲谱散亡之后,歌声亦绝于人耳,各曲调所表之情与词中所表之情渐以分离,因此,在宋人的作品中出现了调情与词情不相合的情况,"依谱填词者亦复无所准则"。那么,在词乐消亡后如何获得唐宋词的声情?曰:"当取号称知音识曲之作家,将一曲调之最初作品,凡句度之参差长短、语调之疾徐轻重、叶韵之疏密清浊,一一加以精密研究,推求其复杂关系,从文字上领会其声情;然后,罗列同一曲调之词,加以排比归纳,则其间或合或否,不难一目了然。"也就是由歌词之句度、语调、叶韵种种复杂关系,以推求曲调之声情,并通过集合唐宋词之众制,以探索各曲调之异宜。"虽未必能举而重被管弦,而已足窥见各曲调之性质,用为研究词学之助。"[1]

为了进一步加强"声调之学"的建设,他先后撰有《论词谱》《论平仄四声》《令词之声韵组织》《慢词之声韵变化》《填词与选调》等论文。归纳起来,他对声调之学的构想大约有如下几个方面的要点:①词之协律与四声,实际上是两回事,不可混为一谈。"词之协律与否,自当以音谱及管弦为断。"这是一方面,从另一方面看,"词有特殊之音节,后来虽不可歌,要其声韵之美,耐人寻味,实为最富于音乐性之新诗体"。[2] ②词的句度长短,韵位疏密,必须与所用曲调的节拍恰相适应。在唐宋时代,"文人依声填词,句度长短,声韵平上,一准于乐谱,声词相配,最为吻合之新体乐歌"。[3] ③歌词所表之情宜与曲中所表之情相应,如果只是依谱填词,则实等于作长短句之律诗。虽然词为文学之事,声为音乐之事,但二者都是发于情之所感而藉声音以表达之。"私意填词既名倚声之学,则凡句度之长短、

---

[1] 龙榆生:《研究词学之商榷》,《词学季刊》第 1 卷第 4 号(1934 年 4 月)。
[2] 龙榆生:《词律质疑》,《词学季刊》第 1 卷第 3 号(1933 年 12 月)。
[3] 龙榆生:《创制新体乐歌之途径》,《真知学报》第 1 卷第 1 期(1942 年 3 月)。

协韵之疏密，与夫四声轻重，错综配合之故，皆与曲中所表之情，有莫大关系。"①④虽然音谱已消亡，但其声情依然保存在句度、韵位、平仄上，填词可依谱而索求作品之声情。"词既有共通之规式，则或依平仄，或守四声，自可随作者之意，以期不失声情之美。"这几个方面谈到了音谱与四声的区别，词的句式用韵与曲调节拍的关系，歌词之声情与曲调之声情的一致性，以及词乐消亡填词如何求得声情，做到声、情、词三者的协调等。

自1947年起，他又着手《倚声学》的写作，到60年代为上海戏剧学院戏曲创作研究班讲授"词学十讲"，其中论曲子词的演化、选调和选韵，论句度长短与表情关系，论韵位安排与表情关系，论对偶，论结构，论四声阴阳，论比兴，已经形成了比较完整的《倚声学》体系。从30年代倡导"声调之学"，到60年代撰成《倚声学》，龙榆生为现代词学新学科的建设付出了大量的努力。

次说"批评之学"，在过去，虽然有词话承担了相关的职责，"然或述词人逸事，或率加品藻，未尝专以批评为职志"。他还评述了周济、刘熙载、王国维、况周颐诸家词话，认为"前辈治学，每多忽略时代环境关系，所下评论，率为抽象之辞，无具体之剖析，往往令人迷离惝恍，莫知所是归"。②所以，他提出在词话之外，当另立"批评之学"。什么是他所说的"批评之学"？"必须抱定客观态度，详考作家之身世关系，与一时风尚之所趋，以推求其作风转之由，与其利病得失之所在。"他特别强调，对于词人的批评，一定要摒去主观成见，抱定客观之立场，尤其要注意社会环境的变化对于作家创作的影响。这样才会抉出作家之真面目，重新估定其在词学史上的地位，"期不迷误来者，而厚诬前人"。这还只是就作家批评而言的，实际上，龙榆生的"批评之学"有两层意思：一是从批评理论建设着眼的，如《选词标准论》《论常州词派》《陈海绡先生之词学》等；二是从批评实践入手的，这方面则有《南唐二主词叙论》《东坡乐府综论》《苏门四学士词》《论贺方回词质胡适之先生》《清真词叙论》《漱玉词叙论》《清季四大词人》《两宋词风转变论》《晚近词风之转变》《读王船山词记》等。

---

① 俞感音：《填词与选调》，《词学季刊》第3卷第4号，未刊稿。
② 龙榆生：《研究词学之商榷》，《词学季刊》第1卷第4号（1934年4月）

从批评理论角度看，龙榆生最重要贡献有三。一是对历代词选标准的归纳，提出了"便歌"、"传人"、"开宗"、"尊体"四种标准，这一归纳为后来研究者指示了方便法门，是20世纪对于词选史研究的经典论述。二是对常州词派理论的总结，如二张的崇比兴、争意格、区正变，周济的讲声律、言寄托、示门径等，比较系统地梳理了常州派词学演进之历程。三是对陈洵的词学理论作了初步提示，指出其示学者以填词之规律，洵为安身立命之宝训。从批评实践的角度看，也有两点值得一提。一是对词人的论述多能联系时代环境、个人经历、风格变迁等谈作家创作，实践其倡导的"客观研究"之主张。二是特别注重对于历史进程的叙述，如词体之演进、两宋词风之转变、晚清词风之转变等，通过一种历史的叙述，推衍一种文体的发展变化，或是探求一种词风的转变之因由，从而总结词史变化之规律，摒弃了长期以来存在的或尊南抑北或尊北抑南的历史偏见。

所谓"目录之学"，就是撰写词籍目录提要，示学者以从入之途。他认为撰写目录提要，当注意从三个方面入手：一是考述作家之史迹，二是辨析版本之善恶，三是品藻词家之优劣。"依上三义，以从事于词籍目录提要之编纂，庶几继往开来，成就不朽之业。"[①] 他在这方面虽然用力不如上述两科之学，但也有《词籍题跋》《清词经眼录》《词林要籍解题》等，对后来者有示范和导向的意义。

四 创办词学专刊，推动学科发展

龙榆生对现代词学的最大贡献，首推创办并编辑、发行《词学季刊》。关于该刊创办之宗旨，龙榆生谈到有两点，一是约集同好，二是研究词学。因此，在稿件的采用上明确规定："本刊专以研究词学为主不涉其他。"在栏目的设置上，则有"论述"、"专著"、"遗著"、"辑佚"、"词话"、"词录"（包括"近人词录"和"近代女子词录"）、"词林文苑"与"通讯"等。这些栏目中，"论述"、"专著"为当代学人之新创，"遗著"、"辑佚"为前辈词人之遗篇，"词话"、"词录"、"词林文苑"、"通讯"则为现代词学研究之重要史料。从《词学季刊》的栏目设置看，龙榆生是以学术性和

---

① 龙榆生：《研究词学之商榷》，《词学季刊》第1卷第4号（1934年4月）。

前瞻性作为其载文的首要标准。

据所刊载的内容看，上文所说"八科"之学，《词学季刊》均有涉及。谈词乐的有吴梅《与榆生论急慢曲书》《与夏瞿禅论白石旁谱书》，夏承焘《与龙榆生论陈东塾译白石暗香谱书》《与龙榆生论白石词谱非琴曲》《再与榆生论白石词谱》《令词出于酒令考》，陈思《与夏瞿禅论词乐及白石行实》《与夏瞿禅论词乐及白石清真年谱》，李文郁《大晟乐府考》；谈词律的有龙榆生《词律质疑》、徐棨《词律笺榷》、龙榆生《论平仄四声》、沈茂彰《万氏词律订误例》。关于词之体制的有龙榆生《词体之演进》、卢前《词曲文辨》、王易《学词目论》等。关于词史之学的有夏承焘对南唐二主、冯延巳、张子野、贺方回、韦端己、晏同叔所作的系列年谱，赵尊岳《蕙风词史》，庄一拂《携李闺阁词人征略》等；关于校勘辑佚之学的有唐圭璋《从永乐大典辑出直斋书录解题所载之词》《石刻宋词》《四库全书宋人集部补词》《宋词互见考》，周泳先《永乐大典所收宋元人词补辑》《宋元名家词补遗》等；关于目录之学的有赵尊岳《词集提要》《惜阴堂汇刻明词提要》《惜阴堂汇刻明词叙录》，唐圭璋《全宋词编辑凡例》《全宋词初编目录》等；关于批评之学的有夏敬观《忍古楼词话》、潘飞声《粤词雅》、龙榆生辑《近代名贤论词遗札》、《大鹤山人论词遗札》等。通过《词学季刊》这面旗帜，龙榆生把词界同仁召集起来，落实和践履了他所倡导的"八科"之学，建立起现代词学学科体系，为现代词学的后续发展奠定了坚实的基础。夏承焘说："'词季'问世，颇为词坛老宿所赏，同时学者，如叶恭绰、张尔田、夏敬观，并为延誉，多所匡赞。盖词之为学，久已不振。旧学既衰，新学未兴，龙君标举'词学'，使百年来倚声末技，顿成显学，厥功甚伟。"[①] 如果没有龙榆生的全盘规划和科学设计，或是没有《词学季刊》的引导，现代词学学科体系的形成尚待时日。

《词学季刊》虽然是由龙榆生所经营，却是由新老词人共同支撑起来的。年辈长于龙氏者有潘飞声、夏孙桐、杨铁夫、王蕴、冒广生、张尔田、易孺、夏敬观、许之衡、吴梅、陈匪石、叶恭绰等，与龙氏同辈者有邵瑞彭、蔡嵩云、王易、赵尊岳、黄孝纾、夏承焘、唐圭璋、卢前、俞平伯、缪

---

① 夏承焘：《影印词学季刊题辞》，《词学季刊》，上海书店 1985 年版。

钺、詹安泰等。《词学季刊》的作者虽然汇集了南北词人，但它的撰述主体实以大学教授为主，同时也吸纳了全国各地以及各个阶层词学家。① 通过考察各个栏目所载内容看，"论述"、"专著"、"辑佚"为其重中之重，它的活跃作者主要是龙榆生、唐圭璋、夏承焘、赵尊岳四人。这四人学有专长，龙氏长于批评之学，唐氏长于辑佚之学，夏氏长于年谱之学，赵氏长于目录之学，构成"合璧"。过去有现代词学三大家之说，从《词学季刊》实际看，称之为"现代词学四大家"或许更为允当。②

《词学季刊》连续出版三年，在当时词坛反响甚大，"每期发行千册，颇有流传域外者"。1937年因日军炮轰开明印刷所，版毁而停刊。三年后（1940年），龙榆生续有编辑《同声月刊》之举措，以"同声相应，同气相求"相号召，其栏目的设置大致沿袭《词学季刊》，内容上更为宽泛，《词学季刊》惟收研究词学之作，《同声月刊》则揭载批评诗歌词曲及音乐者。因为时势的变化，作者队伍也发生了变化，《词学季刊》汇集南北词人，《同声月刊》多沪宁两地词人，它的活跃作者主要是依附汪伪政权者，或寓居上海的赋闲词人，如俞陛云、夏敬观、赵尊岳、龙榆生、陈能群、冒广生、王蕴章、钱仲联等。其论述也涉及词学的诸多领域，如词乐、词律、词韵、词史、词人、词派、词籍、词论、词选等，比较代表性的有赵尊岳的《金荃玉屑》（包括《唱词臆说》《玉田生讴曲旨要详解》《珍重阁词话》）、吴眉孙的《四声说》、《清空质实说》，冒广生《新斠云谣杂曲子》，俞陛云《唐五代两宋词选释》等等。"不仅如此，《同声月刊》仍注意联系同仁，开展学术讨论。如组织张尔田、吴眉孙、夏承焘、施则敬等讨论四声问题，都是至今仍有价值的名篇佳构。"③ 对于《同声月刊》的价值，如果从学术立场考察，我们认为它仍然延续了《词学季刊》传统，对于现代词学的学科建设作出了重要贡献。

龙榆生编辑《词学季刊》《同声月刊》，对于现代词学的发展有着十分重要的意义。第一，加速了20世纪前期词学学科建设的进程，促进了现代

---

① 傅宇斌：《现代词学的建立》，商务印书馆2013年版，第94页。
② 参见林玫仪《近代词人手札墨迹序》，台湾中研院中国文哲研究所2005年印行。
③ 张晖：《论龙榆生的词学成就及其特色》，《张晖晚清民国词学研究》，南京大学出版社2014年版，第99页。

词学研究的高度繁荣。在《词学季刊》出版以前，以北京大学开设词曲课程为标志，作为现代学科的"词学"已经确立，但作为现代学术的"词学"还处于起步阶段，大多数人依然是将"词学"与"学词"相混淆，研究专家少，学术专刊少，研究成果也很有限。据王兆鹏先生统计，自《词学季刊》出版以后，仅仅三年的时间，成果量达到595项，远远超过1901至1932年30多年的总和（476项），这样的业绩实得力于《词学季刊》的吸引力和影响力。后来，抗日战争爆发，很多内地大学西迁，词学研究事业亦深受影响。1937—1939年的成果总量只有95项，但到1940至1944年的5年间，成果量骤然回升，共有344项，这是和龙榆生及其主编《同声月刊》所作的努力分不开的。《同声月刊》共计发表词学研究论文182篇，占同期（1940—1944）整个词学研究成果总量283项的64.3%，是《同声月刊》的出版带来了词学研究的新一轮繁荣。① 第二，起到了联络作者互通声气的纽带作用，为传统派学者发表研究成果提供了重要的学术园地。它把星散在各地的词学同仁，吸引到《词学季刊》的园地里，使得词学研究从龙榆生一人之事业变成了全体同仁共同建设的现代学科。在过去，人们通过结社的方式达到交流创作经验的目的，在现代，通过什么样的方式可以达到学术交流的目的？这就是学术期刊，特别是专业学术期刊，能取到团结同仁的效果。《词学季刊》通过刊载相关学者的研究成果，一方面向社会展示他们的最新研究心得，另一方面也可以及时了解同道者学术研究的最新动向，然后自觉地调整自己的研究方向，既分工又合作，共同建设大家关心的学术事业。龙榆生创办《词学季刊》，成立"词学季刊社"，目的就是"广集同声，发扬词学"。《词学季刊》创刊号发布"社启"云："本社为广集同声、发扬词学起见，颇虑见闻有限，采访失周，尚冀海内词家共为扶植。"词学季刊社也确实成了沟通学界同仁的一个重要纽带，或交换词籍，或交流心得，或互通声气，或探讨学术，发挥了沟通感情拉近距离的积极作用。但在《词学季刊》创刊之前，发表词学论文较多的是胡适、梁启超、赵万里、胡云翼、郑振铎等现代派学者，自《词学季刊》创刊以后，传统派学者有了自己的

---

① 参见王兆鹏、刘学《20世纪词学研究成果量的阶段性变化及其原因》，《学术研究》2010年第6期。

理论园地，夏承焘、龙榆生、唐圭璋、赵尊岳等迅速脱颖而出，成为三四十年代词学研究的主力和骨干，吴梅、张尔田、查猛济、许之衡、冒广生、黄公渚也纷纷集结到《词学季刊》的旗帜下，壮大了传统派学者的阵营和声气。第三，激发了有关学者的研究潜力，造就了一批活跃作者。受传统述而不作观念的影响，早期学者并不看重研究成果的发表，比如唐圭璋在1926年发表第一篇词学论文《温韦词之比较》，直到5年后的1930年1月才发表第二篇论文《女性词人秦少游》，从1926到1932的七年间只发表了2篇论文。而1933年一年，在《词学季刊》上就发表词学论文8篇，次年又在该刊上发表论文4篇。夏承焘1931年开始发表处女作《姜白石与姜石帚》，次年在《之江学报》和《燕京学报》发表论文3篇，1933年在《词学季刊》上发表论文5篇，接下来三年连续在该刊上发表论文12篇。"由于龙先生持之以恒的约稿，才促使这些作者不断提供最新的词学研究成果，使这些在上一个时期并不算活跃的作者成了词学研究的活跃作者。"[①] 龙榆生的主动约稿，以及他们的研究有了良好的社会反响，才激发起他们进一步从事词学研究的热情。从这个角度讲，《词学季刊》不但促成了20世纪30年代词学研究的繁荣，而且也造就了一批活跃作者，像龙榆生、夏承焘、唐圭璋、张尔田、赵尊岳、吴梅等，有力推动了这一时期词学研究的发展进程。

总之，龙榆生在现代词学史上占有十分重要的地位，他不但有意识地把词与现实生活相联系，积极推动"新体乐歌"的创制，而且将全部精力投入"词学"的学科建设上，通过《词学季刊》《同声月刊》来实践现代词学的学科建设。

[①] 此处数据引用及分析参考了王兆鹏先生的有关论述，参见《20世纪词学研究成果量的阶段性变化及其原因》，《学术研究》2010年第6期。

第 七 章
现代词学家思想与方法的进步（下）

  中国词学从传统走向现代，端赖现代学术的繁荣与进步，它的每一次进步都与现代学术的发展息息相关。从"清末四大家"以乾嘉朴学方法校勘词籍，到王国维引进西学观念阐释"词境"，再到胡适引进化论思想演绎词史三段论，就是一个从旧学到新学、从传统而现代的进程。王国维谈到有清三百年学术发展史时，指出："国初之学大，乾嘉之学精，而道咸以降之学新。"[①] 梁启超在总结中国近三百年学术史时，也说："清末三四十年间，清代特产之考证学，虽依然有相当的部分进步，而学界活力之中枢，已经移到'外来思想之吸受'。"[②] 在晚清，学术的求新已是大势所趋，中国词学的现代化也朝两个方向发展：一方面从思想上引进西方学说，改造传统的诗教观念，以美取代善，以美育取代诗教，王国维《人间词话》为其代表；另一方面将传统朴学方法与西方实证方法结合起来，如王国维搜辑整理《唐五代二十一家词辑》，手抄手校词曲书二十五种，并为每篇词籍撰写跋语，交代版本源流，考订作者仕履，辨析作品真伪，就是这种求真务实之治学方法的体现。王国维从思想与方法两个方面开了20世纪词学研究的新风气。

  对于王国维的治学方法，赵万里曾撰文作过专门介绍，指出，"先生影响于吾国现代及未来学术界者为何如耶？"曰：考证之学。[③] 一般说来，经史考证之学，首当注意者，自须推版本、目录、校勘诸学。过去，人们比较推重王鹏运、朱祖谋在词籍校勘及汇刻上的成就，却忽略了王国维对现代词

[①] 王国维：《沈乙庵先生七十寿序》，《观堂集林》卷23，河北教育出版社2003年版，第574页。
[②] 梁启超：《中国近三百年学术史》，东方出版社1996年版，第37页。
[③] 赵万里：《王静安先生之考证学》，《大公报·文学副刊》1928年6月18日。

学文献整理的方法论意义，是他将词学文献学从校勘拓展到版本、目录、辑佚等众多领域。现代学者正是在这些方面取得了非凡的业绩，成为推动现代词学走向辉煌的"基石"。从版本目录方面看，它有辨章学术、考镜源流的意义，陈振孙《直斋书录解题》"歌词"已发其端，在清代则有《四库全书总目》"词曲类"光大其学，到近代吴昌绶有《宋金元词集见存卷目》，王国维亦仿朱彝尊《经义考》之例撰为《词录》一书，共著录唐宋金元词集344种。而后，词学目录之学成为专科之学，赵尊岳汇刻明词268种347卷，叶恭绰编纂《清词钞》"引用书目"著录清代词籍261种，赵尔巽主持修纂《清史稿·艺文志》著录清代词籍156种，《续修四库全书总目提要》著录清代词籍555种，赵尊岳专门撰有《词总集考》16卷，"所见传世词总集大致几备"。① 从词籍辑佚看，它非得博览群书才能有所收获，因此最能考见治学者之工力。首开近世词集辑佚之风的是刘毓盘的《唐五代宋辽金元名家词辑六十种》（1925），其后王国维的《唐五代二十一家词辑》（1927）和林大椿的《唐五代词》（1933），均为唐五代词的整理作出了应有的贡献。然而，在体例和方法上为世所称道者，当推赵万里所辑《校辑宋金元人词》（1931）。但在词学史上辑佚之功贡献最大者则推唐圭璋的《全宋词》，他在30年代初即从石刻中辑出宋以来逸本未曾著录词人14家，又从《永乐大典》内辑出9家，并补《四库全书》集部词51家，除了上述诸家所补辑之外，仅其自辑者就达925家，超过有集传世者和他人补辑之总和。后来，他校辑《全金元词》收作者282人，7293首，其中有集传世者（包括近人所辑）108家，由他辑佚者凡102家，亦超出原有词集者的一倍。② 唐圭璋可称得上是20世纪词籍辑佚之学的"顶峰"。

  龙榆生关于词学文献研究有校勘之学和目录之学的构想，王国维、赵万里、孙人和、赵尊岳、唐圭璋在这方面作出的贡献最多，对于唐圭璋的词集辑佚成就，已有学者作过比较深入的论述，故本章拟以孙人和、赵尊岳、叶恭绰、赵万里为讨论对象，着重评议他们在明清词籍目录提要与宋金元人词辑佚方面的成就。

---

① 龙榆生：《词总集考稿本题记》，《龙榆生词学论文集》上海古籍出版社1997年版，第522页。
② 参见王兆鹏《论唐圭璋师的词学研究》，《唐宋词史论》，人民文学出版社2000年版。

第一节　孙人和词学研究业绩之平议

20世纪三四十年代的辅仁大学，有一位与顾随齐名的词学教授，他就是孙人和。孙人和（1894—1966），字蜀丞，号鹤腒，江苏盐城人。青少年时代，在家乡江苏省立第九中学读书，后以优异成绩考入北京大学法律系，因酷爱国学，转入国文系。从北京大学毕业后，他先后任教于北平师范大学、北平大学女子师范学院、中国大学、辅仁大学，抗战前后曾为中国大学国文系主任，1947年转为上海暨南大学文学院院长，建国后任中华书局顾问、中央文史研究馆馆员。

一　文献学家的词学活动

孙人和是现代著名的藏书家、文献学家，孙达伍说："先生精于'小学'，古代经籍诸子无不窥，其古代版本学、目录学尤为当时学者所称道"①。伦明说："孙蜀丞人和，喜校雠，经子要书，皆有精校之本。所收书，亦以涉于考据者为准。"② 他在这方面的代表作品有《论衡举正》《抱朴子校补》等。他对于现代词学亦颇有建树，不但在多所大学讲授"词学"，而且还先后编校有《唐宋词选》《宋词妙选》，以及《阳春集校证》《校订花外集》等，特别值得一提的是，他还为《续修四库全书总目提要》撰写词籍提要494条，他与赵尊岳一起成为现代不可多得的致力于词籍提要之学的学者。

据李泰棻《忆思辨社》回忆，孙人和在北京大学毕业后，曾有过短期供职于国民政府交通部的经历，还参加过1922年5月由吴承仕先生发起的"思误社"（后更名为"思辨社"）。这是一个专以校订古书为务的文社，社员有黄侃、邵章、邵瑞彭、程炎震、杨树达、吴承仕、陈垣、尹炎武、洪汝闿、陈匪石、朱师辙、孙人和、李泰棻、张尔田、伦明等③，其中黄侃、邵瑞彭、陈匪石等都是享誉当时词坛的重要人物，邵、陈二人还是民国初年上

---

① 孙达伍：《孙人和先生事略》，《盐城文史资料选辑》第九辑，盐城市政协文史委员会编，1990。
② 伦明：《辛亥以来藏书纪事诗》，北京燕山出版社1989年版，第123页。
③ 张伯驹编《春游琐谈》，中州古籍出版社1984年版，第360页。

海"春音词社"的重要成员,陈匪石有《倦鹤近体乐府》,邵瑞彭有《扬荷集》和《山禽余响》,孙人和也有《湖垛词》传世,《湖垛词》中存有一首"次匪石韵"的《四园竹》。1925年以后随着部分成员的南下,思辨社活动渐趋消歇,孙人和也转入当时北平盛有影响的"稊园诗社"。

20世纪20年代的北京诗坛,各种诗社词社名目繁多,先后有聊园词社、趣园词社、寒山诗社、稊园诗社、蛰园吟社、咫村词社等①,其中"稊园诗社"在当时影响最大,不但参加的成员多达600余人,而且这一诗社还一直延续到五六十年代,前后长达30余年之久。

孙人和早年专治辞章之学,并有诗词作品在北京《消闲报》上发表,并与当时京城诗坛耆宿樊增祥、郭曾炘、关赓麟等唱和,当然参与了由关赓麟发起组织的"稊园诗社"的各类活动。比如1923年稊园社第二百次大会诗选,便记录了孙人和参与的"得宝歌"和"侯冷"的唱和。据刘叶秋先生回忆,1925年上巳日,"稊园诗社"在江亭聚饮,分韵赋诗,孙人和未得与会,也分得去声震韵"润"字,并成五古一首。"这首诗,吐嘱蕴藉,平淡有味,于难押之韵,措语自如,颇见工力。"② 后来,孙人和进入北京的高等学府,不再着意词翰,而是转向经史之学,热衷于校勘、考订、文字训诂,讲授《左传》《庄子》《三国志》等课程,注意把义理、考据、辞章三者结合起来,给学生留下了非常深刻的印象。然而,不可忽略的是,无论是20年代在北京大学、北京师范大学,还是三四十年代在辅仁大学、中国大学,孙人和都开设有"词学通论"、"词选及习作"的课程,并编有《词选》《宋词选注》《唐宋词选》等教材,一些学生对于当时孙人和授课的情形做了多侧面的描述。"授'词'的孙人和先生,别号蜀丞,是北大和燕京的教授……他在课堂上讲起课来,真是眉飞色舞,唱做俱佳。讲到柳永、辛弃疾等人的佳作时,他那抑扬顿挫的歌声,手舞足蹈的姿态,引得全堂学生如醉如痴,真是发扬到艺术的至高境界。"③ 刘叶秋也说:"今天想起,仿佛我又回到四十余年前的课堂里,(蜀丞先生)讲唐宋词则分析内容、风格、表现

---

① 陈声聪:《兼于阁杂著》,上海古籍出版社2002年版,第69页。
② 刘叶秋:《忆孙蜀丞先生》,《人物》1995年第4期,第17页。
③ 陈镇:《北平辅大生活回忆》,陈明章:《学府纪闻:私立辅仁大学》,南京出版有限公司1982年版。

技法等，细腻非常，引人入胜。如温庭筠的《菩萨蛮》'小山重叠金明灭'一阕……我以前虽能熟背，于其意境，并未领略，先生一讲，含蕴尽发，我才懂得仔细玩味，对怎样读词也有了初步的认识。"[1] 当代学者陈邦炎先生早年在中国大学求学，他谈到自己听俞平伯讲词学的情形时说："那时，先生在中大讲唐宋词时，听课的有来自各系、各年级甚至外校的学生，窗台上都坐满了人。我那时转学到中大，虽不在国文系，也旁听过先生的课。"当俞平伯听了陈邦炎这一席话后，马上纠正说："我哪及孙人和先生，他的根基比我深厚。"[2] 这说明他的词学功底和水平都征服了俞平伯这样的名家。

然而，孙人和更以校勘之学见长，连著名史学家陈垣先生都讲过"校勘群籍，吾不如孙人和"的话[3]，可见，他校勘群籍功力之深厚。他于词学亦长于词籍校勘，所著《词潏》《唐宋词选》《阳春集校证》《校订花外集》便是其校勘之学成就的具体表现。

二 词籍校勘与词选编纂

《词潏》为论词札记，连载于《辅仁文苑》第1、2、3、6辑，共五条，有两条谈《漱玉词》，一条谈《片玉词》，一条谈韦庄《女冠子》。谈《漱玉词》的两条，一条是对李清照《词论》的辨析，一条是对汪玢辑校本《漱玉词钞》的辨证，指出该钞本收录不全、评论亦不精当之弊；谈韦庄《女冠子》一条，是考证该作品写作年代的；谈《片玉词》一条，是选取陈少章《片玉集注》中的9首词，为其作补正，或补其注之不足，或正其注之错讹。

《阳春集校证》是对冯延巳词集的校证，有中国大学讲义本。一般说来，现存《阳春集》较早的本子是吴讷《唐宋名贤百家词》本和赵氏星凤阁钞本，而后有毛氏汲古阁藏未刻词旧抄本、侯文灿《五代宋元人十名家词》本、金武祥《粟香室丛书》本，以及萧氏手抄本、刘继增校勘本和王鹏运《四印斋所刻词》本，其中以四印斋本为优。据曾昭岷先生考证，《阳

---

[1] 刘叶秋：《忆孙蜀丞先生》，《人物》1995年第4期，第18页。
[2] 陈邦炎：《忆俞平伯先生》，《大公报》1991年8月30日"艺林"副刊。
[3] 牟润孙：《发展学术与延揽人才——陈援庵先生的学人风度》，《海遗丛稿二编》，中华书局2009年版。

春集校证》是以星凤阁钞本及一旧钞本参校，但不知所采底本及参校本来源，因此，它在流传范围上也就非常的有限。①《校订花外集》，是对王沂孙词集的校订，有中国大学1933年刊本。据孙人和《校订花外集题识》知，在清代，王沂孙词集以鲍廷博刊本为先，而后有乌程范氏、临桂王氏等校补本，所校词集凡51首，补遗14首。在孙人和看来，上述各本，均有不足，因此，他检点各本，相互参校："凡征引事类，必寻其源；字句差池，必准于律；臆说无考，惟分注词后；谊得两通，亦摘录靡遗。"编者在经过上述校订之后，自信所校之本，较前之各本要优，所谓"虽未敢谓为善本，比于诸家所校，则加详矣！"正因为这样，后来吴则虞再校《花外集》，即以孙校本为底本，后来唐圭璋《全宋词》、史克振《王沂孙词笺注》、张红《王沂孙词新释辑评》均以孙校本为底本。

孙人和还有一篇《沈括以霓裳为道调法曲辨》的论文，发表在《师大国学丛刊》第一卷第一期，这是一篇颇见功力的考据文章。他从沈括《梦溪笔谈》所载不辨《霓裳羽衣曲》是道调法曲还是献仙音曲说起，以白居易和元稹诗歌的有关记载为依据，指出《霓裳羽衣曲》始于开元、盛于天宝，为法曲，属商调；接着，又通过对王灼《碧鸡漫志》、周密《齐东野语》、姜夔《霓裳中序第一序》有关记载的辨析，得出霓裳道调实即商调的结论；再据马端临《文献通考》知《霓裳羽衣曲》亡于唐末，又陆游《南唐书》载《霓裳羽衣曲》在安史之乱后，已失其传，后得残谱，以琵琶奏之，于是便成了开元天宝之遗音，至南唐尚有重整曲谱之事：这是《霓裳羽衣曲》在唐代流变的情况。何以沈括不辨《霓裳羽衣曲》为道调法曲还是献仙音曲呢？在孙人和看来，《宋史》"乐志"载法曲有道调和献仙音两种，它们虽同为法曲，但宫调不同，像欧阳修《六一诗话》、葛立方《韵语阳秋》都是以道调为霓裳曲的；但据王国维考证，以献仙音为霓裳曲也有其根据，它们不但在同一宫调，而且字数也大略相近。不过，沈括大概是以霓裳曲为道调法曲的，所以，他就认为献仙音不能与霓裳曲相混了。这篇论文引述唐宋文献10余种，并结合近代王国维的考证成果，找出了沈括不能相辨的原因。

---

① 曾昭岷：《温韦冯词新校》"前言"，上海古籍出版社1988年版，第14页。

《唐宋词选》由辅仁大学与中国大学 1946 年 11 月联合出版。在《唐宋词选》之前，孙人和已编有数种词选及词史，即中国大学油印讲义《词选》《宋词选》和辅仁大学油印讲义《词及词史》、北平师范大学油印讲义《词史及词选》等，前两种重在作品选析，后两种偏于词人评价，《唐宋词选》便是在上述数种词选及词史基础上重新整合编纂而成的。

《唐宋词选》分上中下三编，在体例上，先是词人简介，然后是词籍考辨及词评汇辑，最后是词选，词选后有注释和词谱，书末还附录有词韵，兼具词史、词籍考证、作品选介及创作指导为一体，是一本特色非常鲜明的唐宋词选。当时，比较有影响的词选有朱祖谋《宋词三百首》、龙榆生《唐宋名家词选》和胡适《词选》，孙人和早年编选的《宋词选》即受朱祖谋《宋词三百首》的影响，以宋徽宗《燕山亭》为全书之开篇，但他的《唐宋词选》在体例上更接近龙榆生《唐宋名家词选》和胡适《词选》，按年代顺序来编排，突出词史发展的脉络，介绍词史上重要作家和代表作品，上编选唐五代词人 21 家词作 67 首，中编选北宋词人 17 家词作 66 首，下编选南宋词人 5 家词作 21 首。从全篇选目看，他比较偏好唐五代北宋，对于作品的选择比较重视艺术性，并不像胡适那样只以明白浅显的白话词为入选标准。

最值得注意的是，这部选本体现出他偏重校勘考证的学风，具体表现在对所选作品的校勘、对作品内容的注释、对词集版本的考证等三个方面。从对所选作品的校勘看，编者虽未能一一指出所征引文献，却能一一交待作品的异文。如苏轼《念奴娇·赤壁怀古》：

念奴娇　一名百字令，又名百字谣，又名大江东去，又名酹江月，又名赤壁词，又名酹月，又名壶中天慢，又名大江西上曲，又名太平欢，又名寿南枝，又名古梅曲，又名淮甸春，又名白雪词，又名无俗念，又名千秋岁，又名庆长春，又名杏花天　赤壁怀古。

大江东去，浪淘尽、千古风流人物。故垒西边，人道是三国周郎赤壁。三国一作当日乱石穿空，惊涛拍岸拍一作裂，卷起千堆雪。江山如画，一时多少豪杰。遥想公瑾当年，小乔初嫁了，雄姿英发。羽扇纶巾谈笑处一作间。樯橹灰飞烟灭。艫或作橹，樯橹又作强虏故国神游，多情应笑我，早生华发。人生如寄。生一作间，寄一作梦一尊还酹江月。

不但对词调别名一一列出，而且将有异文歧义之处一一标明，以便读者能根据上下文自行决定取舍，这也体现了作为文献学家的孙人和，对于古籍校勘科学谨慎的态度。从对作品内容的注释，也可看出编者擅长考证的学术风格，比如《谒金门》（风乍起）的作者是谁，学术界众说纷纭，说法不一，有说是牛希济，有说是冯延巳，有说是成幼文，编者根据自己对陆游《南唐书》"冯延巳传"、《古今诗话》、《词综》的研判，最后选取"成幼文"说，无论其抉择是否妥当合理，但他通过反复比勘文献而后定谳的方法却是可取的。像这类作品归属问题，在五代北宋时期表现得尤为突出，编者多能通过排比辨析资料择善而从，如张先、欧阳修条下都有这样的辨析说明。从其对词集及作品流传情况考证看，编者对五代以后词人词集及作品存佚情况，都有比较具体而详细的介绍和分析。比如李煜、李璟的《南唐二主词》，既辨析旧本《破阵子》非后主所作，也指明后主词并非旧本所传35首，还特地介绍了长沙本和百家词本对李煜词的保存情况，以及后代关于《南唐二主词》的版刻和流传情况。如果将相关内容汇辑一起，它实际上是一部比较系统的关于唐宋词文献目录学著作，后来吴熊和《唐宋词通论》第六章"词籍"在版本叙录上，以及由他主编的《唐宋词汇评》在体例上，都明显受到孙人和《唐宋词选》的影响，这也可看出其对于20世纪词学建设的重要意义。

最能体现孙人和词籍校勘考证之功力的是《续修四库全书总目》"词籍提要"，《续修四库全书总目》共著录词籍554种，分别由班书阁、孙人和、陆会曾、赵万里、徐致章、罗继祖、谢兴尧等撰写，其中由孙人和撰写条目最多，共494条，占全部词籍提要近百分之九十。孙人和撰写的《续修四库全书总目》提要共1101条，而词籍提要就占去他所撰提要的一半。

《续修四库全书总目》的"词籍提要"，包括总集、别集、词评、词谱、词韵等，其中总集31种、别集473种、词评46种、词谱词韵5种，它在体例上一如《四库全书总目提要》，由词人生平简介、词籍介绍和版本流变、词人创作思想和创作风格几个方面组成，并兼及对上述相关问题的考辨。对于唐宋金元词籍，多取近现代校勘之权威成果，如王鹏运《四印斋所刻词》、朱祖谋《彊村丛书》、赵万里《校辑宋金元人词》等，明词以赵尊岳《惜阴堂丛书》刊本为主，清词则多取清代原刻本或丛刻本。那么，孙撰

《续修四库全书总目》"词籍提要"较之钦定本《四库总目》"词籍提要"有哪些发展呢?

第一,注重版本的著录。《四库总目》著录词籍,只著录其来源,如《珠玉词》一卷,江苏巡抚采进本,却未能标其版刻情况。《续修四库全书总目》则改进了这一似是而非的做法,直接标明所著录词籍之刻本,如《弹指词》二卷,乾隆癸酉刊本;《乐府余论》一卷,云自在龛丛书本;《唐五代二十一家词辑》二十一卷,《王忠悫公遗书》本,等等。这一著录方式,较之《四库总目》有了更大进步,更为科学,读者据之可索骥而得。

第二,反映了词学界最新研究成果。比如唐五代词,除了《花间集》,《四库总目》别无著录,而《续修四库全书总目》则著录有成肇麟《唐五代词选》二卷、王国维《唐五代二十一家词辑》二十一卷、王国维《南唐二主词校》一卷、刘继增《南唐二主词笺》一卷、明吕远刊本《南唐二主词》一卷,以及《云谣集杂曲子》一卷(《彊村丛书》本)、温庭筠《金奁集》一卷(《彊村丛书》本)、侯灿刻《十名家词》本《阳春集》一卷、王鹏运校本《阳春集校本》一卷。对于唐五代词的著录,《续修四库全书总目提要》不避重复,反复著录,除了给读者提供更全面的学术信息外,也有真实反应学界最新研究成果的意味。像《云谣集杂曲子》的出土就是20世纪初最重大的发现,又《南唐二主词》著录有3种刊本,并根据这些刊本的各自特点作提要,这也是孙撰词籍提要的一大特色,如吕远刊本重要介绍《南唐二主词》刊刻的源流及南唐二主词的创作特征,而王国维校本重在辨析其校本的构成情况,刘继增注本则重在介绍其所依版本的来源并评价其学术成就。对于宋词,多是选用《四库总目》未能著录的词籍,选用经过精校细勘的《彊村丛书》本和《校辑宋金元人词》本;对于《四库总目》已有著录的,《续修四库全书总目》则选用最新的校刊本,如柳永《乐章集》选用缪荃孙的《乐章集》校勘记一卷补遗一卷逸词一卷、苏轼《东坡乐府》选用傅干的《注坡词》十二卷、秦观的《淮海居士长短句》选用朱祖谋的《淮海居士长短句校记》一卷等。

第三,较之《四库总目》,《续修四库全书总目》不但收入词集多,而且收录范围更广。《四库总目》共著录宋词别集70种,金1种,元2种,明4种,清9种,总集26种,词话10种,词谱词韵7种,主要侧重在宋词;

《续修四库全书总目》共著录宋词别集131种,金5种,元48种,明61种,清232种,总集35种,词话50种,词谱词韵5种,侧重点在宋词和清词。因为,《四库总目》编纂在乾隆时期,当时元明两代词籍未曾做过系统整理,清代词籍则因为时在本朝,更不能有全面的反映,而《续修四库全书总目》启动在20世纪三四十年代,元明清三代典籍经过一段时间的沉淀和积累,已完全定型,对之做系统整理,自然会被提上日程,当时已有唐圭璋辑《词话丛编》、赵尊岳辑《惜阴堂明词丛刊》、陈乃乾辑《清名家词》等成果。较之《四库总目》,《续修四库全书总目》"词籍提要"对元明清三代词籍著录尤多,特别是清代词籍,别集著录达232种,除了《清名家词》外,大多选用的是原刻本,这实际上是对见存清代词籍的一次系统整理。1927年完稿、章钰撰写的《清史稿·艺文志》著录清词别集156种,总集39种,词话18种,词谱词韵16种;50年代中国科学图书馆武作成先生再纂《清史稿艺文志补遗》,其中补编清词别集127种,总集21种,词话36种,词谱1种;两者相合与《续修四库全书总目》著录词籍在数量上大致相当。这使后来者能比较客观地了解词史的发展状况,达到了"提要体"所主张的"辨章学术,考镜源流"的目的。

三　推尊常州派的词学思想

孙人和虽然没有专门的词学论著传世,但在北平师范大学、中国大学任教期间,编写过《词史》《词学通论》的课程讲义,对于词的起源、词的体制、重要词人发表过自己的看法。[①] 只是目前这些讲义已难以获知,但通过《续修四库全书总目》"词籍提要",依然能看出他在词学相关问题上的见解和看法。

正如上文所言,考察《唐宋词选》,知其所好在晚唐五代北宋,比较重视词的艺术性,那么这一倾向在《续修四库全书总目》里是否有所体现呢?

首先,重视词的声律,强调填词者当谨守唐宋词律。他认为诗文词曲诸体,虽有相通之处,但也各具其特质,对于词而言就是"声律"。这一看法

---

① 参见和希林整理《孙人和词学讲义两种》,《词学》第三十二辑,华东师范大学出版社2014年版。

是继承了李清照以来"词别是一家"的传统的，李清照在《词论》中指出词与诗文的不同，是要分五音、五声、六律、清浊、轻重。孙人和认为人们对李清照之论多所不解，原因就在于李清照是以词侑酒嘌唱之用的①，像《花间》、《尊前》、《草堂》等唐宋词选也都是为着嘌唱之用的。所谓"嘌唱"，指的是一种音调曲折柔曼的唱法，一种在歌唱时有较大自由度的通俗化唱法。他认为柳永、曹组等人均以制律见长，所作也是为着嘌唱之用的，但宋代文人评论二家之词，往往以其短（"纵情淫靡"）掩其长（"音调柔曼"），"未可尽信也"；另外，像谭宣子精于声律，有《春声碎》、《鸣梭》、《西窗烛》等自度腔，"在南宋中可与白石、梦窗、草窗、玉田诸家并论"。

他对于明清词人的评价，一个重要标准是看其是否守律。如称朱日藩"格律严整"，戈载"精于声律"，潘钟瑞、陈澧"明于声律"，以及凌廷堪、吴藻、陈澧等人"持律不苟"，还有沈传桂"声律谨严，阴阳去上，辨析毫厘"；同时，他还批评皮锡瑞"律不精细"、焦廷虎"慢词多不合律"、盛于斯"混以曲语，不合声律"、濮文湘"声律不密，混曲为词"，以及清初词人往往疏于词律，如李符"颇疏于律"、沈皞日"疏于声律"、纳兰性德"慢词粗不协律"、顾贞观"但知发挥情性，不愿斟酌于声律字句间也"。在他看来，填词不守声律，在清代是一个比较普遍的现象。"清初词家蔚出，朱、陈有派，常州继兴，然往往持律不严，唯图自便，虽有万律词谱，亦少遵依。"因为词乐在明代已失传，唐宋宫谱亦已沦亡，为保持词的声律之美，后代填词者"只能谨守唐宋名作之声韵"，所以，他特别反对明末清初大量存在的"自度曲"现象。像丁澎自命所填之词为犯曲，这实际上是不理解唐宋词乐的特殊性："不知犯调始兴于宋大晟府，姜夔《凄凉犯序》言之甚晰，全在住字相同，如正黄钟宫与越调犯，越调与中吕调犯，皆合字住；（丁）澎不明是理，但节用各词句法，盖本刘过《四犯剪梅花》。卢祖皋又有《锦园春三犯》及《月城春》之名，用《解连环》、《醉蓬莱》、《雪狮儿》三曲。须知，此云犯者，即晁补之所谓自过腔，姜夔所谓鬲指声，不同音者，不能过腔。盖住字相同，可为犯调，五音相同，即可过腔，皆有犯名。（丁）澎不知此理，无知妄作！"他不但对丁澎无知妄为犯曲给予指

---

① 孙人和：《词潘》"漱玉词"条，《辅仁文苑》第二辑（1939）。

责,还对邹祗谟以刘过《四犯剪梅花》为后人所增提出反驳:"不知北宋即有犯调,何待于龙洲?周邦彦《清真集》有侧犯、花犯、倒犯、玲珑四犯,其不言犯者如《瑞龙吟》、《兰陵王》之类,亦犯调也。姜夔《凄凉犯·序》及张炎《词源》言之甚详,安得如祗谟之所说乎?"

明清时期编纂的各种词选和各类词谱,也存在着不谙词律的现象。比如吴绮《记红集》,只取"调之醇雅,音之铿锵"者,"至于拗体者则概置不录"。在孙人和看来:"夫词之宫谱既亡,何谓拗体?何谓非拗体?若以平仄论拗体,则调中拗句多者,正声音流美之处,即此一端,足以觇其学之浅矣。"又,郑元度《三百词谱》以谐声为主,其有腔调不顺、句读无味者,概不入选。"不知词中拗句,皆声调之流美者也,此尚不了,而言订谱选词,岂能当乎?"还有,舒梦兰的《白香词谱》,多录明清作品,以为填词之矩范,这一做法也是不可取的:"明清宫谱亡失,其词岂可为轨律乎?若以词之美恶言之,则唐宋金元词,虽千首可选,况百首乎?言谱则当推其首创,言词则当选录名篇。"

其次,重视词的体格,认为过于粗豪,或过于浅俚,皆非合作,婉雅妥贴者方为正体。据刘叶秋先生回忆,孙人和曾亲口对他说:"词写幽眇之情,状纤微之境,与诗的风格迥异,使词有诗味,亦为失败。"① 所谓"幽眇之情",是说词所表达的情感比较幽深精微,"其缘情造端,兴于微言……极命风谣里巷男女哀乐,以道贤人君子幽约怨悱不能自言之情,低徊要眇,以喻其致"。② 所谓"纤微之境",是说词所营构的是一种纤微细密且余味不尽的审美境界,"其为体也纤弱,所谓明珠翠羽,尚嫌其重,何况龙鸾?……其为境也婉媚,虽以警露取妍,实贵含蓄。有余不尽,时在低徊唱叹之际"。③ 因此,在孙人和看来,词并不忌艳情,也不排除俚俗,问题的关键是,要低徊宛转,委曲闲雅,圆融妥贴,非是者则"不成体格",至于粗豪、鄙俚、浅陋,皆非词之本色也。他对明清词人的评价即以此为准的,如称严绳孙:"慢词殊不成体格。"郑棠:"词多腐俗,不成体格。"蒋士铨:"流荡自恣,不成体格。"李宗祎:"粗鄙浅陋,不成体格。"周曾锦:"间有

---

① 刘叶秋:《忆孙蜀丞先生》,《人物》1995年第4期。
② 张惠言:《〈词选〉序》,南京大学出版社2011年版,第1页。
③ 陈子龙:《王介人诗余序》,《安雅堂稿》卷三,伟文图书出版社1977年版,第192页。

清隽之语,终不成体格也。"沈宗约:"颇为鄙陋,词亦浅薄,无足观。"赵庆熺:"浅薄而不能深入,剽滑而不能沉着,纯粹无疵之作不多观也。"他批评这些词人"不成体格"、"无足观也",多是因为他们的创作存在"腐俗"、"流荡自恣"、"粗鄙浅陋"的弊端。

他对词的具体要求是婉雅有情致,如称汪曰桢:"其和清真《六丑》、梦窗《莺啼序》,委婉有情致,殊不易也。"张琦:"措辞委婉,情致缱绻,自是作家。"汪度:"其令曲,亦有清而新,婉而雅者。"沈皞日:"醇雅谐婉,措语圆融,时有清空之趣。"这里"婉"是对词之体格的要求,"雅"是对词之内容的要求,"圆融"是对词之字句的要求,"情致"是对词之审美品格的要求,这些看似简单,其实要求很高,在北宋也只有晏几道、秦观、贺铸、周邦彦等少数词人才能达到这样的境界:"自周邦彦以来,莫不以婉雅为正宗,实自淮海启之,玉田虽雅,往往流为滑易。"至于一般词人则难以企及,如向滈:"不事雕饰,俗不伤雅,儿女情痴,言之有味,惜淡而不腴,浅而不深,致不能成大家也。""腴"是一种姿态的美,"深"是一种醇厚的美,它要求艳而不失态,俗而不失雅,浅而不失其厚,有些词人在某些方面或有可取之处,但总体上仍不能达到如此之境界。如吴绮:"造词圆融,流丽自喜,然能放不能敛,外露而不内收,故时有侧艳之语也。"张云璈:"词颇清雅圆融,惟嫌其稍浅薄耳。"杨夔生:"徒以精丽为能,气凝辞实,全无闲婉之致也。"江顺诒:"以流畅之笔,写抑郁之怀,然往往露而不蓄,意尽于辞。"边浴礼:"多清新婉雅之作,虽咏物甚多,而体贴入微,使读者不以为病,惜未能得碧山之深也。"所谓"不能敛"、"不能收"、"稍嫌浅薄"、"露而不蓄,意尽于辞",都是说他们在婉雅上尚有不足,达不到含蓄有余味、委婉有情致的要求。

第三,在委婉和雅的基础上,推崇浑厚沉著,艳词要有重大之旨,咏物当求有寄托。他认为五代北宋词最重要的特征就是"浑厚",并在不少地方提到"北宋高浑"、《花间》"浑厚重大"、《花间》《尊前》"深厚",对于历代词人的品评也经常用到"浑厚"(或是"深厚"或是"高浑")一词。如张辑:"清雅有余,浑厚不足。"郑燮:"所少者深厚之致耳。"刘嗣绾:"其词虽清丽,而不能深厚。"谢堃:"虽不如《花》《尊》之深厚,而以秾艳之笔,达深曲之情,则一也。"史念祖:"出入辛、刘、二窗之间,惜其实而不空,质而不浑,殊少浑厚之致矣。"王士禛:"盖清雅有余,浑厚不足,五代之词,重厚而大,故敢为艳语,士禛力不足以驱之,而喜学花间,往往入于淫邪。"查慎行:"诗效宋诗,虽不浑厚,然情趣甚佳,名句络绎,词则异是,知能为诗者,不尽善于词也。"孙承恩:"藉物喻志,比兴深微……虽不如东坡《卜算子》之高浑,而托意深远,则一也。"勒方锜:"其词用字精洁,造语圆融,意境悠远,虽未入高浑之界,确有宋人轨范也。"汪棣:"棣词有沉着处,有曲拗处,有清越处,惜不能脱去蹊径,以至于浑。"

其实,在晚明,陈子龙已提到五代北宋词"尚存高浑"①,在清初纳兰性德也说过"温、韦诸公,短音促节,天真烂漫,遂拟于天仙化人,可望而不可即"②。随着浙西词派倡言"字雕句酌,归于醇雅",以南宋为宗,五代北宋逐渐为人少所提及,直到嘉庆时期常州词派崛起,"以《国风》、《离骚》之旨趣,铸温韦、周辛之面目"③,晚唐北宋再次引起人们的关注。然而,温、韦毕竟以令曲见长,格局相对狭小,到周邦彦才把浑厚的境界推到极致,周济亦把"还清真之浑化"作为常州词派的努力方向。他认为周邦彦的优长,在其"于钩勒处见浑厚","他人一钩勒便刻削,清真愈钩勒愈浑厚"。④ 所谓"钩勒",就是在词的发端、结尾或换头处,以一二语对铺叙的段落加以收束或转折,在章法上具有点清层次或承上启下的作用。所谓"于钩勒处见浑厚",是指周邦彦的词在章法的安排上通过勾勒技法的运用,亦即通过或复沓或逆挽的手法,对表现的内容展开多层面多角度的叙述,从而形成了沉郁顿挫的审美效果,避免了平缓直叙、繁衍散漫的弊病。⑤

孙人和推重"浑厚"很显然是从常州派而来的,所以,他也比较重视五代北宋的"笔力厚重":"盖从《花间》出者,笔力重厚,自可免

---

① 陈子龙:《幽兰草题词》,《安雅堂稿》卷五,台湾伟文图书出版有限公司1977年版。
② 蒋景祁:《刻瑶华集述》,《瑶华集》,中华书局1982年影印版,第10页。
③ 周济:《味隽斋词序》,陈乃乾《清名家词》第七卷,上海书店1982年版。
④ 周济:《宋四家词选目录序论》,尹志腾校点《清人选评词集三种》,齐鲁书社1988年版,第205页。
⑤ 张仲谋:《释钩勒》,《文学遗产》2007年第5期。

于轻浅。"也就是说，只要以《花间》为努力的目标，所作自然会具有厚重之感。为什么说温、韦"笔力重厚"呢？在孙人和看来，是五代北宋词有着"深沉之思"、"风骚之旨"："温韦之词，同于风骚，合于比兴，亦有道焉。盖用比兴者，内深而外美，意广而笔重，观于《花间》，即可知矣。"这有些类似陈廷焯所说的"沉郁"，"所谓沉郁者，意在笔先，神余言外"，"唐五代不可及处，正在沉郁"①，这一点恰恰是南宋词所缺少的。"唐末北宋并以重大见长，即南宋如白石之清空，玉田之圆溜，亦多用生涩之笔，否则清空入于飘易，圆溜转为流滑。"在清代盛有影响的浙西词派，以南宋为宗，以清空妥溜为上，正缺少五代北宋所特有的"重大之旨"。"盖浙派之词，以南宋为止境，其失也浅薄。"比如，朱彝尊之词即未能沉郁，以其专师玉田也，玉田虽雅，却流为滑易。"彝尊但知玉田，而不知淮海，此其所以不能沉郁也"。再如张鸣珂，师从于陶樑，是晚期浙派的重要词人。"所作清雅秀洁，惟时露轻浮，而无清空飘渺、深厚曲宕之致，盖徒袭南宋之貌，而不能得其神者……总欠酝酿沉着，味之殊少深趣。"说他欠沉着、少深趣，也就是未能"沉郁"，这也是孙人和对其他明清词人评价的重要尺度。比如，吴之骥："词颇清婉，惟平浅而不沉郁，故淡而不腴，时杂粗硬之句。"彭孙遹："喜步趋于北宋及五代，故骤观之，似觉深厚，细绎之，好逞聪明，不能沉着……孙遹高视阔步，其失也不纯，二者相较，厥失维均。"不能"沉郁"，亦即没有厚度，缺少底蕴。如徐石麒："所作轻浅标露，时有清新之制……可谓雅洁，然含旨未深。"尤侗："内无沉深之旨，外求艳丽之容。"反之亦然，有厚度，有底蕴，词必沉郁。如潘曾绶："香艳其辞，沉深其旨，其法出自唐余。"张仲炘："守宋贤之轨度，寄深思于芳草。"外在的艳丽，非孙人和之所赏，内在意蕴深厚才是词的根本性要求。

有必要说明的是，"沉郁"与"比兴寄托"是一体两面的。无寄托则沉郁无所依，沉郁的"意余言外"与比兴的"托物寄情"相通，言"沉郁"者未有不言寄托也。这一点正是常州词派之所长。像董士锡："其词学邃

---

① 陈廷焯：《白雨斋词话》卷一，屈兴国校注《白雨斋词话足本校注》，齐鲁书社1983年版。

密,寄托遥深。"金式玉:"其词工力甚深,善于寄托,婉而多讽……盖得于《金荃》《浣花》者深矣!"张祖同:"托兴微眇,寄怀忠爱,意内言外,耐人寻味。……所作规矩绳尺,一一可寻,盖源于美成,所得深邃。"庄棫:"所作沉思翰藻,绸缪忠厚……寄托遥深,徘徊凄楚……其词远守温、韦、阳春之法度,近遵二张之旨而光大之,自为当时一大家也。"所谓"温、韦、阳春之法度",是说温庭筠、韦庄、冯延巳所作,均寄意深厚,托旨绵邈。"二张(张惠言、张琦)之旨"也就是二张在《词选序》里所说的"贤人君子幽约怨悱之旨"。

  在孙人和看来,无论咏物词,还是艳体词,都是要讲寄托的。在两宋,虽未有专以咏物名其词者,但只要词人偶有所述,则别具情味,寄托遥深。"北宋之中,如东坡之杨花,清真之梅花,一唱三叹,睹物而知情矣。南宋以来,风流弥著,然如梅溪之《春雨》、《双燕》,不即不离,情怀悱恻。至于白石咏梅,碧山之新月、雪意、蝉、萤诸作,则又家国之哀,发其幽愤者也。"这是两宋以来咏物词所建构的传统,在清代,浙(西)派专以咏物为能事,使得意旨枯寂,流于空滑,而常州派则能力避其弊。如潘承谋:"《消夏》一编,咏物为多,寄托遥深。"端木埰:"所作咏物为多,寄托深远,亦渊源于花外。"至于艳体词,在孙人和看来,当有重大之旨,他认为唐宋艳词有两种类型:"高者托体房帏,用意深邃,不当作艳词读也。次者叙述绮怀,笔力沉重,使读之者不厌其艳也。即宋人如小山、东山之辈,精微细腻,不同凡响,词虽艳而思无邪也。"在清代,有些词人却不明此理,落入浮艳肤浅之窠臼。如史悠咸:"喜为艳体,而笔端又不重大,时露纤巧之痕……全学东坡,而又不圆浑,往往声嘶力竭。"袁通:"其词浮艳肤浅,全无气格,慢词尤不合体制,制艳词者,运意尤宜深沉,而笔力宜重大,而通词则浮浅轻薄,效花尊者,重神理而不在形骸,而通词但求字面而已。"推崇浑厚,强调内在意蕴的深曲,反对外在形式的艳丽,是孙人和的审美追求。

  另外,在撰《续修四库全书总目》提要过程中,孙人和对其他理论问题也发表过非常精辟的见解,如词话的四种类型,学南宋应当注意的问题,词无达诂的问题,选词应注意的问题,以及注意词人的师承、家族、地域等问题,都为词集提要撰写及现代词学的建构作出了贡献。

第二节 赵尊岳《明词汇刊》的学术价值

近年来,"一代有一代之文学"的文学史观,已引起当代文学史研究者的关注和反思①,过去为人们所忽视的文学现象或文学史事,逐步进入古代文学史研究者的学术视野,长期以来被称为"词学之中衰"的明词,正受到古代文学史研究者特别是词学研究者的重视,先后有《明词史》《明代词史》《明代词学编年史》问世。在20世纪40年代编纂的《明词汇刊》的学术价值日渐凸现出来,它的编者赵尊岳在现代词学史上享有盛誉且成就卓著。

一 词籍提要与明词汇刻

赵尊岳(1879—1965),字叔雍,室名珍重阁,号高梧轩,笔名镇岳,江苏武进人,后以字行。他是民国时期相当活跃的文化名人,20年代为《申报》《时事新报》记者,40年代曾在汪伪政府任职,抗战后入狱,旋被保释。之后到香港,任教文商专科学校,不久,由其女赵文漪接往新加坡奉养,应聘马来亚大学中文系国学教授,1965年病逝于南洋。他一生著述甚丰,早年有大量的游记,也有《珍重阁词话》行世;中晚期词学著述颇多,有《填词丛话》《珠玉词选评》《词总集考》《明词汇刊》等。

赵尊岳自言,年至十九,尚不知词,直到与静宜夫人结婚之后,两人以同读《花间集》相娱,渐而步入两宋名家之境。在这一过程中,积以旬月,渐有所作,呈之以父,其父赵凤昌因是而介绍他向朱彊村请益,彊村则以自己不工启迪之道,转而把他介绍给了况蕙风先生。"先后十载,颇有所作。蕙师严为去取之。又语以正变之所由,途辙之所自。乃至一声一律之微,阳刚阴柔之辨,词人籍履,词籍板本,罔不备举。"② 他还在况周颐的督促下,"刻书摹书,至殷且挚",先后刊刻有《蓼园词选》《梦窗词三校本》《蓉影词》《蕙风词话》等,特别是由他辑刻的《明词汇刊》《词总集考》在现代

---

① 参见蒋寅《一代有一代之文学——关于文学繁荣问题的思考》,《文学遗产》1994年第5期。
② 赵尊岳:《珍重阁词集自序》,《和小山词·和珠玉词》,上海古籍出版社2004年版,第155页。

词学文献学上占有非常重要的地位。

据龙榆生《词总集考稿本题记》知，《词总集考》分为十六卷：卷一，唐、五代、宋；卷二，宋，卷三，金、元；卷四，明；卷五至十，清；卷十一，近人；卷十二至十四，汇刻；卷十五，丛钞；卷十六，合刻。这本书在三四十年代已着手写作，后来续有修改和增补，50年代赵尊岳到了新加坡，便托词友龙榆生将此书捐献给杭州大学文学研究室，未料却被遗落人世，不知所踪，其中已有部分内容先行刊载在《词学季刊》《中华图书馆协会会报》上，凡27篇，但《花间集》在两刊重复发表，实为26篇。其体例是词集内容介绍、选辑者介绍、版本情况、书目著录情况，在《词学季刊》上发表时还附录有相关序跋、凡例，内容极为丰富，有较高的学术价值。

惜乎《词总集考》未得全存，然《明词汇刊》一书能得为保存却又是万幸之事。据赵尊岳《惜阴堂汇刻明词叙录》记载，民国初年，朱祖谋和况周颐退居海上，他得以讨教词学于况（蕙风）、朱（彊村）两氏。"彊丈居德裕里，蕙师居和乐里，相去里许，排日过从，侧闻绪论，辄至永夜。"当时，朱祖谋正辑宋元善本为《彊村丛书》，况周颐亦应嘉兴刘承干之邀，撰写《历代词人考鉴》一书，"上溯隋唐，至于金元，凡数百家。甄采笺订，掇拾旧闻，论断风会，已逾百卷"。但是，当他搜辑到明代时，发现明词流传较罕，难于搜罗，资料亦不周全，遂督促赵尊岳"搜箧以应之"，并诲之曰："词籍单行，易多散佚，自汲古辑六十家，而集刻之风浸盛。《彊村丛书》，网罗五代，迄于金元，精心校订，尤为声党之大业。惜朱明以后，绍述罕闻，吾子有意者，曷勿溯源以沿流，竟此宏绪耶！"①

在况周颐的激励下，赵氏张其壁垒，四处寻访，经过数年准备，已具大体，便将自己的收藏呈于况氏。况周颐鼓励说："此即辑刻明词之嚆矢，聚沙成塔，宁可勿诸。"在况周颐的督促勉励下，赵尊岳于是矢志搜罗明词，为之立总目，撰写短跋题记，遍访南北公私藏书，得赵万里、唐圭璋、夏承焘、董康、徐世昌、叶恭绰、黄公渚诸友之襄助。从1924年到1936年的10多年时间里，"益以冷摊残肆之所得，舟车辙迹之所经"，汇集当时即已罕

---

① 《惜阴堂汇刻明词记略》，《大公报》"图书副刊"1936年8月13日。

见之刻本，"随得随刊，将三百家"①。其实，汇刊实收词籍268种，包括词话1种，词谱2种，合集、唱和集3种，词选5种，别集计257种。赵尊岳《惜阴堂汇刻明词记略》说明自己辑刻明词之凡例：（1）明人词籍之单行本，全收照刊；（2）明词附载诗文集者，裁篇付刊；（3）词曲之杂见者，删曲而存词；（4）明人之相互唱酬者，全收；（5）明词选本，不论明清人所选者，全收；（6）明人所选之唐宋元明旧词，如分朝代者，仅收明词；（7）明人所选之唐宋元明旧词，明人不多而不以朝代分者，不收；（8）明人所选之唐宋元词，非罕见者不收；（9）明词谱，非罕见者不收；（10）明人所撰之词话，多述唐宋旧闻，无专述明词者不收；（11）明人所撰词韵，照收；（12）明词附列之眉批，及庆词之庸滥骈序，删节之。这一辑录原则，使《明词汇刊》把明词的基本文献收纳其中，"此书的最大好处，是搜罗了许多明词，其中有不少为珍本。在已印行的明词总集中，没有一部在收词的总数上能超过它；也没有一部能像它那样地提供这么多稀见的明词，由于这是一部尚未经过综合整理、校勘工作，也未最终完成的书，难免有体例较杂、讹误未尽改正的缺点，但在目前仍是规模最大，也最值得重视的一部明词总集。"② 唐圭璋先生为之撰写跋语说："叔雍方汇刻明词，逾二百家，珍本秘籍重见人间，寻三百年前词人之坠绪，集朱明一代文苑之大观。"③

　　唐圭璋先生所言，是对《明词汇刊》文献价值最精确之评价。在《明词汇刊》编纂工作启动之前，仅有少量的明词选本传世，如钱允治《类编笺释国朝诗余》、顾璟芳等《兰皋明词汇选》、沈际飞《草堂诗余新集》、卓回《古今词汇》二编及王昶《明词综》等，这些选本有的选词数量有限，有的带有较强的主观性，有的存在时间性的局限，比如《类编笺释国朝诗余》所收止于万历前期，《兰皋明词汇选》所选多为平庸芜滥之篇，《明词综》则是以浙派"尊雅黜俗"的眼光选词，更重要的是它们的这些做法虽有各自的道理，但从文献学的角度考察则是大都不能反映明词的真实风貌，赵尊岳的《明词汇刊》正是在汲取前代成果的基础上，借鉴了王鹏运、朱祖谋、唐圭璋搜辑宋元词籍的经验，试图在保存明词风貌和全面搜罗明词两

---

① 《惜阴堂汇刻明词记略》，《大公报》"图书副刊"，第143期，1936年8月13日。
② 《明词汇刊·整理说明》，《传世藏书·集库》，海南国际新闻出版中心1996年版。
③ 《明词汇刊》，《传世藏书·集库》，海南国际新闻出版中心1996年版，第1141页。

个方面都有新的突破。所谓"保存明词的真相",就是把最原始的钞本或刻本,亦即作品最真实的风貌反映出来,赵尊岳对《明词汇刊》收辑的词集作了二校甚至三校四校的工作。但是,"明词多不沿声律,刊本又多夺误,往往句读维艰。单传之本,无可互校,选本别集,同调异文,是正将蹈臆致之讥,移刊复凛承讹之失。于是有可补订者,酌为订证,无自绳墨者,听其存疑"。总之,在明词文献整理过程中,他始终恪守着求实存真的原则,不作主观之臆断,体现出一种严谨的治学态度。所谓"全面搜罗明词",主要是指赵尊岳试图按照唐圭璋编《全宋词》的模式,编纂一部能反映明词之全貌的《明词汇刊》,尽管现存刻本只存268种,但实际已辑得四百余种。他充满自信地认为,经过自己的积年搜罗,《明词汇刊》所收词籍将会达千种之规模。赵尊岳这一估计并非虚妄之言,据《全明词》编纂张璋先生统计,《全明词》已收录作者1300余家。[①] 最能说明他"取全"之意图的是,在搜集各家词作时,哪怕集中仅存一首也会惜而存之,将其独列一卷。实际上,赵尊岳搜辑明词的工作,终其一生,没有停歇。50年代他辗转到新加坡,任教马来亚大学,仍然与饶宗颐鸿书相传,讨论有关明词的搜集问题,直到去世前夕。后来,在赵尊岳的基础上,饶宗颐继续搜罗补辑,共得明词九百余家[②],这成为今本《全明词》(中华书局2004年版)的重要基础。

二 《明词汇刊》的文献史料价值

《明词汇刊》的重要文献价值,不仅表现在它的"存真""取全",而且还表现在以下三个方面:每家集后,附以小传,介绍各家之生平、经历、著述,便于知人论世;介绍各家词集版本及源流;保存了重要的词集序跋,便于读者了解明代学者的词学观念。

先说对各家生平、经历、著述的叙述。赵尊岳不作面面俱到的平铺直叙,而是注意再现各位传主之人生"亮点",力求起到知人论世的客观效果。有的旨在彰显其人格魅力,如杨爵小传,称他以切谏系狱七年,屡濒于

[①] 张璋:《听我说句公道话——论明代的词及〈全明词〉编纂》,《国文天地》6卷2期(1990年)。

[②] 饶宗颐:《论清词在词史上之地位》,《第一届词学国际研讨会论文集》,台湾中研院中国文哲研究所筹备处1994年印行,第324页。

死而讲学不废；沈自征小传，重点叙述他在崇祯三年入兵营，劝袁崇焕进京之事。有的主要介绍其重要的著述，如陆深小传指出他著述尤夥，有《南巡日录》《淮封日记》《蜀都杂钞》《科场条贯》《史通汇要》《同异录》《书辑》《古奇器录》《河汾燕闲录》《停骖录》《传疑录》《春雨堂杂钞》《玉堂漫笔》《金台纪闻》《春风堂随笔》《知命录》《溪山余话》《愿丰堂漫书》《俨山集》等著述；有的重在突出其学术贡献，如焦竑，重点介绍他聚书尤富，多出手校，著有《国史经籍志》。又如来继韶，也是略述其学问："为文深而新，于书无不研讨，濂洛之学为尤深，旁及阴阳、卜筮、奇门、太乙，皆考究精密。"再如徐㶿，主要是介绍他的《晋安风雅》："自洪永迄万历，甄采闽人诗至二百六十余家，可与邓氏《闽诗正声》、陈氏《三山诗选》竞爽。"有的还从史传、方志、诗话里征引了重要的传记资料，如《李潜初先生传》摘自《海盐县志》，《季大来小传》摘自《国粹学报》，杨宛小传辑自《列朝诗集》，吴易小传来自《吴江县志节义传》，万时华小传辑自《道光南昌县志儒林传》。有的还根据自己所辑史料，对传主的生平、籍贯、仕履作了简要的考证，如《佳日堂诗词》作者方于鲁（建元）的籍贯传钞本作新都，《四库书目》、《千顷堂书目》、《静志居诗话》并作歙县，赵尊岳推测后三书所言当是原籍；又如镏炳，原本作"字彦昺"，词集名"《南词》"，王昶《明词综》误作"字彦章"，集名"《春雨轩词》"；《白房词》的作者朱衮，过庭训《分省人物考》载，为湖广永州人，弘治十五年进士，但愈宪《皇朝进士登科考》卷九则记其为湖广永州卫籍，直隶长洲县人。赵氏据此推论，此朱衮与《千顷堂书目》所载之上虞朱衮（字朝章）非为一人，等等。

次说介绍各家词集版本及源流。有的是介绍汇刊所辑书的版本构成，如介绍徐媛《络纬吟》十二卷的版本情况，卷一赋、楚词、四言诗，卷二五言古，卷三七言古，卷四五言律，卷五五言排律，卷六七言律，卷七五言绝，卷八七言绝，卷九诗余，卷十词余，卷十一序、传、颂、诔、悼词、祀文、祭文，卷十二赤牍，卷首有万历甄胄、钱希言、简栖序，其夫范允临序，其表弟董斯张序，其弟徐冽仲容序。有的是介绍明词版本见存实情，如陈洪绶《宝纶堂词》，作者介绍说《宝纶堂集》旧有康熙刻本，载词二十九首，光绪间会稽董金鉴有重刊活字不分卷本，载词三十三首，前有孟氏撰《章侯传》，龙榆生又有旧藏老莲手写词稿十九首，裁去南北曲《鹧鸪天》四首，《宝纶堂词》42首。有的是介绍汇刊词集所据版本的源流，如杨宛的《钟山献诗余》，作者指出杨宛传集《钟山献》有二种版本，一种是四卷本，刊成天启丁卯，前有归茅止、傅汝舟序，徐氏积学斋收藏；一种是正续集本，朱彝尊《静志居诗话》曾言及此本，金陵盋山书藏有藏本；赵尊岳还进一步比较了两本的异同。又如张肯《梦庵词》一卷，作者记载它有明梅禹金藏旧钞本、何梦华钞本、赵辑宁钞本，但上述数本脱文相同，似皆从旧钞本传钞得之。再如杨慎《升庵长短句》三卷，作者描述了该刻本的流传情况，指出它最初为《天一阁书目》所著录，为正续集三卷，它后为钱塘丁松生所得，后又为江宁盋山书藏所收藏。但斐云所见之万历本仅三卷，无续集，然其卷三，多至此本续集卷二，赵尊岳推断其当为"祖本"，后杨慎续有所作，遂分曩刻卷三之词为续集卷一、二，以合成正续六卷之数。

最后，关于重要词集序跋的保存。赵尊岳在编辑《明词汇刊》过程中对"嶂词"的序文采取删繁就简的方法，但本着"存真"的原则，对所收的词籍大多按原本誊录，这样就保存了大量的词集序跋，这些序跋比较真实地反映了明代学者的词学观念。比如刘基《写情集》前有叶蕃序，序谓：

> 先生（刘基）生于元季，蚤蕴伊吕之志，遭时变更，命世之才，沉于下僚；浩然之气，厄于不用。因著书立言，以俟知者。其经济之大，则垂诸《郁离子》；其诗文之盛，则播为《覆瓿集》；风流文采英余，《阳春》、《白雪》雅调，则发泄于长短句也。

根据序文可知，与其《郁离子》、《覆瓿集》一样，刘基《写情集》是作于元末战乱之际。叶蕃认为刘基生在元末，有经世之志，但才能始终得不到发挥，故借诗、文、词来抒发其抑郁不平之气，他的词与诗、文、寓言等文体一样，都是作者内在情感意志的外在呈现。"或愤其言之不听，或郁乎志之弗舒，感四时景物，托风月情怀，皆所以写其忧世拯民之心，故名之曰《写情集》。"（《写情集序》）再如《升庵长短句》前有杨南金、唐锜、许孚远序，后有王廷表跋，这几篇序文有一个共同的特点，就是结合杨慎被贬云南永昌的人生经历及其才博、学赡、人品高尚等内在气质来论其词。许孚远说："论先生者，当先知其人品与其学术，而后可以读其文词。"什么是他所说的"人品与学术"呢？《升庵长短句序》云："先生以相家子，廷对擢第一，为馆阁之臣，顾无毫发介其胸次，而抗疏议礼，触犯忌讳，甘心贬黜，以终其身，此何等人物哉！天生异材，投之闲寂，困之厄穷，达观造化之理，探索经史之蕴，经纶满腹，无所发泄，于致主匡时之略，而仅著为文词，其纵横变化，穷极绮丽，有以也。"这比较确切地说明了杨慎从事诗词创作的本意，原是为了借诗词以抒其"厄穷"，以表其"达观"，以呈其对经史、造化之"探索"。杨南金亦是从这个角度来认识杨慎《升庵长短句》的："太史公谪居滇南，托兴于酒边，陶情于词曲，传咏于滇云，而溢流于夷徼。"毕竟，他们所论过于简略，唐锜的序文颇能揭櫫杨慎之"词心"。序谓：

> 金元部曲，蛙妖艳，其溺人也久，乃有黄钟、大吕，希世之音乎？其思冲冲，其情隐隐，其调闲远，悲壮而使人有奋厉沉窣之心。其寄意于花鸟江山，烟云景候，旅况闺情，无怨怒不平而有拳拳恋阙之念，□平其气，敛其财，忘于兴而□□□然者，亦不知其所以然矣！其晋、魏以上，古乐府、《离骚》之流，《风》、《雅》之变乎？□知太史之雄也！

这篇序文将杨慎地位抬得很高，认为其词有转变金元以来"妖艳"风气的意义，推其为"黄钟大吕""希世之音"。王廷表亦持类似看法，其词跋说：

> 宋人无诗而有词，论比兴则月下秦淮海、花前晏小山，较筋节则妥帖坡老、排奡稼轩，所以擅场绝代也。至元人曲盛而词又亡。本朝诸公于声律不到心，故于词曲未数数然也。高季迪之《扣舷》，刘伯温之《写情》，号为铮铮矣。吾友升庵杨子，乃至音神解，奇藻天发，率意口占，警绝莫及。……表尝评杨子词为本朝第一。

这里不仅高度肯定了杨慎转变词风的作用，而且还推杨慎词为本朝第一，这的确是对杨慎词作了高乎常人的评价。唐锜、王廷表的观点对清代谢章铤影响甚大，其《赌棋山庄词话》卷九说："盖明自刘诚意、高季迪数君而后，师传既失，鄹风其煽，误以编曲为词，故焦弱候《经籍志》备采百家，下及二氏，而倚声一道缺焉。盖以鄹事视词久矣，升庵（杨慎）、弇州（王世贞）力挽之，于是始知有李唐五代宋初诸作者。"其实他们的说法皆过高估价了杨慎的文学史作用，但唐锜说杨慎词："其思冲冲，其情隐隐，其调闲远，悲壮而使人有奋厉沉窣之心；其寄意于花鸟江山，烟云景色，旅况闺情，无怨怒不平而有拳拳恋阙之念"等等，倒是颇合乎实际。如其《临江仙·戍云南江陵别内》："楚塞巴山横渡口，行人莫上江楼，征骖去棹两悠悠。相看临远水，独自上孤舟。却羡多情沙上鸟，双飞双宿河洲。今宵明月为谁留，团团清影好，偏照别离愁。"此词作于嘉靖三年（1524）被贬云南、舟经江陵、告别妻子之际，此时夫妻惜别依依难舍之情跃然纸上，是一篇情真意切又有身世之感的佳构，在表现手段上却能含蓄不露，正如唐锜所云"旅况闺情，无怨怒不平而有拳拳恋阙之念"。正因为有作者友朋的序跋，有他们对作者写作背景的介绍，我们才可以做到知人论世，更能够了解到批评者的词学立场。

三 明词得失及赵尊岳的明词观

赵尊岳在校刻《明词汇刊》后，撰有《惜阴堂汇刻明词记略》、《惜阴堂明词丛书叙录》二文，二文所论话题略有重复，涉及辑刻之动机和凡例、明词之特色和疵瑕等问题，其中关于明词之特色和疵累的见解，新见迭出，值得我们重视和关注。

赵尊岳明词研究的最大贡献是，对流行词坛几百年的"明词中衰"的偏见发起冲击，主张对明词的价值应该进行重新评估。他说：

> 今人之治词学者，多为笼统概括之词以评历代，必曰词兆始于陈隋，孳乳于唐代，兴于五季，而盛于南北宋，元承宋后，衰歇于朱明，而复盛于有清。此就大体观之，固无可指摘，然谛辩之，则亦尚有说……有明以三百年之享国，作者实繁有徒，必以衰歇为言，未免沦于

武断。……近者校刊诸家,粗有所得,始略举其特色言之。①

他认为明词不可遽然而废,从某些方面讲明词是有其缺点的,比如声律舛谬,混曲入词,词曲不分;中叶以后,"拈毫托兴,徒尚浮华,鄙语村谈,俯拾即是";更突出的表现是,"明人习于酬酢,好为谥莫,宦途升转,必有幛词,申以骈文,贻为致语,系之小令,比诸铭勋,而惟务陈言,徒充滥竽,附之《金荃》之列,允为白璧之玷"。但在赵尊岳看来,也不能因噎废食,以偏概全,将明词彻底抹杀。"太抵开国之时,流风未沫,青田、扣弦、眉庵、清江诸子,一理绵密,韵调流莫。虽不能力事蹇举,要不失为大家,杂之艺林,诚无多让。姑苏七子,北郭诗流,咸有篇章,足资讽籀。此其大辂椎轮,承逊国之芳矩;朗吟低唱,开新朝之文献者。固足抗乎一时,平视弃世者已……及于鼎革之际,忠义诸公,投袂束发,或会樲棘之师,或励葛薇之节,济兹多士,孤愤勤王,而缩地南疆,留都已解,颓波海国,闰统垂亡。……若陈卧子、夏存古、张元普、吴日生、陆真如诸家,曲雅清雄,别具胜概,可歌可泣,以怨以群,不特敦名节于诗教之间,抑且起正声于俗乐之末。"②

赵尊岳在《惜阴堂汇刻明词记略》中详细地列举了明词不可废的八个方面的理由:

(1) 明代开国时,词人特盛,词亦多有佳作。如刘基、高启、杨基、陶安、林鸿诸作"多有可取",他们由元入明,"尚沐赵宋声党之遗风","竟可磨两宋之壁垒"。

(2) 明代亡国时,词人特多,尤极工胜,以视南宋末年,几有过之,殊无不及。如夏完淳、陆钲、陈子龙诸作,"雄奇凄丽,更夺水云(汪元量)诸贤之席"。

(3) 明代大臣若李东阳、王越、顾鼎臣、王鏊之流,无不有词籍,亦多可存之作。夏言的《赐闲堂词》"学苏弥得其神趣",严嵩的《钤山堂词》亦"别丽之以兰、荃"。"此诚唐宋以来所罕见。"

---

① 赵尊岳:《惜阴堂汇刻明词记略》,《大公报》1936 年 8 月 13 日
② 赵尊岳:《惜阴堂明词丛书叙录》,《词学季刊》第 3 卷第 4 号

（4）明代武职，多有能词者。"若任环之力抗倭寇，蔡道宪之不屈闯贼，万惟檀之阊门殉节，孙承宗之巡守宣镇，均有长短句播芳百世。"

（5）"明代之以理学称者，若邱仲深、薛应旂、陈龙正、陆桴亭诸家，卓然名世，然亦均有词附集以传。且其流美之情，正不亚于广平之梅花作赋。"

（6）明代女词人多至数百人。

（7）道流为词可传者亦所不少。

（8）盲人治词，无可征考。但明季南陵盛于斯，饶有著述，亦事填词。"羁人亡国，返听收视，亦声党之杰出，而前此所未闻也。"

最后，赵尊岳总结说："至于明词盛衰之迹，与夫得失之要，以余所见之未遽自足，固不敢即为肯定之词。……然若就词学而言词，则前承宋元，继开清代，作者更仆，越世三百年，又岂可漫加鄙薄。"

赵尊岳肯定明词的特色，也不讳言其缺点和疵瑕，《惜阴堂汇刻明词纪略》详论明词之疵累有如下数端：（1）明代词家，大都沿袭宋人，没有自己的创新。"斯其境界之限，足以坠其声华也。"（2）明人填词，词律舛谬颠倒混淆，比比皆是，即使有张綖之《诗余图谱》，也不能纠正其乖戾之过失。（3）明人多能制词，却少论词之作，有之者如杨慎《升庵词话》失之浅陋，陈霆《渚山堂词话》多纪唐宋间事，王世贞、俞彦论词多寥寥数语，未能探词苑之消息。（4）"明人治词，独少总集。"杨慎之《百琲明珠》、《词林万选》，均宋选之刍狗也；钱允治《国朝草堂诗余类编》和沈际飞《草堂诗余四集》，"其于唐宋各家，固不足尽探骊之妙，而于明人所作，既不能求备家数，又未能循流溯源"。（5）"台阁学人，忠义士女，多有佳作。独所谓夏威名隐山林之韦素，其词未必能工。"像祝允明、徐渭、唐寅、陈继儒、施绍莘，在当时颇负盛名，然于词却不屑制作，为之者亦"不足一观"。（6）明代南北曲盛行，文学创作以曲见长，词艺往往为其所掩。应该说，这些关于明词之缺点和疵瑕的论述是非常全面的，既注意到明代作者修养之不足，也注意到词体文学自身发展的命运，即南北曲的盛行掩盖了词的文学成就。

在《叙录》和《记略》之外，赵尊岳还为各家词集撰有跋语，其中有些评语颇多中肯之言，比较准确地概括有关词家的创作特点。总的说来，赵尊岳跋语对明词的批评有以下几个特点：一是鲜明的文献意识，有些词家创作成就不高，但其作品作为一代文献，亦可映现作者的性情、气质及创作心态。如杨爵《杨忠介公词》："持律虽疏，然生气虎虎，令千百世下犹想见其为人也。"程可中："虽属题咏酬应之作，要亦轻清骀荡，足资籀讽者已。"苏惟霖："虽不能工，而林泉潇洒，亦复清逸可喜也。"张岱："词虽未合法度，而清才逸思，时露故国之思。"曹元方："自署《㰍李遗民词》凡二卷，音律多谬，而家国之感间有流露，闲居之趣辄以自娱，亦易代中高士也。"在这些作者中，赵尊岳更注意表彰那些人品高尚的作者，如黄道周："生平大节，卓著天壤，即文章法书，亦大家名世，余事为词……风骨健举略似山谷，而'空城立帜，高贤代匮'等句，忧国愤时之志，有随寓而发者。"罗明祖："虽律调乖误，而其人忠勇奋发，亦在可传之列也。"张煌言："词虽不多，风格自高抗，孤忠所托，岂偶然哉！"卢象昇："风格婉约，校付剞氏，以见忠义大节之士，即余事亦足增重艺林也。"陆世仪："盖恂恂君子儒也。小词如《卜算子》，亦颇作侧艳语，《浪淘沙·失蟹》则更近于俳，要无碍其儒行，广平铁石，犹赋梅花，吾于桴亭（陆道威）亦云。"二是比较客观地评价明词作者的得失，如曾灿《六松堂诗余》："短调绰约清绵渐窥北宋门径，长调微弱，然《摸鱼儿·集仙堂感旧》《百字令·集雅涵堂》诸阕，亦复矫健可喜。"陈洪绶："诗词并潇洒，翛然尘表，惟律以词格，终一间未达耳。"施绍莘："以花影名词，盖明季逸民一流也，词则疏俊有余，工力未逮，亦一时风会所趋已。"杨宛："词笔辄多浑璞之意，上追北宋，非明人靡敝一流。"胡汝佳："笔意清新，亦庶几明词之上乘也。"彭孙贻《茗斋诗余》："俊爽婉媚，兼而有之，实擅南北宋之长。间有闲情侧艳之作，亦属词家之常。"商景兰《烛影摇红》一阕："以朴语写至情，寓家国之感于变徵之音，视莲社诸作庶几趾美。"汤传楹："诗词专致绮语，意境遂未易超拔，盖已涉于国初轻纤一派，不免歧趋矣！"易震吉："词笔取径稼轩一流，力求以疏秀取胜，虽不能至，犹较效颦眉齲齿，强增色泽者为善矣！"三是结合作者诗、文及治学的特点论及其词，或辨析各家诗词创作的差别，或指明其诗、文、学问对其词的影响。如焦竑："诗笔清放，词则多酬应之作。"陈子龙："诗高华雄浑，为一时所称道，词亦渐近沉着，非明季疲靡之音所可同日语已。"吴骐："诗亲炙陈大樽（子龙），而不尽沿其派，竹垞谓其力崇正始，沉厚不佻；词温雅澹荡，间有伤格处，则一时之风尚如此，无足责也。"曾灿："牧斋称其诗则黍离、麦秀也，其志则《天问》、《卜居》也……词则短调绰约清绵，渐窥北宋门径；长调微弱，然《摸鱼儿·集仙堂感旧》、《百字令·集雅涵堂》诸阕，亦复矫健可喜。"朱衮："其文飚回云结，崒崔崎巘，其所蕴蓄，人莫能测其涯涘，余事为词，亦复自鸣天籁，不为空绮。奇思壮采，比之陈声伯、王子衡辈，殆如骖靳，是盖能以古文行气之法，通于声学者。"四是对某些词人的词坛地位作了新的评价，如毛宪向为人所忽略，赵尊岳对他作了高于常人的评价："吾乡于有清一代以词开派，学者弥不宗皋文、翰风两先生，谓词体之尊，词义之博，惟两先生实昌其端绪，庸讵知三百载前古庵先生已肇椎轮大辂之始乎？"王夫之："词婉约潇丽，雅韵欲流，缘知大儒固无所不工，亦以卓然殿朱明兰畹之盛也。"彭孙贻："承明词敝，以俊爽药庸下，以婉约运清空，颇极声家能事。词学自清初已还，阮亭、程村诸子，以神韵流美为归，而斯道为之不尊，如金粟辈实阶之厉，茗斋先生犹为彼善于此。"①这些评语对有关作者的词坛地位及贡献作了新的评价，它对明词研究是有启发性的。

《明词汇刊》编校在20世纪三四十年代，据张尔田说，赵尊岳之所为乃是为编纂《全明词》作准备。尽管此事最终未能转化为现实，但他的《明词汇刊》的编纂却为饶宗颐、张璋编《全明词》打好了基础，而且《明词汇刊》在明词研究上更提供了许多闪光的思想和看法，比如他对明词价值的肯定，对明词缺点和疵瑕的分析，对女性词人的关注，都是值得今天明词研究者借鉴和参考的。

第三节　叶恭绰论词及其清词研究的成就

叶恭绰（1881—1968），字裕甫，又字誉虎、玉甫，号遐庵，晚号遐翁，广东番禺人，是中国近现代史上著名的实业家、词学家和文献学家。他在清

---

① 以上引文未注出处者，皆出自《明词汇刊》，《传世藏书·集库》，海南国际新闻出版中心1996年版。

亡前仕至邮传部铁路总局局长，民国后出任交通部路政司司长，继之升任交通部次长、总长，1931年底出任南京国民政府铁道部长，还以创办者与首任校长的身份，创建交通大学北京、唐山、上海三校，对现代中国的交通事业作出过重要的贡献。自1931年退出政坛后，他致力于现代文化建设事业，创办了北京大学国学研究馆，推动影印了《四库全书》，倡导成立了敦煌经籍辑存会，发起重修北京元代万松老人塔、南京摄山隋代舍利石塔，特别是对推动20世纪的清代词学研究起过极为重要的作用。著有《遐庵汇稿》《遐庵谈艺录》《矩园余墨》等。

一　词学渊源及宗尚

叶恭绰出生于书香世家，治诗填词有着良好的家学渊源。近现代词曲学家冒广生说："其曾祖父莲裳先生，祖南雪先生，两世皆以词鸣。自其垂髫，濡染家学，即能为词，而所为又辄工。"①　他的祖父叶衍兰（南雪）（1823—1897）为咸丰、同治间著名的岭南诗人，有《秋梦庵词》二卷续一卷，体格绵丽，绮密隐秀，其《菩萨蛮·甲午感事》十首，"轸念国事，意味深长"。谭献曾选其词及沈世良《楞华室词》、汪瑔《随山馆词》合刻为《粤东三家词》，在《箧中词》今集续卷四还称："叶南雪为春兰，沈伯眉（世良）为秋菊，婆娑二老，并秀一时。"叶恭绰幼时随父叶佩玱寓居南昌，师事萍乡文廷式，又结交新建夏敬观，词风近似于苏轼的"清丽"。夏敬观说："学辛得其豪放者易，得其秾丽者罕；苏则纯乎士大夫之吐属，豪而不纵，是清丽，非徒秾丽也。玉甫之词，极近此派。"②　后来，他转而从政，吟事中辍，但南来北往，结交益广。退出政界后，与朱祖谋、黄公渚、夏敬观诸词老过从甚密，还联合龙榆生共同创办了闻名遐迩的词学专刊——《词学季刊》，1934年仿谭献《箧中词》之体例辑成《广箧中词》一书。

叶恭绰论词受其师文廷式之影响，文廷式填词传苏（轼）、辛（弃疾）之法乳，反对浙西派的格调醇雅、意旨枯槁，自称："三十年来，涉猎百家，推较利病，论其得失……写其胸臆，则率尔而作，徒供世人之指摘而

---

① 冒广生：《遐庵词稿序》，《冒鹤亭词曲论文集》，上海古籍出版社1992年版，第504页。
② 夏敬观：《忍古楼词话》，《词话丛编》第五册，中华书局1986年版，第4764页。

已。"① 所谓"写其胸臆，率尔而作"，就是创作意在抒写性情，不太重视艺术形式的推敲和锻炼。叶恭绰亦谓："古今中外之文学，皆以表其心灵，故胸襟见识，情感兴趣，触景而发，遂成咏唱。初无一定之矩蠖也。后人艰于创作，自缚于窠臼而不能出，反遂奉为金科玉律。其合者，固亦足踵美前修；下者，遂驯致遗神存貌。声病严而诗道衰，九宫格出而字学坏，岂不皆以是欤？"② 文学是作家情感的真实流露，作家从事文学创作的最初动机就是抒写性情，无论诗歌、散文、戏曲、小说都不能背离这个基本法则。"余谓文艺为人性灵之表现，故不论散文、骈文、诗歌、长短句，以迄书、画、戏剧，凡以表心胸之蕴蓄而已。其能悉量表出与否，固视其术之巧拙，然苟积于中者无有，则虽穷极工巧，犹纂绣、镂刻，无足以言学也。"③ 感情表达的深浅，固然离不开艺术传达技巧的工拙，但它必须以有感而发为基本立足点，亦即艺术的真实应该来自于生活的真实。"盖凡以取其言之有物，固未暇计其体格、技巧之高下工拙也。诗之离真际益远，则其可取之性亦愈希。于是，论诗者亦往往以真性情为归。文文山之《正气歌》，岳鹏举之《满江红》词，令人感兴触发，岂遽不若李、杜、韩、柳？固知文学之真价，在此不在彼也。"④ 文学作品是作者性灵的外在呈现，有什么样的胸襟即有什么样风格的作品，文学成就的高低不取决于表达技巧而取决于作者之胸襟。"为学无本，则修词不诚。往往藻发鲸铿，而不能令人感兴触发，此则人之过，而诗不任咎也。"⑤

从文学发展角度看，艺术表达形式永远是第二义的，只有作者真实的情感才是第一义的。"古人云：'诗言志。'又云：'诗者，持也。所以持人性情。'依此二说，岂不以含生之属，莫不有其忧愉、哀乐、向背、爱恶，即莫不思有所寄，以舒其蕴，其继乃相竞以极其工，故体格、技巧，悉后起之事。"⑥ 但后来"诗"的表达形式成为文学发展的桎梏，无法完成传情达意

---

① 文廷式：《云起轩词序》，《清名家词》第十册"卷首"，上海书店1982年版，第1页。
② 叶恭绰：《东坡乐府笺序》，《遐庵汇稿》中编，上海书店1990年版，第330页。
③ 叶恭绰：《陈师曾诗集序》，《遐庵汇稿》中编，第348页。
④ 叶恭绰：《陈文忠公练要堂集序》，《遐庵汇稿》中编，第403页。
⑤ 叶恭绰：《陈文忠公练要堂集序》，《遐庵汇稿》中编，第404页。
⑥ 叶恭绰：《陈文忠公练要堂集序》，《遐庵汇稿》中编，第403页。

的文学使命,"词""曲"便取而代之,成为人们抒写性情的新型载体。"自声病之说起,而诗体漓……言不由中,强为涂附,遗神存貌,等于寓马刍灵,识者厌焉。有志之士,舍伪而求真,开径以独行。于是,词曲继兴,而里谚、歌谣亦恒为文坛之所欣赏。"① 词与"诗"一样,必须以抒写性情为旨归,作者性情和艺术形式之间是"神明"与"准绳"的关系。"盖声病、九宫格,规矩准绳之事也;胸襟见识,情感兴趣,神而明之事也。舍神明而拘绳墨,斯正轨欤?"② 从这个角度讲,词与"诗"是相通的,此乃文学创作的共同法则。"词与诗文相通之点,即至要在有胸襟、意境,而以必须按律之故,修辞、造句,复有其特殊技术。然专工修辞、造句,未可即谓为佳词。"③ 何者为"佳词"？考察唐宋词发展史,叶恭绰认为应当首推五代北宋,这是因为五代北宋词有胸襟、有意境,南宋词亦有胸襟、有意境,然从总体看终逊于北宋。而北宋词意境、胸襟之高迈者又莫过于苏轼。"自元迄今,仿晏（殊）、张（先）、秦（观）、柳（永）、周（邦彦）、贺（铸）、姜（夔）、辛（弃疾）、吴（文英）、王（沂孙）,以至《花间》、《阳春》、南唐二主者,盖靡所不有,独未闻有真能学苏者。"④ 这是为什么呢？是因为苏轼的词纯粹表现其胸襟、见识、情感、兴趣,至于规矩、准绳乃其余事耳。如果为词者不究其胸襟见识、感情兴趣,而徒规矩准绳之是务,那么他于苏门无从问津也是理所当然的事情。

当然,词之所以为词,在其有特殊的形式要求,这就是不同于"诗"的音乐性规范,词之格律形式的出现须应了唐宋律诗平板无变化以求革新的趋势。叶恭绰说:"余意:《诗三百篇》,由二字至九字,本为长短句。汉、魏迄于唐宋,习为排律对偶,束缚平板,实斯道之衰。其中自有佳制,然流变实如此,以求合乐之故,而有词与曲之产生,乃自然之理。"⑤ 1930年他给暨南大学师生讲《清代词学之撮影》时也说:"词的作法,必定要受他的束缚,要调有定格,字有定数,词有定声……若是随便作自度腔,又患无所

---

① 叶恭绰:《陈文忠公练要堂集序》,《遐庵汇稿》中编,第403页。
② 叶恭绰:《东坡乐府笺序》,《遐庵汇稿》中编,第330页。
③ 叶恭绰:《与黄渐磐书》,《遐庵汇稿》中编,第488页。
④ 叶恭绰:《东坡乐府笺序》,《遐庵汇稿》中编,第330页。
⑤ 叶恭绰:《俞平伯词集序》,《矩园余墨》,第93页。

依傍，不成为词。"① 这说明他注意到词在形式格律方面的特殊要求，1934年他与友人黄渐磐探讨填词之技艺时进一步阐述了这一点，认为黄渐磐在用字之软硬、生熟及生浅方面不尽匀称。"弟尝离开《词律》而颂近人之词，往往觉其拗口处，一检《词律》，即恰系失律处，又有时四声不错，而清、浊偶误，诵之即不能顺口。"② 但是，在清代词律所依存的音乐背景已不存在了，后习者完全为前代的形式束缚当然是不可取，叶恭绰提出一种新的建议，即根据新时代的需要创造一种新的诗体。"近人论律过严，弟不甚谓然。以为不差分秒，亦不能唱出，何必如此自讨苦吃？但颇有意做一种可以合今乐之韵文，或依新谱填制，或制后再依编新谱，求其可以照唱。其体裁，则在歌谣之间，多用白描，使之通俗，而却须有文学上之价值。"③ 这一想法从 20 世纪 30 年代初步提出，到 20 年后随着时代的推进愈来愈坚定，而且他还为这种新体歌词提出了三点要求："一必能合乐，二须有韵脚，三雅俗能共赏。"④ 应该说，叶恭绰提出革新旧体词曲的要求，符合时代发展的趋势，是古典词曲从过去走向未来的合理发展方向。

二　叶恭绰的清词观

在 20 世纪 30 年代，词学研究呈现名家辈出的兴盛局面，所谓"方今声家竞起，万派争流"。⑤ 有唐圭璋的宋词文献辑佚，赵尊岳的明词文献整理，龙榆生的词人词派研究，胡云翼的词史研究以及吴梅、汪东、刘永济的词学通论研究，叶恭绰则致力于清词研究及其文献整理。叶氏将毕生精力专注于清词的研究，与他的师承及学术交往有极为密切的关系。他说：

> 余少好为词，十五六岁时所作，谬邀文道希（廷式）、易哭庵（顺鼎）、王梦湘（以敏）诸丈之赏誉。其后……余得奉教于当代词宗朱古微（祖谋）先生，又与冒鹤亭（广生）、夏剑丞（敬观）、林铁尊（林

---

① 叶恭绰：《清代词学之撮影》，《遐庵汇稿》《下编》，第 84 页。
② 叶恭绰：《与黄渐磐书》，《遐庵汇稿》（中编），第 489 页。
③ 叶恭绰：《与黄渐磐书》，《遐庵汇稿》（中编），第 489 页。
④ 叶恭绰：《俞平伯词集序》，《矩园余墨》，第 93 页。
⑤ 叶恭绰：《清名家词序》，《遐庵汇稿》（中编），第 395 页。

鹍翔)、潘兰史（飞声）诸君结沤社相倡和。复与龙榆生共编《词学季刊》，继又辑有清一代词为《清词钞》。①

其中文廷式（道希）(1856—1904)、朱祖谋（古微）(1857—1931)对叶恭绰的影响最大。文廷式曾撰有《云起轩词序》，综论清初、浙派及常州派的创作，自谓："三十年来，涉猎百家，推较利病，论其得失，亦非扪籥而谈也。"朱祖谋虽然未见专门论清词之言论，但据叶恭绰的回忆说："朱先生也曾对我说，清词独到之处，虽宋人也未必能及。"② 当然，师友的指导和探讨对他确定研究方向有导向作用，但现实生活的激发也是他关注清词及对清词认识逐步深化的一个不可忽视的重要因素。他自述少年时代习闻先祖叶衍兰与谭献、张景祁的论词书札，受到启发，喜好作词，后来时局变化，对内忧外患之滋生有所认识，加之学术视野和社会交往越来越宽，对社会问题的认识越来越深刻，再经过文廷式、朱祖谋等师友的点拨，"于是，词境一变，对词的看法也一变"，"渐渐悟到清词的优点，也止是清一代词的优点；或可说清词的优点，是我国韵语中的优点；或可说是韵语中词这一类的凸出的，还不能说是我国文艺中，或韵语中的凸出点。"③

叶恭绰对清词的认识是它在总体成就上超过明代，"后来拿这话请教文廷式、朱祖谋两先生，皆颇以为然"。④ 承认清词的成就超过明代，实际上就是主张词发展至清代为它的"中兴时期"。他说："往年，我同友人论清代学术，曾认为清一代的词，越过明代……途径既开，大家可以竞驰，这实是词的中兴、光大时代。"⑤ 以清代为词的"中兴时代"，并不是叶恭绰的独到认识，从清初尤侗、宋荦到近代陈廷焯、沈修、邵瑞彭都有相似的论述，即使是与叶恭绰同时代的陈匪石、刘毓盘亦持相似的看法。陈匪石《声执》说，"词肇于唐，成于五代，盛于宋，衰于元"，"亡于明"，"复兴于清"；刘毓盘《词史》还以树木的生活过程为喻，以唐五代为"发育""敷舒"时

---

① 叶恭绰：《佞宋痕词序》，《矩园余墨》，辽宁教育出版社1997年版，第94页。
② 叶恭绰：《全清词钞序》，《全清词钞》"卷首"，中华书局1982年版，第1页。
③ 叶恭绰：《全清词钞序》，《全清词钞》卷首，第2页。
④ 叶恭绰：《全清词钞序》，《全清词钞》卷首，第1页。
⑤ 叶恭绰：《全清词钞序》，《全清词钞》卷首，第1页。

期，两宋为"茂盛""煊灿"时期，元明为"散漫""摇落"时期，清代为"灌溉""收获"时期。这说明以清代为词的"中兴时期"是学术界的共识，这些论述对叶恭绰无疑有着直接而深刻的影响，他也在《清名家词序》中表达了类似于陈匪石、刘毓盘的词史观："盖词学滥觞于唐，滋衍于五代，极于两宋，而剥于明。至清，乃复兴。……二百八十年中，高才辈出，异曲同工，并轨扬芬，标新领异，迄于易代，犹倚余霞……斯不可不谓之极盛也已。"但叶恭绰以清代为词的"中兴时代"，不在作简单的词史描述，他的贡献在充分地揭示清词的价值，确立清词在词史以至在文学史上的突出地位。

首先，从量的角度谈清代是词的"中兴时代"。他从开始编纂《全清词钞》起，到1930年已搜集到清代词家4850余人，然后将搜罗到的词家从地域和时代两个方面进行了量的统计和分析。从地域的方面看，江浙地区的词家明显多于西部地区，江苏2009人，浙江1248人，安徽200人，广东159人，福建87人，江西71人……而西部的陕西、甘肃、新疆词人极少或完全空白。叶恭绰分析说："观于上表所列，可知江浙文化之盛，亦可知扬子江流域，文化传播来得容易，安徽居第三位，亦因扬子江之流域输溉较易之故。广东是属于珠江流域，江西和四川，也是为着长江的关系……最少是甘肃、蒙古两地，与江浙比较，相差到数十倍，可知词之发达与否，与文化学术适成正比例。"① 从朝代的变迁看，清词的发展走向是越到后期作者越多，顺治朝188人，康熙朝117人，雍正朝36人，乾隆朝362人，嘉庆朝328人，道光朝440人，咸丰朝202人，同治朝110人，光绪朝178人，宣统朝132人。"在此表上看出，道光朝词人最多，颇足怪异。据我的理想，或者为承常州词派盛兴之后，风气大开的缘故。"② 叶恭绰从地缘文化和文学流派兴盛的角度谈清词中兴之原因，的确是切中肯綮之言。最后，他总结说，清朝词人实际超过6000，别说元明，即是宋代也不及此数，当然这并不排除年代久远，有些作者渐以湮没的历史原因，但从赵尊岳所辑明词的数量和质量看，清代词学是比较兴盛的，这是不争的历史事实。

---

① 叶恭绰：《清代词学之撮影》，《遐庵汇稿》下编，第81页。
② 叶恭绰：《清代词学之撮影》，《遐庵汇稿》下编，第82页。

其次，从质的角度谈清词的价值或审美特征。叶恭绰认为，清词之所以超越明代、上接宋元，是因为它有以下两种优点：一是托体尊，二是审律严。这两种优点实即清代词学的两大成就。从尊体的角度看，在这之前，词往往被视作为一种游戏，从五代欧阳炯到宋初晏殊、陈世修、欧阳修都是以词为"小道""末技"的，大多写些流连光景的话，而且多伤于率野，无深厚之情绪及高远之理致。"元人也多是如此，而且多流入纤碎一路，及至明代，连词的体质多未辨清。他们的词，往往不是浮丽纤巧，就是粗犷叫嚣。"① 叶恭绰认为，朱彝尊有感于词学"日见颓靡"，便想方设法挽救，"标出宗旨，汰去不少恶习，渐将词的品格提高，于是词学渐渐走入正轨"。② 嘉庆时期，张惠言、周济又有感于浙派专于文字上做功夫，"磨礱雕琢，遗神袭貌"，主张词上接《风》《骚》，这样词的风气再次发生转变。到光绪间，浙、常两派均由盛转衰，临桂派领袖王鹏运、况周颐，以常州派为根柢，又稍加变化，因之词风复又一变。"清词共有三变，而其不谋而合的，却同是提高风格，增进词的地位。"③ 从守律的角度看，词原本是一种配乐演唱的音乐文学，在南宋以后因乐谱失传，有些"声调妍雅"的歌曲已不能倚声而歌了，许多填词者在创作的时候也不太注重词的音乐性。元明时期是戏曲繁荣发达的时代，以曲为词、词曲不分的现象越来越突出。"盖明词无专门名家，一二才人如杨用修、王元美、汤义仍辈，皆以传奇手为之……其患在好尽，而字面往往混入曲子。"④ 余风未泯，波及清初，顺治、康熙两朝以曲为词、不合词律者甚众。万树说："乃今泛泛之流，别有超超之论。谓词以琢辞见妙，炼句称工，但求选艳而披华，可使惊新而赏异，奚必斤斤于句读之末，琐琐于平仄之微。"⑤ 于是，有识者起而编《词律》，订《词韵》，审声守律，出现了万树的《词律》和戈载的《词林正韵》这样代表清代词学在格律用韵方面最高成就之著作，词谱词韵的编订和清代词坛对不守声律现象的大势讨伐，引导着填词者兢兢于守律审声，所以清词大家是

---

① 叶恭绰：《清代词学之撮影》，《遐庵汇稿》下编，第82页。
② 叶恭绰：《清代词学之撮影》，《遐庵汇稿》下编，第82页。
③ 叶恭绰：《清代词学之撮影》，《遐庵汇稿》下编，第83页。
④ 吴衡照：《莲子居词话》卷三，《词话丛编》第三册，第2461页。
⑤ 万树：《〈词律〉自序》，《词律》"卷首"，上海古籍出版社1984年版，第1页。

很少不合律的，不但讲究平仄，即四声阴阳亦不容混，"这是清词的独优之点"，亦是清词中兴的重要业绩。

最后，叶恭绰不满足于简单描述清词之业绩，而是将清词置于运动变化中考察，试图弄清清词在不同发展阶段所表现出的阶段性特征。他在描述清词"复兴"之轨迹时说："朱（彝尊）、陈（维崧）导其流，沈（皞日）、厉（鹗）振其波，二张（张惠言、张琦）、周（济）、谭（献）尊其体，王（鹏运）、文（廷式）、郑（文焯）、朱（祖谋）续其绪。"① 清词的发展史，被他划分为四个不同的阶段，每一阶段都自己的成就和创作特色，但他又在《清代词学之撮影》中提出"清词共有三变"之说，即从清初到朱彝尊是一变，从浙派到张惠言是一变，光绪年间浙、常两派均由盛转衰，以王鹏运、况周颐为代表的临桂派崛起，词风复又一变。其实，这两种说法并不矛盾，即"三变说"着眼于词风的更迭，"四阶段说"着眼于词史的时序性，即"三变说"将厉鹗作为浙派的中坚划归到"第一变"的阶段里面。应该说"三变说"也不是叶恭绰的新发明，在咸丰、同治间张德瀛即提出过"三变说"："愚谓本朝词亦有三变，国初朱（彝尊）、陈（维崧）角立……尽祛有明积弊，此一变也。樊榭（厉鹗）崛起，约情敛体，世称大宗，此二变也。茗柯（张惠言）开山采铜，创常州一派，又得恽子居（敬）、李申耆（兆洛）诸人以衍其绪，此三变也。"② 如果说张德瀛与叶恭绰之说法有不同的话，这是因为他们生活年代的不同造成了他们认识上的偏差，然而叶氏之提出"三变说"是试图比较详细地描述清词发展之盛衰。他编纂《全清词钞》的一个目标，就是要把有清一代作品的作风和流派的转变，于每一时期杰出和流行作品中表现其迹象。如顺、康初期之犹袭明风，康雍之力追宋轨，乾隆初、中叶之渐入庸滥，乾隆末叶及嘉庆时之另辟途径，等等。他认为，顺治和康熙初期沿明末之余习，其间虽杂以兴亡离乱之感，而且有些作品"情韵特深，才气横溢"，但是其流弊则为纤仄为芜滥。浙西词派的出现，就是要挽救清初之弊，"救之以清雅，敛才就范"。然而浙派末流又往往流为饾饤与肤廓，其突出表现是标南宋为宗，往往为琢句遣词，堕入宋词话所

---

① 叶恭绰：《〈清名家词〉序》，《遐庵汇稿》中编，第395页。
② 张德瀛：《词征》卷六，《词话丛编》第五册，第4148页。

谓"词眼"窠臼，对胸襟、意境、气韵、骨力皆不注重。"自是以后，传为衣钵。仅得糟粕门面。降至乾隆中叶，颓靡更甚，一片荒芜。"到乾、嘉之际，张惠言、周济、龚自珍等倡导"意内言外"之论，"力尊词体，探源《诗》《骚》，推崇比、兴"。于是，论词者逐渐明白诗和词系一贯的东西，不是过去人们所理解的诗之"余绪"，它可以与《诗三百》、楚辞、乐府及南北曲、杂剧等声歌韵语融为一体。"词之领域愈廓，包孕亦愈宏深。其所见，殆出宋、元人上矣。"① 为什么在乾、嘉之际词坛会出现这一转机呢？叶恭绰分析说，是因为其时清朝的统治已盛极而衰，对社会的各种控制逐渐废弛，知识界及文艺界的思想亦逐渐趋于解放。因此，在嘉庆、道光两朝政治、外交、军事走下坡路的时期，文艺界反而爆发出耀眼的光芒和活力。到鸦片战争之后，知识群体接触社会面越来越广，外在事物与情感之刺激也越来越多样化。"其表现于文艺者，自亦更不相同。所以，这阶段的词，亦更形光辉灿烂。"② 从叶恭绰对清词盛衰之原因的分析看，见解是相当精辟的，很多看法至今依然是无法更易的经典之论。

三　清词文献整理业绩之平议

叶恭绰在词学文献整理上亦颇有成就，所谓文献整理包括文献的搜集、影印、校勘、目录、提要、考订、笺注等工作，叶恭绰对词学文献的整理所做的主要工作是搜集清代词学文献与编辑《广箧中词》和《全清词钞》。在《毛刻宋六十家词勘误序》一文中，他对晚近词学文献整理之业绩给予了极高的评价：

> 予维校勘之学，莫盛于清。虽厘别爬梳，有时或嫌破碎，然有功古籍，则为事实。第所治率攻经、史、子为多，集部浩瀚，难以遍及。若夫词，则又益未遑焉。自古微老人校刊宋元诸词，网罗各本，字栉而句梳之，斯道乃光大。而龙榆生之于东坡，杨铁夫之于梦窗，则为之愈专，而效亦益著。③

---

① 叶恭绰：《〈全清词钞〉序》，《全清词钞》"卷首"，第1页。
② 叶恭绰：《〈全清词钞〉序》，《全清词钞》"卷首"，第1页。
③ 叶恭绰：《毛刻宋六十家词勘误序》，《词学季刊》第1卷第2期（1933年8月）。

清末民初是我国历史上词籍整理取得丰硕成果的一个重要时期。由王鹏运发端,自光绪七年(1881)始,历时二十四载,先后刻有五代、宋、金、元人词别集、总集及相关词籍达55种,合称为《四印斋所刻词》。朱祖谋承其余绪,继续广事搜讨,精心校勘传刻,仅唐宋金元词别集就达113种之多,无论在数量还是在质量上都超过此前任何时期的词籍丛刻。"自汲古(指毛晋)以来,至于近时朋旧,若四印斋、灵鹣阁、石莲山房、双照楼诸刻,皆未足方也。"① 之后,词学文献的整理蔚成风气,先后出版有《稼轩词疏证》(梁启勋)、《梦窗词全集笺释》(杨铁夫)、《南唐二主词汇笺》(唐圭璋)、《淮海集笺注》(王辉增)、《东坡乐府笺》(龙榆生)等经典性的文献整理本。但是,这些学者的词学文献整理重心在唐宋两代,对明清两代词籍的搜集和整理关注不够,这和大家心目中"一代有一代之文学"的观念有关,叶恭绰却在清词这一他人所忽视的领域取得了骄人的业绩。

对清代词学文献的搜集和整理,从清初顺治、康熙到清末同治、光绪的268年可谓代有其人。较著名的有王士禛、邹祇谟的《倚声初集》20卷,蒋景祁的《瑶华集》22卷,姚阶的《国朝词雅》24卷,蒋重光的《昭代词选》38卷,王昶、陶樑的《国朝词综》48卷、《国朝词综二编》8卷,黄燮清的《国朝词综续编》24卷,谭献的《箧中词》6卷、续集4卷。这些词选因编者生活年代及审美眼光的局限,难免有这样或那样的不足或缺陷,即使是晚近百年时间涌现的词选,以地望结集者如《粤西词载》《国朝湖州词录》之类,以声气结集者如《薇省同声集》《题襟集》之类,以品类结集者如《闺秀词钞》、《百花诗余》之类。"或搜罗虽富,而抉择未遑,或执德未宏,而规模较隘,于捃华撷秀之道,尚或未逮。"② 叶恭绰有感于前代各类词选的不尽如意,志欲网罗有清一代之词,编纂一部反映清词创作水平的大型词选,他后来回顾最初从事清词文献整理之初衷说:"弟自少习词,承先祖秋梦老人及文道希先生、王梦湘先生之教,泛览清词,即不满于王兰泉(昶)、陶凫芗(樑)等所选,故得雒诵谭氏《箧中词》而喜。然同光间人,谭选固多遗漏,且窥其工作,似由《词综》、《续词综》等选本而加以选拔,

---

① 曹元忠:《彊村丛书序》,《彊村丛书》"卷首",上海书店出版社1989年版,第2页。
② 叶恭绰:《清名家词序》,《遐庵汇稿》中编,第395页。

继以诸并时朋好之作，糅杂成编。其清初名家专集，颇多遗珠，又所采并时作品，亦多非其至者。殆以清初专集，谭氏多未之见，及采集时，作者尚未成家刊集之故。因此，欲继谭氏之后，而补其缺失。"① 于是，他自 1929 年起从事清词的搜集整理工作数十年，先后推出《全清词钞》和《广箧中词》二书，以成清代及晚近词选繁本与简本之"双璧"，对于推动 20 世纪清词研究作出了不可磨灭的贡献。

《广箧中词》凡四卷，上起明清之际，下迄清末民初，共选词人 457 家，词 1000 余首。兹书仿谭献《箧中词》之编录款式、体例及选录数量，有"期成合璧"之意，但对《箧中词》有所突破和超越，即"是编注重光、宣以还诸作家，以补原本所未备"。夏孙桐认为，该书与《箧中词》相比，有两个比较明显的特点："复堂（谭献）取材，半出选本，而于专集，所见未博；今则所得专集，多至蓓蕾，补词补人，庶免遗珠之憾；此一善也。复堂正集，斟酌精审，再三续补，不避重复，究涉琐碎；今则条理贯串，首尾秩如，合成完璧之观；此二善也。"② 叶恭绰还仿谭献《箧中词》之体例，对所选之词家或词作间下评语，有些评语颇具见识。如评清初之词云："清初词派，承明末余波，百家腾跃。虽其病为芜犷，为纤仄，而丧乱之余，家国文物之感，蕴发无端，笑啼非假，其才思充沛者，复以分涂奔放，各极所长。故清初诸家，实各具特色，不愧前茅，远胜乾嘉间之肤庸浅薄陈陈相因者。"③ 但是，编者之初衷在补《箧中词》之缺失，在体例、选量及宗旨各方面受原书之限制，叶氏后来在《致刘天行述编集清词函》中亦谈到这一点："盖此书一则，自始即备为谭氏之续，故不免为原书体例所拘，又采葺凡十余年，往往作者新词不及追列，且时人写示所作，以其自鸣得意，难以严斥，而读者见仁见智，正难相强。此亦不能尽满人意之故也。"因为，他同时还在编纂《全清词钞》，对于有些词人拟入该书者，则本书不录；还因为，他有义取同声之意图，对于近现代的词人词作收录尤多，特别是在清出生而进入民国的词人。

《全清词钞》凡 20 卷，所收词人上起由明入清者，下迄由清入民国者，

---

① 叶恭绰：《致刘天行函》，《遐庵汇稿》中编，第 491 页。
② 夏孙桐：《广箧中词序》，傅宇斌点校《广箧中词》，人民文学出版社 2011 年版，第 1 页。
③ 叶恭绰：《广箧中词》卷一，人民文学出版社 2011 年版，第 18 页。

共3196家，8260首，是目前所见唯一之巨型清词选本。其初拟书名为《清词钞》①，不名"选"而名"钞"，是想改变过去选本的主观性，突出它在选人选词上的客观性。清末民初也出现过几本重要的清词选本，如谭献的《箧中词》、朱祖谋的《词莂》、胡云翼的《清词选》、龙榆生的《近三百年名家词选》，但它们不是在数量上有限，不能反映清词发展的全貌；就是主观意识太浓，使得入选词人与词作带有较大的偏见。叶恭绰在编选采录过程中则力求择优而从，力戒空泛浮滥；力求因词以存人，力避因人以存词；所选各家也兼顾其风格的多种性，尽量做到真实客观，力避主观臆断。编者声称其编选是书之宗旨，"意欲纠补以前各选家之缺失，成一断代而完善之选本"②，"注意到有清一代作品的作风和流派的转变，希望于每一时期杰出和流行的作品中能以表现其迹象"。③应该说，叶恭绰在具体操作过程中基本上是做到了上述各点的，其实，这部巨型选本的价值还表现在它的文献方面，它将所有入选者的姓氏、字号、里籍、仕履及相关词学之著述作了著录，这为清词研究者提供了一条搜集清词文献的重要线索，特别是书前所列引用书目更是一篇比较重要的清词文献目录。然而，《全清词钞》所选也并非完美无瑕，"任何一种文艺选本，总是表明编选者的意见的"。"叶恭绰先生在序言里极力避免这一条，说它不是选而是钞，但为什么钞这些词，不钞那些词，而且在四千多人中，又选掉一千人左右，只存三千多人，这显然有编者对于'词'这一专门文艺的主观认识。因此，也就对这些作家和他们的词，作了主观的抉择。"④叶恭绰的"主观抉择"是什么呢？钱仲联先生的分析极有见地，即它反映的是彊村派的审美标准，对常州派词人词作选录比较多。叶恭绰《致刘天行述编集清词函》中也说过，编《全清词钞》本拟请朱祖谋操持选政，"当时斟酌体例，煞费苦心，其定名'词钞'，亦系朱先生意旨"。因此，钱仲联先生说，《全清词钞》"是旧时代的选本，观点

---

① 关于《全清词钞》编纂情况，可参见彭玉平《中国分体文学学史（词学卷）》，山西教育出版社2013年版，第429—433页。
② 叶恭绰：《致刘天行函》，《遐庵汇稿》中编，第491页。
③ 叶恭绰《全清词钞序》，《全清词钞》，中华书局1982年版，第3页。
④ 中华书局：《全清词钞·出版说明》，《全清词钞》"卷首"，第2页。

与我们有一定的距离"。① 还有，他对于嘉庆道光以后的作者选录较多，而对于明末清初作品的选录过于苛求，使得全书在比例上不是特别协调。从第一卷到第十五卷为嘉庆以前之作者，而从第十六卷到第二十九卷为嘉庆以后之作者，第三十卷到第三十四卷为妇女词（僧道附卷三十四），第三十五卷到第四十卷专收生于晚清卒于民国之作者，收嘉庆以后之作者达二十卷之多。而且入选词人之作品比例也不是太协调，像清初著名词人吴伟业只有二首，龚鼎孳只有八首，曹溶只有五首，而嘉道以后词人如胡学崇五首，孙尔准有五首，李兆洛六首，汪全德五首，倪稻孙五首，这与他们在词坛上的实际地位并不相称。据今编《全清词》"顺康卷"，有词人2100余家，而《全清词钞》仅选入300人而已，去取过严，删汰太多，并未完全达到他所说的"成一断代而完善之选本"目标。

叶恭绰曾有一个宏大的计划，拟编纂"清词四书"：《清词存目》《清词选》《全清词钞》及《清百家词》，但因时间和精力之缘故，其他三书皆未见出版，实为清代词学文献整理工作的一大憾事。

第四节 赵万里对现代词学文献学的贡献

赵万里的主要学术贡献在文献校勘辑佚之学②，但在词曲之学上亦成就卓著，不但辑有《校辑宋金元人词》，而且在北大、清华、辅仁等校多年讲授词曲学，对词史问题也发表过比较独特的见解。"（他）对词学之贡献尤巨，继承先修，启迪后学，实事求是，多所发明，开一代之风气，为学术之典范。"③

一 对王国维词学文献的整理

因自幼受家学熏陶，赵万里对传统国学有较浓厚的兴趣，但对他一生影响最大的还是几位老师。1917年他考入嘉兴省立二中，师从陆颂襄、刘毓盘，刘氏是清末民初著名的词学家，曾任北京大学词曲教授，出版过《词

---

① 钱仲联：《清词三百首序》，《清词三百首》，岳麓书社1992年版，第10页。
② 关于赵万里的生平及治学经历，参见第四章第一节的有关介绍，兹不赘述。
③ 唐圭璋：《赵万里对词学之贡献》，《词学论丛》，上海古籍出版社1986年版，第699页。

史》《中国文学史略》等,《中国文学史略》一书即撰写在二中任教期间。四年后,赵万里考入东南大学国文系,师从著名词曲大师吴梅,与陆维钊、胡士莹、唐圭璋等为同学,并参加了由吴梅组织的诗词唱和活动,这一时期的作品后来被结集为《斐云词录》。1925 年经吴梅介绍,他到北京拜王国维为师,适陆维钊有事离任,他在吴宓的安排下成了王国维的助教,从此,在王国维的直接指导下,在王国维的严格训练下,专事文史之学。"特别是王先生治学严谨、实事求是、一丝不苟的学风,使他深受薰陶。"[①]

赵万里与王国维谊在师弟、戚族之间,既是同乡,又是亲戚,更是师生。在清华研究院时期,作为王国维的助手,他与王国维朝夕相处,两人之间的感情也非常人可比。当王国维 1927 年在昆明湖自沉之后,"他极为悲痛,哀挽之际,他全力整编恩师的遗作与年谱"[②],这些遗作有《王静安先生著述目录》《王观堂先生校本批本书目》《〈人间词话〉未刊稿及其他》《唐五代二十一家词辑》《海宁王静安先生遗书》等。对恩师这些遗作的整理,一方面弘扬了观堂先生的学术思想,另一方面也表达了他对恩师的深挚怀念。当清华研究院决定出版《国学论丛》"王国维先生专号",主持其事的陈寅恪先生便委托他承担了部分编务工作。

他对王国维遗作的整理,也包括对王国维词学著述的整理,这突出地表现在对《人间词话》的整理上。《人间词话》最早以手稿形态出现,是记录在一个笔记上的,共 125 则,完成时间大约是在 1908 年。是年,王国维从中摘出 63 则,并补写 1 则,共 64 则,发表在《国粹学报》上。这次发表并未在学术界形成反响,1915 年,他又对稿本的内容作了压缩,从中选取 30 则,并从《宋元戏曲史》中迻录一则,共 31 则,发表在《盛京时报》上。《人间词话》的两次发表,均未能引起人们的足够重视,直到 1926 年,俞平伯以新式标点整理由朴社出版后,才在学术界产生了广泛的影响。[③] 特别在王国维自沉后,这一事件引发学术界对其人其作的关注,先后有朱光潜、唐圭璋、吴征铸撰文,对《人间词话》的相关见解发表不同的看法。正是

[①] 赵芳瑛、赵深编《赵万里先生传略》,《赵万里文集》第一卷,国家图书馆出版社 2011 年版,第 4 页。
[②] 赵芳瑛、赵深编《赵万里先生传略》,《赵万里文集》第一卷,第 5 页。
[③] 彭玉平:《〈人间词话〉的版本源流》,《人间词话疏证》,中华书局 2011 年版。

在这样的背景下，从表彰其师学术成就的立场，赵万里从王国维手稿中摘出 44 则，并从王国维旧藏《蕙风琴趣》中录出两则，再从自己《丙寅日记》中录出王国维论词之语两则，共 48 则，以《〈人间词话〉未刊稿及其他》发表在《小说月报》上。后来，在罗振玉整理的《海宁王忠悫公遗书》、赵万里编纂的《海宁王静安先生遗书》里，《人间词话》便以两卷本的形态出现，以《国粹学报》发表者为上卷，以《小说月报》发表者为下卷。赵万里辑本《〈人间词话〉未刊稿及其他》的发表，在《人间词话》的传播史上意义重大，它首次披露这样一个重要信息：在已出版的《人间词话》之前，有一个《人间词话》的稿本存在，王国维对《人间词话》的发表是持谨慎态度的。从读者接受角度看，《人间词话》未刊稿的发表，让人们全面地了解到王国维的词学思想，从稿本到正式印本可以探寻王国维前后期的思想变化。从文献整理角度看，它也带动了现代对王国维论词言语的搜集与整理，1940 年徐调孚在二卷本基础上，又"补遗"一卷，凡 18 则，1947 年再次补入陈乃乾辑录的 7 则，这就是今天通行的三卷本，其结构由《人间词话》《人间词话删稿》《人间词话附录》三部分组成。

赵万里对王国维遗作的整理，还包括对其批校词籍及词学著述的著录、系年。在《王静安先生手校手批书目》一书中，提到王国维批校的词籍有《云谣集》、《花间集》、《草堂诗余前后集》、《曼陀罗寱词》等，并在跋语中说："先生于词曲各书，亦多有校勘。如《元曲选》则校以《雍熙乐府》，《乐章集》则校以宋椠。"在《王静安先生著述目录》中著录《观堂外集》时提到，《苕华词》乃合《人间词》甲乙稿及庚戌后所作数阕而成，初名叫做"履霜词"。在《王静安先生年谱》中，他更是对王国维的词学活动作了一个初步的系年：1905 年，"先生于治哲学之暇，兼以填词自遣"；1906 年，"集此二年间所填词刊之，署曰《人间词甲稿》"；1907 年，"又汇集此一年间所填词为《人间词乙稿》"；1908 年，"据《花间》、《尊前》诸集及《历代诗余》、《全唐诗》等书，辑《唐五代二十家词》成"；1909 年，辑校《南唐二主词》，据《闽词钞》辑校《后村词》，又撰《宋大曲考》、《曲调源流表》等；1910 年，"撰《人间词话》成"，"草《清真先生遗事》一卷成"。此外，他还对王国维作词及校勘词籍作了简要的系年。值得注意的是，在对王国维词学活动编年的过程中，赵万里也对王国维的创作及理论作了相关的评述，并提供了很重要的文学史料和学术信息。比如，他提到《人间词甲乙稿序》的作者，乃王国维自撰而托名樊志厚者，王国维在撰写《曲录》的同时还撰有《词录》一书。他特别提到王国维的审美宗尚——"意境"，"先生于词，独辟意境，由北宋而反之唐五代，深恶近代词人堆砌纤小之习"，并分析说："先生之词有清真之绵密，而去其纤逸；有稼轩、后村之宏丽，而去其率直。其意境之高超，三百年间，惟万年少、纳兰容若差可比拟，余子碌碌，实不足以当先生一二词也。"① 对王国维的创作给予了非常高的评价。至于《人间词话》"境界"说，在赵万里看来，《文学小言》及《人间词甲乙稿序》早已言之，只是到《人间词话》在《国粹学报》上正式发表时，"始畅发其旨"，并成为王国维词学思想的"标杆"。这些对了解《人间词》的审美取向，正解评价《人间词》在词史上的地位都是有价值的。

诚然，赵万里对王国维词学著述的整理和系年，固然是20世纪以来王国维词学研究的重要基础。然而，赵万里的王国维研究并不局限于文献的整理，还在于他对王国维治学理路及方法的归纳和总结。他说：

> 王先生少时治泰西哲学，中年治通俗文学，后即治金石、舆地、目录、经史诸学，孜孜兀兀，未尝一日废书。范围难广，而所得之多，不仅为近世诸家之冠。其立说精审，创解新颖，三百年来学者实无出其右者。故谓有清一代考证学以先生为之殿，可也。谓中国之有精密的纯粹的考证学自先生始完成，亦无不可也。②

虽然，王国维之考证学成熟于晚年，主要表现在史学上，但其治学之发轫却未尝不始于词曲之校勘。"先生考证学之成功，谓自《宋元戏曲史》始，可也。时先生官京曹，与仁和吴耘存（昌绶）、贵池刘聚卿（世珩）相往来。二氏搜刻词籍尚夥，与先生有同嗜，故先生颇资以供参证。"据赵氏《王静安先生年谱》，1908年6月，王国维已用心词籍的辑校，辑有《唐五

---

① 赵万里《王静安先生年谱》，《赵万里文集》第一卷，第8页。
② 赵万里：《王静安先生之考证学》，《赵万里文集》第一卷，第141页。

代二十一家词》，并撰有著录唐宋词籍版本的《词录》一书，在这之后的三四年间多有校勘词籍活动的记载，并撰有数量极为可观的跋语，这些跋语对于作者姓氏里籍、出处仕履、版本源流、作品真伪、文字衍夺均详加稽考，已初步显露出王国维考证之学的实力。赵万里为《续修四库全书总目》王国维"清真先生遗事"撰写提要时，对王国维在《清真集》校辑上体现出来的考证功力，给予了全面的揭示和表彰："自有词人以来，清真殆为万世不祧之祖。词之有清真，犹诗之有李杜。然李杜行事，彰彰在人耳目，清真则行事久湮，其所著《清真文集》二十四卷亦久佚不传。世无考其行年者，有之，自此书始。……据《宋史文苑传》、《东都事略文艺传》、王明清《挥麈录》、《玉照新志》、庄绰《鸡肋篇》、张端义《贵耳集》、周密《浩然斋雅谈》所载清真事迹，详为辨证，千载之惑一朝冰释，可谓极考证之能事矣。"①

二 《校辑宋金元人词》的词籍整理成就

从1928年起，经陈寅恪先生介绍，赵万里到京师图书馆任职。而后，历经国立北平图书馆、北京图书馆的两次变迁，在这里，他渡过了长达52年的图书馆生涯，先后为考订组组长、善本部主任、特藏部主任，为国家的图书馆事业付出了一生的心血。然而，正是这样的特殊经历，使得他在版本目录、古籍校勘辑佚、古典文献整理上均取得了非凡的成就。

作为现代著名的文献学家，赵万里非常重视古籍书目的编纂和题跋的撰写。他先后撰有《〈永乐大典〉内辑出之佚书目》、《〈永乐大典〉辑出之佚书目补正》、《景印〈四库全书〉罕传本拟目》、《国立北平图书馆图书展览会目录》，并主持了"北京图书馆善本书目"的编写，这些目录之中包括有大量的唐宋词书目。他还到过多地访书购书，无论是名家书肆，还是城镇乡村，无所不至，这也锻炼出他丰富的版本鉴定经验，每遇稀见之书则随手记其行款、序跋、刻工、藏印、纸墨特点，先后撰写有《舜庵经眼书录》《芸庵群书经眼录》《海源阁遗书经眼录》《上海涵芬楼藏书经眼录》《南京国学图书馆藏书经眼录》《浙江省立图书馆藏书经眼录》等，也记录了《众香

---

① 赵万里：《续修四库全书总目提要》"清真先生遗事一卷"，《赵万里文集》第三卷，第148页。

词》《燕喜词》《阳春白雪》《中州乐府》《花草粹编》等词籍的收藏情况。更重要的是，他为一些重要的宋元书籍作过提要、题记、跋语，还应邀为《续修四库全书总目》撰写提要305条，撰有《北京图书馆馆藏善本书提要》12条。由他撰写的词籍题跋在数量上也极为可观，主要有三部分：一部分是单行本别集的题跋，如《宋刻淮海居士长短句跋》《元延祐刻〈东坡乐府〉跋》《元大德刻稼轩长短句跋》《跋向滈乐斋词》；一部分是在校辑宋金元人词的过程中撰写的题记；还有一部分则是总集提要，主要是在《校辑宋金元人词》"引用书目"部分，对一些重要总集的构成、版本、得失作出评判。

赵万里对词籍的题记尤重版刻叙录，既介绍该书的版式、构成，还要交待该书的版本流变和收藏情况，一篇词籍的题记实为一部词籍收藏流通的变迁史。比如《元延祐刻〈东坡乐府〉跋》云：

> 右元延祐七年叶曾云间南阜草堂刻本《东坡乐府》，为今日所见坡词最古刻本。迭经黄丕烈士礼居、汪士钟艺芸精舍、杨绍和海源阁收藏。海源阁书散，归天津周叔弢先生。1952年叔弢先生藏书捐献政府，此书与元大德三年广信书院刻本《稼轩长短句》同归北京图书馆。清光绪间临桂王鹏运曾从杨氏借来刻入《四印斋刻词》虽行款未易，而原书面貌不可复见……案：东坡词自来全集均未收。陈振孙《直斋书录解题》有二卷本。其本疑即明人吴讷《四朝名贤词》本，今在天津图书馆。又有黄氏士礼居旧藏毛氏汲古阁影宋钞本，编次与吴讷本同。二卷本卷末附拾遗词，目后有曾慥跋文……据此知东坡词南宋初有曾慥刻本。慥又辑《乐府雅词》。录北宋与南宋初年名家词殆遍，但未及东坡词。当因东坡词曾氏别有专刊，故《雅词》中不收。曾氏又据张宾老所编并见于蜀本者补词四十一首，为拾遗词，殿于卷末。此本分上下卷，但后无拾遗词。余疑此本原亦有拾遗词。何以知之？考毛氏汲古阁刻本东坡词，凡毛氏注"元刻逸"或"元刻不载"诸作，如《好事近》"烟外倚危楼"一阕，《玉楼春》"元宵似是欢游好"等三阕，《临江仙》"昨夜渡江何处宿"一阕，《蝶恋花》"记得画屏，初会遇"等五阕，《渔家傲》"临水纵横回晚鞚"一阕，《江城子》"腻红匀脸衬檀

唇"一阕，《意难忘》"花拥鸳房"一阕（案：此是程垓《书舟词》），《雨中花慢》"邃院重帘"等二阕，《水龙吟》"小沟东接长江"等二阕，此本均未收，知毛氏所谓元本当即此本。曾编拾遗词四十一首，毛本除《江城子》"南来飞燕北归鸿"一阕系秦淮海作不复出外，其余四十首毛氏散编各调下，均未注明"元本逸"或"元本不载"。可见毛氏所见元本，当有此拾遗四十一首，而此本则因年久失去，固非不可能也……由此观之，此本与曾慥本实为传世坡词两个最重要的本子。①

这不但清楚地交待了延祐刻本《东坡乐府》的收藏史，而且也仔细辨析了东坡词在流传过程中的两个版本系统，诚为东坡词版本研究的力作。在一部分题记或提要里，他还对所叙录之作品做过非常详实的考证，比如《馆藏善本书提要·友古词》、《宋刻淮海居士长短句跋》、《跋向滈乐斋词》等，在《校辑宋金元人词》中更是在考订上花费大量心力。

赵万里对于现代词学的最大贡献，是关于宋金元词籍的辑佚和校勘。在他之前，已有学者做过相关工作，特别是他的老师刘毓盘的《唐五代辽宋金元名家词》和王国维的《唐五代二十一家词》，前者共辑得唐宋金元词集60种88家，后者专辑唐五代词未见专集者21家，两者在体例上均由辑佚与校记组成，辑佚收录作品，校记交代来源，这样的编纂体例和研究思路对赵万里是有直接影响的。但是，他们的辑佚也是存有不足的，王国维所辑局限在唐五代，刘毓盘搜辑范围较宽，却也有"真赝杂揉，抉择未精"的问题。赵万里说：

> 此书自《李翰林集》起，至《高丽人词》（实非高丽人词，盖宋人乐章之流行于高丽者，中有柳耆卿、赵循道词可证也）终，凡六十种（附二十余家），辑本居大半。其弊不仅在所见材料之少，如《全芳备祖》、《翰墨大全》、《永乐大典》及宋元人地志、文集均未引及。而在真伪不分，校勘不精，出处不明，使人读之，如堕五里雾中。其病与吴兴蒋氏旧藏无名氏辑《宋元人词》、汪曰桢辑《钓月词》、王鹏运辑

---

① 赵万里：《元延祐刻〈东坡乐府〉跋》，《赵万里文集》第二卷，第314页。

《漱玉词》同。盖先生笃老著述，得书不易，牢守陈说，不辨淄黄，固不独先生为然也。编中收《金荃词》据海源阁本，《荆台俑稿》据宋刻本，《舒学士词》据天一阁本，皆在可疑之列。《柯山词》、《月岩集》据文澜阁本，《秋崖词》、《碧涧词》据关中图书馆本，而不悟其皆出后人所辑。而《柯山词》且收赝作，尤非先生所及料。《宣懿皇后集》据《四朝名贤词》本，而余所见明钞本《四朝名贤词》则无之，而不悟其即出《焚椒录》。《黄华居士词》、《疏斋词》，云并据常熟瞿氏藏本，然瞿氏固无此二书也。细按之，知即本《中州乐府》与《天下同文》。至卷后附跋，亦泥沙俱下，訾谬时见。余初辑《宋金元人词》，闻先生有此书，以为先获我心。转辗自友人处假归读之，始知其书实未尽完善。然大辂椎轮，创始不易，后之览者，自当为先生谅也。①

这里以"先生"尊称刘毓盘，显然是因为刘氏曾为其师的缘故。他指出刘氏之辑本"创始不易"，但存在的问题也是显而易见的，约略言之，综而有四：所见材料少，真伪不分，校勘不精，出处不明。这四点是刘毓盘辑本的不足，却成为赵万里校辑工作的贡献所在。

赵万里在20年代末已开始《永乐大典》的辑佚，从中辑出部分宋元人词集，包括贺方回《东山词》、李易安《漱玉词》、陈亮《龙川词》、李石《方舟词》、阮阅《阮户部词》、陈克《赤城词》、张先《张子野词》、范成大《石湖词》、张辑《清江渔谱》、蔡枏《浩歌集》、张孝忠《野逸堂词》、周端臣《葵窗词稿》、万俟绍之《郢庄词》、吴儆《竹洲词》，并以《宋词搜逸》的名义先后发表在《北平北海图书馆月刊》上。随着研究工作的深入，他逐步扩大搜辑范围，从词籍丛刻到选本别集，从史料笔记到诗话类书，其工作思路是补毛晋、王鹏运、江标、朱祖谋、吴昌绶诸家所未足，共得宋词别集56家，金别集2家，元别集7家，总集2种，宋人词话3种，另宋金元名家词补遗1种，凡收词人70家，词作1500余首。赵氏自称："汇刻宋人乐章，以长沙《百家词》始，至余此编乃告一段落。"这一句话有两层意思：一是指搜辑的数量而言，言其所收词均为以前各刊本所未见；

---

① 赵万里：《校辑宋金元人词》"引用书目"，中研院历史语言研究所1931年印行，第2页。

二是指体例的精密和考证的方法而言,彻底地纠正了刘氏之书的"四大失误"。所以,胡适说:"这话不是自夸,乃是很平实的估计,他给宋金元词整理出这许多的新史料来,我们研究文学史的人,都应该对他表示深厚的感谢和敬礼。"① 龙榆生称其在考证校辑方法上之谨严缜密,远胜刘氏《唐五代辽宋金元名家词辑》,"词林辑佚之功,于是灿然大备矣!"② 当然,从搜辑数量而言,赵氏以一人之心力,未必能穷尽存世之图书;但从辑佚考证方法的谨严而言,从校辑图书体例的精细而言,则为后来者提供了所以从入之法门。胡适在《校辑宋金元人词序》中归纳该书在体例及方法上有五大特色:第一,从晚清到民国运用辑佚的方法整理词籍,到赵万里才算得上是大规模的采用;第二,详举出处,使人可以复检原书,可从原书的可靠程度上判断所引文字的真伪。往往一首词之下注明六七种来源,有时竟列举十二三种来源,每书又各注明卷数,不避烦细。第三,辑佚书因来源不同,文字上也往往有异同;此书把每首词的各本异文都一一注出,有助推敲。孤本异文,亦有可贵之处。第四、此书于可疑的词,都列为附录,详加考校,功力最勤。辑佚贵在存真,不在求多。第五,此书略采前人词谱之例,用点表逗顿,用圈表韵脚,便于读者阅读。胡适对此书的评价,借用他自己的话说,"是很平实的估计"。因为此书在体例及方法上的开创性和示范性,使得它成为20世纪词集辑佚之作的"典范",特别是它的方法多为后人所效法和袭用。像周泳先辑《唐宋金元词钩沉》、唐圭璋辑《全宋词》均受其方法之沾溉,比如正文前列"引用书目",以词集为主,涉及经史子集诸书,所引之书标明书名、卷数、编者、版本、刊刻年代等,而后出之书也大都不出这样的体例。

三 在教学与研究中展现出来的审美取向

从1929年9月起,赵万里受聘北京大学,讲授"词史"课程;并先后在清华大学、中法大学、辅仁大学等校,讲授"金石学"、"目录学"、"版本学"。在这些课堂上,赵万里充分发挥他作为版本目录学家的优势,着重

---

① 胡适:《校辑宋金元人词序》,赵万里《校辑宋金元人词》,第1页。
② 龙榆生:《唐宋金元词钩沉序》,周泳先《唐宋金元词钩沉》,商务印书馆1937年版。

讲解古籍的版本行款、版刻样式、刻刊年代等。张守常说："他通常是只带粉笔进课堂，开口即讲，不论史料目录或版本源流，滔滔不绝，如数家珍。"① 戴逸也说："讲目录学的赵万里，是王国维的学生、同乡，其读书之广、识断之精、记忆之强，令人惊叹。上课不带片纸，各种珍本、善本的特点，刊刻年代以及内容，都烂熟于胸，娓娓而谈，均有来历。"② 他对于唐宋词的教学与研究，比较重视词籍的版本目录问题，今存《目录学十四讲纲目》第十讲"宋词"部分，具体纲目是：（1）词的释名与古本宋词之关系。（2）旧本宋词编次法之特点。（3）宋刻词集之分布区域。（4）宋人选宋词概说。（5）关于柳永、周邦彦、辛弃疾、吴文英诸家词本子之研究。（6）大晟府与《乐府混成集》。（7）日本高丽文献中之唐宋乐府史料。（8）词谱、词韵述评。（9）毛子晋父子保存旧本词集之经过。（10）评《彊村丛书》及其他。内容以词籍为中心。他在北京大学讲授"词史"时，还编有《词概》一书，由北京大学出版部印行，这本讲义的最大特色就是比较多地谈到词籍版本问题。如果说《校辑宋金元人词》的题记，还只是对已遗佚词集辑录情况的交代，那么，《词概》一书的词籍叙录则是对唐宋以来词籍的系统清理了。它有对词人词作存世情况的交代，也有对词集版本流传情况的说明，以及有关历代选本或词籍在作品归属问题存在的失误予以辨证。

从表面看，《词概》在体例上与吴梅《词学通论》"概论"部分颇为近似，按时代先后，分别为唐人词、五代十国人词、宋人词、金人词、元人词、清人词。其体例是先总说一个时期的创作情形，然后分论各家，各家名下介绍生平，选录代表作品，分析作品风格和作品构成。比如论孙光宪：

> 光宪字孟文。陕州人。游荆南，高从诲署为从事，仕南平，累官检校秘书。后入宋。宋太祖授以黄州刺史，即卒。有《荆台》、《笔佣》、《橘斋》、《巩湖》诸集。录《浣溪沙》一首：
>
> 蓼岸风多橘柚香，江边一望楚天长，片帆烟际闪孤光。目送征鸿飞

---

① 张守常：《回忆赵万里先生二三事》，《读书》1980年第12期。
② 戴逸：《初进北大》，《光明日报》1988年2月3日。

杳杳,思随流水去茫茫,兰江波碧忆潇湘。

《花庵》称孟文"一庭花雨湿春愁"为佳句,然其佳句不止此。如《清平乐》云:"掩镜无语眉低,思随芳草凄凄。"《菩萨蛮》云:"碧烟轻袅袅,红战灯花笑。"《思越人》云:"渚莲枯、宫树老,长洲废苑萧条。想象玉人空处所,月明独上溪桥。"均极婉丽俊逸之致,非毛文锡辈所可及也。其词悉见《花间》、《尊前》二集,共八十四首。江山刘君称费文恪公家有宋本《荆台俑稿》□册,然册中无有出《花间》、《尊前》外者,疑所记非实也。

这样的体例明显受到了吴梅的影响,吴梅在东南大学讲授《词学通论》,以常州词派的"意内言外"说为其论词之旨,作为吴梅高足的赵万里自然会传其师学,对历代词人的评价也会沿袭老师的有关看法。比如,对于温庭筠,他也像吴梅一样以"温厚"论之,他还像吴梅一样以"沉郁顿挫"论周邦彦,以"忠爱之忱"论王沂孙,以"中衰"论明词,等等。

当然,对吴梅的思想,他也不全是因袭,毕竟后期受王国维的影响更深,对王国维推重北宋的做法,他也是非常认同的。综观《词概》一书,他比较倾向五代北宋的词风,对五代北宋词亦论之最详,共论五代词人 20 家,北宋词人 14 家,南宋词人仅 10 家而已。他推重五代北宋,盖缘其词风的"直抒胸臆"、"宛转缠绵"、"极沉郁之致,穷顿挫之妙",比如:

温庭筠:飞卿词于唐诗中可当青莲,于元剧中可当白仁甫、王实甫,同为万世不祧之祖。其出语真挚,行辞疏宕,直写景物,不事雕绘,实非南渡诸子所能及也。

冯延巳:缠绵忠爱,情词悱恻,宛然骚辨之象,"此正中之所以千古独绝者"。

欧阳修:"欧词馨香幽逸,在北宋中叶词人中最为出色。写眼前景物,抒眼前情绪,不假雕绘,不事堆垛。清丽处沁人心脾,幽咽处动人魂魄。"

柳永:"柳词长处,全在写景之工,言情之厚。胸中侘傺无聊之气,无不细细写出。曲处能直,密处能疏,忧处能平,状难状之景,达难达之情,而出之于自然,无叫嚣粗鲁之病,自是北宋巨擘。"

秦观:"少游格律精细,故运思所及,如幽花媚春,自成馨逸。观集中诸阕,大抵被逐甩所作,虽栖迟歌馆之中,流转江湖之上,然故国之思时溢于言表。"

苏轼:"坡词妙处,全在以寻常口吻,运自然之笔,写景言情,不假雕饰。此境非他人所易到。"

周邦彦:"词至清真,殆如诗之有少陵,元词之有关、马,前收苏、秦之终,下开姜、史之始。……自有词人以来,清真殆为万世不祧之祖。学词者能熟参清真词,庶得词中三昧矣。"

他还说自己瓣香正中最久,又说自己近年特别爱读柳词,"读了又校,校了又读,前后不下十数次","有人如问宋词当先看那一家,我总劝人于欧、晏、清真外,当先读柳词;又有人问,合乎宋人心目中宋词的代表作是那一家,我又推举柳词"。原因在于,柳永的《乐章集》,除了少数应制之作,几乎全是真挚的情歌。这样的看法与王国维推重五代北宋词人是相通的,只是王国维推崇的对象是李煜,而赵万里比较偏好冯延巳、欧阳修、柳永而已。在词史问题上,在审美宗尚上,赵万里或有偏嗜,但不偏执。他推重五代北宋,对南宋金元词亦有好评。他以婉约为正宗,却也能包容苏、辛之豪放,以为其以散文句法入词,为宋词别创一种新境界。他标榜直抒性情的自然做派,对吴文英的堆垛雕绘也能表示同情之理解。

还有,赵万里对词体问题的论述也是值得注意的,这在《校辑宋金元人词》中已有涉及。在《词概》一书中,虽未列有专章论述体制问题,但在词史的叙述过程中亦有相关讨论。①论词体初起时的情形。认为词与乐府有别,不可将隋唐乐府与曲子相混,词在初起时"大都不过五七言诗为之",与七绝无异,到中唐以后始多杰构,到五代始与诗分疆划界。再如两宋之"转踏",在唐时已见端倪,如韦应物、戴叔伦、王建之《调笑》即是。②论大晟词人的应制词。认为北宋词人如晁次膺、万俟咏能之,南渡后如康与之、曹勋、张抡则瞠乎其后。《碧鸡漫志》称雅言请以盛况大兴及祥瑞事迹制词实谱,有旨依月用律,月进一曲,自此新谱稍传。"盖一体为一卷,编次与他人迥异。求之两宋,略与曹勋《松隐乐府》相似。盖均以应制词见长。"③论谑词与俳词。《曹组箕颖词题记》谈到宋人对曹组的贬抑时说:"盖以其时专工谑词故也。谑词于小说、平话者居多,当时与雅词相对称。宋世诸帝如徽宗、高宗,均喜其体,《宣和遗事》、《岁时广记》载之。此外尚有俳词,亦两宋词体之一,与当时戏剧,实相互为用,此谈艺者所当知也。"① 指出谑词、俳词与小说、平话、戏剧相互为用的关系,说明其存在的合理性。④论姜夔集中何以只有十七首附列乐谱。"盖宋人歌词皆用旧谱,有一定版式,如今之南曲然,故白石于旧词宫调概不申说,而于自度诸曲,则不殚详录也。何以证之?白石《满江红》序云:'《满江红》旧词用仄韵,多不协律,如末句云"无心扑"三字,歌者将"心"字融入去声,方谐音律……末句云"闻佩环",则协律矣。'盖白石知旧谱'心'字不协,乃改'佩'字以就歌谱,故此词不注旁谱,以见韵虽用平而歌则依旧,不似南北曲随字音清浊而挪移音节。曲律异于词律者,惟此而已。吴梦窗亦有自制腔九阕,以不附旁谱,故元明以来赓和者绝少。"② 在两宋,凡填词者,皆能识谱,自制腔无谱可依,故特标识之,这就比较合理地解释了姜夔词中何以只有十七首标有工尺谱了。

总的说来,赵万里对于现代词学的贡献主要在词学文献学,虽未能如某些词学家将全部精力投身到词学研究上,但他对王国维《人间词话》删稿的整理,对宋金元人已佚之词的校辑,以及在教学过程中注重词籍版本的叙录,在现代词学史上都具有非常重要的学术价值。

---

① 赵万里:《曹组箕颖词题记》,赵万里《校辑宋金元人词》,第1页。
② 赵万里:《词概》,《赵万里文集》第二卷,第56页。

结　　语

本书以中国词学如何从传统走向现代为研究内容，着重揭示现代词学过渡与转型的特征。它并不把单个词人或学者思想的梳理作为重心，而是把他们放在不同的文化语境进行分析，包括大家经典的魅力与影响、文化家族内部的思想变迁、现代高等学府的词学传承、文学社团流派的观念更新、现代词学家思想与方法的进步等，通过这一系列的语境还原，多角度地呈现中国词学从传统走向现代的路径。

一

在全面呈现现代词学过渡与转型的文化语境后，有必要对中国词学现代化进程及其重要事件作一个简略的回顾与梳理，是它们决定了现代词学的发展方向。

从 1908 年 11 月《人间词话》发表算起，中国词学开始其现代化的历程。这是一个"山雨欲来风满楼"的时代，南社正在酝酿成立，鼓吹排满革命，这时在通州、苏州等地任教的王国维，则由研治西方哲学，开始转向研究文学。《文学小言》是他这一时期学习的第一个收获，《人间词话》则是他这一时期学习的第二个收获。在《人间词话》推出的 1900 年代，正是"清末四大家"如日中天的时候，南北词坛为常州派词风所笼罩，他们从声律论的立场把填词限定在谨守四声的范围，并致力于唐宋词籍的整理与恢复，还通过结社唱和的方式进一步强化了这一审美风尚。《人间词话》的发表，从两个方面对传统词学进行了改造：一是提出意境论，取代了诗教说；一是体系严密完整，虽无系统的构架，但逻辑结构谨严。更重要的一点是，它将诗词相打通，突破了声律论的藩篱，试图淡化它的音乐性，着力强调它的文学性，把词作为一种表达真性情与描写真景物的工具，而不是把它重新拉回到那个遥不可及的唐宋时代，恢复其可歌的面貌。王国维大胆地借鉴西方的学术理念来改造传统，这一稳健而务实的做法迎应了传统在新时代所面临的巨大挑战，在词学领域第一次明确地揭示了现代转型的时代主题。

在《人间词话》发表之后，当时海上词坛有南社词人的结社唱和，北方也有寓居天津的遗民词人的诗酒联吟，但中国词学的现代化并没有真正到来。直到 1917 年春蔡元培出任北京大学校长，在国文学门首设"词曲"课程，并聘请吴梅、刘毓盘这样的词曲专家出任教授，中国词学现代化的局面才算是打开了。北京大学开设词曲课程的意义在于，它把词作为国文学门的骨干课程，与诗、文、赋等中国文学的"正宗"相对待，使得"词学"成为一门独立发展的学科，从而改变了长期以来的小道末技观念。北京大学在"词曲"课程的设置上分词律、词选、词史、专家词等，前两者重在体制介绍与作法传习，后两者则偏于历史叙述与鉴赏引导，从一开始就从教学层面将"词学"与"填词"相界分，这对后来者如胡云翼、龙榆生等从理论上将"词学"与"学词"分而论之是有启示意义的。

从 1908 年 11 月《人间词话》的发表，到 1918 年 2 月吴梅在北京大学开设"词曲"课程，是中国词学现代化的酝酿起步阶段。前者从思想上揭开了中国词学现代化的序幕，后者从制度上确立了词学作为现代学科的重要地位。接着下来，胡适等倡导新文化运动，主张以白话为诗，作为俗文学的词，得到了他们的肯定和重视，再一次从文学观念上提高了词的文体地位。然而，对于中国词学现代转型而言，有两大事件是不容忽视的，一是胡适倡导"国故整理"运动，二是吴梅在东南大学结社唱和。1919 年 11 月，胡适发表《新思潮的意义》的文章，提出"研究问题、输入学理、整理国故、再造文明"的口号，并以白话标准选编了《词选》（1926）和《国语文学史》（1927），以白话、意境、真情作为作家作品的批评尺度，对传统文学史观进行了改写和再造。在"国故整理"运动的推动下，北京大学成立了研究所国学门，创办《国学季刊》，制定国学整理计划书，招生从事国学研究的研究生。对于词学研究而言，就是词被作为国故整理的重要内容，现代的研究方法进入词学研究领域，先后有胡云翼《宋词研究》（1926）、陈钟凡《中国韵文通论》（1927）、冯沅君《张玉田年谱》（1928）等研究成果问世。1922年秋，应陈钟凡之邀，吴梅到东南大学任教，讲授"词选"和"词学通论"。他把词学教学与词学研究有机结合起来，组织学生结社唱和，体会创作的甘苦，以创作促进教学，以创作推动研究，使得东南大学的词学研究彰显出偏于声律和作法的鲜明特色。这两大事件实际上标志着现代词学的两大流派正式形成，前者以北京大学为中心，着重于体制外的研究；后者以东南大学为重镇，倾向于体制内的探讨：这就是后来人们所说的"体制内派"（南派）和"体制外派"（北派）。

应该说，20世纪20年代是中国词学现代化的形成期，它从方法上把词学研究队伍划出了"传统"与"现代"两大派。到1933年4月龙榆生在南京创办《词学季刊》，充分地利用现代传媒的传播功能，把一门比较冷僻的学问转化为社会关注的热点，标志着中国词学从传统向现代转型的全面完成。龙榆生在《词学季刊》第一卷第四号发表《研究词学之商榷》的长文，不但明确界定了"词学"之内涵，而且提出了现代词学研究体系的宏大构想，其目标已由创作指导转向学术研究，文本的研读与历史的研究成为现代词学发展的主导方向，这使得词学成为一种比较专门化的现代学术。从文本研读而言衍生出文献、体制等研究方向，从历史研究而言则派生出对于词人事迹与词史变迁的研究，这样就有了目录之学、校勘之学、词乐之学、词律之学、声调之学、词韵之学、词史之学、批评之学等分支学科。龙榆生还通过编辑《词学季刊》，致力于词学研究队伍的建设，不论思想的新旧，身份的高低，只要是热心词学研究，学术见解有独到的可取之处，都可以集结在《词学季刊》的旗帜下。因此，它的作者既有来自旧时代的词人，也有接受新式教育的现代学者，这对于推动现代词学走向全面繁荣有决定性意义。

1917年、1922年、1934年是现代词学前三十年发展的三个里程碑。龙榆生在回顾1906－1931年词坛状况时，提到过去二十五年词学之昌明，有三个方面的重要表现："（一）词学地位之提高也。（二）清代考订家之流风未沫，学者转移治经史之力以治词也。（三）时局衰乱之影响，促成诸家之以填词为'长歌当哭'也。"① 到 30 年代抗战爆发前夕，从课程设置到学术流派的形成，从学科体系的完善到研究成果的大量问世，中国词学现代转型的使命已经完成。

必须注意的是，无论是作为学科，还是作为学术，现代词学都表现了一种共同的时代主题：传统与现代的冲突与融合。"和前此本世纪（20 世纪）初二三十年间的形势相递嬗，词学研究依然具有现代精神与传统格调相交织的特色。"② 从学科来讲，在课程安排上既有指导创作的"词选及习作"，也有专谈体制与词史变迁的"词学概论"和"词史"；从学术来讲，像《词学季刊》既刊载旧式文人的诗话词话，也发表现代学者的长篇论著，既有沿袭乾嘉学术而来的考据学，也有借鉴西方学术而衍生的阐释学。那么，这种冲突是如何形成的？它们的融合又是如何达成的？我们认为，晚清民国是一个特殊的时代，作为传统学术的旧词学，它的影响力并没有随时代的骤变而突然消失；作为现代学术的新词学，它也有一个发生、发展到成熟的过程，现代词学正是在新旧交替的过程中，在吸纳新思想新方法的基础上建构起来的。在现代，曾经有三种势力：一种是以朱祖谋为代表的格律派，一种是以王国维为代表的意境派，还有一种是兼容两者之长把格律与意境结合在一起的新变派。这三种势力恰好代表着中国词学在现代转型过程中所历经的三个重要阶段。在 20 年代，受新文化运动的影响，格律派（尊体派）与意境派（解放派）形成冲突，在胡适与胡先骕、胡适与严既澄之间出现了面对面的思想交锋，冲突的双方经过对话与交流把问题的症结摆出来，这就是传统与现代、守旧与革新的文化立场分歧。这些问题在 30 年代逐渐得到合理的解决，尊体派（传统派）与解放派（现代派）逐渐由对立走向融合，在思想观念、研究方法、行文方式上颇多一致性，或尚真情，或重意境，或关注知识的谱系化，或强调文本的笺校与整理，从赵万里到朱居易、唐圭璋的词籍辑佚校勘，从冯沅君的《中国诗史》到吴梅、刘永济、詹安泰的词学通论，都表现出一种吐故纳新、融贯中西、打通古今的新气象。

---

① 龙榆生：《最近二十五年之词坛概况》，张凤编《创校廿五年成立四周年纪念论文集》，暨南大学 1931 年印行。

② 韩经太：《考据与阐释：本世纪三四十年代的词学研究》，《百年学科沉思录》，人民文学出版社 1998 年版，第 322 页。

二

现代词学是一个时代概念，也是一种学术观念，它处在新旧文化的交界点上，具有过渡与转型的时代特征。这种过渡与转型，不但体现在过程中，也表现在现象层和学理层，我们认为可以从本质、身份、观念、方法、媒介等方面描述之。

先说过渡性，从大家经典看，自朱祖谋到王国维、胡适，正好构成一个渐进的过程。朱祖谋是旧词学的集大成，王国维则以外在传统而内在革新的方式进行变革，胡适已经是完全抛弃了旧词学，重建了一个新词学，对于旧词学进行了彻底的颠覆。从文化家族内部看，从刘观藻到刘毓盘，从俞樾到俞陛云、俞平伯，从《艺蘅馆词选》到《词学》、《稼轩词疏证》，都表现出从传统走向现代的过渡色彩，先是承袭晚清常州派的思想观念，再而受时代思潮影响转向建构新词学，或是在课程讲授的基础上形成《词史》，或是在现代学术的感召下建构《词学》。从文学社团的发展看，在南社内部一开始就有宗南或宗北之争，一个站在社会变革的立场，一个立足文学自身的发展；一个听从内心抒发性情的呼声，一个遵循文体的法则与形式的要求。现代词社在这一方面也表现出过渡性特征，最初的词社有着比较浓厚的遗民色彩，而后转向对个人才情技艺的表现，对词体艺术法则的探究，渐渐偏离了传统，走向了现代。作为晚清最有影响的常州词派，它的核心观念如"词心"、"寄托"、"重拙大"等，在新的时代不断地被注入新的内涵，其理论生命亦得以延续并走向重生。从现代词学家来看，很多词人都有过师从朱祖谋、况周颐的经历，不免受常州派观念影响，但最后都能在新学术的影响下改造自身，把传统词学从思想与方法两个方向推向现代，赵万里的《校辑宋金元人词》、刘永济的《词论》、龙榆生的《词学季刊》都是这样的。无论从哪个方面看，现代词学都表现出一种从传统走向现代的过渡性，既有对旧时代的依恋，也能顺应时代及时调整自己的姿态，尽可能地融入现代社会，并成为现代学术的重要组成部分。

然而，应该注意到，过渡只是它的外表，转型才是它的内质。那么，它在转型上有哪些具体的表现？也就是说，现代词学与传统词学有哪些本质的不同？

  本质：诗教与美育。现代词学与传统词学最大的区别是，在文学本质的认识上有了很大的转变：从诗教走向美育。前者以养成科名仕宦之材为目标，后者以培养健全人格和美丽人生为目标，因此，在文学本质问题的理解上，也就有了"教化"与"美育"的差异。在晚清，词学兴盛一时，词的地位较前的确有了很大的提高，但对于"词"的认识还基本停留在教化的层面。谭献说："《乐经》亡而六艺不完，乐府之官废而四始六义之遗荡焉泯焉！夫音有抗坠，故句有长短；声有抑扬，故韵有缓促。生今日而求乐之似，不得不有取于词矣！"① 像张惠言《词选》和周济《词辨》，都是为着教授学生而编选的，体现的是儒家"温柔敦厚"的诗教思想。"张皋文《词选》一编，扫靡曼之浮音，接《风》、《骚》之真脉。"② 而周氏《词辨》去取次第之所在，"大要惩猖狂雕琢之流弊，而思导之于风雅之归"。③ 在胡适等现代学者看来，文学之优劣不在其能否"济用"或有所讽谕，文学有有所为而为之者，更有无所为而为之者。"无所为而为之之文学，非真无所为也。其所为，文也，美感也。其有所为而为之，美感之外，兼及济用。其专主济用而不足以兴起读者文美之感情者，如官样文章，律令契约之词，不足言文也。"④ 他们对于"词"的认识也是这样，认为词之美表现在情感的真挚、意境的深邃、语言的清新，王国维说："词以境界为最上，有境界则自成高格，自有名句。"⑤ 浦江清更把"词"称为"纯诗"，"不含有散文的质点，不含有思想的贯串和逻辑的部分，只是语言和声音的连搭，只是情调的连属"⑥，它是由语言构筑起来的纯美世界，超出思想和逻辑的束缚。王易亦有类似的表达，认为文章之美约有四端——理境、情趣、格律、声调，但

---

 ① 谭献：《复堂词录叙》，载罗仲鼎点校《谭献集》，浙江古籍出版社2012年版，第20页。
 ② 陈廷焯：《白雨斋词话》卷五，屈兴国《白雨斋词话足本校注》，齐鲁书社1983年版，第432页。
 ③ 潘曾玮：《周氏词辨序》，尹志腾整理《清人选评词集三种》，齐鲁书社1988年版，第141页。
 ④ 曹伯言编《胡适日记全编》卷一〇，安徽教育出版社2001年版，第239页。
 ⑤ 王国维：《人间词话》，徐调孚注、王幼安校订《人间词话》，人民文学出版社1963年版，第191页。
 ⑥ 浦江清：《词的讲解》，原载《国专月刊》第30期，《名家说宋词》，天津教育出版社2007年版，第64页。

对于"词"来说,"格律声调尤重于诗歌矣!"① 他们对于词的关注,由教化转向美感,由重寄托转而尚情趣,这表明现代学者在文学观念上的重大进步。因此,在大学课堂上对于词的传播和讲授,他们关注的重心也由过去讲究微言大义转向对情感、意境的揭示,从诗教走向了美育。

身份:词人与学者。一般说来,传统词学研究者大多是词人,从宋元时期的张炎、沈义父,到明清两代的王世贞、陈维崧、朱彝尊、张惠言、周济,他们在当时都是著名的词人或词坛领袖。他们对于词的研究,或是示初学者以门径,或是为了转变词坛风尚。像朱彝尊编《词综》,倡导醇雅,意在转变明末以来受《草堂诗余》影响的俗艳风气;张惠言选《词选》,一方面是为了指导金氏子弟填词,另一方面也是不满于乾隆末年词坛之"三弊","塞其下流,导其渊源","无使风雅之士惩于鄙俗之音"。② 到晚清,这种情况稍有变化,像清末四大家开始兼有词人与学者的双重身份。作为词人,他们填词有鲜明的倾向性,或尊梦窗,或宗姜张,或取法美成;作为学者,他们对于宋元词籍的校勘,把乾嘉学派的研究方法发挥到极致。正因为这样,尽管胡适对他们尊梦窗并无好感,但对于他们的词学研究却予以极高之评价。进入民国,词学研究队伍明显地分为两大阵营,一个阵营是兼学者与词人于一身,一个阵营则是并不事于填词的纯粹研究者。前者大多是自朱祖谋一系而来的传统派,后者则是自胡适一系而来的现代派。这种身份的差异,造成了他们学术理念和研究重心的分歧,前者比较关注词体声律和创作技法,后者比较热衷词史的变迁和词人风格的变化;前者著述多涉及词调、词乐、词律、词韵、词法等内容,后者著述则以词史、作家评传、作品鉴赏为主。但是,无论是传统派还是现代派,他们都有一个共同的身份:"学者"。对于现代派而言无庸赘言,对于传统派倒底是词人还是学者?他们与晚清以前的词人有什么不同?我们认为他们首先是学者,在社会上的身份是大学教授,或是社会名流,填词只是一种娱情怡性的生活方式。他们与旧时代的词人并不完全相同,过去词人的人生志向是经邦济世,填词是为了表现一种"幽约怨悱不能自已"的君子情怀。而现代词人已经没了旧时代的社

---

① 王易:《词曲史》,东方出版社1996年版,第2页。
② 张惠言:《词选》附《续词选》,南京大学出版社2011年版,第2页。

会环境，他们从事于填词，一方面是为了抒怀，另一方面更是为了展示才情，追求一种恪守法则的艺术至境。因此，在现代词社的雅集活动上，出现了许多词人一比才情高下的景象：限调、限题、限韵。从词人到学者，是词学家在身份上的一种变化，是词学从传统走向现代的一种表征。

思想：经验与知识。在现代，无论是传统派还是现代派，他们都强调"词学"与"学词"的不同，这实际上是一种学术理念的变化：从经验到知识。传统词学，从本质上说，是一种经验词学，是从创作经验基础上总结出来的，从创作出发并服务于创作。在清代，虽然也有冯金伯、秦恩复、江顺诒等发表过意见，但大部分人对于"词学"的认识是比较模糊的，在诗话词话或词集序跋里，对于词所发表的看法都是针对创作而言的，或是对唐宋词体式的归纳（如词谱词韵等），或是对唐宋词创作经验的总结（如词话等），或是对自身创作甘苦的表述（如词集序跋等），并未能上升到理论的高度或知识的层面。这样一种以经验为基础的研究方法，进入民国以后仍然有较大的影响力，比如谢无量的《词学指南》和王蕴章的《词学》都带有这种经验化的印记：感性的表述，材料的罗列。但王国维《人间词话》（1908）、胡云翼《宋词概论》（1925）、胡适《国语文学史》（1927）等，却表现出一种新的研究方向：新观念和新方法。虽然也谈创作，也谈词史变迁，但都有一个核心理念贯穿其中，如王国维的"意境"说、胡适的"白话文学"观、胡云翼的"词学知识"论等，在表述形态上是一种逻辑结构严谨的学术著作。更值得注意的是，它们表征着现代词学从经验论向知识论的转变。一是把看似不相关的知识，通过一定的方式链接起来，使其成为有序化和系统化的知识体系，正如胡云翼所说"我著这本书的动机就是想宋词成功地组织系统化"。[①] 二是集知识、观念、方法于一体，如刘毓盘讲词史也讲词籍，赵万里讲词史也讲版本，唐圭璋讲词选也讲作法，均体现了现代词学的学科建构意识。三是使得词学知识的传授具有可复制性，对于其他学者而言，亦可以采用这样的体系来组织教学，从而在知识认知上达成一致的看法。在这一新观念的指导下，30年代出版的词学著作，如概论类有徐敬修《词学常识》、吴梅《词学通论》、余毅恒《词筌》、刘永济《词论》，

[①] 胡云翼：《宋词研究》，刘永翔等编《胡云翼说词》，华东师范大学出版社2004年版，第3页。

词史类有刘毓盘《词史》、胡云翼《中国词史略》、冯沅君《中国诗史》，都是以"知识"作为其体系构架的基础的。而且，无论是现代派还是传统派，在这一问题的认识上看法比较一致，他们的理念也是相通的。

方法：考据与阐释。以词为研究对象，总结倚声为词的规律并不始于现代，在宋代有李清照《词论》、张炎《词源》、沈义父《乐府指迷》，明代中叶以后更有专门总结唐宋词创作经验的词话、词谱、词韵。但明代学风空疏，词学研究也染上这一习气。"（明代）词话流播，升庵（杨慎）、渚山（陈霆）而已。升庵恒饤，仍蹈浅薄之习；渚山抱残，徒备补订之资。外此，弇州（王世贞）、爰园（俞爰），篇幅无几，语焉不详！"[①] 这是谈明代词话之缺失，还有明代编订的词谱，以《诗余图谱》为例，它在谱例的制订方面，有开创之功亦有不少疏失之处。"是编取宋人歌词，择声调合节者一百十首，汇而谱之，各图其平仄于前而缀词于后，有当平当仄，可平可仄二例，而往往不据古词，意为填注。于古人故为拗句，以取抗坠之节者，多改谐诗句之律。又校雠不精，所谓黑圈为仄，白圈为平，半黑半白为平仄通用者，亦多混淆，殊非善本。"[②] 在清代，学者治学大都有返本意识，主张学风平实，到乾嘉年间更形成了以训诂、校勘、考证见长的考据学，并渗透到词籍整理、词话写作、词体声律研究等领域，清末民初便出现了陈澧《声律通考》、王鹏运《四印斋所刻词》、朱祖谋《彊村丛书》、郑文焯《词原斠律》等重要成果。进入民国，传统词学重考据的学风得以继续发展，并在多个领域取得丰硕的成果，在词乐方面有《燕乐探微》（邱琼荪）、《词调溯源》（夏敬观）、《词源疏证》（蔡桢）等，在词籍方面有《唐五代二十一家词辑》（王国维）、《全宋词》（唐圭璋）、《明词汇刊》（赵尊岳）、《东坡乐府笺》（龙榆生）、《宋词三百首笺》（唐圭璋）、《梦窗词全集笺释》（杨铁夫）等。但是，自王国维引入西学思想与方法后，词学研究亦受时代思潮的浸染和影响。正如韩经太先生所说："伴随着西学东渐的思潮涌动和革故维新的人文运动，考据之学的势力必然受到抑制，新思想、新理论、新方法的引进，必然为学者拓出大片发挥义理的思维天地，而创造新文化的时

[①] 赵尊岳：《明词汇刊叙录》，《明词汇刊》，上海古籍出版社1996年版，第1226页。
[②] 纪昀：《四库全书总目》，中华书局1965年版，第1835页。

代行为也绝非考据之学所能胜任。"在新思潮涌动的新时代，一个充满世界性气息的开放时代，必然要呼唤出旨在新史观之运用和新性灵表现的研究风格。"这也就是说，伴随着词学研究中考据工作的进展，一种颇有新阐释风格的批评与鉴赏也相应发展起来。"① 阐释作为现代学术主流的研究方法，在五四以后的词学研究也有了长足的进展。最早以这种方法从事词学研究的是胡适、俞平伯等，他们倡导白话文学，一切以白话为标准，也把白话文学观引入词学研究领域。如胡适编选的《词选》，实际上是一部白话词选，他的《国语文学史》也是一部白话文学史，对于词史的叙述以白话作为词人词作的入史标准。俞平伯则充分发挥其感性阐发的优长，用娓娓道来的白话解说方式，对唐宋词特别是清真词的美感特征作了精细的揭示，他的《读词偶得》和《清真词释》成了 40 年代社会上最流行的唐宋词读本。在他们的影响下，不但有凌善清编《历代白话词选》，张友鹤编《历代女子白话词选》，谢秋萍编《吴藻女士的白话词》，张友鹤、吴廉铭编《注释白话词选》等，而且还有像顾随《稼轩词说》、《东坡词说》，浦江清《词的讲解》这样以解说唐宋词美感与意蕴的作品横空出世。值得注意的是，"词史"作为现代词学的重要组成部分，在传统词学那里并不存在，"词史"的知识体系是在西方学术思潮影响下建构起来的。以历史的眼光观察事物，是现代学术的重要表征，对于文学研究来说，就是促成了中国"文学史"的发展。从最早引进由日本学者编写的中国文学史，到由中国人自己编写中国文学史，再到各体文学史的大量"出笼"，"词史"正是在这样的背景下发展起来的。在三四十年代，无论是现代派还是传统派，都热衷于词史的撰著。从王国维的《宋元戏曲史》发端，在词学领域先后有刘毓盘《词史》、胡云翼《中国词史大纲》、王易《词曲史》、龙榆生《中国韵文史》、冯沅君《中国诗史》等问世。新兴的社会思潮对于现代词学研究也有深刻影响，如晚清以来女性主义思潮特别兴盛，女权主义风行一时，这也启示了有的学者从性别的角度看词史，关注女性词人，编辑女性词选，有徐珂的《历代闺秀词集释》、胡云翼的《女性词选》、李辉群的《历代女子词选》、李白英的《中国历代女子词选》等。像这样的社会思潮还有民族主义，在三四十年代关于民族词

---

① 韩经太：《考据与阐释：本世纪三四十年代的词学研究》，《百年学科沉思录》，第 325 页。

人的讨论尤为热烈，有关岳飞、辛弃疾、张孝祥、陈亮的研究成果比较突出，他们分别被冠以"英雄词人"、"爱国词人"、"民族词人"的称号，缪钺还撰有《中国历史上之民族词人》的专书。

  媒介：图书与报刊。一般说来，词在唐宋时期以歌妓传唱为主，明清时期则以图书流通为主。不过，明清时期图书的出版流通速度比较慢，一本书从写作到出版多则10余年少则也有数年，有的甚至是在词人去世后由其后人编辑出版的，这对扩大词人在当时的影响是有较大局限性的，所以，明清时期词人主要通过结社唱和的方法来增强影响力。① 而在近现代，随着西方先进印刷技术的引进，图书出版流通的速度逐渐加快了，一些词人会把自己的词学研究成果交给出版社出版，一些有经济实力者也会自行刻印词学典籍或研究成果，像唐圭璋的《全宋词》和赵尊岳的《明词汇刊》都是自己印行出版的，还有一点值得注意的是，一些词人或学者会借助大学印行讲义的形式，印发自己的词学研究成果，像刘永济的《诵帚堪词选》、《诵帚堪词论》就是以这样的方式在社会上流传。一般说来，通过正规出版社出版的词籍或专著，比较容易在社会上产生影响力，所以，当时的词人或学者主要采取把自己的研究成果交给出版社出版的方式。在近现代，上海的出版业占有绝对的优势地位，据有关资料统计，从1840年到1949年的100多年时间里，先后有大大小小的出版社250余家，我们现今能见到的一些重要词学研究著作，百分之八十以上是由设在上海的出版社出版的，如扫叶山房、文明书局、商务印书馆、中华书局、大东书局、开明书店、世界书局、北新书局等，上海成为现代学术的出版中心和现代词学的传播中心。但是，现代传媒的另一重要形式——报纸杂志，对现代词学的传播所发挥的作用更为迅捷高效。近现代最有影响的两部词话《人间词话》、《蕙风词话》，都是首先刊发在《国粹学报》上的，大量的南社文人词话也主要是发表在由他们自己主编的报刊上的，我曾在南社文人主编的《新中华》《民国日报》《小说林》《民权素》《妇女杂志》等报刊辑得词话二十余种。20世纪三四十年代由龙榆生主编的《词学季刊》《同声月刊》，更成为现代词学研究的两面"旗帜"，它把星散在南北的词坛耆宿和新人紧紧地团结在自己周围。从它的作

---

① 朱惠国：《论传播媒介对词学研究的影响》，《华东师范大学学报》2005年第2期。

者队伍看，正如施议对先生所说是由第二代、第三代传人组成，他们是现代词学研究的中坚力量，撑开了现代词学枝繁叶茂的参天大树。这两本词学期刊重心在新成果的发布，像龙榆生关于词学批评的论文、夏承焘的词人年谱、赵尊岳的词籍提要等，还有新撰词作的推出，并不定期发布新近词籍出版信息。较之图书出版而言，学术期刊及时发布最新学术成果，不仅提高了作者的影响力，而且也促成了学术讨论的良性互动，像《词学季刊》上刊登的有关蒋春霖之死因的讨论，关于刘子庚先生遗著的通讯，关于白石词谱的讨论，对相关问题的最终解决提供了丰富的史料，推动了学术的进步。

  经过以上描述，我们看到中国词学在向现代转型的过程中，形成了传统与现代交织的时代特征，旧词学的影响并没有完全消逝，而新词学也不是平地而起，正是因为有旧词学的涵养，又有新词学的求变，才形成了融汇新旧的现代词学。

附 录 一

现代词话简目

周　焯：《倚琴楼词话》，1914年《夏星杂志》本

方廷楷：《习静斋词话》，《小说海》第3卷第5、6卷

王蕴章：《然脂余韵》，1918年商务印书馆刊本

王蕴章：《梁溪词话》未刊稿

王蕴章：《梅魂菊影室词话》，《双星》杂志、《文星》杂志、《春声》

杨全若：《绾春楼词话》，《妇女时报》7、8期

周瘦鹃：《绿蘼芜馆诗话》附词话，《妇女时报》5、6期

夏敬观：《映庵词话》，《青鹤》杂志、《词学》辑刊本

周曾锦：《卧庐词话》，1921年铅印本

况周颐：《香海棠馆词话》，蕙风丛书本

况周颐：《餐樱庑词话》，《小说月报》本

况周颐：《词学讲义》，《词学季刊》本

况周颐：《玉梅词话》，《国粹学报》本、《艺蘅馆词选》本

况卜娱：《织余琐述》，《词学》第5辑本

陈匪石：《旧时月色斋词谭》，1926年《民权素粹编》本

碧　痕：《竹雨绿窗词话》，1926年《民权素粹编》本

朱鸳雏：《双凤阁词话》，《二雏余墨》崇文书局1922年版

赵尊岳：《蕙风词史》，《词学季刊》本

赵尊岳：《珍重阁词话》，1940年《同声月刊》本

赵尊岳：《填词丛话》，《词学》第3、4、5辑。
赵尊岳：《明词汇刊版本校记》，《明词汇刊》本
温　匋：《长兴词话》，《长兴词存》本
郭则沄：《清词玉屑》，1926年郭氏蛰园刊本
雷　瑨：《闺秀词话》，1925年扫叶山房石印本
谭正璧：《女性词话》，1934年中央书店刊本
夏敬观：《忍古楼词话》，《词话丛编》本
夏敬观：《吷庵词评》，《词学》第3辑
陈　锐：《词比》，1911年蓝格稿本，《词学季刊》本
陈　锐：《袌碧斋词话》，《词话丛编》本
黄　浚：《花随人圣庵词话》，《词学》本
宣雨苍：《词谰》，《国闻周报》本
徐　珂：《近词丛话》，《词话丛编》本
毕几庵：《芳菲菲堂词话》，《词学季刊》本
张尔田：《近代词人轶事》，《词话丛编》本
卓　掞：《钞本水西轩词话甲乙稿》，《中国诗学》第十三辑。
刘德成：《一苇轩词话》，《东北大学周刊》第1期（1926年）
萧涤非：《读词星语》，《清华周刊》32卷2期（1918年）
朱保雄：《还读轩词话》，《清华周刊》34卷1期（1930）
汪　东：《唐宋词选评语》，《词学》第三辑
配　生：《酹月楼词话》，《北平晨报·艺圃》1931年5－7月
易　孺：《韦斋杂说》，《词学季刊》创刊号（1933年）
汪兆镛：《樷窗杂记》，《词学季刊》1卷3号
干　因：《杂碎词话》，《北平晨报》1934年10月
巴壶夫：《读词杂记》，《学风》4卷9期（1934年11月）
武西山：《听鹃榭词话》，《待旦杂志》创刊号（1935年）
徐兴业：《凝寒室词话》，《国专月刊》1卷2号（1935年）
杨易霖：《读词杂记》，《词学季刊》2卷4号
伊　鹃：《醉月楼词话》，《民彝杂志》1卷1、4期（1937年）
梁启勋：《曼殊室词论》，1948年《曼殊室随笔》本

吴　梅：《论词法》，1934年《词学小丛书》本
李冰若：《栩庄漫话》，《花间集评注》本
张伯驹：《丛碧词话》，《词学》第1辑
冒广生：《小三吾亭词话》，《词话丛编》本、《冒鹤亭词曲论文集》本
病　倩：《镜台词话》，《女子杂志》1卷1号
陈去病：《病倩词话》，《中国公报》1910年1月1日，《民国日报》1917年9月1—19日。
邝摩汉：《适斋词话》，《同德杂志》第2期
陶骏保：《从军词话》，《南洋兵事杂志》42、45、49、52、56、58期
陈　栩：《古今词曲品》，《著作林》1、5—15期。
陈　栩：《续古今词曲品》，《著作林》19、20、22期。
神州旧主：《绿果词话》，《夏声》2—5期。
沤　庵：《沤庵词话》，《杂志》1941年第2、4、7、9期
祝　南（詹安泰）：《论词》，程郁缀、赵为民编《词学论荟》本
夏仁虎：《谈词》（上、下），《枝巢四述》辽宁教育出版社1989年
闻野鹤：《论词杂札》，《民国日报》本
唐弢：《读词闲话》，《中华邮工》第一卷第4期
林花榭：《读词小笺》，《北平晨报》"艺圃"
成舍我：《天问庐词话》，《民国日报》本
王钟麒：《惨离别楼词话》，《民吁日报》本
周瘦鹃：《听歌词话》，《紫罗兰》第2卷第18期
郑逸梅：《双梅花龛词话》，《半月》第3卷第12号
朱剑芒：《春雨楼词话》，未见。
唐圭璋：《梦桐室词话》，《中央日报》本
陈运彰：《双白龛词话》，《雄风》第二卷第2期
王仲闻：《读词小识》，《中华邮工》本
陈运彰：《纫芳宧读词记》，《之江中国文学会集刊》第5期（1940）。
陈蒙庵：《纫芳簃说词》，《永安月刊》第118期（1949）。
郝少洲：《今古一炉室读词》，《永安月刊》第99、101期（1947）。
孙蜀丞：《词潘》，《辅仁文苑》第六辑（1941）。

附 录 二

现代词学年表

说明：本年表以民国时期词学活动为主，简要系以词学活动、重要词学家的生卒年、重要的词学研究论著，编年范围以词学研究为辑索主线，包括研究论著、词集序跋、词学论文等。

1848 年（道光二十八年）

王鹏运生。鹏运，字幼遐，一作佑遐，号半塘老人、鹜翁，广西临桂人。

1850 年（道光三十年）

沈曾植生。曾植，字子培，号乙庵，浙江嘉兴人。

1856 年（咸丰六年）

文廷式生。廷式，字道希，号芸阁，晚号纯常子，江西萍乡人。

郑文焯生。文焯，字俊臣，号小坡，又号叔问、大鹤山人、冷红词客，奉天铁岭人。

1857 年（咸丰七年）

朱祖谋生。祖谋，字古微，后改名孝臧，号沤尹，又号彊村，浙江归安人。

夏孙桐生。孙桐，字闰枝，又字悔生，晚号闰庵，江阴人。

1858 年（咸丰八年）

潘飞声生。飞声，字兰史，号剑史，广东番禺人。

1859 年（咸丰九年）

况周颐生。周颐，原名周仪，字夔生，别号玉梅词人，晚号蕙风词隐，广西临桂人。

1861 年（咸丰十一年）

陈锐生。锐，字伯涛，号褒碧，湖南武陵人。

1864 年（同治三年）

周庆云生。庆云，字景星，号湘舲，别号梦坡，吴兴人。

1865 年（同治四年）

曹元忠生。元忠，字夔一，号君直，晚号凌波居士，吴县人。

1867 年（同治五年）

刘毓盘生。毓盘，字子庚，别号椒禽，浙江江山人。

1868 年（同治六年）

俞陛云生。陛云字阶青，浙江德清人。

1869 年（同治七年）

徐珂生。珂，字仲珂，浙江钱塘人。

1870 年（同治八年）

陈洵生，洵字述叔，号海绡，广东新会人。

文廷式年十五，初学为词，凡为数十阕。（《文芸阁先生年谱》）

1873 年（同治十二年）

冒广生生。广生，字鹤亭，又字钝宧，号疚斋，江苏如皋人。

梁启超生。启超，字卓如，号任公，别署饮冰室主人，广东新会人。

狄葆贤生。葆贤，字平子，又字楚青，斋名平等阁，江苏溧阳人。

1874 年（同治十三年）

易孺生。孺，字韦斋，号大厂，广东鹤山人。

张尔田生。尔田原名采田，字孟劬，号遁堪，一号许村樵人。浙江钱塘（今杭州）人。

徐乃昌生。乃昌字积余，号随庵，安徽南陵人。

1875 年（光绪元年）

夏敬观生。敬观，字剑丞，又字盥人，辛亥前后号吷庵，江西新建人。

麦孟华生。孟华，字孺博，广东顺德人。光绪十年举人。

1877 年（光绪三年）

王国维生。国维，字静安，号观堂，浙江海宁人。

文廷式从番禺梁鼎芬游，始交游叶兰台等人，"文酒从乐数晨夕"。

(《云起轩词钞》之《霜叶飞·小引》)

1878 年（光绪四年）

吴庠生。庠，字眉孙，江苏丹徒（今镇江）人。

1879 年（光绪五年）

谭延闿生。延闿，字组庵，号畏三，湖南茶陵人。

1881 年（光绪七年）

林大椿生。大椿，字子衡，号献堂，福建闽侯人。

叶恭绰生。恭绰，字誉虎，号遐庵，广东番禺人。

1882 年（光绪八年）

叶衍兰返粤，应张之洞之邀，主讲越华书院，自此"籍门弟子数千人，知名之士半出其门"。(《叶遐庵先生年谱》)

文廷式乡荐中式第三名，"文誉躁京师，名公卿争欲与之纳交"。(《文芸阁先生年谱》)

1883 年（光绪九年）

蔡嵩云生。名桢，一作祯，字嵩云，或松每，号柯亭，江西上犹人。

吕碧城生。碧城，字圣因，安徽旌德人，著名女词人。

汪兆铭生。兆铭，字季新，号精卫，祖籍浙江绍兴，生于广东三水。

1884 年（光绪十年）

吴梅生。梅，字瞿庵，号霜崖，江苏长州（民国后并入吴县）人。

陈匪石生。匪石，名世宜，以字行，号小树，江苏江宁人。

谢无量生。原名蒙，字大澄，号希范，后易名沉，字无量，别署啬庵，四川乐至人。

1885 年（光绪十一年）

郭则沄生。则沄，字啸麓，福建侯官（今福州）人。

1887 年（光绪十三年）

刘永济生。永济，字弘度，别号诵帚，湖南新宁人。

溥儒生。溥儒，字心畬，别号西山逸士。满清皇裔。

沈尹默生。尹默，字秋明，号君墨，别号鬼谷子，浙江湖州人。

夏，文廷式往长沙与王闿运游。旋取道金陵北上，有《木兰花慢》词记之。

1888 年（光绪十四年）

邵瑞彭生。瑞彭字次公，浙江淳安人。

1889 年（光绪十五年）

汪东生。原名东宝，字旭初，号寄庵，别号寄生、梦秋，江苏吴县人。

文廷式入都，始与叶昌炽、黄遵宪纳交，是年暮春，应江标（建霞）之招，与叶、黄及杨锐等共聚陶然亭吟游。（《文芸阁先生年谱》）

8 月，文廷式考取内阁中书第一名。

9 月，文廷式出都，南下苏州，与郑文焯、王闿运游，并与郑文焯、张祥龄、易顺鼎等结词社于郑氏之壶园。（《文芸阁先生年谱》）

12 月，缪荃孙受座师张之洞招，至广州广雅书局校书，与旧友梁鼎芬等聚会。

1890 年（光绪十六年）

三月初三，文廷式携张謇同谒翁同龢；四月，中式恩科贡生。旋覆试，取一等第一名，授翰林院编修充国史馆修纂。殿试一甲第二名，赐进士及第。

1891 年（光绪十七年）

黄濬生。濬，字秋岳，号哲维，福建侯官人。

胡适生。适，字适之，安徽绩溪人。

1892 年（光绪十八年）

姚鹓雏生。鹓雏，原名锡钧，字宛若，又字雄伯，笔名龙公，松江县人。

夏，文廷式与冯煦、江标、叶昌炽、沈曾植、黄遵宪等游天宁寺。

秋，文廷式抱病，有《水调歌头》戏答诸友人。（《文芸阁先生年谱》）

9 月，王鹏运刻《南宋四名臣词》，并作跋，李慈铭为序。

冒广生及其祖父从叶衍兰游，与潘飞声皆受词学于衍兰主讲越华书院期间。

秋，叶衍兰招同冒广生等集秋梦庵，观其手摹陈维崧《填词图》。冒广生为作《水龙吟》，潘飞声作《扫花游》。（《冒鹤亭先生年谱》）

1893 年（光绪十九年）

文廷式充江南乡试副考官，于诸生中拔擢徐积余（乃昌）。

王鹏运辑刻《宋元三十一家词》刊行。

1894 年（光绪二十年）

叶衍兰为冒广生《小三吾亭词》作序。

叶恭绰受教于文廷式。"尝以小启向文公达乞葡萄酒，文先生道希大赏之。"并得观文氏藏书。（《叶遐庵先生年谱》）

是年，叶恭绰结识夏敬观、诸宗元、欧阳渐等。

1895 年（光绪二十一年）

春，文廷式有《祝英台近·感春词寄慨时事》，王鹏运和之。

4 月，文廷式出都返乡修墓，沈曾植、王鹏运以词送之，廷式一一作词酬答。

5 月至金陵，与黄遵宪、梁鼎芬、王木斋诸君饮于吴船，各填《贺新郎》词以志悲愤。（《文芸阁先生年谱》）

春，冒广生进京考进士未售，与王鹏运过从论词。

夏，冒广生在杭州得外祖荐，始识谭献，并就词稿请益，颇得称许奖掖。

盛夏，冒广生晤郑文焯于苏州壶园。（《冒鹤亭先生年谱》）

况周颐协助王鹏运校词，即后来的《四印斋所刻词》。（据《餐樱词》之《清平乐·序》）

1896 年（光绪二十二年）

朱祖谋在北京始从王鹏运学词。（《彊村词自序》）

叶恭绰学词于武陵王梦湘。（《叶遐庵先生年谱》）

冒广生请《时务报》主编梁启超为其先德冒襄之年谱作跋文。（《冒鹤亭先生年谱》）

文廷式被革职逐出京城，永不叙用。乃南归上海，取道汉口，与黄遵宪、梁鼎芬宴集琴台；至长沙别王闿运，过金陵与缪荃孙、张謇晏饮于吴园。秋，王鹏运、沈曾植亦出都，众人借艳词感慨时事之不可为也。（《文芸阁先生年谱》）

缪荃孙辑《国朝常州词录》三十一卷刊行，并作序。

况周颐辑《粤西词见》二卷刊行。

1897 年（光绪二十三年）

任讷生。讷，字中敏，号半塘，一号二北，江苏扬州人。

冒广生谒俞樾于苏州春在堂，相与唱和。

冒广生随外祖谪居福州，与张景祁过从。景祁字孝威，号韵梅，浙江钱塘人，有《新蘅词》。是年，谒谢章铤，获赠《赌棋山庄集》、《酒边词》。章铤时七十九。

叶衍兰卒，年七十五。文廷式等填《霜叶飞》词以吊之。

王闿运《湘绮楼词选》成书，并作序。

1898 年（光绪二十四年）

赵尊岳生。尊岳，字叔雍，斋名高梧轩、珍重阁，晚年署名赵泰，江苏武进人。

王鹏运等举咫村词社，入社者有郑文焯、朱祖谋、宋育仁等。

冒广生始识陈衍，并为其卜居京师原秀野草堂旧址，为诗人词人雅集之所。（《冒鹤亭先生年谱》）

郑文焯落第南归，游析津（今北京大兴），成词若干，辑为《鹤道人沽上行卷》，征咫社同仁题词。（《朱祖谋词学活动征考》）

是年，戊戌事变起，梁启超流亡日本，文廷式匿迹海隅，有《点绛唇》、《鹧鸪天》诸作记之。（《文芸阁先生年谱》）

沈祥龙《论词随笔》成书。

况周颐编《薇省词钞》十卷附录一卷在扬州刊行。

1899（光绪二十五年）

王鹏运、朱祖谋合校《梦窗词》，举办"校梦龛词社"。

秋，江标赠所藏《冒巢民手书菊饮诗卷》于冒广生，未几江标卒。此后众词人为之题跋、题词、绘制《水绘庵填词图》等延十余年。（《冒鹤亭先生年谱》）

缪荃孙刻《常州先哲遗书》成。

1900 年（光绪二十六年）

夏承焘生。承焘，字瞿禅，别号瞿髯，又号梦栩生，室名月轮楼、天风阁，浙江温州人。

俞平伯生。平伯，原名俞铭衡，字平伯，清代朴学大师俞樾曾孙。浙江德清人。

黄孝纾生。孝纾，名公渚，字颓士，号匑庵，别号霜腴，福建闽侯人。

冯沅君生。名淑兰，字沅君，笔名淦女士，河南唐河人。

文廷式从日本归，寓上海，也因冒氏诗卷故事以诗见赠。(《冒鹤亭先生年谱》)

义和团起义兴起，沈曾植、张謇、冒鹤亭皆南还，与文廷式等朝夕雅集，"极一时文酒山河之感"。(《文芸阁先生年谱》)

夏敬观从文廷式游，始学词。(《夏敬观年谱》)

王鹏运、朱祖谋、刘福姚等困守京城四印斋，作《庚子秋词》。(王鹏运《庚子秋词叙》)

徐珂辑谭献词论为《复堂词话》。

1901 年（光绪二十七年）

唐圭璋生。圭璋，字季特，满族人，生于南京。

叶恭绰肄业于京师大学堂（北大前身）。

吴重熹辑《吴氏石莲庵刻山左人词》刊行。

谭献卒。曾选唐宋词为《复堂词录》八卷，选清人词为《箧中词》六卷。有《复堂类集》传世，其论词言论由弟子徐珂辑为《复堂词话》。

1902 年（光绪二十八年）

詹安泰生。安泰，字祝南，号无庵，广东潮洲人。

龙沐勋生。沐勋，字榆生，号忍寒、箨公，以字行，江西万载人。

朱祖谋与冒广生始结交。(冒广生《朱古微侍郎以水绘庵填词砚拓本征题》)

秋，冒广生在京师与朱祖谋游，过从甚密，游天宁寺归，"剪烛至夜分始散"。(《冒鹤亭先生年谱》)

朱祖谋以礼部右侍郎衔出任广东学政，夏孙桐、秦树声、冒广生等为之送行，各作《霜叶飞》词以赠。(《朱祖谋词学活动征考》)

冬，文廷式为《云起轩词》写自序，申"词至南宋而见盛，亦至南宋而渐衰"之旨。(《文芸阁先生年谱》)

李佳《左庵词话》成书。

1903 年（光绪二十九年）

叶恭绰以所作《玉箔词》寄易实甫，极承奖许。(《叶遐庵先生年谱》)

谢章铤卒。年八十四。章铤，字枚如，号药阶退叟，福建长乐人，著有

《赌棋山庄文集》《赌棋山庄诗集》《酒边词》《赌棋山庄词话》等。(《谢章铤年谱》)

1904 年（光绪三十年）

缪钺生。钺，字彦威，原籍江苏溧阳人，生于河北迁安。

4月，况周颐由常州过江访王鹏运，时在扬州。(《兰云菱梦楼笔记》)

9月重阳，朱祖谋作《哨遍》纪念王鹏运。

冬，朱祖谋校定《半塘定稿》，为序，并刊行之。

王鹏运卒，年五十六。有《半塘定稿》《半塘剩稿》，校勘辑刻《四印斋所刻词》。

文廷式卒，年四十九。有《云起轩词钞》（有稿本、刊本，后者乃门人徐乃昌刊行）、《纯常子枝语》。

1905 年（光绪三十一年）

赵万里生。万里，字斐云，别署芸盦、舜盦，浙江海宁人。

卢前生。前，原名正绅，字冀野，自号小疏，别号饮虹，署江南才子，江宁人。

施蛰存生。蛰存，名德普，浙江杭州人。现代作家、文学翻译家、学者。

陈运彰生。字君漠，一字蒙安、蒙庵、蒙父，号华西，原籍广东潮阳，生长于上海。

冒广生感顾太清遗事，作六绝句。徐珂过从，询问太清生平及词集事，并将之收入《近词丛话》。(《冒鹤亭先生年谱》)

夏，朱祖谋《彊村词》三卷及《前集》一卷《别集》一卷合刻行世。

1906 年（光绪三十二年）

胡云翼生。原名耀华，字号南翔、北海，笔名拜苹女士，湖南桂东人。

王起生。起，字季思，浙江温州人。

郑骞生。骞，字因百，一字颖白，辽宁铁岭人。

朱祖谋病归苏州，寓居听枫园，与郑文焯、刘光珊等岁寒唱和。

叶恭绰经梁鼎芬（节庵）介绍，在武昌两湖师范学堂任教。(《叶遐庵先生年谱》)

缪荃孙刻《读书记》，印《行云自在龛丛书》五集，第四集为《名家词》,有《水云楼词》《宋于庭词》《止庵词》《周稚圭词》《董晋卿词》《张翰风词》《冰茧词》。

朱祖谋为夏敬观《忴庵词》作序

樊志厚为王国维作《人间词甲稿序》。

俞樾卒,年八十六。俞樾字荫甫,自号曲园居士,浙江德清人。清末著名学者、文学家、经学家、古文字学家、书法家。有《春在堂词录》三卷。

1907 年（光绪三十三年）

白蕉生。蕉原名何馥。

吕传元生。传元,字贞白,江西九江人。

夏敬观《忴庵词》首刊一卷,李瑞清题签,朱祖谋、陈锐作序。

樊志厚为王国维作《人间词乙稿序》。

1908 年（光绪三十四年）

钱仲联生。原名萼孙,号梦苕,常熟虞山镇人。

王国维《人间词话》刊载于《国粹学报》。

冒广生《小三吾亭词话》刊载于《国粹学报》。

梁令娴编《艺蘅馆词选》(附梁启超、麦孟华评语)刊行。

朱祖谋再校《梦窗四稿》刊行,是为无著庵刻本。

1909 年（宣统元年）

是年,缪荃孙广钞宋元人词。(《艺风老人年谱》)

夏敬观出任江苏巡抚左参议,与郑文焯、朱祖谋、陈锐等游燕唱和。郑文焯屡屡与夏敬观致书谈词。(《夏敬观年谱》)

陈去病编《笠泽词徵》三十卷刊行。

王国维辑校《后村词》《南唐二主词》等。

徐乃昌辑《闺秀词钞》十六卷补遗一卷刊行。

1910 年（宣统二年）

吴梅任苏州存古学堂检察官,与朱祖谋、郑文焯过从甚密,其《霜崖词录》是年起存稿,其读近人词集第四首,盖为樵风作也。亦有《虞美人》题刘毓盘"断梦离恨图"。(《霜厓年谱》)

朱祖谋笺注《东坡乐府》成。

杨锺羲编《白山词介》刊行。

沈曾植校嘉泰本《白石道人歌曲》刊行。
1911 年（宣统三年）
10 月 10 日，武昌起义爆发。
秋，冒广生赴苏州晤朱祖谋、郑文焯。
况周颐自大通移居沪上，初赁梅福里，后移东有恒路。
夏敬观迁上海，与沈曾植为邻，相与唱和。刊《吷庵集》第三卷。
朱祖谋辑校《湖州词徵》成。
陈锐撰《词比》成，为蓝格稿本。
吴昌绶辑《双照楼景刊宋元本词十七种》，自是年起至民国六年陆续付刻。
郑文焯校《清真集》刊行。此书为"大鹤山人校本，湖北黄冈陶子麟刊刻"，甚为精美。夏敬观得之，次年以赠郑孝胥等。
缪荃孙刻成《国朝常州词录》三十一卷。
1912 年（民国元年）
汪精卫三十岁，是年过长江，初成《念奴娇》八阕。
春，朱祖谋移居上海德裕里，与况周颐交往密切。（况周颐《餐樱词自序》）
夏，况周颐访冒广生于赛金花家，作《莺啼序》。
秋，周庆云、刘炳照在双清别墅举办消寒社集，缪荃孙、潘飞声、徐珂等二十七人与会。
朱祖谋辑《湖州词徵》三十卷刊行。
1913 年（民国二年）
夏承焘初学作诗填词。
上巳日，周庆云举淞社，修禊徐园，时与会者二十二人。
夏敬观在沪与会淞社。刊其左夫人《缀芬阁词》，朱祖谋题签，诸宗元序。
钱振锽辑《毗陵三少年词》刊行。
赵熙编成《香宋词》。
1914 年（民国三年）
10 月，梅兰芳来上海，在丹桂第一台作为期 35 天的演出。沪上名流吴昌硕、郑孝胥、况周颐、朱祖谋、王国维为座中客，吴昌硕绘为《香南雅集图》，题写图卷者几四十余家。（《申报》"梅讯"）

徐珂请人作"纯飞馆填词图"，遍征时贤题咏。

是年，周庆云始填词，酬答李岳瑞（梦符）梦窗《霜花腴》词书扇韵。

周焯（太玄）撰《倚琴楼词话》刊载于《夏星杂志》。

陈去病编《笠泽词徵》。

1915 年（民国四年）

2月，立"春音词社"，推朱祖谋为社长，社友有庞树柏、陈匪石、王蕴章、徐珂、白也诗、恽季申、恽瑾叔、夏敬观、袁伯夔、叶玉森、吴梅、叶楚伧、姚锡钧等，多为南社社员。（据《夏敬观年谱》、《吴兴周梦坡年谱》）。第一集以樱花命题，调限《花犯》，地点在古渝轩。

5月，顾麟士为朱祖谋绘为《彊村填词图》，并题记，其后题图者众。主要有沈修、张尔田、孙德谦题记，郑孝胥、瞿鸿禨、陈三立、夏敬观、吴庆坻、陈衍、黄节等题诗，冯煦、陈曾寿、况周颐等题词。

况周颐撰《漱玉词笺》一卷附补遗、附录一卷，由上海中华图书馆局石版刊行。

方廷楷（仙源山人）《习静斋词话》刊载于《小说海》杂志第3卷第5、6期。

吴灏辑《历代名媛词选》（上海扫叶山房石印本）。

陈匪石《与檗子论词书》刊于《民权素》第四集。

麦孟华卒，年四十一。梁启超时避地天津，有《哭麦孺博诗》六首以吊之。（《梁任公先生年谱长编》）

1916 年（民国五年）

正月初一，夏承焘肄业于温州师范学校，开始写学词日记，即后来的《天风阁学词日记》。

冒广生社课于温州，当众许夏承焘等为"永嘉七子"。（《冒鹤亭先生年谱》）

三月上巳，周庆云再集同人，修禊愚园，庆云作《满庭芳》词记其事，同社多和作，一时传诵海上。缪荃孙、潘飞声等与焉。

是年，周庆云约同人设立"贞元会"，一月三集，饮于酒家，每会以一人轮值，取"贞下起元"之义。

是年，周庆云为友人填词多首，分别为徐乃昌"小团栾室勘词图"、缪荃孙"双红豆图"、庞树柏遗稿。（《吴兴周梦坡年谱》）

1917 年（民国六年）

春音社集，赋《秋霁》词。

春三月，赵熙与邓荃、邓鸿潜、路朝銮、胡宪、江春、李思纯结"春禅词社"，刊《春禅词社词》。

周庆云将甲寅、乙卯两年消寒社集刊行，是为《甲乙消寒集》。

9 月，北京大学废经学科，新增"词曲"科目，聘吴梅为教习。

况周颐编《历代词人征略》（即后来的《历代词人考略》）。

朱祖谋辑《彊村丛书》初刻刊行。

陶湘辑《涉园景宋金元明本词二十三种》，自是年起至十二年陆续付刻。

1918 年（民国七年）

邵瑞彭在杭州拜朱祖谋为师。（邵瑞彭《珏广词叙》）

春音社第十七集，调限《雪梅香》，春音词社至此止。（据《春音社考略》）

是年出版词学论著有：谢无量《词学指南》（上海中华书局），王蕴章《词学》（上海崇文书局），陈栩、陈小蝶《考证白香词谱》（春草轩石印本），吴梅校刊《词源》（由北京大学出版部出版）。

郑文焯卒。年六十三。有《樵风乐府》《大鹤山人词话》《词源斠律》《梦窗词评议》《绝妙好词校录》《手批乐章集》《手批梦窗词》。

1919 年（民国八年）

冒广生作《满江红·京口怀古》十首。（《冒鹤亭先生年谱》）

闰七月，周庆云约朱祖谋、潘飞声、徐珂等词人作南湖游，时烟雨楼新落成。八月，周庆云与潘飞声、徐珂、王蕴章等从惠山游至太湖。（《吴兴周梦坡年谱》）

秋，刘毓盘应蔡元培之聘，出任北京大学国文系教授，主讲词选、词曲史、中国诗文名著选。

缪荃孙卒。年七十六。

1920 年（民国九年）

上巳修禊，周庆云集沪上文人饮淞滨天韵楼，作淞社四十五集。

12 月，徐致章在宜兴创立"白雪词社"。有同邑八子入社，为蒋兆兰、程适、储凤瀛、储蕴华、徐德辉、储南强、任道援。

冒广生镇江家宅失火，所藏"拙存堂"、"绛云楼"书籍焚尽。（《冒鹤亭先生年谱》）

1921 年（民国十年）

6 月，朱祖谋编《词莂》成，托名张尔田，收入清 15 家词 137 首。

梅冷生倡立"瓯社"，林鹍翔为社长，社友有夏承焘、郑猷、王渡、梅雨清等 10 人，成《瓯社词钞》两辑。

秋，赵万里考入东南大学国文系。

10 月，周庆云筑历代词人祠堂落成，庆云乃谱《瑞鹤仙》《百字令》以记之。夏剑臣（敬观）、朱沤尹（祖谋）、恽毓珂（瑾叔）、徐仲可（珂）、钱亮臣（锡宷）等均有词纪此事。王蕴章作记，白君也诗书石。（《夏敬观年谱》、《吴兴周梦坡年谱》）

赵尊岳于西湖筑高梧轩，请顾麟士绘为《高梧轩填词图》，广为征题。有朱祖谋《清平乐》、况周颐《百字令》、任道援《燕归梁》、陈方恪《齐天乐》等题词，有陈宝琛、陈三立、陈衍李宣倜、冯君木、陈遒欣、谭德、吴董卿、叶恭绰、梅泉、江亢虎等题诗，孙德谦题记。

易顺鼎卒。年六十三。

1922 年（民国十一年）

5 月，北京思误社（后改名思辨社）成立于北京歙县会馆。社员有邵次公（瑞彭）、吴检斋（承仕）、程笃原（炎震）、洪泽丞（汝闿）、孙蜀丞（人和）、杨树达、朱少滨、尹石公，共八人。

朱祖谋编选《宋词三百首》，与况周颐时相讨论。（张尔田《词林新语》）

秋，吴梅在南京东南大学任教，开设《词学通论》、《词选》等课程。

唐圭璋考入东南大学，从吴梅学词曲。（唐圭璋《自传及著作简述》）

吴梅在国学研究会作"词与曲的区别"的演讲，后刊《国学研究会演讲录》第一集。

梁启超为清华大学文学社诸生作《中国韵文里头所表现的情感》之演讲，文载《改造》杂志第4卷第6、8两期。

12月1日，胡适在《晨报副刊》发表《南宋白话的词》，引起严暨澄的注意，并在《小说日报》第14卷第一号发表《韵文及诗歌之整理》的文章予以批评。

胡先骕《评朱古微〈彊村乐府〉》（刊载于《学衡》第10期）。

周庆云《历代两浙词人小传》（周氏梦坡室刊刻）。

况周颐《蕙风词话》五卷由赵氏惜阴堂刊行。

朱祖谋辑《彊村丛书》三校补刻。

沈曾植卒，年七十三岁。有《曼陀罗䆻词》。

陈锐卒。

1923年（民国十二年）

任二北、卢前等从吴梅学为词曲。

朱祖谋出资刊刻陈洵《海绡词》一卷。

陈去病作《词旨叙》（刊载在《国学丛刊》第1卷第3期）。

1924年（民国十三年）

叶嘉莹生。嘉莹，号迦陵，生于北京，为叶赫那拉氏。

春，冒广生应宜兴蒋兆兰之邀赴游，吊陈维崧墓。（《冒鹤亭先生年谱》）

吴梅与东南大学诸生结"潜社"。"月二集，集必在多丽舫，舫泊秦淮，集时各赋一词，词毕即畅饮，然后散。至丁卯春，此社不废。"（《瞿安日记》）

初冬，周庆云酬和朱祖谋，效元遗山宫体词赋《鹧鸪天》四首。

冬，梁启超在北京养病，以汲古阁《宋六十家词》、王鹏运《四印斋词》、朱祖谋《彊村丛书》消遣，于其中挑句成联竟致二三百幅。

郑道乾辑成《国朝杭郡词辑》，另有《两浙词人小传续编》。

朱祖谋圈选《宋词三百首》完成，况周颐为之序。

朱祖谋《彊村语业》由托鹃楼刊刻。

罗振玉辑《敦煌零拾》。

1925年（民国十四年）

1月，赵万里经吴梅推荐到北京，为清华学校国学研究院导师王国维助教。

杨铁夫在上海拜朱祖谋为师,"呈所作,无褒语,止以多读梦窗词为勖"。(《吴梦窗词选自序》)

六七月间,梁启超颇好填词,成词二十余首。提出"韵不能移我情"之见解,不拘《佩文》、《词林》,但取普通话念去,合腔便好。(《梁任公先生年谱长编》)

夏敬观编成《词调溯源》。谭延闿、冯煦等题夏敬观所藏《大鹤山人手书词卷》。(《夏敬观年谱》)

10月,顾随立志学词。(《顾随年谱》)

冬,谭篆青发起"聊园词社",社友有赵椿年吕桐花夫妇、奭召南、左漪卿、俞阶青、章华、王书衡、汪曾武、夏孙桐、邵伯章、陆增炜、三多、邵瑞彭、金兆藩、洪汝阖、溥儒、罗复堪、向迪踪、寿称等,而当时居天津者郭则沄、章钰、杨寿楠等亦常于春秋佳日来京游赏,时欢然与会。

"趣园词社"由汪曾武发起,社友有郭则沄、赵剑秋、奭召南、左笏卿、俞陛云、章曼仙、王书衡、夏孙桐等十余人。

刘毓盘辑《唐五代宋辽金元名家词集六十种》由北京大学排印出版。

刘复辑《敦煌掇琐》由国立中央研究院印行。

洪汝仲辑《词韵中声》由侯庵馆石印发行。

徐敬修撰《词学常识》由上海大东书局初版。

1926年（民国十五年）

秋,吴梅作《潜社词刊序》。其东南大学油印讲义《词学通论》或作于是时。

宣雨苍撰《词谰》刊载于《国闻周报》。

俞平伯标点整理王国维《人间词话》由北京朴社出版。

徐珂编《历代闺秀词集释》由上海商务印书馆印行。

张友鹤编《历代女子白话词选》由上海文明书局印行。

童斐撰《中乐寻源》由上海商务印书局印行。

胡云翼撰《宋词研究》由上海中华书局印行。

况周颐卒,年六十八。有《第一生修梅花馆词》、《香海棠词话》(《玉梅词话》)、《餐樱庑词话》、《蕙风词话》正续编、《玉栖述雅》、《词学讲义》、《历代词人考略》,选编有《薇省词钞》、《粤西词见》等。

1927 年（民国十六年）

张伯驹是年开始致力于填词。(《张伯驹年谱》)

经胡先骕介绍,王易进入东南大学任国文系教授。

东南大学停办,吴梅应聘中山大学,南迁广州。

谭延闿等欲整理陈锐遗集《裒碧斋集》,夏敬观谋刊而序之。

叶恭绰请示教育部,改组北京大学国学研究馆。叶自任馆长,自筹部分经费,聘当代鸿儒陈寅恪、陈恒、李四光、钱玄同等为导师,"风雨飘摇中,弦诵不辍",陆侃如、商承祚、储皖峰等入研究馆学习。(《叶遐庵先生年谱》)

陈钟凡撰《中国韵文通论》由上海书局印行。

胡适编《词选》由上海商务印书馆印行。

冯煦卒。年八十五。有《蒙香堂词》《蒿庵词话》。

王国维卒。年五十一。有《人间词》,又有《人间词话》《词录》,辑有《唐五代二十一家词辑》等。

刘毓盘卒,年六十一。有《嚼椒词》《词史》《词略》。

1928 年（民国十七年）

4 月,赵万里经陈寅恪介绍,到北平北海图书馆任职。

清华学校国学研究院《国学论丛》第 1 卷第 3 号,出版"王静安先生纪念号",由陈寅恪主编。

汪东由江苏省长公署秘书出任中央大学中文系教授兼主任。

吴梅在上海光华大学任教。中央大学师生复迎先生归,时兼京、沪两校课。

夏,天津立"须社",历时三年,林葆恒、郭则沄等二十人与社。社课后辑为《烟沽渔唱》,请朱祖谋、夏孙桐删定。

龙榆生任教暨南大学,并在国立音乐院为易孺（大厂）代授诗词课,始识朱祖谋并师事之。(《苕霅生涯过廿年》)

秋,冒广生为程颂万作《定巢词序》,为蒋兆兰作《青蕤庵词序》。

胡云翼编"词学小丛书"(包括《女性词选》《抒情词选》《李清照及其漱玉词》)由上海亚细亚书局印行。

徐珂辑《历代词选集评》由上海商务印书馆印行。

靳德峻编《人间词话笺证》由北京文化学社印行。

1929 年（民国十八年）

卢前受聘光华大学。

夏承焘与龙榆生结交，并有书信往来，讨论词学。

7 月，吴梅与郑邦述、顾巍成、吴伯渊等九人结"六一词社"。集会九次，历时三月，成《六一消夏词》一卷。（《霜崖年谱》）

陈柱《白石道人笺评》撰成。（《陈柱学术年谱》）

9 月，陈洵以朱孝臧之荐出任中山大学文学院词学教授。

龙榆生升任暨南大学词学教授，补订清人万载新梅臣编《辛稼轩年谱》成，作为开设专家词教材。（《龙榆生先生年谱》）

10 月，龙榆生主持张园雅集，与陈三立、朱祖谋、夏敬观、黄孝纾等合影。（《龙榆生先生年谱》、《夏敬观年谱》）

冬，由叶恭绰提议，召沪上词流朱祖谋、徐乃昌、董康、潘飞声、周庆云、夏敬观、刘翰怡、陈方恪、易大厂、黄孝纾、龙榆生等，成立"清词钞编纂处"，并推定朱祖谋为总纂。

龙榆生撰《周清真词研究》由暨南大学出版发行。

梁启勋撰《稼轩词疏证》由曼殊室自印刊刻。

梁启超卒，年五十七。有《饮冰室词》《饮冰室评词》及未完稿《辛稼轩年谱》。

1930 年（民国十九年）

吴梅在中央大学，坚辞光华大学之聘，自是年兼金陵大学课。

6 月，叶恭绰在暨南大学作《清代词学之撮影》的报告。"此次讲演，乃先生为清词钞搜集凡数千家，露钞雪撰，应该校之请，因发其凡。"（《叶遐庵先生年谱》）

10 月，叶恭绰汇合无锡秦氏及潘氏滂喜斋旧藏宋本、吴湖帆所藏残宋本刊印《淮海长短句》。此为秦观词之最善本也。

旧历九月，夏敬观、黄公渚等在上海倡立"沤社"。每月一集，集必填词，以二人主之。题各写意，调则同一。始有社员 29 人，后不断增加，并有上海以外者参与。前后集会 20 次，填词 284 首。有《沤社词钞》二集行世。

11月，夏承焘任教杭州之江大学，讲授《词选》。每返温州省亲，必过上海，面晤龙榆生，论词不辍。（《龙榆生先生年谱》）

龙榆生撰成《清季四大词人》一文，并撰有《水云楼词跋》、《冷红词跋》。

朱祖谋为周庆云删定旧作为《梦坡词存》，并为之序。

蔡桢撰《词源疏证》由金陵大学文化研究所印行。吴梅作《〈词源疏证〉序》，并复夏承焘书，解答姜白石旁谱之法。

陈柱编《白石道人词笺平》由上海商务印书馆印行。

是年出版南唐二主词甚多，有贺扬灵编《南唐二主诗词》（上海光华书局）、管效先编《南唐二主全集》（上海商务印书馆）、戴景素编注《李后主词》（上海商务印书馆"万有文库"本）。

卢骥野撰《温飞卿及其词》由上海世界书局印行。

胡云翼《词学ABC》由上海世界书局出版。

1931年（民国二十年）

5月，许之衡在北京大学国学门作"宋词研究之我见"的演讲。

暮春，叶恭绰游昆山，谒宋词人刘龙洲墓。（《叶遐庵先生年谱》）

朱祖谋、夏孙桐应须社之邀，删编该社社稿《烟沽渔唱》七卷。

8月，吴梅为唐圭璋《宋词三百首笺》作序。

蔡嵩云自是年起在河南大学中文系讲授词学。

金陵仇埰、孙濬源、王孝煃与婺源石凌汉等4人在南京举"蓼辛词社"。

龙榆生应萧友梅之邀，为国立音乐院（后改名国立音乐专科学校）专任教员，并与萧联名在《乐艺》上发表《歌社成立宣言》，宗旨是"免倚声填词之拘制，改造国民情调"。龙榆生致力于创作新体乐歌，为词曲发展觅一新兴途径。歌社成员包括叶恭绰、易孺、傅东华、曹聚仁等。

自是年起，《续修四库全书总目提要》开始启动，参与词籍提要撰写的有：陈鏊、赵万里、班书阁、赵录绰、谢兴尧、孙雄、陆会因、刘启瑞、韩承铎、孙海波、罗继祖、张寿林、王重民、孙人和等，共撰提要580条，直到1945年结束。

林葆恒辑《闽词徵》纫鑫红印刊刻行世，陈衍为之序。

龙榆生《东坡乐府笺》成，夏敬观为之序。

是年，郑骞开始撰《辛稼轩年谱》《稼轩长短句校注》二书。

赵万里辑《校辑宋金元人词》由国立中央研究院历史语言研究所排印。

唐圭璋自是年开始编纂《全宋词》。

唐圭璋《宋词三百首笺》由上海神州国光社出版。

是年出版的词学论著有：任中敏《词曲通义》（上海商务印书馆出版），夏敬观《词调溯源》（上海商务印书馆出版），刘毓盘《词史》（上海大众图书公司出版），杨易霖《周词订律》（上海开明书店出版）。

朱祖谋卒于上海，年七十五。有《彊村语业》、《彊村遗稿》，辑有《彊村丛书》、《湖州词徵》、《国朝湖州词录》。

1932 年（民国二十一年）

4月，夏敬观、易孺、吴梅、赵尊岳、夏承焘谋诸龙榆生筹办《词学季刊》，夏敬观开始撰写《忍古楼词话》。

冒广生赴上海，参加吴湖帆等主持的词会，晤林鹍翔、廖恩焘等词人。（《冒鹤亭先生年谱》）

9月，刘永济任武汉大学教授。（《刘永济先生年谱》）

秋，"梅社"成立于南京。参加社集的是中央大学的五位女生，王嘉懿、曾昭燏、龙芷芬、沈祖棻、尉素秋，后来，杭淑娟、徐品玉、张丕环、章伯璠、胡元度等亦相继入社。（尹奇岭《梅社考》）

12月，吴梅《词学通论》由上海商务印书馆出版，此书原为他在东南大学、中央大学、金陵大学等校授课的讲稿。

龙榆生撰成《苏辛词派之渊源流变》（上篇）一文，后刊《文史丛刊》。

叶恭绰刊行梁鼎芬《款红楼词》一卷。

杨铁夫撰为《清真词笺释》《梦窗词笺释》。

梁启勋撰《词学》由京城印书局印行。

王易撰《词曲史》由上海神州国光社印行。

沈启无编校《人间词及人间词话》由北平人文书店发行。

程颂万卒，年六十八。

1933 年（民国二十二年）

2月，曾今可在《新时代月刊》4卷1期提倡"词的解放运动"。同期发表的论文有曾今可《词的解放运动》、董每戡《与曾今可论词书》、张凤《词的反正》、曾今可《为词的解放运动答张凤问》、余慕陶《让它过去吧》、章石承《谈词的解放运动》等。

4月,《词学季刊》在上海创刊,由民智书局出版发行。"词学季刊社"宣告成立,叶恭绰任董事长。

4—8月《彊村遗书》在南京姜文卿刻书处雕版陆续出版,分内外编,共三百部。由叶恭绰、林葆恒、赵尊岳等15人出资助印。(《词学季刊》创刊号)

夏,冒广生为林鸥翔点定《半樱词》,并约同廖恩焘游后湖。均题词以记之。

7月,冒广生与叶恭绰、吴梅等游南京,食素鸡鸣寺,泛舟燕子矶,品茗莫愁湖。(《冒鹤亭先生年谱》)

8月,《沤社词钞》出版印行。

秋,龙榆生辑《大鹤山人词话》,撰《大鹤山人词集跋尾》。

暨南大学学生在龙榆生指导下成立"词学研究会",旋改称"稻香词社"。

是年,《咉庵词》精刻一册,由康桥画社重印,《词学季刊》创刊号第217页有介绍。

周庆云年七十,志于撰述,编辑《续两浙词人小传》。因前集有遗漏,向徐乃昌、赵尊岳借得总集多种。年底,书未及成而卒。

陈秋帆笺《阳春集笺》由上海南京书店出版。

杨铁夫笺《考正梦窗词选笺释》由无锡图书馆排印。

任二北撰《词学研究法》由上海商务印书馆印行。

胡云翼撰《中国词史略》由上海大东书局印行

胡云翼撰《中国词史大纲》由北新书局印行。

1934年(民国二十三年)

2月,林葆恒寄冒广生新刊《沤社词钞》一批给唐圭璋等人。

3月,张尔田致书冒广生,谓《词学季刊》"不免金籲互陈,尚未脱时下结习"。(《冒鹤亭先生年谱》)

侯官郭则沄在北京城东创办蛰园词社。社友夏孙桐、汪曾武、寿铨、朱师辙等,初次社集,即咏牡丹,所拈为《绛都春》调。(《清词玉屑》卷十

二)

春，唐圭璋《词话丛编》（六十种）线装自印。

7月，陈洵《海绡词》二卷、《海绡说词》一卷出版。

夏，冒广生请吴湖帆为绘《水绘庵填词图》。龙榆生到冒广生寓所请其为暨南大学讲授词学。

10月，邹鲁接任广州中山大学校长，商聘冒广生任词学教授，未果。冒氏应陆光宇之聘，任广州勷勤大学客座教授。（《冒鹤亭先生年谱》）

顾登爵拟编《唐词钞》、《宋词钞》、《明词钞》，以与叶恭绰《清词钞》相衔接。

林鹍翔《半樱词》一卷已刊，第二卷于是年冬请吴梅商定。

是年，刊印词籍有：龙榆生编《东坡乐府笺》（商务印书馆印行）、《唐宋名家词选》（上海开明书店印行）、王辉增《淮海词笺注》（北平文化学社印行）、姜亮夫《词选笺注》（上海北新书局印行）、俞平伯《读词偶得》（上海开明书店）。

是年，出版论著有：丘琼生著《诗词赋曲概论》（上海中华书局）、龙榆生《中国韵文史》（上海商务印书馆）、卢冀野《词学研究法》《词曲研究》（上海中华书局）、姜方锬《蜀词人评传》（成都协美公司）、《唐五代两宋词概》（四川泸县文源印刷厂）。

潘飞声卒。年七十七。有《说剑堂集》、《粤词雅》。

1935年（民国二十四年）

1月，《词学季刊》第2卷第2号出版。

3月，南京成立"如社"。成员有林鹍翔、廖恩焘、石凌汉、仇埰、沈士远、陈世宜、汪东、乔曾劬、唐圭璋、吴梅等。首集于美丽川菜馆，题为《倾杯》，效柳耆卿体。二集题为《换巢鸾凤》，三集题为《绮寮怨》。（《瞿安日记》）

4月，《词学季刊》第2卷第3号出版。

春，吴梅撰成《柳词校释》，其《白石词》亦校毕付刊。

6月，上海成立"声社"。成员有夏敬观、高毓浵、叶恭绰、杨玉衔、林葆恒、黄濬、吴湖帆、陈方恪、赵尊岳、黄孝纾、龙榆生、卢前等12人。

叶恭绰编选《广箧中词》四卷，夏孙桐、夏敬观为序。

7月，冒广生向邹鲁推荐龙榆生任中山大学词学教授。

王真、王德愔、薛念娟、张苏铮、施秉庄、刘蘅、何曦（何振岱女）、叶可羲在福州立寿香社，有"福州八才女"之目，侯官何振岱负责指点评判。刊《寿香社词钞》一集。

是年有两种《花间集》注本面世，为华钟彦《花间集注》（上海商务印书馆）、李冰若《花间集评注》（上海开明书店）。

1936年（民国二十五年）

1月，龙榆生《东坡乐府笺》由商务印书馆出版，线装二册。朱祖谋题签，夏敬观、叶恭绰、夏承焘为之序。

3月，《词学季刊》第3卷第1号出版。陈洵为黎国廉《玉燊楼词钞》作序。

4月，汪东在中国文学系同学会上作"国难声中研究词学之新途径"的演讲。（《中央大学日刊》1936年4月7日）

王煜《清十一家词钞》撰成，吴梅为之序。（《瞿安日记》卷十三）

春，郭则沄招同人赏蛰园牡丹。（《清词玉屑》卷十二）

9月，《词学季刊》第3卷第3号出版。

12月，《词学季刊》第3卷第4号已排版，因日军炮轰上海而停刊。

夏承焘撰《乐府补题考》成，吴梅评云："近人考核之学，确胜前贤，此不可诬也。"

詹安泰自印《无庵词》，夏承焘题签。

郭则沄《清词玉屑》二十一卷由郭氏蛰园刊行。

是年刊行词籍有：陈乃乾《清名家词》（开明书店）、龙榆生《唐五代宋词选》（商务印书馆）、唐圭璋《南唐二主词汇笺》（南京正中书局）。

黄濬卒。濬幼为京师译学馆学生，十七岁毕业。入民国，任财政总长秘书，后任国务院参事。有《花随人圣庵词话》。

1937年（民国二十六年）

春，吴梅为学生李符中作《词林丛录序》。

5月，龙榆生选注《唐五代宋词选》二册，由上海商务印书馆出版。

7月，郭则沄自天津迁居北平，组织"蛰园律社"和"瓶花簃词社"。社友包括夏仁虎、傅岳棻、陈宗藩、瞿宣颖、寿玺、黄公渚、黄君坦、杨秀先、黄畲等 20 余人。

仲冬，夏敬观为龙榆生作《风雨龙吟室词序》。

邵瑞彭在河南大学组织"金梁吟社"，社员有武慕姚、朱守一、金策、康序五、维善、克明、啸岩山人、刘微忱、杨植道、段凌辰、剑长、净悟、高继武、周杲、徐冷冰、陈宣化等。"一时才俊，先后于喁，飒飒乎风骚之遗音也"。（孙诒鼎《拜禊堂诗话》）

是年刊行词籍有：唐圭璋《全宋词》（国立编译馆）、周咏先《唐宋金元词钩沉》（商务印书馆）、许国霖《敦煌新录》（商务印书馆）、朱孝臧《词释》（商务印书馆）、龙榆生《唐五代宋词选》（商务印书馆）。

是年出版论著：罗芳洲《词学研究》（中国文化服务社）、薛砺若《宋词通论》（上海开明书店）

邵瑞彭卒，年五十。有《山禽余响》。

1938 年（民国二十七年）

2 月，吴梅手定词 137 首，为《霜崖词录》，自序云"凡三易寒暑"。（《霜崖年谱》）

5 月，郑骞《辛稼轩年谱》由北平协和印书局出版，顾随为之序。

春，叶恭绰在香港大学中文学会讲演《中国诗词曲之演变及将来》。

龙榆生、林葆恒招集社集于渔光村林家，冒广生、夏敬观、林鹍翔、廖恩焘、吕传元、夏承焘与座，谈艺甚洽。（《冒鹤亭先生年谱》）

9 月，吴梅致夏敬观书，请为其《霜崖词录》作序。（《夏敬观年谱》）

冒广生校毕《六一词》、《乐章集》、《虚斋乐府》、《金荃集》。

1939 年（民国二十八年）

4 月，叶恭绰在岭南大学讲演《歌之建立》，乃叶氏与蔡元培、易大厂、萧友梅等讨论新音乐文学形式之心得。

春，夏敬观设立贞元会，每会以一人轮值，以代替沤社、午社。邀冒广生参加。

夏，"午社"在上海成立于夏敬观家宅。廖恩焘、林葆恒、冒广生、夏敬观、吴湖帆、夏承焘、吕贞白等 15 人与会。月一集，6 月第一集拈调《归国谣》、《荷叶杯》感咏时事，7 月赋《卜算子》咏荷花，8 月集于复旦中学（原李鸿章祠），9 月拈调《玉京谣》，为吴湖帆亡妻潘静淑词集题词。

后因战事时断时续，凡历 3 年。(《夏敬观年谱》)

冒广生校毕《草堂诗余》、《花间集》，得陶湘赠双照楼及涉园所刻《景宋金元明本词》三十八种，及汲古阁《景宋金词》七种，感奋不已，欲一一校之。是年校《渭川居士词》《初寮词》《知稼翁词》《东浦词》《酒边词》《知不足斋钞本词七种》《尊前集》。(《冒鹤亭先生年谱》)

冯沅君在乐山武汉大学讲授词曲史。

唐圭璋应汪东之邀，到重庆中央大学任教。

11 月，郑骞《三十家词选序目》（附集评）发表在燕京大学《文学年报》第六期。

吴梅卒，年五十六。

1940 年（民国二十九年）

龙榆生在南京创办《同声月刊》。夏孙桐题签。

"延秋词社"由同人成立。社友包括袁毓麐、夏仁虎、陈宗藩、郭则沄、张伯驹、林彦京、杨秀先、黄孝纾、黄襄成、黄孝平等。

冒广生应章太炎夫人之邀，到"太炎文学院"教授词学。(《冒鹤亭先生年谱》)

8 月，唐圭璋《全宋词》由商务印书馆印行，吴梅、夏敬观为序。

1941 年（民国三十年）

5 月，冒广生在《学林》第七期发表《四声钩沉》，批评当时词坛严守四声的做法，引起了夏敬观、夏承焘、龙榆生、吴庠、张尔田等对四声问题的讨论。

7 月，《同声月刊》第 1 卷第 8 号刊张尔田《与龙榆生论四声书》《与龙榆生论词书》。

8 月，《同声月刊》第 1 卷第 8 号刊登冒广生《新校〈云谣集杂曲子〉》，引发了任二北和赵尊岳等对于《云谣集》刊刻年代的争论。

《午社词钞》在上海出版。

夏孙桐卒，年八十五。有《悔龛词》。

易孺卒，年八十六。

1942 年（民国三十一年）

郑骞应周作人之邀，在北京大学中文系任教，讲授"词选及词史"。

陈群为汪精卫刊《双照楼词稿》定本。(《汪精卫先生年谱》)

夏敬观撰成《词律拾遗补》二卷,《汇集宋人词话》二卷。(《夏敬观年谱》)

冒广生作《知不足斋钞本词七种校记》、《花间集校记》(载《同声月刊》第 2 卷第 2 号)、《倾杯考》、《疢斋词论五卷》、《宋曲章句》、《尊前集校记》、《中原音韵校记》、《乐府补题校记》及为廖恩焘作《扪虱谈室词序》。

陈洵卒。有《海绡词》、《海绡说词》等。

1943 年（民国三十二年）

2 月,叶恭绰《遐庵词》甲稿付刊。"先生寝馈于词学者四十余年,生平所作,迄未示人。《遐庵词甲稿》,昔日朋僚以先生本岁六秩晋三大庆,特为付刊,以垂纪念。"(《叶遐庵先生年谱》)

冒广生为叶恭绰作《遐庵词稿序》。

陆维钊协助叶恭绰编选《清词钞》,另撰《清词书目》。

叶恭绰与同人葬故人易大厂夫妇于沪北联义山庄。

夏秋,顾随《稼轩词说》《东坡词说》连载于天津《民国日报》。

11 月,冒广生撰成《淮海集笺长编》。

龙榆生辑校《重校集评云起轩词》《云起轩词补遗》《文芸阁先生词话》《云起轩词评校补编》。

夏敬观撰成《订正戈顺卿词林正韵》。

吕碧城卒于香港,年六十。

1944 年（民国三十三年）

4 月,仇垛《金陵词钞续编》六卷辑成。

6 月,冒广生撰成《新校中原音韵定格曲子》,载《同声月刊》第 3 卷第 12 期。

1945 年（民国三十四年）

张尔田卒,年七十一。有《遁庵乐府》,又有《词林新语》《芳菲菲堂词话》,辑有《近代词人轶事》。

1946 年（民国三十五年）

夏,寇泰逢在天津东门外南斜街创立"梦碧吟社"。社员有杨轶伦、王蛰堪、郑阜南等。刊行《梦碧词刊》，共 10 期。

秋，郑骞应台静农之邀，任台湾大学中文系教授。

徐乃昌卒。有《小檀栾室汇刻闺秀百家词》。

1947 年（民国三十六年）

龙榆生始撰《倚声学》。

陈匪石《声执》由正中书局出版。

林葆恒历时三年，纂成《词综补遗》一百卷。

詹安泰《无庵说词》载《文学》第一期（1947 年 7 月）。

初秋，夏敬观为汪东《梦秋词》作跋。

郭则沄卒。有《龙顾山房诗余》。

1948 年（民国三十七年）

邵祖平撰《词心笺评》成，夏承焘为之序。

龙榆生《忍寒词》铅印出版，载夏敬观为绘《彊村授砚图》及序。

10 月，龙榆生选《近三百年名家词选》毕。

赵熙卒，年八十二。有《香宋词》。

1950 年

张伯驹在北京西郊展春园组织庚寅词社（即展春词社）。成员主要有汪仲虎、夏枝巢、周汝昌、孙正刚等，结社初期有 20 多人。

陈匪石《声执》二卷撰成，直到 1960 年才由其长友陈芸由油印行世。

冒广生为汪东点定《梦秋词》，后由山东齐鲁书社出版。

俞陛云卒。年八十三。有《唐五代两宋词释》。

1951 年

卢前卒。年四十六。有《词曲研究》。

林葆恒卒。年八十。

1953 年

夏敬观卒。年七十九。有《映庵词》，又有《忍古楼词话》《词调溯源》。

1959 年

冒广生卒。有《小三吾亭词》《小三吾亭词话》。

1961 年

张伯驹《丛碧词话》结集。

1963 年

溥儒卒于台北,年七十七。

汪东卒于苏州,有《梦秋词》。

1964 年

谢无量卒于北京。

1965 年

1 月,黄孝纾卒。

2 月,胡云翼卒。

7 月,赵尊岳卒。

1966 年

10 月,刘永济卒。

11 月,龙榆生卒。

1967 年

4 月,詹安泰卒。

1968 年

7 月,吴湖帆卒。

8 月,叶恭绰卒。

1984 年

10 月,吕贞白卒。

1986 年

5 月,夏承焘卒。

1990 年

11 月,唐圭璋卒。

主要参考文献

一 工具、文献类

《续修四库全书总目提要》,赵尔巽主编,齐鲁书社1997年版。

《二十世纪全国报刊词学论文索引》,杜海华编,北京图书馆出版社2007版。

《词学论著总目》(1—4),林玫仪主编,中研院中国文哲研究所1995年版。

《中国词学大辞典》,马兴荣主编,浙江教育出版社1996年版。

《词学史料学》,王兆鹏著,中华书局2005年版。

《唐宋词书录》,蒋哲伦、杨万里著,岳麓书社2007年版。

《全清词钞》,叶恭绰主编,中华书局1982年版。

《彊村遗书》,龙榆生校辑,上海古籍出版社1989年版。

《明词汇刊》,赵尊岳校辑,上海古籍出版社1992年影印版。

《当代词综》,施议对编,海峡文艺出版社2002年版。

《校辑宋金元人词》,赵万里编,台联国风出版社1972年影印本。

《近代词人手札墨迹》,张寿平编,中央研究院中国文哲研究所2005年版。

《词学论荟》,赵为民、程郁缀编,五南图书出版公司1989年版。

《历代词话》,张璋、职承让等编,大象出版社2002年版。

《历代词话续编》,张璋、职承让等编,大象出版社2005年版。

《词话丛编》,唐圭璋编,中华书局1986年版。

《词话丛编续编》,朱崇才编,人民文学出版社2010年版。

《词话丛编补编》，葛渭君主编，中华书局2013年版。
《词话丛编二编》，屈兴国编，浙江古籍出版社2013年版。
《近现代词话丛编》，刘梦芙编，黄山书社2009年版。
《近代词纪事会评》，严迪昌编，黄山书社1995年版。
《清词序跋汇编》，冯乾编，凤凰出版社2013年版。
《宋代词学资料汇编》，张惠民编，汕头大学出版社1993年版。
《近百年诗词集序跋选》，毛大风、王斯琴编，钱塘诗社1991年印行。
《词学季刊》，龙榆生主编，上海书店出版社1985年影印本。
《同声月刊》，龙榆生主编，民国同声月刊社1940—1945年刊行。
《词学》，施蛰存等主编，华东师范大学出版社1981—2015年刊行。
《清末民国旧体诗词结社文献汇编》，南江涛选编，国家图书馆出版社2013年版。

二 词集、词选类

《湖州词徵》，朱祖谋辑，民国吴兴刘氏嘉业堂刻本。
《闽词徵》，林葆恒辑，福建人民出版社2014年版。
《艺蘅馆词选》，梁令娴编，广东人民出版社1981年版。
《花间集评注》，李冰若著，人民文学出版社1993年版。
《花间集注》，华钟彦著，中州书画社1983年版。
《宋词举》，陈匪石著，江苏古籍出版社2002年版。
《词选》，胡适编，河北人民出版社1999年版。
《词选》，郑骞编，中国文化大学华岗出版部2007年印行。
《词选详注》，曹振勋注，君中书社1937年版。
《诵帚堪词选》，刘永济编，武汉大学1952年印行。
《宋词三百首笺》，唐圭璋笺，上海古籍出版社1979年版。
《唐宋词简释》，唐圭璋著，上海古籍出版社1981年版。
《唐五代两宋词简析》，刘永济著，上海古籍出版社1981年版。
《词心笺评》，邵祖平笺，复旦大学出版社2007年版。
《广箧中词》，叶恭绰编，人民文学出版社2011年版。
《唐宋名家词选》，龙榆生选，上海古籍出版社1980年版。

《宋词赏心录校评》，何广棪校注，台北正中书局1975年印行。
《名家说宋词》，俞平伯等著，天津教育出版社2007年版。
《唐宋词选释》，俞平伯选释，人民文学出版社1979年版。
《清名家词》，陈乃乾编，上海书店出版社1982年版。
《唐五代两宋词选释》，俞陛云选释，上海古籍出版社1985年版。
《吴梦窗词全集笺释》，杨铁夫笺释，广东人民出版社1982年版。
《东坡乐府笺》，龙榆生笺，上海古籍出版社2009年版。
《稼轩词疏证》，梁启勋疏证，台湾广文书局1977年影印本。
《梦秋词附词学通论》，汪东著，齐鲁书社1985年影印本。

三　文集、别集类

《春在堂集》，俞樾撰，光绪二十三年刻本。
《古红梅阁集》，刘履芬撰，光绪六年苏州刻本。
《饮冰室合集》，梁启超著，中华书局1989年版。
《蔡元培文集》，高平叔编，中华书局1988年版。
《观堂集林》，王国维撰，上海古籍出版社1983年版。
《磨剑室文集》，柳亚子撰，上海人民出版社1993年版。
《陈去病全集》，张夷主编，上海古籍出版社2009年版。
《高旭集》，郭长海、金菊贞整理，社会科学文献出版社2003年版。
《高燮集》，柳无忌主编，中国人民大学出版社1999年版。
《丽白楼遗集》，周永珍编，中国人民大学出版社1996年版。
《无尽庵遗集》，朱德慈整理，陕西人民出版社2009年版。
《姚鹓雏诗词集》，姚鹓雏著，河海大学出版社1993年版。
《龙榆生全集》，张晖编，上海古籍出版社2015年版。
《云外朱楼集》，王蕴章撰，上海中孚书局1934年版。
《胡适文集》，欧阳哲生编，北京大学出版社1998年版。
《吴梅全集》，王卫民编，河北教育出版社2002年版。
《王国维文集》，吴无闻编，北京燕山出版社1997年版。
《姚鹓雏文集》，上海古籍出版社2008年版
《姜亮夫全集》，云南人民出版社2002年版。

《夏承焘集》，浙江古籍出版社 1998 年版。
《刘永济集》，中华书局 2010 年版。
《詹安泰全集》，上海古籍出版社 2011 年版。
《忍古楼集》，夏敬观撰，载《民国文集丛刊》，文听阁图书有限公司 2008 年版。
《论诗词曲杂著》，俞平伯著，上海古籍出版社 1983 年版。
《胡云翼说词》，刘永翔、李露蕾编，华东师范大学出版社 2004 年版。
《湘潭袁氏家集》，近代中国史料丛刊续编第 21 辑，台湾文海出版社 1966 年版。
《词学研究论文集》，华东师范大学中文系编，上海古籍出版社 1988 年版。
《龙榆生词学论文集》，上海古籍出版社 1997 年版。
《冒鹤亭词曲论文集》，上海古籍出版社 1992 年版。
《马兴荣词学论稿》，上海古籍出版社 2013 年版。
《浦江清文录》，人民文学出版社 1958 年版。
《浦江清文史杂文集》，清华大学出版社 1993 年版。
《胡先骕文存》，江西高校出版社 1995 年版。
《顾随文集》，上海古籍出版社 1986 年版。
《赵万里文集》，上海科学技术出版社 2012 年版。
《胡适古典文学研究论集》，上海古籍出版社 1988 年版。
《国学家夏仁虎》，王景山编，浙江文艺出版社 2009 年版。
《遐庵汇稿》，叶恭绰著，上海书店 1990 年版。
《矩园余墨》，叶恭绰著，辽宁教育出版社 1997 年版。
《有高楼续稿》，刘石著，凤凰出版社 2005 年版。

四 词学研究类

《今词达变》，施议对著，澳门大学出版中心 1997 年版。
《20 世纪词学名家研究》，曾大兴著，中华书局 2011 年版。
《词学的星空：20 世纪词学名家传》，曾大兴著，河北人民出版社 2009 年版。

《现代词学的建立：词学季刊与20世纪三四十年代的词学》，傅宇斌著，商务印书馆2013年版。

《中国词学史》，谢桃坊著，巴蜀书社2002年版。

《中国词学的现代观》，叶嘉莹著，岳麓书社1990年版。

《中国近世词学思想研究》，朱惠国著，上海古籍出版社2005年版。

《20世纪中国古代文学研究史》（词学卷），曹辛华著，东方出版中心2006年版。

《中国分体文学学史》（词学卷），彭玉平著，山西教育出版社2013年版。

《中国词学研究》，曹辛华、张幼良著，福建人民出版社2006年版。

《张晖晚清民国词学研究》，张晖著，南京大学出版社2014年版。

《词学思辨录》，欧明俊著，人民出版社2011年版。

《近代词史》，莫立民著，人民文学出版社2010年版。

《二十世纪诗词史论》，马大勇著，时代文艺出版社2014年版。

《近百年名家旧体诗词及其流变研究》，刘梦芙著，学苑出版社2013年版。

《历代词话叙录》，王熙元著，台北中华书局1973年版。

《词话学》，朱崇才著，台北文津出版社1995年版。

《词话史》，朱崇才著，中华书局2006年版。

《清词的传承与开拓》，沙先一、张晖著，上海古籍出版社2008年版。

《词与音乐》，刘尧民著，云南人民出版社1982年版。

《词论》，刘永济著，上海古籍出版社1981年版。

《词录》，王国维著，学苑出版社2003年版。

《词学》，梁启勋著，中国书店1985年版。

《词学十讲》，龙榆生著，北京出版社2005年版。

《词学铨衡》，梁启勋，上海书局有限公司1975年印行。

《宋词通论》，薛砺若著，上海书店出版社1985年版。

《词史》，刘毓盘著，上海书店出版社1985年版。

《词曲史》，王易著，东方出版社1996年版。

《词曲研究》，卢前著，岳麓书社2012年版。

《词学研究》，任中敏著，凤凰出版社2013年版。
《词学研究法》，任中敏著，上海商务印书馆1935年版。
《词学通论》，吴梅著，华东师范大学出版社1996年版。
《词学概论》，宛敏灏著，上海古籍出版社1987年版。
《词学综论》，马兴荣著，齐鲁书社1989年版。
《词学论丛》，唐圭璋著，上海古籍出版社1986年版。
《唐宋词论丛》，夏承焘著，中华书局1956年版。
《天风阁学词日记》，夏承焘著，浙江古籍出版社1984年版。
《唐宋词通论》，吴熊和著，浙江古籍出版社1989年版。
《唐宋词史论》，王兆鹏著，人民文学出版社2000年版。
《民国词的多元解读》，李剑亮著，浙江大学出版社2012年版。
《晚清民国词籍校勘研究》，王湘华著，岳麓书社2012年版。
《沧海遗音：民国时期清遗民词研究》，林立著，香港中文大学出版社2012年版。
《清代词学批评史论》，孙克强著，上海古籍出版社2008年版。
《诗词散论》，缪钺著，台湾开明书店1982年版。
《诗词作法举隅》，冯振著，齐鲁书社1986年版。
《评论词绝句》，杨易霖著，台中四川同乡会1988年印行。
《清代词学批评家述评》，徐兴业著，无锡国专1937年印行。
《清词玉屑》，郭则沄撰，浙江古籍出版社2014年版。
《大鹤山人词话》，孙克强辑，南开大学出版社2009年版。
《况周颐蕙风词话五种》，孙克强辑，浙江古籍出版社2014年版。
《蕙风词话辑注》，屈兴国辑，江西人民出版社2000年版。
《分春馆词话》，朱庸斋著，广东人民出版社1989年版。
《清末四大家词学及词作研究》，卓清芬著，台湾大学出版中心2003年版。
《历代两浙词人小传》，周庆云著，浙江古籍出版社2012年版。
《人间词话新注》（修订本），滕咸惠注，齐鲁书社1986年版。
《人间词话汇编汇校汇评》，周锡山著，北岳文艺出版社2004年版。
《人间词话及评论汇编》，姚柯夫编，书目文献出版社1983年版。

《人间词话译注》，施议对著，岳麓书社2008年版。
《人间词话疏证》，彭玉平著，中华书局2011年版。
《王国维词学与学缘研究》，彭玉平著，中华书局2015年版。

五 历史、传记类

《追忆王国维》，陈平原、王风编，三联书店2009年版。
《追忆梁启超》，夏晓虹编，三联书店2009年版。
《清华同学录与学术薪传》，夏晓虹编，三联书店2009年版。
《清华四大导师》，邵盈午著，东方出版社2009年版。
《清华的大师们》，黄延复著，中国经济出版社2005年版。
《水木清华：二三十年代清华校园文化》，黄延复著，广西师范大学出版社2001年版。
《梁启超学术论著集》（文学卷），陈引驰编，华东师范大学出版社1998年版。
《新会梁氏：梁启超家族的文化史》，罗检秋著，中国人民大学出版社1999年版。
《梁启超和他的儿女们》，吴荔明著，北京大学出版社2009年版。
《德清俞氏：俞樾、俞陛云、俞平伯》，俞润民、陈煦著，中国人民大学出版社1999年版。
《失落的荆棘冠军：俞平伯家族文化史》，李凤宇著，长江文艺出版社2000年版。
《忍寒庐学记：龙榆生的生平与学术》，张晖编，三联书店2014年版。
《清华大学校史稿》，中华书局1981版。
《南京大学百年史》，南京大学出版社2002年版。
《北京大学校史》（1898—1949）增订本，北京大学出版社1988年版。
《国立西南联合大学校史》，北京大学出版社2006年版。
《无锡国专与现代国学教育》，吴湉南著，安徽教育出版社2010年版。
《无锡时期的钱基博和钱钟书》，刘桂秋著，上海社会科学院出版社2004年版。
《无锡国专编年事辑》，刘桂秋著，中国大百科全书出版社2011年版。

《南社人物吟评》，邵迎武著，社会科学文献出版社 1994 年版。
《南社纪略》，柳亚子著，上海人民出版社 1983 年版。
《南社研究》，孙之梅著，人民文学出版社 2003 年版。
《南社丛谈：历史与人物》，郑友梅著，中华书局 2006 年版。
《民间文人的雅集：南社研究》，栾梅健著，东方出版中心 2006 年版。
《南社史料长编》，杨天石、王学庄编，中国人民大学出版社 1995 年版。
《叶恭绰：开拓近代交通事业的文化人》，杨权、姜波著，广东人民出版社 2009 年版。
《顾随研究》，叶嘉莹、张清华主编，南开大学出版社 2011 年版。
《春风桃李百世师：梁启超和他的弟子》，黄跃红、王琦著，广东教育出版社 2009 年版。
《学术思想与人物》，刘梦溪著，河北教育出版社 2004 年版。
《俞平伯年谱》，孙玉蓉著，天津人民出版社 2001 年版。
《龙榆生先生年谱》，张晖著，学林出版社 2001 年版。
《冒鹤亭先生年谱》，冒怀辛著，学林出版社 1998 年版。
《叶遐庵先生年谱》，遐庵年谱汇稿编印会编，1946 年版。
《梁启超年谱长编》，丁文江、赵丰田编，上海人民出版社 1983 年版。
《胡先骕年谱长编》，胡宗刚著，江西教育出版社 2008 年版。
《吴梅评传》，王卫民著，河北教育出版社 2002 年版。
《吴梅和他的世界》，王卫民编，河北教育出版社 2002 年版。
《夏承焘年谱》，李剑亮著，光明日报出版社 2012 年版。
《朱庸斋先生年谱》，李文约著，香港素茂文化出版有限公司 2012 年版。
《刘永济先生年谱》，《诵帚词集》附，徐正榜、李中华等编，中华书局 2010 年版。
《黄侃年谱》，司马朝军、王文晖著，湖北人民出版社 2005 年版。
《吴宓评传》，傅宏星著，华中师范大学出版社 2008 年版。
《俞平伯年谱》，孙玉蓉著，天津人民出版社 2001 年版。
《夏敬观年谱》，陈谊著，黄山书社 2007 年版。

《周梦坡先生年谱》，周延祁著，台北文海出版社1972年版。
《陈三立年谱》，马卫中、董俊珏著，苏州大学出版社2010年版。
《胡适日记全编》，曹伯言编，安徽教育出版社2001年版。
《胡适论学往来书信选》，杜春和等编，河北人民出版社1988年版。

六 文学史、文化史类

《枝巢四述》，夏仁虎著，辽宁教育出版社1998年版。
《花随人圣庵摭忆》，黄濬著，上海书店1998年版。
《清末民初文坛轶事》，郑逸梅著，中华书局2005年版。
《文学概论讲述》，姜亮夫著，云南人民出版社2000年版。
《作为学科的文学史》，陈平原著，北京大学出版社2011年版。
《中国文艺变迁论》，张世禄著，商务印书馆1930年版。
《中国文学史略》，刘毓盘著，上海古今图书店1924年版。
《现代中国文学史》，钱基博著，上海书店出版社2004年版。
《中国文学史》，钱基博著，华中师范大学出版社2011年版。
《中国文学史》，刘大杰著，上海古籍出版社1976年版。
《中国音乐文学史》，朱谦之著，上海世纪出版集团2006年版。
《"中国文学发展史"批判》，复旦大学中文系编，中华书局1958年版。
《中国近代文学之变迁》，陈子展著，中华书局1929年版。
《中国韵文通论》，陈钟凡著，上海书店出版社1990年版。
《中国韵文史》，龙榆生著，上海古籍出版社2002年版。
《中国现代女性文学的发生：以北京女子高等师范为中心》，王翠艳著，文化艺术出版社2007年版。
《近四百年中国文学思潮史》，陈伯海主编，东方出版中心1997年版。
《晚清民初"文学"学科的学术谱系》，贺昌盛著，中国社会科学出版社2012年版。
《知识生产与学科规训：晚清以来的中国文学学科史探微》，栗永清著，中国社会科学出版社2012年版。
《20世纪中国古代文学研究史》（总论卷），周兴陆著，东方出版中心2006年版。

《中国古代文论研究的现代转型》，黄念然著，中国社会科学出版社2006年版。

《晚清民初的科学思潮和文学的科学批评》，王济民著，中国社会科学出版社2004年版。

《中国小说戏曲理论的近代转型》，程华平著，华东师范大学出版社2001年版。

《中国散文理论的现代转型》，颜水平著，中国社会科学出版社2014年版。

《中国古代文论的现代转换》，钱中文、杜书瀛、畅广元主编，陕西师范大学出版社1997年版。

《西南联大历史情境中的文学活动》，姚丹著，广西师范大学出版社2000年版。

《〈东方杂志〉与现代中国文学》，王勇著，中国社会科学出版社2014年版。

《从四部之学到七科之学：学术分科与近代中国知识系统之创建》，左玉河著，上海书店出版社2004年版。

《中国现代学术研究机构的兴起》，陈以爱著，江西教育出版社2002年版。

《中国现代学术之创建：以章太炎、胡适之为中心》，陈平原著，北京大学出版社2010年版。

《梁启超与近代中国社会文化》，李喜所编，天津古籍出版社2005年版。

《民国乃敌国也：政治文化转型下的清遗民》，林志宏著，联经2009年版

《民初"文化遗民"研究》，罗惠缙著，武汉大学出版社2011年版。

《民国思想史论》，郑大华著，社会科学文献出版社2006年版。

《现代学术史上的胡适》，耿云志、闻黎明编，三联书店1993年版。

《先因后创与不破不立：近代中国学术流派研究》，桑兵、关晓红主编，三联书店2007年版。

《百年忧患：知识分子命运与中国现代化进程》，何晓明著，东方出版

中心 1997 年版。

《晚清民国的国学研究》，桑兵著，上海古籍出版社 2001 年版。

《国学与现代学术》，马克锋编，广西师范大学出版社 2010 年版。

《学者的师承与家派》，王晓清著，湖北人民出版社 2007 年版。

《北大精神及其他》，陈平原著，上海文艺出版社 2000 年版。

《中国大学十讲》，陈平原著，复旦大学出版社 2002 年版。

《近代中国大学研究》，金以林著，中央文献出版社 2000 年版。

《大学之大》，沈卫威著，人民文学出版社 2007 年版。

《人世间：鸿儒遍天涯》，高德增著，湖北人民出版社 1997 年版。

《学衡派谱系》，沈卫威著，江西教育出版社 2007 年版。

《在欧化与国粹之间：学衡派文化思想研究》，郑师渠著，北京师范大学出版社 2001 年版。

《政局与学府：从东南大学到中央大学》（1919—1937），许小青著，中国社会科学出版社 2009 年版。

《国学研究会演讲录》第一集，东南大学、南京高师国学研究会编，商务印书馆 1923 年版。

索　引

B

北京大学　11，14—16，24，35，49，58—60，62，65，69，72，82，92，111，129，133，137，139—141，143，146，151，152，176，177，180，187，193，199—201，204，258，259，277，283，301，302，338，366，370，371，396，408，416，417，422，423，447，450，451，453，459

比兴　1，2，4，34，55，57，104，108，109，117，136，138，141，149，151，154，162—164，187，194，198，217，223，224，239，243，269，273，275，277，278，284，286—289，298，305，306，310，313，323—327，329，338，346，362，363，381，382，390

C

蔡守（哲夫）　10，244
蔡桢（嵩云、柯亭）　176，203，221，265，268，269，290，297，308，429，453

常州派　1，3，4，16，21，34，36，45，55，56，63，66，67，77，89，108，115，129，130，136—138，142，146，149，151—154，157，162—165，170，175，187，188，190，194，195，197，198，202，217，219，220，222—225，229，230，233—235，238—244，247，252，253，257，263，268，273—278，284—287，295，296，298，299，305，312，314，315，323，325，327，328，334，338，349，355，363，377，381，383，400，402，407，421，425

沉郁　55，64，106，117，229，239，275，279，292，296，305，330，381，382，418

陈匪石（世宜、倦鹤）　10，17，36，40，41，54，58，63，64，66，75，78，79，81，193，202，214—216，235，244，246，249，251—253，256，262，274—276，289，301—303，317，364，370，371，400，401，433，438，446，461

陈去病（巢南）　1，5，10，40，108，167，198，199，205，216，217，235—

237，239—243，245—247，251，269，435，444，446，449

陈师道（无己、后山）　46，203

陈维崧（其年、迦陵）　36，57，124，294，305，315，427，439，449

陈洵（述叔、海绡）　16，17，36，58，63，79，80，176，221，279，363，437，449，452，456，457，460

陈衍（石遗）　41，196，217—220，222，226，231，233，270，351，352，441，446，448，453

陈寅恪　71，178，182，190，193，205，409，412，451

陈运彰（蒙庵）　16，40，63，64，74，101，102，234，235，285，435，443

陈柱（柱尊）　41，65，115，217，218，230—232，355，452，453

程千帆　14，66，88，321

春音词社　10，64，72，75，78，235，244，254，256，261，302—304，316，317，371，446，447

仇埰（述庵）　40，194，202，214，256，257，263，264，269，270，276，453，456，460

储皖峰　168，176，177，179，180，182—184，451

传统派　16，19，25，36—38，41，44，58，63，64，67，68，70，82，83，85，101，102，106，107，153，212，217，300，324，327，366，367，424，427—430

词法　4，33，83，188，197，203，213，222，247，308，324，346，347，427，435

词话　2—6，9，10，15，16，18，25，27—29，32，33，35，36，39，40，42，43，46，47，49，53，54，59，61—69，76—80，84，88—110，129，132，143，145，149，151，158，161，162，167，178—180，182，183，192，198，203，207，213，214，218，221—224，226—230，232，233，235，240，242—251，262，265，268，273，274，278—281，283，284，286，288—290，292，293，295—298，303，304，306—311，315，318，324，327—331，333—335，344，362—365，368，376，377，382—384，386，391，393，396，402，403，409—411，415，420—422，424，426，428，429，431，433—435，442—444，446，447，449—452，454—457，460，461

词籍　2，13，18，23，26，30—32，36，37，47，58，60，68，85—87，89，91，111，142，179，181，183，217，222，225，239，268，269，272，273，318，320—322，324，350，351，363，365，366，368—370，372，374—377，384—387，389，392，405，410—417，420，421，424，427—429，431，432，453，456—458

词径　297

词境　89，95，102，104，105，151，155，213，225，227，247，249—251，254，273，280—283，297，328，330—333，368，400

词乐　13，15，18，26，28，31，32，34，37，46，48，49，68，206，272，339，342—345，350，351，360—362，364，

365，378，423，427，429

词律　13—15，18，26—28，31—34，36，46—48，66，83，86，118—120，139，140，142，143，145—147，184，185，197，198，211，216，221，261—266，268，270，272，310—312，315，317，318，325，339，341—346，350，351，360，361，364，365，377—379，393，399，402，420，422，423，427，460

词谱　27—29，33，34，46，61，84，166，201，263，272，324，327，340，341，343—345，350，360，361，364，374—379，386，402，416，417，428，429，432，447

词史　2—4，11，13，18，19，25，26，29，32，33，36—41，52，53，55，58，59，62，64，65，67，68，72，74，77，83，85，95，96，107，109，111，113，116，118，120—122，126，128，129，133，137—143，156，158，164，174，176，180，184，185，187，197，204，206，209，211，213，219，221，224，226，228，229，234，244，247，251—253，268—270，273，277，278，285，289，292，297，298，300，301，304—308，310，312—315，317，321—325，333，337，338，344，345，353，360，363—365，368，369，374，377，384，387，399—401，403，408，411，416，417，419，422—425，427—430，433，451，454，455，459

词心　102，152，214，273，274，276，279—284，297，299，390，425，461

D

邓广铭　60，169，170

东南大学　11，13—15，58，63，65，69，176，177，180，190，193—195，198—201，204—209，212，214，216—218，301，409，418，422，423，448—451，454

端木埰（子畴）　194，195，234，254，273—275，289，297，298，327，383

F

冯延巳　119，150，153，186，203，210，228，313，322，323，325，326，338，358，364，372，375，383，418，419

冯沅君　12，18，19，26，36，38，44，52，58，60，61，67，68，83，85，95，96，120—122，274，300，423，424，429，430，442，459

辅仁大学　11，58—60，100，176，180，369—371，374，416

傅斯年　37，71，93，151

G

戈载（顺卿）　4，28，31—33，110，133—135，137，147，148，246，272，312，316，317，343，378，402

顾随（羡季）　16，41，58—61，97，100，101，176，281，282，299，369，430，450，458，460

郭则沄（蛰云、啸麓）　10，36，235，

255—258,260,268,277,278,434,
438,450,451,455,457,459,461

国故　1,37,60,70,199,301,327,
422,423

国学　6,9,15,16,21,37,45,53,
55,60,92,95,107,129,151,154,
177—184,190,199—201,204,205,
207,212,217—219,231,233,236,
237,251,274,350,370,373,384,
396,408,409,412,422,448,449,
451,453

H

豪放　1,13,16,61,67,70,72,111,
116,120,121,125,126,135,142,
148,167,195,203,209,219,223,
228,314,324,334,336,338,349,
352,353,396,419

胡适（适之）　1,5—7,11—13,15,16,
19—23,25,35—44,49,51—54,58—
62,67—72,82—85,92—95,101,
107—123,125—127,138,141,149,
151,152,154,167,178—183,185,
187,192,194—199,204,208,209,
216,217,228,233,300,301,321,
324,355,362,366,368,374,416,
422,424—428,430,439,449,451

胡适派　6,12,13,20,21,70,71,
101,216,233

胡先骕（步曾）　12,39,78,116,117,
193,195—199,212,216,217,424,
449,451

胡云翼　12,17—19,26,29,30,33,
35,36,38—40,42,44,49,50,52,
58,62,67,68,70,71,82—86,96,
116,120—122,125,126,199,213,
274,299—301,321,324,366,399,
407,422,423,428—430,443,450,
451,453,455,462

黄濬　41,104,195,439,456,457

黄侃（季刚）　14,24,59,60,64,69,
71,141,146,187,194,200,209—
211,351,370

黄孝纾（公渚）　10,41,176,255,256,
260,261,268,364,441,452,456,
459,462

浑厚　79,207,228,246,312,380,
381,383

J

寄托　1,2,4,34,35,44,55,57,
104,108,109,136,138,140,141,
149,151,154,162—164,175,187,
190,194,198,208,217,223,239,
243,253,269,273,275,277,278,
284—289,296,298,305,307—310,
314,323—327,333,338,363,380,
382,383,425,427

暨南大学　11,16,60,63,65,86,93,
118,176,207—209,230,231,301,
352,359,370,398,423,451,452,
455,456

姜夔（尧章、白石）　4,77,78,90,91,
96,104—106,117,119—121,125,
134,152,156,157,164,165,173,
203,206,209,210,220,224,295,

307，311，313，314，316，322，323，
326，328，334，373，378，379，420
姜亮夫　38，39，58，116，177，178，
180—182，184，185，192，274，456
彊村派　1—6，12，21，71，216，217，
253，305，407
蒋敦复（剑人）　131，309，315
进化　1，7，8，12，24，35，38，50—52，
59，63，67，82，109，113，117，122，
149，152，166，185，187，228，368
旧词学　1，6，13，18，19，25，144，
152，424，425，432

K

康有为　160，162—164，166
考证学　21，69，107，368，411
况周颐（夔笙、蕙风）　2，3，9，10，13，
16，36，40，43，47，58，63，64，66—
68，71，73，74，76，89—93，110，
115，117，118，133，162，165，221，
225，227，234，239，242，244，256，
269，273，278，280—286，289—293，
295—298，302，305，309—311，316，
320，323—331，333，334，349，362，
384，385，402，403，425，433，436，
440，441，443，445—450

L

李冰若　17，32—35，58，65，205—208，
216，217，350，435，457
李清照（易安、漱玉）　27，46，47，65，
70，123，128，156，162，167，172，

186，203，210，224，240，322，323，
338，360，372，378，429，451
梁鼎芬（节庵）　75，437，439，440，
443，454
梁令娴　108，129，158—161，164—166，
175，444
梁启超（卓如、任公、饮冰室主人）　1，
7，19，23，35，37，71，129，139，
158—173，175，177—180，182，192，
237，298，350，355，366，368，437，
440，441，444，446，449，450，452
梁启勋（仲策）　26，29，30，39，53，
129，158，160，161，164，166，168—
175，179，327，405，434，452，454
聊园词社　371，450
林鹍翔（铁尊、半樱）　10，48，63，65，
66，202，256—258，260—262，274，
448，454—456，458
铃木虎雄　91
刘大杰　12，36，38，44，52，62，67，
68，83，85，96，116，120，122—125
刘观藻（玉叔）　129—136，138，425
刘麟生　33，34，40，65，350
刘履芬（彦清、泖生、沤梦）　129—133，
135—138
刘永济（弘度、诵帚）　16，17，36，37，
40，53，55，58，63—66，68，76，81，
176，233—235，273，279，280，285，
286，292，298，300，301，320—339，
342，399，424，425，428，431，438，
454，462
刘毓盘（子庚、椒禽）　26，36—39，58—
60，82，87，129，130，132，133，136—
141，143，149，176，200，221，277，

301，369，400，401，408，414，415，
422，425，428—430，437，444，447，
450，451，454

柳诒征　71，193，195，199，205，206，
275

柳永（耆卿、三变）　4，42，56，78，83，
115，125，136，142，152，156，172，
180，182，185，186，188，203，207，
209，210，224，228，262，265，270，
271，276，313，322，323，330，334—
336，338，371，376，378，417—419

龙榆生（沐勋、忍寒）　2—6，11，12，
16—19，22，26，27，30—32，36，37，
39—41，44，47—49，53，54，58，63，
65，66，68—72，76，77，79—84，86，
87，93，101，102，110，116，119，120，
125，129，221，233，247，256，257，
260，265，268，269，272，274，281，
296，298，300，301，320，321，327，
351—367，369，374，385，389，396，
399，400，404，405，407，416，422，
423，425，429—432，451—462

陆侃如　12，60，61，85，96，116，120—
122，180，184，274，451

陆游（务观、放翁）　121，125，163，
172，203，210，313，314，334，373，
375

罗振玉（叔言）　89，90，93，96，108，
410，449

M

麦孟华（孺博）　160—164，437，444，
446

冒广生（鹤亭、疚斋）　110，256—258，
261，263，264，266—269，271，364，
365，367，396，435，437，439—449，
451，454—461

梅社　14，454

缪钺　54，58，60—62，292，298，364，
431，443

N

纳兰性德（容若）　45，124，162，172，
192，214，226，315，330，378，381

南社　5，6，9，10，21，23，40，64，66，
75，76，78，167，195，198，210，217，
235—240，242—244，247—249，251—
253，301—304，316，421，422，425，
431，446

O

沤庵　40，102，104

沤社　66，234，254，256，257，259—
262，304，400，452，455，458

P

潘飞声（兰史）　10，41，63，66，75，
256—258，261，265，268，364，436，
439，445—447，452，456

潘钟瑞（瘦羊）　131，133，134，137，
378

庞树柏（檗子）　10，63，64，75，78，
244，245，247，251，253，302—304，
317，446，447

瓶花簃词社　255，457

浦江清　58，94，98—100，109，177，179，186，190—193，426，430

Q

钱基博（子泉）　2，98，117，129，194，217，218，222—225，233，297，350

钱钟书　129，286—289

乾嘉学术　350，424

潜社　14，15，20，68，201，202，216，254，262，449，450

秦观（少游）　152，153，156，165，182，186，203，210，224，313，314，322，323，334，336，376，380，419，452

清华大学　11，15，16，24，58，59，69，94，98，109，146，152，158，176—178，180，181，185，186，188，190，193，205，416，449

清空　4，79，82，148，150，219，223，225，230，240，241，245，268，294，328—330，333，334，365，380，382，395

清末四大家　1，5，17，19，23，36，108，110，111，116，117，149，195，197，198，203，217，225，235，238，239，305，308，310，320，368，421，427

R

饶宗颐　17，68，246，257，387，395

《人间词话》　6，10，16，25，33，36，40，53，54，59，61—63，67—69，88—91，93—99，101—103，106—108，129，149，151，178，179，221，229，230，251，283，324，368，409—411，420，421—422，428，431

任访秋　93，109

任中敏（二北、半塘）　26，58，338—351，454

如社　20，202，215，235，254，256，257，262，263，456

S

舍我　78，244，435

声调　18，32，43，48，212，239，261，348，356，357，359—362，379，402，423，426，429

声社　234，254，354，456

诗教　18，19，25，34，38，42，45，108，148，149，165，175，222，223，277—279，284，285，299，349，351，353—355，368，392，421，426，427

施议对　16，17，36，64，71，109，125，126，290，324，432

史达祖（邦卿、梅溪）　90，109，125，156，157，163，203，210，224，313，314，322，323，326，334

四声　34，46—48，72，84，134，139，145，185，198，204，216，235，257，262—268，271，272，300，304，311，343，344，356—358，361，362，364，365，399，403，421，459

淞社　10，66，75，302，304，445，448

苏轼（子瞻、东坡）　4，13，42，44，46，78，83，91，94，115，116，119—121，125，126，136，142，153，156，182，

186，203，207，209，210，222，224，225，228，242，246，247，276，313，314，322—324，330，334，336，338，352，360，374，376，396，398，419

孙麟趾（清瑞、月波） 28，131，132，135

孙人和（蜀丞） 23，40，58，60，64，102，103，176，300，321，369—375，377—379，381—383，453

T

谭献（廷献、仲修、复堂） 36，65，89，110，130，132，135—137，146，149，162，164，188，203，221，223，225，228—230，238，239，246，252，273—275，278，284，288，295，314，315，321，396，400，405—407，426，440，442

唐圭璋 2，15，17—19，26，27，36，37，39—41，43，45，48，54，55，58，65，69—72，74，77—80，82，84，87，88，103，104，106，129，145，183，193，201—203，206，207，211，214，216，217，221，235，256，269，274—277，279，289—292，295，296，298，300，301，308，327，339，364，365，367，369，373，377，385—387，399，405，408，409，416，424，428，429，431，435，442，448，453—459，462

唐文治 65，217，218，222，231

体制内派 58，324，325，327，423

体制外派 58，324，423

W

晚清四大家 163，202，203，244

婉约 13，16，72，120，125，126，135，174，194，203，207—209，219，228，241，245，349，394，395，419

万树（红友） 31，32，36，147，197，263，265—267，272，312，343—345，402

万俟雅言 203

汪东（旭初、梦秋） 14—16，26，29，36，53，58，176，193，195，201，202，209—214，216，256，320，342，399，439，451，456，457，459，461，462

王国维（静安、静庵） 1，5，6，10，12，15，16，19，20，23，25，32，33，35—38，40，42—44，49，51，53，54，58—63，67—72，75，81，82，87—110，117，118，126，129，133，141，143，149，151，167，177—180，182，183，185—187，192，201，205，209，213，221，227，229，230，249，251，274，282，283，298，299，302，305，322，324，330，334，362，368，369，373，376，408—412，414，417—422，424—426，428—430，437，444，446，449—451

王鹏运（幼遐、幼霞、半塘） 1—4，13，16，32，36，37，55，64，71—74，77，81，86，87，89，110，111，116—118，137，162—165，167，183，194，195，197，198，222，223，225，234，238，240，242，244—247，254，273，278，

289—293，297，298，302，306—308，310，315，325，347，368，372，375，376，386，402，403，405，413—415，429，436，439—443，449

王士禛（阮亭、贻上） 57，103，315，381，405

王鹏（伯沆） 14，41，193—195，198，199，206，209，210，216，275，292，364

王沂孙（碧山、中仙） 68，77，83，135，156，157，162，164，165，203，210，224，256，307，313，314，322，323，326，327，330，334，373，418

王易（晓湘） 14—17，26，36—39，58，73，83，102，176，193，195，201，202，209，210，212—214，216，301，320，342，350，364，426，430，451，454

王蕴章（西神、莼农） 10，23，26，29，36，40，41，53，64，75，76，78，213，244，256，259，261，278，300—312，314—318，320，365，428，433，446—448

文廷式（芸阁） 89，116，167，194，195，242，302，360，396，400，436—443

闻宥（野鹤） 78，244

无锡国专 65，102，129，176，177，217，218，220—222，226，227，229—233

吴梅（瞿安、霜厓） 10，11，14—17，19，26，29，33，36—39，41，47，49，53，55，58—60，63—65，68，69，71，76，78，81，84，88，137，139，141，176，177，180，193，198—211，213—217，230，233，256，262，264，272，275，277，279，281，301，302，305，320，321，324，327，338，339，342，349，364，367，399，409，417，418，422—424，428，438，444，446—459

吴宓 8，9，71，178，181，190，195，409

吴伟业（梅村） 163，172，408

吴文英（君特、梦窗、梦窗） 2，4，12，38，68，77，78，80，81，83—85，87，90，94，106，109，110，114，115，119，125，152，156，157，162，165，186，203，210，224，225，246，254，266，295，313，314，322，323，328，334，358，417，419

午社 234，235，254，257，262，263，454，458，459

武汉大学 16，63，66，123，176，301，320—322，328，454，459

X

西学 21，286，368，429

夏承焘（瞿禅） 16—19，32，33，36，37，41，45，47—49，54，58，63，65，66，69—71，76，81，82，84，87，116，118，119，170，176，183，206，217，220，221，256，257，263，266，267，272—274，298，300，301，320，339，364，365，367，385，432，441，445，446，448，452—454，457—459，461，462

夏敬观（剑丞、映庵） 10，16，17，36，58，63，64，66，67，71，84，184，210，234，235，255—258，260，263，264，

267—273, 279, 289, 292, 293, 295, 298, 311, 343, 352, 364, 365, 396, 429, 433, 434, 437, 440, 442, 444—446, 448, 450—452, 454, 456—461

现代派 16, 19, 25, 36, 38, 41, 44, 49, 58—61, 63, 67, 68, 82—85, 97, 107, 127, 153, 167, 187, 300, 324, 366, 424, 427—430

萧涤非 177, 185—187, 192, 434

小道 11, 12, 34, 36, 44, 62, 139, 146, 163, 225, 227, 239, 278, 299, 315, 327, 402, 422

谢无量 29, 30, 36, 39, 213, 301, 350, 428, 438, 447, 462

辛弃疾（幼安、稼轩） 13, 77, 78, 80, 116, 119, 121, 125, 126, 155—157, 162—170, 172, 173, 178—180, 186, 203, 210, 224, 225, 238, 241—243, 246, 247, 307, 313, 314, 322, 323, 326, 328, 330, 334, 338, 352, 353, 360, 371, 417, 431

新词学 1, 6, 12, 13, 18, 19, 25, 60, 111, 127, 144, 424, 425, 432

新朴学 21, 37

新体乐歌 48, 355—359, 361, 367, 453

新文化派 6—9, 13, 37, 113, 195, 204, 216, 217

须社 235, 254, 255, 257, 260, 263, 272, 451, 453

学衡派 7—9, 13, 116, 177, 217

Y

雅正 106, 229, 230, 233, 276, 328

严既澄 41, 54, 113—115, 424

晏几道（小山） 78, 125, 153, 186, 188, 203, 210, 224, 276, 313, 314, 322, 323, 326, 380

晏殊（同叔） 46, 78, 125, 153, 182, 186, 203, 210, 224, 228, 313, 314, 319, 323, 326, 402

杨铁夫（玉衔、铁夫） 16, 36, 58, 63, 65, 76, 79—81, 87, 176, 202, 217, 218, 220—222, 225, 226, 233, 269, 364, 404, 405, 429, 450, 454, 455

杨万里（诚斋） 180, 182

姚锡钧（鹓雏） 41, 75, 236, 244, 245, 247, 446

叶恭绰（誉虎、遐庵） 16, 17, 40, 41, 67, 73, 76, 88, 101, 102, 129, 146, 221, 231, 232, 256, 268, 355, 358, 359, 364, 369, 385, 395—408, 438, 440, 442, 443, 448, 451—458, 460, 462

叶中泠（荭渔） 78, 252

意境 1, 5, 13, 25, 40, 59, 83, 88—90, 93, 94, 98—100, 102, 105, 106, 108—111, 126, 133, 138, 149, 153, 154, 170, 173—175, 188, 198, 208, 216, 237, 238, 251, 305, 324, 330—332, 341, 346, 347, 372, 381, 394, 398, 404, 411, 421, 422, 424, 426—428

意内言外 4, 27, 108, 138, 141, 162, 198, 202—204, 219, 220, 225, 229, 267, 269, 273, 275—278, 286, 297, 298, 305, 306, 308—310, 323, 325, 326, 349, 383, 404, 418

音乐文学　42，45，46，49—51，165，333，342，402，458

音律　15，27，45—50，83，85，90，94，96，109，112，119，120，133，137，138，148，165，185，198，204，205，209，211，216，224，227，228，263，265，268，271，272，298，310—312，315—318，324，337，343，348，394，420

于右任　40，237，238，242—245，252

俞陛云（阶青）　40，145，149，150，153，269，321，365，425，437，450，461

俞平伯（铭衡）　6，12，16，19，23，36，58—60，62，67，69，70，94—96，116，122，125，133，145，146，149，151—157，176—178，186—190，193，274，299，321，364，372，398，399，409，425，430，441，450，456

俞樾（曲园）　4，71，143—151，153，425，441，444

Z

詹安泰（祝南、无庵）　17，29，31，36，44，55，58，71，176，235，273，278，285，286，301，342，364，424，435，442，457，461，462

张尔田（孟劬、遁庵）　31，40，62，63，66，73，75，86，102，139，297，305，360，364，365，367，370，395，434，437，446，448，455，459，460

张惠言（皋文、茗柯）　31，34，36，60，63，65，69，141，149，150，152，162—164，181，184，188，190，219，220，225，229，239，252，273—275，278，284，285，287，288，295，297—299，305，309，310，313，321，322，325—327，338，379，383，402—404，426，427

张仲炘（次珊、瞻园）　2，63，64，66，73，247，254，382

章太炎（炳麟）　15，71，141，144，210，218，236，247，350，459

赵万里　15，16，26，58，59，69，70，87，89，92，96，176—178，180，181，183，193，201，217，221，300，320，366，368，369，375，385，408—420，424，425，428，443，448，449，451，453，454

赵元任　178

赵尊岳（叔雍）　3，16，17，26，36，37，40，41，63，64，68，74，87，234，235，256，260，268，273，278，279，282，283，285，289，292，293，295，297，305，324，364，365，367，369，370，375，377，383—389，391—395，399，401，429，431—434，441，448，454—456，459，462

蛰园词社　235，255，455

浙派（浙西派）　2，328，383

郑文焯（小坡、叔问、鹤翁、鹤道人、冷红词客）　2—5，13，36，37，46，47，64—66，68，71，73—75，89，90，110，116，117，137，147，162，164，165，221，225，239，241，244，247，254，256，263，264，272，278，302，306，310，315，342，343，360，429，436，

439—441，443—445，447

咫村词社 2，16，73，235，254，302，371，441

中山大学 31，63，65，79，80，176，201，210，230，258，278，286，339，342，343，451，452，456，457

中央大学 11，13—16，20，64，65，72，81，176，177，193，194，200—202，204，208—210，212，214—216，231，276，295，358，451，452，454，457，459

重拙大 55，57，64，68，187，269，273，276，279，289—298，305，322，323，425

周岸登（道援、癸叔） 176，195，197，212，213，269，301，320

周邦彦（美成、清真、片玉） 3，42，49，69，77，78，80，87，117，121，125，131，152—154，156，162，164，165，167，172，187，188，203，207，209—211，224，226，228，265，266，276，290，295，313，314，322，323，334，337，338，360，379—381，417—419

周济（保绪、介存、止庵） 3，28，33，36，63，69，77，79，83，110，116，162—164，187，221—223，225，229，238，239，244—247，252，273—276，278—280，284，288，289，295，297—299，305，306，309，310，321—323，325，326，328，333，334，362，363，381，402，404，426，427

周密（公谨、草窗、苹洲） 79，90，91，106，137，146，157，164，165，203，210，224，246，256，313，314，323，334，340，373，412

周庆云（梦坡） 10，66，75，256—260，268—270，302，303，308，317，437，445—449，452，453，455

朱敦儒（希真） 125，203，210，290，322，360

朱彝尊（竹垞） 36，46，143，225，314，328，369，382，389，402，403，427

朱祖谋（孝臧、古微、古薇、沤尹、彊村） 1—5，9，10，12，13，16，20，31—33，36，37，40，41，47，48，58，63—68，70—93，110，111，115—118，125，163—165，179，183，196，198，200，202—204，214，217，220—223，225，226，233，234，239，240，244—247，254—258，260，261，263，264，268—270，273—275，278，295—298，300，303—306，310，311，316，320—323，325，349，351，352，360，368，374—376，385，386，396，400，405，407，415，424，425，427，429，436，440—454，457

庄棫（蒿庵） 136，146，252，273，383

邹祗谟 27，57，379，405

尊体 31，34，86，125，198，243，253，363，402，424

后　　记

　　我本来是做清代词学研究的，博士毕业后也一直在这一领域耕耘，先后编写了几本有关清词研究的书。但我最初是设想从词学转向诗学，再转而文论，按分体的方式写一套系列的清代文学批评史，而且也确实在做这方面的努力。比如在 2000 年的时候，参与了师兄李世英教授主撰的《清代诗学》，目前正在做清代八股文批评史，接着下来还想写一本清代女性文学批评史，自 2008 年以来指导的博士生也多以清代文学与文论为研究方向。

　　为什么突然会转向研究现代词学呢？这缘于熊礼汇教授在 2001 年的一次约稿，当时中文系与长江文艺出版社合办了一个学术集刊《长江学术》，熊老师是该刊的编委，有一次他对我说，武汉大学有着悠久的词学传统，你应该写一篇谈武大词学传统的文章，后来，经过一段时间的准备和努力，提交了一篇《刘永济与传统词学的现代化》的论文，发表在《长江学术》第三辑。2003 年 8 月，恰逢武汉大学 110 年校庆，中文系召开"刘永济与词学"的国际学术研讨会，我提交了一篇《刘永济〈词论〉与〈文心雕龙〉相关性之考辨》的论文（载《中国韵文学刊》2004 年第 1 期）。又是在这一年，应朋友之约写《明清词研究史》，我是从现代研究史开始写的，当时，这方面的研究完全是空白，一切都要从基础资料找起，就这样我有缘接触了大量的现代词学研究史料，觉得现代词学大有文章可做，于是一鼓作气相继写了《叶恭绰论词及其对现代词学的贡献》（载《北方交通大学学报》2003 年第 4 期）和《南社论词之两派及其词学史意义》（载台湾中山大学《文与哲》第七期）、《胡适与二十世纪的中国词学》（载《武汉大学学报》2005 年第 1 期）、《从传统到现代的转型——俞平伯家族的词学史》（载《社会科学辑刊》2005 年第 2 期）的系列研究论文。渐渐地，我将最近十多年的研究精力放到了现代词学上，后来这一课题也得到了教育部社科基金的项目支持，研究进度在2010年以后逐渐加快起来，到2012年底结题的时候已形成近30万字的篇幅，现在又吸收社科基金评审专家的意见，对内容再做充实，已达到了将近40万字的规模。

但是，在2010年前后，已经有了好几本关于现代词学研究的论著出版，我应该做怎样的开拓而不是蹈人覆辙呢？传统的文学思想史研究，大约有两种路径，一种是以人物为中心，一种是以问题为中心。过去对现代词学的研究，也基本走的是这两条路线，那么是不是有第三条路线可走？我认为是可以的，这就是把不同词学家放回到他的生活语境，将焦距拉长拉远，本书所做的工作就是语境的还原，考察不同词学家在特定语境下他的思想的"当下"意义，这是一种介于微观与宏观之间的历史叙述方式。这样的方法相对传统研究而言，亦是别开生面，让我们有了不少新的发现。第一，不同的词学家在特定的语境里，形成一个相对独立的历史环节，他另一方面的意义便自然地浮现出来了。比如朱祖谋过去被视作是晚清词学的集大成，但把他放在现代词学语境里，他的保守性便显得格外突出；再如王国维、胡适，过去只看到他们的进步性，其实，从当时人们的反响和批评看，也能看出他们思想观念的偏颇和不足。第二，不同的文化语境展现了时代主题发展的一致性，比如从大家经典的思想影响，到文化家族内部的思想变迁，再到现代高等学府的词学师承，都一致地表现了中国词学从传统向现代过渡与转型的特征，这说明过渡与转型是这一时期词学发展的必然走向。第三，将不同词学家放置在共同的主题下，构成了一部独特的主题词学史。比如孙人和、赵尊岳、叶恭绰、赵万里都是在"文献"的主题下，形成一部现代词学文献学史；王蕴章、刘永济、任中敏、龙榆生在"思想"的主题下，又展现出一部多元开拓与共同发展的现代词学思想史。有必要说明的是，评审专家也提出了很好的修改意见，本稿已作了尽可能的吸收，但是目前关于吴梅、胡云翼、夏承焘、唐圭璋的研究成果较多，而且已经达到了一定的理论高度，笔者虽然也想做更深入的研究，却一时无法超越相关学者的研究水平，故这几位大家暂时被搁置起来，等待将来有自己独到的研究心得了，再找时间另行成文了。

在现代词学研究过程中，我也结识了几位同行，并得到了他们的支持和帮助。像词学研究界的前辈马兴荣先生、刘庆云先生、施议对先生、崔海正先生，他们都对我的研究提供了切实的指导；王兆鹏、曾大兴、朱惠国、张宏生、孙克强诸位教授也从不同角度给予我以帮助，我的同龄朋友彭国忠教授、欧明俊教授、田玉琪教授、杨柏岭教授、马大勇教授、沙先一教授、卓清芬教授，更是从资料方面予以无私的支援。我所在的单位，既有做唐宋词的，也有做明清词的，既有从事创作研究的，也有专事理论研究的，已形成一支阵营比较齐全的词学研究队伍，良好的氛围是我从事现代词学研究的重要动力，加上有尚永亮、陈文新等教授的大力支持，这几年我的学术研究能力和眼界较过去有了较大的提高。这里要向他们郑重地道一声：谢谢！

今年是我博士毕业的二十年，不免有了很多感慨，我能走上学术研究这条路，端赖我的两位导师——王达津教授和郁沅教授的指引。他们分别是上个世纪四十年代和六十年代从西南联大和北京大学研究生毕业的，从刘永济、朱光潜、唐兰、高亨、杨晦等著名学者那儿，承传了中国现代学术的精萃，而且毫无保留地把最好的治学方法传授给我，更重要的是他们让我知道了如何正确做人和看待人生。还记得，在我本科毕业到襄樊工作后，郁老师写信给我的鼓励，博士毕业后他又安排我参加他主持的中华学术基金项目，是王达津先生对我在校期间的严格要求让我有了今天的成就。还要真诚感谢著名汉学家涂经诒教授，先生是向西方世界传播《人间词话》的第一位英译者，从2008年起有缘与先生相识，他以老乡与老师的双身身份，对我多方提携和关照，不但为我搜集汉学资料提供了方便，而且还多次安排我赴美参加学术会议，与世界一流汉学家交流和对话，这极大地开拓了我的眼界。自从尚永亮教授和王兆鹏教授加盟珞珈山，亦承蒙教泽，在学业与生活上多得他们的照顾，尚老师与我有师门之谊，王老师曾为我们本科班讲授唐宋文学，这次再度拨冗赐序，予以鼓励，感激之情，难以尽言。人生前行路上能遇良师，已是万幸，且得多位师长的教导和提携，最想说的一句话是：难忘师恩！

人生是有机缘的，1996年8月，我到武汉大学工作后，先后担任编辑学专业三个年级的班主任。当时1996级的班上有一位个子高挑的女生，就是本书的责任编辑刘娟女士。几年前，一个偶然的机会，她回珞珈山开会，我在文学院门前一眼就认出了她，于是，我们有了这几年的交往，她为人稳重，做事认真，这本书从申报选题到正式出版，她付出了大量的心血。这样的师生缘份是可得不可求的，我相信人间真情永存！

陈水云
二〇一六年元旦于武昌珞珈山

图书在版编目(CIP)数据

中国词学的现代转型/陈水云著.—北京：社会科学文献出版社，2016.3
（国家哲学社会科学成果文库）
ISBN 978-7-5097-8836-3

Ⅰ.①中… Ⅱ.①陈… Ⅲ.①词（文学）-诗词研究-中国 Ⅳ.①I207.23

中国版本图书馆 CIP 数据核字（2016）第 042976 号

·国家哲学社会科学成果文库·
中国词学的现代转型

著　　者 / 陈水云

出 版 人 / 谢寿光
项目统筹 / 刘　娟
责任编辑 / 刘　娟

出　　版 / 社会科学文献出版社·当代世界出版分社（010）59367004
　　　　　 地址：北京市北三环中路甲29号院华龙大厦　邮编：100029
　　　　　 网址：www.ssap.com.cn
发　　行 / 市场营销中心（010）59367081　59367018
印　　装 / 北京盛通印刷股份有限公司

规　　格 / 开本：787mm×1092mm　1/16
　　　　　 印 张：31.875　插 页：0.375　字 数：513 千字
版　　次 / 2016年3月第1版　2016年3月第1次印刷
书　　号 / ISBN 978-7-5097-8836-3
定　　价 / 189.00元

本书如有印装质量问题，请与读者服务中心（010-59367028）联系

▲ 版权所有 翻印必究